Leopoldo Alas 'Clarín'

La Regenta

•

레헨따 2

창 비 세 계 문 학

57

•

레헨따 2

•

레오뽈도 알라스 '끌라린'

권미선 옮김

창비

차례

•

레헨따 2
7

일러두기

1. 이 책은 Leopoldo Alas 'Clarín,' *La Regenta* (Madrid: Castalia 1987)를 번역 저본으로 삼았다.

2. 이 책의 삽화는 스페인에서 발간된 초판(Barcelona: Daniel Cortezo 1884, 1885)에 들어간 후안 리모나(Juan Llimona)의 삽화를 가져온 것이다.

3. 본문 중의 각주는 옮긴이의 것이다.

4. 외국어는 되도록 현지 발음에 가깝게 표기하되, 우리말 표기가 굳어진 것은 관용을 따랐다.

레헨따 2

16장

베뚜스따에서 화창한 날씨는 10월과 함께 막을 내린다. 11월 중순으로 접어들면 일주일 정도 햇볕이 화사하기는 해도 그 느낌은 완연히 다르다. 겨울여행을 떠날 채비를 서두르며 분주하게 작별인사를 하는 느낌이다. '싼마르띤의 작은 여름'[1]이라는 표현은 이렇게 잠깐 좋은 날씨에 대한 아이러니라고 할 수 있다. 베뚜스따 사람들은 그렇게 기분 좋은 햇볕과 온기를 믿지 않는다. 오히려 옷을 더 단단히 껴입고, 대략 4월 말까지 계속될 끔찍한 계절에서 어떻게 살아남을지 각기 나름대로 대책을 강구한다. 베뚜스따 사람들은 운명적으로 일정 기간 물속에서 허우적거리며 살아야 하기 때문에 그런 준비를 해야 하는 양서류와도 같다. 갑작스레 겪는 일

---

1 한가을과 늦가을 사이에 비정상적으로 따뜻한 날이 계속되는 기간을 말한다. 북아메리카에서는 '인디언서머'라고 부르고, 유럽에서는 '늙은 아낙네의 여름' '싼마르띤의 여름' 등 여러 이름으로 부른다.

처럼 매년 투덜거리는 사람들도 있다. "대체 무슨 놈의 날씨가 이렇게 고약한지, 한번 보라니까!" 한편 비가 많이 내리면 땅이 풍요롭고 아름답다고 생각하며 위안을 얻는 좀더 철학적인 사람들도 있다. "푸른 풀 아니면 파란 하늘, 둘 다 가질 수는 없지."

아나 오소레스는 그냥 마음을 접고 받아들이는 부류는 아니었다. 매년 '모든 성인의 날'[2] 오후 나절 슬픔을 배가하는 종소리가 들리면 울적하면서도 불안한 마음이 들었다. 외부의 대상들에서, 특히 청동 종소리의 절규와 함께 시작되는 끝없이 단조롭고 습한 '다른' 겨울을 예견하면 불안해지는 것이었다.

그해의 슬픔 역시 늘 같은 시간에 찾아왔다.

아나는 혼자 다이닝룸에 있었다. 테이블 위에 주석 커피포트와 낀따나르가 마시다 만 커피잔과 아니스 술잔이 놓여 있었다. 그는 카지노에서 체스를 두고 있을 것이다. 커피잔 받침 위로 반쯤 피우다 만 씨가가 놓여 있었고, 담뱃재는 차갑게 식은 커피 찌꺼기와 엉겨붙어 흉하게 보였다. 판사 부인은 그 모습이 이 세상의 폐허라도 되는 듯 서글피 바라보았다. 그녀가 바라보고 있는 사물들의 무의미함이 그녀의 영혼을 갈기갈기 찢어놓는 듯했다. 그 사물들이 우주의 상징처럼 느껴졌던 것이다. 재, 차가움, 흡연자가 반쯤 피우다가 싫증나서 버린 담배꽁초 같은 우주였다. 게다가 씨가 한대도 온전히 피우지 못하고, 여자 한명도 온전히 사랑하지 못하는 남편을 떠올렸다. 그녀 역시 그 담배와 다를 바 없었다. 아나는 자기 자신이 한 남자도 제대로 섬기지 못하고, 이제 와서는 다른 남자도 섬길 수 없는 물체와도 같이 느껴졌다.

....
2 '모든 성인의 날'은 교회력에 축일이 지정되지 않은 성인들을 기념하는 축일로 11월 1일이다. 그다음 날은 망자들을 기리는 '위령의 날'이다.

아나는 말도 안되는 이 모든 생각들을 자기도 모르게 매우 심각하게 하고 있었다. 그때 종소리들이 울려퍼지기 시작했다. 오후 내내, 심지어 밤새도록 절대 조용히 있지 않겠다고 작정한 듯 끔찍하게 울려퍼지기 시작했다. 아나는 온몸에 소름이 돋았다. 망치로 두들겨맞으며 고문당하는 느낌이었다. 처벌할 수도 없는 무책임한 악행이었다. 아무 이유도, 특별한 목적도 없이, 오로지 사람을 못살게 굴겠다는 이유로 짜증날 정도로 집요하게 울려대는 기계적인 청동 소리가 그녀의 머리를 짓이겨놓는 것 같았다. 하녀가 안주인의 무릎 위로 방금 올려놓고 나간 그날 『엘 라바로』에 실린 시에서 뜨리폰 까르메네스가 말한 것처럼 그 종소리는 '구슬픈 애가'가 아니었다. 그 소리는 죽은 자들이 아니라 살아 있는 자들의 슬픔에 대해, 모든 이들의 무기력에 대해 말하고 있었다. 땡! 땡! 땡! 도대체 얼마나 더 울려야 한단 말인가! 도대체 얼마나 더! 대체 저 소리는 뭘 얘기하려는 걸까? 어쩌면 '다른' 겨울에 떨어질 빗방울을 얘기하려는 건지도 모른다.

판사 부인은 다른 데로 주의를 돌려 그 끔찍한 소리를 잊고 싶은 마음에 『엘 라바로』를 읽어내려갔다. 부고란도 있었다. 아나는 아무 생각 없이 아래쪽부터 읽기 시작했다. 존재의 허망함과 그 글의 순수한 믿음에 대해 말하고 있었다. 이 세상의 즐거움은 무엇인가? 영광, 부, 사랑은 무엇인가? 글쓴이의 의견에 따르면 아무것도 아니었다. 셰익스피어가 말한 것처럼 말, 말, 말에 불과했다. 미덕만이 견고했다. 이 세상에서는 행복을 찾아서는 안되고, 영혼의 중심은 지상이 아니다. 그래서 모두 결과적으로 따지고 보면, 죽음이 가장 확실했다. 그렇게 죽은 자들이 외로이 남는 것을 한탄하며 글을 시작한 필자는 그들의 행운을 부러워하며 결말을 맺었다. 죽은 자들은 이미 세상 너머에 무엇이 있는지 알고 있었고, '이대로냐 아니냐'라는 햄릿의 심각한 문제를 이미 해결했다. 세상 너머란 무엇일까? 불가해하다. 어찌 됐든 필자는 죽은 자들에게 휴식과 영원한 영광을 기원했다. 그러고는 '뜨리폰 까르메네스'라고 서명했다. 이 모든 어리석은 말들은 상투적인 수사어구로 표현되어 있었다. 진정성이라고는 전혀 느껴지지 않는 '차갑게 식은 사체'라는 수사어구가 판사 부인의 슬픔을 더욱 크게 했다. 이 글은 종소리보다 더 끔찍했다. 훨씬 기계적이고, 훨씬 치명적이었다. 그것은 어리석음의 숙명이었다. 확고할 수도 있는 대단한 생각과 문장들인데, 그곳에서 사람들의 손을 타고 짓밟힌데다가 어리석음의 기적과 함께 경박한 소재로, 천박함의 진흙탕으로 변하고, 바보들의 오물로 더럽혀진 모습을 보는 것 또한 얼마나 슬픈 일인가!…… 그것 또한 세상의 상징이다! 위대한 사물들과 순수하고 아름다운 개념들이 범속한 것과 날조된 것, 악한 것과 혼동되어, 그것을 분리할 방법이 없는 것 또한! 그러고 나서 까르메네스는 묘지에 모습을 드러내고는, 여러 운율을 섞어 3면이나 차지하는 기나긴 애가를 낭송했다. 아나는 중국어로 적혀 있는 듯 들쑥날쑥한 글을 읽어내려갔다. 이유는 모르겠지만 글이 읽혀지지 않았다. 전혀 이해가 되지 않았다. 무기력함 때문에 눈으로 글을 따라 읽기는 하지만 집중이 되지 않았다. 처음 다섯줄을 세번이나 읽었는데도, 무슨 의미인지 알지 못했다. 그러다가 갑자기 자기도 예전에 시를 썼다는 사실을 떠올리며 아마도 형편없는 것이었을 수도 있다고 생각했다. 나 또한 여자 뜨리폰일 수도 있지 않았을까? 그럴 수도 있어. 그러고는 온갖 무시를 받아도 싸다는 생각이 들자 얼마나 서글펐는지! 지금은 프라이 루이스 데 레온과 싼후안 데 라 끄루스를 비굴하게 표절해 틀에 박힌 것 같지만 그때는 종교적이고 신비주의적인 시들을 얼마나 열심히 썼던가! 그런데 최악은 그 시들이 형편없고 무의미하며 저속하고 공허하다는 데 있지 않아…… 그 시들에 영감을 준 생각이, 그 서정적인 믿음이, 어디에라도 유용하게 쓰였던가? 지금은 다시 종교에 대한 열정을 느끼기 위해 수없이 노력해도 별 소용이 없어…… 더이상 시나 산문을 쓰지 않는다 해도, 내가 근본적으로 부끄러운 걸 아는 문학도라면? 그래, 맞아! 여성 시인의 삐딱하게 꼬인 날조된 정신이 나에게 어느정도 남아 있는 거야! 솔직히 그런 이유 때문에 대중들에게 무시당하는 거야!

여느 때와 마찬가지로 아나는 그에 저항했어야 한다고 자책하기에 이르렀다. 베뚜스따, 고모들, 낀따나르, 프리힐리스를 탓하기까지 하였다. 결국에는 자신이 가장 불쌍하고 처량하다고 결론을 내리면서 자신의 결점과 잘못에는 관대해졌다.

아나는 발코니로 나갔다. 엔시마다의 모든 주민들이 산 위, 에스 뽈론 너머 서쪽에 위치한 공동묘지로 이어지는 광장을 지나가고 있었다. 베뚜스따 주민들은 일요일 나들이옷을 입고 나왔다. 하녀, 유모, 군인, 꼬마 무리 들이 행인의 대부분이었다. 고래고래 소리를 지르며 즐거운 표정이었다. 확실히 그들은 죽은 사람들을 생각하지 않았다. 동네 아이들과 여자들도 싸구려 화환과 가느다란 양초, 무덤 장식품들을 들고 지나갔다. 가끔 제복을 입은 마부나 막노동꾼이 엄청나게 커다란 천일홍 건조화환과 기둥만 한 양초, 호화로운 이동 영구대의 엄청난 무게에 짓눌린 채 광장을 가로질러갔다. 죽은 이들을 찾아갈 마음도 시간도 없는 부자들은 인사장을 보내는 것이 애도 형식이었다. '품위있는 사람들'[3]은 공동묘지에 가

---

3 베뚜스따 사람들을 의미한다. 베뚜스따 사람들이 품위있고 깍듯하게 행동하는 것을 역설적으로 표현했다.

지 않았다. 잔뜩 멋을 낸 아가씨들은 그곳에 들어갈 용기가 없어서 여느 때와 마찬가지로 에스뽈론에서 멋진 의상을 뽐내며 사람들의 눈길을 받으며 거닐었다. 망자들을 기억하지 않았지만 기억하는 척은 했다. 그래서 어두운 색으로 옷을 입고, 대화는 평소보다 덜 요란했고, 표정도 어느정도 차분했다…… 그들은 망자의 가까운 친척이 부재중일 때 문상을 가는 것처럼 에스뽈론을 거닐었다. 절제되고 조신한 즐거움이 감돌았다. 그날이 엄숙하다고 생각한다면, 그것은 자기네가 죽지 않았다는 긍정적인 사고 때문일 것이다. 매우 철학적인 베뚜스따 사람들은 우리 인간이란 아무것도 아니라며, 아주 편안하게 거니는 시민 중에 많은 사람들이 내년에는 저승에 가 있을 거라고 생각했다. 하지만 자기는 절대 예외라고 믿었다.

그날 오후 아나는 다른 어느 때보다 베뚜스따 사람들이 더욱 싫었다. 자기들이 뭘 하는지에 대한 아무런 의식도 없이, 믿음이나 열정도 없이 무조건 존중해온 그 전통적인 관습이 싫었다. 미친 사람의 말이나 표정처럼 똑같이 기계적으로 반복해온 관습이었다. 장엄함이라고는 전혀 없이, 망자들의 불확실한 운명이 아니라 산자들의 확실한 무료함을 얘기하는 주변의 슬픔이 판사 부인의 가슴을 답답하게 짓눌렀다. 그녀는 권태, 벗어날 수 없는 영원한 권태가 켜켜이 쌓인 공기에 싸여 있는 듯했다. 베뚜스따 사람 중 아무나 붙잡고 그녀가 느끼고 있는 감정을 얘기한다면, 아마도 사람들은 그녀를 낭만주의자라고 할 것이다. 남편에게는 그런 슬픔을 언급할 수도 없었다. 그러면 곧바로 시끄러운 소리로 식이요법 프로그램을 들먹이며 생활방식을 바꾸라고 할 것이다. 신경과민을 불쌍히 여기거나, 그 비슷한 것만 빼고는 모두 꺼낼 것이다.

기분전환과 즐거움을 위해 낀따나르와 비시따가 합작해 만든 그 유명한 프로그램은 며칠 만에 무용지물이 되었으며, 아무도 신경 쓰지 않게 되었다. 처음에는 아나도 거의 모든 산보와 연극, 베가야나 후작의 모임, 시골 여행에 동참했다. 그러나 이내 지쳤다고 선포하며 소극적으로 거부의사를 표했고, 낀따나르나 은행원 아내는 아나를 끝내 설득하지 못했다.

비시따는 양어깨를 으쓱했다. 대체 아나라는 여자는 어떻게도 설명이 안돼. 아나가 알바로를 좋게 본 것은 분명해. 알바로가 능수능란하게 포위망을 좁혀왔고, 그건 한눈에 봐도 표가 나거든. 그녀가 알바로를 돕고, 빠꼬가 알바로를 돕고, 사람 좋은 낀따나르 또한 아무것도 모른 채 도왔는데…… 아무 성과도 없다니. 알바로는 침울해져 성질을 내면서 자기가 한발도 진도를 나가지 못했음을 자기도 모르게 시인했어. 총대리신부가 연관되어 있는 건가? 비시따는 자기가 총대리신부의 경당을 감시해야 할 의무가 있다고 생각했다. 그녀는 총대리신부가 고해실에 앉아 있는 날을 알아내어 시치미를 떼고 아나가 있는지만 쇠창살 사이로 넌지시 살펴보고 휭 돌아나오기도 했다. 나중에야 아나가 아침 7시에 고해성사하는 걸 사람들이 봤다는 걸 알았다. 빙고! 뭔가 냄새가 났다! 은행원 아내는 돈 알바로가 얼마나 끔찍한 생각을 하고 있는지 상상도 하지 못했다. 그녀는 스캔들 메이커인 옵둘리아나, 훌륭한 몸매 따위는 무시하고 어렸을 때 흙을 집어먹던[4] 어리석고 괴팍한 빠예스의 딸처럼, 아나가 신부를 사랑할 수 있다고는 전혀 생각하지 않았다. 아나 역시 낭만주의자였다(비시따는 자기랑 비슷하지 않은 것은 모두 낭만주의자라고 불렀다). 하지만 다른 식의 낭만주의자였다. 아니,

----

[4] 아랍문화의 영향으로 창백하거나 연약해 보이게 하려고 흙을 먹었다.

더욱이나 그렇게 일찌감치 불경스러운 감정을 두려워할 필요는 없었다. 하지만 비시따가 두려워하는 것은 총대리신부가 알바로와 맞서 이기기 위해 — 은행원 아내는 사람이 순수하게 도덕적 이유를 가질 수 있다는 것을 생각조차 할 수 없었다 — 자신의 놀라운 능력을 한껏 발휘하여 판사 부인을 열심인 신자로 변화시키는 것이었다. 어휴 끔찍해! 그건 기필코 막아야 했다. 비시따는 자기가 추락했던 곳으로 친구가 추락하는 것을 보는 즐거움을 포기하고 싶지 않았다. 적어도 친구가 유혹으로 고통받는 걸 보는 걸 포기하고 싶지 않았다. 그러한 광경이 강렬한 열정처럼 생생하며 은밀하고도 강렬한 쾌락의 원천이 될 거라고는 상상도 못했다. 하지만 이제 그러한 기쁨을 발견한 이상, 새로운 군것질거리의 짜릿하고 야릇한 맛을 즐기고 싶었다. 비시따는 낀따나르의 보호구역 안에서 돈 알바로가 먹잇감을 노리고 주시하면서 아주 작은 덫을 준비하거나 사냥하는 모습을 지켜보면서 목이 죄어오고, 입이 마르고, 두 눈이 시리고, 양볼이 달아오르고, 입술이 달라붙는 기분이 들었다. 그가 뭐라든 상관없었다. 그녀는 이미 던져졌으니 말이다. 비시따의 마음속에서는 아주 강한 향수가 안겨주는 관능적인 쾌감 비슷한 은밀한 고통이 느껴졌다. 지금 자신의 자존심이나 몸속 더 깊은 곳을 바늘로 콕콕 찌르고 싶었다. 마치 중독자가 악행을 즐기면서 결국에는 자신을 죽이는 해로운 짓을 갈구하는 것과 같았다. 매일 똑같은 감정이 반복되는 너무나 비참하고, 구질구질한 삶에서 비시따에게 유일하게 허용되는 강렬한 쾌감이었다. 단 음식이 물리지는 않지만 이제는 단맛이 특별하지 않았다. 이 새로운 감정이 훨씬 강렬했다. 비시따는 흠잡을 데 없이 완벽한 판사 부인이 돈 알바로의 품에 안긴 것을 보고 싶었다. 그리고 또한 돈 알바로의 승리를 바라면서도, 비참하게 자존심을 구긴 돈 알바로가 보고 싶었다. 물론 그 승리는 돈 알바로를 위한 게 아니라, 아나의 침몰이었다. 비시따는 최소한 아나가 눈치채지 못하는 선에서, 그들이 자연스럽게 만나 얘기를 나눌 수 있는 많은 방법들을 구상했다. 반면에 빠꼬는 비시따와 같은 사악한 의도는 없었지만 그녀를 적극적으로 도왔다. 기회가 오자 돈 알바로는 낀따나르가 오소레스 저택으로 자기를 초대하게 하여 이미 몇번 찾아가는 모험을 감수하기는 했지만 그 집이 유혹의 무대가 될 수 없음을 알았다. 무대가 될 만한 곳은 에스뽈론이나 베가야나 후작의 집, 비베로뿐이었다. 에스뽈론에서는 눈빛과 다른 수단을 동원했지만 성과는 내지 못했고, 비베로에서는 많이는 아니더라도 좀더 과감해질 수 있지만 결과는 그다지 좋지 못했다. 아나는 모든 의지를 총동원하여 돈 알바로를 두려워하지 않는다는 것을 보여주었다. 늘 기꺼이 맞이했지만 어떤 술수도 다 막아냈다. 아나는 전혀 우쭐해하는 기색 없이 돈 알바로를 악의 없는 사람처럼 대했다.

비베로 나들이는 10월 내내 자주 반복되었다. 아나는 혈색이 좋고 건강한 에델미라와 그녀의 사부를 자처하는 옵둘리아가 미친 듯이 뛰어다니는 모습을 바라보았다. 그들은 빠꼬 베가야나와 호아낀 오르가스, 다른 친한 친구들의 경박한 추격전 속에서 떡갈나무숲을 뛰어다녔다. 그들은 마른 풀을 잔뜩 채워놓은 우물로 과감하게 뛰어들었다. 아나는 즐거움과 기괴한 비명소리, 기습공격, 놀라움, 점프, 스침, 신체접촉으로 장난기 가득한 전원의 무대에서 무례한 유혹 이외에는 아무것도 발견하지 못했다. 그녀를 스치며 지나칠 때나 가까이 다가올 때면 강렬한 느낌이지만, 멀리서 냉정하게 보면 혐오스러운 광경이었다. 돈 알바로는 이 방법으로는 판사 부인과 진전이 있을 수 없음을 알았다. 베뚜스따에서는 낭만주의보다 더 우스꽝스러운 것은 없었다. 경박하지 않은 것, 저속하지 않은 것, 평범하지 않은 것, 흔하지 않은 것을 죄다 낭만이라 불렀다. 비시따는 반낭만주의 교파의 교황이었다. 30초 이상 계속 달을 쳐다보면 그것은 완벽한 낭만주의였다. 침묵 속에서 낙조를 바라보는 것도…… 마찬가지였다. 산들바람이 불 때 들판의 달콤한 향을 들이마시는 것 또한…… 마찬가지였다. 별들에 대해 뭔가를 얘기하는 것도…… 마찬가지였다. 말없이 눈길 속에서 사랑스러운 표정을 발견하는 것 또한…… 마찬가지였다. 불쌍한 아이들을 가엾게 여기는 것 또한…… 마찬가지였다. 소식하는 것 또한…… 오! 이것은 낭만주의의 최결정판이었다.

"빠예스의 딸은 콩을 먹지 않아. 그건 낭만적이지 않기 때문이지." 비시따가 자주 말했다.

은행원 아내의 의견에 따르면, 비베로에서 정신 나간 놀이 때문에 아나가 느끼는 혐오감이야말로 세련된 낭만주의였다. 그녀가 직접 돈 알바로에게 얘기했다.

"이봐요. 그건 바보짓이야 하고, 문학소녀처럼 굴면서 잘난 척하고, 플라토닉하게 놀거든…… 자기들이 한 짓을 떠벌리며 카지노에서 우쭐대는 애송이들이 주변에 얼쩡거리지 못하도록 하는 거나 불안에 떠는 건 별로 특별할 게 없어…… 왜냐하면…… 어쨌든 나는 왜 그런지 아니까. 하지만 아나는 딱히 겁낼 이유가 없어. 빠꼬나 호아낀은 그녀의 옷깃 하나도 절대 건드리지 못하니까…… 그 모든 게 낭만주의야. 하지만 나를 속일 수는 없지. 알다시피 누구나 원죄를 피할 수는 없잖아."

돈 알바로는 비시따가 말한 원죄론을 믿었다. 하지만 판사 부인의 '낭만주의' 앞에서는 초조해졌다. 그에게는 감각적이고 육체적인 사랑, 단 하나의 사랑만이 존재하며, 그래서 언젠가는 그 사랑을 이룰 거라는 목표가 있었다. 하지만 그 순간이 늦어질까봐 두려웠다. 판사 부인의 머릿속이 잡생각으로 가득해 모두 한순간에 그르칠 수도 있기 때문에 괜히 모험을 할 필요도 없고, 압력을 가할 필요도 없다고 굳게 믿었다.

돈 알바로는 생각했다. 게다가 내가 만반의 준비를 하고 마지막 결정적인, '개인적인'(정복자의 관점에서 본 기술용어다) 공격을 하는 날이 온다면, 들판에서는 절대 아니야. 물론 그곳이 가장 적합한 장소처럼 보이기는 해도 그건 아니야. 자연과 마주치면, 별들이 촘촘히 박힌 하늘과 멀리 보이는 산이 있으면, 요컨대 야외로 나가면 이 여자는 부엉이처럼 지나치게 진지해지고, 말이 없어지고, 숭엄해지고 혼자만의 생각에 빠져버려. 그럴 때면 정말 아름답지만 건드릴 수가 없어. 비베로의 숲속에서 아나와 함께 있을 때 후작의 살롱에서는 이 여자가 자기를 좋아한다고 확신했는데 여기 바깥에서는 자신을 무시하고 바보 취급한다 싶은 게 한두번이 아니었다. 그는 아나가 자기를 힐끔힐끔 쳐다보다가 오래된 떡갈나무 꼭대기로 눈길을 옮기는 모습을 보며 혼자 말했다. 이 여자가 나를 재고 있어. 나를 떡갈나무와 비교하며 내가 왜소하다고 느끼고 있는 거야. 그럴 줄 알았어!

돈 알바로는 가끔 허영심에 들떠, 자기에게 유리한 징후들로 미뤄 짐작하기는 했지만 판사 부인이 거의 매일 밤 자기 꿈을 꾸고 있다는 사실은 전혀 알지 못했다. 판사 부인은 밤마다 그런 꿈을 꾸는 게 짜증날 정도였다. 깨어 있을 때는 저항하고 낮 동안 온 힘과 용기를 동원하여 싸우고 죄스러운 집착을 이겨내고 유혹을 거의 물리쳤지만, 혼자 있게 되면 곧바로 적에게 무조건 항복하고 무기력한 반죽덩이처럼 그 수중에 떨어지게 되니 이게 다 무슨 소용이란 말인가? 아나는 꿈속에서 못된 욕망을 충족시키고 악몽에서 깨어나며 씁쓸한 뒷맛을 느꼈다. 그 순간 자기가 알지 못하는 법칙에 분노를 느끼며, 자기가 아무리 노력해도 소용이 없고 자기 마음이 모순투성이라는 것을 깨달으며 맥이 풀렸다. 그러면 그때는 인간이 악마처럼 숨어서 비웃는 신의 노리갯감인 우연의 복합체라는 생각이 들었다. 그러다가도 곧 믿음을 되찾았다. 믿음을 잃을 경우 혼자 외롭게 내버려질 수도 있다는 두려움이 들었다. 믿음을 지키고, 심지어 더욱 굳건하게 하려고 노력하다가도 긍지가 강한 이성의 탑이 다시 무너졌다. 그 이성의 탑은 건전한 종교 규율에서 멀리 떨어져 교육받으며 불순한 싹이 수천번 다시 싹을 틔운 거였다. 아나는 신의 뜻에 고개를 숙였지만, 그렇다고 자기 자신에 대한 불만이 사라진 것도 아니고, 싸움을 계속할 용기를 회복한 것도 아니었…… 이렇게 밤마다 의지가 약해지는 것은 총대리신부인 자문신학자가 아주 진지하게 일깨워주려 했던 믿음이 벽에 부딪혔기 때문이라는 생각이 들었다. 자문신학자는 아나가 발걸음을 잘못 내딛는 순간 그동안 쌓았던 노력이 바로 수포로 돌아갈까봐 걱정했었다.

아나는 영성체를 하기 전 새 영적 아버지에게 첫 고해성사를 하던 아침에도, 8일 후 다시 고해성사를 할 때에도, 새벽 일찍 만나 자신의 의심과 두려움, 불안, 슬픔을 털어놓을 때도 첫 고해성사를 보완하겠다고 결심하면서 꺼내려 했던 말을 하지 않았다. 오래 전부터 불륜(정확한 이름이다)으로 내몰고 있는 엄청난 유혹에 대해 말하지 않았다.

아나는 그 사실을 고해하지 않기 위해 핑곗거리들을 찾으며 자신을 속였고, 자문신학자는 아나가 실제로 남편과 냉랭하게 지낸다는 사실만 알아냈다. quo ad thorum, 즉 '부부 잠자리'에 대한 언쟁이나 부끄러운 이유가 있어서가 아니라, 남편의 열정이 부족하거나 아나에게 사랑이 부족해 그렇다는 것만 알게 되었다. 그랬다. 그것은 아나가 고해했다. 그녀는 자기 스스로 동반자로 택했거나, 아니면 어른들이 선택해준 남자를 사랑해야 하듯이 남편을 사랑하지 않았다. 다른 뭔가가 있었다. 자연의 두려운 비명소리가 갈수록 점차 심하게 느껴졌다. 어딘지 모르는 어두운 심연으로, 추락하고 싶지 않은 곳으로 그 비명소리가 그녀를 끌고 갔다. 아나는 심오하면서도 변덕스러운 슬픔을 느꼈다. 뚜렷한 대상이 없는 사랑, 말로 표현할 수 없는 열망, 느닷없이 고통스러워 견디기 힘든 영혼의 건조함을 느꼈다. 그리고 이 모든 것이 그녀를 미치게 했다. 그녀는 정체 모를 대상에게 두려움을 느꼈고, 그런 위험과 맞서 싸우기 위해 종교에서 피난처를 찾았다. 이것이 자문신학자가 개별적으로 알아낸 내용의 전부였다. 구체적으로 비난할 만한 것은 전혀 알아내지 못했다. 그 역시 다른 여자라면 자연스럽게 질문했을 것을 판사 부인에게는 차마 묻지 못했다. 궁금해서 속이 타들어가기는 했지만, 답답함을 꾹 누르고 혼자 추측하는 데 그쳤다. 가장 중요하고 가장 우선인 것은 그녀가 자발적으로 말하고 싶어하는 것 이상은 억지로 알아내려 해서는 안된다는 것이었다. 무엇보다 중요한 것은 그가 신중하고 객관적이며, 단점을 가진 일반적인 사람들보다 우월함을 보여주는 것이었다.

페르민 신부는 자기 자신에게 말했다. 처음 몇번은 그녀를 제대로 알려고 하지 말고 호의적인 모습을 보여야 해. 내 마음이 바다처럼 넓다는 것을 보여줘야 해. 마음을 움직여 그녀를 내 사람으로 만들고 나면, 그때는 그녀 스스로 입을 열 거야…… 그러면 비베로에서 무슨 일이 있었는지 알게 될 거고. 꽤 중요한 일일 거 같은데.

페르민 신부는 아나와 성당 밖에서 만나 얘기할 때마다, 쌘프란시스꼬 데 아시스의 날 들놀이 갔을 때와 그외 여러번 들놀이를 갔을 때 무슨 일이 있었는지 알아내려고 노력했다. 아나와 같은 여자에게는 성스러운 공간에서 그런 사소한 일들을 점잖게 물어볼 방법이 없었다.

판사 부인은 신부의 신중함과 조심성이 고마웠다. 사람 좋은 사제가 현미경처럼 자질구레한 질문들로 의심적은 과거나 현재를 꼬치꼬치 캐묻지 않고, 늘 그렇듯 '정신적인 위생'을 통해 자기에게 정숙한 삶을 준비해주려고 애쓰는 모습이 좋았다. '현미경처럼'이라는 말은 신부가 자주 사용하는 표현이었다.

가장 중요한 것은 판사 부인의 반항심을 자극하지 않는 거야. 처음에는 눈치채지 못하게 그녀가 참회의 오르막길을 오르게 해야 해. 평평한 길처럼 보이는 경미한 오르막길로. 그리고 그걸 위해서는 지그재그로 걷고, 커브길로 많이 돌고 돌아도 조금씩 올라가도록 하면서…… 그외에 다른 방법이 없어. 그러고 나서 위로 올라가면 얘기는 달라져. 그때는 가파른 경사길로 올라가게 할 수 있어. 총대리신부는 그런 일은 이렇게 지리학적인 형이상학으로 생각했다. 그 참회자가, 그 여자 친구가 그에게서 도망칠 수도 있다는 생각이 두려웠기 때문에 그에게는 매우 중요한 일이었다.

어느날 아침 결국 아나는 페르민 신부에게 자기 꿈 얘기를 하게 되었다. 말 한 마디 한 마디가 분명하지는 않았지만 신부는 몇 마디 하지 않아도 충분히 이해했다. 그는 아나의 말을 끊고, 외설적인 것을 표현하는 말이 차고 넘치는 우리말에서 얼마 안되는 고급스러운 표현을 찾느라 애쓰는 아나의 수고를 덜어주었다. 그리고 그 덕분에 이전의 만남 때와 마찬가지로 그날 역시 매우 이상적이고 배려가 깊은 만남이 될 수 있었다. 하지만 신부는 평소보다 좀 불편한 마음으로 성가대석으로 돌아갔다. 그는 성가대석 높은 곳에 위치한 자기 자리에 앉아 다른 데 정신을 팔며 의자 팔걸이의 외설적인 조각들을 만지작거렸다. 다른 사제들이 하늘을 향해 소리를 높이는 동안, 그는 되새김질을 하듯 판사 부인이 고백한 내용을 중얼거렸다.

꿈을 꾸다니! 기도의 힘이 밤에는 사라지는군. 그녀도 어쩔 수 없이 쓸데없는 기분과 헛것에 시달리고 있어. 그리고 거기에 대한 책임이 있으니, 그것도 일종의 죄이지…… 단도직입적으로 말하면 아나가 남자 꿈을 꾼다는 건데…… 페르민 신부가 성가대석의 의자에서 심란하게 몸을 뒤척였다. 딱딱한 의자 위에 이글거리는 숯불과 따가운 가시들이 잔뜩 깔려 있는 기분이었다. 성경에 등장하는 롯의 딸들[5]을 얇게 부조된 것에서 작고 동그랗게 돌출된 두 부분을 오른손 검지로 계속 문지르며, 자기도 모르게 그가 그토록 중요시했던 비밀을 무지의 안개에서부터 끄집어내려고 노력했다. 판사 부인은 대체 누구를 꿈꾸는 걸까? 구체적인 인물일까?…… 그는 성가대석 높은 곳, 한쪽 구석에 위치한 자기 자리의 어둠속에서 홍당무처럼 얼굴을 붉히며 생각했다. 혹시 나인가?

그 순간 양쪽 귀가 윙윙거리며 이제 더이상 성가대 지휘자와 성가대원들의 장중한 노랫소리가 들리지 않았다. 저 아래쪽에서 새

---

5 구약 성경 「창세기」에 등장하는 아브라함의 조카 롯과 그의 두 딸은 근친상간으로 모압과 암몬 족속을 이뤘다.

벽 성무일과인 프리마prima의 라틴어를 마지못해 웅얼대며 낭송하는 주례의 목소리도 들리지 않았다.

안돼. 이제 막 시작한 달콤한 우정을 적들이 수없이 모함하는 천박한 감정의 저속한 스캔들로 만들 수는 없어. 그 달콤한 우정이 얼마나 새로우면서도 멋진 감정을 약속하는데. 판사 부인이 고백한 꿈의 대상이 자기라는 생각이 기분 좋은 건 사실이었다. 그걸 부인할 수는 없었다. 어떻게 자신을 속인단 말인가? 딱딱한 자리에 제대로 앉아 있을 수도 없는데! 하지만 이렇게 만족스럽게 채워진 허영심은 아나에 대한 자신의 감정을 거칠게나마 만족시키고, 자기 의지를 마음대로 휘두르겠다는 확고한 목적과는 상관없었다. 그 의지는 길들여지지 않은 베뚜스따 사람들과 싸우는 너무나도 하찮은 일에 매진하느라 망가져버렸다. 그렇다. 그가 바라는 것은 강력하고 살아 있고 뜨거운, 야망을 물리칠 수 있는 열정이었다. 그가 교구의 확실한 주인이 된다는 야망은 이제 하찮아 보였다. 비록 말은 많지만 이제 주인은 그였다. 그리고 그걸로도 이미 충분했다.

완벽한 지배 자체가 불가능한데 뭘 더 바라겠는가? 게다가 그는 자신의 영혼에서 아나에 대한 관심이 높이 날고자 하는 다른 열망보다 위에 있었으면 하고 바랐다. 주교, 스페인 교회의 수장, 어쩌면 그리스도의 대리자⁶가 되려는 열망보다 훨씬 중요한 비중을 차지했으면 했다. 너무 많은 고통을 받지 않기 위해, 삶에 최대한 만족하기 위해, 이 세상이 너무나도 슬프고 무미건조해지지 않기 위해, 한순간의 야망을 이기고 싶었다. 터무니없고, 유치하고, 지나갔다가 다시 돌아오는 광기와도 같은 야망을…… 그리고 위대한 영

---

6 Vicarius Christi. 교황을 일컫는 말.

혼이 이해할 수 있는, 불쌍하고 용렬하고 사악한 베뚜스따 사람들이 죄라고 여기는 그 숭고하고 이상적인 감정을 통해 이기고 싶었다. 그러한 감정을 통해서만 높고 칭송받을 만한 목표에 도달할 수 있었다. "그래, 그래." 총대리신부는 결론지었다. "내가 그녀를 구원할 거야. 그리고 지금은 모르더라도 그녀가 나를 구원하게 될 거야."

아래쪽에서 성가대원들이 노래를 부르고 있었다. "Deus, in adjutorium meum intende."[7]

'모든 성인의 날' 오후에 아나는 도덕적인 치유를 위해 미리 비축해놓았던 부분까지 잃었다는 느낌이 들었다. 페르민 신부에게 불평했던 영혼의 무미건조함, 한번 느끼게 되면 끝이 나지 않을 것 같은 무미건조함이 바다 위로 몰려오는 먹구름처럼 그녀의 영혼을 휘감으며 하늘의 빛줄기조차 보이지 않았던 것이다. 페르민 신부에게 불평하면 그는 성 알폰소 리구오리[8]를 인용하며 그게 모든 사람들의 일반적인 약점임을 설명했다. 심지어 성인들도, 그리고 신비주의자들도 일반적으로 겪는 고통이라고 했다.

대체 무슨 종소리가 울리고 또 울리는 건지. 아나는 머릿속이 이미 종소리로 가득 찼다고 생각했다. 쇠 부딪히는 소리가 아니라, 사이 나쁜 귀뚜라미들이 우글거리며 머리 나쁜 주인을 장악하려는 신경과민증이 보내는 경고였다.

의도한 바는 아니었지만 어린 시절의 추억, 철학자였던 아버지

---

7 라틴어로 '오 주여, 나를 구원하소서!'라는 뜻.
8 알폰소 마리아 데 리구오리(Alfonso Maria de Liguori, 1696~1787). 이딸리아 출신으로 변호사를 하다가 성직자로 변신. 대표적 윤리신학자로 후세에 큰 영향을 주었으며 사후에 성인으로 시성되었다.

와의 대화 내용, 회의주의자의 격언, 비관주의자의 역설들이 떠올랐다. 먼 옛날에는 제대로 알아듣지도 못했지만 지금은 귀 기울여 들어볼 만한 주제처럼 들렸다.

분명한 것은 베뚜스따에서는 숨 막혀 죽을 것 같다는 것이었다. 어쩌면 철학자와 슬픔에 잠긴 시인들이 말하는 것처럼 세상 전체가 그렇게까지 견디기 힘들지 않을 수도 있었다. 하지만 베뚜스따에 대해 이성적으로 확신할 수 있는 것은 이곳이 빈촌 중에서도 최악의 빈촌이라는 것이었다. 한달 전만 해도 아나는 자문신학자가 자기를 그 권태에서 구해줄 거라고 믿었다. 대성당 밖으로 나가지 않고도 빛이 충만한 상부의 세계로 자기를 이끌어줄 거라고 믿었다. 그가 말한 것처럼 그럴 능력이 있었다. 그에게는 많은 재능과 설명 가능한 더 많은 것들이 있었다. 하지만 그녀는 어쩌면 높은 곳에서 추락한 여자, 다시 분노에 휘감긴 여자, 그 순간 영혼을 메마르게 하는 건조함으로 되돌아간 여자에 불과했다.

이제 누에바 광장으로는 아무도 지나다니지 않았다. 마부나 신부, 어린 꼬마들, 마을 여자들도 지나다니지 않았다. 이제는 모두 공동묘지나 에스뽈론에 있는 게 분명했다……

아나는 누에바 광장과 빤 광장을 이어주는 빤 거리의 아치 아래서 돈 알바로 메시아의 늠름한 모습을 보았다. 털에 윤기가 자르르 흐르고, 물결치듯 갈기가 풍성하고, 목이 두툼해 목덜미가 튼튼하고, 꼬리에 숱이 많은 멋진 백마를 타고 있었다. 스페인 순종으로, 기수가 능수능란하게 손을 놀리며 박차를 가하자 말이 앞발을 들더니 빙그르르 몇바퀴 돌았다. 주인이 은밀히 손을 써서가 아니라, 자기가 좋아서 그렇게 초조해하는 모습을 보여주는 듯했다. 돈 알바로는 멀리서 인사를 건네고는 주저하지 않고 바로 린꼬나다 거리로 다가와 판사 부인의 발코니 아래에 이르렀다.

돌 위를 지나가는 요란한 말발굽 소리와 말의 우아한 몸놀림, 기수의 아름다운 모습이 갑자기 광장을 활력과 즐거움으로 가득 채웠다. 판사 부인은 자기 영혼에 한줄기 시원한 바람이 휘몰아친 기분이었다. 신사양반이 제때 와주셨네! 바로 그 순간 돈 알바로는 아나의 두 눈과 입술에서 달콤하고 솔직하고 지속적인 미소를 보면서 왠지 의아한 생각이 들었다.

아나는 돈 알바로가 자기를 그윽이 바라보는 즐거움도 뿌리치지 않았고, 돈 알바로의 시선이 자기에게 일으키는 효과도 애써 숨기지 않았다. 그들은 말과 공동묘지에 대해, 그날의 슬픔에 대해, 모든 사람들이 합의하에 지겨워하는 어리석음에 대해, 그리고 베뚜스따가 얼마나 살기 힘든 곳인가에 대해 얘기했다. 아나는 말이 많았으며, 심지어 입에 발린 소리까지도 서슴지 않았다. 처음에는 말을 가리키는 거였지만 나중에는 기수까지 포함하였다.

돈 알바로는 약간 의아했다. 그 요새가 여러가지로 많은 장벽을 갖추고 있는데다, 오늘은 균열이 간 것처럼 보여도 다음날이면 절대 난공불락일 수도 있다는 것을 경험상 알지 못했더라면 그가 가장 거칠고 성급한 공격을 가리켜 지칭하는 '개인적' 공격을 가할 기회가 왔다고 믿었을 수도 있었다. 하지만 돈 알바로는 아나에게 가까이 다가갈 용기조차 없었고, 말도 광장에 내버려둘 수 없었기 때문에 그렇게 할 수도 없었다. 그가 할 수 있었던 것은 가능한 한 발코니 가까이 다가가 편자 위에 서서 최대한 목을 길게 빼고, 그녀가 자기 얘기를 듣고 싶다면 난간 위로 몸을 숙이도록 나지막하게 말하는 거였다. 그날 오후에는 아나가 그와 얘기하고 싶어했다.

정말 희한한 일이었다! 모든 것에서 얘기가 잘 통했다. 그들은 수많은 대화를 나눈 후에야 자기네의 취향이 꽤 비슷하다는 것을 알았다. 얘기를 나누다가 돈 알바로는 아나가 베뚜스따를 떠나던 날 까스띠야 도로에서 고모들과 산보를 하고 돌아오던 날을 우연히 떠올렸다. 그러고는 얼마 후 아나가 남편과 함께 그라나다로 떠날 때 탔던 마차가 같은 마차, 같은 좌석일 수도 있다는 가능성에 대해 얘기했다.

아나는 우물에 빠지는 기분이었다. 저 아래에 있는 남자의 두 눈 속으로 점점 깊이 빨려드는 느낌이었다. 온몸의 피가 머리로 쏠리고, 생각들이 뒤죽박죽 엉키고, 도덕적인 개념들이 빛을 잃어가고, 용수철과도 같았던 의지가 느슨해지는 기분이었다. 자기에게 다가오는 위험이 보였다. 돈 알바로와 그렇게 얘기를 나누는 것은 당연히 경솔한 행동이었다. 숨기는 기색 없이 즐겁게 그를 바라보며, 칭송하고, 욕망과 취향의 비밀스러운 상자를 여는 것은 경솔한 짓이었다. 그런데도 아나는 전혀 후회가 되지 않았다. 그냥 추락하는 즐거움에 몸을 맡겼다. 이 즐거움이 해묵은 사회의 불의와 운명의 지나친 장난에 대한, 특히 엔시마다와 꼴로니아 지역의 따분한 사람들의 단조롭고 밋밋하고 어리석은 삶이 아닌 삶은 모두 비난하는 베뚜스따의 어리석음에 대한 복수와도 같았다…… 아나는 얼음이 녹아내리면서 메말라 있던 게 촉촉해지는 느낌이었다. 발작이 지나가는 기분이었다. 하지만 여느 때와는 달랐다. 추상적인 슬픔의 눈물 속에서나 성스러운 삶을 살고자 하는 목표 속에서 다짐했던 포기와 희생의 열망은 아니었다. 춥고 메마르고 늘어지고 번식력이 없는 생각의 사막에서 그녀를 꺼내준 것은 여느 때와 같은 환상으로 가득한 요새가 아니었다. 새로웠다. 이완된 느낌이었다. 의지를 꺾는 순간, 의지를 이기는 순간, 마음속에서 즐거움이 느껴지는 그런 기분이었다. 혈관과 뼈의 골수를 따라 흐르는 시원한 바람과도 같았다. 그 남자가 말을 타고 오지 않았더라면, 그래서 그가 위로 올라와 내 발밑에 엎드렸다면 그 순간 나를 무너뜨릴 수도 있어. 나를 자기 것으로 만들 수 있어. 아나는 이런 생각을 하고 있었으며, 두 눈으로 거의 그 사실을 얘기하고 있었다. 아나는 입이 바짝 말라 혀로 입술을 적셨다. 발코니에 있던 부인의 표정이 말에게 간지러움을 태운 듯, 말이 껑충 뛰어 말발굽의 쇳소리가 돌 위로 울려퍼졌다. 한편 기수의 시선은 판사 부인의 풍부한 가슴이 휴식을 취하고 있는 난간 쪽을 향해 시뻘겋게 달아오른 폭죽과도 같았다.

그들은 많은 얘기를 나눈 후 침묵을 지켰다. 그러나 사랑에 대해서는 일절 얘기하지 않았다. 그건 확실했다. 돈 알바로 역시 직설적이면서도 농염한 구애는 허락하지 않았다. 하지만 그렇다고 해서 눈에 보이지 않는 낌새, 분위기, 추측으로, 하여간 뭐가 됐든지 어떻게라도 서로에게 모든 얘기를 하고 있다는 확신이 없었던 것도 아니었다. 아나는 저 아래서 돈 알바로가 열정을 활활 불사르고 있다는 것을 알았다. 돈 알바로 역시 자신이 존중받고 있다는 느낌이 든 순간, 어쩌면 자신이 사랑받고 있다는 것을 안 순간, 연인이 보여준 달콤하면서도 부드러운 호의와 자신에게 던져진 미끼에 감사하여 서운했던 감정이 봄눈처럼 녹아내렸다. 돈 알바로는 아나 안에 일어나고 있는 것들, 자포자기와 느슨해진 마음을 이해했다. 돈알바로는 생각했다. 내가 이토록 멀리 떨어져 말을 타고 있다는 게 안타깝군! 결정적인 순간에 점잖게 말에서 내리지 못하다니!⋯⋯ 돈 알바로는 혼자 속으로 그 순간을 가리켜 상스럽지만 '절호의 기회'라고 표현했다.

그런 절호의 기회는 없었다. 아니 적어도 우아한 유물론자가 언급한 그 순간은 절호의 기회가 아니었다.

그날 오후 베뚜스따 전체는 무료함에 허우적거렸고, 어쩌면 아나 혼자 그렇게 생각했을 수도 있었다. 그날 세상이 물이나 불이 아니라 무료함이나 인간의 어리석음이라는 크나큰 잘못으로 끝나버리는 줄 알았다. 그런데 그 순간 돈 알바로가 화려하고 경쾌한 모습으로 말을 타고 광장에 등장하여 생생한 색상과 우아함, 강인함으로 어마어마하고 차가운 잿빛 슬픔을 막아주었다. 거칠고 소란스러운 말과 함께 갑자기 나타나 광장을 가득 메운 늠름한 기수의 모습이 아나에게는 가라앉은 기분과 상상력, 감정을 되살려준 느낌이었다. 잔뜩 몰려 있는 먹구름에서 한줄기 햇살이 내리비추고, 권리가 생생하게 복원되고, 인습적인 무기력과 거리에 감도는 죽음의 침묵, 종루의 어리석은 소음에 대항해 즐겁고 요란하게 항의하는 것 같았다.

발코니에서 마음 졸이고 서 있던 아나는 돈 알바로가 나타난 순간 바다에 홀로 떨어져 바위 위에 있던 조난객이 자기를 구하러 오는 배를 발견한 기분이었다. 그러면서 그동안 위험한 적이라도 되는 듯 그녀를 옭아매고 있던 생각과 감정들의 족쇄가 풀렸다. 영혼이 대대적으로 반란을 일으켰다. 판사 부인이 마음속으로 얼마나 좋아했는지, 그 모습을 자문신학자가 봤더라면 아마 깜짝 놀랐을 것이다.

돈 알바로는 그날 교회가 '모든 성인의 날'을 기념한다는 것조차 알지 못했다. 그는 가을의 베뚜스따 들판이 좋았기 때문에 말을 타고 나온 것이다. 걱정과 우울함 때문에 마음껏 공기를 들이마시며 숨이 차오를 정도로 정신없이 말을 타고 달리다보면 불안감이 사라질 것 같아 산책을 나온 것이다……

완벽했다! 그는 자신의 쾌락과 자연, 전원을 생각하며 무사태평하게 합리적인 현실과 삶 그 자체를 즐기고 있었다. 반면에 다른 사람들, 종소리와 함께 잊힌 망자들을 기계적으로 떠올리는 사람들은 나란히 줄에 묶여 가는 짐승들이었다. 다시 말해, 터무니없는 걱정들의 무게로 삶(아나의 삶) 전체를 짓누르는 영원한 베뚜스따였다. 아나를 불행하게 만드는 베뚜스따!…… 하지만 아직은 시간이 있었다! 아나는 계속 반항하고, 또 반항하고 있었다. 돌아가신 고모들이 알게 된다면, 남편이 알게 된다면. 위선적인 베뚜스따 귀족들, 베가야나 가문과 꼬루헤도스 가문, 모든 계급이 알게 된다면…… 아나는 반항하고 있었다…… 그리고 그때가 아나를 유혹할 수 있는 '절호의 기회'였다. 돈 알바로가 미뤄 짐작했던 것과는 달랐다. 그는 선을 넘지 않고 얘기를 나누는 동안 말을 잠시 어디에 둘까 고민했다. 방법이 없었다. 모든 것을 한순간에 그르칠 수도 있었기 때문에, 그 순간만큼은 판사 부인의 집에 자연스럽게 올라갈 핑곗거리를 찾을 수 없었다.

카지노에서 돌아오던 돈 빅또르 낀따나르는 아내가 상냥하고 점잖은 돈 알바로와 즐겁게 대화 나누는 모습을 보고 흡족해했다. 낀따나르의 표현을 빌리자면, 돈 알바로는 '도를 넘지 않았다.' 차츰 그에게 호감을 느꼈다.

"이제는 프리힐리스와 리빠밀란, 베가야나 다음으로 돈 알바로가 내가 가장 존경하는 이웃이라고 할 수 있지."라고 단언했다.

낀따나르는 평소 인사하던 대로 친구의 어깨를 다독이지 못하고, 그 대신 말 엉덩이를 다독였다. 그러자 말이 약간 고개를 돌려 얌전한 양반을 돌아다보는 영광을 베풀었다.

안녕, 안녕, 난폭한 히포그리프여,

네가 바람과 앞다퉈 달리는구나.

낀따나르가 말했다. 그는 기분이 좋을 때면 자주 스페인 희곡의 왕자[9]나 최고의 문인들의 시를 낭송했다.

"아, 돈 알바로, 연극 말인데요. 오늘밤 드디어 뻬랄레스가 돈 후안 떼노리오를 연기한다지요?…… 몇몇 극성스러운 신자들이 오늘의 공연을 막으려고 수작을 부린다던데…… 말도 안되지!…… 당연히 연극은 도덕적일 때는 도덕적입니다. 게다가 전통…… 관습……은 또 어쩌고요." 낀따나르는 가끔 학술적인 논술에 조바심을 내는 사나운 히포그리프에서 벗어나, 예술의 도덕성을 장황하게 늘어놓았다.

돈 알바로는 부인과 함께 「돈 후안」 연극을 보러 가자고 낀따나르에게 청할 수 있는 기회가 오자 바로 그 기회를 움켜쥐었다.

"말도 마시오…… 정말이지 말하기도 부끄럽습니다…… 하지만 사실입니다…… 살면서 별 희한한 우연인지는 모르겠지만 어쨌든…… 내 아내는 「돈 후안」을 본 적도, 읽은 적도 없습니다! 여느 스페인 사람들처럼 그 작가의 다른 시들은 알지만 연극은…… 그러니까 연극이나 뭐 그런 건 한번도 본 적이 없지요. 작가인 소리야에게는 미안한 일이지요…… 이놈의 짐승이 꼬리로 눈을 찌르네!……"

"옆으로 좀 떨어지십시오. 이놈이 가만히 있지를 못해서요…… 그런데 아나 부인이 「돈 후안」을 보지 못했다는 말씀입니까? 그건

---

9 깔데론 데 라 바르까(Calderón de la Barca)를 가리킨다. 앞의 인용문은 깔데론의 희곡 『인생은 꿈』에 나오는 대목이다.

용서할 수 없는 일입니다!"

돈 알바로는 평소에는 소리야의 연극이 비도덕적이고 위선적이며, 황당무계한 매우 나쁜 작품이라며 몰리에르의 『돈 후안』(그는 읽지 않았다)이 훨씬 낫다고 얘기하고 다녔지만, 지금은 대중적인 작품을 칭찬하는 게 나을 것 같아 호의적인 가십난 기자처럼 말했다.

낀따나르는 메히아를 결박한 소리야의 황당한 생각[10]을 용서하지 못했으며, 돈 후안과 도냐 이네스 데 빤또하의 모험담이 신사답지 못하다고 생각했다. 그런 식이면 누구라도 여자를 정복하겠네. 하지만 이것 이외에는 소리야의 작품을 '아름다운 창작'이라고 생각했다…… 물론 스페인 근대 연극에서 그것보다 훨씬 좋은 작품도 있었지만. 돈 알바로에게는 임시방편으로 메히아를 결박한 후 정혼자의 자격으로 애인의 집으로 들어간 장면이 매우 사실적이고, 창의적이고, 적절하게 보였다…… 그 역시 그런 모험들을 통해 행복한 결말에 이르렀으며, 그 때문에 자신이 불명예스럽다고 생각하지는 않았다. 사랑은 기사소설과 같지 않았고, 쾌락을 위한 모험과 허영심을 위한 모험은 또다른 얘기였다. 그리고 허영심을 위한 모험에 관한 한 돈 알바로와 돈 후안은 모두 명예롭게 제대로 처신할 줄 알았다. 하지만 베뚜스따 보수자유당의 지도자는 이런 생각을 떠벌리지 않고 낀따나르와 합세하여 아나에게 그날밤 극장에 가자고 애원했다.

"나가려고도 하지 않으니 게으른 건지…… 다시 또 습성이 도졌

----

10 호세 소리야(José Zorilla, 1817~93)의 『돈 후안 떼노리오』(*Don Juan Tenorio*, 1844)의 돈 후안은 17세기 띠르소 데 몰리나의 『세비야의 난봉꾼과 선상의 초대』의 돈 후안에서 영향을 받아 낭만적인 인물로 재탄생하였다. 「돈 후안」 2막 7장에서 돈 후안이 돈 루이스 메히아의 약혼녀인 도냐 아나를 속이기 위해 메히아를 결박하라는 명을 내리는 장면이다.

는지, 집 밖으로 나가려고 하지 않아요…… 하지만…… 오늘은 피할 방법이 없지요……"

두 남자가 끈질기게 고집을 부리자, 결국 아나는 돈 알바로의 두 눈을 응시하며 연극을 보러 가겠다고 진지하게 약속했다.

그러고서 그녀는 연극을 보러 갔다.

아나는 8시 15분(공연은 8시에 시작했다)에 후작 부인과 에델미라, 빠꼬, 낀따나르와 동행하여 베가야나 후작의 전용 특별석에 들어갔다.

베뚜스따 극장, 그러니까 『엘 라바로』의 가십난 기자이자 비평가가 에둘러 우아하게 이름 붙인 '빤 광장에 위치한 우리의 콜로세움'은 곧 허물어질 듯 보였다. 풍향계를 통과한 바람을 모두 무료입장시키는 낡은 극장이었다. 북풍이 휘몰아치며 눈이 내리는 날이면 천창 환기구로 눈송이가 흩날려들어왔다. 무대의 막이 오르면 신중한 관객들은 폐렴을 생각하지 않을 수 없었으며, 일반 관람석의 몇몇 관객들은 훌륭한 가정교육을 벗어던지고 얼굴까지 꽁꽁 싸맸다. 베뚜스따에서 연극 보러 갈 때는 든든하게 입고 가야 한다는 게 일반적인 생각이었다. 일년 내내 하얗고 빨갛고 새파란 발랄한 색상의 옷을 입고 에스뽈론과 빠세오 그란데를 뽐내며 돌아다니는 지체 높은 아가씨들도 빤 광장의 콜로세움에 갈 때는 정장 드레스를 입어야 하는 날이 아니면 회색과 검정색, 갈색 계열의 의상밖에 입지 않았다. 연극배우들은 얇은 옷을 입고 무대에서 추위로 벌벌 떨었으며, 무희들은 쌀가루로 허옇게 화장한 얼굴 아래로 이를 부딪치며 시퍼렇게 질려 보랏빛으로 등장했다.

무대장식은 점차 훼손되었지만, 예술의 적들이 득세하고 있는 시청은 무대장식 교체를 생각하지 않았다. 「한여름 밤의 꿈」에서 배우들이 숲에서 등장하는 연기를 할 때면 베뚜스따의 극장에서는 천과 판지의 부족을 상상력으로 메워야 했다. 금은 격천장이 그려진 왕실 배경화와 잔잔하고 파란 하늘 배경화 이외에는 다른 배경화가 없었다. 하지만 우리 근대 연극의 대부분의 경우에서는 격천장이나 그런 비슷한 것 없이 제대로 가구를 갖춘 홀이 필요했기 때문에 그런 경우 무대 감독들은 파란 하늘을 택했다. 가끔은 막이나 무대의 배경막들이 꼼짝도 하지 않거나 갑자기 떨어지기도 했다. 한번은 나무에 꽁꽁 묶여 있던 디에고 마르시아가 갑자기 도냐 이사벨 데 세구라의 경당에 나타나 연극의 사실성을 떨어뜨리기도 했다. 숲 무대가 무너졌던 것이다.

베뚜스따 사람들은 론살이 시대착오적이라고 부르는 이런 일들에 이미 익숙했으며, 모두 그냥 넘어갔다. 특히 칸막이방이나 아래쪽 박스석의 '점잖은 사람들'은 공연을 보러 공연장에 가는 게 아니고, 멀리서 서로 바라보거나 악담을 퍼부으러 가는 것이기 때문에 크게 개의치 않았다. 베뚜스따에서 여자들은 아래층 VIP석을 원하지 않았다. 사실 여자들이 앉을 만한 곳도 아니고, VIP석도 아니었다. 장날 구경 나온 시골 여자나 잘난 척하는 여자들이 앉는 자리였다. 우아한 척하는 영악한 남자들도 아래층은 썩 내켜하지 않았다. 그들은 칸막이방이나 아래층 박스석을 선호했으며, 자기네들의 은밀한 공간에서 담배 피우거나 웃고 소란스럽게 떠들며 공연을 방해했다. 그리고 이 모든 것은 마드리드의 몇몇 공연장을 충실하게 따라 하고자 하는 고급스러운 취향에서 비롯되었다. 현실을 깨달은 나이 든 여자들은 칸막이방 뒤편에서 졸았고, 빼어나거나 자신이 빼어나다고 믿는 여자들은 눈과 혀로 다른 여자들의 눈과 혀를 자르고 자신의 매력과 어두운 의상들을 뽐내며 열심히 경쟁했다. 일반적으로 연극 예술은 이틀에 한번꼴로 밤마다 세시간씩 이웃집 여자들과 아는 여자들의 옷과 재능을 감시하기 위한 핑곗거리라는 게 베뚜스따 귀부인들의 생각이었다. 그들은 무대에서 일어나는 일은 듣지도 보지도 이해하지도 않았다. 베뚜스따의 훌륭한 귀부인들은 배우들이 무기를 들고 요란한 소리를 지르거나 사랑하는 연인이 가장 가까운 집안 식구의 아버지나 아들임이 밝혀져 비명을 지를 때만 고개를 돌려 무대 위에서 어떤 끔찍한 일이 벌어졌는지 확인했다. 교양이나 학식 높은 관객들 역시 그렇게 관심이 많거나 감수성이 예민하지는 않았다. 거의 모든 사람들이 의견의 일치를 보는 것은 사르수엘라[11]가 시를 읊는 연극보다 훨씬 낫다는 것이었고, 통계에 의하면 베뚜스따의 극단들은 모두 파산해 해체되었다. 조연급 배우들은 대부분 베뚜스따에 남았는데, 그들은 겨울에 여름옷을 입거나, 대개의 경우 아주 꽉 끼는 옷을 입고 다녀 쉽게 알아볼 수 있었다. 어떤 배우들은 평범한 이웃이 되기도 했고, 어떤 배우들은 그 지방의 합창대원이 되어 노래를 부르는 오페라와 사르수엘라에 출연하기도 했다. 또 어떤 배우들은 요행히 주연급이 되어 그 지방에서 연극을 좋아하는 몇몇 청년들의 도움으로 연극을 무대에 올려 10 내지 12두로를 벌어 다른 지방으로 가기도 했는데 거기서 다시 파산했다. 또한 가끔 진지한 '시'를 읊는 예술가들은 국가의 운명을 다루는 정부의 뜻에 따라 가끔 감옥에서 경력을 끝내기도 했다. 돈도 주지 않고, 그것도 모자라 배우들의

---

11 Zarzuela. 사설·노래·합창·춤 등으로 이루어진 스페인 악극. 17세기에 귀족들을 위한 여흥의 하나로 발달하기 시작했으며, 주로 신화나 영웅담을 다루었다. 처음 공연이 이루어진 곳이 마드리드 부근의 라 사르수엘라 왕실 행궁이어서 '사르수엘라'라는 이름이 붙여졌다.

궁핍을 대놓고 모욕하는 업주들이 대부분 잘못이었다. 베뚜스따에서 극단이 겪은 이러한 불행을 고려하면 베뚜스따 주민들이 무대를 사랑하지 않는다고 생각할 수 있었고 대체로 그런 편이었다. 하지만 가게 점원이나 식자공처럼 전적으로 연극에 매달리는 계급도 있었다. 『엘 라바로』와 다른 지역 신문들에 따르면, 그들은 '탈리아의 힘든 예술'[12]을 가정극들에서 개척해 좋은 결과를 얻었다.

아나 오소레스가 베가야나 후작의 칸막이방에 앉자, 박스석과 일반 관람석이 술렁이며 수군거리는 소리가 들려왔다. 좋은 자리이기는 하나 후작 부인은 절대 거기에 앉지 않았다. 아나의 미모에 대한 명성에다 어쩌다 한번 극장에 나타났다는 사실이 그런 총체적인 호기심을 설명해주었다. 게다가 고해신부가 바뀌어 몇주 전까지만 해도 판사 부인에 대한 말이 많았던데다가, 아내를 데리고 사방으로 다니겠다는 남편 낀따나르의 의지도 어느정도 겹쳤던 것이다. 까라스삐께의 집에서 그러던 것처럼 총대리신부가 판사 부인을 자기편으로 끌어들였다느니, 그게 아니라 신부가 아내를 통해 남편을 지배하게 되었다느니 말이 많았다. 좀더 과감하고, 좀더 악의적이고, 그리고 자기네가 더 많이 안다고 생각하는 사람들은 총대리신부의 힘을 견제하려는 사람들이 없지 않다며 '친한 사람들'의 귀에 대고 속삭였다. 제대로 얘기해줄 수 있는 비시따와 빠꼬 베가야나는 신중하게 말을 아꼈다. 옵둘리아는 벌어지지도 않은 일들을 이미 알고 있다는 듯이 무게를 잡았다.

"판사 부인! 치! 판사 부인도 다른 여자들이랑 똑같아…… 우리 다른 여자들도 그녀 못지않게 훌륭하다고…… 하지만 그녀의 냉정

---

12 연극을 의미한다. 탈리아(Thalia)는 희극과 전원시의 뮤즈이다.

한 성격과 비사교성, 흠 잡아봐라 하는 식의 자만심이 그녀를 더욱 신비롭게 만들어 아무도 감히 수군거리지 못하는 거지…… 하지만 그녀 못지않게 훌륭한 여자들도 많다고……"

옵둘리아가 암묵적으로 하지 않는 말은 아직까지는 거의 모든 곳에서 회의적으로 받아들여졌다. 하지만 옵둘리아의 악마 같은 혀가 그럴싸하게 부풀려 던진 말은 입에서 입으로 전해졌다. 옵둘리아는 많이 생각하지 않고 아무 말이나 뱉었다. 늘 다른 생각을 하면서 기계적이고 경솔하게 던진 말이었다. 남을 비방할 때는 자기도 모르게 기름을 부었다. 거기에다 판사 부인이 저지른 가장 큰 죄는 대세를 따랐다는 것이었다. 옵둘리아가 볼 때 판사 부인 정도라면 그 정도까지 가면 안되었다. "마드리드와 외국에서는 매일 밥 먹듯 일어나는 일이지요. 하지만 베뚜스따에서는 좀 자유분방한 유행은 무슨 난리가 난 듯 호들갑을 떨지요. 요조숙녀처럼 놀라움과 두려움으로 받아들이면서 말예요. 여기서는 모두가 따라 해서 우아한 맛은 없고 유치할 뿐이지요. 하지만 목욕도 하지 않으면서 갓난아기를 씻길 때 말고는 스펀지도 사용하지 않는 여자들에게 뭘 기대하겠어요!" 옵둘리아는 외지인과 말할 때는 베뚜스따 여자들의 고리타분한 위선과 더러움을 묘사하며 마음껏 무시했다.

"내 말을 믿어요." 그녀가 강조했다. "그 여자들의 몸은 스펀지가 뭔지도 몰라요. 고릿적 하던 식으로 고양이 세수나 하면서 남편한테 들러붙을 뿐. 얼마나 지저분하고 얼마나 무식한지!"

오래전부터 일반 대중들의 가득한 호기심과 집요하고 차가운 눈길에 익숙한 아나는 자기가 성당이나 산책로, 극장으로 들어서면서 불러일으키는 효과에 거의 신경 쓰지 않았다. 하지만 그날밤 '모든 성인의 날'에는 사람들의 즉각적인 감탄을 기분 좋게 받아들였다. 다른 때처럼 그곳에서 어리석은 호기심이나 질투, 악의가 느껴지지 않았다. 돈 알바로가 광장에 모습을 드러낸 이후로 아나는 기분이 바뀌었다. 시커멓고 차가운 권태와 황량함에서 벗어나 만물에 빛과 열기가 충만하게 스며드는 기분이었다. 아나는 그런 갑작스러운 기분 변화가 신의 의지라는 미신적인 생각이 들었다. 극작가들이 그러는 것처럼 훌륭한 인간들의 운명에 따라 사건들이 미리 준비되어 돌아간다는 생각이 들었던 것이다. 확고한 믿음으로 다른 것에는 적용시키지 않던 생각을 자기가 중요하다고 생각하는 일에서는 굳게 믿었다. 아나는 하느님이 이따금 자기에게 신호를 보내, 자기가 그 기회를 이용하고 교훈과 충고를 얻을 수 있도록 우연을 만들어준다고 믿었다. 어쩌면 이 부분이 아나의 종교적인 믿음에서 가장 심오한 부분일 수도 있었다. 그녀는 자기 삶의 행동과 운명, 고통과 기쁨을 하느님이 확실하고도 특별하게 직접 돌봐준다고 믿었다. 이러한 믿음이 없었다면 슬프고 시시하고 쓸모없는 길을 잃은 삶의 역경을 견뎌내지 못했을 것이다. 그녀는 세상에서 가장 짜증나게 착하고, 세속적이고, 편집증적이고, 비현실적으로 보이는 남자의 곁에서 8년을 살았다. 그녀는 사랑 없이, 불꽃 튀는 열정 없이, 잠시 뿌리친 일시적인 유혹 이외에는 별다른 매력 없이 8년 동안 청춘을 허비하면서, 하느님이 자기 영혼의 성정을 실험하기 위해 그들을 보냈다고, 하느님이 자신을 특별히 총애한다고 생각하지 않고서는 그들을 참지 못했을 거라고 생각했다. 아나는 하느님의 보이지 않는 눈이 존중하는 이기적인 믿음의 순간을 믿었다. 아나는 모든 것을 내려다보며 자기를 지켜보는 분이 만족스러워한다고 믿었다. 아나는 자신의 허영심이 다른 본능에 휩쓸리지 않기 위해서라도, 추상적인 생각에서 자기를 끄집어내 세상 사물들의 조형적이고 친절하며 생명과 열기로 충만한 모습을 보여주는 다른 목소리에 휩쓸리지 않기 위해서라도 이러한 신념이 필요했다.

그녀는 총대리신부의 고해실에서 '쌍둥이 영혼'을 발견하고 꽃과 별들이 가득한 길을 따라 덕이 반짝이는 곳으로 자기를 데려다줄 '베뚜스따를 초월한 영혼'을 찾았을 때도 그러한 발견이 하느님 덕분이고, 하늘의 계시라고 믿으며 그를 받아들였다.

그런데 지금 판사 부인은 늠름한 기수 앞에서 갑자기 속이 울렁거리는 묘한 기분이 들자 독립과 사랑, 기쁨, 순수하고 아름답고 위대한 영혼에게 걸맞은 관능적인 내면의 소리들이 속삭이는 내용을 주저없이 믿었다. 그날 돈 알바로는 말을 뒷발로 일으키며 무기력한 하루의 서글픈 침묵을 뒤흔들기 위해서 왔다. 반항심이 그렇게 몇시간씩이나 계속된 적은 없었다. 그날 오후 이후 한순간도 같은 생각이 들지 않은 적이 없었다. 죽은 사람처럼 산다는 게 말도 되지 않았다. 사랑은 청춘의 권리이고, 베뚜스따는 천박함의 진창이며, 남편은 매우 존경받는 가정교사와도 같았다. 남편에게는 육체적으로 순결만 지키면 되었다. 남편은 존재 자체도 모르는 땅속 깊은 곳과 같은 내면을 그에게 보여줄 필요가 없었다. 낀따나르는 소모사 의사의 처방에 따라 그런 그녀의 깊은 내면을 신경과민이라고 생각했다. 그런데 그것은 존재의 뿌리이며, 진정 그녀의 것이고 그녀 자체였다. 다시 말하자면 남편에게 알릴 필요조차 없었다. 나는 사랑할 거야. 그를 열렬히 사랑할 거야. 사랑 때문에 눈물을 흘릴 거고. 내 방식대로 내가 원하는 사람을 꿈꿀 거야. 내 육체는 죄를 짓지는 않을 거야. 하지만 내 영혼은 제대로 이해하지 못하는 사람이 금기한 것들을 느끼며 흠뻑 기쁨에 빠져들 거야. 이러한 생각들이 아나를 즐거운 두려움으로 가득 채워주었다. 그리고 어떻게 붙잡아둘 방법도 없이 이러한 생각들이 아나의 머릿속에서 회오리바람과 같은 돌풍을 불러일으켰다. 마치 저 멀리 사방으로 울려퍼지는 타인의 목소리와도 같았다. 내면에서 무언가 속이고 있다 싶고, 당연한 권리를 주장해야 한다는 반항적인 생각을 부추겨대는 궤변을 알아차리면 아나는 그것을 애써 억누르려 했다. 그런데 의지는 스스로 속이며 '가는 대로 내버려두는' 비겁하고 이기적인 결정을 택했다.

그렇게 아나는 극장에 도착했다. 자기도 모르게 돈 알바로와 낀따나르의 간청에 굴복했던 것이다. 그것이 데이트이고, 약속일 수도 있다고 두려워하면서도 그곳에 갔다. 아나는 자기 방의 거울 앞에서 혼자 있을 때, 거울 속의 아나가 계산을 청구하고 있다는 생각이 들었다. 머릿속으로 자신의 생각을 완벽하게 그리며 혼잣말을 했다.

"좋아. 가겠어. 물론 결단코 그 남자가 내게 어떤 식으로 행세하게 두지는 않을 거야. 거기서 무슨 일이 있을지 모르지. 무미건조한 마음에 밀려든 이 자유로운 기분을 얼마나 느낄 수 있을지 모르지. 하지만 극장에 간다는 것은 절대 품위를 훼손시키지 않겠다는 증거이기도 하니까. 지금의 명예가 조금이라도 훼손되어서 돌아오는 일은 없을 거야."

아나는 이렇게 생각하고 결심한 후에 옷을 입으며 최대한 멋지게 머리를 매만졌다. 그러고는 낀따나르가 깔데론과 모레또의 연극 대사에서 그토록 좋아하는 명예니 위험, 그리고 의무에 대해서도 고민하지 않기로 했다.

베가야나 후작의 특별관람실은 무대 옆 부분의 관람석과 이어

져 있었다. 약간 숨은 듯 다른 관람석들과 칸막이로 따로 분리되어
있어서 베뚜스따에서는 '주머니'라고도 불렸다. 그 반대편 무대 왼
편의 관람석은 돈 알바로와 우아한 카지노 회원들의 관람석이었
다. 몇몇 은행가와 귀족 한명, 중남미인 두명이 있었는데, 중남미인
들 중에서는 당연히 돈 프루또스 레돈도가 제일 중요한 인물이었
다. 돈 프루또스는 공연을 놓치지 않았다. 그는 시를 좋아하며 '시
를 읽고 스스로를 가꿔라'라는 말을 자주 입에 올렸다. 그는 백만
장자의 권위와 함께, 희극과 드라마의 사건에 관해 자기가 '가장
해박하다'고 자부했다. 돈 프루또스는 '기품이 없어!'라는 말을 자
주 사용했는데, 진지한 신문 사설에서 그다지 교양 없고 잘 이해가
되지 않는 이 문장을 배워서 써먹는 거였다. 그는 연극을 보며 도
덕적인 교훈이 없거나, 최소한 자기가 이해할 수 있는 범위 안에서
교훈이 없으면 무조건 '기품이 없어!'라고 말했다. 그래서 그는 기
품이 없으면 작가를 비난했고, 심지어는 귀중한 시간을 잃게 만들
며 관객들의 기대를 저버렸다고까지 말했다. 돈 프루또스는 모든
것이 이익이 남아야 하고, 이런 말이 그 예증이었다.

"망리께는 레오노르를 사랑하고, 백작도 그녀를 사랑해. 그 둘은
그녀를 두고 싸우고, 결국엔 레오노르와 멍청한 시인은 집시 여인이
랑 다른 곳으로 떠나버리지.[13] 그래서? 거기에 무슨 교훈이 있는데?
우리가 뭘 배우는데? 거기에서 내게 무슨 이익이 있는데? 아무것도
없어."

돈 프루또스와 연극을 비평하며 논쟁하는 사람들이 있었는데도
불구하고, 돈 알바로의 박스석이(모든 곳에서 그렇게 불렸다) 가장

---

13 안또니오 가르시아 구띠에레스(Antonio García Gutiérrez)의 희곡 「엘 뜨로바도
르」(El Trovador, 1836)를 언급하고 있다.

두드러지는 특별석이었다. 그 관람석이 혼기 찬 딸들이 있는 어머니와 아가씨들의 눈길을 가장 많이 끌었고, 또한 베뚜스따 샌님들의 시선을 가장 많이 끌었다. 베뚜스따 샌님들은 보수자유당 당수의 주재하에 '세상 물정에 밝은 남자들'이(베뚜스따에서는 세상이 좁았다) 모여 있는 기품있고 우아한 그곳에 합류하는 영광조차 바라지 못했다. 그곳에 있는 대부분의 사람들은 마드리드에서 얼마간 생활했으며, 그래서 그곳에서 보고 온 관습과 매너, 제스처를 아직도 따라했다. 그렇게 그들은 마드리드 클럽의 회원들처럼 자기네 특별관람석에서 큰 소리로 떠들었으며, 가끔은 배우들과 대화를 나누기도 하고, 코러스와 무희들에게 듣기 좋은 말이나 간지러운 말을 건네기도 했다. 그리고 무대 위로 올라온 낭만적이고 고귀한 이상들을 비웃었다. 옷은 제대로 갖춰 입지 못했더라도 시상이 풍부한 이상을 향해 그랬다. 모두들 가정 도덕에 대해서는 회의적이었다. 여자들의 신념을 신선하다고 생각하는 돈 프루또스를 제외하고는 모두 여자들의 순결을 믿지 않았다. 그리고 그들은 모든 영혼을 바쳐, 아니 정확히 말하자면 모든 육체를 바치는 불장난에 매달리며 사랑을 비웃었다. 세상 물정에 밝은 남자라면 애인 없이는 살 수 없으며, 가능하면 싸게 유지해야 한다는 게 이들의 여론이었다. 그들이 대도시의 부패한 관습을 모방하려는 허영에 가득차 욕망의 낚시를 덥석 물리고자 할 때 선호하는 먹잇감이 여배우들이었다. 야비한 유혹자들은 배역을 얻지 못한 발레리나 늙은 여가수, 먼 옛날 젊은 시절의 감상에서 벗어나지 못한 멜로드라마의 여주인공들을 쫓아다니며 구워삶고 구애하고 지쳐떨어지게 하였다. 사실 이들 대부분은 주머니 사정 때문에 모험도 제대로 시작하지 못했다. 쫓아다니는 여자가 입안이 허는 포진병 환자거나 육체적으로나 정신적으로 허물어져 쉽게 다룰 수 있는 사람이 아니면 모험을 시작하지도 못했다.

그 무리 중에서 유일하게 제대로 된 정복자는 돈 알바로였으며, 모두 그의 재산과 멋진 외모를 찬양하는 만큼 그의 정복을 부러워했다. 하지만 아무도 뻬뻬 론살만큼은 부러워하거나 존경하지 않았다. 그는 전에는 '학생'이라고도 불렸고, '나팔총'이라는 별명도 있었다. 베가야나 후작의 특별관람석과 가까운 앞쪽 관람석의 정회원이었다. '나팔총'은 '다른 박스'라고도 불리는 관람석의 주요 멤버로, 우아함과 'sans façons',[14] 처세술에 있어서 돈 알바로와 경쟁하려고 노력했다. 하지만 그의 관람석에는 '잡종 인사들'이 몰려들었고, 그중 많은 사람들은 모든 것을 망칠 뿐이었다. 그들은 회의론자라기보다 뻔뻔한 키니코스학파에 가까워, 여자들을 제대로 유혹하는 게 아니라 사람 몸뚱이를 거래했다. '다른 박스'의 회원은 이런 사람들이었다. 론살, 포하, 빠예스(그는 딸 몫으로 다른 박스도 소유했다), 베도야, 서기(돈을 펑펑 쓰며 시골에서 처녀를 찾아내는 기술과 도시의 포주와 훌륭한 관계를 유지하는 것으로 유명했다), 조각가(그의 조각은 아무도 이해하지 못하고 사지도 않으며 단지 고대 조각의 암거래에만 전념했다), 1심 판사(자신의 정체성이 둘이라고 말하는 사람이다. 하나는 청렴하고 고지식하고 불친절한 판사로서 확실한 분쇄기이며, 두번째는 평판이 안 좋은 유부녀를 찾아내고 불행한 사랑에 눈물짓는 여자에게는 언제든 어깨를 빌려주는 사교적인 남자), 보수당 소속의 나이 먹은 여자 사냥꾼 서너명(모든 것을 정치로 바꿔먹는 시의원들). 하지만 이들이

---

14 프랑스어로 '허물없음, 무례함'이라는 뜻.

특별관람석에 돈을 내기 때문에 그들과 친한 카지노 회원이라면 누구나 그곳에 올 수 있었다. 론살이 여러번 항의했었다. "여러분, 여기가 '부인석'[15]처럼 보입니다!"라고 론살이 자주 불평했지만 아무 소용이 없었다. 그곳에는 호아낀 오르가스와 베뚜스따에 잠깐 들른 칠삭둥이 마드리드 사람들, 베뚜스따에서 나고 자라서 도시의 광택만 얻은 자들이 몰려들었다. '다른 남자의 박스'에는 지체 있는 사람들만 드나들고 사람들이 존경심을 표했기 때문에 론살로서는 심통이 날 만했다. 그의 관람석에서는 자리 잡고 있는 자들이 천박함을 과시라도 하듯 작은 동전들을 무대로 집어던지는 경우도 있었다. 몇몇 무례한 사람들은 관객들이 모두 보는데도 그곳에서 버젓이 담배를 피웠고, 점잖은 오케스트라 단원의 대머리 위로 종이를 뭉쳐서 던지기도 했다. 이따금 아래 좌석이나 박스에서 질서를 지켜달라는 당부를 듣기도 했지만 그들은 째려보며 다수를 무시했다. 그들은 다른 박스에 있는 지인들과 얘기를 나누기도 했고, 결혼하지 않고 영원히 청춘으로 살 줄 아는 허파에 바람 든 여자들에게 점잖지 못한 신호를 보내기도 했다. 하지만 이런 숙녀는 많지 않았다. 베뚜스따 여자들은 대부분 지나치게 재미없이 심각한 척했으며 대중들이 보는 앞에서는 고릿적 시대의 이집트 동상과 같은 표정과 포즈를 취했다.

마드리드에서 큰 박수갈채를 받은 연극이나 희극작품의 공연이 있을 때면 론살의 관람석에서는 목에 핏대를 세우는 토론이 벌어졌는데, 순수 지방주의적 관점이 지배적이었다. 예술에 관한 한 그곳에서는 그 관점이 가장 자연스러워 보였다. 베뚜스따에서는 유

---

15 '까수엘라'(cazuela)라고 불리는 곳으로 17세기 극장에서 여자들만을 위한 단체 관람석이다. 주로 무대 앞 2층에 위치하며 자유스럽게 떠들며 관람했다.

명한 극작가가 단 한명도 나오지 않았고, 그래서 외지의 극작가들은 좋게 보지 않는 편이었다. 론살의 관람석에서는 마드리드가 모든 면에서 우위를 차지한다는 게 용납이 되지 않았다. 한번은 마드리드 사람들이 희극에 큰 박수를 보냈다는 이유 때문에 그 희극에 콧방귀를 뀌면서 '베뚜스따는 그 누구의 강요도 받아들이지 않으며' 남의 의견은 따르지 않겠다는 선언을 하려 한 적도 있었다. 서기와 시의원들은 오페라에 열광하였다. 그들은 분명 천상에서 이뤄졌을 거라 여기는 사중주를 듣기 위해 기꺼이 엄청난 돈을 지불했는데, 사실은 봄철 대청소 때 의자와 책상이 바닥을 긁고 다니는 소리밖에는 들리지 않았다.

"여러분은 빨라비찌니[16]를 기억하시는지요! 천사의 목소리지요!" 포하가 말했다. 그는 교활하고 모든 면에서 의심이 많았지만 난투극이 많은 오페라 사중주의 광신도였다.

"오! 바리톤 바띠스띠니[17] 같은 목소리는 들어본 적이 없어요!" 서기가 대답했다. 그는 테너와 베이스 소리보다 남자다운 바리톤 소리를 더 좋아했다.

"글쎄요, 베이스가 더 남자 같은 목소리입니다." 포하가 말했다.

"그렇지 않습니다. 론살 씨, 당신은 어떻게 생각하십니까?"

"나는…… 좀 구분합니다. 베이스가 가수인 경우에는…… 높이 평가합니다…… 하지만 나한테는 음악 얘기 하지 마십시오…… 무슨 말인지 아시겠습니까? '음악이 가장 덜 불편한 소음이다'라는

----

16 빨라비찌니(Pallavicini)라는 이름의 실제 인물은 존재하지 않았다.

17 마띠아 바띠스띠니(Mattia Battistini, 1856~1928). 이딸리아의 바리톤 가수. 뛰어난 감각과 기품, 포효하는 목소리로 무대를 장악했으며, '이딸리아의 영광'이라는 찬사를 들었다.

겁니다…… 하! 하! 하! 게다가 테너에는 여기 까스뗄라르[18]가 있지 않습니까!…… 하! 하! 하!"

서기 역시 그 농담을 듣고 웃었으며, 시의원들은 재미있다기보다는 그 의도 때문에 미소를 지었다.

후작 부부의 박스가 론살의 박스와 붙어 있기는 했지만, 론살 쪽의 회원들이 베가야나 후작 부부나 그곳에 초대받아 온 손님들과 감히 대화를 나누려고 일어난 적은 거의 없었다. 가운데 칸막이가 대화를 어렵게 만들기도 했지만, 대부분의 사람들은 이론적으로는 경멸하면서도 실제 계급 구별을 허물려는 움직임은 보여주지 못했다.

"우리는 모두 평등합니다." 베뚜스따의 부르주아들은 그렇게 말했다. "귀족은 이제 아무것도 아닙니다. 지금은 돈과 재능, 용기만 있으면…… 모든 것을 할 수 있습니다." 말은 그렇게 내뱉었지만 귀족들이 위에서 유지해온 편견을 그들 대부분이 아래에서 떠받치고 있는 웃기는 상황을 웬만한 사람들은 다 알고 있었다.

반면에 돈 알바로의 관람석에 있는 사람들은 베가야나 후작 부부에게 인사를 건넸다. 후작 부인에게 미소를 짓고, 오페라글라스로 에델미라를 훔쳐봤으며, 후작과 빠꼬에게도 눈인사를 보냈다. 그들 일가 역시 제대로 복장을 갖추고 그곳을 찾았다.

론살은 그것 또한 부러웠다. 그는 베가야나 후작과는 정치적인 동료였지만 후작 부인과는 거의 왕래가 없었다.

"지나치게 멍청해!" 사람들이 '나팔총'에 대해 말할 때 후작 부인이 말했다. 그녀는 가급적 위엄있고 차갑게 대하며 그를 멀리하

---

18 까스뗄라르(Castelar, 1832~99). 스페인 제1공화국의 4번째 대통령으로, 공화당파인데도 지나치게 온건해 론살과 같은 보수주의자가 비웃고 있다.

려고 했다.

론살은 후작 부인이 공화주의자이며 바르셀로나의 『라 플라까』[19]에 글을 실었고, 젊었을 때는 별 볼일이 없었다고 얘기하는 걸로 복수했다. 이러한 험담들이 그에게는 화풀이가 되었으며, 왜 그런 반감을 갖게 되었느냐는 질문을 받으면 이렇게 대답했다. "여러분, 내가 지키고자 하는 명분 때문입니다. 나는 너무 크고 깊은 슬픈 마음으로 그 부인, 후작 부인, 도냐 루삐나가, 한마디로 베뚜스따 보수당의 평판을 떨어뜨렸다고 말씀드립니다."

아나는 사람들이 보내는 감탄 어린 눈길을 음미한 후 돈 알바로의 관람석을 바라보았다. 그곳에 그가 있었다. 가슴 부위가 새하얗고 빳빳한 멋진 모습으로, 나팔총의 질투란 질투는 모두 받으며 그곳에 있었다. 그 순간 돈 후안 떼노리오가 존경하는 자기 아버지의 얼굴을 가린 가면을 벗겨내고 있었다. 그 순간 아나는 무대를 바라봐야 했다. 돈 후안의 말도 안되는 무례함이 일반 관객들에게 큰 효과를 불러일으키며, 열화와 같은 박수갈채를 받았다. 깔보를 모방한 뻬랄레스가 박수가 터져나오지 않아야 할 장면에서 박수가 터져나오는 것을 보고는 살짝 놀라 공손히 인사하였다.

"대중을 보십시오!" '다른 박스'의 도의원 한명이 자유당 전직 시장이었던 포하를 돌아보며 말했다.

"대중이 어때서요?"

"바보 멍충이들 같으니라고! 가면을 쓴 사람에게서 가면을 벗기는 엄청난 중죄를 보고 박수를 보내다니……"

---

19 *La Flaca*. 1869년 3월에서 1876년 3월까지 바르셀로나에서 출간된 정치적인 성향이 강하고 풍자성이 짙은 신문.

"게다가 아버지인데 더 심각한 상황이지요." 론살이 덧붙였다.

"자기 본능에만 충실한 사람은 당연히 비도덕적이지요. 대중이 교육을 못 받다보니……"

1심판사는 고개를 끄덕이며 동의했지만 그사이에도 옵둘리아에게서 오페라글라스를 떼지 않았다. 그녀는 빨갛고 까만 드레스를 입고, 돈 알바로의 바로 옆자리에 쿠션 세개를 깔고 앉아 있었다.

아나가 공연에 눈을 돌린 건 뻬랄레스가 은혜롭고 우아한 목소리로 이런 대사를 할 때였다.

> 가족끼리의 대화군.
> 나는 단 한 순간도 신경 쓰지 않았던……

그날밤 키가 훤칠하고 금발인 뻬랄레스는 우아하고 유연하고 가벼운 동작을 취하며 멋진 다리를 뽐내고 있었다. 그의 멋진 몸매를 꽉 조이는 고고학적 분위기의 환상적인 의상이 기가 막히게 잘 어울렸다. 낀따나르는 뻬랄레스에게 반했다. 깔보는 본 적이 없었기 때문에, 깔보의 아류가 훌륭한 결투극 연기자처럼 보였다. 낀따나르는 뻬랄레스가 「인생은 꿈이다」의 10행시를 음악적으로 강조하는 것을 들은 적이 있었다. 그리고 「모욕에는 모욕을」[20]에서는 팔과 다리를 크게 움직이며 유창한 목소리로 연기하는 것을 보며 감탄한 적도 있었다.

> 세상에 그걸 믿는 이가 있다면

20 스페인의 극작가이자 성직자인 아구스띤 모레또(Agustin Moreto, 1618~69)의 대표작 중 하나.

그것이 실수임을 당신이 알 수 있길.
아첨을 원하는 자는
사랑이 무엇인지 들어보시오.

그리고 이렇게 결말이 났다.

지쳐서 자신과 타협하며
사랑을 보내는군요.
그러고 나면 결과는 분명해지지.
사랑으로도, 편지로도
강요할 수 없음을.

그렇게 낀따나르는 뻬랄레스를 아주 훌륭한 배우라고 평했다. 그는 뻬랄레스를 직접 소개받을 때까지 칭찬을 멈추지 않았다.

아내가 다른 여자였다면, 집까지 데리고 갔을지도 모른다. 대체적으로 낀따나르는 주홍빛 망토 아래 칼을 찬 사람은 모두 부러워했다. 비록 무대 위에서, 밤에만 그렇다고 해도. 그는 아나가 돈 후안의 동작과 외모를 좋아하며 바라보는 것을 알고는 감격하며 떨리는 목소리로 그녀에게 귓속말로 속삭였다.

"여보, 정말 근사한 청년이지? 팔다리를 얼마나 예술적으로 움직이는지!…… 사람들 얘기로는 그게 가식적이라는군. 일반인들은 그렇게 걷지 않는다고…… 하지만 우리는 그렇게 걸어야 해! 그리고 우리가 세상의 주인이었을 때 — 그곳에 있던 사람들 모두 들을 수 있도록 이 부분은 훨씬 크게 말했다 — 황금세기의 우리 스페인 사람들은 분명히 그렇게 걸어다니며 제스처를 취했을 거야. 우리의 위대함에서 마지막으로 남은 쿠바를 잃을 수도 있는 지금,[21] 우리가 그들처럼 위풍당당한 분위기를 풍기며 발걸음을 내딛으면 좋을 텐데……"

판사 부인에게는 남편 얘기가 들리지 않았다. 진정으로 연극이 흥미로워지기 시작했다. 막이 내리자 돈 후안과 메히아의 내기가 어떻게 될지 무척 궁금해서 결과를 알고 싶은 마음이 간절했다.

첫번째 휴식시간에 돈 알바로는 자기 자리에서 꼼짝도 하지 않았다. 이따금 판사 부인을 바라보았지만 최대한 신중하고 정중하게 바라보았고, 그녀도 그걸 눈치채고 고마워했다. 그들은 두세번 서로 미소를 주고받았으며, 마지막에는 좀더 과감해져 뻬뻬 론살이 그 눈길을 잡아채고는 깜짝 놀랐다. 론살은 여느 때와 마찬가지로 자기가 혐오하면서도 존경하는 이상형이 신호를 보내는 것을 감시하고 있었다.

나팔총은 자신의 관심을 배로 늘려 열심히 관찰한 후 무덤이 되기로, 즉 죽은 사람처럼 입을 다물기로 마음먹었다. 하지만 저건 심하다, 너무 심각해! 그는 질투에 사로잡혔다.

2막이 시작되었고, 돈 알바로는 그날밤 강력한 적의 존재를 알아봤다. 바로 연극이었다. 아나는 작가 소리야의 진취적이고, 광기 어리고, 용감하고, 눈속임에 능한 돈 후안의 예술 가치를 이해하고 느끼기 시작했다. 또한 도냐 아나 데 빤또하의 하녀[22] 못지않게 이

21 작가가 낀따나르를 통해 이 말을 언급했다는 게 매우 흥미롭다. 작가는 쿠바를 식민지로 바라보는 시각에 늘 반대했고, 주로서의 성격을 옹호했다. 1868년에서 1878년 사이 쿠바에서 있었던 '작은 전쟁'(Guerra Chiquita)를 언급한 것일 수도 있다.

22 루시아(Lucía). 돈에 매수되어 돈 후안에게 아나의 집 문을 열어준다(2막 11장).

네스 수녀의 사랑을 거래 품목처럼 내미는 뜨로따꼰벤또스[23]에도 매료되었다…… 비좁고 어두침침한 거리, 골목길, 도냐 아나의 격자창…… 시우띠[24]의 노심초사, 돈 후안의 계략들, 메히아의 거만함, 단 한번의 용기도 보여줄 필요가 없었던 돈 후안의 '우연찮은' 배신,[25] 엄청난 모험과 다름없는 수녀원 급습을 위한 용의주도한 준비 작업들이 강렬하면서도 신선하게 판사 부인의 영혼에 와닿았다. 드라마틱한 강렬함과 신선함으로 와닿았지만, 많은 사람들은 그것을 제대로 평가하지 못했다. 사람들이 그 작품을 음미하기 전부터 그 작품을 미리 알고 있었거나, 아니면 무뚝뚝한 나무조각과 같은 취향을 지녔기 때문이었다. 아나는 천이 깔린 골목길들 위로 시가 둥둥 떠다니는 것 같아 감탄했다. 아나는 그 골목길들을 다른 시대의 견고한 건물들로 바꿔놓았다. 박스석이나 칸막이방 사람들이 모두 그 작품을 무시하는 것을 보고는 깜짝 놀랐다. 그날밤에는 즐거워하고 열광하는 일반 관람석의 관객들이 베뚜스따의 지체 높은 관객들보다 훨씬 똑똑하고 교양있어 보였다.

아나는 돈 후안의 시대로 옮겨간 기분이었다. 그녀가 한때나마 갈망했던 막연한 고고학적 낭만주의[26]를 상상했다. 그러자 이기적 감성으로 돌아가 자기가 3~4세기 전에 태어나지 못한 게 안타까

---

23 후안 루이스(Juan Ruiz, 1284~1351)의 작품 『좋은 사랑의 이야기』(*El Libro del Buen Amor*)에 등장하는 중매쟁이로 셀레스띠나(La Celestina)의 모델이 되기도 했다(2막 9장).
24 돈 후안의 하인. 주인의 조력자 역할을 한다.
25 돈 후안이 도냐 아나를 정복하기 위해 돈 루이스 메히아와 만나기로 한 장소에 일찍 나간 것을 가리킨다.
26 낭만주의가 역사에 높은 관심을 보여 그렇게 부르기도 했다. 낭만주의자들은 작품의 분위기와 배경, 관습, 등장인물을 '고고학적'으로 재구성하기도 했다.

웠다…… 어쩌면 그 시절에는 베뚜스따의 삶이 재미있었을지 모른다. 그때의 수녀원에는 귀족과 아름다운 숙녀들, 과감한 연인들이 가득하고, 골목과 기둥들은 음유시인들의 쎄레나데로 풍성했을 수도 있다. 저 서글프고 지저분하고 비좁은 광장과 거리는 지금처럼 추한 모습일 테지만 그 시대의 시로 충만했을 것이다. 그리고 습기로 시커메진 건물들과 쇠창살, 시커먼 기둥들, 달이 뜨지 않은 밤 골목의 어두움, 주민들의 맹신, 이웃의 복수, 모두가 드라마틱했다. 소리야의 시에나 나올 법한 것들이었다. 지금의 지저분하고 밋밋한 황량함과 추함은 아니었다. 그녀가 꿈에서 그리던 중세시대를 — 뻬랄레스의 잘못으로 아나는 돈 후안 떼노리오를 중세로 데려다놓았다 — 지금 자기를 에워싸고 있는 관객들과 비교하는 것은 슬픈 일이었다. 누렇고 시커먼 망토들, 황당하고 끔찍할 정도로 높은 모자…… 모든 게 슬프고, 모든 게 시커멓고, 모든 게 어색했다. 표정도 없고…… 차갑고…… 심지어 돈 알바로까지도 그때는 평범하고 밋밋해 보였다. 돈 알바로가 뻬랄레스의 짧은 망토와 보닛, 조끼, 매듭이 있는 바지를 입었다면 더 멋있을 텐데!…… 그 순간부터 아나는 뻬랄레스의 옷을 돈 알바로에게 입혔다. 뻬랄레스가 무대로 돌아가자 아나는 뻬랄레스에게 돈 알바로의 표정과 외모를 대입했다. 특유의 걸음걸이와 달콤하고 부드러운 목소리, 그 밖의 예술적인 자질까지 빠짐없이 그대로 대입했다.

아나는 3막에서 열정적인 시를 재발견하였다. 판사 부인은 도냐 이네스가 자기 독방에 있는 모습을 본 순간 소름이 돋았다. 그 견습수녀가 자기와 비슷했던 것이다. 다른 관객들 역시 바로 그것을 알아보았다. 감탄해 수군거리는 소리가 들렸고, 많은 관객들이 과감하게 고개를 돌려 시치미를 떼고 베가야나의 특별석 쪽을 보기도 했다. 라 곤살레스는 사랑 때문에 배우가 되었다. 자기의 순결을 훔친 뻬랄레스를 사랑해서였다. 그들은 비밀리에 결혼한 후 모든 지역을 돌아다녔다. 그녀는 부유한 부모 밑에서 자랐지만 부부의 살림을 돕기 위해 무대에 오르기로 결심했다. 그녀는 뻬랄레스가 시킨 대로 흉내 냈지만, 가끔은 독특해 보이기 위해 용기를 내서 사랑에 빠진 처녀의 역할을 훌륭하게 해내기도 했다. 그녀는 매우 아름다웠다. 하얀 견습수녀복에 얼굴을 모두 가린 두건을 쓰고 있었지만, 양 볼은 매우 발그스름하게 상기되었고, 두 눈은 반짝였으며, 입술은 불꽃이 이글거리는 것 같았고, 성상에서처럼 성스럽게 모은 양 손은 그녀의 모습 전체에서 겸손함과 가장 청초한 순결함이 묻어나와 눈길을 끌었다. 그녀는 맑고 떨리는 목소리로 도냐 이네스의 구절을 읊었으며, 사랑에 눈이 먼 순간에는 열정에 휩쓸려 — 남편 때문이었다 — 뻬랄레스나 대부분의 관객들은 제대로 가치를 매길 수 없는 시적인 리얼리즘에 이르렀다.

하지만 아나는 그 가치를 알았다. 무대 밖에 있는 모든 것으로부터 잊혀진 상급 기사단원의 딸을 응시한 채, 사방 벽을 통해 사랑이 스며들어가는 순결한 독방에서 낭독되는 시를 간절한 마음으로 모두 받아들였다. "이건 성스러워요!" 아나는 메마른 입술을 혀로 촉촉하게 감싸며 남편 쪽을 돌아보며 말했다. 브리히다가 촛대를 편지 가까이 가져가는 동안 도냐 이네스는 성경책 갈피 사이에 숨겨둔 돈 후안의 편지를 처음에는 떨리는 목소리로 읽다가 나중에는 미신과도 같은 두려움으로 읽었다. 떼노리오가 거의 귀신처럼 가까이 있어, 견습수녀는 마술에 걸린 듯 깜짝 놀랐다. 견습수녀는 이미 그 기운을 느끼고 있었다. 모두. 그곳에서 일어나는 모든 것과 자기가 짐작하던 것을 느꼈다. 아나도 시적 마법의 효과로 눈물이 앞을 가리려고 해서 참느라 힘들었다.

아아! 그랬다. 저것이 사랑이었다. 여과장치와도 같은 것이었다. 불 같은 공기이고, 신비로운 광기였다. 사랑에서 도망치는 것은 불가능했다. 사랑의 독을 모두 음미하는 것보다 더 큰 행복은 없을 것 같았다. 아나는 자신을 상급 기사단원의 딸과 비교했다. 오소레스 가문의 저택이 수녀원이고, 남편은 8년 전 이미 입문한 지루하고 차갑기만 한 엄격한 규율이었다…… 그리고 돈 후안은…… 돈 후안은 벽으로 스며들어온 돈 알바로였다! 기적적으로 나타나 존재만으로도 공기를 가득 채워주는 돈 알바로!

3막과 4막 사이에 돈 알바로가 후작 부부의 관람석으로 들어왔다.

아나는 그에게 한 손을 내밀면서 그가 조금이라도 손을 꽉 붙잡을까봐 두려웠지만, 그는 그러지 않았다. 그 당시 마드리드에서 시작한 유행을 따라서 늘 그러듯 힘차게 잡아당겼을 뿐이었다. 하지만 꽉 잡지는 않았다. 돈 알바로가 그녀의 옆에 와서 앉았다. 그건 그랬다. 그리고 조금 후엔 다른 사람들의 전체 대화에서 벗어나 단둘이 이야기했다.

낀따나르는 담배를 피우며 베뚜스따의 샌님들과 말씨름을 벌이기 위해 복도로 나갔다. 그들은 낭만주의는 무시하면서도 마드리드에서 들은 얘기를 따라 뒤마와 싸르두[27]를 인용했다.

아나는 돈 알바로가 대화 중 끼어들 틈도 주지 않고, 거장 소리야의 색채와 아름다움이 흘러넘치는 늠름하고 신선한 시에서 흡수한 시적 발산을 그의 평범한 상상력 위로 거침없이 쏟아냈다.

---

27 빅또리앵 싸르두(Victorien Sardou, 1831~1908). 19세기 후반 프랑스의 인기 극작가. 무대장치에서 사실주의의 시조 격이다. 작품으로 『조국이여』(1869) 『서투른 글씨』 『떼오도라』 등이 있고 비극 『또스까』는 뿌찌니의 오페라로 잘 알려졌다.

가련한 판사 부인은 말이 유창했다. 그녀는 보수자유당의 지역 대표가 자기를 이해하며, 돈 프루또스가 후작 부인의 관람석에서 단언한 대로 지나치게 '아름답고 낭랑하지만 내용이 없는' 시들을 들으며 안타까움으로 미소까지 짓는 강철 같은 베뚜스따 사람들과는 다르다고 생각했다.

돈 알바로는 흥분한 아나에 놀라고 당황스럽기까지 했다. 「돈 후안 떼노리오」가 초연이라도 되는 듯 얘기하다니! 소리야의 「돈 후안」은 패러디할 때만 얘기하는 건데!…… 여기서 뭘 얻는다는 것은 말도 안되었다. 그래서 베뚜스따의 돈 후안은 아나와 같은 의견인 것처럼 보이려 애썼고, 자기도 풔이에의 극작품이나 소설들에서 등장하는 주인공처럼 센티멘털한 척하려고 노력했다. 현실의 근심거리 때문에 보이지 않는 바다와 같은 넓은 마음을 애써 숨기는 크나큰 '마음'을 가진 사람처럼 보이려고도 했다…… 돈 알바로가 이해한 바에 의하면 이것이야말로 '고귀함'의 극치였다. 그래서 그날밤 판사 부인 앞에서 그렇게 행동하려고 노력했다. 판사 부인에게 그는 고상한 것을 사랑해야만 하는 사람으로 비춰지고 있던 것이다.

아나는 유혹남이 잿빛 눈으로 자기를 집어삼킬 듯 바라보는데도 가만히 있었다. 그러고는 눈썹 하나 깜빡이지 않고 자신의 달콤하고 열정적인 눈으로 그를 바라보았다. 아나는 돈 알바로의 찬미에서 매너리즘이나 상대방을 따라 하는 거짓 이상주의는 느끼지 못했다. 아나는 그의 말은 거의 듣지 않고 쉼 없이 얘기했다. 그의 말이 자기 생각과 일치한다고 믿었다. 그런 경우 주로 나타나는 투시력이 있는 열정과 환희의 신기루가 그날밤 돈 알바로에게 매우 요긴하게 작용했다. 그 순간 자극받아 드러난 작은 감정의 동요로 한층 더해진 우아한 남성미도 큰 도움이 되었다. 그외 반듯하고 잘생긴 얼굴까지도 영적이고 우수에 찬 표현을 지녔다. 얼굴 윤곽과 그림자의 조합은 일견 완벽했지만 방종과 사랑으로 낭비해온 삶의 흔적이기도 했다. 4막이 시작되었을 때 아나가 손가락을 입에 갖다 대고는, 돈 알바로에게 미소를 지으며 말했다.

"지금은 조용히 하세요! 얘기는 충분히 했어요…… 극을 듣고 싶어요."

"그게…… 잘 모르겠군요…… 제가 가야 할지……"

"아니에요…… 아니에요…… 왜요?" 그녀는 순간 자기가 한 말을 후회하며 대답했다.

"제가 방해가 될지, 자리가 남는지 모르겠군요……"

"자리야 있지요. 남편이 당신 관람석에 가 있으니까요…… 저기 보세요."

사실이었다. 낀따나르는 그곳에서 돈 프루또스와 열띤 토론을 벌이고 있었다. 돈 프루또스는 「돈 후안 떼노리오」가 내용이 별로 없다고 주장하고 있었다.

돈 알바로는 판사 부인의 곁을 계속 지켰다.

그녀는 강하면서도 부드러운 목선을 훤히 드러냈다. 약간 곱슬거리는 검은 솜털과 대비되어 더욱 하얗고 유혹적으로 보였다. 머리카락을 귀엽게 힘껏 끌어올려 묶어 드러난 목선이 더욱 유혹적이었다. 돈 알바로는 그 상황에서 평소보다 좀더 다가가도 좋을지 망설였다. 그의 양 무릎이 아나의 치마와 스치는 감촉이 느껴졌다. 좀더 아래쪽에서는 그녀의 발이 느껴졌고, 가끔은 순간적으로 스치기도 했다. 그날밤 그녀는…… '녹은 캐러멜처럼 흐물흐물했다' (돈 알바로가 생각해낸 상징적 표현이었다). 그런데도 그는 아무

용기도 내지 못했다. 더 가까이 다가가지 못했다. 이제 그곳에는 그를 가로막는 말이 없는데도 다가가지 못했다. 그러나 그 착한 여자가 너무 숭고해져버렸다! 그리고 아나를 시야에서 놓치지 않기 위해서라도, 그녀의 기분을 맞추기 위해서라도 그 역시 로맨틱해졌다. 그 역시 영적이고, 신비주의적이 되었다…… 대체 어느 멍청한 작자가 지금 '천박한 개인적' 공격을 감행하겠는가!…… 점점 더 힘들게 꼬여만 가네! 그리고 더 최악은 앞으로 한동안은 판사 부인에게 억지로 강요할 수 없다는 거였다. 누가 그녀에게 "아나, 제발 내려오십시오. 이 모든 건 상상 속에서 날아다니는 것입니다"라고 얘기한단 말인가? 돈 알바로는 이런 생각을 하다보니 부끄러운 마음이 들었고, 우스워 보이기까지 했다. 그는 판사 부인의 발을 지그시 밟거나, 무릎으로 그녀의 다리를 스치고 싶다는 간절한 욕망을 포기하였다.

그런데 빠꼬가 사촌누이인 에델미라에게 그렇게 하고 있었다. 건강한 시골 처녀는 발갛게 달아오른 숯 같았다. 돈 후안이 도냐 이네스 앞에서 무릎을 꿇고 그 후미진 강가에서는 숨쉬기가 훨씬 편하지 않느냐고 묻는 동안, 그녀는 사촌이 발로 차는 느낌을 느끼고 귀 가까이에서 용광로의 불꽃과 같은 말들을 들으며 숨이 막혀 침을 삼켰다. 에델미라는 건강이 악화된 것도 아닌데 눈가가 약간 거무스레해졌다. 그녀는 쉬지 않고 부채질을 했으며, 연극에서 절정으로 치닫는 장면에서는 빠꼬의 돌출된 행동으로 웃음이 터져 나오려고 해서 부채로 입을 가렸다……

4막에서는 아나의 삶과 비교할 만한 장면들이 없었다…… 그녀는 아직 4막에 이르지 못했다. 4막은 미래를 나타내는 건가? 그녀도 도냐 이네스처럼 허물어져 사랑에 미쳐 돈 후안의 품에 안기게 될 것인가? 제발 그러지 않기를. 절대 그녀의 몸뚱이, 의심할 여지없이 긴따나르의 소유인 그 비참한 몸뚱이를 내주지 않을 용기가 있다고 믿었다. 어찌 됐든 4막은 정말로 시적이었다! 구아달끼비르 강이 저 아래에 있고…… 세비야가 멀리 보였다…… 돈 후안의 별장과 발코니 아래로 지나가는 배…… 달빛 아래 사랑의 고백…… 그런 것이 낭만주의라면 낭만주의여 영원하라!…… 도냐 이네스가 말했다.

돈 후안, 돈 후안,
그대 고귀한 이에게 간청합니다……

두꺼비 배처럼 끈적거리는 입술을 수없이 거쳐가며 침으로 범벅이 된 시였다. 평범한 무지로 저속한 웃음거리가 된 그 시들이 그날밤 아나의 귀에는 순수하고 깨끗한 사랑의 숭고한 문장처럼 들려왔다. 모든 위대한 사랑에서는 당연히 그렇듯 믿음을 갖고 상대방에게 자신을 맡기는 순수하고 깨끗한 사랑이었다. 그러자 아나는 더는 참지 못하고 눈물을 흘렸다. 이네스가 한없이 가여워 눈물을 흘렸던 것이다. 이제 아나가 그 장면에서 보는 것은 에로틱한 장면이 아니었다. 종교적인 뭔가가 있었다. 영혼이 좀더 높은 수준으로, 우주의 자비라는 매우 순수한 감정으로, 뭔지 모르는 감정으로 승화되었다. 그로 인해 아나는 엄청난 감동을 느끼며 쓰러질 것 같았다.

판사 부인의 눈물은 아무도 눈치채지 못했다. 돈 알바로만이 그녀의 가슴이 좀더 빠르게 들썩이고, 숨을 쉴 때면 좀더 높이 올라가는 것을 관찰했을 뿐이었다. 세상 물정에 밝은 남자는 착각에 빠졌다. 멋진 자기가 가까이 있어서 아나가 그렇게 거칠게 호흡하는 거라 믿었던 것이다. 그는 '순전히 생리적인' 영향을 믿었고, 그래서 하마터면 일을 그르칠 뻔했다…… 그는 더듬거리며 아나의 발을 찾았다…… 그녀가 점차 하느님, 그리고 창조주와 피조물을 아우르는 이상적이면서 순수한 우주적 사랑을 생각하는 바로 그 순간에…… 천만다행으로 복잡한 속치마 주름 사이로 아나의 발을 찾지 못했다. 그 순간 그녀는 막 에델미라의 의자 쪽으로 양발을 얹었다.

돈 후안과 상급 기사단원의 설전에서 판사 부인은 연극의 현실로 돌아와 사람 좋은 우요아의 고집스러움을 눈여겨보게 했다. 그녀는 베뚜스따에서 벌어지는 일과 세비야에서 벌어지는 일을 비교하며 한껏 상상을 펼치고 있었기 때문에 안달루시아 방탕아가 비극적인 결말을 맞이하는 것을 보며 미신에 가까운 두려움을 느꼈다. 그녀는 돈 후안이 총을 쏴서 상급 기사단원과 빚을 청산하는 장면을 보며 두려움에 떨었다. 끔찍한 예감이 들었다. 조끼와 짧은 망토에 검은 비로드 옷을 입고 피가 흥건한 가운데 드러누운 낀따나르와 한 손에 권총을 들고 시신 앞에 서 있는 돈 알바로가 번개가 번쩍이며 내리친 것처럼 한순간 눈앞을 스치고 지나갔다.

막이 내리자 후작 부인은 더이상 떼노리오를 참고 볼 수가 없다고 했다.

"여러분, 나는 가야겠어요. 공동묘지도, 해골도 보고 싶지 않아요. 그러려면 아직 시간이 많이 남았지요. 안녕. 여러분은 원하면 남아 계세요…… 맙소사, 벌써 11시 반이네. 2시가 돼도 끝나지 않겠네……"

남편에게서 연극 2부의 내용을 미리 들은 아나는 무척 마음에

든 1부의 느낌을 간직하고 싶어, 후작 부인과 돈 알바로와 함께 극장을 나왔다.

에델미라는 낀따나르와 빠꼬와 남았다.

"아가씨는 제가 모셔다드릴 테니, 부인께서 아나를 집에 내려주시지요." 낀따나르가 말했다.

귀부인들이 마차에 오르자 돈 알바로가 작별인사를 건넸다. 그 순간 그가 약간 힘을 줘서 손을 잡자 아나가 깜짝 놀라 얼른 손을 거둬들였다.

돈 알바로는 후작의 관람석으로 돌아와 낀따나르와 대화를 나눴다. 품앗이와도 같았다. 빠꼬가 에델미라와 단둘이 있는 것처럼 느끼기 위해서는 낀따나르가 다른 데 정신을 팔아야 했다. 그리고 빠꼬에게서 그 비슷한 도움을 수도 없이 받아왔기 때문에 돈 알바로는 자신의 의무를 다해야 했다.

게다가 돈 알바로는 장차 자신의 희생양이 될 친절한 아라곤 남자와 돈독한 우정을 쌓을 수 있는 기회를 놓치고 싶지 않았다. 아니면 일이 힘들어질 것 같았다.

낀따나르는 돈 알바로를 반갑게 맞으며 연극 문학에 대한 자신의 생각을 피력했다. 여느 때와 다름없이 스페인 식민지에서 해가 지지 않던 황금세기에 통용되던 명예에 대한 자기 이론으로 결말을 맺었다.

"보십시오." 낀따나르가 말했다. 돈 알바로는 이미 귀 기울여 그의 말을 듣고 있었다. "보십시오. 나는 평소에는 지극한 평화주의자입니다. 전직 판사였던 내가, 사형선고에 서명하지 않기 위해 거의 명예퇴직하다시피 한 내가, 우리 조상들의 속 좁은 명예관을 갖고 있다고는 아무도 얘기하지 않을 겁니다. 다시 말하지만 아무도 그렇게는 얘기하지 않을 겁니다. 저 아래에 있는 샌님들은 비현실적이라고도 하겠지요. 좋습니다. 확신컨대, 목숨을 걸고 맹세코, 내 아내가(말도 안되는 가정이지만) 나를 배신한다면…… 기필코 피를 볼 겁니다. 그리고 그건 프리힐리스에게도 수없이 밝힌 내용이기도 합니다."

('짐승 같으니!' 돈 알바로는 생각했다.)

"그리고 공범자는…… 오! 그놈의 공범자는…… 내가 이제 달인처럼 다루는 칼과 총의 맛을 볼 겁니다. 내가 취미로 집 안에서 연극을 공연할 때 — 그러니까 내 나이와 사회적 지위 때문이지요. 그런데 취미는 지금도 계속하고 있습니다 — 무대에서 칼을 제대로 휘두르지 못하면 매우 우스워질 것 같았습니다. 그래서 검술 스승을 모셨는데, 우연히 그 방면에서는 내가 곧 타고난 재능을 보였지요. 나는 평화주의자입니다. 그건 사실입니다. 아직 사람 몸에 생채기 하나 내본 적이 없습니다…… 하지만 생각해보십시오…… 총을 사용할 그날이 오면…… 내 시선이 향하는 곳에…… 그러니까 공범자에게 칼을 꽂을 겁니다. 그렇습니다. 나에게는 칼이 더 낫습니다. 총은 근대 드라마지요. 산문적이고요. 그래서 칼로 찌를 겁니다…… 하지만 논지로 돌아가…… 논지가…… 뭐였죠? 기억납니까?"

돈 알바로도 기억나지 않았지만 공범자를 칼로 죽인다는 얘기는 조금 겁이 났다.

돈 알바로는 카지노에서 돌아와 거의 3시가 다 된 시간에 관능적인 애정 장면을 상상하며 잠을 청했다. 그 장면의 여주인공인 판사 부인의 곁에서 곧 현실이 될 장면들이었다. 그런데 거의 잠이 들었는데, 그때 갑자기 낀따나르의 평범하고 사람 좋은 모습이 나타났다. 선잠이 들었는데 한 손에 칼을 들고 긴 도포에 각모를 쓰고 있었다. 떼노리오 연극에서 뻬랄레스가 들었던 끝이 많이 휜 칼이었다.

다음날 아침 깨어났을 때 아나는 전날 밤 돈 알바로의 꿈을 꿨는지 기억나지 않았다. 깊이 잠들었었다.

그녀는 10시쯤 일어나보니 옆에 뻬뜨라가 있었다. 금발이 지저분한 하녀가 의미심장한 미소를 머금고 있었다.

"내가 많이 잤나보구나. 왜 진작 깨우지 않았니?"

"마님이 밤에 제대로 주무시지 못해서요……"

"제대로 자지 못했다고? 내가?"

"네. 큰 소리로 말씀하셨어요. 꿈속에서 소리를 지르셨어요……"

"내가?"

"네. 악몽을 꾸셨나봐요."

"그럼 너는…… 내가 하는 말을 들었니?"

"네, 마님. 그때까지 잠자리에 들지 않았거든요. 안셀모가 잠이 들면 대책이 없어서 어르신을 기다렸어요…… 주인님은 2시쯤 오셨어요."

"그런데 내가 큰 소리로 말했다고?"

"어르신이 들어오시고 얼마 있다가요. 어르신은 아무 말도 듣지 못했어요. 마님을 깨울까봐 들어오시지 않았거든요. 저는 주무시는지…… 필요한 게 있는지…… 보러 왔었고요. 마님이 악몽을 꾸시는 줄 알았어요…… 하지만 감히 마님을 깨우지는 못했어요……"

아나는 피곤한 기분이 들었다. 입에서 쓴 맛이 났고 편두통이 되살아날까봐 걱정되었다.

"악몽이라니!……하지만 힘들어한 기억이 없는데……"

"아니에요. 나쁜 악몽은…… 아닌 것 같아요…… 마님이 미소를 띠고 계셨거든요…… 몸을 뒤척이며……"

"그리고…… 그리고…… 뭐라고 그러던?"

"오!…… 뭐라고 그러셨냐면! 잘 알아듣지는 못했어요…… 띄엄띄엄 말씀하셔서…… 이름이었는데……"

"어떤 이름들?" 아나가 얼굴을 붉히며 물었다. "어떤 이름들?" 다시 물었다.

"마님이…… 주인님을 부르셨어요."

"주인님을?"

"네…… 네, 마님이…… 빅또르! 빅또르! 하고 부르셨어요."

아나는 뻬뜨라가 거짓말하고 있다는 걸 알았다. 그녀는 거의 항상 남편에게 낀따나르라고 불렀다.

게다가 하녀가 숨기지 않고 드러내는 미소가 아나의 의심을 증폭시켰다.

아나는 입을 다물고 애써 자신의 혼란을 감췄다.

그때 뻬뜨라가 침대로 다가와 목소리를 낮추며 심각한 표정으로 말했다.

"마님께 드리라고 가져왔는데요……"

"편지? 누가 보낸 건데?" 아나가 뻬뜨라의 손에서 종이를 낚아채며 떨리는 목소리로 물었다.

그 정신 나간 사람이 선을 넘었다면!…… 말도 안돼.

뻬뜨라는 주인마님의 얼굴에 서린 놀란 표정을 살피며 덧붙였다.

"총대리신부님이 보내신 것 같아요. 도냐 빠울라의 하녀인 떼레시나가 가져왔거든요."

아나가 편지를 읽으며 고개를 끄덕였다.

뻬뜨라는 고양이처럼 소리없이 슬그머니 나갔다. 그녀는 혼자 생각에 미소를 띠었다.

가볍게 향수를 뿌려 종이에 싼 후 날짜 위에 붉은색 십자가를 찍은 신부의 편지에는 이렇게 적혀 있었다.

친애하는 부인께. 오늘 오후 5시에서 5시 반 사이에 경당에서 저를 만나실 수 있습니다. 오늘 마님이 유일하게 고해하시는 거라 기다리실 필요가 없습니다. 아시다시피 오늘은 제가 고해 보는 날은 아니지만 이유는 나중에 설명드리겠고, 오늘 오후 뵙기를 바랍니다.

페르민 데 빠스

신부라는 단어가 적혀 있지 않았다.

이상한 일이다! 어제 오후부터 총대리신부는 새까맣게 잊고 있었다. 돈 알바로가 말을 타고 나타난 이후로는 명망 높고, 존경받고, 감탄받는 영적인 아버지의 엄숙하고 근엄한 모습이 단 한번도 뇌리를 스치고 지나가지 않았다. 그런데 지금 갑자기 그가 깜짝 놀라게 하며 모습을 드러내다니. 불륜을 저지르다가 들킨 기분이었다. 처음으로 자신의 경솔한 행동이 부끄러웠다. 남편도 일깨워주지 못한 것을 페르민 신부가 일깨워준 것이었다…… 이제 마음속으로 불륜을 저질렀다. 하지만 정말 이상한 일이었다! 순결을 지켜야 하거나, 순결을 지킬 수도 없는 남자에게 불륜이라니.

맞아. 아나는 생각했다. 우리가 내일 아침 일찍 고해성사하기로 되어 있었지. 그런데 그걸 새까맣게 잊어버리고 있었어! 그런데 그가 앞당기려고 해. 오늘 오후에 왔으면 해. 그건 불가능해. 나는 준비가 되어 있지 않아. 이런 생각들을 가지고서는…… 이렇게 마음이 뒤숭숭해서는 불가능해!

그녀는 서둘러 옷을 입고는, 신부의 향과 비슷하지만 더 강한 향이 나는 종이를 집어들었다. 그녀는 당혹스러워 떨리는 손으로 페르민 신부에게 매우 다정한 편지를 썼다. 무슨 배신이라도 저지르는 것 같았다. 그녀는 그를 속이고 있었다. 그녀는 몸이 좋지 않다고, 편두통이 있으니 양해해달라고 간청했다. 자기가 다시 알리겠다고 했다……

아나는 뻬뜨라에게 편지를 건네주고는, 주인어른이 눈치채지 못하게 얼른 신부님에게 갖다드리라고 명했다.

낀따나르는 평소 그렇게 자주 고해하는 건 못마땅하다고 여러 번 언질을 했다. 그는 사람들이 자신을 별로 정력적이지 못하다고 여길까 두려워했고, 실제로 집에서 매우 정력적이지 못했기에 일단 화를 내면 매우 소란을 피웠다.

아나는 소란을 피하기 위해, 별다른 파장은 없지만 귀찮아서라도, 자기가 그렇게 자주 대성당을 찾아간다는 건 남편 모르게 하려고 했다.

다 자기 때문에 그러는 건데 그걸 알 리가 없지!

뻬뜨라는 이러한 순수한 비밀거래에서 아나가 믿고 의지할 수 있는 공범이 되었다. 하지만 하녀는 주인마님이 믿음을 숨기기 위해 말하는 이유들을 믿는 척했지만 심히 걱정하였다.

그녀는 편지를 들고 총대리신부의 집으로 향하며 생각했다.

쌍으로 걱정이군. 쌍으로 있어서 말이야. 하나는 성인이고, 하나

66

는 악마라서. 하늘과 땅에 각기 하나씩 말이야!

아나는 하루 종일 불안해하며 자기 자신을 못마땅해했다. 사랑에 눈먼 돈 알바로의 과감함에 날개(붕대로 아주 엉성하게 만든 날개)를 달아줌으로써 자신의 명예를 위태롭게 한 것은 후회하지 않았다. 불쌍한 낀따나르를 속이는 게 괴롭지도 않았다. 그가 합법적으로 소유하는 그녀의 몸은 그를 위해 고이 간직해두었기 때문이었다…… 하지만 전날 밤 내내 단 한번도 총대리신부가 생각나지 않았다는 것은! 그렇게 숭고한 것들을 생각하고 느끼면서도!

게다가 그를 속이다니. 그를 만나지 않기 위해 몸이 아프다고 했으니…… 그가 두려워!…… 그리고 달콤하고, 거의 애교스러운 편지 문체는 가증스럽기까지 해…… 그것은 나와 어울리지 않아! 낀따나르를 위해서는 육체를 고이 간직해야 하지만, 신부를 위해서는 영혼을 간직해야 하는 거 아닌가?

17장

위령의 날 바로 그날, 날이 어두워질 무렵 뻬드라가 총대리신부
의 방문을 판사 부인에게 알려왔다. 그녀는 '공원'에서 프리힐리스
의 유칼립투스 나무들 사이를 거닐고 있었다.

"응접실의 불을 켜고, 그전에 신부님을 과수원으로 모시거라."
아나가 살짝 걱정되어 놀라워하며 말했다.

신부는 중정을 지나 '공원'으로 들어왔다. 아나는 정자에 앉아
그를 기다리고 있었다. 오후가 아름다웠다. 9월 같았다. 좋은 날씨
는 얼마 가지 않을 것 같았다. 곧 하늘이 물바다가 되어 베뚜스따
위로 쏟아질 것이다……

아나는 처음에는 이런 생각을 하고 있었다. 그러나 페르민 신부
가 편두통에 대해 물어오자 당혹스러웠다.

자기가 한 거짓말을 잊고 있었다니! 아나는 편두통에도 불구하
고 '공원'에 있는 이유를 최대한 그럴듯하게 설명했다.

페르민 신부는 자신의 의심을 확인했다. 귀여운 친구가 자기를 속인 것이다.

페르민 신부는 안색이 창백해져 목소리가 약간 떨렸으며 아나가 앉으라고 권한 흔들의자에서 잠시도 가만히 있지 못했다.

무의미한 얘기만 계속 나눴다. 아나는 페르민 신부가 특별히 자기를 찾아온 이유를 꺼내길 두려운 마음으로 기다렸다.

문제는 찾아온 이유를…… 설명할 수 없다는 것이었다. 기분이 나빠 충동적으로 불쑥 찾아온 거였다. 그 방문이 이미 적절하지 못하다고 느꼈으며, 그래서 그 이유는 절대 그녀에게 밝힐 수 없었다.

도냐 빠울라에게 스파이 역할을 하는 납작코 사제는 변장을 하고 몰래 극장을 드나드는 안 좋은 습관을 가지고 있었다. 신학교에서 스파이하던 시절에 생긴 취미였다. 그때 학장 신부가 그를 공연장으로 보내, 그곳을 들락거리는 신학생들을 밀고하게 한 것이다. 그리고 납작코는 이제 자기가 좋아서 다녔다. 전날 밤 그는 극장에 있었고, 그곳에서 판사 부인을 목격했다. 다음날 아침 도냐 빠울라는 그 사실을 알고 있었고, 그녀는 식사 중 대화 초반부에 아들에게 그 소식을 자연스레 전해주었다.

"그 부인이 어제 극장에 갔을 리가 없습니다."

"그녀를 직접 봤다는 사람에게 들어서 아는 거요."

페르민 신부는 모욕당한 기분이었다. 친구의 잘못으로 망신을 당해 자존심이 상했다. 문제는 베뚜스따에서 신자들과 신심이 강한 사람들은 모두 사순절 기간과 일년 중 며칠, 특히 위령의 날에는 연극을 금기된 여흥으로 여긴다는 것이었다. 전날 밤 많은 귀부인들은 자기네 관람석을 비워두었다. 그곳에 아무도 들여보내지 않음으로써 자신의 서약을 확고하게 보여주고자 했던 것이다. 빠예스의 딸도 가지 않았고, 도냐 뻬뜨로닐라, 그러니까 그란 꼰스딴띠노도 가지 않았다. 물론 그란 꼰스딴띠노는 절대 그곳에 가지 않았으며, 조카딸 네 명이 회원으로 가입되어 있는데도 관람을 허락하지 않았다.

그런데 총대리신부가 가장 아끼는 고해신자이자 신앙생활도 열심히 하는 아나가 금지된 날 밤 극장에 모습을 드러낸 거였다. 모든 규율을 깨고 종교적으로 세심하게 주의를 기울이지 않는 모습을 과감하게 보이면서. 게다가 그녀는 그런 곳에 좀체로 잘 가지 않는데…… 그것도 바로 다름 아닌 그날밤에……

페르민 신부는 기분이 언짢아져 집을 나섰다. 지금 그에게는 아나가 극장에 갔느냐 안 갔느냐가 중요한 게 아니었다. 시간이 지나면 아무것도 아닌 게 될 것이다. 하지만 사람들은 수군거릴 것이다. 돈 꾸스또디오, 주임신부 등 적들이 모두 비웃을 것이며, 총대리신부가 자기 신자들에게 별다른 영향력을 미치지 못한다고 수군거릴 것이다…… 망신당하는 게 두려웠다. 아나 부인의 믿음에 너무 뜸들이며 나사를 조이지 못한 그의 잘못이 컸다.

총대리신부가 제의방에 도착하자 큰 동작으로 허공에 손을 허우적거리며 검술 공격이라도 하는 듯 열띤 토론을 벌이고 있는 리빠밀란 수석사제가 보였다. 그의 토론 상대는 모우렐로 주임신부였다. 침착하게 미소를 띤 주임신부는 판사 부인이 제대로 된 신자라면 모든 성인의 날 밤에 극장에 가면 안되었다는 얘기를 하고 있었다.

리빠밀란이 소리 질렀다.

"신부님, 사회적인 의무가 모든 것 위에 있습니다."

주임신부가 기겁했다.

"오! 오!" 주임신부가 말했다. "그건 아니지요, 수석사제님……
종교적인 의무…… 종교적인 게…… 바로 그게……"

그러고는 자개상자에서 꺼낸 담배를 급하게 한모금 빨았다. 그
렇게 그는 복잡한 순간을 자주 모면했다.

"사회적 의무는…… 분명히 존중되어야 하지요." '은총과 정의'
부 장관과 친척뻘이 된다는 사제가 말했다. 그가 볼 때 리빠밀란의
주장은 왕권우선주의에 버금가는 무게의 주제였기 때문에 장관의
친척인 자신의 승인을 필요로 하는 것 같았다.

"사회적인 의무는" 주임신부가 침착하게 대답했다. 그는 말 한
마디 한 마디에 천천히 힘주며 부드럽게 말했다. "어르신의 양해하
에 말씀드리자면, 사회적인 의무는 존중되어야 마땅하지요. 하지
만 하느님의 무한한 자비는 그 사회적인 의무가 늘 종교적인 의무
와 조화를 이루기를 원합니다……"

"말도 안됩니다!" 리빠밀란이 펄쩍 뛰며 외쳤다.

"말도 안되지요!" 주임신부가 자개상자를 쾅하고 닫으며 말했다.

"말도 안됩니다!" 왕권우선주의 사제가 말했다.

"여러분, 의무는 서로 모순될 수 없습니다. 성격상 사회적인 의
무는 종교적인 의무와 대치될 수 없습니다…… 그 말은 존경하는
따빠렐리[1]가 하신 말씀입니다……"

"따빠 뭐요?" 주임신부가 물었다. "괜히 독일 작가를 들먹이고
그러지 마십시오…… 이 모우렐로는 늘 이단이었습니다……"

"여러분, 우리는 지금 논제에서 벗어났습니다." 리빠밀란이 소

---

1 루이기 따빠렐리(Luigi Taparelli, 1793~1862). 이딸리아 예수회 신부로 그리스도
교 철학과 성경의 원칙 위에 정치경제 체제를 굳건히 하고자 했다. 경제와 자연
법, 미학에 관한 여러 책들을 저술했다.

리 질렀다. "문제는……"

"그런 얘기가 아닙니다." 주임신부는 페르민 신부 앞에서 판사 부인의 믿음이 부족하다는 주장을 펼치고 싶지 않았다.

주임신부는 논쟁을 능숙하게 '철학적 영역'으로, 그리고 거기서 다시 '신학적 영역'으로 옮겨갔다. 그리고 그것은 불에 물을 붓는 격이었다. 존경받는 고위성직자들은 성스러운 학문을 특별히 존중하여 그런 '고결한 것'에 대해서는 절대 얘기하고 싶어하지 않았다.

페르민 신부는 제의방에 들어오면서 들은 것만으로도 그들이 극장 얘기를 하고 있음을 알았다. 그는 기분이 더욱 언짢아졌다. 베뚜스따 전체가 알고 있었다. 그의 도덕적 영향력은 신용을 잃었다…… 그리고 그 모든 일을 저지른 장본인은 잔인하게도 약속을 거부하고 있었다. 그는 아침이 아니라 오후에 고해하자고 약속을 바꾸고 싶었다. 그렇게 하면 여신도들이 과도한 관심을 가지고 자기네를 주시하지 않을 것 같았다…… "부인도 다른 여신도들과 함께 고해해야 합니다. 내가 고해를 보지 않는 날에도 고해를 하십시오. 내가 미리 알려드리겠습니다. 그러면…… 좀더 오래 얘기를 나눌 수 있겠지요." 그날 오후 그는 그 모든 얘기를 할 생각이었다. 그런데 그녀에게서 답장이 왔다. 편두통이 있다고!…… 빠예스의 집에서도 극장의 스캔들에 대한 얘기가 오갔다. "가지 않겠다고 약속한 여러 부인들이 갔습니다. 그리고 절대 참석하는 법이 없던 아나오소레스까지 갔어요."

총대리신부는 분노에 차서 빠예스의 집을 나섰다. 그를 주의 깊게 살펴보고 있던 올비도의 조롱기 어린 미소가 그를 분노케 했다……

총대리신부는 자기 행동을 의식하지 못한 채 곧바로 누에바 광장을 가로질러 린꼬나다 광장으로 가서 판사 부인의 집 앞에서 문을 두드렸다…… 그래서 지금 그곳에 있는 것이다.

그런 방문의 이유를 어떻게 설명할 수 있단 말인가?

아나의 거짓말 때문에 페르민 신부의 언짢은 기분은 분노로 바뀌었다. 아나는 아프지 않았으며, 자기를 만나러 오지 않기 위해 거짓말을 꾸며댄 것이다. 그는 자신을 꾹 누르고 계속 미소를 띠기 위해 평소보다 더욱 안간힘을 써야 했다.

자기가 그 여자에게 무슨 권리가 있단 말인가? 전혀 없다. 그녀가 반항하면 어떻게 제지할 수 있겠는가? 방법이 없다. 종교에 대한 두려움으로? 헛소리다. 그 부인은 절대 종교를 두려워하지 않는다. 설득으로? 관심으로? 애정으로? 자기가 아나를 설득하여 관심을 높였다고 자랑할 수도 없다. 더군다나 그녀가 원하는 정신적인 방법으로는 사랑에 빠지게 할 수도 없다.

외교적인 수완을 발휘하는 것 이외에는 다른 방법이 없었다. "네가 고개를 숙여라. 그러면 더욱 칭송을 받을 것이다." 그것이 그의 원칙이었다. 종교적 약속과는 전혀 무관했다.

쓸데없는 얘기만 무한대로 늘어질 것 같았다. 아무 소득도 없이 빈손으로 떠나고 싶지 않은 총대리신부는 긴 침묵과 함께 별이 박힌 하늘을 서글프고 심오하게 바라보는 걸로 무의미한 말들을 끝냈다. 다행히 그는 정자 입구에 앉아 있었다.

어느덧 날이 어두워졌지만 춥지는 않았다. 아니 그들이 추위를 느끼지 못했다. 뻬뜨라가 응접실에 불을 켜놨다는 말을 전하자 아나가 그녀에게 대답했다.

"알았다. 그곳으로 가겠다."

페르민 신부는 아나 부인만 괜찮다면 밖에 있는 것도 나쁘지 않다고 했다.

페르민 신부의 침묵과 별을 바라보는 눈길이 뭔가 심각한 얘기를 꺼낼 거라는 암시를 주었다.

그리고 그렇게 되었다. 신부가 입을 뗐다.

"오늘 오후 부인께서 왜 대성당에 오셨으면 했는지, 제가 아직 그 이유를 설명드리지 않았습니다. 저는 그 말씀을 전하고 싶었습니다. 그래서 그것 때문에 이렇게 온 것입니다. 부인의 건강 상태가 어떤지 알고 싶을뿐더러 아침에 고해를 하는 게 적절하지 않다는 말씀을 전하고 싶었습니다."

아나가 눈으로 그 이유를 물었다.

"여러 이유가 있습니다. 부인이 말씀하신 대로 남편분은 부인이 성당에 자주 오시는 걸 썩 내켜하시지 않습니다. 더군다나 그 때문에 새벽 일찍 나서는 것도요. 부인이 오후에 가신다면 덜 언짢아하실 것 같습니다…… 그러면 부인이 자주 다닌다는 것조차 모르실 수도 있습니다. 이건 속임수가 아닙니다. 남편이 물어보시면 사실대로 답하십시오. 하지만 원치 않으면…… 굳이 말할 필요는 없습니다. 의도가 순수한 만큼, 속임수나 위선은 털끝만큼도 없습니다."

"네, 맞아요."

"다른 이유도 있습니다. 저는 오전에는 거의 고해를 보지 않습니다. 그런데 지금 부인을 위해 예외를 두다보니, 적들이 수군거립니다. 내 적은 수도 많고 계층도 무척 다양하지요"

"신부님께 적이 있다고요?"

"오! 부인! 부인이 할 수 있다면 저 별들을 세어보십시오." 그가 하늘을 가리켰다. "내 적들의 수는 저 별들처럼 셀 수 없을 정도입니다."

총대리신부가 불길에 휩싸인 순교자처럼 미소를 띠었다.

아나는 성스러운 분을 속인 것도 모자라 새까맣게 잊어버리고 있었다는 게 끔찍할 정도로 후회되었다. 그는 덕망으로 인해 박해받는데도 불평조차 하지 않았다. 그의 미소와 별들의 비유가 판사 부인의 영혼에 와닿았다. 적들이 있다니! 그녀는 생각했다. 그러고는 모두에게서 그를 지켜주고 싶은 마음이 간절했다.

"게다가" 페르민 신부가 계속 말을 이었다. "아주 신실한 부인들이고 매우 종교적인 신사들인데도, 대성당의 고해실에 누가 들어오고 나가는지 지켜보기를 좋아하는 분들이 있습니다. 누가 자주 고해하는지, 누가 허점을 드러내는지, 고해를 얼마나 오래 하는지…… 그리고 적들은 그런 말들을 이용하지요."

판사 부인은 정확한 이유도 없이 얼굴을 붉혔다.

"그래서, 부인." 페르민 신부는 마지막 고삐를 잡아당길 때가 되었다고 생각하진 않았지만 계속 말을 이었다. "그래서 부인도 다른 부인들과 마찬가지로 일반 시간에 오시는 게 좋을 것 같습니다. 그러다가 부인이 하실 말씀이 많으면 미리 저에게 알려주십시오. 그러면 제가 고해를 보지 않는 날 시간을 알려드리겠습니다. 그건 아무도 모르겠지요. 우리 뒤를 밟을 정도로 비열하다고는 생각지 않으니까요."

판사 부인에게는 특별히 예외적인 날들이 더 위험해 보였지만, 페르민 신부의 얘기에는 그 어느 것도 반대하고 싶지 않았다.

"신부님, 신부님이 말씀하시는 대로 하겠습니다. 신부님이 말씀하시면 언제든지 가겠습니다. 저는 신부님을 절대 믿습니다. 이 세상에서 신부님 단 한분에게만 제 마음을 열었습니다. 신부님은 제가 어떤 생각을 하는지, 느끼는지 모두 알고 계십니다…… 늘 저를 에워싸고 있는 어둠속에서 신부님에게서 빛을 보고 싶습니다……"

아나는 이 부분에 이른 순간 자기답지 않게 말에 감정이 실려 있다고 느끼며 말을 멈췄다. 그 은유들이 좋지는 않았지만 과장해서라도 분명하게 얘기하지 않으면 자신의 노력을 달리 표현한 방법이 없었다.

수사학에 대해 생각하지 않았던 신부는 아나가 그렇게 말하는 것을 들으며 위안을 얻었다.

그러고는 그는 용기를 내서…… 자기를 괴롭히는 것에 대해 말했다.

"저기 부인, 그러니까 잠시 저에게 주어진 이 힘을 이용해서, 아니 남용해서……"그가 미소를 지으며 고개를 숙였다. "제가 부인을 좀 꾸중하겠습니다……"

그가 다시 미소를 띠며 그윽하게 바라보았다. 그 역시 그런 눈길은 거의 보낸 적이 없었다.

아나는 아이처럼 두려워했으며, 그게 더욱 아름다워 보였다. 페르민 신부도 느끼는 바였다.

"어제 부인은 극장에 가셨습니다."

판사 부인이 두 눈을 크게 떴다. 마치 '그래서요?'라고 경솔하게 되묻는 것 같았다.

"부인도 이미 아시다시피, 저는 대체적으로 무기력한 영혼들이 신앙에 대해 생각하는 그런 종류의 걱정들을 싫어합니다…… 부인이 공연을 보러 가시는 것은 정당할 뿐만 아니라 필요하기도 합니다. 부인에게는 기분전환이 필요합니다. 남편분도 순수한 마음으로 그러길 원하고요. 하지만 어제는…… 금기인 날이었습니다……"

"몰랐습니다…… 그런 줄은…… 사실…… 전혀 그러리라고는……"

"아냐, 당연합니다. 아주 당연해요. 하지만 그것 때문이 아닙니다. 부인에게는 어제 연극이 일년 내내 다른 날과 다름없이 너무나도 순수한 공연이었지요. 우리 베뚜스따 사회는 몇가지 점에서는 극단적인 관점에서 우리의 생활을 들여다보는 경향이 있는데, 문제는 이 경건한 베뚜스따는 존경받는 계층이 종교관습을 어기면 스캔들이라고 생각한다는 것이지요."

아나가 양어깨를 으쓱했다. 이해할 수가 없었다…… 스캔들이라니! 극장에서 위대한 생각들을 하나하나 차례로 만나 교훈이 되는 예술적, 종교적 감동을 느꼈는데!

총대리신부는 한번 흘낏 보고도 자기 고객이(그는 '영성'과 의사였다) 약 먹는 걸 거부하고 있음을 간파했다. 그래서 '너무 경사진 오르막길을 원하지 않는다면 평평하게 보이는 길을 만들어주자'라는 언덕의 알레고리를 떠올렸다.

"자매님, 악마는 자매님이 잃어버린 것에 들어가지 못했습니다. 자매님이 한 일에서는 조금도 덕망이 위협받지 않았습니다…… 하지만……" 들뜬 어조로 돌아가 말했다. "의사로서의 나의 자부심은? 나에게 반항하는 환자는…… 아니, 아무것도 아닙니다! 총대리신부에게 고해하는 자매들은 망자를 위해 기도하지 않고「돈 후안 떼노리오」를 보러 가도 된다면서 총대리신부의 깐깐함을 두려워할 필요가 없다고 그렇게 수군거리더군요."

"그렇게 말한다고요?"

"아! 쌴비센떼 협회에서도, ─ 부인을 변호하는 ─ 도냐 뻬뜨로 닐라의 집에서도, 심지어 대성당에서도 그럽니다. 주임신부는 오소레스 데 낀따나르 부인의 믿음을 의심하기도 했습니다……"

"그러니까…… 제가 경솔했다는 거네요…… 신부님을 망신시키고?……"

"오, 하느님 아버지! 자매님, 너무 과장하지 마십시오! 아나, 그런 상상력은, 그런 상상력은! 우리가 언제쯤에야 그런 상상력을 통제할 수 있을까요? 망신이라니요! 경솔했다니요!…… 나에게는 내가 책임질 수 있는 행동만을 가지고 망신이라는 말을 쓸 수 있습니다. 그외는 망신당했다는 게 뭔지 이해가 되지 않습니다…… 부인은 경솔하지 않았습니다. 순진하셨지요. 할 일 없는 사람들의 입방아를 생각하지 않은 거지요. 그건 다 아무것도 아닙니다. 쓸데없는 말은 제가 알아서 할 테니, 부인은 그렇게 알고 계십시오…… 그저 우스운 이야기입니다…… 우리가 관심 있어하는 좀더 중요한 이야기를 하기 위한 거지요. 부인 영혼의 치료…… 도덕적인 부분에 관한 거지요. 훌륭한 의사(정확히 말해 소모사 씨를 얘기하는 건 아닙니다. 물론 그분이 훌륭하기는 하지만 평범한 의사라서요)가 저를 많이 도와줄 거라고 믿는 거 부인도 알고 계실 겁니다."

침묵이 이어졌다. 총대리신부는 별들을 바라보던 동작을 멈추고는 자신의 흔들의자를 판사 부인 쪽으로 좀더 기울여 계속 이야기를 이어갔다.

"아나, 고해실에서는 당신도 잘 아는 중요한 이유로 당신의 죄를 구분하고 사해줘야 할 사제로서가 아니라 영혼의 의사로서 말을 꺼내기는 했습니다. 고해실에서는 부인에게 무슨 일이 있었는지 실제에 꽤 가깝게 알 수 있습니다. 그럼에도 불구하고, 내 생각에는……" 사제의 목소리가 떨렸다. 자기가 너무 모험을 거는 것 같아 두려웠다. "내 생각에는…… 가끔 성당 밖에서 우리의 일을 얘기한다면 우리의 대화가 좀더 효과적이지 않을까 싶습니다."

아나는 어둠속에서 양볼이 화끈하게 달아오르는 걸 느꼈다. 그리고 총대리신부와 알고 지낸 이후 그때 처음으로 그에게서 남자를 보았다. 멋있고 강한 남자였다. 음흉한 자들 가운데서도 뻔뻔하기로 유명한 연애박사를 보았다. 총대리신부의 말을 이은 침묵 속에서 아나의 가쁜 숨소리가 들려왔다.

페르민 신부는 차분히 이어갔다.

"성당에는 마음을 털어놓지 못하게 하는 뭔가가 있지요. 그래서 주의를 기울일 문제들을 분석할 수 없게 합니다. 늘 시간도 부족하구요. 그리고 저는…… 그곳에서 제 의무에 소홀함이 없이 재판관으로서의 성격을 저버릴 수 없습니다. 부인도 그곳에서는 편하게 솔직히 얘기하지 않습니다. 부인이 말하고자 하는 모든 것을 이해하기 위해서는 꼭 필요한데도 말이지요. 게다가 그곳에서는 죄가 아닌 것, 최소한 죄를 짓는 길이 아닌 것에 대해 말하는 것은 하찮아 보입니다. 예컨대 훌륭한 자질들에 대한 이야기는 거의 신성모독이지요. 그곳에서는 그런 얘기를 하면 안되니까요. 그렇지만 우리의 목표를 위해서는 그것 또한 없어서는 안되는 요소입니다. 부인은 글을 많이 읽으셨으니, 당대 여성들의 습관과 성격에 대한 글을 통해 많은 성직자들이 어두운 부분을 강조하고 여자들을 부정적으로 묘사했다는 것도 아실 겁니다…… 고해실에서의 여자들에 대해, 자기네 실수를 얘기하고 그것을 숨기기보다는 떠벌리기를 좋아하는 여자들에 대해, 그곳에서는 당연히 그래야 하듯 자기네 미덕과 장점은 얘기하지 않는 여자들에 대해 얘기했지요. 이러한 예는 스페인 밖으로 나가지 않더라도 그 유명한 이따의 수석사제[2]와 띠르소 데 몰리나,[3] 그리고 다른 많은 성직자들이 있지요……"

아나가 살짝 입을 벌리고 들었다. 꽃과 부드러운 모래 사이로 흘러가는 실개천처럼 부드럽게 얘기하는 그 남자가 매력적으로 다가왔다. 아나는 이제 더이상 총대리신부의 적들이 얘기하는 어설픈 험담에 대해서는 생각하지 않았다. 이제는 그가 남자라는 사실도 떠올리지 않았다. 뉴욕의 전차에서 여자들과 남자들이 그런다고 들은 것처럼 아무 두려움 없이 그의 무릎 위에 앉았으면 하는 마음이 들었다.

"좋습니다." 페르민 신부가 계속 말을 이었다. "우리는 모든 진실이 필요합니다. 추한 진실만이 아니라 아름다운 진실 또한 필요합니다. 왜 우리가 건강한 것을 치료해야 합니까? 왜 필요한 부위를 도려내야 하는 거지요? 제가 느낀 바에 의하면, 부인이 경당에서는 감히 꺼내지 못하는 얘기가 많다는 겁니다. 그렇지만 부인은, 예를 들어, 이곳에서는 별다른 불편 없이…… 제가 원하는 다정하고 가족적이고 믿고 터놓을 수 있는 이야기들을 얘기하실 수 있으리라 확신합니다…… 게다가 사람들에게서 비판받고 지적당하는 것만 필요한 게 아니라 부인이 전적으로 나쁘다고 믿는 생각과 행동들에 포함되어 있는 많은 훌륭한 부분들을 진심으로 높게 칭찬하면서 부인의 기를 살려드리는 것도 필요합니다. 그런데 고해실에서는 그런 제대로 된 분석을 마음껏 할 수 없습니다. 솔직히 말

---

2 후안 루이스(Juan Ruiz, 1284~1351). 스페인의 시인·성직자. '이따의 사제'로 불렸다.

3 띠르소 데 몰리나(Tirso de Molina, 1584~1648). '황금세기'의 스페인 연극을 대표하는 극작가로 「돈 후안」의 원작인 『세비야의 난봉꾼과 석상의 초대』를 썼다.

씀드리자면 속세의 법정이 아쉽기도 하지요. 더이상 다른 얘기는 하지 않겠습니다. 부인은 처음부터 제 이야기를 완벽하게 이해하셨습니다. 하지만 지금 생각난 김에 마지막으로 한 말씀 더 드리겠습니다. 그렇게 대성당 밖에서 얘기를 나누게 되면 부인이 자주 고해하러 오지 않으셔도 되고, 부인이 고해를 지나치게 자주 보느니 마느니 왈가왈부할 것도 없습니다. 게다가 고해를 보는 날엔 대죄와 소죄를 훨씬 빨리 헤아릴 수 있겠지요."

총대리신부는 자신의 무모함이 놀라울 뿐이었다. 이런 계획은 너무 터무니없어 수십번도 더 넘게 포기했던 막연한 생각으로, 전혀 준비된 게 없었다. 열정에 사로잡힌 너무 무모한 행동이어서 판사 부인을 지레 겁먹게 한 나머지 고해신부의 의도를 의심하게 할 수도 있었다. 총대리신부는 떨면서 아나의 대답을 기다렸다.

판사 부인은 순진하게도 신부가 설명한 이유를 확신하고 그 계획에 흥분하여 어제 오후에 그랬던 것처럼 말문이 터졌다. 그녀는 신부가 설명한 이유들에 자신의 시적 열정을 더해 새로운 힘을 실어주었다.

오, 그렇다. 그게 훨씬 나았다. 하느님의 것을 하느님에게 되돌리는 대성당에서 시작된 좋은 일은 포기하지 않고도 그럴 수 있다면 얼마나 좋겠는가. 자신의 솔직한 이야기를 들어주고 충고를 해주기 위해, 그리고 그토록 고통받곤 했던 황량한 영혼을 위로해주겠다는 그 자비로운 우정을 받아들일 생각이었다.

이제 총대리신부는 명상을 하는 것처럼 침묵에 잠겨 듣고 있었다. 그늘에 가려졌으나 재스민과 인동덩굴이 똬리를 틀며 올라온 정자 골조의 철책에 머리를 기대고 있었다. 아나의 유창함은 영광의 기운이 있으며, 한 여인의 심장이 느껴지는 솔직한 말들이 향수를 뿌린 물처럼 신부의 마음을 촉촉이 적셔왔다. 그 여인은 자신의 슬픔이 위로받을 수 있다는 희망을 얘기하며 흥분했다. 냉정함은 사라지고, 긴장이 풀렸다. 그렇게 얘기하라, 그렇게 얘기해! 신부가 자기 자신에게 말했다. 당신의 입술에 축복이 내리기를!

아나의 달콤한 목소리 이외에는 아무 소리도 들리지 않았다. 이따금 떨어지는 낙엽 소리와 그날밤 거의 느껴지지도 않을 정도로 가볍게 살랑거리는 산들바람만이 오솔길의 모래 위를 스치고 지날 뿐이었다.

페르민 신부도, 판사 부인도 시간을 잊었다.

"그래요, 신부님 말씀이 수백번 옳아요." 그녀가 말했다. "저는 황량함 속에서 수없이 많은 나날을 보냈어요. 그 황량함이 좋은 생각을 모두 앗아가고 슬픔과 절망만을 남겨놓았지요. 그래서 제게는 우정 어린 충고 한마디가 절실해요."

"오, 아니에요. 그건 아닙니다, 아나 부인. 절망이라니! 그게 무슨 말씀이세요!"

"어제 오후 제가 어떤 심정이었는지 신부님은 상상도 하시지 못할 거예요."

"매우 무료했지요. 그렇죠? 종소리들이?……"

신부가 미소지었다……

"웃지 마세요, 신부님. 남편의 말대로 제가 예민하거나, 뭐 그래서 그럴 거예요. 하지만 저는 끔찍할 정도로 지겨웠어요. 그것도 대죄겠지요…… 제가 고칠 수 있다면……"

"그렇게 말씀하시면 안됩니다." 신부는 가능한 한 최대로 목소리를 부드럽게 하며 그녀의 말을 가로막았다. "부인이 고칠 수 있다면 그 무료함은 죄가 아닙니다. 부인이 고치고 싶어하지 않는다면 죄가 되겠지요. 하지만 다행히 부인은 고치고 싶어하고, 고칠 수 있습니다…… 그리고 바로 그 얘기를 하려는 겁니다, 부인."

고해에 취한 아나는 자기가 비밀을 터놓고 얘기하는 상대가 모든 것을, 아니면 그녀가 얘기하고 싶어하는 거의 모든 것을 이해하고 있다는 것을 알고, 신부에게 '다른 것'까지, 그날 오후의 무료함 뒤에 느꼈던 것까지…… 모두 얘기하기로 결심했다. 그녀는 순전히 우연이라고 생각한 것만 숨겼다. 돈 알바로나 백마에 대해서는 말하지 않았다.

"다시 그 무미건조함이 울음으로, 희생에 대한 열망으로, 자포자기하는 마음으로 바뀌었어요…… 신부님도 그건 아시지요. 하지만 어제는 흥분이 다른 방향으로 향했어요…… 저도 모르겠어요…… 저도 제대로 설명할 수가 없어요…… 있는 그대로 말한다면…… 말 그대로 죄예요. 반항이지요. 끔찍하고…… 하지만 제가 느끼는 바에 의하면 그건 아니에요……"

신부는 반항심이 일었던 그 시간 동안 아나의 마음속에서 어떤 일이 있었는지 얘기를 들었다. 아나는 외로운 영혼의 이야기에서 이미 그런 시간들을 높이 평가했다. 그녀가 자신의 느낌과 생각을 제대로 설명하지는 못했지만, 그는 그것을 완벽하게 이해했다.

총대리신부는 아나가 돈 후안 떼노리오를 보면서 어떻게 하느님을 떠올리고 온유하고 깊이있는 믿음을 생각하게 되었는지 이해하기 힘들었다.

아나는 자기가 정신이 나간 것인지 모르지만, 그런 게 새로운 건 아니라고 말했다. 종교와 전혀 상관없는 공연들을 보다가도 그런 일을 많이 겪었었다. 위안을 주는 말, 하느님이 흘린 사랑의 눈물, 영원한 희망, 무한한 자비, 확고한 믿음, 그런 것들에 무릎을 꿇었다. 어느날인가는 다른 아이들이 나눠 가진 고무풍선과 똑같은 풍선을 사라고 가난한 아이에게 동전 한푼을 준 후 우는 모습을 들키지 않으려고 얼굴을 파묻어야 했다. 처음에는 매우 고통스러운 울음이었지만 나중에는 그녀의 머릿속에서 떠오르는 생각들로 좀더 달콤한 울음이 되었고, 하느님은 그녀의 영혼에서 강력한 목소리가 되어 마음의 고통을 어루만져주는 손길이 되었다…… 저 너머에 있었다. 아나는 설명할 수 없었다. 그래서 신부에게 자기를 이해해달라고 간청했다. 그녀는 전날 밤 불쌍한 이네스 견습수녀가 돈후안의 품에 안기는 것을 보면서 그런 비슷한 감정이 들었다. 신부의 눈에는 종교적인 상황이란 게 거의 보이지 않았는데 말이다. 어찌 됐든 그녀는 그 무고한 여인을 동정하여…… 하느님을 생각하고, 하느님을 사랑하고, 하느님을 아주 가까이에서 느끼게 되었다…… 색색의 풍선을 불쌍한 아이에게 선물로 줬던 바로 그날 느꼈던 그 감정을 느끼게 되었다. 그게 뭘까? 그녀는 진정한 믿음이 아니라는 것을, 그러한 황홀함으로는 하느님을 위해 아무것도 얻을 수 없다는 것을 지나치게 잘 알고 있었다…… 그러나 그것 역시 신경이 예민한 것에 불과하지 않을까? 모험심이 강하고, 흥분 잘하고, 어릴 때부터 삐뚤어진 마음의 위험한 징조들일까?

"그런 것들이 모두 섞인 것입니다." 신부는 아나가 자기에게 전하는 격앙된 감정을 이겨보려고 노력하며, 최대한 침착하고 신중하게 말하려고 했다. "그 많은 것들이 다 섞인 것입니다. 미덕에 도움이 되는 감정의 보고가 있었으나 위험도 있었지요. 전날 밤에는 그 위험이 컸고요.(그리고 이것은 아나의 관람석에 돈 알바로가 있었다는 것을 모르고 한 말이었다.) 그래서 그런 비슷한 일을 반복하는 것은 피해야 했습니다."

판사 부인은 억누르기 힘든 열망에 대해, 자기네 집 좁은 벽 너머로 훨훨 날아가고 싶은 간절한 소망에 대해, 다른 여자들처럼 무위도식하지 않고 좀더 강렬하게 살고 싶은 마음에 대해 얘기했다. 또한 우주적인 사랑에 대해서도 말했다. 그 사랑을 이해하지 못하는 사람들이 비웃는다 해도, 그 사랑은 전혀 우스운 것이 아니었다…… 그녀는 자기가 남편의 사랑으로 충분하다고 한다면 그것은 가식적인 거라고 했다. 남편의 사랑은 온화하지만 차갑고 밋밋하고 형식적이며, 자기가 좋아하는 연극과 수집, 친구 프리힐리스, 사냥용 엽총에만 집중되어 있었다……

"모든 게 위험이 가득합니다." 신부는 간략하게 정리한 후 덧붙였다. "죄와 다름없지요."

"그래요. 제가 말씀드렸듯이 그렇게 말씀하신다면 그래요…… 하지만 제가 느낀 대로라면 전혀 아니에요. 오! 제가 느낀 대로라면, 제가 말씀드리는 건 죄가 아니라고 확신해요…… 그것을 느끼는 건 위험할 수 있을 거예요. 그건 부인하지 않겠어요. 하지만 죄는 아니에요! 그것 말고도!" 아나의 목소리가 바뀌었다. "굳이 말로 하면 우스꽝스럽겠지요. 어리석고, 세속적인 감상주의처럼 들리겠지요. 저도 잘 알아요…… 하지만 그런 건 아니에요. 전혀 아니에요!"

"저는 부인이 말씀하시는 대로가 아니라, 부인이 느끼는 대로 이해합니다. 저를 믿으셔야 합니다. 저는 부인의 심정 그대로 이해합니다…… 하지만 그렇다 해도, 어찌 됐든, 위험하기 때문에 죄에 근접할 위험이 도사리고 있습니다…… 아나, 들어보세요. 우리가 서로 이해할 수 있다는 것을 곧 알게 될 겁니다. 위험은 죄에 근접하다고 말씀드렸습니다…… 굳이 덧붙이자면, 부인의 뜨거운 영혼의 모든 에너지를 그에 걸맞은 일, 즉 정숙한 여자에게 어울리게 방출하지 않는다면 그것은 분명히 죄가 될 것입니다. 도덕적 과업이나 건강한 단련으로 미리 대비하지 않고서 그런 일들이 다시 일어나도록 내버려둔다면…… 그런 일들은 가장 쉬운 길, 나쁜 길을 택할 겁니다. 제 말을 믿으십시오, 부인. 부인이 색풍선을 아이에게 주면서 하느님을 생각하게 되었고 하느님의 존재를 느끼게 되었다는 것은 매우 성스럽고 아주 좋은 것입니다. 부인 말씀 가운데는 다신교의 요소가 있긴 합니다만 위험한 건 아닙니다. 부인이니까요. 그래도 그런 악은 싹부터 잘라내도록 책임지겠습니다. 하지만 지금은 그게 아닙니다. 부인, 수녀 방의 바람둥이를 보면서…… 아니면 바람둥이의 집이나 그 품 안에 있는 수녀를 보면서…… 그 불경스러운 연인들의 포옹을 보면서 하느님을 생각한다는 것은 성스러운 것도 좋은 것도 아닙니다. 그것은 잘못된 것입니다. 그것은 자비로 향하는 자연스러운 길을 무시하는 것입니다. 이기적인 자부심으로 건강한 도덕을 무시하는 거지요. 올바른 사람들은 완전히 다른 길을 통해 이릅니다. 깊은 바다와 진흙뻘, 갖가지 타락을 지나 이르는 곳이지요. 제가 너무 심하게 말했다면 양해해주십시오. 이 순간에는 어쩔 수 없습니다."

페르민 신부는 잠시 말을 멈추고, 아나를 위해 마련한 오르막길을 그녀가 너무 힘들게 오르는 건 아닌지 지켜보았다.

아나는 고해신부의 말을 곰곰이 생각하며 아무 말도 하지 않았다. 자기 생각에 깊이 빠져 조용하고 진지한 모습이었다. 그녀는 자기도 모르게 그 에너지가 좋았다. 그런 반대가 흐뭇했고, 신부의 강한 말들, 혹독하다시피 한 충고가 아부나 칭찬보다 훨씬 믿음이 갔다.

그러자 신부가 고삐를 늦추며 계속 말을 이었다.

"당신의 긍정적 성향, 독실함을 잘 활용하는 게 필요하고 절실하지요. 아주 절실합니다. 매우 민감하고 위험한 주제인 은총에 이르는 단계와 길, 오류를 설명하는 자리가 아니기 때문에, 지금은 그냥 독실함이라고 부르지요…… 저는 자비와 명상을 하는 능력을 활용해야 한다고 말씀드렸습니다. 부인에게는 매우 오래된 능력이지요. 이미 덕을 쌓는 중에…… 성스러운 일들을 통해 어릴 때부터 경험하셨으니까요. 왜 가톨릭 교인들에게 많은 일들이 있는지, 왜 냉정한 개신교보다 진정한 종교에서 좀더 눈에 띄고 심지어 화려하기까지 한 외면적인 것을 숭배하는지, 거기에는 이유가 있습니다. 부인께는 하느님의 성스러운 생각을 떠올릴 사물들이 필요합니다. 부인의 영혼을 자비로운 에너지로 채워줄 일들이, 부인께서 말씀하셨듯이, 우주적인 사랑의 본능을 만족시켜줄 것들이 필요한 겁니다. 부인, 살면서 그 모든 것은 이루고 만족하고 채울 수 있습니다. 도냐 옵둘리아처럼 독실한 광신자의 추하고 요란한 표현을 빌려서 말한다면 명백히 지루하고 단조롭기까지 하겠지요." 신부는 '요란한'이라는 말을 하면서 웃었다. "무한한 사랑의 갈증을 가라앉히기 위해 부인에게 필요한 것은…… 독실한 신자가 되는 겁니다. 그리고 이제 부인에게 저를 이해해달라고 청하는 바입니다. 제 말을 곧이곧대로 받아들이지 마시고 마음을 비우라고 청하는 것입니다. 신앙에 열심이어야 합니다. 다시 말하면, 본질적인 것은 형식보다 내용이라거나 자질구레한 경배와 교리는 사소한 것이라는 식으로 시장바닥의 진부한 생각을 믿으며 이교도처럼 살면서 스스로는 교회 다니는 사람, 그리스도교인이라고 부르는 데 만족해서는 안된다는 뜻입니다. 아닙니다, 부인. 아니지요. 모든 것이 본질적입니다. 형식이 근본이지요. 하느님이 자기를 사랑하려는 여인에게 이렇게 말씀하는 건 자연스럽습니다. '애야, 네가 나를 기억하려고 소리야처럼 수녀와 바람둥이의 사랑을 그리는 게 꼭 필요한 것은 아니다. 나의 성전으로 오너라. 그러면 그곳에서 기도와 명상, 믿음과 희망, 자비의 행동들을 위한 영혼을 자극할 만한 느낌을 발견할 수 있을 것이다. 그리고 그것들을 요약하자면 모두 나를 위한 경배니라……'"

아나는 그토록 무겁고 경건한 일을 친근하고 익살맞게 표현하는 총대리신부의 얘기를 듣고 웃음과 눈물을 뒤섞어 안드로마카처럼 웃다가 울었다.[4]

순식간에 어둠이 드리웠다. 어둠에서부터 서서히 올라오기 시작하는 안개 속에서, 정자에서 대화를 나누는 사람들을 멀찌감치에서 감시하고 있던 대성당 종탑이 경고하듯이 종소리를 세번 울렸다. 이미 충분히 얘기를 나눴다고 생각하는 것 같았다. 하지만 그들은 자기 종탑의 신호를 듣지 못했다.

뻬뜨라가 중정의 어둠속에서 혼잣말했다.

"8시 15분 전인데! 그런데도 아직 입을 다물 기색이 보이지 않네……"

하녀는 궁금해 죽을 지경이었다. 용기를 내서 뒤꿈치를 들고 정자 쪽으로 몇발짝 다가갔다. 소리를 내지 않으려고 애써 마른 낙엽을 피해 다가갔다. 하지만 말은 정확히 들리지 않고 웅얼거리는 소리만 들릴 뿐이었다. 그때 뻬뜨라는 안셀모가 현관문을 열고, 주인이 계단 올라오는 소리를 들었다. 그녀는 얼른 주인 쪽으로 달려갔다. 마님에 대해 물으면 거짓말을 할 각오가 되어 있었다. 마님이 집안 일로 2층이나 다락방, 아무 데나 올라가 있다고 말할 작정

---

4 호메로스의 『일리아드』 6장 484행에서 헥터의 아내 안드로마카가 남편과 헤어지는 장면에서 "두 눈에 눈물을 가득 담고 웃으며 말했다".

이었다. 그녀는 그 누구의 명도 받지 않았지만 신부의 방문을 숨길 생각이었다. 주인마님과 자기와 친한 페르민 신부의 간절한 욕망을 자기가 알아서 선수 칠 때가 되었다고 믿었다. 그들이 낀따나르 모르게 편지를 주고받았잖은가. 그들이 어두운 정자에서 한시간 이상 얘기 나누고 있는 걸 낀따나르가 알 필요가 있겠는가.

낀따나르는 아내의 안부를 묻지 않았다. 새삼스러운 바가 아니었다. 특히 볼일이 있을 때면 종종 잊어버렸다. 그는 서재로 불을 갖다달라고 청하고는 책상에 앉았다. 그러고는 책과 서류들을 치우며 팔 밑에 끼고 온 묶음 하나를 책상 위로 내려놓았다. 총의 탄약통을 장전하는 장비였다. 한시간에 수십통의 탄약통을 장전할 수 있다고 프리힐리스와 내기를 하고 오는 길이었으며, 그것을 시험해보려던 참이었다. 그는 온통 그 생각뿐이었다. 불이 도착했다. 낀따나르가 탐색하는 듯 온통 정신이 팔린 채 **뻬뜨라**를 쏘아보았다. 하녀가 당황했다.

"얘야."

"주인님?……"

"아무것도 아니다…… 얘야……"

"네?……"

"그 시계는 가고 있는 거니?"

"네, 주인어른. 어제 주인님께서 시계 밥을 주셨잖아요……"

"그러니까 지금이 8시 10분 전이라고?"

"네, 주인님……"

뻬뜨라는 떨고 있었지만 주인이 마님에 대해 물으면 거짓말할 작정이었다.

"됐다. 가보거라."

그러고는 낀따나르는 재빨리 탄창을, 더 많은 탄창을 장전하기 시작했다.

그러는 동안 신부는 자기가 알려주고 싶어하는 독실한 신자의 삶을 넓은 의미로 설명했다.

이제 아나가 완벽의 길로 접어들기 위해 노력할 때가 되었다는 거였다. 준비작업은 이미 끝났다고 봐도 되었다. 다른 여신도들이 성당이나 종교모임, 신앙생활을 할 수 있는 일반적인 장소에 드나든다고 해도, 사실 도덕적인 완벽의 관점에서 보면 그들의 쳇바퀴 같은 일상에 적응된 영혼은 그러한 종교활동을 무의미하게 만들었다. 그리고 아나는 그런 똑같은 장소와 활동들을 통해 자신의 영혼에 걸맞은 매우 유익한 것들을 얻어낼 수 있었다. 성녀가 어땠는가? 그녀는 수녀였으며, 수녀원의 창시자였다. 세속적인 여자들을 넘어서지 못한 수녀들이 얼마나 많이 있었는가? 수녀의 삶 또한 인습적인 삶이 될 수 있었다. 하느님의 눈으로 볼 때 그다지 칭찬받지 못하는 삶이 될 수도 있었다. 그리고 뜨거운 영혼의 욕망을 만족시키기에 전혀 유용하지 않을 수도 있었다. 그럼에도 불구하고 갇혀 지내는 삶이었지만 성녀에게 그렇게 큰 세상과 태양으로 가득한 우주를 선사하지 않았는가? 위대한 활동은 우리 자신에게 달려 있었다. 우리가 그것을 할 수 있다면 말이다. 하지만 훌륭한 삶을 살아가면서 기회를 찾아야 한다. 앞으로 아나는 종교축제에 자주 참여해야 한다. 더 많은 설교와 미사를 듣고, 9일기도에도 참석하고, 싼비센떼 단체에도 다녀야 한다. 하지만 병자들을 찾아가 보살펴주고, 교리문답회에도 참여하는 활동적인 회원으로서 말이다. 처음에는 그런 활동들이 부담스럽고, 비현실적이고, 재미없고, 순화된 종교적인 삶으로 이어지는 길에서 벗어난 것처럼 보일 것이다. 하지만 조금씩 그런 비천한 일들에 흥미를 느끼게 될 것이다. 기도와 대중적인 예찬의 신비스러운 매력에 빠져들게 될 것이다. 인식능력만을 가지고 성전에 있는, 믿음이 약한 영혼들이나 세속적인 신자들에게는 그런 것들이 경박한 오락거리 정도로 보일 수도 있다. 하지만 믿음이 깊은 사람에게는 건설적인 일이었다.

"부인도 곧 보게 될 겁니다." 총대리신부가 말했다. "부인이 감동을 느끼고 울면서 하느님의 성스러운 생각까지 올라가는 데 소리야나 시인이 필요하지 않을 날이 올 겁니다. 부인, 교회에는 내면 깊숙한 곳까지 이어지는 길을 찾아주는 혜안이 있습니다! 많은 전례와 의식, 휘황한 예배에서 우리 성모마리아의 지혜를 인지하게 될 겁니다. 지금은 아마 그런 것들이 부인이 보기에는 지루하고 무의미할 수도 있지만 말입니다. 우리의 축제들! 얼마나 아름답습니까! 예를 들어, 크리스마스 이브가 되면 예수 탄생이라는 순수하고 시적인 장면들을 연출하는 데 부인의 상상력을 발휘할 수 있습니다…… 뻔한 노래들이 다시 위대한 시와 사랑의 샘이 될 것이며, 부인은 아기 예수님을 생각하며 눈물을 흘리게 될 겁니다…… 그리고 그때가 되면 부인은 그 눈물이 어젯밤 돈 후안 떼노리오를 보며 흘린 눈물보다 더 달콤하고 신선한 눈물인지 제게 물으실 겁니다……"

"아무나 하는 설교는 군이 들으러 갈 필요도 없습니다." 페르민 신부가 계속 말을 이었다. "가끔 가난한 시골 신부의 투박한 소박함 속에 진실이 깃든 보물들과 감탄할 정도로 간결한 가르침, 심오하고 진실한 철학, 성경에 버금가는 새로운 비유들이 있는 경우들을 제외하고는 말이지요. 하지만 이런 경우는 거의 없으니, 믿을 만한 설교자의 설교를 들으러 가는 게 좋습니다. 주교님이 설교하시는 날 그분의 설교를 들으십시오…… 다른 훌륭한 설교자들의 설교를 들으십시오…… 봐줄 수 없는 오만이 아니라면, 시간이 될 때 가끔은 제 연설도 들으라고 덧붙이고 싶습니다. 그렇게 나쁘지만은 않거든요. 고해실이나 가족적인 대화가 요구하는 것들을 설교대에서 말할 수 없듯이, 설교대에서만 할 수 있는 것들이 있기 때문이지요. 의자를 서로 맞대고 얘기하기에는 어색한 것들이 있으니까요…… 예를 들면, 부인도 모르는 사이, 범신론에 살짝 물든…… 사상에서 하느님에 대한 어렴풋한, 겉에 보이는 모습들을 제가 부인에게 주의를 줘야 하기 때문이지요.”

신부는 다음날부터 아나 부인이 몸과 마음을 바쳐 매진해야 할 신앙생활에 대한 계획을 설명하기 위해 좀더 얘기했다. 그러고는 더욱 단호하게 독서 문제를 다루며 얘기를 마쳤다.

그는 특히 몇몇 성자들의 삶과 성녀 떼레사[5]와 몇몇 신비주의자들의 작품을 권했다.

“성녀 떼레사의 삶과 마리아 드 샹딸,[6] 쌘따후아나 프란시스까의 삶을 읽어보시는 걸로 충분합니다. 물론, 자신을 완벽하게 하기 위해서는 처음뿐만이 아니라, 좀더 뒤까지 행간을 읽을 줄 알아야겠지요. 처음에는 유감스럽게도 자기의 삶과 성자들의 삶을 비교하는 데서 오는 실망감이 클 겁니다. 부인은 칭찬받아 마땅하다고 생각하는 많은 행동들이 성녀 떼레사에게는 죄악시되는게 놀라울 겁니다! 실제로 그러기 전부터 스스로 선하다고 믿는 것이, 성녀가

---

5 떼레사 데 세뻬다 이 아우마다(Teresa de Cepeda y Ahumada, 1515~82). ‘아빌라의 성녀 떼레사’. 로마 가톨릭의 신비가이자 수도원 개혁에 전념한 인물. 아기 예수의 떼레사와 구별하여 대(大)떼레사라고도 불린다.

6 잔 프랑수아즈 프레미오 드 샹딸(Jeanne Francoise Frémiot de Chantal, 1572~1641). 프랑스의 성녀, 성모방문수도회의 창립자.

악마의 목소리라고 부르는 것을 하느님의 목소리로 착각하고 있는 것이 얼마나 큰 허영이었는가를 깨닫고 부끄러울 겁니다…… 그러나 여기서 멈춰서는 안됩니다…… 비교해서는 안됩니다…… 계속 읽어야 합니다…… 그리고 일정 기간 건강한 규율 속에서 지낸 후…… 다시 읽게 되면, 그때마다 책이 훨씬 좋고, 더 많은 열매를 맺게 될 것입니다.

우리가 성녀 떼레사처럼 되고자 한다면 모든 것과는 영원히 작별해야 할 것입니다. 너무 멀리 보여 우리는 그 길을 떠나지도 못할 겁니다. 부인이 도착해야 할 곳은 나중에 하느님이 부인에게 말씀하실 겁니다. 지금은 걸어야 합니다. 앞으로 걸어나가는 게 중요합니다.

그리고 이 모든 것을 위해 우리가 거친 천으로 옷을 해 입고, 땅바닥만 내려다보며 슬픈 얼굴을 하고, 집에서 종교재판을 하고, 산책도 나가지 않겠다고 요리조리 빼고, 세상 사람과 만나지도 않겠다고 거부하며 남편을 고문해야 합니까? 하느님이 우리를 자유롭게 해주시길, 아나 부인, 하느님이 우리를 자유롭게 해주시길…… 가정의 평화는 장난이 아닙니다…… 그럼 건강은? 육체의 건강은 어디다 내팽개쳐졌습니까? 우리는 지금 치료하려는 것이 아닌가요? 지금 정신과 그 처방에 대해 말하고 있는 것이 아닌가요? 육체는 자유로운 공기와 정숙한 휴식이 필요하며, 모두 필요한 단계와 상황에 따라 계속되어야 합니다.”

차가운 바람이 갑자기 판사 부인을 떨게 하고는, 정자 입구 쪽으로 마른 낙엽들을 몰고갔다. 신부는 누가 꼬집기라도 한 듯 벌떡 일어나서, 놀란 목소리로 말했다.

“세상에! 너무 늦은 것 같군요. 여기서 이렇게 얘기하느라 우리가 시간이 가는 걸 몰랐군요……"

낀따나르가 이 시간에 공원의 정자에서 단둘이 별빛을 받으며 있는 것을 보면 좋아하지 않겠군…… 하지만 페르민 신부는 이런 생각은 마음속에 간직했다. 그는 큰 소리로 얘기하며 정자를 나섰다. 그러나 그렇게 큰 소리는 아니었다. 큰 소리가 나는 것을 두려워하지 않는 척했지만 실제로는 두려워하고 있었다.

아나는 골똘히 생각에 잠긴 채 그의 뒤를 따랐다. 이 세상에 남편이 있다는 사실조차 기억하지 않았고, 낮인지 밤인지, 시간이 얼마나 지났는지, 신부이기는 하지만 젊고 잘생기고 늠름한 남자와 단둘이 얘기하기에 그곳이 적당한 장소가 아니라는 것 또한 생각하지 못했다.

정자의 계단으로 올라가 낀따나르의 방들이 있는 곳을 지나는 게 자연스러웠지만, 총대리신부는 길을 착각한 듯 중정 문 쪽으로 향했다.

중정에서 페르민 신부를 맞이했던 같은 곳에서 뻬뜨라가 보초처럼 서 있었다.

"주인 어른은 오셨니?" 판사 부인이 물었다.

"네, 마님." 하녀가 나지막한 목소리로 대답했다. "서재에 계십니다."

"만나고 가시겠어요?" 아나가 신부를 돌아보며 말했다.

페르민 신부가 대답했다.

"저야 좋지요……"

'시치미들 떼기는. 나한테까지 시치미를 떼는군!' 뻬뜨라는 골이 나 생각했다.

"너무 늦지만 않았다면…… 저야 좋습니다만…… 8시에 교구청에 있어야 해서요…… 좀 있으면 8시 반이 될 텐데…… 더 지체할 수가 없습니다…… 제 인사는 부인이 전해주시지요.”

“그러지요.”

“더욱이 남편분은 바쁘실 텐데요…… 괜히 그분의 시간을 뺏고 싶지 않습니다…… 그냥 여기로 나가겠습니다…… 안녕히 계십시오, 부인. 좋은 밤 되십시오.”

‘둘 다 내숭은.’ 뻬뜨라는 현관 쪽으로 이어지는 문을 열어주며 다시 생각에 잠겼다.

그때 총대리신부가 판사 부인에게 다가가며 서둘러 나지막하게 말했다.

“말씀드려야 하는데 깜빡했습니다…… 만나는 데 가장 적합한 장소는…… 도냐 뻬뜨로닐라의 집입니다. 나중에 다시 말씀드리지요.”

“네.” 판사 부인이 대답했다.

“제가 생각해봤는데, 그곳이 제일 낫겠습니다.”

“네, 신부님 말씀이 옳아요.”

아나는 중앙계단으로 올라갔고, 페르민 신부는 대문 쪽으로 나갔다. 그는 문 앞에 멈춰서 얼굴을 가리며 뻬뜨라를 보았다. 뻬뜨라는 한 손에 큰 열쇠를 쥔 채, 그가 나가면 문을 닫으려고 기다리며 땅바닥만 뚫어져라 내려다보고 있었다. 비밀을 지켜주는 동상 같았다. 페르민 신부가 다정한 손길로 그녀의 어깨를 쓰다듬으며 미소를 띠고 말했다.

“얘야, 어느새 날이 쌀쌀하구나.”

뻬뜨라는 그의 얼굴을 정면에서 바라보며, 겸손함을 잃지 않은 채 자기가 할 줄 아는 한 최대한 예쁘게 미소를 띠었다.

"주인어른들은 잘해주시니?"

"아나 마님은 천사예요."

"그렇겠지. 잘 있거라, 애야. 잘 있어. 얼른 올라가봐라. 여기는 바람이 꽤 심하구나…… 얼굴이 아주 빨가네…… 열이 나나보구나."

"나가세요, 신부님. 제 걱정은 마세요."

"문 닫아. 닫아도 된다."

"아니에요, 신부님. 문을 닫으면 골목으로 나가실 때까지 제대로 보지 못하세요……"

"고맙구나, 고마워…… 잘 있거라."

"안녕히 가세요, 돈 페르민."

뻬뜨라는 대문 밖으로 고개를 내밀며 아주 나지막하게 이 말을 하고는, 일절 소리 나지 않게 아주 조심스럽게 문을 닫았다.

돈 페르민이라니! 총대리신부는 생각했다. 이 아이가 왜 나를 돈 페르민이라고 부르는 거지? 무슨 생각이지? 좋게 생각하자. 좋게…… 그래, 좋게 생각하자. 다른 아이처럼 그 아이도 내 편으로 만드는 게 나아.

다른 아이는 자기 하녀인 떼레시나였다.

뻬뜨라는 위로 올라가 아나가 부르지도 않았는데 그녀의 방으로 들어갔다.

"왜 들어왔니?" 아나가 물었다. 그녀는 꽤 추워 숄로 몸을 감싸고 있었다.

"주인 어른은 마님에 대해 묻지 않으셨습니다. 저도 아무 말씀드리지 않았고요…… 마님이 돈 페르민과 그곳에 계신다는 것 말이죠."

"누구?"

"돈 페르민이오."

"아! 그래, 알았다…… 왜? 그게 어때서?"

뻬뜨라는 입술을 깨물고는 중얼거리며 뒤로 돌아섰다.

'잘난 척하기는! 우리에게는 눈이 없는 줄 아나보지?…… 내키지 않더라도…… 다른 분을 위해서 그렇게 할 거야.'

그랬다. 뻬뜨라는 다른 분을 위해서, 총대리신부를 위해서 그렇게 했던 것이다. 그녀는 무슨 수를 써서라도 그의 기분을 맞춰주고 싶었다. 음탕한 금발에게는 자기 나름의 계획이 있었다.

돈 빅또르 낀따나르가 삼십분 후 이마와 양 뺨에 화약을 잔뜩 묻힌 채 아내 앞에 나타났다.

그는 총대리신부가 한밤중에 왔다 간 사실을 전혀 모르고 있었다. 아무것도 묻지 않았는데, 이야기할 게 있겠는가.

다음날 아침 날이 밝기 전, 프리힐리스가 뒷문을 통해 오소레스 저택의 공원으로 들어왔다. 그에게는 특별한 경우 사용할 수 있도록 열쇠가 있었다. 낀따나르와 가장 친한 친구는 나무와 관목들이 우거진 그곳의 독재자였다. 프리힐리스는 사냥을 나가지 않는 날이면 '자기 구역'을 둘러보며 시간을 보냈다. 그는 낀따나르의 공원을 '자기 구역'이라고 불렀다. 그는 가지치기하고, 접목하고, 계절과 상황에 따라 나무를 심거나 옮겨 심었다. 숲의 주인을 포함해 모든 사람에게는 잎사귀 하나 만지는 것도 금지되어 있었다. 그곳에서는 프리힐리스가 대장이었으며, 아무도 꼼짝하지 못했다. 그는 안으로 들어가 정자 쪽으로 향했다. 화훼원예대회에 보내기 위해 준비해둔 씨앗을 대리석 테이블인지 벤치 위인지, 그곳 정자 어딘가에 놔두고 온 게 생각났던 것이다. 그러다가 흔들의자에서 자줏빛 실크 장갑 한짝을 발견했다. 씨앗들이 흩어져 지푸라기와 섞여 있었다. 씨앗들은 땅바닥에도 떨어져 있었다.

프리힐리스는 새벽 욕을 내뱉으며, 손가락 두개로 장갑을 집어 눈 가까이 들어올렸다.

"도대체 어떤 놈이 여기 있었던 거야?" 그가 새벽 미풍에게 물었다.

프리힐리스는 호주머니에 장갑을 넣어두고는, 바람이 쓸어가지 않은 씨앗을 주워모았다. 그러고는 아주 조심스럽게 씨앗들을 골라 분리했다. 그의 창작품인 아주 특이한 종자인 단색 팬지꽃의 씨앗이었다.

그는 집에서 인기척이 느껴지자 소리질렀다.

"안셀모! 뻬뜨라! 세르반다! 뻬뜨라!……"

뻬뜨라가 블라우스 바람으로 머리도 제대로 빗지 못한 채 나타났다. 안주인의 낡은 망토를 대강 걸치고 나왔다. 금빛 머리카락이 긴 여신 같았다. 하지만 프리힐리스는 잔뜩 언짢아진 기분이라 여명 여신과 싸울 태세였다.

"애야, 대체 어떤 망할 놈의 주교가 한밤중에 이곳에 들어와서 내 씨앗들을 망쳐놓은 게냐?"

"무슨 말씀을 하시는지 잘 모르겠는데요?" 뻬뜨라가 중정에서부터 대답했다.

"내가 어제 해질녘이 다 되어서 공원을 나갔다. 그때 저 안에다가 씨앗들을 종이로 싸서 놔뒀는데…… 지금 와서 보니 씨앗들이 땅바닥에 흙하고 뒤섞여 있고, 의자 위에는 이 사제 장갑이 놓여 있었다…… 대체 한밤중에 누가 이곳에 있었던 거냐?"

"한밤중이라니요! 어르신이 꿈꾸고 계신 거예요."

"망할 놈의! 한밤중이 맞다니까……"

"장갑을 보여주세요……"

"여기 있다." 프리힐리스가 멀리서부터 장갑을 던지며 대답했다.

"그러니까…… 좋아요! 하하하…… 신부는 무슨 신부…… 프리
힐리스가 유행을 잘 모르셔서…… 이걸 사제 장갑이라고 하셨어
요?……"

"그럼 누구 거니?"

"마님 거요…… 손 크기가 안 보이세요?…… 얼마나 작은데! 여
자 사제가 있다면 모를까……"

"요즘은 자주색 장갑을 끼고 다니니?"

"그럼요…… 그런 색상과 어울리는 드레스와 함께요……"

프리힐리스가 어깨를 으쓱했다.

"하지만 내 씨앗은, 내 씨앗은 누가 망쳐놓은 거냐?"

"고양이 아니면 누가 그러겠어요? 작은 고양이 모레노요. 바로
그놈이 장갑을 정자에다가 물어다놨을 거예요…… 얼마나 장난꾸
러기인데요!……"

그때 낀따나르의 새장에서 검은머리방울새가 울었다.

"고양이! 모레노!……" 프리힐리스가 고개를 갸우뚱하며 말했
다. "무슨 고양이라는 건지…… 대체 원……"

갑자기 그의 얼굴 위로 천사와 같은 미소가 드리워지더니, 그가
뻬뜨라를 돌아보며 갤러리를 가리켰다.

"내 새끼 새다! 내 새끼! 들리니? 확실해…… 내 새끼야!…… 네
주인어른이 말하길…… 자기 카나리아가…… 먼저 노래할 거라고
했지…… 들리니? 들려? 내 새끼야. 내가 내기를 걸고 보름 동안 빌
려준 놈이야…… 내 새끼라고!"

프리힐리스는 장갑도 고양이도 잊어버리고는 사랑스럽게 지저
귀는 째지는 듯한 맑고 경쾌한 검은머리방울새의 울음소리를 들으
며 무아지경에 빠져들었다.

빼뜨라는 총대리신부의 자주색 장갑을 눈처럼 새하얀 가슴에
재빨리 숨겼다.

18장

　드넓은 황무지처럼 어두운 회색의 광활한 구름들이 서쪽에서부터 몰려와, 꼬르핀 산 등성이에 부딪혀 흩어지면서 물이 되어 베뚜스따 위로 쏟아졌다. 어떤 구름들은 격렬한 채찍질처럼, 성서에 등장하는 형벌처럼 대각선 방향으로 현기증을 일으키며 떨어졌고, 어떤 구름들은 가느다란 실처럼 수직으로 유유자적 조용히 떨어졌다. 구름들이 지나가고 나면 다른 구름들이 몰려왔고, 이전의 구름들과 비슷한 구름들이 지나간 후에는 또다른 구름들이 몰려왔다. 꼬르핀에서 갈가리 찢기기 위해 세상을 돌아온 것 같았다. 구멍이 숭숭 뚫린 땅은 욥의 뼈처럼 무너져내렸다. 산 위에서는 잿빛 깃털 장식처럼 축 늘어져 서서히 피어오르는 안개가 게으른 바람에 끌려다녔다. 그러면 저 멀리 파도에 떠밀려 바닷가에 내던져진 물에 젖은 조난객의 시신처럼 무감각하게 벌거벗은 평원 전체가 꼼짝도 하지 못하고 널브러졌다. 빗방울이 영원한 구멍을 뚫어놓은 돌의 치명적인 슬픔은 체념한 슬픈 계곡과 산의 말 없는 표현이었다. 죽은 자연은 자신의 무기력하고 불필요한 육신을 비가 지워주기를 바라는 것 같았다. 대성당 종탑이 물에 잠긴 돛대처럼 산맥 돌출부 사이로 멀찌감치 모습을 드러냈다. 평원의 황폐함은 침묵에 잠긴 고통으로 시적이고 체념적이었다. 하지만 지붕들과 갈라진 벽들 사이로 지저분한 습기가 스며나오는 거무스레한 도시의 슬픔은 위엄 없고 궁색한 단조로운 악곡처럼 인색하고 혐오스럽고 시끄러웠다. 거추장스러운 슬픔이었다. 우수보다는 절박한 불쾌감을 자아내는 슬픔이었다. 그래서 프리힐리스는 평원에서 비에 젖는 걸 더 좋아했다. 그는 낀따나르를 베뚜스따 멀리, 바다 근처까지 빨로마레스와 로까 따하다의 초원과 황량한 습지로 끌고 나갔다. 그들은 숲으로 뒤덮인 작은 언덕에서 자고새와 누른도요새를 쫓아다니며 산과 평원을 괴롭혔다. 그들은 막힌 곳 없이 탁 트인 평야에서 우수에 젖어 불평을 토해내는 알락해오라기, 찌르레기떼, 놀래기, 바다오리, 시커먼 무리를 지어 부지런히 날아가는 피게따 새들을 쫓아다녔다. 낀따나르는 이렇게 먼 길을 나서기 위해서는 아내의 허락이 필요했다. 그들은 날이 밝자마자 우편기차를 타고 길을 떠나 한시간 후 로까 따하다에 내렸다가, 새들을 주렁주렁 매달고 물에 빠진 생쥐 몰골로 밤 10시에 조용히 베뚜스따에 돌아왔다. 낀따나르는 빨로마레스 늪지에서 가끔 연극을 그리워했다. 기차가 2시간만 일찍 떠나면 좋을 텐데! 프리힐리스는 아무것도 그리워하지 않았다. 사냥과 야생의 자연, 들판, 서글프면서도 달콤한 고독 속에서 사는 삶에 대한 그의 열정은 경쟁상대가 없을 정도로 심오했다. 낀따나르는 그 열정을 무대의 연극에 대한 사랑과 공유했다. 프리힐리스는 극장을 지겨워했고 답답해했다. 그는 문 틈새로 들어오는 바람을 끔찍이 싫어했으며, 문이 없는 들판 한가운데가 가장 마음이 편했다.

프리힐리스는 자신의 소명을 확실하게 정의 내리고 뿌리 내렸다. 바로 자연이었다. 낀따나르는 씁쓸한 뒷맛이 남는 낭만적인 시대의 언어를 사용해 평소 말투로 '이 땅에서의 자기 운명이 뭔지' 알지 못한 채 나이를 먹었다. 전직 판사의 마음은 말랑말랑한 밀랍과도 같았다. 그는 어떤 형태로든지 쉽게 취했다가도 다른 새로운 것으로 쉽게 바뀌었다. 그는 자신을 에너지가 넘치는 남자라고 믿었다. 집에서는 가끔 시청의 조례와 같은 명령조의 언어를 구사했다. 하지만 사실 알고 보면, 그는 다른 사람들에게 좌지우지되는 물렁한 밀가루 반죽에 불과했다. 용감하게 반대편의 의견에 맞서 싸우며 용기를 보여줄 기회가 전혀 없었다고 스스로 애써 변명했다. 집에서는 자기 뜻대로 해야 한다는 주장이지만, 늘 다른 사람이 결정 내린 대로 된다는 사실을 눈치채지 못했다. 아나 오소레스가 지배적인 성격이었더라면 낀따나르는 노예와 다름없는 서글픈 상황에 처했을 것이다. 천만다행으로 판사 부인은 남편이 변덕을 부려도 하고 싶은 대로 하도록 내버려두었고, 남편의 취미와 취향에 막강한 영향력을 행사할 수 있었음에도 그러지 않았다. 낀따나르가 나팔에 대고 사방에 공포한 그 여흥과 즐거움, 야단법석한 활동들로 이뤄진 프로그램은 아나가 괜찮다고 여기는 시간에만 부분적으로 적용되었다. 그녀가 집에 남아 사색하고 싶다고 말하면, 낀따나르는 절대 양보하지 않겠다고 약속하고 맹세까지 했지만 조금씩 양보하고 말았다. 명예롭게 후퇴하는 것처럼 보이려고 노력했으며, 자기가 참고 용서하는 것처럼 행동했다. 그렇게 그는 에너지 넘치는 남자와 가장의 명예를 무사히 지켰다고 믿었다. 과감하게 으르렁거리며 불편을 표하기는 했지만, 이미 듣는 사람은 아무도 없었다. 하인들은 주인이 눈치채지 못하는 선에서 그를 마음대로 요리했다. 그는 심지어 다이닝룸에서까지 패배자였다. 훌륭한 아라곤 사람답게 진한 음식과 와인, 고전적인 풍성함을 사랑했지만 자기도 모르는 사이에 조금씩 물러나 이제는 훨씬 소식했으며, 맛있고 푸짐하게 잘 차린 진수성찬보다는 색다른 음식을 즐기게 되었다. 아나가 강요해서가 아니라, 요리사들이 안주인의 마음에 들고 싶어했기 때문이다. 그들은 안주인에게서는 진지한 의지를 보았지만, 바깥주인은 이해할 수 없는 따분한 얘기만 늘어놓는 설교자처럼 보였기 때문이다. 스타일에서도 낀따나르는 개성이 부족해 보였다. 그는 방금 독서를 마친 책이나 신문처럼 말했으며, 목소리를 바꿔 말하는 위협적인 어조나 과장적인 문체는 독창적으로 보이기도 했지만 사실은 예전의 취미와 직업의 흔적에 불과했다. 그렇게 그는 가끔 고등법원의 판결문을 읽듯 말하고, 격의 없는 대화에서 법률 전문용어를 구사했는데, 그것이 전직 판사로서 유일하게 남은 것이었다. 그의 상반된 직업과 취미가 그에게서 적잖은 독창성과 단호함을 앗아갔다. 그가 뭔가를 위해 태어났다면, 분명 떠돌이 극단 배우나 비전문 배우라도 되었을 것이다. 그것으로도 생계를 유지할 수 있을 정도로 사회의 뒷받침이 있었더라면 그는 죽을 때까지 연극배우 생활을 했을 것이며, 그의 말대로 행상처럼 지방도시들을 떠도는 다른 일급 배우들 못지않게 그도 제대로 연기에 임했을 것이다.

하지만 낀따나르는 스페인에서는 연극배우가 극단에서 활동하며 예술이 아니라 대중을 섬기는 수치를 극복하지 못한다면 성실하게 일한 것만으로 생계유지가 힘들다는 걸 알고 있었다. 게다가 시간이 흐르면서 '가족을 꾸려야' 한다는 것을 이해하고는, 마지못해 법조계로 들어섰다. 다행히 그와 좋은 관계에 있는 사람들은 그의 빠른 승진을 원했고, 그는 판사가 되었다. 역할이 요구하는 에너지를 총동원해 『살라메아의 시장』[1] 을 아직 제대로 연기할 수 있을 만큼 젊은 나이에 그는 그라나다 법원의 법관이 되었다. 그러나 늘 가슴 한구석에는 가시가 박혀 있었다. 그는 법관이 매우 조심스럽고 책임이 막중한 직책임을 알았다. 하지만 그는…… 그 무엇보다 예술가였다. 그는 소송을 혐오했고, 무대를 사랑했다. 그런데도 무대를 제대로 밟을 수가 없었다! 그리고 이것이 그의 마음을 뒤흔들었다. 연극이 제대로 된 직업이었다면 그는 살면서 다른 일은 하지 않았을 것이다. 하지만 체면과 막중한 직무 때문에라도 그에게는 연극이 금지되었다. 그는 자신이 복잡한 기계처럼 이루어진 사법권의 톱니바퀴에 불과하다는 게 답답해지자 가능한 한 다른 길을 찾아보려고 노력했다. 그렇게 그는 사냥꾼에 식물학자, 발명가, 가구목수, 철학자 등 친구인 프리힐리스와 운명과 변덕의 바람이 그와 함께 하려고 한 모든 것이 되었다.

프리힐리스는 오랜 세월 동안 친하게 지내며 사랑하는 낀따나르를 가능한 한 자기가 원하는 이미지와 모습으로 만들어갔다. 학식은 높지만 독재자와 다름없는 또마스 끄레스뽀의 수하로 들어가기 위해 낀따나르는 자기 집의 구속 상태에서 벗어났다. 프리힐리스는 낀따나르의 심장의 일부분으로, 영혼을 바쳐 사랑하는 아나

---

1 스페인의 17세기 최고의 극작가 깔데론 데 라 바르까(1600~81)의 극작품(1631)으로 살라메아의 시장으로 선출된 뻬드로 끄레스뽀가 농락당한 자신의 딸 이사벨이 평민이라 결혼을 거부한 돈 알바로와 딸을 끝내 결혼시켜 딸의 명예를 회복해주는 내용이다.

만큼이나 그를 좋아했다. 호감은 공통된 열정에서 비롯되었다. 바로 사냥이었다. 하지만 옛날에는 아라곤 사람에게 사냥은 원시인의 운동에 불과했다. 그는 자고새가 뭔지, 산토끼와 집토끼가 어떻게 다른지도 모른 채 사냥했다. 프리힐리스는 사냥하는 길에 있는 국내 동식물을 연구했고, 게다가 자연을 연구하는 철학자답게 사색에 잠겼다. 프리힐리스는 거의 말이 없었으며, 들판에서는 더더욱 말이 없었다. 그는 거의 논쟁을 하지 않았다. 자기 얘기를 듣는 사람을 설득하겠다고 신경도 쓰지 않고 간략하게 자신의 의견을 피력하는 걸로 만족했다. 그렇게 낀따나르의 영혼은 프리힐리스의 자연주의 철학의 영향력에 흠뻑 젖어들었다. 베뚜스따 사람들이 '정신 나간 사람' '미친 바보'라고 부르는 그 '훌륭한 사람'의 생각들이 무감각하게 그의 뇌 속으로 스며들었다.

프리힐리스는 베뚜스따 사람들의 의견을 무시하고, 그들의 빈약한 영혼을 동정했다. 인간들이 못되기는 했지만 그에 대한 잘못이 있는 건 아니었다. 밀가루분균이 포도를 해치고, 옥수수벌레가 옥수수를 망가뜨리고, 감자는 자기 고유의 질병을 가지고 있고, 소와 돼지들도 각기 자기 병을 가지고 있었다. 베뚜스따 사람들도 자기네 밀가루분균인 질투와 자기네 옥수수벌레인 무지를 가지고 있는 것이었다. 그들에게 무슨 잘못이 있단 말인가? 프리힐리스는 모든 잘못을 용서하고 모든 죄를 사하고, 전염병에서 도망쳤으며, 자기가 좋아하는 극소수 몇명을 그 전염병에서 지켜주고자 애썼다. 그는 집을 방문한 것은 몇 안되고 주로 과수원을 방문했다. 그는 수목과 화초 재배에서 해박한 지식과 능숙한 실습을 선보이며 베뚜스따의 모든 공원과 정원의 심판관이 되었다. 그는 꼬루헤도 후작네 과수원의 잎사귀 하나까지 알고 있었고, 베가야나 후작의 과수원에 나무들을 심었으며 오후 나절이면 도냐 뻬뜨로닐라의 영국식 정원을 방문했다. 하지만 그는 여주교인 그란 꼰스딴띠노는 본 적도 없었고, 후작 부인의 방에도 절대 들어가지 않았으며, 꼬루헤도 후작과는 카지노에서 만나 안면이 있는 정도에 불과했다. 오히려 정원사들과 잘 통하는 사이였다. 변덕스러운 싼마르띤의 여름이 끝난 후 겨울비가 내리기 시작하면 베뚜스따 전체가 그를 찾았으며, 그는 자기 나무와 꽃들이 자기를 필요로 하는 날에만 자기 구역에 머물렀다.

꽉 끼는 사냥복을 입은 낀따나르는 덜 깬 상태로 프리힐리스를 따라나섰다. 그 사냥복은 프리힐리스에게 좋은 농담거리였다. 그는 산이나 도시에서나 매번 똑같은 옷과 바닥에 못을 박은 튼튼한 흰색 신발을 신었다. 그들은 삼등칸에 올라 쾌활한 혈색 좋고 생기가 도는 시골 사람들과 함께 갔다. 낀따나르는 딱딱한 판자에 머리를 부딪치며 졸았고, 프리힐리스는 종이로 만 두툼한 궐련을 나누거나 입에 물었다. 그는 베뚜스따에서보다 훨씬 결단력이 있었으며, 들판의 자식들과 올해의 수확과 예전의 구름들에 대해 즐겁고 환하게 얘기를 나눴다. 대화가 변질되거나 말다툼으로 번지게 되면, 그는 표정을 찡그리며 사람들 상대하던 걸 그만두고 깊은 생각에 잠겨 황량한 평원을 감상했다. 손바닥을 들여다보듯 그가 잘 알고 있고 늘 사랑하는 평원이었다.

아나는 하늘에서 떨어지는 비로 지저분해진 거무죽죽하고 붉은 지붕들의 도시 베뚜스따에서 탈출해 산과 늪지의 고독에 푹 빠질 수 있는 행복을 누리는 남편이 부러웠다.

아, 그랬다! 그녀는 영혼을 구원받아 확실한 덕의 길을 찾아갈 준비가 되어 있었다! 하지만 그토록 숭고한 시에 훨씬 잘 어울리는 무대에서, 이러한 종교적인 위대함에 그녀의 마음을 활짝 열 수만 있다면 얼마나 좋을까! 돌과 좀먹은 나무의 뼛속까지 습기가 스며든 음울한 엔시마다에서 창조주의 생각에 이르기 위해 창조물을 감상한다는 게 얼마나 어려운 일인가! 지붕에서 떨어지는 물방울을 끊임없이 핥아대는 비좁은 거리들만 있는 곳에서는 끝이 뾰족한 자갈들 위로 물방울이 떨어질 때마다 단조롭고 영원한 소리만 들릴 뿐이었다!

판사 부인은 비시따가 어떻게 비나 물웅덩이에 대한 두려움 없이 늘 즐거운 모습으로 생글거리며 집집마다 놀러 다닐 수 있는지 궁금했다…… 비가 내려도 전혀 개의치 않았고, 하늘이 푸른색 망토가 아니라 장막이라는 것도 생각하지 않았다. 비시따에게 날씨는 늘 매한가지였다. 그녀는 날씨를 생각하지 않았으며, 방문할 때 나누는 예의상의 대화 주제에 불과했다.

은행원 아내는 할미새처럼 돌에서 돌 위를 폴짝 뛰어다니며 물웅덩이를 피해다녔고, 그러는 와중에 나쁘지 않은 양말을 신은 발과 그다지 깨끗하지 않은 속치마, 그리고 좀더 좋은 스타킹이 어울릴 것 같은 종아리를 가끔 살짝 보여주었다. 비는 옵둘리아를 집에 가둬놓거나 불구로 만들지 못했다. 그녀 역시 강한 폭우에 맞서며, 빗줄기가 따뜻하게 박동하는 목구멍까지 적셔도 웃어넘기며 즐겁고 요란하게 여러 집들을 돌아다녔다. 담비의 본능처럼 그녀의 옷자락이 얼마나 예술적으로 진흙구덩이를 피해다니는지 정말 볼만한 구경거리였다. 그녀의 옷자락은 흠뻑 젖은 눈송이처럼 때 묻지 않았으며, 네덜란드 소스의 하얀 거품이 묻은 바삭거리는 파이 같았다. 정신적인 고고학자 베르무데스에게는 유혹이었다.

베뚜스따 사람들이 별다른 노력 없이 그 해저 생활을 대체적으

로 체념하고 받아들이는 게 아니는 너무 슬펐으며 부럽기까지도
했다. 우기는 가을과 겨울 내내, 그리고 봄까지도 지속되었다. 베뚜
스따 사람들은 각기 자기네 은신처를 찾아다녔으며, 흠뻑 젖기 위
해 바다 근처의 평원들로 도망치는 프리힐리스 못지않게 만족해하
는 것 같았다.

비가 심하게 내리면 베가야나 후작 부인은 일어나는 데 더 늑장
을 부렸다. 그 어떤 추위의 공격에도 끄떡없는 침대에서 그녀는 온
몸을 따뜻하게 감싸고, 극지방 소설이나 곰 사냥 소설, 최소한 러시
아나 북쪽 독일에서 액션이 벌어지는 소설들을 읽으며 그녀로서는
설명할 수 없는 즐거움을 누렸다. 그녀의 책 속에 등장하는 영웅들
이 겪는 엄청난 추위와 지구를 돌아다니는 엄청난 노정은 그녀가
꼼짝 않고 누워서 향유하는 따뜻한 온기와 대조되었고, 이것은 후
작 부인이 근래 느끼는 최고의 즐거움이었다. 저 밖에서 유리창에
부딪히는 빗소리를 듣는 것과 얼음 속에서 길을 잃은 불쌍한 아이
를 동정하는 것…… 후작 부인의 영혼과 같은 '자기 방식대로'
여린 영혼에게는 너무나도 크나큰 즐거움이었다!

"나는 감상적이지 않아요." 입을 양쪽 귀까지 집게로 집어올린
듯한 억지웃음을 지으며 고개를 비딱하게 기울이고 듣는 돈 사뚜
르니노 베르무데스에게 그녀가 자주 얘기했다. "나는 감상적이지
않아요. 다시 말하자면, 나는 감상적인 걸 좋아하지 않아요…… 하
지만 그런 것들을 읽으면 마음이 선해지는 느낌이에요. 마음이 누
그러진다고나 할까요…… 눈물이 납니다만 그런 것을 과시하지는
않아요."

"그것이 성녀 떼레사가 말하는 눈물의 효능이라는 겁니다." 고
고학자는 대답한 후 감상적인 비밀들의 서랍에 자물쇠를 채우듯

한숨을 내쉬었다.

후작은 1월의 고양이들처럼 행동했다. 베뚜스따에서 일정 기간 자취를 감추는 것이었다. 말은 선거준비를 하러 간다고 했지만, 배불리 식사를 마친 후 솔직하게 터넣고 얘기하는 시간에 그의 '측근들'은 후작이 털어놓는 비밀 이야기를 들었다. 후작에게는 추위보다 더 좋은 강장제가 없었다. 그에게는 해산물도 비와 눈의 효과를 불러일으키지는 못했다. 그의 모험들은 모두 시골에서 벌어지기 때문에 베가야나 후작은 마차를 타고 진흙과 얼음, 눈 속을 헤매며 시골 마을들을 돌아다니며 자연에 도전했다. 리빠밀란 수석사제의 짓궂은 표현에 의하면 후작은 그렇게 먼 미래를 기약하며 표를 구하고 선거를 준비했다. 돈 리빠밀란은 이런 종류의 과오는 늘 용서할 준비가 되어 있었다.

날씨가 빗속에서 허우적거리기 시작하면서 후작 부인의 모임은 하늘이 활짝 열린 것과 같았다. 은은한 향이 감도는 따뜻한 방에 들어가는 특권을 누리며 다른 이의 부러움을 받는 사람들은 매일 밤 후작 부인의 방에 들어올 구실을 마련해주는 폭우에 감사했다. 그러지 않는다면 딱히 뭘 한단 말인가? 어디를 가야 한단 말인가? 벽난로에서는 후작의 소유지에서 자라는 특별한 숲이 타올랐다. 봉건시대부터 자란 떡갈나무가 웅장한 소리를 탁탁 내며 타올랐다. 지체 높은 집에서는 당연히 '옛날이야기'를 할 거라고 뜨리폰 까르메네스는 추측했지만, 그들은 따뜻한 난롯가에 모여 '옛날이야기'를 하지 않았다. 하지만 세상 모든 것을 놓고 수군거리고, 새로운 중상모략들을 만들어내고, 평범하면서도 관능적인 솔직함을 총동원해 사랑을 나눴다. 베르무데스에 의하면 '이상적이고 시적인 모든 보물이 벗겨진 현재라는 역사적인 순간의 특징'이었다.

방이 그리 넓지 않은데다가 가구들이 많아 참석한 사람들은 서로 몸이 닿거나 스칠 정도로 꽉 끼여 앉았다. 그외에는 다른 방법이 없었다. 그러니 누가 소낙비를 떠올리겠는가?

베뚜스따에서 흔히 볼 수 있는 다른 이류 모임들에서도 습기가 즐거움을 부추겼다. 각기 평소 즐겨 가던 모임으로 향했으며, 예를 들어 '일주일에 한번 은혜롭게 비시따의 살롱에서 호의를 베푸는 사람들'이 그 집 대문으로 들어서면서 질러대는 시끌벅적한 소리는 가히 들을 만했다. 비시따의 살롱이란 응접실과 방을 얘기하는 거였다. S자 모양으로 휘어진 큼지막한 물받이 양철 홈에서 요란한 소리를 내며 떨어지는 빗줄기를 받아내는 우산 아래로 몸을 숨긴 참석자들의 박장대소와 농담도 가히 들을 만했다…… 사람들은 후작의 복권을 바라는 은밀한 즐거움과 그곳에서 벌이는 스무고개 말놀이의 즐거움에 들떠 비는 안중에도 없었다.

빗물에 잠긴 날씨처럼 '베뚜스따의 경건한 구성원'(『엘 라바로』의 문장)은 9일기도에 돌입했다. 날씨가 나빠지면 베뚜스따 사람들은 모두 경건해졌다. 심지어 부활절 기간에 주점에 모여 고기를 먹는 탕아들인 '성 금요일'의 회원들까지도 경건해졌다. 설교자들을 비난하고 여자들을 구경하기 위한 것이지만, 이 사람들까지도 성당으로 몰려들었다. 베뚜스따의 이러한 종교적인 열기는 그다지 대중적이지 않은 '위령성월 9일기도'[2]와 사람들이 꽤 많이 몰려드는 예수성심 대축일 9일기도[3]와 함께 시작해, 9일기도 중에서 가장

---

2 가톨릭교회에서는 11월이 위령성월(慰靈聖月)로 '죽은 이의 영혼을 위로하는 특별한 신심 기간'이다.
3 가톨릭교회는 예수성심 대축일이 있는 6월을 예수성심 성월로 정하여 축일을 성대히 기념하고 성시간과 기도회 등 예수성심을 공경하는 신심행사를 통하여 성심의 신비를 묵상한다.

유명한 성모통고聖母痛苦 기념일[4] 9일기도와 그에 못지않은 인기를 누리며 꽃이 만발한 5월에 마지막으로 열리는 '성모축일'[5] 9일기도까지 멈추지 않았다. 하지만 경건한 영혼들은 9일기도 말고도, 부활절과 사순절 못지않게 유명하고 엄숙한 행사들에서 하느님과 그분의 성자들을 무수히 찬양했다. 까르메네스에 의하면, 명상에 잠겨야 하는 그 성스러운 기간 동안 금요일마다 관할 법원들이 후원하는 '법원 설교'에서 특히 찬양했다.

페르민 신부가 친애하는 아나에게 부드럽게 권한 도덕적 위생 작전은 폭풍우로 인해 상당히 늦춰졌다. 아나는 흙탕물과 물기를 끔찍이 싫어했다. 습하고 지저분한 거리의 냉기가 신경을 곤두세워, 아나는 어두침침한 오소레스 저택 밖으로 거의 나가지 않았다. 11월이 끝나기 전까지 두번에 걸쳐 고해성사는 봤지만, 도냐 뻬뜨로닐라의 집에 갈 결심은 하지 못했고, 총대리신부 역시 감히 그 약속을 상기시키지 못했다. 페르민 신부를 통해 그란 꼰스딴띠노는 자신의 경건한 사업들과 자기가 현명하게 지휘하고 후원하는 수많은 자선봉사들의 행정을 아나가 도와주고 싶어한다는 사실을 이미 알고 있었다. 이제 페르민 신부는 도냐 뻬뜨로닐라를 더 자주 찾아갔다.

"그 곱디고운 천사는 언제 여기로 왕림하시나요?" '여주교'가 최상급의 추상어를 잔뜩 붙여가며 9일기도 말투로 물었다.

그란 꼰스딴띠노의 궁전에서 가두 모금하는 여신도들, 그러니까 리빠밀란의 표현을 빌면 '교황선거 회의장'의 여신도들은 신비적인 열망과 악의가 담긴 호기심을 갖고 새 동료를 기다렸다. 예수에

---

4 9월 15일에 해당한다.
5 5월 31일에 해당한다.

게, 예수를 위해 세상을 구원하고자 하는 경건하고 복잡한 사업에 젊음과 미모로 어마어마한 특권을 가져다줄 동료였다. 갑옷을 착용한 군인 못지않은 여신도들이 원하는 것은 바로 이것이었다.

하지만 아나는 별다른 이유도 없이, 도냐 뻬뜨로닐라의 집에 가려고만 하면 어쩐지 마음이 내키지 않았다. 페르민 신부는 성당에서 보는 게 훨씬 나을 것 같았다. 성당에서는 자신의 나쁜 생각들, 자신의 위험한 욕망을 고백하는 데 필요한 종교적인 열기가 있었다. 페르민 신부는 초조해지기 시작했다. 판사 부인이 언덕을 올라오려고 하지 않았던 것이다. 아나는 자기만의 위험한 범신론적인 열망을 고집하며, 세속적인 구경거리를 보고 느끼는 아련한 마음을 믿음이라고 계속 우겼다. 그녀는 자기가 읽은 성서들은 이단적인 생각이나, 아니면 적어도 확고한 발걸음을 내딛기 위해 절대적으로 필요한 준비과정으로서 신부가 요구하는 심오한 믿음에 이르는 데는 적합하지 못한 생각들을 연상시킨다고 솔직하게 얘기했다. 신앙서적들이 또다시 그녀를 우울한 반수상태나 멍한 지적 마비 상태로 빠지게 했다. 기도에 관해, 아나는 기도문을 외워서 기도하는 것은 불필요하고 졸리고 짜증나는 일이라고 했다. 그녀는 기도문에 집중하기 위해 기도문을 백번 반복했다. 하지만 일말의 열정을 다스릴 정도가 되기 전에 구역질이 가로막았다······

"아닙니다. 절대 아닙니다. 그렇게 기도하는 것보다 더 나쁜 건 없습니다." 페르민 신부가 대답했다. "기도는 차차 합시다. 우선 이 시점에서는 부인의 믿음만으로도 충분합니다." 신부는 아나의 상상력이 위험해 겁이 나기는 했지만, 아나에게 인심을 잃지 않기 위해 아나가 충동적으로 느끼는 종교적인 감흥을 묵인했다. 종교적인 생각과는 아무 상관도 없는 우연한 사건들로 인해 별다른 이유도 없이 충동적으로 드는 감정이었다. 페르민 신부는 아나의 뜨거운 마음이 걷잡을 수 없이 확대될까봐 두려워, 처음에 생각했던 부드러운 계획을 공원의 정자에서 언급했던 다른 계획으로 변경했다. 그 계획은 그가 참회자들에게 시키는 일반적인 훈련과 비슷한 거였다. 하지만 페르민 신부는 귀한 보물과 다름없는 감정과 이상적인 위대함을 얻고자 하는 그 힘든 과업에서 뭔가를 얻고자 한다면, 이제 다시 부드러움으로 돌아가 아나의 본능에 맡겨야 한다는 것을 알았다. 줄을 느슨하게 풀어주는 전략으로 승리가 늦춰질 수도 있지만, 그녀가 진정한 믿음이라고 믿는 그 로맨틱한 애매모호함이 섞인 언어를 구사한다면, 아나의 눈에는 그가 훨씬 상냥하게 비쳐질 수도 있었다. 하지만 페르민 신부에게 그 진정한 믿음이란 묵인된 우상화에 지나지 않았다. 아나의 범신론과 자기 생각이 상당히 유사하기는 하지만, 절대 범신론에 현혹되지는 않을 생각이었다.

페르민 신부가 확신하고 있었던 것은, 아나가 관심을 갖고 종교의 아름다움을 목격하게 되는 날 그 아름다움이 그녀에게 불러일으킬 심오하고 건강한 효과였다. 그러면 그녀는 긴장하고 흥분한 상태로 신비주의적 감정을 느낄 준비가 되는 것이고, 민첩한 고해 신부는 그런 흥분 상태에 대해 이미 많은 것을 알고 있었다.

아나가 권태와 지루함의 고통, 쉬지 않고 떨어지는 빗물의 우둔함에 대해 다시 얘기를 꺼내자 그가 거듭해서 말했다. "부인, 성당에, 성당에 가십시오. 기도를 드리기 위해서가 아니라, 그곳에 머무르러, 그곳에서 꿈을 꾸고, 그곳에서 생각하기 위해서 가십시오. 오르간과 멋진 경당에서 흘러나오는 음악 소리에 귀를 기울이고, 제단의 향냄새를 맡고 초의 열기를 느끼고, 반짝이며 움직이는 모든 것을 보고, 높은 천장과 호리호리한 기둥들, 부드러운 그림들, 신비롭게 시적인 스테인드글라스를 감상하면서 말입니다……" 페르민 신부는 샤또브리앙 양식의 이러한 미사여구가 마음에 들지 않았다. 외적인 아름다움으로 종교를 권한다는 게 신성한 교리를 모독하는 거라는 생각이 들었다. 하지만 그는 혼신을 다해 환경에 적응했다. 게다가 그는 대성당에서, 싼비센떼 강연회에서, 교리문답회에서 아나를 자주 만날 수 있다는 희망에 자기도 모르게 흐뭇해했다. 그곳에서 아나는 그의 재능과 학문, 자연스러우면서도 단아한 우아함을 뽐내며 거두게 될 그의 승리를 목격하게 될 것이다.

하지만 아나는 길거리로 나가는 게 갈수록 끔찍이 싫어졌다. 물기가 두려워 움츠러들었던 것이다. 우중충한 다이닝룸의 커다란 벽난로 옆에서 숄을 두른 채 몇시간이고, 밤낮으로 앉아만 있었다. 낀따나르는 거의 집에 없었다. 사냥을 나가지 않더라도, 가만히 있지 못하고 들락거렸다. 그는 자기 서재에서조차 가만히 있지 않았다. 그 방이 좀 무서웠다. 그가 발명하거나, 완성시키고 있던 기계들이 합리적인 역학관계에서 뜻하지 않은 어려움으로 복잡하게 얽히며 반란을 일으켰던 것이다. 서재의 책상 위에는 아주 복잡한 쇳조각과 나무 장치들이 영광스러운 먼지를 잔뜩 뒤집어쓴 채 있었다. 그 장치들은 낀따나르가 뻬랄레스 극단 때문에 미뤄놓은 수학, 그것도 모든 분야의 수학을 제대로 공부해주길 바라며 일시 관망하는 자세로 기다리고 있었다. 한편 낀따나르는 면전에서 대놓고 자기를 비웃으며 빈정거리는 장난감들을 보면서 약간 부끄러운 마음이 들어서 될 수 있는 한 서재에는 들어가려고 하지 않았으며, 거기서 편지도 쓰려 하지 않았다. 혼란스러운 무질서 속에 식물과 광물, 곤충을 수집해놓은 것들이 떡하니 드러누워 있었다. 수많은 풀과 모기들을 재분류해야 하는 고된 작업을 시작해야 하는데 자꾸 미루기만 했고, 그래서 또한 그를 집에서 멀어지게 했다. 낀따나르는 집에 처박혀 지겨워하지 않을 방법을 찾아다녔다. 논쟁하고 체스를 두기 위해 카지노에 갔고, 사람들을 많이 찾아다녔다. 차라리 그게 나았다. 아나는 자기도 모르게 그런 생각을 하게 되었다. 처음에는 존경하고 존중하고, 자기 생각에 필요한 것 같아 사랑하기까지 했던 그녀의 낀따나르가 시간이 지날수록 점차 별 볼일 없어 보였다. 그리고 남편은 그녀 앞에 나타날 때마다 그녀가 머릿속으로 세워놓은 신앙생활을 위한 계획들을 순식간에 망가뜨렸다. 날씨가 좋아지면 총대리신부가 말한 의미의 '여신도'가 될 생각이었다. 남편은 추상적으로 그릴 때면 모두 괜찮았다. 자기 의무가 남편을 사랑하고 돌보고 복종하는 것이라는 것을 잘 알았다. 그러나 낀따나르는 까만 실크 나비넥타이를 비딱하게 매서 바로 귀 옆까지 올라간 모습으로 나타나는 것이다. 그는 활달하고 덜렁대며, 무의미한 생각으로 가득하여 쓸데없는 일로 바쁘고, 잊어도 될 자질구레한 일에 괜히 열을 냈다. 그러면 아나는 어떻게 할 방법이 없어, 아닌 척 시치미를 떼느라 더욱 마음고생하며 이유를 알 수 없는 소리 없는 분노를 느꼈다. 하지만 그 순간만큼은 억제가 되지 않는 분노였다. 그러면 그런 남자와 영원히 결합되어 있다는 불합리에 우주 전체가 원망스러웠다. 낀따나르는 변덕스러운 명령을 내려, 자기가 없는 동안 해야 할 일을 시킨 후 문을 활짝 열어놓고 외출했다. 그러면 혼자가 된 아나는 불에 그을린 석고상들이 놓인 말 없는 벽난로 옆에 앉아 경건한 마음으로 성경 공부를 하고, 정숙한 삶을 준비하고 싶었다. 그럴 때면 그녀는 자신의 믿음에서 비롯된 모든 감정적인 결과물들이 엉망이 되는 것을 보고 자신의 체

넘을 모두 위선이라 여기기도 했다. 오, 아니야! 아니다! 그녀는 착한 여자가 될 수 없었다! 그녀는 착한 여자가 되는 법을 몰랐다! 그녀는 타인의 나약함을 용서하지 못했다. 아니면 용서하더라도 그 나약함을 참지 못했다. 그와 베뚜스따 사람들이 무미건조한 산문으로 그녀의 삶을 가득 채워놓았다. 페르민 신부는 하고 싶은 대로 말해도 되었다. 날려고 해도 날개가 없었다. 공기가…… 가끔은 이런 생각들이 아나를 아주 먼 곳으로 데려가, 돈 알바로가 항의하는 모습으로 나타났다. 시적인 감정을 듬뿍 담아 상냥하고 멋지게 매우 달콤하게 항의하는 모습으로 나타났다. '모든 성인의 날', 절대 잊을 수 없는 그날 오후 우아한 멋쟁이의 두 눈이 그녀의 가슴을 날카롭게 후벼팠던 모습으로 나타났다. 그러면 아나는 자리에서 벌떡 일어나, 온몸을 에워싼 숄에 고개를 처박고 다이닝룸 안을 초조하게 돌아다니며, 타원형 식탁 주변을 맴돌다가 결국에는 발코니의 유리창으로 다가가 이마를 기댔다. 그러다가 밖으로 나와 우울한 응접실과 복도, 갤러리를 지나 자기 방으로 돌아왔다. 그러고는 그곳에서도 창문에 이마를 기댄 채 두 눈을 크게 뜨고, 인디아스 밤나무의 헐벗은 가지들과 길쭉한 잎사귀로 뒤덮인 늠름한 유칼립투스 나무들을 멍하니 응시했다. 광채가 나지 않는 초록빛 잎사귀들이 금속성 소리를 내며 흔들렸다. 비가 많이 내리지 않으면 프리힐리스가 그곳을 자주 돌아다녔다. 프리힐리스가 과수원을 비우는 시간보다 낀따나르가 집을 비우는 시간이 더 많았다. 그러다보면 프리힐리스가 보였다. 서글픈 청춘 시절에는 그가 유일한 친구였다. 비참하게 얽매여 살던 시절이었다. 그런데 지금은 거의 그를 증오했다. 그가 그녀를 결혼시킨 장본인이었다. 그런데 그는 미안한 기색도 전혀 없이, 자기가 얼마나 어리석은 짓을 저질렀는지도 모른 채 나무에 열중했다. 동정심도 없이 가지치기를 해대며, 아무하고도 상의 없이 제멋대로 접목시켰다. 그들이 그 가지치기와 접목을 바라는지 알지도 못하면서…… 옛날에 그 남자가 얼마나 현명하고 친절했는지 생각하면! 그런데 지금은…… 농사 기계, 가위, 탈곡기에 불과했다. 베뚜스따의 삶에도 불구하고 그는 사나워지지 않았다!

유리창 뒤로 좋아하는 아나가 보이면, 프리힐리스는 미소를 지으며 인사한 후 곧바로 땅 위로 다시 몸을 숙였다. 그러고는 달팽이를 밟고, 곁가지를 치고, 받침대를 단단히 세운 후 축축한 모래길 위로 하얀 신발을 질질 끌며 앞으로 나아갔다…… 아나는 늘 회색빛이 감도는 둥근 펠트 모자와 항상 목에 감겨 있는 두툼한 체크무늬 목도리, 회갈색 점퍼, 넓지도 좁지도 않고 새것도 아니고 낡지도 않은 바지가 나뭇가지들 사이로 사라지는 모습을 바라보았다. 검정색 바탕 위로 초록과 빨간색이 섞인 희미한 잔가지 무늬의 모바지였다.

은행원 아내와 후작 자제가 자주 판사 부인을 찾아왔다. 빠꼬는 오소레스 집안 여인의 영웅적인 저항력에 감탄을 금치 못했다. 우상인 돈 알바로가 그녀의 마음을 이미 정복했는데도, 그 마음을 정복해 의지를 꺾기까지 그렇게 오랜 시간이 걸리는 게 이해되지 않았다.

"그녀는 당신을 사랑해요. 그건 확실합니다." 카지노에서 야간 당직자들만이 남아 있는 늦은 시간에 빠꼬가 돈 알바로에게 말했다.

세련되고 부드러운 냅킨을 덮어둔 소형 원탁 옆으로 두 남자가 앉아 있었다. 그들은 각기 보르도 포도주를 반병씩 자기 옆에 놔두고 저녁식사 하다가, 허심탄회하게 얘기를 나눴다. 돈 알바로는

'불신자不信者들'도 자기 방식으로 가지고 있는 무한성에 대한 그리움을 한모금씩 삼키며 울적한 얼굴이었다. 멋지고 세련된 창백한 금발머리를 우울하게 기울인 모습이 평소보다 약간 나이 들어 보였다. 그는 아무 말 없이 와인만을 들이켜며 식사하고 있었다. 빠꼬는 입에 음식이 가득 있었지만 무례한 모습이 아닌, 거의 우아한 모습으로 말했다. 모자를 목덜미 있는 데까지 내려쓰고 눈동자를 반짝이며 양 볼이 발개져 말했다.

"그녀는 사랑에 빠졌어요. 그건 확실합니다…… 하지만 당신은…… 당신은 평소의 당신이 아닙니다…… 당신이 그녀를 두려워하는 것 같아요. 나하고는 절대 그녀의 집에 가려고 하지 않으니…… 낀따나르가 심령술사 프리힐리스랑 산이고 어디고 늘 돌아다니느라 집에는 전혀 없는데도 말입니다."

빠꼬는 프리힐리스를 심령술사라고 믿었다. 베뚜스따에서는 매우 일반화된 의견이었다.

"그녀의 집에서는 진도가 전혀 나가질 않아. 이상하고…… 히스테릭한…… 여자야. 그 여자를 제대로 연구해야겠어. 나한테 맡겨 둬."

돈 알바로는 자신의 패배를 인정하고 싶지 않았다. 그는 아나가 신부에게 넘어갔다고 확신했다. 그 얘기는 하고 싶지 않았다. 몇달 전 빠꼬에게 도움을 청했던 게 지금은 민망했다. 그런 줄도 모르고 빠꼬는 새삼 그 얘기를 꺼내며 공격 계획과 기습 방법을 언급했고, 그때마다 그에게 상처가 되었다. 천하의 알바로가 언제 그런 식의 도움을 필요로 했단 말인가? 그가 언제 어떻게 여자를 굴복시킬 거라고 누구에게 알리고 허락을 받았단 말인가?…… 그런데 이 여자가 그런 망신을 주다니! 비시따가 아닌 척 시치미를 떼기는 하지만 그를 얼마나 비웃는단 말인가? 그리고 빠꼬 역시 어떻게 생각하겠는가? 아! 판사 부인, 판사 부인. 끝내 그에게 넘어오기만 한다면…… 그때는 비싼 댓가를 치르게 될 것이다! 하지만 이제는 더이상 그녀를 이기겠다는 기대도 하지 않았다. 돈 알바로는 절망에 빠져 허우적거렸다. 그는 시간이 날 때마다 스페인 순종인 그의 아름다운 백마를 타고 항상 누에바 광장을 지나다녔지만 모두 허사였다. 가끔 린꼬나다에서 유리창 너머로 자기에게 친절하고 조용히 인사를 건네는 판사 부인을 보기도 했다. 하지만 그날 오후의 그 장면은 다시 반복되지 않았기 때문에 백마도 그가 믿었던 부적이 아니었다. 맞아. 걱정했던 대로야. 내가 영원히 놓쳐버린 절호의 찬스였어. 거의 불가능하고 상당히 어렵겠지만, 또다시 절호의 찬스가 찾아온다면 야만적으로라도 급습할 기회를 놓치지 않는 게 유일한 방법이라는 굳은 믿음을 갖게 되었다. 하지만 그것으로는 그의 욕망이 채워지지 않았고, 자기애도 충족되지 않았다. 일시적인 쾌락이고 복수에 불과했다…… 게다가 그것은 거의 불가능했다! 감히 판사 부인의 집을 찾아간 적도 거의 없었다. 낀따나르가 집에 없으면 아나는 그를 맞아주지도 않았다. 반면에 낀따나르는 두 팔 벌려 그를 얼싸안으며 맞아주었다. 본인의 입으로 직접 얘기한 것처럼 낀따나르는 날이 갈수록 점점 더 그 아름다운 인물에 빠졌다. 그 어떤 늠름한 연극 주연배우가 돈 알바로와 비교될 수 있단 말인가! 하지만 무대가 그를 부르지 않으니 의회에 진출해 의원이 못 될 것도 없지 않은가? 돈 알바로 메시아는 뱀머리 그 이상을 위해 태어났다. 한 정당의 지역책임자로는 부족했다. 이류 도시에서는 절대권력이 아니었다. 당선증을 주머니에 꽂고 마드리드로 진출하지 못할 것도 없지 않은가?

돈 알바로는 이런 입에 발린 얘기를 들으면 고개를 살짝 숙여 마음 아픈 표정을 지으며 판사 부인을 바라보았다. 마치 이렇게 얘기하는 것 같았다.

'당신 때문이에요. 당신에 대한 사랑 때문에 내가 이런 구질구질한 구석을 못 떠나고 있는 겁니다!'

"당신은 장관 재목인데……"

"오!…… 낀따나르…… 그런 말에 좋아라 할 거라고 생각하지 마십시오…… 장관이라니요! 무엇 때문에요? 저는 정치적인 야망이 없습니다…… 제가 정당 활동을 하는 것은 나라를 섬기기 위한 거지요. 하지만 저랑 정치는 맞지 않습니다…… 너무나도 위선적이고…… 너무나도 거짓투성이라……"

"바로 그 때문에 미국에서는 패배자들만이 정치를 한다지요.[6] 하지만 스페인에서는…… 얘기가 다릅니다…… 당신과 같은 사람은…… 우리의 돈 알바로는 거품처럼 위로 치고 올라갈 수 있습니다."

하지만 돈 알바로는 한숨을 내쉬며 다시 판사 부인에게로 눈길을 향했다…… 그렇다 치더라도 그는 자기가 그 누구보다 정치적이라는 걸 잘 알았다. 마드리드로 가는 일은 다음으로 미뤄두었다. 지금은 베뚜스따에서 의원들을 배출하며 그곳에 있었다. 하지만 장관 마누라를 조금 더 말랑말랑하게 만들면 훨훨 날아오를 생각이었다. 훨훨 높이 날아오를 생각이었다…… 실패하지 않을 자신이 있었다. 이것이 그의 계획이었다. 하지만 그외에 아나의 완강함이 그곳의 출발 날짜를 늦추게 하는 또다른 이유였다. 몇주는 아

---

6 미국에서 율리시스 그랜트가 대통령으로 재임한 기간(1869~77)의 부패와 실정을 언급하고 있다.

니더라도, 몇달 안에 그녀를 정복할 수 있을 거라고 믿었기 때문이었다. 그 여자를 굴복시키지 않고 어떻게 마드리드로 간단 말인가? 그런데 그 여자가 이제는 난공불락으로 여겨졌다.

'모든 성인의 날' 밤부터 돈 알바로는 단 한발짝도 진도를 나가지 못했으며, 솔직히 그 사실을 얘기하는 것도 부끄러웠다. 잠시도 아나와 단둘이 얘기하지 못한 채 8일이나 흘렀고, 간신히 그 목적을 이뤘을 때는 꿈만 같았던 그날 오후의 흥분이 이제는 영영 끝이라는 사실을 확인했을 뿐이었다.

비시따는 점차 이성을 잃어갔다. 그녀가 평소와 다름없이 열쇠를 가지고 나갔다가 돌아오지 않자 남편 꾸에르보와 아이들은 딱딱한 콩을 먹으며 수건도 없이 씻어야 했다. 그 매력적인 남자와 맞서 고집불통의 판사 부인이 바위처럼 굳건하게 버티고 있는데, 어떻게 집으로 돌아간단 말인가? 불쌍한 은행원은 젤을 바른 콧수염을 비비 꼬며 밥 달라고 징징대는 주렁주렁 달린 자식들에게 소프라노 톤으로 말했다.

"조용히 해라, 얘들아. 엄마 빼놓고 밥 먹으면 무지하게 화낸단다."

그렇게 수프는 식어갔고, 마침내 비시따는 씩씩거리며 골난 얼굴로 다른 데 정신이 팔린 채 나타났다. 아나와 알바로가 그녀가 준비해준 우연으로 잠시 단둘이 얘기를 나눌 수 있었던 베가야나 후작의 집에서 돌아오는 길이었다. 하지만 하느님이 얼마나 훌륭한 대화를 내려주셨던지! 알바로가 콧수염을 깨물며 나오더니 비시따에게 말했다. 나를 좀 내버려둬! 그에게 농담 걸려던 그녀에게 한 말이었다. 나를 좀 가만히 내버려두란 말이야! 그 말은 한발짝도 진도를 나가지 못했다는 증거였다. 그때 비시따는 자신의 과거를 돌아보며 부끄러움을 느꼈다. 자기가 굴복하기까지의 시간을 떠올려보고, 그 시간을 아나의 저항과 비교하면서…… 분노와 질투, 가식적인 정숙함, 속이 시커먼 정숙함으로 양 볼이 후끈하게 달아올랐다. 의식 속에서 뭔가가 그녀 스스로 떠맡은 일이 비참하다고 외쳐댔다…… 하지만 그녀는 연극에나 나올 법한 충고와 마음속 외침에 귀를 기울일 만한 상태가 아니었다. 그리고 그 천박한 열망은 날이 갈수록 점점 강렬한 열정처럼 되어버렸다. 이제는 베이커리에 진열된 달달한 과자보다 더욱 달콤쌉싸름하고 자극적인 맛이 났다. 열정이었다. 젊은 시절을 떠올리게 하는 열정이었다. 물론 그와 동시에 노화의 증상이기도 했다. 요컨대, 그녀는 아무 거리낌 없이 자기가 친구를 옛 애인의 품으로 억지로 밀어넣을 수 있다고 믿게 되었다. 어찌 됐든 비시따의 집은 바닥과 가구, 응접실, 부엌이 지저분해졌고, 은잔처럼 반짝이지 않게 되었다. 그리고 그녀의 남편은 옷장에서 셔츠를 찾지 못해 아내의 가슴에 대는 얇은 천으로 깃을 어쭙잖게 감추고 은행으로 출근하는 날도 있었다……

하지만 그렇게 열심히 노력을 쏟아부어도 아무 소용이 없었다. 비시따도 빠꼬도 돈 알바로가 말을 타고 산책해도 판사 부인을 굴복시키지는 못했다. 그 난공불락의 요새가 최소한의 무관심이라도 보인다면! 하지만 절대 보이지 않았다. 세 사람에 의하면 아나가 관심 있어하는 게 멀리서는 보였다. 이것이 그들, 특히 비시따를 더욱 짜증나게 했다. 돈 알바로는 비시따가 아무리 부추겨도 마음대로 되지 않는 이 일에 대해 그녀에게는 절대 얘기하지 않았다. 유일하게 빠꼬에게만 털어놓았고, 그것도 몇번 되지 않았다. 하지만 아나는 그들이 담합했다고 믿었고, 이것이 그녀의 방어에 적잖은 도움이 되었다. 낀따나르가 견딜 수 없을 정도로 지겹게 강권하는데도 아나는 어쩌다 한번 오후 나절에 베가야나 후작의 집을 찾아갈 뿐이었다.

"아나, 그분들이 뭐라고 하겠어! 후작 부부가 뭐라고 하겠냔 말이야!"

돈 알바로가 희망을 잃었다고 할 수 있지만, 총대리신부 역시 만족스러운 건 아니었다. 총대리신부는 승리의 날을 아주 요원하게 보았다. 아나의 무기력이 매번 생각지도 못한 새로운 난관을 제공했던 것이다. 게다가 페르민 신부는 자기애에 상처를 입은 상태였다. 한번인가 예를 들어 설명하는 것처럼 또는 신뢰의 표시처럼 자신의 개인사를 털어놓으며 아나에게 관심을 보인 적이 있었는데, 아나는 자신의 이기적인 슬픔과 고통에 몰두해 건성으로 들었다. 게다가 위대한 희생을 말하고 타인의 행복을 위해 희생하며 살고 싶다는 그 여인은 자기만의 습관에서 벗어나기를 거부했다. 집 밖으로 나와 진흙탕을 밟으며 비에 도전하려는 시도를 자주 하지 않았다. 무슨 성스러운 일이라도 되는 듯이 건강상의 이유와 신경과민을 핑계 대며 아침 일찍 일어나려고 하지 않았다. 새벽 일찍 일어나는 것은 저에게 죽음과 같아요. 습기가 나를 마치 기계처럼 만들어요. 이것은 종교를 모욕하고, 페르민 신부를 기죽이는 거였다. 어찌 됐든 아나는 총대리신부의 영혼을 차갑게 식히고 잠을 앗아가는 물항아리와도 같았다.

어느날 오후 페르민 신부가 매우 언짢은 얼굴로 고해실로 들어섰다. 하도 세게 격자창을 닫아 복사 셀레도니오가 쳐다봤다. 페르민 신부는 종루에서 내려오는 길이었다. 그는 가끔 그곳에서 망원경으로 여러 집과 과수원들을 구석구석 살펴보았다. 그러다가 '공원'에서 책을 읽고 있는 판사 부인을 보았다. 총대리신부가 손수

선물한 싼따후아나 프란시스까의 이야기인 게 분명했다. 거기까지는 좋았다. 그런데 아나가 5분 정도 읽더니, 무시하듯 책을 획하니 벤치 위로 집어던졌다.

"오! 오! 뭔가 잘못 돌아가고 있어!" 페르민 신부가 종탑에서 탄식했다. 그는 아나가 자신의 탄식을 들을까봐 얼른 분노를 잠재웠다. 잠시 후 돈 알바로와 낀따나르가 공원에 모습을 드러냈다. 돈 알바로가 판사 부인과 악수를 나누었다. 그런데 당연히 그래야 했는데 그녀는 얼른 손을 거둬들이지 않았다. 멀리서 지켜보는 것에 불과했지만! 낀따나르는 사라지고 없고, 전문적인 바람둥이와 부인은 길모퉁이로 접어들어 나무들 사이로 사라져갔다. 그 순간 신부는 종루에서 뛰어내리고 싶은 충동을 느꼈다. 날 수 있다는 믿음만 있었다면 바로 몸을 던졌을 것이다. 잠시 후 멍청한 낀따나르가 다시 모습을 드러냈다. 납작한 모자를 쓰고, 외투 없이 밝은 색 점퍼만 입은 그의 옆으로 목도리를 두른 프리힐리스도 있었다. 두 사람이 그들을 찾아나섰고, 네명이 망원경 렌즈 앞에 나타났다. 신부의 곱고 하얀 두손으로 잡고 있는 망원경이 떨렸다. 낀따나르가 고개를 들어 한쪽 팔을 뻗어 구름을 가리키며 땅바닥을 발로 꾹 눌렀다. 아나가 다시 자취를 감췄다. 그녀는 벤치 위의 싼따후아나 프란시스까를 잊었는지 그냥 집 안으로 들어갔다가, 2분 후에 다시 숄과 모자를 두르고 나타났다. 프리힐리스가 열쇠로 공원 문을 열자, 네 사람은 밖으로 나갔다. 들판으로 향하는 길이었다!

페르민 신부는 고해실의 벽에 간혀 있는 자신을 보며 족쇄를 찬 죄수와 다를 바 없다고 생각했다.

그날 신부에게 고해한 여신도들은 그가 건성이고 초조한 기색임을 눈치챘다. 신부가 의자에서 계속 몸을 뒤척여 의자가 연신 삐꺽거렸고, 그가 내린 보속이 상례를 벗어나 너무 무거웠다.

총대리신부는 판사 부인이 우연이든 갑작스런 충동이든 또다른 이유이든 경당에 나타나기를 간절하게 기다렸지만 헛일이었다. 그것은 그가 바라는 바이고, 필요로 하는 바였다. 그러기로 약속한 적은 없었다. 다음 고해까지는 8일이 남아 있었다. 그녀가 왜 와야 한단 말인가? 왜냐면 와야 하기 때문이었다. 그가 그것을 원했기 때문이었다. 이유는 많았다. 그녀에게 할 이야기가 많았다. 그것은 옳은 일이 아니다. 자기는 한쪽으로 던져놔도 되는 보릿자루가 아니다. 믿음은 장난이 아니고 교훈을 주는 책을 과수원 벤치 위에 던져놓고 모욕을 주어서는 안된다. 타락한 유물론자 멋쟁이와 함께 프리힐리스의 나무 사이로 모자 흔적만 남기고 사라지는 게 아니다. 이런 말을 하고 싶었다. 하지만 아나는 경당에 모습을 드러내지 않았다. 그들이 어디 있는지는 하느님만이 알고 계실 것이다. 대체 무슨 소풍이란 말인가? 낀따나르가 또 어리석은 짓을 저질렀다. 그가 팔을 들어 구름을 가리킨 것은 날씨가 좋을 거라는 의미였다. 실제로도 그날 오후는 화창했고, 비가 오지 않을 거라고 확신할 수 있었다…… 하지만 그래서? 그게 적과 함께 야외로 나갈 충분한 이유라도 된단 말인가? 그 작자는 적이었다. 그렇다. 페르민 신부는 다시 그가 의심되었다. 하지만 판사 부인은 특별한 감정은 절대 입밖으로 꺼내지 않았다. 유혹과 음란한 꿈에 대해 두루뭉술하게 얘기하기는 했지만 구체적으로 누군가를 사랑한다고 고백하지는 않았다. 그의 다정한 친구 아나는 절대 거짓말할 사람이 아니며, 성전에서는 더더욱 그랬다. 그렇다면 그녀가 누구의 꿈을 꾼단 말인가? 신부는 언젠가 마음속으로 몰래 품었던 매우 달콤한 가능성을 떠올렸다…… 그런데 지금은 상자 같은 격자창 안에서 다른 가능성을 추측하며 펄쩍 뛰고 있었다. 그녀가 그 작자의…… 꿈을 꾼다고 생각하니…… 총대리신부는 표정 관리도 하지 않고 씩씩거리며 경당을 나섰다. 성가대석 뒤에서 꾸스또디오 신부와 마주쳤는데 그의 인사에 대꾸도 하지 않았다. 총대리신부는 제의방으로 들어가 빨로모를 자르겠다며 윽박질렀다. 고양이가 옷상자들을 다시 더럽힌 것이다. 그런 다음 교구청으로 향했는데, 주교는 자신의 총대리신부에게 난데없이 거의 무례하고 시큰둥한, 가시가 돋친 어조의 질책을 받았다. 사람 좋은 포르뚜나또 주교는 난처한 입장에 처해 있었다. 가까운 신부들에게 새 사제복을 맞춰주었는데 양복쟁이에게 지불해줄 돈이 없었다. 그런데 양복쟁이는 기름종이에 굵직한 글씨체로 계산서를 써서 아주 점잖게 들이밀었고, 주교는 그것을 손에 들고 있었다. 재단사는 주교에게 극존칭을 쓰기는 하지만 자기 것은 확실하게 요구했다.

포르뚜나또 주교가 떨리는 목소리로 돈을 빌려달라고 청했다. 총대리신부는 애원하게 만들었으며, 종교적인 은유라면 곧이곧대로 받아들이는 선한 목자에게 백번이나 고개를 조아리게 만든 다음에야 돈을 앞당겨주기로 했다.

새 사제복들이 도착한 건가? 그런데, 포르뚜나또는 왜 자기 돈으로 그것을 지불하려는 건데? 월급을 받기도 전에 모두 지출해 한푼도 없다는 걸 알면서도 왜 그런 일에 휩쓸리는 건데? 포르뚜나또는 자기 월급이 졸병처럼 쥐꼬리만 하다고 고백했다. 그는 함정들이 가득한 그 삶에서 벗어나고 싶다고 했다.

"페르민, 자네 어머니에게 그새 얼마나 빚을 졌는지 모르겠네. 엄청난 액수일 걸세."

"그렇습니다, 주교님, 엄청난 액수입니다. 하지만 주교님께서 우리를 망하게 하는 게 아니라 주교님도 같이 망하신다는 게 더 좋지 않습니다. 그건 세상이 알고 있고, 교회 위신의 실추라는 면에서…… 불쌍한 사람들 때문에 저당 잡히는 것은…… 자비를 베푸는 사기꾼이라니. 하느님 맙소사, 주교님, 대체 어떻게 하시려는 겁니까? 그리스도께서 말씀하셨습니다. 너의 재산을 나누고 나를 따르라. 하지만 타인의 재산을 나누라고는 하지 않으셨습니다……"

"자네, 학자처럼 말하는군. 학자처럼 말해. 볼썽사납지 않다면 미리 식비랑 생활비를 제하고 월급을 달라고 장관에게 청하고 싶을 지경이네. 내 병을 고칠 수만 있다면 말일세."

그후 페르민 신부는 집무실로 들어갔고, 그곳에서 두고두고 회자될 일이 벌어지고 말았다. 그는 모든 게 마음에 들지 않았다. 서류들을 뒤져 부정행위를 적발하고, 먼지를 탈탈 털어냈다. 월급을 주지 않겠다고 윽박지르며 사사건건 트집 잡고, 몇몇 시골 주임신부들에게는 처벌도 두어개 내렸다. 그러고는 문가에 이르러 마침내 "한푼도 주지 못해"라고 말했다. 난파당한 빨로마레스 선원들의 청원에 대한 답변이었다.

"어르신." 턱수염이 새하얀 불쌍한 어부가 한 손에 까딸루냐 모자를 쥔 채 울먹이며 그에게 말했다. "신부님, 올해 저희는 굶어 죽습니다! 이번 철에 도미잡이를 못하면 죽거리도 끊깁니다."

하지만 총대리신부는 아나와 돈 알바로를 생각하며 대답도 없이 밖으로 나갔다. 그러고는 삼십분 후 혼자 천천히 에스뽈론을 산책하면서 평소 자신의 보폭 리듬을 잊은 채 도미! 도미! 라는 말이 왜 자꾸 생각나는지 의아해했다.

왜 도미가 자꾸 기억나는 거지? 그러고는 그는 그 어리석은 집착 또한 짜증이 나서 양어깨를 으쓱했다.

"이제는 나도 제 정신이 아니군!"

8일이 지나 약속된 시간에 고해실의 창살 앞으로 아나가 무릎을 꿇고 나타났다.

아나는 사면을 받은 후 뺨으로 흘러내린 눈물을 닦으며 몸을 일으켜 주랑 쪽으로 나갔다. 그곳에서 그녀는 신부를 기다렸다가 날이 어두워져서야 두 사람이 함께 도냐 뻬뜨로닐라의 집에 도착했다.

그란 꼰스딴띠노 혼자 있었다. 금테 안경알 너머로 큼지막한 담갈색 눈이 튀어나올 듯한 모습으로 '복되신 사랑의 모후' 단체의 회계장부를 들여다보고 있었다. 상당히 까무잡잡한 피부에 이마는 뼈만 남아 매우 앙상했다. 눈은 튀어나왔고, 눈썹은 숱이 많고 뻣뻣한 머리카락과 같은 짙은 잿빛이었다. 턱은 둥그스름하고 살이 통통했으며, 코는 무의미하게 꼿꼿했고, 입은 큼지막했으며, 입술은 창백하고 두툼했다. 그녀는 키가 크고 어깨가 넓은 편이었다. 오랜 세월 미망인으로 정숙하게 살아서 그런지, 몸 전체로 베뚜스따 처녀가 연상되는 순수한 덤불과 같은 분위기가 풍겼다. 돌로레스 수녀원의 까만 수녀복 차림에 꽤 널찍한 에나멜 벨트를 하고, 소매에는 번쩍거리는 은색 문장이 달려 있었다. 머슴 손목 같은 굵은 손목에는 유리구슬 팔찌들이 매달려 있었다.

검은 바탕에 중국 사람들 모습을 금박도금한 나무책상 앞에 그란 꼰스딴띠노가 앉아 있었다. 그녀가 자리에서 일어나 판사 부인을 껴안은 후 총대리신부의 손등에 입을 맞췄다. 이렇게 찾아와줘서 반갑고 고맙지만 자기는 잠시 골치 아픈 숫자놀음을 더 해야 한다며 양해를 구했다. 그렇게 아나와 총대리신부는 짙은 초록색 다마스크 천과 회색과 금색 벽지를 두른 어두침침한 응접실에서 단둘이 남게 되었다. 아나는 소파에, 총대리신부는 그녀 옆에 있는 팔걸이 의자에 앉았다. 살짝 틀어진 발코니 블라인드 틈새로 저물어가는 하루의 가녀린 빛줄기가 스며들어왔다. 아나와 페르민 신부는 거의 보이지도 않았다. 하얗고 통통한 고양이가 풍성한 꼬리로 우아한 곡선을 그리며 오른쪽 방에서 나왔다. 고양이가 천천히 소파로 다가와 판사 부인을 바라보며 나른하게 고개를 들다가 가볍게 애교스러운 후두음을 냈다. 그러고는 신부의 사제복에다가 친숙하게 등을 문지른 후 솜 위를 걸어가듯 아무 소리도 없이 천천히 복도쪽으로 사라졌다. 아나는 순백색의 고양이에게서 향냄새가 나는 것 같아 두려웠다. 고양이가 도냐 뻬뜨로닐라 집안의 믿음의 상징처럼 보였던 것이다. 방음실과 같은 침묵이 집안 전체를 지배했다. 공기는 미지근했으며 초인지 소합향인지, 라벤더인지 그런 비슷한 향이 살짝 났다…… 아나는 달콤하면서도 살짝 경계를 불러일으키는 멍한 기분이 들었다. 그곳이 편안하기는 했지만 살짝 숨이 막혔다.

도냐 뻬뜨로닐라가 늦어지고 있었다. 역시 검정색 수녀복을 입은 하녀 한명이 낡은 청동 램프를 들고 들어와서 초록색과 회색 체크무늬 펠트 양탄자에서 눈길도 떼지 않은 채 감기 걸린 수녀 같은 목소리로 "좋은 밤입니다!"라고 말한 후 외다리 소형 원탁 위에 램프를 내려놓았다.

다시 아나와 고해신부 둘만 남게 되었다.

몇분 동안의 침묵을 깨며, 신부가 하얀 고양이와 같은 목소리로 말했다.

"이 결정을 제가 얼마나 고마워하는지, 부인은 상상도 하지 못할 겁니다……"

"미리 말씀해주셨더라면……"

"저는 충분히 말씀드렸습니다……"

"하지만 오늘처럼은 아니셨어요. 신부님께 무례를 범했다는 말씀이나 부인들이 제가 오기 싫어하는 걸로 알고 있다는 말씀은 한 번도 하시지 않았어요…… 비가 너무 많이 온 바람에!……저에게 습기가 얼마나 치명적인지 신부님도 잘 아시잖아요. 물에 젖은 거리는 끔찍해요…… 그리고 제가 아팠어요, 신부님. 소모사 의사선생님이 말씀하셨지만, 제가 안색이 좋고 살이 찐 것처럼 보이기는 하지만 병이 있어요. 가끔은 내 몸속에서 모래더미가 허물어지는 기분이에요…… 어떻게 설명해야 할지 모르겠어요…… 제 삶에 균열이 생기는 기분이에요…… 안에서 제가 둘로 나눠지는 기분이에요…… 자꾸 움츠러들고 허물어지는 것 같아요. 신부님께서 제 안을 들여다보신다면 불쌍한 마음이 드실 거예요. 하지만 어찌 됐든, 신부님께서 아까처럼 말씀해주셨다면 헤엄쳐서라도 왔을 거예요. 네, 페르민 신부님, 저는 뭐든지 될 수 있어요. 하지만 배은망덕한 사람은 되고 싶지 않아요. 제가 신부님께 얼마나 많은 빚을 졌고, 그 빚을 갚을 수도 없다는 거 잘 알아요. 사막에서, 제가 살고 있는 사막에서 들은 목소리, 그 목소리가 저에게 얼마나 값진 것인지 신부님은 상상도 못하실 거예요…… 중요한 순간에 신부님의 목소리가 제게 얼마나 귀하게 들렸는지…… 저에게는 어머니가 없어요. 저는 신부님이 아시는 대로 살았어요…… 저는 어떻게 선한 사람이 되는지 몰라요. 신부님의 말씀이 옳아요. 순수한 시가 아니면 저는 미덕을 좋아하지 않아요. 그런데 미덕이 없는 사람에게 미덕의 시는 산문과 다를 바 없어요. 저도 잘 알아요…… 그래서 신부님께서 이끌어주시길 바란 거예요…… 여기 오겠습니다. 부인들이 하는 대로, 부인들이 시키는 대로 하겠습니다…… 신부님이 시키시는 것은 모두 하겠습니다. 복종 때문이 아니라 이기심 때문입니다. 제가 제 자신을 마음대로 다스리지 못하는 게 분명하니까요. 신부님이 제게 직접 분부를 내려주시는 게 더 좋습니다…… 다시 어린 아이로 돌아가 교육받고 싶습니다. 그렇게 뭔가가 되어, 한가지만을 추진력 있게 늘 밀고 나가고 싶어요. 지금처럼 갈팡질팡하고 싶지 않아요…… 게다가 저는 치료받고 싶어요. 가끔은 제가 미칠 것 같아 두려워요…… 이미 신부님께도 말씀드렸습니다. 저는 하느님을 생각하며, 하느님의 존재를 생각하며, 슬픈 생각을 쫓아내려고 안간힘을 쓰며 침대에서 밤을 새는 날들이 많아요. 그분이 여기 계신다면 다른 게 뭐가 중요하겠어? 제 자신에게 이렇게 말했습니다. 하지만 아무 소용도 없었습니다. 이미 신부님께 말씀드렸듯이, 해묵은 사상들이 갑자기 떠오르기 때문이지요. 손독이 오른 아픈 상처들처럼요. 반항심과 비신앙적인 논리, 어리석고 고집스러운 격정거리들이 떠오르는 거예요. 언제 그런 사상들을 배웠는지 모르겠어요. 아버지가 살아 계셨을 때 우리집에서 어렴풋이 귀동냥으로 들었던 기억이 나요. 가끔은 스스로 이런 질문을 할 때도 있어요. 하느님은 지금 저의 생각, 즉 나 스스로 하느님의 존재를 현시하려고 노력할 때마다 내 머릿속에서 느끼는 이 고통스러운 무게에 미치지 못하는 것 아닌가?"

"아나 부인, 아나 부인…… 그만하십시오…… 그만하십시오…… 또 흥분하셨습니다! 그래요. 그래요. 위험하네요. 그런 것 같군요. 상당한 위험이…… 하지만 우리는 구원받을 겁니다. 확신합니다. 부인은 훌륭하세요. 하느님 아버지는 부인과 함께 계십니다…… 그리고 이러한 곤경에서 부인을 구하기 위해서라면, 제 목숨까지도 바칠 겁니다…… 이 모든 것은 병입니다. 산통이고 신경

쇠약입니다…… 그렇습니다. 하지만 그것은 물질적인 것입니다. 영혼과는 아무 상관이 없지요…… 그래도 전염의 위험이 있습니다. 그렇습니다, 아나 부인. 저 때문이 아니라, 부인을 위해서라도 실질적인 신앙생활을 해야 하는 겁니다…… 선행! 선행을 베푸셔야 합니다! 심각한 상황이기 때문에 강한 약을 써야 합니다. 가끔 부인들의 어떤 말이나 행동이 거슬린다면 괜한 상상은 하지 마십시오. 그분들을 가볍게 지나치지 마십시오. 타인의 약점을 용서하고 잘 생각하십시오. 그리고 겉모습은 신경 쓰지 마세요…… 그리고 지금 잠시 내 이야기를 덧붙인다면, 아나! 당신이 내 영혼 속으로 들어올 수만 있다면, 오늘 오후의 이 훌륭한 결심에 어떻게 보답해야 할지 모르겠습니다……"

"신부님께서 방법을 말씀하셨어요!"

"저는 영혼을 담아 말씀드린 겁니다……"

"저도 모르게 배은망덕한 사람이 되어 있었어요……"

"하지만 결국…… 새로운 삶, 그것 아닌가요, 부인?"

"네, 네, 신부님. 새로운 삶이에요……"

그들은 아무 말 없이 서로 바라보았다. 페르민 신부는 자제해야 한다는 생각도 하지 못한 채 뜨개질한 쿠션 위에 얹혀 있던 아나의 한쪽 손을 양손으로 꼭 잡고 흔들었다. 아나는 얼굴이 달아오른 기분이었지만 괜히 경계하는 것도 유난스러워 보였다. 두 사람이 자리에서 일어났고, 그때 도냐 뻬뜨로닐라가 들어왔다. 페르민 신부는 판사 부인의 손을 놓지 않은 채 그녀에게 말했다.

"부인, 때마침 잘 들어오셨습니다. 부인은 양이 자기가 선택한 우리에서 절대 벗어나지 않겠다며 목동에게 엄숙하게 약속하는 장면의 증인이십니다……"

그란 꼰스딴띠노가 아나의 이마에 입을 맞췄다.

엄숙하고 강하지만 차가운 입맞춤이었다…… 신심단체의 인장을 얼음에 묻혀 이마에 찍는 듯한 분위기였다.

19장

3월이 되면 돈 로부스띠아노 소모사는 자기 환자들의 병을 모두 '춘곤증'으로 진단하였다. 물론 그는 '춘곤증'에 대해 그다지 확실한 개념은 없었다. 하지만 자신의 주된 임무가 슬픔에 잠긴 사람들을 위로하는 거고, 사람들도 그들 나름대로 이러한 기후학적인 설명에 만족하기 때문에 멋쟁이 의사는 다른 설명은 아예 찾으려고도 하지 않았다. 소모사에 의하면, 그런 춘곤증이 판사 부인을 침대에 드러눕게 한 것이었다. 삼월 말 어느날 밤 그녀는 머릿속을 폭죽으로 가득 채운 채 자기도 모르게 이를 악물고 잠들었다. 그리고는 다음날 구더기들이 우글거리는 꿈에서 깨어나보니 열이 심했다.

낀따나르는 빨로마레스 습지로 사냥을 떠나면 밤 10시까지는 돌아오지 않았다. 안셀모가 의사를 부르러 갔고, 뻬뜨라가 충성스러운 개처럼 침대 머리맡을 지켰다. 요리사 세르반다가 신경을 안정시키는 떨라 차를 들고는 심드렁한 얼굴을 그대로 드러낸 채 아무 말 없이 들락거렸다. 그녀는 산골 출신으로 그 집에 온 지 얼마 되지 않았다. 아나는 남편 낀따나르에게 별다른 애정을 느끼지 않은 지 오래되었다. 하지만 그날 오후 특히 해질녘이 되자 부재중인 남편을 생각하며 얼굴을 파묻고 울었다. 남편의 존재가 얼마나 아쉬웠던지! 그날 시작된 병자의 고독은 남편만이 함께할 수 있었다! 아나가 아프다는 소식을 듣고, 후작 부인과 빠꼬, 비시따, 리빠밀란이 서둘러 달려왔지만 아무 소용이 없었다. 아나는 미소를 지어 보이며 모든 사람들을 친절하게 맞이했지만 밤 10시만을 손꼽으며 애절하게 기다렸다. 나의 낀따나르! 그는 진정한 친구이자 아버지이고, 어머니이고, 전부였다. 후작 부인은 몸이 좋지 않은 친구 곁에서 얼마 머물지 않았다. 아나의 이마를 만져본 후 별것 아니라는 표정으로 소모사의 말이 옳다며 춘곤증이라고 했다…… 그러고는 싸르사[1]를 추천한 후 바로 자리를 떠났다. 빠꼬는 아나의 미모를 조용히 감탄했다. 푹신한 하얀 베개에 푹 파묻힌 아나의 얼굴이 '보석 상자에 담긴 보석'과 같아 보였다. 비시따는 아나가 그 어느 때보다 「의자에 앉은 성모마리아」[2]를 닮았다는 생각이 들었다. 고열로 아나의 눈에서는 빛과 광채가 났고 얼굴은 붉은 장미와 같았다. 미소를 띨 때는 성녀처럼 보이기도 했다. 빠꼬는 자기도 모르게 '그녀가 꽤 먹음직스럽다'라는 생각이 들었다. 그 역시 자기 어머니처럼 위로의 말만 잔뜩 전하고 밖으로 나가면서 복도에서 설탕물 한잔을 들고 오던 뻬뜨라를 슬쩍 꼬집었다. 비시따는 친구의 침

---

1 청미래덩굴속의 식물 또는 이것에서 추출한 물질. 음료나 약물의 향료로 쓰인다.
2 이딸리아의 화가 라파엘로 싼찌오(Raffaello Sanzio)가 그린 1514년 작품으로 성모마리아의 부드럽고 온화한 모습을 잘 표현했다.

대 위에 망토를 내려놓은 후 삐뜨라의 주제넘은 표정은 아랑곳하지 않고 매사에 참견할 준비를 하고 있었다. 하인들을 어떻게 믿을 수 있나? 그나마 그녀가 그곳에 있어 필요한 건 모두 챙길 수 있으니 천만다행이었다.

"게다가, 솔직히 말하자면 당신이 사랑하는 낀따나르는 볼일이 너무 많잖아요. 대체 어떤 사람이 당신을 이런 상태로 놔두고 사냥 나갈 생각을 하겠어요?"

"하지만 그이가 뭘 알겠어요……"

"어젯밤에 아프다고 말 안했어요?"

"잘못은 프리힐리스에게 모두 있어요……"

"프리힐리스랑 돌아다니다 보면 그 작자 못지않게 제 정신이 아니라니까요. 그 프리힐리스가 영국 수탉과 스페인 수탉을 교배시킨다는 그 작자 아니에요?"

"네. 맞아요. 그분이에요."

"그리고 우리 조상이 원숭이라고 한 사람이지요? 그 작자야말로 제대로 교육받지 못한 용감한 원숭이지…… 게다가 그 사람은 옷도 점잖게 입고 다니지 않잖아…… 깃 달린 셔츠나 모자 쓴 거는 한번도 본 적이 없어요……"

소모사가 밤 8시에 다시 돌아왔다. 춘곤증이기는 하지만 안심이 되지 않았던 것이다. 그는 환자의 혀를 관찰하고, 맥박을 짚고, 호주머니에서 꺼낸 체온계를 겨드랑이에 끼워 열을 쟀다. 의사의 얼굴이 체리처럼 발갛게 달아올랐다…… 그는 눈썹을 찡그리며 그곳에 있던 비시따를 보며 상황을 파악하고는 언성을 높였다.

"안 좋은데!…… 말을 많이 하면 안되는데…… 당혹스럽군요. 그렇죠? 안 봐도 알겠습니다…… 분명히 사람들이 많이 왔고……

얘기도 많이 했을 테지요!……"

그러자 이번에는 비시따의 얼굴이 발갛게 달아올랐다. 소모사의 추측이 옳았다. 그는 약은 잘 몰랐지만 누구를 상대하는지는 잘 알았다. 그는 약을 처방했다. 그는 또한 때를 잘못 택해 집을 비운 긴 따나르에게도 미친 사람 한명이 백가지 미친 짓을 한다며 화를 냈다. 프리힐리스에 대해서는 자기가 파리에 편자 박는 방법을 아는 수준 정도로 다윈주의를 아는 자라고 험담했다. 소모사는 제 나름으로 스킨십을 음미하며 판사 부인의 얼굴을 두어번 다독인 후 멀찍이 떨어져 내일 아침 일찍 다시 오겠다는 말과 함께 문을 세게 닫고 나갔다.

비시따는 침대 발치에 앉아 과일 절임 한병을 거의 비운 후 입에 음식을 가득 담고 소모사나 암브로시오의 카빈[3]이나 똑같다고 말했다. 은행원 아내는 민간요법을 믿었으며, 의사들의 처방은 못 미더워했다. 자격증이나 그런 비슷한 것이 없는 꽤 유명한 산파가 두번이나 그녀를 산후열의 위험에서 구해주었던 것이다. "이 세상 모든 게 뻔한 연극이에요. 기분전환 좀 하려던 것 때문에 병이 악화되었다는 말을 어떻게 할 수 있어요! 무지막지하기는! 예민한 여자, 상상력이 풍부한 여자가 어떤지 자기가 뭘 안다고! 내가 여기 없었다면 분명히 당신은 있지도 않은 남편 생각만 줄기차게 하면서 하루 종일 슬픈 생각만 하고 있었을 거예요. '왜 이곳에 없는 거지? 좋은 남편일까? 좋은 남편이긴 한데, 생각이 없는 어린아이 같다' 등등…… 그러니까 아플 때, 게다가 불평할 꼬투리가 있을 때 혼자 외롭게 있으면서 생각할 수 있는 것들을 생각하면서 말예요."

---

3 쓸데없는 물건을 빗대서 쓰는 표현이다.

아나는 다른 일을 생각하며, 비시따의 얘기를 듣지 않으면서도 듣는 방법을 연구했다. 비시따의 잡담을 참아낼 수 있는 유일한 방법이었다. 커다란 각반과 가죽벨트를 두른 채 새들과 사냥 부속품들에서 흘러나오는 물기를 뚝뚝 떨어뜨리며 낀따나르가 10시 15분에 아나의 방에 왔다. 그 뒤로 구겨진 회색모자를 쓰고 체크무늬 목도리를 두른 채 흰색 삼중바닥 신발을 신은 프리힐리스가 들어왔다. 낀따나르는 「일 뜨로바또레」[4] 1장에서 망리께가 망토를 벗어던지듯 바닥에 우비를 내려놓았다. 그러고는 사람들을 개의치 않고, 아내의 품에 달려들어 이마를 입맞춤으로 덮었다.

아아, 그랬다! 그는 아버지이자 어머니이자 오빠이고, 익숙한 애정의 달콤한 성채이고, 가족애의 정신적인 지주였다. 아니, 그녀는 이 세상에서 혼자가 아니었다. 낀따나르는 그녀의 것이었다. 아나는 길고도 강렬한 입맞춤으로 남편에게 영원한 충성을 조용히 맹세했고, 남편 역시 입맞춤으로 답해주었다. 낀따나르의 콧수염이 물에 빠진 빗자루 같았다. 늪지에서 딸려온 습기가 아내의 이마를 축축하게 적셨지만 아나는 혐오스러워하지 않았다. 오히려 투박하게 불에 그을린 브러시 같은 뻣뻣한 털에서 금은보화를 보았다.

낀따나르 역시 아나가 괜찮을 거라고 생각했다. 하지만 4시 15분 기차를 타고 오지 않은 건 진심으로 후회되었다.

"끄레스뽀, 그 예감을 따랐어야 했는데 말이야. 그래요, 부인." 그가 비시따를 돌아보며 덧붙였다. "왠지 집에 일찍 돌아갔으면 싶었어요. 이 사람이 뭐라고 하든 차를 탔어야 했습니다……"

---

4 베르디(Giuseppe Verdi)가 스페인의 극작가 안또니오 가르시아 구띠에레스(Antonio García Gutiérrez)의 연극 「일 뜨로바또레」에 매료되어 1853년 오페라로 만들어 무대에 올려 큰 유명세를 얻은 작품이다.

"오, 그래요. 당신 말이 옳아요. 그런 예감이 들 때가 있어요." 은행원 아내가 큰 소리로 말했다. 그러고는 곧바로 자기 경험담을 두서너개 늘어놓을 작정이었다.

"하지만 이 친구의 잘못입니다……"

프리힐리스가 양어깨를 으쓱하며 환자의 맥을 짚자 아나가 그의 손을 꼭 잡으며 모든 것을 용서했다. 사실 낀따나르는 일찍 돌아오려고 했었다…… 공연을 놓치지 않기 위해…… 하지만 그건 말할 수가 없었다. 프리힐리스는 초자연적인 징후의 존재를 다시 한번 더 조용히 부인했다. 모자를 벗자 야생의 느낌을 풍기는 숱 많은 거친 색상의 머리가 드러났다. 일률적으로 자른 관목이나 거친 황무지의 모습이었다. 그가 회색 눈을 감으며 미간을 찡그렸다. 불빛에 눈이 부셨고, 가구들이 거슬렸던 것이다. 그에게서는 산 냄새가 났다. 그의 몸은 늪지의 안개에 휘감기고, 들판의 어둠과 냉기에 에워싸여 있는 것 같았다. 프리힐리스에게는 덫에 걸린 야수 같다고나 할까, 아니면 빛을 보고 인간의 집으로 잘못 찾아들어간 박쥐 같은 뭔가가 있었다…… 그리고 고열에 시달리는 예민하고 소심한 아나의 옆에서 자신의 기운을 환자에게 전해주고 싶어하는 건강의 상징과도 같았다.

밤새 친구를 돌보며 간병하겠다는 비시따를 간신히 만류한 후 남편과 단둘이 남게 되자 아나가 다시 남편의 품에 안기며 곧 울음이 터져나올 듯한 목소리로 말했다.

"당신은 아직 주무시면 안돼요. 내가 얼마나 놀랐는데요. 당신이 필요해요. 여기 계세요. 제발, 낀따나르……"

"그래, 알았어. 당연히 그래야지……" 그러고는 낀따나르는 부드럽고 발그스름한 아내의 등을 다정하고 부지런하게 이불깃으로 덮어주었다. 그런 다음에는 눈길도 주지 않았다. 잠시 후 아나는 남편이 뭔가 걱정하고 있음을 눈치챘다.

"무슨 일 있어요? 걱정하는 표정인데요. 사람들이 얘기하는 것보다 더 안 좋은데…… 괜히 숨기려고 그러는 거 아니에요?……"

"아니, 그렇지 않아…… 무슨 말도 안되는 소리…… 그런 거 아니오……"

"그래요. 그렇다니까요. 내가 당신을 알아요. 두려워하지 마세요. 곧 괜찮아질 거예요. 내가 잘 알아요. 당신도 내가 어떤지 잘 알잖아요. 내가 중병인 것처럼 보이기는 하지만…… 나중에 보면 아무것도 아니에요…… 그런데 지금은 내가 아주 예민해요. 세상에서 버림받아 혼자 남겨진 기분이에요…… 당신이 필요해요…… 하지만 곧 괜찮아질 거예요. 예민해서 그런 거예요……"

"그래, 맞아, 예민해서 그런 거요."

그러고는 낀따나르는 더이상 참지 못하고 벌떡 몸을 일으키며 말했다.

"내 사랑, 나는 늘 당신 곁에 있어요."

그러고는 비상문을 열고 나갔다.

"자!" 낀따나르가 복도에서부터 소리 질렀다. "뻬뜨라, 세르반다, 안셀모, 누구든…… 프리힐리스가 자고새를 가져갔느냐?"

안셀모가 부엌에 있던 죽은 새들을 살펴보고는 멀리서 대답했다.

"네, 어르신! 여기는 자고새가 없습니다!"

"망할 놈! 으이그! 맙소사! 맨날 똑같다니까! 그건 내 건데. 내가 잡은 건데…… 내가 조준한 게 분명한데…… 자기만 제일 잘난 줄 안다니까!…… 안셀모! 내 말 잘 듣거라. 내일 날이 밝으면, 알겠니? 네가 직접 프리힐리스의 집으로 가서, 아주 강력하고 심각하게 자고새 돌려달라 한다고 전하거라. 자고새의 상태가 어떻든지 간에. 알겠느냐? 농담이 아니라고 전하거라. 털이 뽑혀 있더라도 원상복구하라고 해…… Suum cuique.[5]"

아나는 고함소리를 듣고는, 남편의 악의 없는 단점을 서둘러 용서했다. 사냥꾼들이란 모두 저렇다니까. 처음 미열이 날 때처럼 많이 느긋해졌다.

낀따나르가 돌아왔고, 달콤하고도 그리스도교인다운 아내의 미소가 그에게 평온을 안겨주었다. 자고새는 안겨주지 못하는 평온함이었다.

아나는 새벽 1시 반까지 잠을 이루지 못했고, 그제야 할 수 없이 낀따나르는 자러 가야겠다고 생각했다.

낀따나르는 가벼운 옷차림으로 그의 침대에 앉아서 사랑하는 아나의 병이 뜻밖의 불운이라고 생각했다. 걱정하는 건 아니었다. 그건 하느님도 잘 알고 계셨다. 위험한 건 없었다. 만에 하나 위험하다면 아내를 괴롭히는 고통과 불안을 보고 알 수 있었다. 불안도 없고, 고통도 없고, 위험도 없었다. 하지만 뜻밖의 예기치 못한 일은 있었다. 앞으로 며칠간 연극은 물 건너갔다. 온갖 장르가 뒤섞인 '잡종' 사르수엘라 공연이기는 하지만, 그는 진지한 사르수엘라의 은은하면서도 단순한 아름다움을 음미하기 시작했다. 지난 공연들 중에서 상당히 재미나는 「맹세」의 고달픈 사랑들은 차치하더라도, 「마리나」에서는 지역색을 보았고, 「푸른 도미노」에서는 시대의 맛을 보았다고 고백했다.[6] 하지만 옥시덴떼에 서부경제철도를 깔기

---

5 '각기 정당한 소유물을'이라는 라틴어 명언.
6 「맹세」(초연 1858)는 호아낀 가스땀비데(Joaquín Gaztambide, 1822~70)의 3막의 사르수엘라. 「마리나」(1855)는 프란시스꼬 깜쁘로돈(Francisco Camprodón)의

위해 주지사와 탐사하기로 한 것은? 카지노에서 수석 기술자와 도미노를 두기로 한 것은? 소화를 돕기 위해 긴 산책을 나가기로 한 것은? 며칠 동안 외출할 수 없다는 생각에 두려워졌다…… 낀따나르는 매우 언짢은 기분으로 잠자리에 들었다. 불을 껐다. 어두워지자 곧 후회가 되었다. 그는 이기주의자였다. 불쌍한 아내는 생각도 하지 않고, 자기 편한 것과 좋아하는 것만 생각하다니. 그러고는 사죄인지 자기 자신을 속이기 위한 것인지 모르겠지만 세차게 한숨을 내쉰 후 큰 소리로 탄성을 내뱉었다.

"불쌍한 내 팔자야!"

그러고는 흡족해하며 잠들었다.

평소와 다름없이 낀따나르는 머릿속으로 잔뜩 계획을 세우며 일어났다. 하지만 순간적으로 아나와 아나의 열이 생각나면서 그의 마음은 비겁한 슬픔으로 가득 채워졌다…… 그 마음은 하느님이나 아시지! 약들, 그가 혐오하는 쓰디쓴 물약, 복용량을 잘못 잴 것 같은 두려움, 독일 것 같은 초록색 알약들이 주는 공포감(물리와 화학을 공부했는데도, 그에게 독은 늘 초록색이나 노란색이었다), 하녀들의 실수와 잘못, 환자의 침대 머리맡을 지켜야 하는 지겹고도 조용한 시간들, 당연한 불안감, 소모사의 말에만 전적으로 매달려야 하는 것, 병의 차도에 대해 알고 싶어하는 사람들과 늘 똑같은 말을 주고받는 것…… 그 모든 불편한 상황이 낀따나르의 머릿속으로 차곡차곡 쌓여갔다. 그는 반복해서 분노를 내뱉으며, 자기 자신이 너무나도 불쌍하다고 생각하며 몸을 일으켜 아내의 침실로 향했다. 그런데 그 순간 모든 것을 잊어버렸다. 아나가 몸이 안 좋아 헛소리

2막의 사르수엘라. 「푸른 도미노」(1853)는 프란시스꼬 깜쁘로돈의 3막의 사르수엘라.

를 하고 있었던 것이다. 그를 깨우지는 않았지만 아내의 곁에서 밤을 새운 뻬뜨라에 의하면 안주인이 끔찍한 밤을 보냈다.

소모사가 8시에 도착했다.

"무슨 일이죠? 뭐가 잘못된 거죠? 심각한 겁니까?"

낀따나르가 양손에 힘을 줘 손깍지를 끼고는 얼굴을 찡그린 채 환자 앞에서 물었다. 그녀가 혼수상태이기는 하지만 들을 수는 있었다.

의사는 아무 대답도 하지 않고, 처방만 내리고 응접실로 나갔다.

"뭡니까? 뭐예요?" 그곳에서 낀따나르가 떨리는 목소리로 아주 나지막하게 물었다. "대체 뭡니까?"

소모사가 경멸과 증오, 분노가 담긴 눈으로 그를 바라보았다.

뭐라니! 뭐라니! 참 일찍도 물어보는군. 소모사도 무슨 병인지는 알지 못했다. 하지만 징후로 봐서는 곧 심각해질 것 같았다. 그런 생각이 들기는 했지만 입 밖으로 꺼내지 않았다.

"직접 간호를 하셔야 합니다. 아주 주의를 기울여야 합니다. 수다로 부인의 혼을 빼놓는 비시따나 하녀들에게 부인을 맡겨서는 안됩니다…… 그렇습니다."

"하지만 심각한 겁니까? 심각한 거예요?"

"그게…… 그럴 수도, 아닐 수도 있습니다. 의학적으로 봤을 때는 심각하다고 할 수 없습니다…… 그렇지만 아니라고 할 수도 없고요. 하지만 이런 건 잘 이해하시지 못할 겁니다…… 간염일까요? 그럴 수도 있습니다…… 위장염일 수도 있고요…… 어쩌면…… 하지만 착각을 일으키게 하는 증상들이 있습니다……"

"그러니까 신경이 예민한 게 아니라는 겁니까? 춘곤증도 아니에요?"

"신경증은 이런 문제에는 늘 관련이 있고, 봄철…… 피…… 새로운 수액도 물론 영향을 줍니다. 하지만 당신에게는 이해가 되지 않을 겁니다."

"의사 선생님, 잘 이해가 되지 않습니다. 시간이 나면 의학서적도 읽어보는데, 자꾸드[7]는 압니다…… 하지만 그런 책은 정말이지…… 그러니까 속이 울렁거리고 피가 흐르는 소리가 들리는 것 같습니다. 나는 그런 건 줄 알았습니다…… 로소야의 수로[8] 같은 거요. 심장에 달린 수로와 수문, 뭐 그런 거요……"

"좋아요, 좋아. 저한테 괜히 더 쓸데없는 말씀 하실 거 없습니다. 오후까지 두고 보지요. 무슨 일이 있으면 바로 연락주십시오. 아, 부인에게 너무 옷을 껴입히지 마십시오…… 그리고 비시따가…… 혼을 빼놓게도 하지 마시고요. 산파를 좋아하는 그런 부인이 이곳에 개입하는 건 의학이 절대 금합니다!……"

나흘 후 소모사는 자기 대신 밑에 있는 젊은 의사를 보냈다. 손을 떼야 할 시간이 왔다고 여긴 것이다. 이미 그럴 줄 알았다. 그는 자기가 아끼는 사람들이 일정 상태에 이르면 돌볼 수가 없었다……

새로 온 의사는 상당히 똑똑하고 성실한 젊은이였다. 그는 아나의 병이 심각한 것은 아니지만 오래 걸릴 수도 있고 회복이 더딜 수도 있다고 공포했다. 그는 정확하지 않은 경솔한 병명들을 사용하는 걸 좋아하지 않았다. 그래서 어쩔 수 없을 때만 전문적인 병명들을 언급했다. 우스꽝스럽게 잘난 척하려는 게 아니었다. 알아도 중요하지 않고 사실 알지도 못하는 일반 사람들에게 모르게 하

---

7 자꾸드(François S. Jaccoud, 1830~1913). 스위스 의사. 앞에서 언급된 책은 『정신병리학 입문』(*Traité de pathologie interne*, 1872)을 가리킨다.

8 1851~58년에 건축된 마드리드의 수도원인 로소야의 물 저장창고.

는 데 따른 쾌감도 있었다. 아나는 자기가 죽을 거라고 믿었고, 그래서 예전에 위험할 때보다 더 심하게 앓았다. 사실 호전되고 있다고 말할 수도 있는 시기였다. 아나는 자기가 간간이 흥분해 헛소리를 하며 엿새를 앓았다는 것을 알고는 그 고통이 그렇게 짧았다는 게 의아하기만 했다.

아나는 몸이 약해져서 훨씬 쉽게 지치고 예민해졌다. 그녀에게는 모든 게 창백하고 누렇게 들뜬 색으로 보였다. 사물들과 그녀 사이로 무수한 점들과 원들이 가끔은 거품처럼, 가끔은 아주 미세한 거미줄처럼 공기 중에 둥둥 떠다녔다. 아나는 침대 이불 위로 양 팔을 가만히 내려놓고, 광택이 없는 허여멀건한 바닥 위로 푸른 핏줄들이 울퉁불퉁 튀어나와 있는 비쩍 마른 손을 바라보며 그것이 자기 손이 아니고 그 손가락들을 움직이는 게 자기 의지와는 상관없다는 생각이 들었다. 손을 숨기겠다고 결심해도 움직이는데 너무 큰 힘이 들었다. 간만에 음식을 먹을 때는 헤아릴 수도 없는 크나큰 슬픔이 느껴졌다. 남편이 입김을 불어가며 식혀준 밍숭맹숭하고 싱거운 국물을 먹어야 했다. 남편은 그렇게 입김을 부는 걸로 자신의 관심과 애정을 보여준다고 생각했다. 낀따나르 말로는 베뚜스따의 하녀들은 최고의 국물 맛은 절대 내지 못했다. 아나가 살겠다는 의지로 마지막 힘을 다해 끔찍하게 땀을 쏟아내는 동안 그는 이런 말을 하고 있었다. 그녀는 두 눈을 감고 있었고, 몸 안 밖으로는 아무 느낌도 없었다. 가끔 몸에서 의식이 빠져나가는 것 같기도 하고, 몸이 수천조각 나는 것 같기도 하면서 공포가 그녀를 지배했다. 그러면 안전한 항구로 돌아가는 듯, 자기만의 '나'로 돌아가기 위한 충분한 힘이 생기기도 했다. 아나는 의식이 들자 자기가 오랜 시간 앓았다고 생각했다. 그러나 한편으로는 그토록 힘든 고통을 즐기기도 했다. 결국 그것 역시 삶이고 존재에 대한 증거이기도 했다. 낀따나르가 옆에서 얘기하면, 아나는 자기도 모르게 남편의 생각을 듣고 자기의 바람과는 다르게 남편의 생각에 귀를 기울이게 되었다. 그러면 아나의 이성은 아픈 환자로서는 지나치게 세심하고 엄격한 비판을 남편의 생각에 적용했다. 자기 의지와는 달리 남편의 얼토당토않은 소리가 산산조각 나면서 머릿속에서는 말로 표현할 수 없는 고통을 느꼈다.

의사들은 그녀의 '몸뚱이'에만 관심을 보였다. 존재의 핵심 깊은 곳, 물론 육신의 일부이긴 하지만 영혼처럼 보이는 은밀한 곳의 형언할 수 없는 고통에는 아무런 관심이 없었다. 의사는 매일 그녀의 배를 손으로 만져보고, 가장 저급한 동물적 기능에 대해서만 물었다. 자신의 기억력을 믿지 않는 낀따나르는 늘 손에 시계를 차고 다니며, 의사가 알고 싶어하는 세부사항을 공고라의 문체[9]와 간단한 약어로 노트에 기록해두었다.

중환일 수도 있다는 두려움이 지속되는 동안, 사랑스러운 남편은 환자만을 생각하며 좋은 남편으로서 열과 성의를 다했다. 그가 가끔 귀찮아하며 무신경하게 굴거나 좀 숙달되지 않은 모습을 보였다면, 그것은 무의식적인 거였다. 그러나 그도 점차 지치기 시작했다. 평소의 생활이 그리웠고, 밤을 새우며 보냈던 시간들을 얘기할 때면 과장하기도 했다. 그는 자신의 십자가를 좀더 제대로 견디기 위해 간호에 정성을 다하기로 마음먹었고, 어느정도는 그 뜻을 이루기도 했다. 그는 여러 색상의 나무들을 짜맞춰 작업하고, 여러 성분이 배합된 물약을 준비하고, 아내의 몸에 요오드를 발라주

---

9 루이스 데 공고라 이 아르고떼 (Luis de Góngora y Argote, 1561~1627). 스페인 황금세기를 대표하는 시인으로 현란하고 난해한 문체를 주로 사용하였다.

는 일을 재미있어하기에 이르렀다. 호호 불어서 국물을 먹이고, 시계를 들여다보며 일분일초까지 재는 일 역시 즐겨 했다. 그가 너무 정확해 뻬뜨라와 세르반다가 안절부절못하기도 했다. 낀따나르는 의사의 왕진을 간절하게 기다렸다. 첫번째 이유는 아나가 좋아졌다는, 훨씬 좋아졌다는 말을 듣기 위해서였고, 두번째 이유는 세상의 모든 질병과 상관없이 즐겁게 대화하기 위해서였다. 그 대화 역시 왕진의 기능적인 역할이었다. 소모사 대신 오는 젊은 의사는 말이 많은 편은 아니었지만 낀따나르의 얘기를 잘 들어줬기 때문에 낀따나르가 그에게 흠뻑 정이 들었다. 의사 이름은 베니떼스였다. 낀따나르에게는 따분하고 무의미한 간호와 무거운 공기가 짓누르는 비좁은 방, 단조로운 집안 생활이 유럽의 큰 이익들이나 러시아 전쟁,[10] 바깥 공기, 마지막 사르수엘라 공연과 대조가 되어 좋았다. 낀따나르는 일어난 지 얼마 되지 않는 얘깃거리 많은 큰 사건들을 말하는 걸 좋아했다. 또한 베니떼스와 토론을 벌이며, 그의 표현에 따르면 은근히 베니떼스의 의중을 떠보는 것도 좋아했다. 집 주인이 가장 신경 쓰는 문제들 중의 하나는 '거주 가능한 세계의 다양성'[11]의 문제였다. 그는 하느님의 자비에 따라 모든 행성들에 거주하는 생명체들이 있다고 생각했다. 그는 플라마리옹과 페이호오[12]의 편지들, 이름을 기억하지 못하는 한 영국 주교[13]의 의견을 인용했다.

....
10 1877년 4월부터 1878년 1월까지 있었던 러시아와 터키 간의 전쟁.
11 『대중천문학』(Astronomie populaire, 1880)으로 천문학을 대중화한 프랑스 천문학자 까미유 플라마리옹(Camille Flammarion, 1842~1925)이 1862년 출간한 『거주 가능한 세계의 다양성』(La Pluralité des modes habités)의 제목을 인용한 것.
12 베니또 헤로니모 페이호오 이 몬떼네그로(Benito Jerónimo Feijoo y Montenegro, 1676~1764). 스페인 계몽주의 시대의 대표작가로 많은 수필을 남겼다.
13 베일비 뽀르떼우스(Beilby Porteous, 1731~1808)를 지칭하는 것일 수도 있다.

그에게는 영국인들이라면 모두 미스터인지라 '어떤 미스터'라고
했다.

의사가 회복이 더디기는 해도 안정적이라고 언급한 후로 낀따
나르는 그 말에 매우 안심하며 아나가 꾸준히 건강을 회복하고 있
다는 말을 다시는 번복하지 못하게 했다. 순수하기는 해도 강한 그
의 이기심이 얼마간 자기 자신을 잊고 남을 생각하느라 지쳤던 것
이다. 그는 더이상 속박되어 살고 싶지 않았다. 그래서 아나가 조금
이라도 불평하면 남편은 이내 얼굴을 찡그렸고, 심지어는 인내심
과 진지함이 뒤섞인 달콤쌉싸름한 목소리로 말했다.

"아나, 어린애처럼 굴지 맙시다. 당신은 이제 훨씬 좋아졌어요.
지금 그러는 건 몸이 약해져서야…… 그렇게 생각하지 말아요……
괜한 우려야. 병만 더 키우는 거라고." 그러고는 분노와 우려에 대
한 비유를 확실하게 들어주었다.

낀따나르는 다시 악화될 수도 있다는 우려, 심지어 그 상태 그대
로 지속될 수도 있다는 것마저도 끔찍했다. 자신의 휴식을 훼방 놓
는 음모와도 같았다. 그는 돌이 아니었다. 더는 견디지 못할 것 같
았다……

낀따나르는 이제 더이상 환자를 동정하지 않았다. 이제 그에게
는 히스테리밖에 남지 않았다…… 그는 오직 자기만을 생각하기
시작했다. 수시로 아나의 방을 들락거리면서도 거의 한번도 의자
에 앉지 않았다. 심지어는 약들을 체크하고 시시콜콜하게 상황을
얘기해주는 것도 짜증스러워했다. 이제 의사는 뻬뜨라와 얘기해야
했다. 낀따나르는 밖에 있기 위하여, 서재에 있기 위하여, 공원에
있기 위하여 궤변을 늘어놓았으며, 심지어는 거짓말까지 늘어놓
기도 했다. 예술과 자연이 얼마나 위대한가! 정말이지 모두가 하나

야. 하느님이 모든 것을 만드신 분이지. 그러고는 낀따나르는 걸신 들린 듯 공기를 들이마시며 활짝 웃으면서 4월의 미풍을 호흡했다. 그는 다시 기계들을 만지작거리며 새로운 발명품들을 꿈꾸기 시작했다. 그러면서 베뚜스따의 풍토에 블루 유칼립투스를 이식시키고 있는 프리힐리스를 부러워했다.

아나 역시 남편의 부재를 느끼기 시작했다. 남편은 몇시간이고 아나를 혼자 내버려두었지만 그 기나긴 시간이 그에게는 불과 몇분처럼 느껴졌을 뿐이었다. 아나는 이제 해변에서 멀리 슬픔의 바다에, 비탄에 빠져 허우적거리거나 아무 대책도 없이 세상에서 멀리 버려져 있다고 느낄 때에도 더이상 남편을 찾지 않았다. 하지만 물론 그럴 때 남편이 유일하게 생각나는 사람이었다. 하지만 남편은 그냥 밖에 가만히 내버려두는 게 나았다. 들어오기만 하면 괜히 히스테리를 부리며 말도 안되는 트집을 잡아 그녀에게 상처만 안겨주었다.

온통 잿빛이라 봄인데도 겨울 같아 더욱 우울한 어느날 오후 아나는 성벽처럼 쌓은 베개를 비스듬히 베고 침대에 혼자 앉아 있었다. 이미 어두컴컴한 방 한쪽 구석에는 낀따나르가 그곳에 놔두고 간 바지와 그녀의 외투가 비극적인 자세로 걸려 있었다. 아나는 의사에 대한 믿음이 없었다. 자기도 모르고 베뚜스따의 의사들도 알지 못하는 불치병을 앓고 있다고 믿었다. 불현듯 뇌가 쓴 맛을 본 것처럼 이 세상에 홀로 있다는 생각이 들었다. 이 세상은 시간이 흘러 날이 바뀌어도 잿빛이고 누런빛이며 시커먼 빛이었다. 세상은 의미없이 단조로운 아이들의 노래에 담긴 슬프고 아득하고 활기없이 웅성거리는 소리와도 같았다. 원망 가득한 파도들이 으르렁거리듯 유리창이 흔들리고 돌이 삐걱거리며 저 멀리 사라져가는 요란한 바퀴소리와도 같았다. 세상은 지구 주변을 정신없이 맴도는 태양의 스퀘어 댄스와도 같았고, 그것이 세월이었다. 아무것도 아니었다. 사람들은 연극무대에 드나들듯 그녀의 방을 들락거리면서 바깥세상을 생각하며 가식적인 관심을 보였다. 그녀의 현실은 달랐다. 그것은 가면이었다. 아무도 누군가를 사랑하지 않았다. 세상이 그랬다. 그리고 그녀는 혼자였다. 아나는 자신의 육체를 둘러보며 흙과 같다는 생각이 들었다. 그녀의 육체 또한 다른 사람들과 공범이었다. 기회만 되면 도망치려 했다. 그녀의 육신은 그녀보다는 세상을 더 많이 닮았다. 그 육신은 그녀의 육신이라기보다는 세상의 육신이라 할 수 있었다. 나는 내 영혼이야. 그녀가 혼자 중얼거렸다. 그러고는 손으로 꼭 쥐고 있던 이불을 놓으며 미끄러지듯 침대 위에 똑바로 드러누웠다. 성벽처럼 쌓여 있던 베개들이 허물어지고 그녀는 천장을 바라보고 누워 있었다. 그녀는 두 눈을 꼭 감고 눈물을 흘렸다. 파도처럼 넘실대는 눈물 사이로 생명력이 돌아왔다. 집 안의 시계 종소리가 들려왔다. 약 먹을 시간이었다. 그날 오후는 남편이 약을 주기로 되어 있었지만 남편은 코빼기도 보이지 않았다. 아나는 기다렸다. 부르고 싶지 않아, 침대 옆 협탁 쪽으로 몸을 숙였다. 초록색 표지의 책 위에 컵이 놓여 있었다. 그녀는 컵을 집어 물을 마셨다. 그러고는 두툼한 책의 제목을 무심코 읽었다. 『성녀 떼레사의 작품들 1권』.

아나는 온몸에 전율을 느끼며 막연한 두려움이 들었다. 어릴 때 로레또의 과수원 정자에서 성 아구스띠누스의 책을 읽었던 오후가 갑자기 떠올랐다. 그때 머릿속에서 초자연적인 소리가 터져나왔다고 믿었다. 그런데 지금은 그때의 맹렬한 믿음은 없었다. 우연이었다. 순전한 우연이었다. 버림받았다고 생각하며 슬퍼하고 있을 때 신비주의 책이 믿음을 깨우며 그곳에 있는 건 우연이었다. 그때는 그 책이 강렬한 충동을 일으키며 영혼을 뜨겁게 데워주었다. 그러고는 강요가 아니라 따뜻한 포옹을 받는 것 같은 진지하고도 심오한 생각이 들었다…… 하지만 상관없었다. 하늘의 계시든 아니든, 그녀는 그런 우연을 받아들이고 운명의 심오한 뜻을 이해하고 교훈을 얻었다. 그녀가 혼자라고 불평하지 않았던가? 버림받았다는 생각으로 힘없이 축 처져 있지 않았던가?…… 그런데 그곳에 금박 글자들이 새겨져 있었다. 『성녀 떼레사의 작품들 1권』 책 표지에 얼마나 많은 의미가 담겨 있는가! 혼자라고? 그러면 하느님은?

하느님을 생각하는 순간 새빨갛게 이글거리는 숯불이 심장 안으로 들어오는 것 같았다. 모든 것이 믿음 안에서 불타올랐다. 그렇게 아나는 분명하고 생생하며 물질적인 너무나도 강력한 믿음의 충동을 억제하지 못하고 순백색의 침대 위에서 무릎을 꿇었다. 눈물로 앞이 보이지 않았으며, 머리 위로 양손을 모은 채 떨고 있었다. 그녀는 사랑에 빠진 병약한 소녀처럼 더듬거리며 탄성을 내질렀다.

"나의 아버지시여! 나의 아버지시여! 주여! 주여! 내 영혼의 신이시여!"

아나는 전율이 흐르면서 머리 위로 현기증이 파도처럼 밀려오는 게 느껴졌다. 그녀는 차가운 석고벽에 기대 있다가 의식을 잃고 붉은색 다마스크 매트리스 위로 쓰러졌다.

낀따나르가 그렇게 막았는데도 결국 병세가 악화되고 말았다. 다시 공포와 근심, 밤을 새우는 날들이 시작되었다. 의사는 다시 예언자가 되었고, 시시콜콜한 실내의 일상은 고된 일과가 되었고, 시계는 나른한 독재자가 되었다.

그날밤 아나는 끔찍한 악몽을 꾸었다. 동틀 무렵 발코니 사이로 창백하고 희미한 빛이 슬그머니 들어와 바닥 위를 질질 끌며 지나갈 때, 아나는 해변으로 기어나오는 조난객처럼 환영에 숨이 막힌채 깨어났다…… 역병을 뒤집어쓴 무례하고 뻔뻔한 귀신들이 여전히 스치고 지나치는 느낌이었다. 썩은 부위에서는 끔찍한 악취가 진동하는 것 같았고, 착란 상태로 강제로 붙잡혀 있는 지하세계의 차갑고 끈끈한 공기 속에서 호흡하는 것 같았다. 누더기를 걸친괴물들이 큰 소리로 웃으며 고름이 흘러나오는 상처들을 그녀에게 갖다대려고 위협하면서 땅바닥 비좁은 구멍으로 들어가라고 수없이 강요했다. 고통 없이는 그녀의 몸이 그곳으로 들어갈 수가 없었다. 그때 아나는 죽는 줄로만 알았다. 어느날 밤인가 한번은 그지하세계에서 샤또브리앙과 와이즈먼이 낭만적으로 묘사한 지하무덤들[14]을 보기도 했다. 하지만 하얀 튜닉을 입은 처녀들은 보이지 않고, 습하고 답답한 좁은 길에는 흉물스러운 구더기들이 혐오스럽게 우글거렸다. 구더기들은 만지는 순간 박쥐의 날개처럼 미끈거리는 망토와 금빛 제의를 입고 있는 것 같았다. 아나는 달리고또 달렸다. 간절한 마음으로 좁은 구멍을 찾으며 앞으로 가려고 했지만 꼼짝도 하지 못했다. 혐오스러운 탈을 뒤집어쓴 벌레들과 부대끼며 냄새를 맡으니 차라리 그 구멍 안에서 몸이 갈기갈기 찢겨지길 바랐다. 하지만 출구에 이르는 순간 그녀에게 키스해달라는괴물들도 있었고, 금을 달라는 괴물들도 있었다. 그녀는 얼굴을 가린 채 은화와 동전을 나눠주었다. 망자를 위한 기도 소리가 크게들리고 히숍 풀이 빨아먹고 있는 지저분한 웅덩이 물이 그녀의 얼

---

14 샤또브리앙(François-René de Chateaubriand, 1768~1848)의 『순교자』(Les martyrs, 1809) 5권과 영국 웨스트민스터의 대주교 와이즈먼 추기경(1802~65)의 소설 『파비올라』(Fabiola, 1854) 2부 2-4장에서 지하 무덤이 자세하게 묘사되었다.

굴에 튀었다.

깨어난 순간 아나는 차가운 땀 속에서 허우적거린 느낌이었다. 자기 몸이 역겨웠고 악몽에서 본 히숍의 악취가 침대에 남아 있을까봐 두려웠다……

죽는 건가? 그 끔찍한 꿈이 무덤을 의미하며, 흙 맛을 미리 보게 한 것일까? 그 지하세계와 구더기들이 지옥을 보여주는 걸까? 지옥! 지옥에 대해서는 단 한번도 심각하게 생각해본 적이 없었다. 다른 신자들처럼 별 생각 없이 믿고 있었던 것 중 하나였다. 그녀는 교회가 믿으라고 말한 모든 것을 그대로 믿은 것처럼 지옥도 믿어왔다. 마음속에서 반항심이 생길 때마다 교리로 억눌러왔다. 믿음 그 자체를 믿는 선언과 결심을 잘못 이해하며 '나는 무조건 믿는다'고 말해온 것이다. 하지만 이 경우에는 얘기가 달랐다. 이제 지옥은 한무더기 교리 속에 들어 있는 하나의 교리가 아니었다. 지옥의 냄새를, 지옥의 맛을 느꼈다…… 그리고 전에는 진심으로 지옥을 믿지 않았다는 것을 알게 되었다. 그래, 그랬던 거였다. 지옥은 물질적 실체이거나, 아니면 그렇게 보였다. 그렇지 않을 이유가 없지 않은가? 이제 그녀에게는 요란한 낙관주의와 추상적인 유심론의 수박 겉핥기식 철학이 공허해 보였다. 유심론은 세상의 슬픈 현실에 대한 감각 없이 호의적이기만 했다! 지옥은 있었다! 그래…… 썩은 정신들에게는 물질의 부패가!…… 그리고 그녀는 죄를 지었다. 그래, 그랬다. 그녀는 죄를 지었다. 그녀가 자기 잘못에 적용하는 기준과 그녀가 세상의 기준에 따라 자기 죄를 '가볍게' 사하는 기준이 얼마나 다른가! 그 가벼움이 납처럼 무겁게만 느껴졌다. 그러고 나서 아나는 총대리신부에게서 들은 신앙적 격언과 경구를 떠올렸다. 그때는 진지하게 받아들이지 않았다. 휘파람이라도 터져나올 듯한 얇고 부드러운 입술에서 나왔기 때문에 거기에 그렇게 깊이있고 엄중한 의미가 담겨 있을 거라고 생각하지 않았기 때문이다.

그사이 태양이 하늘 높이 올라 4월의 온화한 손길이 베뚜스따의 아침을 따스하게 데워주었다. 집에서는 판사 부인이 앓고 있거나 자고 있다고 믿었다. 그래서 발코니의 나무 문을 열지 않았으며, 환자의 휴식을 방해하지도 않았다. 그날 아나는 우울한 선물을 받은 기분이었다. 그토록 끔찍했던 침대가 자기에게 봄날의 아침 시간을 빌려준 기분이었다. 전쟁터처럼 황량하고 피폐해진 몸에서 생명이 다시 살아 움트고 있었다. 삶은 여전히 자신의 승리를 의심하면서도 승리의 영역 쪽으로 움직이고 있었다. 뇌는 논리의 영역과 건강을 되찾았다. 이제 기억력이 확실해져 더이상 고통스럽지도 환영이나 착시와 뒤섞이지도 않았다.

아나는 사람들이 자기를 혼자 내버려두는 게 좋았다. 자고 있거나 아니면 혼수상태라고 믿는 걸 만족스러워하며 의식적으로 자신에게 붙였던 죄목들을 검토해보았다. 기억이 밀고자였으며 상상력이 검사였다. 아나는 어지러운 가운데서도 조금씩 건강을 되찾아가는 동안 공포도 점점 사라져갔다. 그러면서 자신에게 제기했던 검사의 논고도 부드러운 호기심 속에서 점점 더 되돌아보게 되었다. 지옥에 대한 생각이 혐오와 공포에서 멀어지자 판의 진동이 진앙에서 멀어지면서 수그러들듯 점차 사라졌다. 그녀가 기억하고 있고 그녀의 삶이었던 잘못들, 일상의 실재가 마치 음식이 배 속을 통과하듯이 머릿속을 통과해가며 영혼에 온기와 힘을 채워주었다. 후회가 무뎌진 건 아니지만 스스로 헤아린 죄는 점점 더 흥미로워졌다.

아나는 끝이 없이 겨울비가 내리는 동안 겪었던 무기력에서 벗어났던 날을 기억했다. 그날까지는 겨울잠을 자는 뱀처럼 무기력했다. '옛날 공장' 길을 따라갔던 쌘블라스 순례여행이 떠올랐다. 하늘 위로 축제가 열린 듯 태양이 화창한 오후였다. 대성당 종탑이 저 멀리 거대한 기념비처럼 보였다. 오렌지빛과 보랏빛 바탕의 줄무늬가 쳐진 부드러운 하늘 위로 시커먼 돌이 끼어 있는 것 같았다. 심연 위로 잔잔하게 떠 있는 길고 가느다란 구름들이 지평선과 마주하기 위해 태양이 잠들 때까지 기다리고 있는 듯했다…… 쌘블라스는 자기도 모르게 봄을 예고하고 있었다. 아나는 잠들어 있던 초록빛 들판 위로 즐거움 가득한 떨림과 광채를 안겨줄 빛이 조금이나마 모습을 드러내길 바랐다. 오래 흐렸던 날 사이에 빛이 조금이나마 모습을 드러내길 바랐다. 4월이나 5월보다 훨씬 좋은 뭔가가 있는 날들이 기다려졌다. 바로 희망이었다. 슬픈 생각은 겨울새처럼 훨훨 날아갔고, 아나는 세상에 둘러싸여 환대를 받으며 쌘블라스 순례길에 있었다. 그리고 그녀의 옆에 돈 알바로 메시아가 있었다. 크나큰 사랑에 서글퍼하며 사랑에 빠진 그가 속수무책으로 다정했다. 희망이 없는데도 부드럽고 다정했다. 화창한 날이 선사하는 매력과 닮아 있었다. 사실 겨울의 어느 하루였을 뿐이었다. 별로 다를 바 없는 날이었다. 하지만 평온하고 애매하고 미지근한 즐거운 기운 속에는 엄청난 기쁨으로 만끽할 수 있는 달콤함이 있었다.

돈 알바로가 그런 사람이었다. 그녀는 그의 소유가 될 수 없었다. 절대 아니었다. 뜨거운 여름은 오지 않을 것이며, 그녀에게 분명하게 말을 거는 것도, 그가 끈질기게 구애하는 것도 허락되지 않을 것이다. 하지만 그를 곁에 두고, 그의 사랑과 찬미를 느끼는 것은 좋았다. 달콤하고 부드러운 느낌이고, 조용하고 심오한 즐거움이었다…… 그녀는 두 눈에서 나오는 순간 바로 꺼져버리는 불꽃을 담은 채 돈 알바로를 바라보았다. 그녀는 살아 있는 제물을 허용하는 여신이지만, 불같은 사랑이 아닌 자비와 은혜로 가득한 겸허하고 모성애가 강한 여신처럼 그에게 미소를 지어 보냈다. 싼블라스 순례여행은 그랬다.

그날 오후 이후 돈 알바로는 조금이나마 희망을 되찾았다. 그는 다시 '육체적' 영향력을 믿으며, 가능한 한 오랜 시간 아나의 곁에 머물려고 노력했다. 비열하기는 하지만 낀따나르의 맹목적인 우정을 이용하기도 했다. 카지노에서는 낀따나르의 옆에 둘러붙어 질긴 인내심으로 낀따나르의 도미노 게임이나 체스를 지켜보았다. 비가 계속 내렸기 때문에 게임이 끝난 후에는 그의 팔짱을 끼고 기다란 살롱 안을 돌아다녔다. 다섯이나 여섯 커플들이 어두컴컴하고 서글픈 댄스홀 위를 밟고 지나가면 바닥이 쩌렁쩌렁 울려댔다. 커플들은 위아래로 성큼성큼 돌아다녔고, 높은 굽에서는 요란한 소리가 울려퍼졌다. 나쁜 날씨에 대한 일종의 항의였다. 카지노를 오래 다닌 사람은 달에 가고도 남을 정도로 그 살롱 안을 많이 걸어다녔다. 두 친구가 산책 삼아 걸어다니는 가운데 돈 알바로는 정년퇴임한 판사의 영혼 속으로 점차 파고들어갔다. 돈 알바로는 낀따나르의 영혼을 구석구석 점령해갔다.

낀따나르는 이제 돈 알바로가 자기와 관련된 일, 즉 낀따나르의 일을 이 세상에서 가장 중요시한다고 믿게 되었다. 그러고는 돈 알바로가 지겨워할 수도 있다는 걱정은 전혀 하지 않았고 매일 오후 그의 팔을 붙잡고 출렁거리는 살롱 바닥 위를 돌아다니며 얘기 중 중요한 대목이 나오거나 친구에게 물어볼 말이 있을 때마다 발걸음을 멈췄다. 돈 알바로는 복수를 생각하며 고문을 참아냈다. 그의 섬세함 혹은 그 비슷한 성정은 배신으로 향하는 길을 당장 떠나고 싶은 충동을 오랜 시간 견뎌냈다. 하지만 이제는 한계에 이르렀다. 게다가 제기랄! 그의 모험담에는 그보다 더 비열한 것들도 많았는데!

낀따나르는 발걸음을 멈추고 친구의 팔을 풀며 고개를 들어 친구의 얼굴을 똑바로 바라보았다. 그러고는 이렇게 말했다.

"자. 여기 비밀이…… 그러니까…… 당신이 비밀을 지켜줄 거라 믿고 하는 말인데…… 물론 프리힐리스도 단점이 있습니다. 나는 그를 내 친형제보다 더 좋아합니다. 그래요. 하지만 그는…… 그는 나를 우습게 알지요…… 정말입니다…… 아니라고 말하지 마시오. 다 소용없는 일입니다. 내가 그를 훨씬 잘 압니다. 그는 나를 우습게 알아요. 그는 자기가 훨씬 우월하다고 믿지요. 어떤 면에서는 그가 낫다는 것을 부인하지 않습니다. 프리힐리스는 수목재배에 관해 능통하고 사냥터에 대해서도 훨씬 많이 알지요. 나보다 일도 훨씬 잘하고요…… 하지만 사격은! 말도 안되지요! 그럼 기계를 다루는 재주는? 그는 손이 둔하고 머리가 좀 느려요." 낀따나르는 다시 발걸음을 멈추며 돈 알바로에게 거의 귓속말로 덧붙였다. "한마디로 말하자면 틀에 박힌 사람이지요!"

낀따나르는 가장 친한 프리힐리스 얘기를 할 때면 시시콜콜 불만과 질투를 얘기하느라 끝낼 줄을 몰랐다. 그는 프리힐리스에게 지배당하고 있다고 느꼈고, 이렇게 비밀을 털어놓으며 속에 묻어두었던 비겁하고 여린 분노를 털어냈다. 돈 알바로는 새로 등장한 프리힐리스의 라이벌이었다. 낀따나르는 이제 막 시작된 배신이 좋은 건 아니었지만 그런대로 흡족해했다.

돈 알바로는 아무 말 없이 듣기만 했다. 낀따나르가 자신의 정확한 사격 솜씨를 자랑할 때만 살짝 걱정이 되었다. 알바로는 태어날 때부터 제 정신이 아닌 프리힐리스같이 별 볼일 없는 사람에 대해 그렇게 많은 얘기를 할 수 있다는 게 놀라울 뿐이었다.

그렇게 날은 저물었고, 비는 계속 내렸다. 시중을 드는 웨이터들이 살롱의 가스등 두세군데에 불을 밝혔다. 그때야 낀따나르는 피곤을 느끼며 자기가 말을 너무 많이 했다는 것을 깨달았다. 그는 피곤하면 땀을 많이 흘렸다. 그 순간 낀따나르는 후회가 되면서 돈 알바로가 안됐다는 생각이 들었다. 돈 알바로의 침묵과 관심이 진심으로 고마웠고, 많은 경우 자기 집에서 독일 맥주나 한잔하자며 그를 초대했다.

이렇게 말했다.

"린꼬나다로 가실까요?"

그러면 돈 알바로는 아무 말 없이 낀따나르를 따라나섰다.

왠지 전직 판사는 돈 알바로를 자기 집으로 데려가는 게 제대로 대접하는 거라는 생각이 본능적으로 들었다. 돈 알바로가 왜 집에 오는 걸 좋아하는 걸까? 낀따나르에게 그 질문을 했더라면 그는 제대로 대답하지 못했을 것이다. 하지만 그에게도 그런 예감은 있었다. 낀따나르도 자기 나름대로 지켜보고 있었던 것이다. 하지만 제대로 주시하지 않고 지켜봤던 것이다. 돈 알바로는 린꼬나다 집에 가는 걸 좋아했다.

낀따나르는 돈 알바로를 주로 서재로 데려갔다. 평소 박물관이라 부르는 곳이다. 그곳에서 낀따나르는 그에게 복잡하게 얽혀 있는 목재와 용수철의 메커니즘에 대해 설명했다. 그러고는 친구가 무지하다고 확신하며 거리낌없이 속이기도 했다. 단 돈 알바로는 풀과 곤충 수집한 것은 절대 보려고 하지 않았다. 빠른 속도로 보여주는 너무나도 쓸모없는 것들에 관심을 지속한다는 게 멀미 났던 것이다. 돈 알바로가 유일하게 호감을 느낀 것은 프리힐리스와 낀따나르가 박제한 공작새였다. 그는 낀따나르가 논설을 늘어놓는 동안 주로 공작새의 가슴을 어루만졌다.

"좋습니다." 낀따나르가 말했다. "당신이 내 수집품들을 하찮게 여기니, 이제 내 방으로 갑시다…… 안셀모, 응접실로 맥주를 가져오너라."

응접실은 또 하나의 박물관이었다. 그곳에는 무기와 갑옷들이 진열되어 있었다. 갑옷, 칼, 투구, 방패로 이뤄진 골동품 갑옷 세트 한벌과 매우 반짝이고 광채가 나는 현대적인 갑옷 세트 두벌이 있었다. 다양한 시대의 여러 모양의 엽총과 권총, 나팔총들이 벽과 구석을 가득 메웠다. 낀따나르는 한참 전성기 때 입었던 아마추어 배우 시절의 의상들을 수집가의 정성으로 궤짝과 옷장들에 보관해두었다. 그는 흥분에 들떠 시들어버린 옛 영광에 대해 말할 때면 궤짝과 옷장들을 열었고, 그러면 요란한 색상으로 뒤섞인 실크와 장식끈, 깃털장식, 유리구슬, 리본들이 양탄자 위로 쏟아져나왔다. 그런 식으로 낀따나르는 그 의상들과 관련된 엄청난 추억의 바다에 빠져 이성을 잃었다. 그는 양철 상자에 허브를 깔고, 그 가운데에 물건 하나를 고이 간직하고 있었다. 돈 알바로가 언뜻 보기에는 뱀처럼 생겼다. 그 물체는 푸르스름하면서도 시커먼 색상을 띠고 나선 모양으로 똬리를 틀고 있었다…… 무서워할 것까지는 없었다…… 낀따나르는 동물을 기르지 않았다. 그가『인생은 꿈』1막에서 세히스문도의 역할을 할 때 끌고 다녔던 사슬이었다.

"친구, 보시오. 당신한테는 말씀드릴 수 있습니다. 잘난 척하는 게 아닙니다. 고전 연극에서는 뻬랄레스가 훨씬 낫다는 거 인정합니다. 당연하지요. 그의 세히스문도는 계시와도 같습니다. 인정합니다. 나보다 훨씬 더 드라마의 철학을 잘 표현합니다. 하지만……그가 사슬을 끄는 방법은 마음에 들지 않습니다. 망치를 든 개 같지요. 나는 훨씬 사실성이 있고 자연스럽게 사슬을 다뤘습니다. 살아오면서 뭘 끌고 다녀본 적이 없는 듯 그렇게 사슬을 끌었지요. 정말입니다. 어느 정도였냐면, 어느날 밤 깔라따유드의 무대에서 엄청난 쇳덩어리를 나에게 던졌지요. 내 재능의 상징처럼 말이오. 하마터면 무대가 무너질 뻔했지요. 짧았던 나의 예술 인생에 대한 최고의 기억으로 이 사슬을 고이 간직하고 있습니다."

돈 알바로는 아나가 나타나길 기다렸다. 그는 그렇게 친구와의 대화를 견딜 수 있었다. 하지만 많은 경우 판사 부인은 남편의 응접실에 모습을 드러내지 않았고, 돈 알바로는 작은 맥주잔과 깔데론과 로뻬의 연극에 만족해야 했다.

그러나 돈 알바로는 드디어 아나의 집에 입성한 것이다. 그는 조금씩 용기를 내서 아무 때나 그 집에 드나들기 시작했고, 아나 역시 자기도 모르는 사이에 그를 익숙한 물건처럼 자기 옆에서 보게 되었다. 돈 알바로는 프리힐리스가 과수원을 드나들듯 그 저택을 드나들게 되었다.

아나는 그런 비열하고 치사한 행동에 화를 낼 수도 있었지만 화를 내지는 않았다. 돈 알바로의 저의가 삐뚤어지고 용렬하기는 했지만, 솔직히 말해 그녀는 돈 알바로를 무시하지도 싫어하지도 않았다. 돈 알바로는 낀따나르의 믿음을 남용하려고 했다. 하지만 그런 것이 아니라면? 단순히 그녀의 곁에 있고, 그녀를 보고, 그녀와 자주 얘기를 나누며 친구로 머무는 것에 만족한다면? 두고 볼 일이었다. 그가 도를 넘으면 그녀가 확실하게 저항할 수 있었고, 심지어 그의 범죄행위와 비열함을 면전에 대고 얘기한 후 집에서 쫓아낼 용기도 있다고 자신했다.

시간이 흐르면서 아나는 점점 편안해졌다. 아니었다. 그는 도를 넘지 않았다. 그녀를 찬양하고 조용히 사랑하는 것 이외에는 아무것도 하지 않았다. 위험한 말 한마디도 없었고, 불손한 행동도 전혀 하지 않았다. 절대 기회도 엿보지 않았고, 상황을 연출하는 것도 없었다. 그는 확실하게 품위를 지켰다. 명예를 존중하는 사랑이고, 사랑하는 사람을 둘러싼 공기를 호흡하는 것만으로도 만족하는 열정이었다. 솔직히 말하면, 지금 느끼는 즐거움은 그녀가 살면서 경험한 것 중에서 가장 강렬한 즐거움이었다. 그동안은 너무나도 누린게 없어서 그런 감정에 대해 거의 할 말도 없었지만! 아나는 돈 알바로를 곁에서 가까이 느끼면서 위험하지 않다는 확신과 함께 그를 즐거운 마음으로 받아들였다. 그렇게 그녀의 마음은 아편을 맞은 듯 도덕적으로 느슨해졌다. 낮잠 잘 때 어두컴컴하면서도 고요한 강물 위로 굼뜨게 떠다니는 기분과 비교되었다. 강물은 심연을 향해 흐르고, 몸은 둥둥 떠 있고…… 하지만 위험이 다가오면 강물에서 바로 빠져나갈 자신이 있었다. 두번만 팔을 허우적거리면 바로 물가로 나갈 수 있었다…… 아나는 돈 알바로의 신중함에는 답할 수 없었기 때문에, 그런 생각이 옳지 않다는 것을 이미 잘 알고 있었다. 하지만 그녀 자신에 대해서는 확신하지 않았나? 자신이 있었다. 그렇다면 문제 될 건 없었다! 그가 집에 와서 그녀를 바라보고, 엄마처럼 자상하게 보살피고, 개처럼 충성스럽게 구는 걸 그냥 놔두지 않을 이유도 없지 않은가? 게다가 집에서 명령권을 가지고 있는 사람은 남편이지 그녀가 아니었다. 그녀가 돈 알바로를 불렀나? 아니다. 그녀가 남편에게 그를 데려오라고 시켰나? 아니다. 그걸로 충분했다. 그녀가 달리 처신한다면 오히려 아무 이유 없이 남편을 걱정하게 만들고 근거 없는 의심만 살 뿐이었다. 그리고 괜히 남편에게서 마음의 평화를 영원히 앗을 수도 있었다. 입을 다물고 경계를 늦추지 않는 게 …… 열정의 희미한 불꽃을 곁눈질로나마 즐기는 게 최선이었다. 그 온기는 약했다. 하지만 살아오면서 쬐어본 모닥불 중 가장 따뜻했다.

그리고 이에 대해 총대리신부에게는 아무 말도 하지 않을 생각이었다. 무엇 때문에? 죄짓는 것은 아니었다. 죄지을 기회는 있지만 일부러 찾아다니는 건 아니었다. 게다가 품위를 지키려면 개인적인 것은 고해신부에게 모두 숨기는 게 신중하다고 믿었다. 위험이 커지면 그때 가서 얘기하면 되었다. 그때까지는 안해도 되었다.

총대리신부가 대성당의 종루에서 망원경을 통해 돈 알바로와 프리힐리스, 낀따나르가 그녀와 함께 들판으로 소풍 나가는 것을 보았을 때가 바로 그 즈음이었다. 소풍은 그때 딱 한번이 아니었다. 햇살이 한줄기라도 보이면 낀따나르는 좋은 날씨를 핑계로 까스띠야 국도의 주점들이나 비스따알레그레의 주점에서 베뚜스따에서 자기가 가장 좋아하는 사람들과 함께 야외에서 한잔하고 싶어하는 경우가 대부분이었다. 즉 자신의 소중한 아내와 프리힐리스……그리고 돈 알바로와 함께 말이다. 불쌍한 리빠밀란도 초대는 받았지만 마차로 가지 않으면…… '마음은 가고 싶지만 뼈가 마음을 따라가지 못한다'고 답했다.

핏물이 흐르는 구운 페페로니, 튀긴 빵, 계란 프라이 등 뭐든지 먹었다. 빵은 딱딱했지만 상관없었다. 싸구려 와인에서는 비린내가 났지만 상관없었다. 낀따나르는 이런 것을 좋아했고, 그런 취향은 아내와 일치했다. 아나 또한 시장기와 유치한 즐거움을 깨워주는 양념이 매콤한 이러한 대담한 간식을 좋아했다. 그러한 고지대에서는 공기가 새롭게 느껴졌다. 베뚜스따의 태양이 저 아래에서는 효력이 덜한 듯 그들은 선정적이면서도 나른하게 태양의 빛을 받으며 몸을 데웠다.

아나는 절반은 목가소설 분위기이고 절반은 피카레스크 소설 분위기가 나는 그런 산자락에서 마부들이나 못생기고 우락부락한 여자들, 돈 끼호떼풍의 성주들과 함께 있다보면, 조형예술과 관찰력의 본능이 자기 안에서 깨어나는 느낌이었다. 그녀는 나무, 암탉, 오리, 돼지들의 모습을 주목했고, 연필로 그려지는 선들과 다양한 색상들에서 더 많은 배색을 보았고, 예술적인 것들과의 현명하고 조화로운 조합을 발견했다. 다시 말해, 그녀 눈앞의 보고 듣는 모든 것에서, 시골처녀나 거칠고 촌스러운 총각의 날카로운 대답에서, 연극배우 인생의 에피소드에서, 무리지어 다니는 구름들에서, 지쳐서 먼지를 뒤집어쓴 당나귀의 우울함에서, 나무그늘 아래서, 물웅덩이에 비친 모습에서, 특히 무한대로 나눠지는 기이한 현상들의 은밀한 리듬 속에서 자연은 시인과 화가의 모습을 드러냈다. 그런 현상들은 우리 지각능력보다 더 월등하게 조화를 이루며 시간과 드라마틱하게 결합해 계속 이어지고 겹쳐지면서 여러 사람들이 여러가지로 명하였던 자연보다 훨씬 더 많은 것을 보여주었다. 아나가 꼬르핀 산의 길목에 있는 비스따알레그레 산골의 주점들을 다니면서 접하게 된 이러한 새로운 느낌은 그녀의 머릿속을 환영들로 가득 채워주었으며 상상하는 것까지 피곤해지는 평화로운 타성에 젖게 했다. 그러면 돈 알바로의 세심한 관심이나 낀따나르에게서 갑자기 튀어나온 재미난 농담이 그녀만의 자연주의적인 황홀경에서 그녀를 꺼내주었다. 낀따나르는 야외에 나가면, 특히 간식을 먹게 되면, 꼭 누군가 바보짓을 해야 한다고 믿었다. 누군가 웃통을 벗든가, 아니면 최소한 모자라도 바꿔 써야 했다. 그럴 경우 그는 주로 그 지방 특유의 옛 두건을 쓰고 다니는 시골 농부를 찾았다. 그러고는 시커먼 두건을 빌려서 뒤집어쓰고 품위있는 그 모임에 나타났다. 사람들은 낀따나르의 기분을 맞춰주기 위해 웃었다. 그들은 거의 항상 야외에서, 저 아래로 회갈색을 띤 베뚜스따 대성당이 내려다보이는 곳에서 간식을 먹었다. 그곳에서 보면 대성당은 우물에 빠져 있는 것처럼 아주 작게 보였다. 늠름하지만 장난감 같았다. 그 뒤로 노동자들이 모여 사는 깜뽀스 델 솔 빈민가 공장들의 연기가 보였고, 그 너머로 옥수수밭이 보였다. 그때는 풋보리와 초원, 밤나무와 떡갈나무숲으로 초록빛을 띠고 있었다…… 그리고 짙은 초록빛을 띤 언덕과 구름이 보였고, 구름은 저 멀리 보이는 산등성의 바위들과 혼동되었다. 간혹 그들은 소시지나, 제대로 구워지지 않은 페페로니, 딱딱한 치즈, 햄을 넣은 또띠야 등을 되는 대로 맨손으로 집어먹으며 철학을 논했다. 신경 쓰지 않고 천천히, 자기네들이 말하는 것보다 훨씬 심오한 것들을 생각하며, 눈으로는 먼 곳을 응시하며 말했다. 그 너머로는 추억과 낯섦, 꿈같은 막연함이 보였다. 세상이 뭔지, 사회가 뭔지, 시간이 뭔지, 죽음과 저승, 하늘, 하느님에 대해 말했다. 어린 시절과 공통된 기억이 있는 먼 옛날을 추억했다. 그러면 꼬르핀 산에서 내려오는 구름에서 떨어져나온 듯한 감상주의가 식사를 하면서 철학을 논하는 전원풍의 식솔들 위로 널리 퍼져갔다.

산들바람이 불어오기 시작했다. 약간 자극적이라 위험하기는 하지만 피부에 와 닿는 느낌이 좋았다. 별이 나왔고, 초승달(낀따나르에게는 그라나다에서 선물 받은 금박이 박힌 종이 자르는 칼처럼 보였다)이 색채를, 즉 빛을 띠기 시작했다. 이미 늘어진 대화는 천문학으로 넘어가 무한대의 개념에 대해 얘기하기 시작했다. 점차 노래를 듣고 싶다는 바람이 막연히 들 정도였다. 그 순간 낀따나르가 그날밤 「번개」인지 「헝가리 사람들」[15]인지 공연이 있는 걸 기억했다. 그들은 야영을 중단하고 부드럽게 경사진 길을 미끄러지듯 내려와 잠에 취한 베뚜스따로 서둘러 돌아왔다. 프리힐리스가 판사 부인에게 한쪽 팔을 빌려주었다. 아나가 늘 그의 팔을 원했던 것이다. 그러면 돈 알바로는 체념하고 필요한 동안에는 신중하겠다는 마음을 확고하게 다지며 낀따나르와 함께 돌아왔다. 낀따나르는 시 낭송을 훨씬 좋아하기는 했지만 가끔은 아리아 「아름다운 자태」나 「정결한 여신」을 자기 식으로 부르기도 했다. 그는 절대 공고라를 잊지 않았다.

> 그는 자기 오두막으로 그들을 이끄네.
> 태양이 지평선 너머로 사라질 때.
> 그러면 오두막집의 연기가
> 방향을 알려주네.[16]

두꺼비들은 초원에서 노래 부르고, 바람은 헐벗은 나뭇가지에게 속삭였다. 나뭇가지들은 서로 즐겁게 부딪히며 몸을 숙인 채 어

---

15 「번개」(El Relámpago)는 프란시스꼬 깜쁘로돈의 3막의 사르수엘라. 「헝가리 사람들」(Los Magyares)은 호아낀 가스땀비데의 4막의 사르수엘라.
16 이딸리아 시인 아리오스또(Ariosto)가 지은 영웅서사시 「광란의 오를란도」(Orlando Furioso)에서 모티프를 따온 공고라의 로망스. 오를란도 백작의 사랑을 받는 앙헬리까는 메도로라는 가난한 군인과 사랑에 빠지고, 오를란도 백작은 이들의 사랑에 광분한다.

느새 새로운 잎사귀를 잉태했다. 아나는 절친한 친구의 강한 팔을 편안하게 붙잡고 봄을 예고하는 향기를 맡았다. 그녀와 프리힐리스는 봄 향기에 대해 얘기했다. 프리힐리스는 자신의 우상인 들판의 첫 꿈을 존중하듯 흡족해하며 조용하고 차분하게, 나지막한 목소리로 이슬과 같은 말들을 아나의 영혼에 남겨놓았다. 그때 그녀는 프리힐리스가 자연에게 바치는 조용한 예찬과 전혀 로맨틱하지 않은 시적 찬양을 이해했다. 물론 그는 자연을 그렇게 거창하게 얘기하지 않았다. '위대한 종합체'나 '녹아 있는 그림들', 범신론적인 철학에 대해서는 전혀 얘기하지 않았다. 그는 사소한 에피소드나 새와 풀, 구름, 별 들을 이야기했다. 풍부한 관찰력으로 얻은 교훈이 녹아 있는 자연의 삶에서 얻은 경험이었다. 자연에 대한 프리힐리스의 사랑은 애인의 사랑보다는 남편의 사랑에 가까웠다. 그리고 어머니의 사랑에 훨씬 가까웠다. 아나의 팔짱을 끼고 베뚜스따로 돌아올 때면, 그는 말이 많아져 두려움 없이 한참을 얘기했다. 물론 늘 천천히 얘기하기는 했지만. 그의 목소리에는 그가 묘사하는 들판에 대한 사랑스러운 속삭임이 담겨 있었고, 그의 입술에는 남들이 나무와 새, 꽃들에게 관심을 갖고 하는 말들에 대한 감사가 묻어 있었다. 그럴 때면 아나는 지혜로운 나무의 존재를 부러워하며, 믿음직한 떡갈나무에게 그러듯 거의 드러눕다시피 프리힐리스에게 몸을 기댔다. 그리고 그 뒤로 돈 알바로가 따라왔으며, 아나는 그를 의식했다. 가끔 돈 알바로가 아나와 얘기를 나눴고, 아나는 그의 신중함과 인내심, 희생에 대한 답례로 상냥하게 대답했다⋯⋯ 남편을 그토록 오랫동안 참고 봐주는 것도 엄청난 희생이니까.

돈 알바로는 슬픔에 젖은 땀을 흘렸다. 낀따나르가 그의 팔을 붙잡은 채 고개를 들어 하늘을 바라보며, 밤의 시커먼 뭉게구름과 땅의 평범한 모양들에서 비슷한 점을 발견하고 재미있어했다.

"보십시오. 저기 보십시오. 저 뭉게구름은 리빠밀란과 똑같이 생겼습니다. 저건 손에 기왓장을 들고 있는 모습입니다……"

"저 시커먼 새털구름은 투우사의 머리장식과 닮았습니다……"

린꼬나다에 도착하여 열쇠를 가진 낀따나르가 문을 여는 동안 돈 알바로는 참아주기 힘든 친구의 머리 위로 주먹을 들어올렸다…… 때리지는 않았다…… 아니었다…… 하지만…… 언제라도 때릴 기세였다!

오! 그는 생각했다. 지금 나로서는 당연해. 눈에는 눈.

아나는 그렇게 지냈다. 만족스럽지는 않았지만 지루함은 덜했다. 자신에게 만족하는 것은 아니었지만, 특별히 후회하는 것도 없었다. 그녀는 돈 알바로가 가까이 다가오는 것도, 희망을 키우는 것도 허락하지 않았다. 그렇다고 정조라고 하는 것이 요구하는 대로 매몰차게 거절하지도 않았다. 그 당시 그녀는 도덕성이 절반쯤 섞인 이러한 방법이 나약한 인간의 본성에 가장 적합하다고 여겼다. 왜 그녀가 원래 자신의 모습보다 훨씬 강하다고 믿어야 하는가?

또한 아나는 베가야나 후작의 집도 다시 자주 드나들기 시작했다. 물론 대환영이었다. 비시따가 아나를 극진하게 대하며 유행에 대해 말해주었고, 그녀의 집으로 후원자들을 보낸 다음 아나가 답례해야 하는 방문도 상기시켰다. 낀따나르는 그런 인사치레에 시간을 뺏기고 싶어하지 않았고, 그럴 때면 비시따가 아나와 동행했다.

"하느님." 낀따나르가 소리 질렀다. "나는 그런 거에는 완전히 무용지물이오. 날씨와 하녀들의 불친절한 써비스, 찬거리가 부족하다는 얘기나 하지 마시오. 예의상 하는 방문만 빼고 뭐든지 요구하시오!"

나는 예술가야. 그런 사소한 일에는 무용지물이지. 그는 혼자 속으로 중얼거렸다.

비시따는 아나의 눈과 입, 모든 감각기관에 악마와 세상, 육체를 잔뜩 주입시키고자 안간힘을 썼다. 좋은 날씨가 그녀를 도와주었다.

판사 부인은 그러한 여흥을 아주 좋아하지는 않았다. 하지만 혼자 삭막하고 고독하게 있는 것보다는 나았다. 그럴 때면 경건한 생각을 하다가도, 슬픔과 심한 불쾌감, 짓밟힌 육신이 거칠게 포호하며 항의하는 분노로 가득해졌다. 다른 사람들처럼 사는 게 최고였다. 같이 나가서 경박하고 싱겁게 시간을 보내는 게 훨씬 나았다. 그러다보면 결국에는 시간이 흘러갔다……

고해실에서 총대리신부가 아나에게 타락했다고 했을 때 아나는 이런 상황에 놓여 있었다. 그는 아나가 싼따후아나 프란시스까의 책을 잔디 위 벤치에 아무렇게나 던지는 것을 보았다고 했다…… 그날 오후 신부는 어느 때보다 언변이 유창했다. 그녀는 자기가 하느님에게뿐만이 아니라 그분의 사도에게도 배은망덕했다는 사실을 깨달았다. 그날 사도는 온몸이 불처럼 뜨겁고 이성에서 빛이 나고 혀는 금으로 덮여 있었다. 신부의 목소리가 떨렸고, 입김은 뜨거웠다. 억눌린 흐느낌이 들리는 것 같았다. 그를 따르거나, 아니면 그를 떠나야 했다. 그는 영적 마부처럼 귀족들을 섬기며 비위만 맞추는 사제가 아니었다. 그는 영혼의 아버지였다. 아버지라고. 그는 자기를 형제라고 부르는 걸 원하지 않았다. 그를 따르거나, 아니면 그를 떠나야 했다. 총대리신부는 자기가 느낀 감정과 그녀에게 걸었던 희망에 대해 말했다. "그래요, 아나." 그가 아나라고 이름을 불렀다. 분명히 그랬다. "나는 우리가 처음 대화를 나눴을 때부터 예견되었던 것을 꿈꿨습니다. 서로 상반되는 능력이지만 조화로운 결합을 위해 이성의 정신적인 동료이자 형제를 꿈꿨지요. 나에게는 이제 베뚜스따가 차가운 감옥도 아니고, 뱀으로 변하는 질투의 근원지도 아닙니다. 고귀하고 순수하고 섬세한 정신이 거주하는 곳이라고 꿈꿨지요. 구원이라는 성스러운 길을 가기 위해, 부인 자신도 모르게 나를 찾아왔을 때, 부인 역시 그 길로 나를 인도하고 있다고 생각했습니다. 나는 부인이 울면서 약속한 것처럼 될거라고 기대했습니다…… 그후에도 부인은 백번도 더 넘게 그 약속을 했지요…… 하지만 아니었습니다. 부인은 저를 믿지 못했습니다. 부인은 저를 영적 지도자라고 믿지 않았던 것입니다. 그리고 부인은 이상적인 사랑의 갈망을 충족하는 데 필요한, 부인을 이해하고 어쩌면 부인이 믿고 터놓을 사람을 이미 이 세상에서 찾은 것 같습니다."

"아니에요. 아니에요." 아나가 울먹이며 거듭 말했다. 하지만 총대리신부는 자신의 실망에 대해 계속 얘기했다. 그의 말과 숨소리에는 점점 더 슬프고 강한 실망감이 묻어났다…… 결국 그들은 화해하기로, 새로운 삶을 약속하기로 결론내렸다. 진정한 개혁을 하기로, 확실하게 습관을 바꾸기로 했다. 그녀가 격해져서 말했다. "신부님, 오늘 당장 도냐 뻬뜨로닐라의 집으로 갈까요?" "그래요. 그렇습니다. 바로 그겁니다. 그게 최선입니다." 그가 대답했다. 그러고는 그들은 자기네가 뭘 하는지 아무 생각 없이 함께 그곳으로 향했다.

그날 오후 이후로 판사 부인은 실천하는 종교인의 삶을 시작했다. 하지만 순수한 믿음이 아니라, 자기를 구원하기 위해 그토록 애쓰는 사람을 기쁘게 해주겠다는 바람과 고마움 때문에 충동적으로 결심한 행동은 그렇게 오래가지 않았다. 그리고 그 사람은 너무나 언변이 유창하고, 너무나 뛰어난 사람이었다. 가끔 아나는 눈에 보이지 않는 것에, 진지한 명상에 관심을 둘 수 없을 때면 신부를 생각하며 신비주의적으로 생각해보려고 노력했다. 오! 얼마나 위대한 사람인가! 얼마나 기가 막히게 영혼 속으로 파고들어오는가! 말로는 표현할 수 없는 것, 겉으로 드러나지 않은 의도, 그리고 감정의 섬세함을 얼마나 유창하게 얘기하는가! 그에게 얼마나 많은 빚을 졌는데! 죄 많은 자기가 무엇이라고, 그토록 많은 관심을 보여준단 말인가? 아나의 눈에서는 굵은 눈물방울이 흘러내렸다. 그녀는 고마움과 존경하는 마음으로 눈물을 흘렸다. 그리고 성스럽고 경건한 대상을 명상할 수 없을 때면 망토를 두르고 싼비센떼 강연회나 성심회, 교리문답, 미사 등을 쫓아다녔다…… 하지만 믿음은 미비했다. 자기가 원하던 곳으로 믿음이 향해주지 않았다. 게다가 아나는 자기 자신을 알았다. 하느님에게 자신을 맡기려고 한다면, 그것은 진심으로 맡기고 싶은 거였다. 믿음이 애매하고 과시만 할 뿐 건성인 한, 그녀 자신이 그 믿음을 우습게 볼 거라는 것을 잘 알았다. 그리고 나쁘지만 강한 열정이 자기를 바로 망가뜨릴 거라는 것도 알았다.

하지만 아나는 극단에서 도망치기로, '여느 세상 사람처럼' 되기로 결심하고는 '다른 여신도들'의 행보를 모두 따르기로 했다. 썩 내키지는 않았지만 모든 종교단체에 가입하고, 그런 모임에서 원하면 뭐든지 했다.

아나는 세상과 교회를 위해 시간을 나눴다. 도냐 뻬뜨로닐라와 올비도 빠예스, 옵둘리아, 그리고 어느 의미에서는 후작 부인도 거의 다르지 않았다. 아나는 베가야나 후작의 집이나, 파울리나의 집,

비베로, 교리문답회, 연극, 미사에도 모습을 드러냈다. 총대리신부와 돈 알바로는 저마다 자기네 그룹에서 거의 매일 그녀와 얘기를 나눌 수 있었다. 가끔은 세상에서, 가끔은 교회에서 만날 수 있었다. 아나는 여신도나 사교모임에서 여자가 있는 곳이면 어디든 개의치 않았다.

하지만 페르민 신부도, 돈 알바로도 만족하지 못했다. 두 사람은 승리를 원했지만, 승리의 시간은 아무에게도 다가오지 않았다.

"이 여자는 트로이보다 더 지독해." 돈 알바로가 말했다.

'처방이 병을 다스리는 데 미약해.' 페르민 신부는 생각했다.

아나는 여신도의 삶을 자세히 들여다보며 오만가지 혐오스러운 점들을 발견했다. 하지만 보지 않으려고 노력했다. 겉만 요란한 믿음의 나약함과 조잡함, 비참함에서는 모순이 끊임없이 발견되었다. 하지만 그녀는 비판하려고 하지 않았고, 바로 보려고도 하지 않았다.

그러나 아나는 무어인을 무찌른 엘시드의 시신과 자기 자신을 비교했다. 사람들이 성당에서 성당으로 끌고 다니는 것은 그녀가 아니라 그녀의 몸뚱이였다.

그러면서 깊고 묵직한 불안감이 엄습하며 그녀의 영혼은 서서히 무너져갔다. 이제는 혼자 속으로 싸우며 반항하던 삭막했던 옛날이 그리워졌다.

어느날 밤, 아나는 졸음이 쏟아지는 따분한 강연을 들은 후 성당에서 두시간이나 석상처럼 가만히 있었던 걸 한심해하며 방으로 들어왔다. 그녀는 단조롭고 슬프고 쓸데없는 얘기를 믿음도 분노도 눈물도 없이 들었다. 영혼에는 아무 의미도 전하지 못하는 의식들만 지켜보았다.

"오, 아니야, 아니야." 아나는 옷을 벗으며 혼잣말을 내뱉었다. "이렇게 계속할 수는 없어."

고개를 양쪽으로 흔들고 천장을 향해 양손을 높이 뻗으며 큰 소리로 덧붙여 자신의 불만을 좀더 심각하게 표현했다.

"구원을 받든지, 아니면 타락하든지! 이런 멍청한 삶에서 기진맥진하며 살 수는 없어…… '다른 여자들'처럼 하는 것만 빼고는…… 뭐든지 다 할 수 있어."

아나는 며칠 후 다시 건강이 악화되었다.

아나는 아파서 누워 있는 동안 자신의 애매함과 비겁함, 세상과의 게으른 접촉을 떠올리며 그 모습을 연극처럼 가시적인 형태로 그려보았다. 그러다가 다시 혈색이 돌며 건강을 되찾은 덕분에 미약하나마 회복기로 접어들면서 회개할 수 있었다. 그녀는 자기가 진심으로 강렬하고 뼈저리게 회개했다고 흡족해했다. 오! 불과 몇 주 전 느꼈던 그 도덕적인 마비와 지금의 날카로운 양심은 얼마나 다른가! 손으로 이불도 들추지 못하고 누워 있지만 괴롭게 짓눌러 내리는 무거운 죄를 덜어내기 위한 의지만큼은 강했다!

그래, 이게 확실한 방법이었다! 선한 사람, 선한 사람이 되어야 했다. 그러려면 하느님의, 하느님만의 선한 사람이 되어야 했다. 이제 총대리신부도 보면 알게 될 것이다. 그리고 그분, 페르민 신부는 뼈와 살을 지닌 살아 있는 스승이 될 것이다. 하지만 그외에도 다른 스승을 둘 생각이었다. 바로 교회의 거룩한 의사, 예수의 성녀 떼레사, 그분이 마음의 보물을 전해주기 위해 머리맡에서 사랑으로 기다리고 있었다.

2차 회복기로 접어든 처음 며칠 동안 아나는 의사의 명령을 비웃으며 자기가 원하는 책을 읽어보려고 시도했다. 과자를 찾는 아이처럼 책을 찾았다.

하지만 읽을 수가 없었다. 글자가 흔들리고, 흩어지고, 숨었다가 빙글빙글 맴돌았다…… 색깔도 변했다…… 그리고 머리가 따라주지 않았다…… 기다릴 거야. 기다릴 거야. 그녀는 책을 침대 옆 협탁 위에 내려놓고는 기운을 회복하는 며칠 동안은 다분히 감각적인 즐거운 마음으로 상상의 날개를 펼쳤다. 그녀는 공원에서, 정자에서, 숲에서 성녀 떼레사를 열심히 읽고 있는 자신의 모습을 그려보았다. 기계적으로 재미없이 건성으로 읽었을 때는 성녀 떼레사를 제대로 이해하지 못했는데!

초조함이 의사의 명령보다 더 많은 것을 이뤄냈다. 그녀는 침대에서 완전히 일어나기 전에 어느정도 건강을 되찾아 베개들을 받쳐놓고 앉아도 좋다는 허락이 떨어졌을 때부터 다시 책 읽기를 시도했다. 그리고 그때부터 글자들이 똑바로, 서서히 완전하게 모두 보였다. 흰 종이는 바닥도 없는 심연이 아니라 매끄럽고 견고한 바닥이었다. 아나는 시간이 나는 대로 늘 읽고 또 읽었다. 혼자 있을 때면, 그녀의 눈은 성녀 떼레사의 신비스러운 책장에 단단히 고정되었다. 그리고 아나는 혼자 있는 시간이 많았다. 감정이 복받쳐 눈물이 앞을 가리는 것 외에는 3세기를 건너뛴 두 영혼의 대화는 이제 아무도 방해하지 못했다.

20장

'자유로운 우애회'의 회장직을 사임한 돈 뽐뻬요 기마란은 베뚜스따가 고향인 뽀르뚜갈계 사람이었다. 고고학자이자 인종학자인 돈 사뚜르니노 베르무데스는 돈 뽐뻬요에게 뽀르뚜갈 사람의 모습이 많이 남아 있다고 확신했다. 두상이 아닌 배 부위가 특히 그렇다는 거였다. 그런데 베르무데스는 얼굴 각도만 슬쩍 보거나 두상을 만져보고는 지인들을 모두 켈트계와 이베리아계, 켈트이베리아계로 분류했다. 돈 뽐뻬요는 긍정도 부정도 하지 않았다. 그의 배가 약간 나온 것은 사실이었다. 나이도 그렇고 많이 움직이지 않는 생활 때문에 배가 나왔지만 그렇게 많이 나온 것은 아니었다. 돈 뽐뻬요는 '마음이 곧은 사람은 몸도 곧다'라고 믿었기에 몸을 매우 꼿꼿하게 세우고 다녔다. 하지만 인종과 민족의 특징에 대해서는 중립을 선언했다. 신경 쓰고 싶지 않은 문제라고 얘기하고 싶었던 바였다. 그는 뽀르뚜갈계 사람이나 까스띠야 사람, 엑스뜨라마

두 라 사람 모두 스페인 사람이라고 굳게 믿었다. 그렇기 때문에 그 문제에 대해 말할 때면 늘 끝에 가서는 이베리아 연합을 열렬하게 옹호했다. 이베리아 연합이 훗날 정치까지 이어지기 위해서는 예술과 산업, 상업부터 시작해야 한다는 거였다. 게다가 돈 뽐뻬요에게는 이런 출생의 문제는 그리 중요하지 않았다 그의 지성은 늘 훨씬 높은 곳을 향해 있었다. 이 세상에서 그는 근본적으로 '이타주의자'였다. 솔직하게 고백하자면, 별달리 큰 의미가 없는 이 말은 그가 완전히 박살난 철학 토론 때까지는 자기도 잘 모르는 말이었다. 그때 그는 자존심이 너무 상해 꽁뜨[1]의 저작들을 읽게 되었다. 그때 그는 인간이 이기주의자와 이타주의자로 나뉜다는 것을 알게 되었다. 그리고 자신의 선한 천성에 따라 평생 '이타주의자'로 살겠노라고 공포했다. 그러고는 실제로도 자기와 상관없는 일에 참견하며 살았다. 그는 재산이 조금 있었는데, 그 대부분은 '몰수'[2] 이후 국가로부터 매입한 것이었다. 그 세를 받아 아내와 혼기가 찬 네 딸을 부양하였다.

음식은 수프나 꼬시도와 같은 대중적인 음식을 먹었으며, 옷은 5년에 한번 프록코트 한벌을 맞췄고, 옛날 모자도 워낙 잘 썼기에 유행을 탓하며 3년에 한번 모자를 구매했다. 그는 이것을 가리켜 '황금의 중용'이라고 했다. 그는 직업을 가질 수도 있었다. 하지만 어디에서? 이곳에는 정부가 없는데! 특히 동향인들은 호주머니에서 자기네 돈이 나와야 할 때면 그를 만만하게 봤기 때문에 그는

1 오귀스뜨 꽁뜨(Auguste Comte, 1798~1857). 프랑스의 철학자이자 사회학의 창시자. 여러 사회적·역사적 문제에 관하여 추상적 사변을 배제하고, 과학적·수학적 방법에 의하여 설명하고자 했다.

2 19세기 초 스페인의 자유주의 정권은 지방 부르주아 계층을 두텁게 하여 지지 기반을 확보하고자 교회의 많은 양도불능 토지를 몰수하여 매각했다.

늘 보수 없는 직책을 맡았다. 그가 겸손하고 극도로 절약해도 말 많은 사람들은 그가 과격한 자유주의를 신봉하고, 신앙이 없고, 교회와 성직자를 무시하는 게 그가 소유한 땅의 출처 때문이라고 수군거렸다. 그렇다니까! 그렇다고. 그의 재산은 자유주의자들이 무자비하게 약탈한 덕분이라니까! 여신도들은 싼비센떼 데 파울 모임에서 수군거리고, 극단적인 보주의자들은 『엘 라바로』를 편집하며 얘기했다. 교회의 재산으로 먹고살면서, 어떻게 성직자들을 싫어하는지! 돈 뽐뻬요는 양심이라는 자기만의 성지에서 흔들리지 않았고 그런 험담을 무시하였다. 만약 그렇지 않았더라면 이렇게 반박했을 것이다. 프록코트 입은 주교이자 베뚜스따의 프레스터 요한[3]이고 '가톨릭 청년회'의 회장인 돈 레안드로 로베스노는 몰수 토지를 불하받은 삼촌에게서 유산을 물려받아 백만장자가 되었다고. 하지만 돈 뽐뻬요는 아무 대답도 하지 않았다. 그는 맹목적인 믿음은 혐오했지만 맹목적인 신자들은 용서했다.

그는 철학자가 아니었는가? 그가 철학자라는 건 하느님이 잘 알고 계신다. 돈 뽐뻬요가 자주 인용하는 '하느님이 잘 알고 계신다'라는 말은 자기 의지와 반대로 입에서 자주 튀어나오는 말이었다. 그가 하느님을 믿지 않는다는 사실은 숨길 이유도 없이 이미 널리 알려진 사실이었다. 돈 뽐뻬요는 베뚜스따의 무신론자였다. 그는 친구에게 마음을 열 수 있을 때만 아주 가끔 자기가 '유일한 무신론자!'라고 했다. 그가 '유일한 무신론자!'라고 말할 때면, 자기 고향 사람들이 장님처럼 사는 데 대한 깊은 슬픔도 있지만 선교활동의 결여에 대한 유감보다 자신의 자긍심과 만족감이 더 들어 있음

---

3 12세기에서 17세기에 걸쳐 유럽에 퍼진 전설적인 동방 그리스도교 국가의 군주. 예수의 탄생을 전한 동방박사 세명의 자손으로 알려졌다.

을 어렵지 않게 볼 수 있었다. 그는 가는 곳마다 무신론자의 모범을 보여주었지만, 그를 따르는 사람은 아무도 없었다.

베뚜스따의 풍토에 맞지 않는 품종이었다. 강하고 무적이면서 분명 하나밖에 없는, 유일 표본이었다. 돈 뽐뻬요는 자칭 '이성적이며 구원적인 교리'가 퍼지지 않기를 바라는 자신을 볼 때면 양심의 가책을 크게 느끼기도 했다. 사람들이 모두 그를 '무신론자'라고 불렀지만, 가장 격렬한 맹신자들도 그가 절대 물어뜯지 않는다는 것을 경험상 알고 있었다. "그 사람은 아가씨를 사랑하는 사자라고 할 수 있어요. 그런데 이빨 없는 야수지." 우아한 어투로 주임신부가 자주 말했다. 심지어 매우 완고한 여신도들조차 '무신론자'가 옆에 지나가도 악담을 퍼붓지 않았다. 그는 어린아이들을 즐겁게 해주며 거리를 돌아다니는 늙고 눈도 어두운 재갈 물린 길들인 곰이었다. 악취는 풍기고 다녔지만 그 이상은 아니었다. 그렇지만 그를 개종시키거나 도시에서 쫓아낼 고약한 방도도 여러번 고려되었다. 이는 주교의 종교적인 신념이 얼마나 강하냐에 달려 있었다. 돈 뽐뻬요의 파문을 심각하게 고민한 주교도 있었다(훗날 추기경까지 올라간 성직자였다). 돈 뽐뻬요는 카지노에서 그 소식을 듣게 되었다(그때는 아직 카지노를 들락거릴 때였다). 그때 그의 얼굴에 천사와 같은 미소가 어렸다. '치고 싶으면 치십시오, 하지만 먼저 들을 말은 들어야지요'[4]라고 말한 그리스인 같은 그런 미소를 지었다. 그의 입에는 침이 잔뜩 고였다. 파문이라는 생각이 그의 영혼을 간지럼 태웠던 것이다. 더이상 무슨 욕심을 내겠는가! 그는 얼른 도덕적으로 제대로 된 입장을 취해야겠다고 생각했다. 호들갑을 떨 이유도 항의할

---

4 『플루타르코스 영웅전』 중 테미스토클레스 편에 나오는 말.

필요도 전혀 없었다. 그는 이렇게 말하는 걸로 만족했다. "주교님이 성체도 받지 않는 사람을 무슨 수로 파문할 수 있겠습니까? 그렇지만 기꺼이 환영합니다. 늘 대기하고 있습니다."

하지만 그의 아내와 네 딸은 전혀 다르게 생각했다. 그는 자신의 평안한 가정을 불운이 위협하고 있다는 사실을 식구들에게 감추려고 했지만 아무 소용이 없었다. 돈 뽐뻬요의 집은 눈물바다가 되었다. 도냐 헤르뜨루디스는 실신하기도 하다 몸져누웠다. 불쌍한 돈 뽐뻬요는 무지하게 후회했다. 게다가 전혀 뜻밖으로 마음과 양다리에도 힘이 풀렸다. "절대 개종하지 않겠어! 절대로! 하지만 아내와 딸들은!" 결국 가련한 남자는 눈물을 보이고 말았다. 주교관이 있는 쪽을 돌아보며 두 주먹을 불끈 쥐고 한숨을 쉬며 흐느끼다가 소리 질렀다. "당신들이 나를 꽁꽁 묶어버렸어. 이성을 잃고 미친 자들이 나를 묶어버렸단 말이야! 불쌍한 내 운명이여! 하지만 정오의 빛도 보지 못하고, 정의의 태양도 보지 못하는 그자들이 더 불쌍하지." 그런 괴로운 순간에도 그는 주교와 다른 고위 사제들을 욕하지 않았다. 그는 타협해야 했다. 주교 마음대로 하려고 딸들을 움직이고 지인들에게 손을 썼다는 생각을 하면 분노가 치밀어올랐지만 참아야 했다. 주교는 성공을 거두기는 했지만 적잖은 수고를 치렀다. 돈 뽐뻬요는 자기 잘못을 철회할 필요는 없었다. 그냥 그의 무신론 위에 흙을 덮은 것뿐이었다. 그렇게 그는 한동안 입은 다물고 지냈지만, 불굴의 의지로 다시 무신론을 선전하며 원래 제 위치로 돌아왔다. 그는 마음속으로는 자기가 선전하고 다니는 내용이 결실을 맺지 않기를 바랐다. 무신론이라는 귀한 품종 중에서 자기가 유일한 표본인 게 마음에 들었던 것이다. 그는 반평생을 보낸 카지노(다른 강한 동기가 작동하여 나중에는 그곳을 포기했다)에서 주로 전쟁을 펼쳤다. 일반적으로 베뚜스따 사람들은 신학을 그다지 좋아하지 않았다. 선이든 악이든 '지붕 위의' 일들에 대한 얘기는 좋아하지 않았다. 진보주의자들은 성직자들을 공격하고, 신부와 사제관 하녀가 주인공으로 등장하는 낯 뜨거운 우스갯소리를 하는 걸로 만족했다. 이런 즐거운 대화에는 매우 전통적인 보수주의자들도 즐거워하며 참여했다. 혹시 너무 지나쳐서 누군가 자기네의 순수한 믿음을 의심할까봐 걱정하며 낯 뜨거운 대화를 수군거리고는 이렇게 덧붙였다. "물론 이것은 예외지요." "예외가 없는 법칙은 없는 법이지요." 중남미에서 온 돈 프루또스가 말했다. "예외가 법칙을 만들지요." 론살이 덧붙였다. 심지어는 이렇게 말하는 사람도 있었다. "종교와 사제는 구분해야 합니다." "그들도 우리와 같은 인간입니다……" 진보주의자들은 이의를 제기하며 교리와 성직자들의 일치를 옹호했다. 그러면 돈 뽐뻬요가 보수주의자들 편을 들면서 이렇게 말했다. "여러분, 괜히 혼동하지 맙시다. 악은 뿌리에 있습니다…… 성직자는 악하지도 선하지도 않습니다. 이것은 마치……" 그런 소리를 들으면 모두가 반론을 제기했다. 성직자를 지지하기 때문에 그러는 사람들도 있었고 교리가 공격받았기 때문에 그러는 사람들도 있었다. 돈 뽐뻬요가 자기는 완벽하게 혼자라고, 자기가 유일하다고 말하는 것도 일리가 있었다. 매일 찾아다니며 자극하는 그런 토론에서 그는 "자신의 영혼이 고통으로 가득 차 있다"고 말했다. (그런데 그건 사실이 아니었다. 양심의 가책으로 가득 차 있었다.) 베뚜스따에서는 아무도 생각이란 걸 하지 않기 때문에, 자기가 고통으로 가득 차 있다는 거였다. 베뚜스따 사람들은 무위도식하는 게 전부였다. 음모가 무성하고, 작은 정치가 들끓고, 물질적 이해관계가 난무했다. 철학은 어디에도 없었다. 사고를 이상의 영역으로 끌어올리지 못했다. 좀더 학식이 높은 사람도 있고, 여러 교회법 학자도 있고, 간혹 법학자도 있었지만 사상가는 단 한명도 없었다. 돈 뽐뻬요 자신 이외에는 사상가가 없었다. "신사 여러분, 이곳에서 영혼의 불멸성 ── 물론 나는 부인하지만 ── 그리고 신의 섭리 역시 부정합니다만, 그런 심각한 문제에 대해 말한다면, 여러분은 흔히 그렇듯이 그 얘기를 농담이나 신소리쯤으로 치부하든가 아니면 그 문제의 실용적이고 이기적인 측면만을 걱정하실 겁니다. 론살이 불멸일까, 돈 프루또스가 현재에 대한 기억 없는 영생을 원할까, 아니면 소멸을 원할까 말입니다." 그는 뜨레시요 게임방 근처에서 커피를 마신 후 큰 소리로 말했다. "신사 여러분, 돈 프루또스가 뭘 원하든, 론살이 뭘 더 좋아하든 그게 무슨 상관입니까? 문제는 그것이 아닙니다." 그러고 그는 손가락을 세웠다. "신이 있느냐 없느냐 그것이 문제입니다. 신이 있다면, 비참한 인류를 위해 뭐라도 생각해야 합니다……"

"쉿! 조용히 해요!" 뜨레시요 게임방에서 큰 소리가 들려왔다. 그러면 돈 뽐뻬요는 목소리를 낮췄고, 사람들은 존중을 표하며 뜨레시요 게임방에서 멀어졌다. 모두 돈 뽐뻬요의 신학보다 게임이 훨씬 더 진지하고, 훨씬 실질적이며, 훨씬 존중할 만한 가치가 있다고 확신하며 순순히 따랐다. "여기요!" 아직 현명해지지 못한 론살이 나지막한 목소리로 말했다. "나는 교회가 믿고 고백하는 것은 모두 믿습니다. 하지만 천국은 신성을 영원히 지켜보는 것이라는 따위는 빼고요. 그딴 건 너무 지루해요." "그러면?" 돈 프루또스도 뜨레시요를 하는 사람들에게 다시 경고를 들을까봐 조용히 말했다. "그러면? 나는 다소곳하게 손을 포개고 영생을 보내는 데 만족합니다. 이 세상에서 나는 충분히 일했습니다.

'알랑 까르덱'[5]인지 '성 까르덱'인지 '성 악마'인지 하는 사람이 이야기하는 대로라면 더 나쁠 것 같습니다…… 그게……" 불쌍한 돈 프루또스는 어떻게 설명해야 할지를 몰랐다. "그 사람 말로는 우리가 죽으면 다른 별로 간다고 합니다. 그리고 거기서 또다른 별로 가고요. 다시 카인의 삶을 살며 먹고살기 위해 일해야 한다는 거지요." 그는 금성이나 화성에서 아프리카로 다시 흑인들을 찾아가 몰래 불법매매해야 한다는 생각이 말도 되지 않아 미칠 것만 같았다. "무신론자가 말하듯 그전에 소멸입니다!" 그는 평소 습관을 상당히 넘어선 지적 노력으로 인해 이마에 맺힌 굵은 땀방울을 씻어내며 결론내렸다. 돈 뽐뻬요는 이러한 불멸의 문제로 회원들의 믿음의 성에 균열을 만들어냈지만 회원들은 늘 관습적 유보로 그 균열을 메우며 끝났다. "물론 하느님은 지고합니다. 그리고 교회에는 모든 해답을 알고 있는 전문가들이 많습니다."

그리고 끝에 가면 사람들은 돈 뽐뻬요의 신학이론에 넌덜머리를 냈다. 그렇게 돈 뽐뻬요는 혼자 남겨졌다. 뜨레시요 게임을 하는 사람들은 카지노 위원회에 불평을 전했다. 계속해서 무신론을 설교하고 싶으면 다른 방으로 가야 했다.

이것이 베뚜스따 자유사상의 수준이었다! 돈 뽐뻬요는 자긍심과 슬픔에 뒤섞여 생각에 잠겼다.

당구장에서도 이성적인 신학은 반기지 않았다. 점점 혼자가 된 돈 뽐뻬요는 예레미야가 예루살렘 광장에서 그랬듯이 말수가 적어졌다. 그는 작은 당구대 앞에서 양다리를 벌린 채 상아공 세개가 부딪혔는지 안 부딪혔는지 보면서 너무 짧은 인생에서 긴 시간을

---

5 본명은 레옹 리바유(León Rivail, 1803~69). 영매를 통하여 죽은 자의 영혼을 매개해 살아 있는 사람에게 메시지를 전한다고 믿는 심령술의 창시자.

보내고 있는 한심한 사람들을 물끄러미 바라보았다. 가끔은 당구 큐가 돈 뽐뻬요의 배에 부딪히기도 했다.

"기마란 씨, 죄송합니다."

"괜찮소, 젊은이." 사상가는 비극적이고 심오하면서도 아이러니한 표정으로 턱수염을 긁으며, 세상이 망조라는 표정으로 고개를 흔들며 미소를 띠고 대답했다.

그러다가 그런 지나친 '겉치레'가 지겨워지면 카드놀이를 보러 '범죄의 방'으로 올라갔다. 그곳에서는 매 순간 하느님의 이름이 들렸지만 그가 보기에는 그 용어가 전혀 철학적으로 보이지 않았다.

"돈 뽐뻬요, 당신 말이 옳습니다!" 진 사람이 마지막 동전까지 잃고 소리 질렀다. "당신 말이 옳다고요! 신의 뜻이란 없습니다!"

"젊은이, 그렇게 어리석게 굴지 마시오. 분별을 좀 하시오!"

그리고 그는 화를 내며 카지노를 나섰다. "갈 수가 없는 곳이야."

9월 혁명[6]이 터졌을 때 돈 뽐뻬요는 자유사상이 훌쩍 성장할 거라는 희망을 가졌다. 하지만 전혀 그러지 못했다. 모든 것이 성직자를 욕하는 것뿐이었다! 철학 단체가 출범하기는 했지만…… 결과적으로는 심령술사들의 모임이었다. 몇몇 신발장수와 재단사들의 환호에 매혹된 마드리드의 학생이 회장이었다. 결국에는 교회가 승리를 거뒀다. 불행한 직공들은 헛것이 보이기 시작하자 진심으로 자기네 잘못을 뉘우치며 소리 높여 고해성사를 청했다. 그러고는 더이상 아무 일도 없었다. 성 금요일에 '고기를 먹는 사람들'이

---

6 1868년 9월 18일, 스페인의 까디스에서 시작한 자유주의 혁명으로, 이사벨 여왕이 폐위되고 이딸리아 싸보이 가문의 아마데오 1세가 즉위했다. '명예혁명'이라 불리기도 한다.

비중이 별로 크지 않은 만큼 베뚜스따에서 '종교혁명'은 그 선에서 멈췄다.

돈 뽐뻬요는 하느님은 믿지 않았지만 정의는 믿었다. 그는 정의를 뜻하는 Justicia의 'J'를 대문자로 그리며 신성함을 느꼈다. 그러고는 자기도 모르게 그 추상적인 단어를 숭배했다. '정의'를 위해서는 뭐든지 할 수 있었다.

정의의 관점에서 보면, 현 베뚜스따 주교인 돈 포르뚜나또 까모이란은 존경받을 만하고 덕망있는 사람이었다. 생각은 완전히 잘못됐어도 존경할 만했다. 그에게 이상형이 있나? 그래서 돈 뽐뻬요가 그를 존중하는 거였다.

돈 뽐뻬요는 책은 읽지 않고 주로 사색만 했다. 꽁뜨의 작품 이후(끝까지 읽지 못했다) 책은 다시 읽지 않았으며, 사실 가진 책도 없었다. 하지만 사색은 했다.

그는 가끔 프리힐리스와 토론을 벌였다. 프리힐리스는 '자유사상가의 자질'은 있지만 예의가 없어서 썩 내켜하지 않았다. "그 작자는 범신론자야." 돈 뽐뻬요가 무시하며 말했다. "그 작자는 자연과 동물, 특히 나무를 숭배해…… 게다가 철학자도 아니지. 위대한 것은 생각하려고도 하지 않아. 자질구레한 것들만 공부하지…… 황당한 테스트를 수십만가지나 해본 후에 베뚜스따에 유칼립투스를 적응시켰기 때문에 상당히 속이 비었다고도 할 수 있지…… 그게 뭐야? 유칼립투스 글로불루스가 무슨 형이상학적인 문제를 해결해준단 말인가? 그외에는 그 사람이 성실하고…… 편견에 치우친 다윈주의…… 영국 수탉을 교배시키겠다는 그 미친 짓보다 조금 더 많이 알고 있다는 건 내 인정하지……"

돈 뽐뻬요 기마란은 논쟁을 벌여 몇번이나 프리힐리스에게 패했다. 프리힐리스는 진화론의 일종인 생물변이설의 열렬한 추종자였다. 그에게는 동물 혈통에 언짢은 얼굴을 한다는 게 황당하고 우스꽝스럽기까지 했다…… 돈 뽐뻬요는 이단적이면서도 무신론적이고, 달콤하면서도 강렬한 냄새가 나는 그 이론에 매력을 느끼기는 했지만 자기가 오랑우탄의 후손이라고 믿을 결심까지는 하지 못했다. 그는 간지럼을 타듯 미소를 머금었다…… 하지만 가타부타 확실하게 말하지도 못했다.

"나의 궁극적 확신은 나의 의심이오! 이 모든 것들을 받아들인다는 것은 언덕길을 올라가는 것만큼 힘든 일이오." 하지만 어찌 됐든 그의 무신론은 확고했다. 그가 확고하고 단호하게 신을 부정하기 위해서는 많이 읽을 필요도, 실험할 필요도, 실험가가 될 필요도 없었다. "내 이성은 신이 없다고 말한다. 정의만 존재할 뿐이지!"

돈 뽐뻬요가 이런 주장을 하는 동안, 프리힐리스는 미소를 머금은 채 지그시 그를 바라보았다. 그러고는 자비심 반 조롱 반으로 말했다.

"하지만 기마란 씨, 당신은 신이 없다고 그렇게 확신하십니까?"

"그럼요! 내 원칙은 확고합니다! 확고하다고요! 아시겠어요? 확실한 결론에 이르기 위해 책을 뒤지고 그리스도교인과 짐승들의 내장을 파헤칠 필요까지는 없습니다…… 그렇게 많은 증류기와 수많은 세포, 그외 자잘한 것들까지 다 해봐도 당신의 과학이 의문만 제기한다면 당신의 과학은 책과 관계없다고 할 수 있겠지요. 그래서 과학이 필요없다고 하는 겁니다!"

정직한 돈 뽐뻬요는 뒤를 돌아 씩씩거리며 갔다. 그의 영혼은 분노와 일시적인 질투로 가득 찼다. 그래도 프리힐리스는 계속 미소를 머금은 채 고개를 양쪽으로 흔들었다.

사람들이 '무신론자'에 대해 물으면 그는 말했다.

"누구요? 돈 뽐뻬요요? 좋은 사람입니다. 아는 것은 전혀 없지만 마음만큼은 정말 비단결이지요."

돈 뽐뻬요는 카지노에 절대 발걸음을 내딛지 않겠다고 맹세하고 또 맹세했다. 그리고 그렇게 할 수밖에 없었다.

"신의 피조물에게 누구라도 해서는 안되는 짓을 거기 그 사람들이 나에게 저질렀어요."

그는 정통 신학의 문장과 격언을 자주 섞어 구사했지만 곧바로 이런 '비유와 파격어법'에 불만을 토해냈다.

삐우스 9세[7]가 교황자리에 오른 25주년을 기념하는 행사에서 그런 일이 벌어졌다. 카지노에서는 큰 행사 때마다 현관 앞의 가스등을 환하게 밝히고, 멋진 태피스트리들을 늘어뜨렸다.

돈 뽐뻬요는 법규 사항들을 인용하며 공식서류를 들고 카지노 위원회로 향했다. 그의 생각에는 '법규상 카지노 협회가 그렇게 환희를 표하는 건 금지되어 있었다. 친목모임의 성격상 특정 종교를 지지해서도 안되고, 지지할 수도 없었다.'

웨이터들이 발코니에 태피스트리들을 내다 거는 동안 돈 뽐뻬요는 살롱에서 언성을 높였다. 그는 호들갑을 떨며 종교적인 관용과 종교의 자유, 심지어 주드폼 경기[8]까지 들먹이며 탄원했다.

---

7 삐우스 9세(Pius IX, 1792 ~ 1878), 로마 교황(재위 1846~78). 1870년 제1차 바티칸 공의회를 소집하여 교황 무류성과 성모마리아의 원죄 없는 잉태를 공식 교리로 확정하였다.

8 테니스의 원형으로 프랑스 귀족들이 실내에서 즐기던 경기. 1789년 프랑스 혁명 직전 삼부회에서 신분적 갈등이 빚어지자 제3신분이 베르사유 궁전 내 주드폼 경기장에 모여 전 국민을 대표하는 의회임을 선언하고 새로운 헌법 제정을 결의했다. 일명 테니스코트의 서약, 즉 주드폼 선서이다.

"하지만, 이보십시오." 론살이 그를 한대 치고 싶은 마음으로 말했다. "카지노가 태피스트리를 내다 걸고 조명을 밝히는 게 당신하고 무슨 상관입니까? 교황 삐우스 9세가 당신한테 무슨 짓을 했습니까?"

"교황이 나한테 무슨 짓을 했냐고?…… 내가 당신에게 말해드리리라. 그러지, 당신에게 말해주지. 나에게 삐우스 9세는…… 호의적으로까지 보입니다…… 그는 믿음이 훌륭한 사람입니다…… 하지만 '무류성'이 우리 둘 사이에 철의 장벽을 쳐놓았습니다. 구원받을 수 없는 심연이지요. 오류가 없는 인간이라! 론살, 당신은 그것을 이해합니까?"

"네, 완벽하게 이해합니다. 그건 매우 분명합니다……"

"그렇다면 당신이 설명해보시지요."

"기마란 씨, 당신이 나를 심문하고 싶어한다면…… 제가 모욕은 참지 못한다는 걸 알아두십시오……"

"여기서는 당신을 모욕하려는 게 아닙니다…… 당신이 무류……를 입증해보라는 거지요."

"무류성?"

"그렇습니다…… 무류성이오. 무……류……성……."

"이보십시오, 돈 뽐뻬요. 나는 감옥이 무섭지 않습니다! 당신이 계속 놀린다면 내가 개인적으로 처리하겠습니다."

"어떻게 개인적으로? 당신도 무오류요?"

"기마란 씨!"

"요약하자면……"

"그렇소. 다시 말해서……"

"나는 명단에서 빠지겠소……"

"그게 뭐 대수라고!"

론살은 무류성을 설명하지 않았지만 돈 뽐뻬요는 카지노의 명단에서 제명되었다.

그는 하릴없이 몇시간이고 보낼 수 있는 피난처를 그렇게 잃어버렸다. 그리고 긴 시간을 떠돌았다. 몇년 후 '빠스 레스토랑 겸 카페'에서 돈 산또스 바리나가를 우연히 만날 때까지 그는 구천을 헤매는 영혼처럼 이 카페 저 카페를 전전하고 다녔다. 그 레스토랑에서는 총대리신부의 강력한 적인 돈 산또스가 매일 밤 포도주의 정신을 기리며 꼬냑을 마시면서 좋지 않은 죽음을 준비하고 있었다.

그들은 곧 친해져 절친한 사이가 되었다. 돈 산또스는 늘 훌륭한 가톨릭 신자였다. 그는 교회 덕에 먹고 살았다. 그는 제의기구 사업을 하고 있었다.

하지만 적십자의 탈을 쓴 독점이 그의 패망을 재촉하기 시작한 이후, 그의 믿음의 성은 하루가 다르게 흔들리기 시작했고…… 그의 양다리는 더욱 흔들렸다. 그도 다른 사람들처럼 성직자의 미덕을 부정하는 걸로 시작했다. 게다가 그가 '성직자로 임명된 자'들을 경멸하는 게 여러가지 방식으로 과도한 알콜탐닉과 같아져버렸다. 다른 이단 창시자들이 그랬는지는 알 수 없다.

돈 뽐뻬요는 그다지 수고를 들이지 않고 돈 산또스와 한패가 되었다. 하루하루가 지나고 한잔 한잔 기울일수록 돈 산또스의 마음에는 종교에 대한 반감이 높아졌다. 그러다가 급기야는 예수가 별자리에 불과하다고 믿기에 이르렀다. 돈 뽐뻬요가 도서박람회장에서 구입한 옛날 책에서 읽은 말도 안되는 소리였다. 돈 뽐뻬요에게는 철학자의 냉정한 가혹함이 있었고, 돈 산또스에게는 분열파의 분노, 성직자에 대한 분노가 있었다.

선량한 가게 주인이 보기에 욕이 좀 과하다 싶을 때면 두려움을 감추고 잔을 들고 일어나 엄숙하게 말했다.

"내가 잘못일 수도 있고, 신성모독일 수도 있지만, 어쩌니 저쩌니 해도 그놈의 제의방 사제, 양초 도둑, 빌어먹을 페르민 신부에게 모든 책임이 있소!"

빠스 카페는 넓고 추운 곳이었다. 담배 연기와 음식 연기가 자욱한 공기를 누리끼리한 불이 더 자욱하게 채워주는 느낌이었다. 두 친구가 만나 얘기를 나누는 시간은 카페가 텅 비는 시간이었다. 검은 재킷에 하얀 앞치마를 두른 웨이터들은 구석에서 졸고 있었다. 누런 고양이 한마리가 바 스탠드에서 돈 산또스의 테이블을 오가며 물끄러미 바라보았다. 하지만 돈 산또스가 헛소리만 늘어놓는다는 생각이 들었는지 하품하면서 등을 돌리고 자리를 떠났다.

돈 뽐뻬요는 이 열정적인 산또스의 영혼 속에서 불경이 자라는 것을 보며 흡족해했다. 그래도 무신론까지는 가지 않았다. 그나마 철학적 완성도가 한단계 올라갔다고 할 수 있는데 이는 과거 성배와 성반 판매상의 능력에 비춰보면 대단한 것이었다. 돈 뽐뻬요는 그에게서 종교의 긍정적인 뿌리와 싹을 몽땅 뽑아낸 걸로 만족했다. 그는 돈 산또스가 매일 꼬냑과 독주에 빠져 사는 게 마음에 들지 않았다. 하지만 돈 산또스는 술을 마시지 않으면 물 밖에 내놓은 물고기였고 신학원리의 첫줄도 이해하지 못했기 때문에 그에게는 술을 마시도록 허락해야 했다.

밤 10시 반이 되면 그들은 함께 카페를 나섰다. 돈 뽐뻬요는 돈 산또스에게 팔을 빌려주며 카페에서 꽤 멀리 떨어진 곳까지 동행해주었다. 그렇게 하지 않으면 돈 산또스는 다시 혼자 카페로 돌아갔다. 그들은 골목길 구석에서 한참 악수를 하며 작별인사를 나눴다. 그러면 돈 뽐뻬요는 차분해지면서 만족스러운 기분으로 사랑하는 아내와 자기를 존경하는 네 딸들이 기다리고 있는 조용한 자기 집으로 돌아갔다.

돈 산또스는 술로 인한 환각과 싸우며 홀로 남았다. 머릿속과 두 눈이 뿌옇게 안개에 휩싸이고 발은 흔들렸다. 그는 신중하게 자기 자신에게 집중하며 기품있게 걷기 위해 고군분투했다. 하지만 모두 소용이 없었다. 온몸이 갈지자로 움직이며 병자를 흔들어댔다. 한걸음 한걸음이 승리 그 자체였다. 머리는 양어깨 위로 잘못 놓여 있었다…… 그리고 취객의 인두에서는 구슬피 우는 멧비둘기 소리처럼 분노 가득한 묵직한 고함 소리가 터져나왔다. 제대로 알아들을 수 없는 단조로운 항의, 그 나름대로 확고한 생각, 아니 집착이라는 망치로 그의 뇌리에 깊숙이 박아놓은 증오의 표현이었다. 그는 벽에 있는 모든 지저분한 얼룩들에게, 가로등의 모든 그림자들에게 자기가 파산한 사연을 으르렁거리며 들려주었다. 그 길가의 돌멩이치고 총대리신부의 재산에 얽힌 엄청난 전설을 모르는 자는 없었다.

돈 산또스가 돈 뽐뻬요에게서 배교를 배웠다면, 돈 뽐뻬요는 총대리신부와 도냐 빠울라에 대한 증오를 물려받았다. 그 부당거래는 정말이지 파렴치했다! 두 노인은 총대리신부의 추악함을 앞장서서 떠들고 다녔다. 돈 산또스는 많은 밤을 온 동네를 휘젓고 다니며 보냈다. 야간경비원이 말려도 소용없었다. 심지어는 적십자의 문을 주먹으로 내리치고, 지팡이로 두드리고, 급기야는 발로 걸어차기까지 했다. 적십자의 주인이 관계당국에 신고해 일이 더 커지기도 했다. 총대리신부의 적들은 그 불화에 불을 지피며 사방에서 소리 높여 외쳤다. 이게 어찌 된 일입니까? 돈 산또스가 파산한 후 체포될까요? 당국이 그런 희생자를 정말 부러뜨릴까요?

권모술수에 능한 주임신부는 성직자회의에서 참사회원들의 귀에 대고 집단적인 신용 추락에 대해 교회, 특히 대성당이 그 '난리법석'(주임신부의 말)으로 잃게 되는 것에 대해 속삭였다. 꾸스또디오 보좌신부가 주임신부를 지지했다.

"그나마 그게 최악이면 다행이지요!" 주임신부가 말했다.

그러면 험담의 제2막이 시작되었다.

"아니 땐 굴뚝에서 연기 나지 않는다는 말도 있습니다만, 옳든 그르든 더 곤란한 것은 총대리신부가 바로 다름 아닌 판사 부인을 유혹하려 한다는 얘기도 있습니다."

"맙소사, 그건 아니지!" 성가대 지휘자가 소리 질렀다. "그분은 성녀와 다름없습니다. 아픈 이후, 그러니까 죽음의 문턱까지 다녀온 후로 모범적인 생활을 하고 있습니다. 예전에는 많은 여자들처럼 정조가 높은 분에 불과했다면 지금은 완벽한 그리스도교인입니다. 지금은 훨씬 여위고, 훨씬 창백하지만 훨씬 아름다워졌지요. 정말 아름답지요…… 그러니까 내 말은 모범이 된다는 겁니다. 그분이 성녀라는 겁니다…… 그게 그러니까…… 정말 성녀라는……"

"신부님, 저는 사실을 원합니다…… 그리고 대중은 성성^{聖性}은 믿지 않지요…… 생생한 사실을 믿지요……"

그러고는 주임신부는 많은 사실을 들먹였다. 아나 오소레스가 지나치게 자주 고해성사를 하는 것, 총대리신부가 그녀의 집에 가면 한참 있다가 나오는 것, 판사 부인이 도냐 뻬뜨로닐라를 방문하는 것 등을 열거했다……

"그게 뭐 어때서요? 그 방문들이 무슨 상관이 있는데요? 주임신부님 말씀은 뻬뜨로닐라가 집을 빌려줘서……?"

"그게 그러니까…… 나는 믿지도 않고, 믿는 것을 관두지도 않습니다…… 단지 있는 사실만 열거하는 것이고, 대중의 말을 전하는 것뿐입니다…… 스캔들이 커지고 있어요……"

그것은 사실이었다. 주임신부와 꾸스또디오 보좌신부, 성직자회의의 다른 성직자들, 참사회의 몇몇 직원들이 그 소문을 물고 늘어졌다. 그리고 일반인으로는 포하와 돈 알바로가 있었다. 돈 알바로는 총대리신부의 성직매매와 전제주의 혐의에 흡족해하며 음으로 양으로 뒤에서 조종했다. 카지노에서도 온통 그 이야기뿐이었다. 이미 모든 사람들은 돈 산또스가 적십자의 문을 발로 걷어찼고 총대리신부에게 소리 지르며 덤벼든 걸로 알고 있었다. 편이 갈라졌다. 당국의 개입이 필요하다는 사람들과 돈 산또스에게 발길질할 권리가 있다고 주장하는 사람들 둘로 나뉘었다.

납작코는 사방을 돌아다니며 감시의 눈길을 늦추지 않았고, 하루에 두세번 총대리신부의 집에 들러 상관인 도냐 빠울라에게 사람들이 수군거리는 내용을 알려주었다. 그러면 그녀는 그에게 후하게 사례했다.

페르민 신부의 어머니는 계속 가슴을 졸이며 살았지만 기력은 잃지 않았다. 아들이 망하려고 하니, 그녀가 아들을 구하기 위해서라도 버텨야 했다. 그것이 주교를 찾아가는 가장 큰 이유였다. 그녀는 험담이든 중상모략이든 어떤 것도 주교의 귀에 들어가지 않게 하려고 안간힘을 썼다. 도냐 빠울라는 주교관에서 거의 밤낮으로 많은 시간을 보냈다. 주교의 가정부이자 도냐 빠울라의 부관인 우르술라는 의심스러운 사람은 절대 주교의 방에 들이지 말라는 명령을 받았다. 도냐 빠울라와 한통속인 식솔들 역시 그 지시를 따랐다. 총대리신부는 자신이 그런 일까지 하는 게 내키지 않았지만, 그 역시 감시와 주의의 눈길을 늦추지 않았다. 자기 자신을 지켜야 한다는 본능 때문에라도 어머니의 계획을 지지하지 않을 수 없었다.

도냐 빠울라와 페르민 신부는 거의 얘기를 나누지 않았다. 묵언의 동의로 서로를 지켜줄 뿐이었다. 그들은 아무 대화 없이 동일 저항 시스템을 가동시켰다. 어머니는 화가 잔뜩 났다. 아들이 그녀를 속인 바람에 그녀를 잃은 거였다. 그녀가 볼 때 아나 오소레스라는 그 행복한 판사 부인은 이미 정부(속으로는 혼자 이 단어를 중얼거렸다)나 다름없었다. 그녀는 페르민 신부의 정부였다. 그래서 그 부분의 끈을 놓을 생각이었다. 그쪽에서 배의 물이 새고 있었다. 성당 참사회에서 권력남용과 적십자, 돈 산또스에 대한 말이 많았지만 이 '다른 것' 때문에 더 말이 많았다. 망측한 여자 얘기가 다른 문제들을 달고 다녔던 것이다. 도냐 빠울라는 이렇게 생각했다. 다른 일은 해묵은 얘기야. 그것은 오래된 얘기라 새로울 것도 없어. 아무도 신경 쓰지 않아. 하지만 새로운 스캔들, 그 교활하고 위선적이고 간사한 나쁜 년의 일은 모든 걸 새롭고 중요하게 만들지. 가랑비에 옷 젖는 법이고. 그러다가 주교가 뭔가를 알게 된다면, 또 뭔가를 믿게 된다면 우리는 바로 망하게 돼. 적십자의 주인에게는 술 취한 돈 산또스가 매일 밤 발로 문을 걷어차는 소리에 귀를 막으라고 했고, 그는 다시 당국에 도움을 청하지 않았다. 그 대신 야간경비원을 매수해서 무엇보다 최우선적으로 소란을 막아달라고 당부했다. 하지만 모두 소용없는 짓이었다. 많은 이웃들은 난리법석이 일어나는 그 시간을 기다렸다가 발코니로 나와 악취미처럼 그 장면을 지켜보았다.

하지만 도냐 빠울라 역시 아들의 뒤를 밟아야만 했다.

납작코는 해질녘에 판사 부인과 총대리신부가 함께 도냐 뻬뜨로닐라의 집으로 들어가는 장면을 목격했다. 그렇게 도냐 빠울라는 이미 그 사실을 알고 있었다. 하지만 꾸스또디오 보좌신부 역시 파악하여 그 사실을 주임신부에게 알렸으며, 그후 두 사람은 베뚜스따 전체에 이 사실을 퍼뜨리고 다녔다.

한편 빠스 카페에서는 돈 뽐뻬요와 돈 산또스가 말하는 실증적인 종교에 대해, 특히 돈 뽐뻬요가 늘 주교의 총대리신부라고 부르는 페르민 신부에 대해 험담하는 것을 들으려는 관중들이 모였다. '낮은 서민층' 사이에서는 제단 이야기와 돈 산또스의 파산 이야기, 총대리신부가 많은 액수를 은행에 가지고 있다는 이야기가 돌았다. 그런 이유로 '옛날 공장'의 몇몇 인부들 사이에서는 단체로 페르민 신부를 목매달자는 얘기도 나왔다. 아예 싹부터 잘라내야 한다는 거였다. 보수적인 노동자들은 망설였다. 그들 중에 신부와 친한 사람들이 있기도 했지만, 까를로스를 지지하는 보수적인 노동자들은 그가 성직자라서 존경하고 그가 부자라서 두려워했다…… 그리고 뭔가 의심했다. 대중들은 여자 이야기는 입에 올리지 않았다. 예전 혁명 시절에 페르민 신부가 못사는 동네에서 무엇인가가 있었느니 없었느니 하는 얘기가 있기는 했다. 하지만 이제는 아무도 그 이야기를 기억하지 못했다. 그때 혁명을 지향했던 노동자들은 사망했거나 이미 늙었다. 아니면 흩어졌거나 '사상'에 실망했다. 새로운 세대는 교권에 잠깐씩만 반대할 뿐이며, 정치 모임보다 술집을 더 좋아했다. 그들은 사회혁명에 대해서만 얘기했다. 그들 눈에는 성직자도 부르주아보다 더할 것도 덜할 것도 없었다. 맹신은 나빴고, '자본'은 더 나빴다. 못사는 동네에서도 성직자들을 성토하는 선전이 없어졌다. 그들은 총대리신부를 증오하기보다 경멸했을 뿐이다. 하지만 십자가 인간 산또스(노동자들의 용어다)

의 스캔들과 교구 참사회에서의 두어가지 독선, 혼수비용(예전처럼 그렇게 많이 들지는 않았겠지만), 은행 주식 이야기가 다시 증오심을 부추겼고 총대리신부도 목매달고 다른 검은 옷들도 목매달자는 이야기로 번져갔다.

전적으로 자기 작품이라고 믿는 주임신부 다음으로 그 험담을 퍼트려 가장 많은 이익을 본 사람은 돈 알바로 메시아였다. 그는 벌써부터 총대리신부가 죽도록 싫었다. 그 작자가 처음으로 그의 앞길을 가로막은 남자였다! 그것도 치마를 두른 남자가! 사냥감을 놓고 서로 먼저 차지하겠다고 다투며 전전긍긍하게 만든 첫번째 라이벌이었다! 어쩌면 그 작자가 이미 가로채갔을 수도 있다. 어쩌면 고해실에서 고상하게 살살 녹이는 작업이 몇달째 포위망을 좁혀가던 그의 신중한 시스템보다 더 많은 효과를 거뒀을 수도 있다. 그렇게 몇달 공들이다 보면 결국에는 '기술'이 가장 강력한 성채도 항복시킨다고 믿었다. 자기는 포위망을 쳤지만 그는 갱도로 들어갔는지 누가 알겠는가? 베뚜스따의 멋쟁이는 그간 낀따나르의 비위를 맞추느라 고생한 일을 떠올리며 속이 상해 진땀이 흘렀다. 그가 세어본 바에 의하면, 낀따나르와 어울린 몇달 안되는 기간 동안 깔데론, 로뻬, 띠르소, 로하스, 모레또, 알라르꼰의 연극에 모두 불려다녔다. 그리고 그 모든 게 무엇 때문이었겠는가? 그런데 그 악마가 부인을 침대에 쓰러뜨려 죽음의 공포를 느끼게 하고, 상냥하고 고분고분하게 만들고(그것이 첫걸음이었다) 두려워하며, 소심하고 신비주의적으로 변하도록 작업하였다니! 그녀는 제대로 신비주의자가 되었다. 그렇다면 누가 그녀를 그렇게 만들었는가? 총대리신부. 무슨 의심의 여지가 있겠는가? 돈 알바로가 사랑을 고백하기 위해 '개인적 공격'을 계속하며 열심히 무대를 준비하기 시작했을 무렵, 곧 봄이 다가와 확실하게 도움이 되는 분위기가 한창 무르익었을 즈음…… 아나에게 열이 있다는 소식이 들려왔다. "마님은 손님을 맞이하실 수 없습니다." 그러고는 보름 동안 그녀를 만나지 못했다. 아나의 방에 딸린 응접실까지 들어가 안부는 물었지만…… 방에는 들어가지 못했다. 그는 매일 아나를 찾아갔지만 얼굴은 코빼기도 보지 못했다. 차라리 가지 않은 게 나을 뻔했다. 얼마나 화가 치밀어올랐던지! 그런데 총대리신부는? 그는 신부를 보았다. 신부는 아무 어려움 없이 그녀와 단둘이 있었다. 불공평한 싸움이었다. 며칠간 지속되었던 첫 회복기에는 알바로도 두세번 그녀의 방에 들어가는 게 허락되었다. 하지만 아나와 단둘이 얘기를 나눈 적은 단 한번도 없었다. 그리고 그다음이 더욱 슬프고 안타까웠다. 그녀가 꽤 위험한 지경까지 다시 병세가 악화되었다가 조금씩 건강을 회복할 때였다. 아나는 방에 딸린 응접실에서 그를 맞이했다. 하지만 그때의 상황이란! 그녀는 얼마 안되는 기간에 몹시 쇠약해져 죽은 사람처럼 창백했다. 무지무지 아름다웠다. 그랬다. 정말 아름다웠다…… 하지만 로맨틱하게 아름다웠다. 그는 그런 육체와 그런 피를 가진 여자들과는 싸우지 않았다. 그녀는 하느님에게 몸과 마음을 바쳤다. 한눈에 알 수 있었다! 제대로 먹지도 못했다! 그녀는 팔 한짝을 들어올리는 데도 많이 힘들어했다. 돈 알바로는 초조함에 조바심이 났다. 그 여인이 다시 육감적인 충동이 들 정도로 힘이 붙을 때까지 얼마나 많은 시간이 걸릴지 계산해보았다. 그에게는 그 육감적인 충동이 살아 있는 믿음이자 희망이었다. 한참 걸릴 것 같았다. 그리고 그때까지는 생산적인 일은 아무것도 하지 못할 것 같았다. 그런데 그 총대리신부라는 작자는 그곳에서 살판이 났다. 나약한 뇌에 천상의 환상들을 차곡차곡 채워갔다…… 아나는 다른 사람처럼 굴었다. 단 한번도 돈 알바로에게 눈길도 주지 않고, 그가 관심을 보이며 다정하게 물어본 몇 마디에만 간단하게 대답할 뿐이었다. 그녀의 대답은 깍듯하고 친절했지만 본을 떠서 자른 듯 차가웠다. 가끔은 신부의 지시를 받아 그렇게 말하는 것 같다는 생각이 들기도 했다.

어느날 오후 판사 부인이 남편과 돈 알바로, 페르민 신부가 지켜보는 앞에서 식사를 한 적이 있었다. 한입 삼킬 때마다 눈물을 쏙 뺄 정도였다. 신부는 억지로 먹으면 안된다는 의견이었다. 그때 돈 알바로는 억지로라도 먹어야 한다고 아주 강력하게 주장했다.

"여기 계신 신부님께서 허락하신다면, 제 생각에 제일 중요한 것은 컨디션이 좋아야 한다는 겁니다. 빈혈에 걸리지 않기 위해서라도……"

"오, 친애하는 돈 알바로." 신부가 매우 상냥한 미소를 띠며 대답했다. "저보다 당신이 더 잘 알고 있는 그 빈혈이란 섭생을 잘해도 올 수 있습니다…… 게다가 먹는다고 해서 섭생을 잘한다는 건 아니지요……"

"신부님의 허락하에 말씀드리자면, 저 같으면 벌써 영국식으로 생고기를 많이 먹으라고 충고하겠습니다……"

오! 마음이 급했다. 말라비틀어진 저 혈관으로 피가 도는 것을 보기 위해서라면 자기 팔에서라도 피를 뽑아주고 싶었다. 저 여인을 위해서라면 어떤 희생을 치르고라도 생명력을 주고 싶었다! 기운을 주고 싶었다! 심지어 어느날인가 돈 알바로가 수혈 얘기를 꺼낸 적도 있었다. "이 분야에서는 과학이 매우 발전했지요."

소모사는 동의한다는 듯 자주 고개를 끄덕이며 말했다.

"많이 발전했지요! 많이! 오, 그렇고말고요, 과학이! 많이!……

수혈이라!…… 그럼!" 소모사는 돈 알바로의 의학 지식이 어느정도는 두려웠다. 빠리를 자주 들락거리고, 흰 모자를 쓰고 다니며 끌로드 베르나르[9]와 빠스뙤르[10]를 인용하는 그 남자가…… 현대의학에 대해서는 자기보다 더 많이 알고 있는 게 분명했다…… 왜냐면 소모사는 책을 읽지 않았기 때문이다. 잘 알다시피, 시간이 없었다.

하지만 판사 부인은 회복세를 보였다. 조금씩이기는 하지만 다시 혈색이 좋아졌다. 근육이 붙으면서 살집도 붙었다…… 그런데도 차가움과 조심성은 사라지지 않았다. 낀따나르는 돈 알바로에게 변함없이 대했다. 맥주를 곁들인 친근한 만남은 계속되었지만…… 아나는 한번도 얼굴을 보여주지 않았다. 돈 알바로가 용기를 내서 아나의 안부를 물으면, 낀따나르는 못 들은 척하거나 대화의 내용을 바꿨다. 알바로가 집요하게 나오면 낀따나르는 한숨을 내쉰 후 어깨를 으쓱하며 마지못해 대답했다.

"아나는 내버려두십시오…… 기도하고 있을 겁니다!"

"기도요!…… 하지만 그렇게 많이 기도하다가 죽겠습니다……"

"아니오…… 기도하지…… 않으면…… 그러니까 내 말은…… 마음속으로 기도…… 내가 뭘 알겠습니까?…… 그녀의 일인데요. 그녀는 내버려둬야 합니다."

그러고는 낀따나르는 다시 깊은 한숨을 내쉬었다. 그랬다. 그녀는 내버려둬야 했다. 하지만 돈 알바로는 혼자 있을 때면 가느다란 금발을 쥐어뜯으며(아무도 믿지 않겠지만) 자기 자신을 짐승, 야

---

9 끌로드 베르나르(Claude Bernard, 1813~78). 프랑스의 생리학자로 현대 실험의학의 아버지라고 불린다. 에밀 졸라 등 자연주의 작가들에게도 큰 영향을 미쳤다.

10 루이 빠스뙤르(Louis Pasteur, 1822~95). 프랑스의 화학자, 세균학자. 세균학의 기초를 세우고 전염병 예방과 치료의 선구자로서 의학에 큰 공헌을 하였다.

만인, 못난 놈(마치 동의어가 아닌 듯)이라고 불렀다. 그걸 누가 알겠는가! 그는 혼잣말을 중얼거렸다.

"내가 상사병 걸린 풋내기처럼 굴었어! 너무 소심하게 놀았어…… 깜깜할 때 봤던 그날밤 '개인적으로 공격'해야 했어…… 아니면 정자에서 있었던 그날 오후에……"

하지만 돈 알바로는 그러지 못했다…… 그리고 지금으로서는 방법이 없었다. 하루는 돈 알바로가 손을 내밀었는데 아나가 손을 빼는 '극단'까지 이르렀다. 그녀는 여자들만의 순발력을 발휘해 변명하며…… 끝내 그에게 손을 주지 않았다…… 그러고는 그 부드러운 손가락을 다시는 만져보지도 못했다. 그것도 모자라 얼굴도 제대로 보지 못했다.

오! 그에게, 돈 알바로 메시아에게 이런 일이 일어나다니! 완전히 웃음거리가 되었다! 비시따가 뭐라고 하겠는가? 옵둘리아는? 론살은? 그리고 세상 전체가 뭐라고 하겠는가!

사람들은 그가 일개 신부에게 졌다고 수군거릴 것이다. 피를 봐야 할 일이었다! 그랬다. 하지만 그것은 다른 얘기였다. 그가 도전하는 결투에 사제복을 입고 올 신부를 상상해보니…… 소름이 돋았다. 바로 다름 아닌 아나 앞에서 신부가 이겼을 때 그의 강한 근육을 떠올려보았다. 신부가 순해서 뺨을 맞아도 되갚지 않을 거라는 헛된 희망으로 사제복 앞에서 가져보려던 용기도 페르민 신부의 주먹을 떠올리는 순간 사라졌다. 출구가 보이지 않았다. 포하와 주임신부, 교회의 그 폭군에 맞선 적들을 모두 도와 결판내는 수밖에는 방법이 없었다.

알바로가 에스뽈론에 나온 오후 무렵에는 가끔 총대리신부와 마주치기도 하였다. 빠세오 그란데의 울창한 나무 그늘 아래에서 신부들과 법관들은 속세의 잡다하고 번거로운 일들을 피하여 평화와 안락함 속에서 산책을 즐겼다. 그들은 서로 깍듯하게 예를 갖춰 인사를 나눴다. 하지만 돈 알바로는 주눅이 들었고, 그래서 양 볼을 살짝 붉혔다. 그곳에 있는 사람들 모두가 자기네 두 사람을 비교하며, 신부를 훨씬 강하고 유능하고 늠름한 승자로 본다는 생각이 들었다. 페르민 신부는 평소와 똑같았다. 그는 스스로 자신을 낮추는 가운데서도 거만했다. 그리고 그의 겸손함은 그리스도교인의 미덕이라기보다는 예의에 가까웠다. 그는 호리호리한 키에 미소를 머금은 채 조화를 이루며 걸었고, 넓은 망토를 부드럽게 흩날리면서도 과장된 몸짓을 보였다. 그러면서도 냉정하고 차가운 피를 유지하며 사람들이 하는 말에 도전장을 내밀었다. 성직자회의에서 가장 젊고 늠름한 세 사람이 에스뿔론에서 자주 모였다. 키가 크고 체구가 좋은 성가대 지휘자와 훨씬 야리야리하고 날씬하지만 역시 매우 길쭉한 장관의 친척, 그리고 페르민 신부였다. 페르민 신부가 가장 우아했으며, 장관 친척보다 약간 작았다. 흠잡을 데 없이 새까맣게 윤기 나는 검은 천이 그 세 사람을 감싸는 데 꽤나 많이 들었을 것 같았다. 그들은 장례를 알리는 시커먼 상복을 두른 든든한 성당 기둥과도 같았다. 옷은 슬프고 표정은 진지해 보였지만, 돈 알바로는 왜 베뚜스따 사람들이 그들 그룹에게서 매력을 느끼는지 알 수 있었다. 교회의 권위, 우아함의 권위, 재능의 권위, 건강과 힘, 원하는 만큼 불린 육체의 권위가 그곳에 있었다…… 그는 재능 이외에 우아함까지 겸비한 세명의 아름다운 수녀, 훌륭한 처자들을 상상해보았다. 그녀들이 에스뿔론을 산보하고 있다고 상상해보았다…… 그리고 그는 남자들의 눈이 모두 그녀들에게 향할 거라고 확신했다. 그렇다면 성이 다를 경우에도 똑같은 현상이 일어날 것이었다. 그리고 실제로도 그때까지 에스뽈론을 거닐던 부인들의 인사는 성직자회의의 늠름한 세 청년들에게, 다윗 왕의 탑들에게로 향해 있었다. 카지노 회장은 그 인사 속에서 숨어 있는 욕망과 세련되었지만 비뚤어진 음탕함의 무의식적인 고백을 보았다.

돈 알바로의 고해실에 대한 맹신은 하루하루 커져갔다. 자기 잘못을 얘기하는 여자에게 신부의 영향력이 더욱 강하게 작용한다고 하루가 다르게 믿게 되었다. 돈 알바로는 오가는 부인들을 보았다. 우아하고 화려한 부인들도 있었고, 상복이나 초라한 수녀복과 같은 옷을 입은 부인들도 있었지만 모두 제 나름대로 신부에게 잘 보이려고 애썼다. 그는 그런 그녀들을 보면서 치마와 치마, 사제복과 외출복, 신부와 여자를 이어주는 보이지 않는 은밀한 끈을 상상해보았다.

결과적으로 돈 알바로는 질투와 시샘, 분노를 느꼈다. 평소의 은근한 유물론이 그 어느 때보다 강하게 드러났다. 다 필요없어. 다 필요없어. 힘과 물질[11]밖에는 없어. 그것밖에는 아무것도 없어. 그는 생각했다.

진보당은 한번도 권력을 누려보지 못했거나, 누렸다 해도 짧은 기간뿐이었다. 만일 그렇지 않았다면 그는 자신을 종교의 적이자 선동가라고 공포했을 것이다.

카지노 위원회에서 돈 알바로는 앞으로 종교축제에서는 발코니에 태피스트리를 내걸거나 조명을 밝히지 말자는 극단적인 제안까지 하게 되었다. 론살은 반대했지만 회장의 의견이 강력해 그러한

---

11 급진적인 유물론자 루트비히 뷔히너(Ludwig Büchner, 1824~99)의 저술 『힘과 물질』의 개념. 뷔히너는 관념의 존재를 부정하고 관념이란 신경생리학적 작용에 불과하다고 주장했다.

제안이 의결되었다. 드디어 돈 뽐뻬요 기마란이 승리를 거뒀다!

돈 알바로는 무신론자가 다시 카지노에 돌아와 총대리신부의 명예를 실추시키는 데 한몫 거들기를 바랐다. 험담가들의 무리를 이끄는 포하와 호아낀 오르가스가 사절단을 보내 돈 뽐뻬요를 다시 카지노로 복귀시키자고 돈 알바로에게 제안했다. "그는 그곳에서 절대 탈퇴하지 말았어야 했습니다." 멋진 만찬과 함께 돈 뽐뻬요의 복귀를 축하하기로 했다. 후작 자제인 빠꼬는 처음에는 포하와 오르가스의 계획에 반대했다. 훌륭한 귀족으로서 '적어도 형식상'으로는 종교적이어야 한다고 생각했던 것이다. 하지만 자신의 친구이자 우상인 돈 알바로가 총대리신부의 명예를 실추시키는 데 도움이 될 만한 사람을 가까이 두고 싶어한데다 또 그날밤 재미있는 파티를 즐길 수 있다는 점을 고려하여 총대리신부의 적들을 돕기로 하였다. 그러고는 그는 돈 뽐뻬요를 만나러 가는 사절단에 합류했다.

전직 시장인 포하와 빠꼬 베가야나, 호아낀 오르가스가 사절단으로 갔다.

돈 뽐뻬요는 신문과 싸구려 석고상들이 잔뜩 쌓여 있는 서재에서 그들을 맞이했다. 책장 선반 위로 볼떼르와 루소, 단테, 프랭클린, 또르꾸아또 따소의 석고상들이 낡은 책들과 함께 나란히 놓여 있었다.

돈 뽐뻬요는 집에서는 파란색과 흰색 체크무늬가 장기판 모양으로 그려진 가운을 입고 있었다. 그는 놀라움을 제대로 감추지 못하며, 그 특유의 상냥함으로 사절단을 맞이했다.

이 사람들이 웬일이지? 자기를 놀리는 건가? 정말이지 뜻밖이었다. 어찌 됐든 그의 집에서 베가야나 후작의 아들을 본다는 것만으로도 그의 영혼은 기쁨으로 충만했다. 물론 그런 사실을 내보이진 않았다.

돈 뽐뻬요는 포하를 통해 그들의 용건이 뭔지를 알고는 애써 감격을 감추기 위해 일어나야 했다. 조끼 버클이 허리춤에서 터질 것만 같았다.

"여러분," 그가 떨리는 목소리로 마침내 입을 열었다. "수년전 내 스스로 적용하였던, 다시 말해 광신과 불의가 나에게 강제하였던 추방 상태에 계속 머물겠다는 엄숙한 선서가 없었다면, 그런 일이 없었다면, 내가 예닐곱 친구들과 함께 창립했던 카지노의 품으로 기꺼이 돌아갈 것입니다. 그곳에서 나는 베뚜스따에서 가장 교양있는 분들과 즐겁고 유익한 대화를 나누며 가장 좋은 시절을 보냈는데 돌아가지 않을 이유가 없습니다. 그곳에서는 관용이 가장 밑바탕에 깔려 있습니다. 그리고 그분들은 말씀이나 행동에서 존경받을 만한 생각들이 매우 깊숙하게 뿌리내린 분들이며 진심으로 종교를 믿고 있고, 또 어느정도 가풍도 훌륭한 집안들이지요. 그리고 이런 분들 가운데는 여기 있는 훌륭한 청년의 부친인 베가야나 후작도 계시지요. 그분은 나의 친구이자 동료였습니다. 그분들은 내가 그분들의 의견을 존중하듯 내 의견도 존중해주셨습니다. 지금 여러분의 행동은 더이상 고마울 수 없습니다. 하지만 가장 중요한 것은 이미 이뤘습니다. 생각의 자유가 다시 카지노에서 빛을 발하게 된 거지요…… 나의 바람은 이뤄졌습니다. 지금 나로서는 엄숙한 맹세를, 선서를 깨뜨릴 수 없다는 말씀을 드려야 한다는 겁니다…… 마음은 간절하지만 여러분과 함께 가지 않겠습니다."

사절단은 돈 뽐뻬요의 얼굴을 보고는 자기네에게 승산이 있음을 알고는 계속 설득했다.

포하가 상당히 강력한 논리를 펼쳤다.

"돈 뽐뻬요, 당신은 기꺼이 우리와 함께 카지노로 돌아갈 수도 있다고 말씀하셨습니다."

"그럴 수만 있다면요! 제 말은…… 돌아갈 수도 있을 거라는 거지요……"

"그런데 맹세가 유일하게 발목을 잡고 있지요……"

"그렇습니다. 살아서는 절대 그곳에 발길도 내딛지 않겠다고 엄숙하게 맹세했지요."

"하지만 대체 빌어먹을 뭐가 엄숙하다는 겁니까? 제가 이렇게 표현하는 거 양해해주십시오. 맹세하는 사람은 하느님을 증인으로 삼습니다. 하지만 당신은 하느님을 믿지 않으시니…… 그러니 당신은 맹세할 수도 없습니다."

"완벽하네." 호아낀 오르가스가 거들었다. "구구절절 옳은 말이네." 그러고는 몸을 일으켜 한바퀴 빙 돌았다.

호아낀은 전문적인 무신론자, 다른 말로 표현하자면 제정신이 아닌 사람의 집에서 훌륭한 가정교육은 불필요하다고 생각했다.

돈 뽐뻬요는 포하의 논리를 생각하고 호아낀의 당돌함에 당황하여 한참 동안 그를 물끄러미 바라보았다.

대답할 말이 없었다.

마침내 돈 뽐뻬요가 입을 열었다.

"맹세라 한다면 사실…… 나는 맹세할 수 없습니다…… 하지만 은유적으로 말해서…… 내 명예를 걸고 약속한 거지요……"

"하지만 당시 당신은 당신의 명예를 걸고 약속하지 않았습니다. 당신은 그곳에 발길을 내딛지 않겠다고 맹세했습니다…… 베뚜스따 전체가 당신의 말을 기억하고 있습니다."

돈 뽐뻬요는 베뚜스따 전체가 자기 말을 기억하고 있다는 말을 듣자 머리에서 김이 나는 것 같았다.

하지만 계속 거절하며 고집을 부렸다. 물론 수위는 점차 약해졌다. 포하가 후작 자제에게 윙크했다. 그러자 후작 자제가 공격을 개시했고, 돈 뽐뻬요는 더이상 버티지 못했다. 결국 그가 항복했다.

최고의 귀족인 베가야나의 아들이 카지노로 돌아오라고 간청하다니! 오! 그건 해도 너무했다. 그는 자기 결심을 강력하게 밀고 나갈 수가 없었다.

"어찌 됐든," 그가 말했다. "내가 요구한 법이 인정받았다는 단순한 사건으로도…… 이제 나는 명예가 실추되는 일 없이 그곳을 드나들 수 있습니다……"

"당연히 드나드실 수 있지요. 자, 자, 얼른 프록코트를 입으세요. 만찬이 준비되어 있습니다."

"무슨 만찬이오?"

"그렇습니다. 당연히 당신이 승자니까요. 당신이 계시기를 바라는 분들이 연회를 열어야 한다고 했습니다…… 그래서 열두어명 정도 친구들이 모여 함께 저녁식사를 할 예정입니다……"

돈 뽐뻬요는 수락해야 할지 망설였다…… 하지만 사양하려는 말을 들으려 하지 않아 그는 프록코트와 챙 높은 모자를 쓰려고 서둘렀다. 그는 어리둥절해했으며, 욕조 안에 장미를 둥둥 띄워놓고 들어가 있는 기분이었다.

후작 자제의 존재가 돈 뽐뻬요를 기쁘게 하는 주된 요인이었다. 오! 역시 귀족은 대단했다. 단어 그 이상의 뭔가가 있었다. 역사적인 요인이고 실증적인 위대함이었다…… 귀족은 있을 수 있지만 하느님은 있어서는 안되었다…… 의심의 여지가 있겠는가?

한시간 후 게임방에서 멀지 않은 2층의 넓은 복도를 차지하고 있는 카지노 식당에서 테이블의 주빈 자리에 돈 뽐뻬요 기마란이 앉고, 주인공의 앞자리에는 돈 알바로 메시아가 앉아 있었다. 그리고 좌석의 의전 순위를 고려하지 않고 빠꼬 베가야나와 오르가스 부자, 돈 프루또스 레돈도(종교적, 정치적 성격의 저녁식사에는 당파를 가리지 않고 모두 참석했다), 베도야 대위, 풀고시오 대령, 후아니또 레세꼬가 즐겁게 뒤섞여 있었다. 풀고시오 대령은 공화당에서 추방당한 자로, 성질은 고약하지만 칼을 잘 쓰는 걸로 유명한 사람이었다. 후아니또 레세꼬는 마드리드의 신문에 글을 썼으며, 잘난 척하기 위해 가끔씩 고향인 베뚜스따에 내려왔다. 그외에도 금융가 한명과 돈 알바로의 돈에 의지해 카지노에서 밤을 새우는 청년 몇몇이 있었다.

돈 뽐뻬요는 거의 외식을 하지 않았으며, 그 지역 유지들과도 긴밀한 관계를 유지하지 못하다보니 그렇게 성대하게 차려진 식사는 거의 본 적이 없었다. 그래서 그에게는 시골 식당의 촌스러운 상차림도 왕의 상차림과 다름없었다. 부드럽다기보다는 뻣뻣한 금실과 은실로 수놓인 식탁보, 금테가 둘러진 하얀색 무광의 두툼하고 무거운 접시들, 큼지막한 잔 안에 들어 있는 캠핑 텐트처럼 생긴 냅킨들, 일정한 간격을 두고 한줄로 늘어선 와인 잔들, 빨간 파프리카와 소 혀로 만든 선홍색 햄, 촉촉한 올리브 열매, 보기 좋은 피클과 다른 애피타이저들, 알코올향을 비밀처럼 간직하고 있는 보르도 포도주병들의 귀족적인 엄숙함, 와인과 빈 잔들, 반짝이는 메네세스 은식기들에 부딪혀 반사된 불빛들…… 식탁 한가운데에는 장식용 조화들이 중국 그림이 그려진 둥그스름한 꽃병 두개를 의장병처럼 거느리고 있었다. 꽃병 주둥이에는 정체 모를 이상한 조화가 꽂혀 있었다. 하지만 돈 뽐뻬요에게는 그것들이 승마 써커스단의 어느 '미스'의 밧줄 같은 금발을 떠올렸다. 그리고 향이 나는 나무 상자들과 양철 상자들에는 담배가 들어 있었다. 기름과 식초가 잔뜩 들어 있는 촌스럽고 곤혹스러운 양념통들도 있었다. 동양에서 온 배 한척보다 더 많은 향신료들이 있었다…… 모든 게 착한 무신론자의 혼을 빼놓는 데 일조했다. 그는 아직 깨끗하고 나무랄 데 없는, 손을 대지 않은 테이블의 밝고, 즐겁고, 신선하고, 생생하고, 좋은 징조의 모습을 흐뭇하고 신기해하며 바라보았다.

돈 뽐뻬요는 큰 소리 내지 않고 음식을 먹기 시작했다. 모두 농담을 하려고 노력했다. 후아니또는 서빙을 비웃으며, 비싸기로 유명한 호르노스와…… 따우리나, 뿌에르또[12]에 대해 말했다.

돈 뽐뻬요만 제외하고는 모두 배불리 식사했다. 그는 감격에 겨워 음식을 제대로 넘길 수가 없었다. 메인 메뉴가 나왔을 때부터는 신경이 쓰여 제대로 식사할 수도 없었다. 내가 어쩔 수 없이 건배를 제안해야 하는데, 즉흥연설을 해야 할 텐데 말이야, 그런 생각을 하였다. 그러고는 한 입도 더 먹을 수가 없었다. 그는 빗소리를 듣는 사람처럼 사람들의 얘기 소리를 들었다. 오른쪽, 왼쪽을 번갈아 돌아보며 미소 지으며 단음절로 대답하면서도 속으로는 건배사를 생각하고 있었다. 양쪽 귀가 벌겋게 달궈진 숯불처럼 되었고, 이따금 속이 메슥거리고 양다리가 후들거리기까지 했다. 간단히 말해서 그는 곤혹스러운 시간을 보내고 있었다. 그는 이런 식으로 상황이 전개되는 걸 기대했다. 먼저 돈 알바로가 말문을 터서, 사상의 자유라는 성스러운 생각을 유지한 자기의 지조를 칭찬한 후 정부

---

12 19세기 말부터 20세기 초 사이 마드리드에서 가장 유명했던 레스토랑 호르노스와 가상의 레스토랑들.

가 종교를 가지지 않듯이 카지노도 절대 종교를 가지지 않겠다고 카지노 위원회의 이름으로 약속하기를 바랐다. 그러고 나서 포하와 후작 자제, 그리고 다른 사람들이 그런 비슷한 얘기를 하고…… 마지막으로 자기가 일어나…… 요약할 생각이었다. 그는 기계적으로 먹고 마시는 동안 서론 부분도 넘어서지 못한 채 연설문을 준비하고 있었다. 연설문이 가식적이지 않고 독창적이길, 거짓 겸손이 아니라 담박하길 바랐다…… 이 젊은이들은…… 어제 그에게 귀띔이라도 했어야 했다…… 그러면 여유가 있었을 텐데.

무신론자가 듣고 싶어하는 내용과 달리 샴페인이 도착하자마자 대화는 엄숙하고 진지한 얘기들과는 거리가 먼, 전혀 다른 방향으로 흘러갔다. 대화가 여자들 얘기로 흘러간 것이다. 거의 모든 사람들은 꿈꿀 수 있는 나이를, 환상이 아닌 은밀한 힘을 꿈꿀 수 있는 나이를 그리워하고 있었다. 그들에게는 모든 게 거기서 비롯되었다. 젊은이들을 포함해 모두들 사랑을 머리로만 하는, 순전히 상상으로만 하는 서글픈 나이가 되었다고 얘기했다. 솔직하고 기품있는 빠꼬만이 남들만큼 나이를 먹었지만 그 어느 때보다 컨디션은 좋다고 고백했다.

돈 알바로와 극장 발코니를 함께 사용하는 50대 중늙은이 금융가인 빨마는 청춘이 영원하지 않음을 안타까워했다. 그는 돈 알바로의 돈으로 먹고 사는 지인들 중 한명으로 여자를 상당히 밝히는 편이었다. 그는 두 눈에 눈물을 글썽이며 일어나 이미 빈 잔을 손에 들고는 베도야 대위가 말하듯 염치없는 비관주의에 대한 자신의 철학을 얘기했다. 중간에 말이 끊겼고 그러자 대화는 더욱 멀리 날아갔다. 돈 뽐뻬요는 귀를 기울여볼 만하다고 생각했다. 이제는 저승과 도덕을 말하며 다수의 견해에서는 도덕이 상대적이라고 말하였다.

포하가 창백한 얼굴로 찡그리며 떨리는 목소리로 주장하였다. 도덕 같은 것은 어떤 형태로도 존재하지 않는다. 그리고 인간은 습관의 동물이며, 각자 자기 일만 신경 쓴다고 주장했다. 그 역시 일어서 있었다.

"Homo homini lupus.[13]" 베도야 대위가 인용을 추가했다.

풀고시오 대령은 존경심이 가득한 눈길로 그를 바라보며 무슨 말인지 알아듣지도 못한 채 고개를 끄덕였다.

"그건 존재를 위한 싸움입니다." 호아낀 오르가스가 매우 진지하게 말했다.

"물질밖에는 없지요……" 술에 취해야만 자신의 철학적인 의견을 내놓는 포하가 덧붙였다.

"힘과 물질." 아버지 오르가스가 말했다. 그는 아들이 얘기하는 걸 들은 적이 있었다.

"물질…… 그리고 돈." 후아니또 레세꼬가 날카롭게 째지는 목소리로 바로잡았다. 아버지 오르가스가 이해하지 못하는 아이러니가 잔뜩 담겨 있었다.

"바로 그겁니다." 연설가 빨마가 소리 질렀다. 그러고는 불치병 빈혈에 걸린 그의 비참한 몸이 그리워하는 모든 선천적인 우수함을 위해 계속 건배를 들었다.

그렇게 대화는 다시 사랑과 여자 얘기로 돌아갔고, 커피와 알코올이 나오는 시간과 때를 같이해 사람들은 마음에 담아둔 이야기들을 털어놓기 시작했다. 담뱃재와 빵 부스러기, 소스와 와인 얼룩들 사이로 많은 부인들의 이름과 명예가 굴러다녔다. 그곳에서

---

13 '인간은 인간에게 늑대다'라는 뜻으로, 고대 로마의 희극작가 플라우투스(Titus Maccius Plautus)의 격언이다.

는 모든 것을 얘기할 수 있었다. 그들밖에 없었고 모두가 하나였다. 돈 알바로는 거의 말이 없었다. 그럴 때는 특히 더 말이 없었다. 그는 그렇게 기분에 들떠 아무 사람이나 떠올려 친구에게 비밀을 털어놓는 걸 겁냈다. 그러고 나서 사람들은 나중에 주워담으려고 하지만 그때는 이미 늦었다. 다른 사람들이 영광이 없는 싸구려 모험담들을 늘어놓는 동안, 그는 자기 생각에 잠겼다. 테이블 위에 팔꿈치 한쪽을 괸 채 한손으로 턱수염을 만지작거리며 고급 담배를 피우고 있었다. 그는 애정 깊은 표정과 그윽한 분위기로 담배를 입에 물고 있었다. 빛의 반사광과 와인의 반사광으로 가득한 생기있고 촉촉한 눈으로 천장을 응시하였다. 만찬에 참여한 다른 사람들의 모습은 천박했다. 그들의 취한 모습에는 위엄이 없었고, 자연스러운 포즈에는 멋이 없었다. 돈 알바로는 아름다웠다. 우아하고 늠름한 청년에 걸맞은 외모의 호리호리함과 조화는 어느 때보다 최고였다. 흠잡을 데 없는 얼굴에는 식탐이 섞인 무례한 분위기보다는 우수와 탐욕이 어린 영적인 모습이 있었다. 탐욕에 물든 남자의 모습이지만 성직자의 모습이기도 했다. 희생자는 아니었다. 그는 취했어도 '절도있고', 위엄있고, 신중한 모습을 보이며 자신을 다스릴 줄 알았다. 돈 알바로는 그 불쌍한 악마들 사이에서 홀로 깨어 슬픔에 잠겨 꿈을 꾸고 있었다. 그 순간 그는 자신이 진정으로 사랑에 빠졌다고 믿었다. 진심으로 그 사랑이 흥미롭다고 믿었고, 또 그렇게 느꼈다. 쾌락주의이긴 하지만 무슨 상관이란 말인가! 쾌락 또한 그 나름의 낭만성이 있다고 생각했다. 달이 태양이라는 말의 편자에 불과한 낡은 쇳조각일지라도 '달빛'은 '달빛'이었다.

사랑을 나눴던 밤들의 추억이 그의 기억과 상상을 스치고 지나갔다. 모두 확실하지도 시적이지도 않았지만 사랑을 이룬 수없이 많은 밤들이었다. 그러면서 돈 알바로는 말하고 싶은 충동을, 자신의 무훈담을 얘기하고 싶은 충동을 느꼈다. 이러한 갈망은 그에게는 새로운 느낌이었다. 판사 부인이 강하게 버티며 망신을 줄 때까지는 단 한번도 느껴보지 못한 감정이었다.

돈 알바로는 사랑과 관련된 이야기에서 경험이 묻어나는 의견을 표하기 위해 사람들이 소리 높여 얘기하는 대화에 두세번 끼어들었다. 그러자 모두 그를 돌아보며 그의 얘기를 듣기 위해 입을 다물었다. 그러자 그는 어떻게 피할 방법이 없자, 자기 이야기로 명예를 회복하고 싶은 은밀한 충동을 만족시키기 위해 이야기를 시작했다. 드디어 마에스트로가 입을 열었던 것이다. 그는 테이블에서 팔꿈치를 거둔 후 손깍지를 끼고는 두 팔을 올려놓았다. 손가락 사이에 담배가 꼭 쥐어져 있었다. 1인치는 넘는 재가 달려 있었다. 그가 고개를 약간 기울였다. 술 취한 듯 약간 몽롱한 분위기를 풍기며, 두 눈을 들어 샹들리에의 불빛을 바라보며, 부드럽고 온화한 단어로 천천히 얘기를 시작했다. 그의 친구들은 성당의 침묵 못지않은 침묵으로 그의 고백을 들었다. 그의 이야기를 듣기 위해 멀리 있던 사람들까지 테이블로 몰려와 바로 옆 사람의 어깨가 닿을 정도였다. 애잔한 분위기를 풍기는 레오나르도 다빈치의 「최후의 만찬」 그림이 떠올랐다.

청중들이 입을 벌리며 깊이 빠져들고 관심을 드러내는 모습이 베뚜스따의 돈 후안을 자극하고 만족감을 주었다. 그래서 그는 친한 친구의 가슴에 대해 말하듯 편하게 말했다. 호아낀 오르가스와 후작 자제는 사이비 종교 교주의 얘기를 듣듯이 귀를 기울였다. 그의 말은 지혜가 담긴 말이었다.

가끔 모험담들은 낭만적이고 위험하며 과감하고 우발적이었다. 대부분의 모험담에서는 어떤 여자든 그 나약함이 증명되었다. 다른 모험담들에서는 지나치게 신중할 필요가 없음을 보여주었다. 많은 경우, 끈기와 과감한 모습을 보이며 재빨리 공격할 때 좋은 성과를 거뒀다.

이따금 요란한 웃음소리와 함께 침묵이 깨졌다. 코믹한 모험담이 퇴폐적이고 통렬하고 혼미한 상태의 청중들을 깨우며 모여 있던 사람들을 즐겁게 했다. 전체적으로 감탄사가 남발되는 가운데 성욕이 깃든 질투와 영혼을 갉아먹는 촌충이 꿈틀거렸다. 메마른 두 눈이 반짝였다.

이제 구겨지고 지저분해진 테이블보 위로 유혹의 기술이 펼쳐졌다. 육체적인 사랑의 시신이 놓여 있는 원형극장이었다.

돈 알바로는 자신의 내면을 내비쳤다. 청중을 즐겁게 하기 위해서라기보다는 자기 자신의 소리를 듣기 위해서였다. 자기가 아직도 왕년에 이름을 날리던 자임을 확인하기 위해서였다.

사랑의 계략은 거의 항상 속임수였다. 다른 것을 생각하는 사람은 몽상가였다. 이따금 순전히 사랑에 미친 여자가 돈 알바로의 품에 뛰어드는 경우도 있다. 하지만 이런 모험은 극히 드물었다. 게다가 여자가 잠시라도 그렇게까지 음탕하지 않았다면 승리는 매우 힘들었다. 순수한 사랑 때문에 넘어오는 여자는 거의 없었다. 유혹보다는 기회가 더 많은 역할을 했다. 유혹을 기회로 바꿔야 했던 것이다.

돈 알바로는 '옛날 공장'의 총기 명장의 딸을 어떻게 유혹했는지까지 얘기했다. 명예를 매우 존중해, 아르고스[14]처럼 집안의 명예를 위해 감시의 눈길을 늦추지 않던 명장이었다. 앙헬리나에게

....
14 그리스 신화에 나오는 백개의 눈을 가진 거인.

는 아버지와 어머니, 할머니, 형제들이 있었다. 그녀는 담비처럼 순수했다…… 돈 알바로는 식구들부터 유혹하기 시작했다. 집집마다 그 집에 들어갈 수 있는 방법이 있었다. 그는 아이들과는 숨바꼭질 놀이를 하고 종이새를 만들었으며, 할머니와는 도미노 게임을 했고, 실패를 감는 어머니를 도와주었고, 아버지의 사회주의적이고 인도주의적인 고심들에 관심 있는 척하며 인내심을 갖고 들어주었다. 그는 모든 사람들의 환심을 사며, 없어서는 안되는 사람이 되었다. 눈물을 닦아주는 손수건이 되었고, 조언자가 되었고, 그 집의 최고 장식품이 되었다. 그의 아름다운 모습만으로도 그 집을 가득 채워주었던 것이다. 그는 달콤하고 다정했으며, 인자한 아버지처럼 부드러웠다. 자기 일이라도 되는 듯 그 집안 일을 신경 썼고, 하인과 주인들 사이를 좋게 만들기도 했다. 그렇게 그는 모든 사람들의 마음속에서 서서히 자리 잡아갔다. 앙헬리나와의 사랑은(아니면 다른 누구였든 그런 모험담은 부지기수였으니까) 비밀리에 시작했다. 둥근 테이블 옆에서 시작했다. 큼지막한 식탁보가 드리워진 둥근 테이블 아래에는 화로가 있었다. 날이 어두워지면 발코니에서 기회가 되는 대로 만나, 가까이 다가가 그녀를 꼭 끌어안았다. 그의 늠름하고 상냥한 남성미, 돈 알바로 자체에 대한 욕망으로 그녀를 가득 채워주었다. 농담처럼 사랑에 대해 말하며, 순수함 그 자체인 듯 아버지처럼 지켜주겠다는 목소리로 속삭였다. 그러고 나서 낮이든 밤이든, 교외로 소풍 나가 간식을 먹는 중이든 크리스마스 저녁식사를 한 후이든 다른 식구들이 아무 걱정 없이 즐겁게 웃는 동안, 앙헬리나의 사랑은 비등점에 이르렀다. 기회의 순간이 오면 불명예도 집안에 들어왔으며, 그 가까운 친구이자 모든 이가 좋아하던 이는 떠났다. 그리고 돌아오지 않았다.

돈 알바로의 얘기를 듣고 있던 사람들은 은밀한 우정을 나누는 장면을 직접 목격이라도 한 듯한 착각에 빠져들었다. 차분하면서도 달콤하고, 감정이 분출되면서도 믿음이 가는 장면들이었다. 아련하게 추억을 떠올리는 유혹하는 남자의 얼굴과 행동, 미소, 목소리에는 부드러운 성품과 호인과 같은 매우 다정한 분위기, 단순하고 기품있고 친근한 솔직함, 가정적인 모습, 그런 계략에서 돈 알바로가 승리를 거두는 데 한몫한 모든 기술과 자질들이 담겨 있었다.

"친애하는 여러분, 어떨 때는 무력을 동원해야 했습니다. 메주콩만 한 굵은 땀방울을 흘리고 악다구니를 쓰며 두 주먹을 불끈 쥐고 얻어야 하는 승리를 포기한다는 것은 플라토닉한 사랑입니다. 유치한 사랑이지요. 이 세기는 물론 모든 세기를 통틀어 진정한 돈 후안은 무슨 수를 써서라도 승리합니다. 상황에 따라 로맨틱하고 늠름하며 명예를 중시합니다. 그러나 필요하다면 무례하고 잔인하며 뻔뻔하고 비열하기도 하지요."

돈 알바로는 사흘 밤이나 지속되었던 사랑의 결투를 절대 잊지 못했다. 그리고 그것은 승리를 거둔 남자보다 패배한 여자에게 더 큰 영광을 안겨주었다. 무대는 곡식창고였다. 아래를 높여 통나무로 지지하는 늪지대의 집이나 원주민 집처럼, 아래쪽 네군데를 돌로 받쳐놓은 나무집이었다. 시골 처녀 라모나는 그 곡식창고에서 잠을 잤고, 돗자리가 움직일 때마다 삐걱거리는 파랗고 빨갛게 칠한 그녀의 나무 침대 근처에는 수확한 옥수수가 금세라도 허물어질 듯 천장까지 높이 쌓여 있었다.

그런 곳에서 전투가 벌어졌던 것이다. 그리고 돈 알바로는 지금도 자기 눈앞에서 생생하게 그 장면이 펼쳐지고 있는 듯, 밤의 어두움과 집 안으로 들어가기까지의 어려움, 개 짖는 소리, 빗장을 여는 순간 복도 창문이 삐거덕거리던 소리를 묘사했다. 그러고 나서 약한 침대의 불평소리와 뻣뻣한 옥수수잎으로 만든 돗자리가 삐거덕거리는 소리, 여자가 소리를 내지 못하면서도 강력하고 거칠게 항의하는 장면도 묘사했다. 여자는 주먹으로 때리고 발길질로 걸어차고 이로 물어뜯으며 자신을 지키려고 했다. 그런데 그게 오히려 난폭하고 낯설고 강하게 억제할 수 없는 음탕한 마음을 불러일으켰다고 돈 알바로는 말했다.

"카이사르도 몬티야 전투[15]처럼 목숨을 걸고 죽기 살기로 싸운 순간이 있었습니다. 신사 여러분, 라모나는 까무잡잡한 편이었습니다. 그녀의 몸은 대포처럼 단단하고 매끄러웠지요. 그리고 그녀가 사랑으로 흥분해 내 몸을 꽉 끌어안아줬으면 했던 그 팔은 눌려서 꼼짝도 하지 못하는 내 팔을 고문하며 그녀의 힘을 입증했지요. 내 욕구가 훨씬 강하게 타올랐습니다. 후추보다 더 매운 이유가 있었기 때문이지요. 나는 라모나가 미친 여자처럼 격렬하게 싸움을 좋아한다는 것을, 너무나도 즐긴다는 것을 잘 알고 있었지요. 그녀는 힘으로는 자기를 이길 수 없음을 알고 있었습니다. 그녀는 자기 식으로 과감하게 '도련님'을 사랑했지요. 그리고 그녀는 소리 없이 몸으로 내는 신음소리에 익숙해 있었지요. 그래서 그녀는 입을 다문 채 완강하게 저항하며 이로 물어뜯었지요. 때리면서 나의 감각들이 고통받는 걸 보며 거친 쾌락을 느낀 겁니다. 나의 감각들은 사냥감을 만지며 그 사냥감에 지배당하는 느낌을 받았습니다. 침대가 폭삭하고 무너졌지요. 우리는 땅바닥으로 굴렀습니다. 우리는 옥수수가 잔뜩 쌓여 있는 곳까지 굴러갔지요. 그리고 그때 달

---

15 46년 카이사르가 몬티야에서 폼페이와 벌인 치열한 전투.

이 나왔습니다. 내가 열어두었던 창문으로 달빛이 쏟아져들어왔지요. 그러자 금빛 곡식 알갱이들 사이로 다리 한쪽을 파묻고 다른 쪽 다리의 무릎으로 내 가슴을 짓누르고 있는 건장한 시골처녀가 보이더군요. 그녀는 뒷박으로 나를 협박하며 나에게 죽음이나 도망을 택하라며 위협했습니다. 얇은 철판이 달린 커다란 나무 상자 같은 뒷박이었습니다. 나는 도망쳤습니다. 창문으로 도망쳤지요. 곡식창고 복도에서 골목길로 뛰어내렸습니다. 그러고는 이제는 기력이 다 빠진 채 개와 새로운 싸움을 벌여야 했습니다. (잠시 멈춤) 하지만 나는 다음날 밤에 다시 돌아갔습니다. 개가 덜 짖더군요. 창문은 닫혀 있지 않았습니다. 걸쇠가 망가져 있더군요. 라모나는 자지 않고 나를 기다리고 있었습니다. 그녀는 기척을 느끼자 엄청나게 세게 따귀를 올려붙였습니다. 저는 개의치 않았습니다. 우리는 다시 싸움을 시작했습니다. 똑같은 상황이 벌어졌지요. 우리는 굴러서 옥수수더미 속으로 빠졌습니다. 나는 옥수수 알갱이만 잔뜩 집어삼켰지요. 그리고 나는 그날밤도 이기지 못했습니다. 나는 미래의 승리를 약속하며 휴전하고 그곳을 나왔습니다. 그리고 사흘째 되는 날 밤에도 나는 계속해서 싸웠습니다. 그런데 그건 나의 착각이었습니다. 나는 다시 싸워서 간신히 상을 얻어냈습니다. 쉽게 미끄러지고 호기심 많은 성가시고 참견하기 좋아하는 옥수수 때문에 말할 수 없이 불편한 가운데 상을 얻어냈습니다. 라모나는 항복한 후에도 계속해서 불평했습니다. 우리는 모든 것을 잊고 옥수수더미 속에 파묻혔지요. 훌륭한 수사학에서 말하는 희극적인 것은 비극적으로 끝나지 않는다는 얘기를 비웃기라도 하듯, 알바로와 라모나에게는 그 불안한 옥수수더미가 무덤이 됐을 수도 있었습니다. 우리의 곡식 중에서 가장 초라한 곡식에 숨이 막혀서 말이지요."

박수갈채와 큰 웃음소리로 화자의 목소리가 들리지 않았다. 그러자 흥분한 돈 알바로는 감격해 자기가 원탁의 기사처럼 등장하는 완전히 대조되는 로맨틱한 모험들로 다시 청중의 넋을 빼놓았다.

그리고 돈 뽐뻬요 기마란은 이 모든 게 그다지 내키지는 않았지만, '경박한' 카지노 회장의 에로틱한 모험담을 듣는 데 정신이 팔려 자신의 연설은 잊어버렸다. 빠꼬 베가야나는 무신론자가 눈치채지 못하는 사이에 평소보다 더 과음하게 만들었다. 돈 뽐뻬요는 취하지는 않았지만 속이 좋지 않았으며, 평소 같았으면 화를 내고도 남았을 뻔뻔한 장면들을 기분 좋게 듣고 있었다.

마침내 돈 알바로는 지쳐서, 자기가 너무 말을 많이 한 것을 약간 후회하며 고백을 마쳤다. 그러고는 돈 뽐뻬요를 돌아보며 그에게 말을 하라고 권했다.

"돈 뽐뻬요." 돈 알바로가 비틀거리며 일어섰다. 와인 때문이 아니라면 추억 때문에 취한 듯했다. "돈 뽐뻬요, 대폭로의 시간이니, 당신의 영혼 밑바닥에 뭐가 들어 있는지 말씀해주셔야 합니다……"

"신사 여러분." 무신론자가 끼어들었다. "나는 세상 전체가 볼 수 있도록 내 영혼의 밑바닥을 여기에 보여드립니다."

"브라보! 브라보!" 사람들이 소리 질렀다.

그러고는 사람들이 술을 따랐고, 잔 몇 개가 깨지기도 했다.

"이분의 천재성이 엿보이니……" 후아니또 레세꼬가 의자 위로 올라가 소리 질렀다. "우리 이제 서로 말을 놓고 편하게 지낼 것을 건의합니다."

"옳소! 통과!"

"그렇다면" 후아니또가 계속 말을 이었다. "이봐, 뽐뻬요, 잘난 뽐뻬요, 반갑지 않은 소식 전하지요…… 베뚜스따에 당신 말고는 무신론자가 없다고 생각하죠?……"

"그렇소……"

"나도 무신론자란 말씀이야, anch'io sono pittore.[16] 당신은 진보적인 무신론자일 뿐이지. 광적인 무신론자이고 벌렁 드러누운 자문신학자란 말씀이야…… 당신은 한평생 하늘만 바라보고 살지…… 하지만 당신은 고개를 푹 숙여 당신 발 사이로 하늘을 본 거야. 그리고 벌렁 드러누운 것하고 발 사이라는 표현이 겉으로는 모순된 것 같아도…… 양립할 수 있어요. 유치한 철학자의 말을 빌리면 해결가능한 이율배반이지, 모든 사람은 두 발 달린 존재라는 식으로 빠지지 않는다면 말이오."

"여보시오…… 나는 그런 철학적인 속어는 이해하지 못하겠습니다. 당신이 태어나기 전부터 나는 무신론자인 게 피곤한 사람이었습니다. 그리고 당신이 원하는 게 나의 백발을 욕보이려는 거라면, 그렇다면……"

"나는 선생이 벌렁 드러누운 자문신학자라고 했어요. 문명화된 세상에서는 이제 선을 위한 것이든 악을 위한 것이든 아무도 하느님을 얘기하지 않는다는 걸 잘 알잖아요. 신이 있느냐 없느냐 하는 문제는 해결되지 않아요…… 흐지부지될 뿐이지. 이해하지 못하겠지만 중요한 얘기니 들으세요. 부정적인 맹신자인 당신은 교회의 품 안에서 죽을 겁니다. 당신은 절대 교회에서 나오지 말았어야 했

---

16 이딸리아 화가 꼬레지오(Corregio, 1489~1534)가 라파엘로의 그림을 보고 한 말로, '나도 화가란 말이야!'라는 뜻.

습니다. Amen dico vobis.[17]"

그러고는 후아니또가 테이블 아래로 떨어졌다.

그의 연설은 돈 알바로를 제외하고는 모두를 화나게 했다. 돈 알바로가 그를 향해 한 손을 뻗으며 탄성을 내뱉었다.

"그를 용서하세요…… 술을 너무 많이 마셨습니다!"

"내가 보기에 후아니또 저 작자는 지나치게 아는 척을 많이 해." 대령이 중남미에서 온 돈 프루또스에게 말했다.

"그는 교수대에 오른 돈 로드리고보다 훨씬 더 자존심이 강한 굶주린 사람입니다."

얘기는 다시 종교로 돌아갔다. 돈 프루또스는 여기서는 이 말로 저기서는 다른 말로 자신의 믿음을 피력했다. 그는 눈으로는 얼른 누가 자기 말을 끊어주기를 바라면서 식탁보에 적포도주를 흘리며 섬과 대륙을 그리고 돌아다녔다.

돈 프루또스는 자신의 영혼이 불멸이라고 주장했다. 아메리카 말고도 다른 세상이 있다며, 길에서 도둑질하지 않는 사람들의 영혼이 가는 좀더 좋은 다른 세상이 있다고 했다. 게다가 신은 자비로워서 못 본 척 눈감아준다고 했다. 물론 돈 프루또스는 힘들게 고생한 지난 삶의 추억을 가지고 좀더 나은 그 세상으로 가고 싶어 했다. 그러지 않는다면 은혜는 무슨 빌어먹을 은혜란 말인가!

"돈 프루또스는 어째서 이 땅에서 거칠게 살았던 걸 기억하고 싶어할까?" 포하가 오르가스 자제의 귀에 대고 물었다.

"여러분!" 호아낀이 소리 질렀다. "저승에 깐떼[18]가 없다면, 있더

---

17 '내가 진심으로 너희에게 이르노니'라는 말로, 예수 그리스도가 가르침을 주고자 할 때 도입 부분에서 자주 사용하는 말.

18 cante. 안달루시아 지방의 민요로 플라멩꼬를 출 때 부르는 노래.

라도 수준 낮은 깐떼라면 나는 그곳에 가는 걸 포기합니다!"

그러고는 그가 한쪽 기둥을 잡고 식탁 위로 껑충 뛰어올라가 우아하면서도 완벽하게 플라멩꼬 춤을 추기 시작했다. 여기저기서 사람들이 '올레'를 외치며 손바닥으로 장단을 맞췄다. 그리고 한쪽에서는 돌팔이 의사가 불량배처럼 껄렁하면서도 우수에 찬 목소리로 노래를 불렀다.

> 엄마가 프라스꾸에에에로[19]를
> 보고 놀라는 모습은
> 볼 만하네에에에.
> 좋아아아아리가, 엄마아아야……

돈 뽐뻬요는 온몸에 소름이 돋았다. 세상에 이렇게 천박할 수가! 그는 생각에 잠겨 오르가스 부자를 바라보았다. 아들은 테이블 위로 올라가 있었다.

"저들은 이단으로…… 그러니까 내 말은…… 폭언으로…… 내 넋을 빼놓았습니다……"그가 후작 자제에게 말했다. 후작 자제는 여자들 없이는 그 모든 게 매우 싱겁다고 생각하며 가만히 있었다.

호아낀이 소리 질렀다.

"자, 돈 뽐뻬요의 건강을 위해 건배!"

그러고는 그는 성스러운 이미지를 암시하는 불경스러우면서도 과격한 민요를 부르기 시작했다.

"그만! 제발이오!"사람 좋은 돈 뽐뻬요가 끝에서 두번째 행을

---

19 살바도르 싼체스 뽀베다노(Salvador Sánchez Povedano, 1842~98). 대중적으로는 '프라스꾸에로'라는 이름으로 알려진 뛰어난 투우사.

듣자 화를 내며 소리 질렀다. "내 건강은 그런 수치스러운 언동을 필요로 하지 않습니다. 당신네들이 품위없이 그런 모독을 하게 되면 성직자들의 입장만 살려주고 그들 손에 놀아나게 됩니다. 여러분에게 한마디 드립니다. 여러분은 경험도 부족하고 조숙한 젊은 이입니다. 세계사에는 실증적 종교가 많이 있었습니다. 어느날 이걸 믿고 다음날에는 저걸 믿었습니다. 하지만 교양있는 사람들이 예나 지금이나 포기하지 않은 것이 하나 있는데 그것은 바로 훌륭한 예법, 즉 우리가 서로 존중하는 겁니다."

"좋아요! 아주 좋아요!" 호아낀을 포함한 모든 사람들이 말했다.

"그리고 나는 사람들이 나를 성상파괴주의자로 보는 것에 지쳤습니다. 그래요. 성상파괴주의자로 보아도 좋습니다. 하지만 악습의 파괴주의자일 뿐, 미덕을 지키는 사도이며, 인류의 지혜와 마음을 뒤덮고 있는 무지를 타파하려는 교단의 창시자입니다."

"브라보! 브라보!"

"내가 스캔들과 친숙하고, 뻔뻔함에 익숙하고, 쾌락을 좋아한다고 믿는 사람이 있다면 나는 분연히 항의하는 바입니다. 나는 아주 많이 다른 이유로 이곳에 왔습니다. 그리고 제대로 형식을 갖춰 얘기할 때가 되었다고 봅니다."

"기마란 씨는 책처럼 완벽하게 말씀하셨습니다." 포하가 끼어들었다. "책을 읽지 않으시는데도 말이지요. 하지만 그것은 중요하지 않습니다. 기마란 씨가 말씀하시듯, 그의 의식 속에 있는 책처럼 말씀하셨습니다. 신사 여러분, 우리는 기마란 씨가 말씀하신 대로, 카지노라는 가정의 품으로 다시 돌아오신 걸 축하하기 위해 이 자리에 모였습니다. 그러나 아! 회원 여러분, 기마란 씨가 왜 카지노로 돌아오셨습니까? 나팔총이 말하듯 '바로 그것이 문제로다'

입니다. 오늘 그 사람을 여기서 볼 수 없다는 게 유감이군요. (박수와 웃음) 그는 우리가 광신이라는 끔찍한 보호에서 해방되었기 때문에 돌아온 것입니다. 그리고 그는 협회를 창설하기 위해 돌아온 것입니다. 그리고 그 협회의 개막식은 지금 여러분도 모르는 사이 치러지고 있습니다. 물론 이 협회는 미지근하게 이름을 명명하지 않을 터이고, 바리새인들을 쫓아내고, 위선자들의 가면을 벗기고, 베뚜스따 사회라는 몸통에서 피를 빨아먹고 사는 신비주의 거머리들을 몰아낼 것입니다. (엄청난 박수갈채. 빠꼬는 절제하는 모습을 보이며 아까와 똑같은 생각을 하였다. 여자들이 없다는 생각이다.) 여러분, 강탈자이자 침략자이고 종교재판소와 다름없는 성직자계급에게 전쟁을 선포하는 바입니다. 성물을 거래하는 성직자에게 문어발의 촉수를 늘어뜨리며 적십자의 금고로 들어가기 위해 지하터널을 이용하는 성직자에게 전쟁을 선포하는 바입니다……"

"아 그래! 그래! 거기가 문제지!……"

"성실한 상인들과 가장들에게 배고픔이라는 폐병을 안겨주는 그 성직자에게. 가정을 해체하고, 하느님의 처녀들을 더러운 하수구 수녀원 골방으로 유폐시키고 죽음으로 몰아넣으면서 예수께 이끈다고 말하는 그 성직자에게. (격렬한 박수갈채) 우리 모두 그 스캔들의 나팔수가 되겠다고 맹세합니다. 그 스캔들을 아는 사람들이 많아져, 아주 많아져 우리 공공의 적이 파멸하도록 말입니다. 신사 여러분, 저보다 더 교구 신부들을 존경하는 사람은 없습니다. 그런데 그분들은 정직하고, 가난하고, 겸손한 분들입니다. 하지만 고위층 신부에게…… 죽음을, 특히…… 총대리신부에게…… 죽음을……"

"그에게 죽음을! 죽음을!" 몇몇 사람들이 대답했다. 가만히 있었지만 총대리신부가 죽기를 바라는 호아낀 대령과 술에 취한 두세 명의 회원들이었다.

그들이 테이블에서 일어섰을 때는 새벽녘이 다 되었을 때였다. 그들은 더 많은 얘기를 나눴다. 전설적인 스캔들과 다름없는 총대리신부의 이야기가 도마 위에 올라왔다. 매우 신중한 사람들까지도 포하가 제안한 그런 협회를 진지하게 창설하는 게 필요하다는 데 의견을 모았다. 한달에 한번 모여 저녁식사를 하며 총대리신부를 제어할 방법을 강구하자는 데 동의했다. 그들은 무리를 지어 나가며 나지막하게 말했다.

"이 모든 건 돈 알바로가 준비한 거야. 페르민 신부가 라이벌이라서 돈 알바로가 그를 파멸시켜 없애버리고 싶은 거지."

"하지만 누가 그 수고양이를 물가로 끌고 가겠소?"

"무슨 수고양이?"

"그럼 암고양이오?"

"총대리신부지".

"아니면 돈 알바로."

"어쩌면 둘 다일지도."

"아니면 둘 다 아니든가."

"죽이 되든 밥이 되든 도와줘야지." 포하가 주의를 주었다.

"하지만 나는 내 주인님을 도와야지." 모두가 결론을 내렸다.

돈 알바로와 빠꼬 베가야나, 호아낀 오르가스가 돈 뽐뻬요를 그의 집까지 바래다주었다. 즐겁고, 따뜻하고, 불그스레하게 날이 밝아오는 6월의 아침이었다. 밝은 빛의 동쪽 구름들 사이로 태양이 모습을 드러내고 있었다. 밤을 샌 사람들의 발소리가 울리는 상자

위를 걸어가듯 엔시마다 거리들 위로 울려퍼졌다. 날씨는 쌀쌀하지 않았지만 모두 프록코트의 목깃이나 그 비슷한 것을 치켜올렸다. 돈 뽐뻬요는 과묵하게 걸어갔다. 그가 열쇠로 자기네 집 문을 열었다. 그는 소리를 내지 않고 조용히 침대로 들어간 후 닫힌 발코니의 틈새로 들어오는 눈부신 빛을 보지 않기 위해 곧 눈을 감았다. 해가 중천에 떠서 잠자리에 든다는 것이 그에게는 혁명과도 같아 어지럽기까지 했다. 세상의 법칙이 계속 똑같은지도 의심스러웠다. 그는 두 눈을 감는 순간, 늘 꼼짝도 하지 않던 자신의 침대도 오르락내리락하며 격분하고 있다고 느꼈다. 잠시 후에는 자기가 바다 위에 떠 있다고 믿었다. 선실에 갇혀 폭풍우에 흔들리며 멀미로 고생하고 있다고 믿었다.

돈 뽐뻬요는 12시에 일어났다. 만찬, 그 흐뭇한 만찬에 대해서는 아내와 딸들에게 얘기하고 싶지 않았다. 다시는 만찬에 가지 않겠다고 다짐했음에도 불구하고, 몇시간 후 그는 카지노에서 사람들이 반갑게 환대하며 맞이하자 다시 돌아와 '술잔과 술잔을 부딪히며' 창단한 '무명無名 협회'의 일들을 얘기하며 매달 즐겁게 모이는 '만찬'에 참석하겠다고 약속했다.

도냐 빠울라는 납작코를 통해 창단식 날 저녁에 있었던 일들과 그 사람들이 무엇을 하려고 하는지 모두 알게 되었다. 납작코는 카지노의 레스토랑에서 일하는 웨이터를 통해 알아냈다. 그리고 총대리신부는 소리소리 지르는 어머니를 통해 그 소식을 듣게 되었다. 그는 '총대리신부에게 죽음을'이란 말을 듣고는 어깨를 으쓱하며 일어나 집을 나섰다.

"아들은 정신을 빼놓고 돌아다니고 있어…… 대체 무슨 생각을 하는지 모르겠단 말이야. 이 세상 사람이 아닌 것 같아…… 오! 그

놈의 판사 부인! 그 사악하고 마녀 같은 여자가 내 아들의 얼을 빼놓았어!"

다음달 '무명 협회'의 두번째 행사가 거행되었다. 평소 회원들이 모여서 먹고 마시며 흠뻑 취한 가운데 자기네가 보이콧할 일들을 얘기했다. 주임신부와 꾸스또디오 보좌신부, 그리고 총대리신부의 '굵직한 적들'(그렇게 말했다)과 비밀리에 뜻을 맞춘 포하도 참석했다. 다른 많은 새로운 스캔들도 알려졌다. 베뚜스따를 공공의 적으로부터 구하겠다는 합의를 이룬 성직자 계급과 일반인들은 괴물을 파멸시킬 계획을 세웠다. 페르민 데 빠스 신부를 비난하는 모든 부정행위에 대한 증거들이 곧 주교의 손에 들어갈 예정이었다. 그 모든 것들 중에서 최악은 고해실에서 벌어진 볼썽사나운 권력 남용으로 주교를 펄쩍 뛰고도 남게 할 일이었다. 끔찍한 일들이 얘기되었다. 결국 모두 그들이 얘기할 내용이었다.

돈 알바로는 매달 함께 모이는 저녁 만찬을 가을까지 일시 중단하자고 제안하고는 최대한 비밀을 지켜달라고 간청했다. 그 역시 유감이지만 앞으로 그 모임에 참석하지 못할 거라고 얘기했다. 그의 마음은 항상 그 사람들과 함께하지만, 여러 피치 못할 이유가 있어 그런 즐거운 연회에 불참하게 되었다며 참석한 분들이 존중해주길 바란다고 했다.

보름 후인 7월 중순경 어느 오후 카지노 회장이 오소레스 저택을 찾아갔다. 작별인사를 하러 간 것이다. 낀따나르가 그를 서재에서 맞이했다. 집 주인은 여름이면 늘 그러듯 그렇게 덥지 않아도 셔츠 차림이었다. 더위와 가벼운 옷차림은 떼려야 뗄 수 없다는 생각이었다. 낀따나르는 돈 알바로를 보자 한숨을 쉬고는 책상 위에 검은 책을 내려놓은 후 그에게 양손을 내밀며 탄성을 내뱉었다.

"오! 친애하는 돈 알바로! 얼마나 오랜만에 오시는 건가요!"

"작별인사를 드리러 왔습니다. 소브론에서 온천탕에 들른 후 여러 주를 돌아다닐 생각입니다. 평소의 습관을 잊지 않기 위해 8월 중순경에는 빨로마레스에 돌아가 있을 겁니다."

"그렇다면 9월까지는……"

"9월 말까지는 뵙지 못하지요……"

돈 알바로는 집 전체가 듣기라도 바라는 듯 큰 소리로 말했다.

낀따나르는 그의 부재를 안타까워하며 한숨을 내쉬었다. 정말이지 뜻밖의 일이었다. 새로운 슬픈 사건이었다.

돈 알바로는 자기 친구가 평소에 비해 말이 많지 않고 활발한 몸짓도 하지 않는다는 것을 알았다.

"어디 편찮으십니까?"

"아이고! 누구? 나? 그럴 리가! 왜요? 내 안색이 안 좋은가요? 솔직하게 말해보시오…… 내 안색이 안 좋아요?…… 창백해요?…… 혹시 창백해요?……"

"아니요, 아닙니다. 전혀 그렇지 않습니다. 하지만…… 좀 기운이 없고, 뭔가 걱정이 있어 보입니다…… 글쎄, 제가 뭘 알겠습니까만……"

낀따나르가 다시 한숨을 내쉬었다. 그가 잠시 말을 끊었다가 탄식조로 물었다.

"당신은 이것 읽어봤습니까?"

"그게 뭡니까?"

"켐피스, 『그리스도를 본받아』[20]……"

---

[20] 토마스 아 켐피스(Thomas a Kempis, 1380~1471), 독일의 수도자이자 종교사상가. 금욕적·교화적·시적·전기적 작품으로 명성이 높은데, 이는 『그리스도를 본

"뭐라고요? 당신도! 당신 역시?"

"웃음을 없애는 책입니다. 한번도 생각해보지 않은…… 일들을 생각하게 하는 책이지요…… 상관없습니다. 어찌 됐든 인생이란 많이 슬프니까요. 보십시오. 모든 것은 일시적으로 지나가는 것입니다. 당신이 우리의 곁을 떠나고…… 후작 부부들이 떠나고…… 비시따가 떠나고…… 리빠밀란은 이미 떠났고…… 베뚜스따는 보름도 지나지 않아 텅 빌 것입니다. 꼴로니아에는…… 한 사람도 남지 않을 것입니다…… 엔시마다 지역에는 상류층이 부재할 것입니다…… 가난한 사람들과…… 일용잡부들…… 그리고 우리만 남을 것입니다. 우리는 올해 떠나지 않을 겁니다. 베뚜스따에서 여름내 보낸다는 게 얼마나 슬픈 일입니까! 빠세오 그란데의 잔디는 지푸라기처럼 뻣뻣해집니다…… 그곳에는 사람 그림자도 보이지 않지요. 거리에는 개와 경찰관밖에는 아무도 없지요…… 보세요, 돈 알바로. 폭풍우가 몰아닥치고 비가 주야장천 내린다 해도 나는 겨울이 좋습니다…… 모르겠습니다…… 나는 추우면 기운이 납니다…… 결국 떠나는 여러분은 행복한 분들입니다……"

그러고는 낀따나르가 다시 한숨을 내쉬었다.

"아내를 부르겠습니다. 그녀에게도 작별인사를 하고 싶으신 거지요? 그렇죠? 그게 당연하지요."

"아닙니다…… 바쁘시면…… 번거롭게 하지 않으셔도 되는데."

"당연히 불러야지요. 바쁘다…… 늘 바쁘지요…… 한가하기도 하고요…… 모르겠습니다. 기분 문제겠지요."

그가 밖으로 나갔다. 돈 알바로가 켐피스를 양손으로 들었다. 새

받아』(*Imitatio Christi*)의 저자라는 설에 힘입고 있다. 그가 남긴 많은 신앙생활에 관한 논고가 하나로 정리되어, 이 표제하에 후세에 전해졌다고 추정된다.

책이지만 첫 100페이지는 메모가 잔뜩 적히고 손이 많이 탄 상태였다. 한번도 읽어본 적이 없는 책이었다. 돈 알바로는 폭발물 상자라도 되는 듯 그 책을 바라보았다. 그러고는 두려운 마음으로 조심스럽게 그 책을 책상 위에 내려놓았다.

아나가 서재로 들어왔다. 까르멘 수녀복을 입고 있었다. 여전히 창백하지만 약간 살이 오른 모습이었다. 돈 알바로는 심장이 뛰고 목이 바짝 말랐다. 그래서 스스로도 깜짝 놀랐다.

그 순간 그 여자가 강렬하면서도 고통스러운 욕망이 뒤섞인 소리 없는 분노를 깨운 것이다. 그는 섬이나 대륙을 발견한 사람처럼 그녀를 바라보았다. 폭풍우가 그녀를 바닷가로부터 멀리 휩쓸어가고 있었다. 어쩌면 육지에 발을 내딛기도 전에 영원히 떠내려갈지도 모르는 일이었다. 그녀가 절대 자기 여자가 될 수 없을지, 어떻게 알겠는가? 그의 자존심은 그녀를 포기하지 않았다. 하지만 다른 목소리들이 그에게 말했다. 판사 부인은 영원히 포기해. 두고 볼 일이었다. 하지만 모든 희망을, 모든 정복 계획을 다시 연기하려니 고통스러웠다. 그리고 언제까지일지는 하느님만이 아셨다.

그는 떠날 거고 언제 돌아올지 모르겠다고 말하는 순간 아나의 얼굴에서 어떤 감정의 변화가 일어날지 보고 싶었다. 그러나 아나는 건성으로 들었다. 얼굴 근육 하나 움직이지 않았다.

"올여름 저희는 베뚜스따에 있을 겁니다." 그녀가 말했다. "해수욕을 할 수도 없고, 의사가 지금 당장은 바닷바람이 득보다는 실이 많다고 하네요."

"베뚜스따는 여름에는 매우 우울한……"

"아니에요…… 제가 보기에는 안 그런데……"

낀따나르는 그들 단둘만 두고 나갔다.

돈 알바로는 과감하게 아나의 얼굴을 응시했고, 그녀는 크고 부드럽고 차분한 눈을 들어 자기를 유혹하려는 남자, 몇년 동안 구애하던 남자를 두려움 없이 바라보았다. 그는 평정심을 잃은 기분이었다. 뭔가 매우 경솔한 말을 하거나 행동할 것 같았다. 그는 자신을 주체하지 못한 채 그녀를 앞에 두고 일어났다.

"벌써 가시려고요?"

지금 내가 그녀의 발밑에 엎드린다면 무슨 일이 벌어질까? 돈 알바로는 생각했다. 그러고는 자기가 무엇을 하는지 모르는 채 장갑 낀 손을 내밀며 떨면서 말했다.

"아나 부인, 시골에서 제가 해드릴 게 있다면……"

"돈 알바로, 즐겁게 보내세요……" 그녀는 비꼬는 기색 없이 말했다. 하지만 그녀가 자기의 우스꽝스러운 서투름, 어리석은 두려움을 비웃는다는 생각이 들었다…… 그리고 진심으로 그녀를 목졸라 죽이고 싶은 욕구를 느꼈다. 판사 부인의 손이 떨림 없이 차갑고 건조하게 돈 알바로의 손을 스치고 지나갔다.

잘생긴 남자는 공작 박제와 부딪혔다가 다시 문과 부딪히고는 밖으로 나갔다. 복도에서 그는 친구 낀따나르와 작별했다.

판사 부인은 품속에서 십자가를 꺼내 뜨겁게 달아오른 노란 상아 위로 입술을 갖다댔다. 그러는 동안 그녀의 두 눈은 누런 구름들 사이로 파란 하늘을 찾으며 눈물이 그렁그렁 맺혔다.

21장

아나는 침대에서 낀따나르 몰래 성녀 떼레사가 손수 쓴 『성녀 떼레사의 일생』을 읽고 있었다.

아나는 연속적인 쇼크와 경련, 신경발작이 계속되는 더딘 회복기로 접어들었다. 낀따나르는 후회하며, 아내의 병이 재발한 기간에는 아내가 건강하고 무사해질 때까지 절대 아내의 곁을 떠나지 않겠다고 맹세했지만 회복기로 접어들어 어느정도 위험에서 벗어났다는 생각이 들자 금방 맹세를 잊었다. 하루는 카지노를 한바퀴 둘러보겠다며 외출하기도 했다. 그러고 나서는 신문을 보러 갔고, 더 한참 뒤에는 체스도 한판 두었다. "이 게임이 얼마나 지루한지 잘 알잖소." 그러다가 결국에는 별다른 변명도 없이 오후 내내 밖에서 지내기도 했다. 그에게는 집이 너무나도 버거웠다. 더위가 시작되고 있었다. 낀따나르에게 기온은 달력에 좌우되었다. 그리고 땀이 거추장스럽기 시작하면 더이상 서재에서 작업할 수 없었다.

바깥 공기가 필요했다. 충분한 산보와 자연이 필요했던 것이다.

후작 부인과 비시따, 옵둘리아, 도냐 뻬뜨로닐라 들과 상태가 좋지 않은 동안 판사 부인과 동무해주었던 다른 친구들은 이제 이삼일에 한번 병문안을 왔고, 와서도 잠시만 있다 갔다. 하늘에 구름 한점 없이 화창하고 푸른 날들이 계속되었다. 좋은 날씨를 잘 활용해야 했다. 그나마 베뚜스따에 활기가 도는 기간이었다. 연극 공연들도 있었고, 음악과 외지인들로 북적이는 산책길이 있었고…… 광물 전시회도 있었다. 어느날 오후에는 뻬뜨라까지도 석탄 아치가 세워진 걸 보러 가겠다며 아나에게 허락을 구했다.

아나는 대저택의 고독 속에서 많은 시간을, 더 많은 시간을 보냈다. 거리 멀리서 들려오는 묵직한 소음들이 감각을 위협하는 공포처럼 그녀의 침대까지 들려왔다. 저 아래 부엌에는 세르반다가 있었고, 가끔은 뻬뜨라도 있었다. 안셀모는 유일한 친구인 앙고라 고양이를 쓰다듬며 중정에서 휘파람을 불었다.

판사 부인은 그런 무리 속에서 더욱 황량한 외로움을 느꼈다. 무심하고 말 없는, 정 없이 받드는 하인들은 인정 많은 사람의 존재를 더욱 그리워하게 했다. 뻬뜨라는 뭔가 탐탁지 않았다. 아나는 이유 없이 뻬뜨라가 두려웠다. 그녀는 신경이 예민해져 울적해지면, 조금이나마 마음을 가라앉히기 위해 하녀에게 물었다.

"프리힐리스는 과수원에 계시니?"

프리힐리스가 '공원'에 있으면, 아나는 그가 가까이 있다는 것만으로 위안을 얻었다. 마음이 진정되었다. 프리힐리스는 매일 오후에 한번씩 그녀를 보러 올라왔다. 하지만 앉은 적은 거의 한번도 없었다. 발코니에서 문쪽을 기웃거리며 응접실에서 5분 정도 있다가, 애정이 듬뿍 담긴 투박한 말소리로 작별인사를 고했다.

아나는 신경이 예민해져 마음이 슬프고 허전해지면서 괴롭고 아플 때는 그렇게 무방비 상태로 방치되는 게 너무나도 싫었다. 그러나 진정되면, 특히 몇시간 푹 자고 난 다음이나 즐거운 마음으로 음식을 먹고 난 다음에는 그 외로움에서 거의 관능적이고 섬세한 즐거움이 느껴졌다. 응접실의 발코니가 공원 쪽으로 나 있었다. 침대에서 몸을 일으켜 앉으면 유리창 뒤로 나무 꼭대기들이 보였고, 바람결에 건강한 소리와 함께 새롭게 돋아 단단하고 신선한 나뭇잎들이 반짝였다. 새들이 지저귀는 소리와 강하고 즐거운 살아 있는 태양의 광선이 바깥의 삶을 말해주었고 모두를 위해 건강과 즐거움의 희망을 안고 다시 태어나는 자연의 삶에 대해 들려주었다.

그녀도 다시 태어나고 있었다. 부활하고 있었다. 하지만 너무나도 다른 세상이 될 것 같았다! 여태껏 살았던 삶과 얼마나 다른 삶이 될까! 희생하는 삶을 위해 그녀 자신을 준비했지만 중간에 나쁜 생각이나 말 없는 원한이 담긴 반항은 느끼지 못했다. 좋은 일을 많이 하고, 모든 생명체를 사랑하고, 당연히 남편을 사랑하는 하느님 안에서 하느님을 위한 삶을 살아갈 생각이었다. 하지만 그러는 동안 고통으로 점철된 그 감옥에서 옴짝달싹 못하고 갇혀 있는 동안, 그녀의 영혼은 아주 섬세하면서도 소박한 그리스도를 사랑하는 성녀의 영혼을 쫓아 훨훨 멀리 날아갔다.

이제 그녀는 열정 속에서 살았다. 그녀에게는 우상이 생겼고, 예민한 발작과 병든 육신의 찌르는 듯한 아픔 속에서, 불행히도 인간이라는 진흙으로 빚어진 비참함 속에서도 행복을 느꼈다. 가끔 책을 읽다보면 어지러웠다. 글자가 보이지 않아 두 눈을 감은 채 베개에 머리를 기대고 기운이 빠지는 대로 가만히 있어야 했다. 하지만 의식을 되찾은 후 새로운 경련이 일어날 수도 있었지만 다시 책을 열심히 탐독했다. 예전에는 막연하게 신앙적이라 믿으며 방심하며 책 속에 담긴 내용을 지나쳤었다. 16세기 신비주의에 빠진 여인의 환시라는 게 예민하고 고통받는 슬픈 영혼을 강하게 해줄 수 없을 거라 생각하면서 짜증을 냈던 것이다.

몸이 허약해졌지만 그녀의 사고력은 훨씬 예리하고 날카로워졌다. 이성과 감성을 총동원하여 거친 종이 위에 흐릿하고 빽빽하게 인쇄된 신비스러운 영혼의 아주 깊이 숨겨진 곳까지 침투하였다. 세상 전체가 회심하지 않았다는 게, 인류 전체가 아빌라의 성녀에 대해 쉬지 않고 칭찬하지 않는다는 게 정말 놀라웠다. 오, 성스럽고 달콤하고 서글프고 자상한 프라이 루이스 데 레온이 제대로 말했었다. 글을 쓰는 순간 성녀 떼레사의 손이 성령의 인도를 받아 그 글을 음미하는 사람의 가슴에 불을 지폈다고.

그랬다. 그녀의 마음에도 제대로 불이 지펴졌다. 이 세상에서 더 이상 우상은 있을 수 없었다. 성녀의 인도를 받아 하느님을 사랑하기로 하였다. 그 성녀는 정신의 수많은 영역을 개척하였고 육신에 그토록 많은 승리를 거둔 존경받아 마땅한 영웅이었다.

아나는 성녀 떼레사를 생각하다보면, 가끔 성녀 떼레사와 같은 시절에 살았더라면 좋았을 거라는 짜릿한 욕구를 느꼈다. 성녀 떼레사가 지금 살았더라면, 아나는 얼마나 천상적인 쾌감을 맛볼 수 있었겠는가! 아나는 이 세상 가장 먼 곳에서 성녀 떼레사를 찾았을지도 모른다. 어쩌면 그녀에게 사랑과 존경으로 가득한 편지를 썼을지도 모른다. 아나는 자신의 신앙적 흥분을 총대리신부의 신중한 충고에 따른 영적인 기도로 승화하는 데 익숙하지 않았다. 세속적이고, 약간 초점이 맞지 않고, 혼란스러운 페르민 신부의 교육이 그녀의 진실한 믿음을 이상하게 변질시켰다. 오랜 시간이 지나자 앞뒤가 맞지 않는 경박함으로 개운치 않은 뒷맛이 느껴졌다.

아나는 성녀 떼레사의 삶과 자신의 삶에서 막연하더라도 뭔가 비슷한 점을 찾으려 했다. 우여곡절이 많은 삶 속에 적용한 신비스러운 생각을 자신의 상황에도 대입시킬 수 있기를 바랐다.

아나는 그게 얼마나 엄청나게 무모한 짓인지도 모르는 채 따라 하고 싶다는 마음에 사로잡혔다. 성녀 떼레사는 프란시스꼬 데 오수나 수사의 『제3의 성령 알파벳』¹에서 믿음의 구원을 얻었다. 그래서 아나는 뻬뜨라를 서점으로 보내 그 책을 찾아오게 했다. 그 책은 서점에도 없었고, 신부에게도 없었다. 하지만 아나는 성녀 떼레사보다는 고해신부 복이 훨씬 더 있었다. 성녀 떼레사는 20년 동안 제대로 된 고해신부를 찾았지만 찾지 못했다. 그 순간 아나는 총대리신부를 떠올리며 감격에 겨워 눈물을 흘렸다. 그가 얼마나 대단한 사람이고, 또 그에게 얼마나 많은 빚을 졌는가! 그가 아니라면 누가 그녀의 영혼에 그런 믿음의 씨를 뿌려주겠는가?

아나는 간신히 몸을 추스르게 되자 맨 먼저 신경을 써서 페르민 신부에게 편지를 보냈다. 그녀가 수많은 밤 꿈꿨던 내용을 담은 편지로 회복기에 그녀가 부렸던 변덕 중 하나였다. 남편이 '머리 복잡한 일은 일절 금지'하였기 때문에 그가 모르게 편지를 썼다.

페르민 신부는 판사 부인을 자주 병문안 왔으며, 그녀의 영혼에서 가장 순수한 믿음이 날로 발전하는 모습에 매우 흡족해했다. 하지만 그녀는 말로는 내면의 심오한 것들을 감히 표현하지 못했고,

---

1 스페인 프란시스꼬회 신부인 프란시스꼬 데 오수나(Francisco de Osuna, 1497~ 1540)가 집필한 『제3의 성령 알파벳』(*el Abecedario espiritual*, 1525~27)은 훗날 성녀 떼레사가 '마음의 침잠'(recogimiento) 명상법을 개발하는 데 크게 영향을 미쳤다.

게다가 그런 말은 제대로 할 수도 없었기 때문에 그에게 편지를 보냈다. 특히 반드시 필요하다고 생각하는 수사학은 더욱 표현하기 힘들었다. 거대한 사상과 위대한 말이 얼굴을 맞대고 대화를 하게 되면 틀에 박힌 위선처럼 보이는 것 같았다.

세장이나 되는 편지를 뻬뜨라가 신부의 집으로 가져갔다. 몇달 전보다 훨씬 창백하고 날씬해졌지만 훨씬 만족스러워 보이는 떼레시나가 미소를 띤 채 그 편지를 받았다. 신부는 그 편지를 읽기 위해 서재로 들어갔다. 어머니가 식사하라고 불렀을 때 페르민 신부는 두 눈과 뺨이 불에 달궈진 숯처럼 이글거리는 채로 나타났다. 도냐 빠울라는 아들과 떼레시나를 번갈아보다가 어깨를 으쓱했다. 접시와 그릇들을 들고 왔다 갔다 하는 떼레시나나, 멍한 얼굴로 식탁보를 바라보며 기계적으로 아주 조금만 식사하는 아들은 그녀에게 눈길도 주지 않았다. 떼레시나는 이제 완전히 도련님의 편이었다. 페르민 신부에게 전해준 편지에 대해서는 아예 안주인에게 보고도 하지 않았다. 뻬뜨라가 편지를 가져와 특별한 신호를 보내며 문을 두드리면 떼레시나가 내려갔다. 그러면 두 하녀들은 귀부인처럼 아무 말 없이 서로 볼 키스를 하고 작은 소리로 소곤거리며 낄낄거리다가 서로 꼬집기도 했다. 뻬뜨라는 떼레시나가 자기보다 우월하다고 생각했다. 그래서 떼레시나의 기분을 맞춰주며, 숱이 풍성하고 까만 머리와 슬픔에 잠긴 성모마리아의 눈과 피부, 다른 부러운 장점들을 칭찬했다. 떼레시나는 뻬뜨라에게 장차 좋은 일들이 있을 거라고 약속하며, 여러번 볼 키스를 나눈 후 헤어졌다.

"누가 왔었니?" 도냐 빠울라가 물었다.

그러면 떼레시나는 거지나 그 동네의 누군가라고 둘러댔다. 절대 사실대로 말하지 않았다. 도냐 빠울라는 하녀의 충성심에 대해서는 전혀 의심하지 않았다. 하지만 떼레시나가 없을 때 짐을 뒤져 보다 보석 여러개를 발견했다. 그녀는 흡족한, 그리고 질투 어린 미소를 지었다. 족히 2000레알은 나갔다…… 그랬다…… 괘씸한 짓이었다. 체면이 허락한다면…… 창피할 것만 없다면…… 시간 끌 것도 없이 본때를 보여주며 물어내라고 했을 것이다. 그나마 그것을 찾아내 다행이었다. 결국 따지고 보면 그건 자신의 작품이었다. 그래도 2000레알은 가슴 아팠다. 그것 또한 자신의 것이었으니까.

편지 받은 다음날 총대리신부는 아침 일찍 집을 나섰다. 그는 빠세오 그란데로 가서, 그곳 주변의 정원들에서 한적한 장소를 찾았다. 기뻐서 어쩔 줄을 몰라하는 새들과 이슬로 몸을 닦고 멋지게 차려입은 꽃들 이외에는 아무 동행 없이 아나가 신비스러운 수사학과 함께 장황한 마음을 전한 편지를 다시 읽어보았다. 그의 생각에 흥미롭고 기분 좋아 보이는 대목은 거의 외우다시피 했다. 5월 말경 분홍빛으로 물든 그날 아침 기쁜 마음이 흘러넘치자 그는 어린아이가 된 기분이었다. 동쪽 저 멀리까지 뒤덮은 분홍빛 흰색 차일을 태양이 찢기 전에 구름이 살짝 낀 시원한 날이었다.

페르민 신부는 몸을 일으켜 자기가 숨어 있던 곳 주변을 에워싸고 있던 회양목 울타리 위를 사방으로 둘러보았다. 그는 자기 혼자, 완벽하게 혼자 있음을 확인한 후 자기 머리 위로 이 나뭇가지에서 저 나뭇가지로 뛰어다니는 새들의 조화롭고도 공허한 수다와 자신의 가장 달콤하고 선율이 아름다운 목소리를 섞고 싶다고 생각했다. 판사 부인이 자기에게 쓴 정신적인 아름다움이 담긴 그 말들을 낭송하면서.

"저에게도 이제 눈물이라는 선물이 있습니다." 총대리신부가 분홍방울새와 참새, 로빈새, 그외 그 나뭇가지에 있던 다른 새들에게 말을 걸듯 큰 소리로 편지를 읽어내려갔다. "나의 친구여, 저는 지금 제 슬픔 이외 다른 무엇 때문에 울고 있습니다. 사랑으로 울고 있습니다. 신부님과 저의 성녀께서 저에게 만날 수 있도록 가르쳐주신 하느님의 존재로 제 영혼은 충만합니다. 제가 구원을 잊은 채 집에서 게을리하고 있을 거라고 걱정하지 마십시오. 이제는 우유부단함이 죽음이라는 걸 알고 있습니다. 저의 사랑하는 어머니이자 스승이신 그분이 자신의 죄에 대해 하신 말씀을 읽었습니다. '가벼운 죄는 신경 쓰지 않았다. 그리고 이것이 나를 망가뜨렸다.' 그런데 저는 죽을 만한 죄조차 신경 쓰지 않았습니다. 신부님께서 저에게 그 위험을 경고했는데도 불구하고, 저는 오랫동안 눈이 멀어 있었습니다. 하지만 하느님이 저에게 제때 병을 주셨습니다.(저는 제때라고 믿습니다. 그렇지요? 형제님?) 저는 열병으로 들뜬 악몽 속에서 지옥을 보았습니다. 그리고 우리의 성녀처럼 어두운 구멍 속에서, 부서진 제 육신이 말로는 다 표현할 수 없는 고통을 겪는 곳에서 그 지옥을 보았습니다. 게다가 귀신들은 꽁꽁 얼어붙어 뻣뻣해진 제 육신 위로 역겨운 궤양들이 지나가도록 했지요. 그 귀신들은 웃음거리 삼아 가톨릭 사제복을 입고 성직자로 변장한 악마들이지요. 결국, 이것에 대해서는 이미 신부님께 말씀드렸습니다. 하지만 제 믿음은 두려움에서 비롯된 게 아니라, 하느님에 대한 사랑에서, 제 불멸의 모델을 아주 멀리서나마 따르고 싶은 진심에서 우러난 마음에서 비롯되었습니다. 지금 제 믿음은 진심입니다. 그리고 이 모든 것을 말씀드리기 위해, 제가 좋은 사람이 되고자 하는 이 굳건한 의지가 배은망덕한 게 되지 않도록 많이, 아주 많이 노력하고 있다는 것을 알아주시기 바랍니다. 성녀 떼레사는 자기가 원하는 방향으로 이끌어줄 사람을 찾지 못한 채 오랜 세월을 보냈습니다. 그런데 더 보잘것없는 저는 저의 아버지[2]라고 부르고 싶은 분을 통해 더 빨리 하느님의 구원을 얻었습니다. 그런데 그분은 아버지보다는 형제로 불리기를 더 원하십니다. 그렇습니다. 나의 형제님, 친애하는 나의 형제님, 지금 여기에서 비밀이 보장될 거라는 확신을 갖고 신부님을 이렇게 부를 수 있어 너무나도 기쁩니다. 순수하지 못하고 세속적인 사람들은 이해하지 못할 이 말을 아무도 듣지 않을 거라는 확신을 갖고 말입니다. 제가 선한 사람이 되고 싶다는 생각이 처음으로 들었을 때보다 수천배 더 행복합니다. 제가 그렇게 될 수 있도록 도와줄 분을 찾았기 때문이지요. 제가 이 모든 걸 이해하게 될 때까지 얼마나 많은 시간이 걸렸는지! 하지만 형제님, 친애하는 형제님은 저를 용서해주실 겁니다. 그렇죠? 증표가 필요하다면, 제가 참회하기를 원하신다면 말씀하십시오. 분부만 내려주십시오. 제가 어떻게 복종하는지 보시게 될 겁니다. 성녀 떼레사가 바랐다고 말씀하신 것을 신부님께서 그토록 오랜 시간 바란 것도 이상할 것은 없습니다. 바로 '정신적인 삶과 감각적인 만족과 취향, 취미를 일치시키는 것'이지요. 이제 이것은 끝났습니다. 우리가 어디로 가야 할지 신부님께서 말씀해주십시오. 무조건 따르겠습니다. 저번 날 제가 발작에서 회복되었을 때, 애정어린 신뢰에 대해 말씀해주셨을 때, 저는 사랑에 빠졌습니다. 신부님이 말씀하신 것처럼 되기를 바랍니다. 신부님이 제게 말씀하신 독일인지 스웨덴 수사들[3] 이외에 이것에서도 우리는 성녀 예수의

2 padre가 신부(神父)와 아버지라는 두가지 뜻을 가지며 '하느님 아버지'를 지칭하기도 한다.

3 프랑스의 철학자이자 역사가 에르네스뜨 르낭(Ernest Renan, 1823~92)의 『종교사에 대한 새로운 연구』(Nouvelles Études d'histoire religieuse, 1884)에 포함된 「13세기 수도사의 순정적인 사랑」에 나오는 독일 여신도 크리스티나 드 스톰멜른과

떼레사를 따를 것입니다. 그분은 매우 순수한 의도로 절친한 사제에게 좋은 말과 심지어 즐거운 농담까지 구사하며 그를 죄에서 멀어지게 했습니다.[4] 그분의 말씀이 기억납니다. 그 고해신부는 그녀에게 매우 호의적이었지만 불경스러운 사랑의 잘못으로 파멸했습니다. 한 여자가 사악한 간계로 그의 목에 우상을 걸어 주문을 걸었지요. 그러자 고해신부가 많이 의지했던 성녀 떼레사가 그에게서 마법을, 그러니까 부당한 사랑의 증거물이었던 그 우상을 돌려받을 때까지는 불운이 그치지 않습니다. 신부님도 아시다시피, 성녀 떼레사가 그 우상을 강으로 집어던지자 신부는 더이상 죄를 짓지 않고, 나중에는 크나큰 죄에서 벗어나 죽습니다. 삶에서는 그런 우정이 도움을 줍니다. 그런 우정이 없다면 이 삶은 사막과도 같겠지요. 그리고 그런 우정을 의심하는 사람들은 나쁜 사람들입니다. 그들은 그런 우정을 알지 못합니다. 그토록 좋은 것이 뭔지 이해하지 못하고, 그것이 약자들의 구원을 위해 얼마나 요긴하게 쓰이는지 이해하지 못하는 사람들이기 때문입니다. 여기서 약자는 고해신부가 아니라 참회자입니다. 신부님은 목에 우상을 걸지도 않았고, 그래서 우리는 강물에 집어던질 우상도 없습니다…… 저는 죄인입니다. 성녀가 주문에 걸린 신부에게 했던 것과 같을 일을 해야 할 남자는 없지만 말입니다. 저는 단지 남편을 사랑했고, 신부님도 제가 남편을 어떤 식으로 사랑하는지 잘 아십니다. 하느님에게 귀속되어야 할 것을 빼돌리는 그런 사랑이 아니라 남편에게 마땅히

스웨덴 도미니꼬회 수도사 페트루스 드 다시아는 오랜 기간 서신을 통해 사심없는 순수한 사랑을 나눈다.

4『성녀 떼레사의 일생』5장에서 성녀 떼레사는 자신의 고해신부와 나눈 진한 우정에 대해 언급하고 있다.

바쳐야 할 부드러운 애정과 세심한 배려일 뿐입니다. 이 점에서는 저도 많이 나아졌습니다. 프라이 루이스 데 레온이 『완벽한 부인』에서 저를 가르쳐줬습니다. 상황에 따라 의무가 다르다고 했지요. 제 남편의 경우 제가 주는 것 이상을 받아야 합니다. 하지만 현명한 시인과 신부님의 가르침에 따라 제 남편을 돌보고, 신부님도 아시다시피 제 나름대로 남편을 사랑하기 위해 더 많은 정성을 쏟고 있습니다. 물론 제 계획은 실천으로 옮겨야 합니다. 남편을 조금씩 회심시키는 거지요. 그리고 그에게 쓸데없는 연극작품 대신 성자들의 책을 읽도록 하는 거지요. 제가 뭔가는 이뤄낼 수 있을 겁니다. 그는 유순하고 신부님이 저를 도울 테니까요. 이 점에서도 저는 우리의 성녀를 따를 것입니다. 그분은 자신의 선량한 신부님에게 더 많은 믿음을 주기 위해 많은 노력을 기울였습니다. 물론 그분에게는 이미 많은 믿음이 있었지만요."

페르민 신부는 마지막 단락은 더이상 큰 소리로 읽지 않고, 다시 자리에 앉아 조용히 혼자 속으로 읽었다. 아나가 성녀 떼레사를 너무 좋아하는 것 같아 약간 질투가 나기는 했지만 만족스러웠다. 그의 두 눈과 양쪽 뺨, 입술에서 환희가 흘러넘쳤다. 이런 게 사는 것이지. 그외에는 다 무의미해. 마침내 아나는 그가 꿈꿨던 전부가 되었다. 그녀가 처음 고해실로 찾아온 날 은밀한 목소리로 속삭였던 게 바로 그것이었다. 총대리신부는 '두 남매'가 이미 서로에게 솔직하게 털어놓은 이상적인 열정에서 육체적인 감정이 느껴졌지만 자기 자신에게는 계속 모른 척했다. 그것은 생각하고 싶지 않았다. 양심의 가책을 느끼고 싶지도 않았고, 다른 종류의 위험도 느끼고 싶지 않았다. 자기 영혼으로 찾아들어온 그 행복만을 누리고 싶었다.

"사랑하는 형제님" 대목을 읽는 순간, 신부는 까무러질 듯 기분이 좋아지며 심장이 두근거렸다. 살면서 가장 강력하게 느낀 고통스러운 쾌감이었다. 좋아, 그걸로 충분했다. 이건 사실이었다. 현실이었다. 거기에 무슨 이름을 붙일 필요가 있겠는가? 중요한 것은 사실이지, 이름이 아니었다. 게다가 어떤 결말이 나든, 그가 아나에게 느끼는 감정은 자기도 신경 쓰지 않는 세속적인 욕구의 만족과는 아무 관계도 없다고 확신했다. 신부가 그런 생각을 하고 있는데, 그때 등을 기댄 나무 뒤 울타리 너머로 학교에서 배웠던 'Veritas in re est res ipsa, veritas in intellectu……'⁵를 단조로운 음으로 읊고 있는 남자아이의 목소리가 들려왔다. 철학 과정 1학년에 다니는 신학생이 발메스 교재의 1과를 복습하는 중이었다. 신부는 자기도 '사물 자체가 사물이 내포한 진실'이라는 내용을 배웠던 시절을 생각하며 눈에 띄지 않게 그곳을 떠났다. 이제 사물 그 자체는 전혀 중요하지 않았다. 진실과 그 모든 것도…… 세상 전체와 신부의 야망, 자기를 집행자로 쓰는 어머니의 지저분한 함정들, 중상모략들, 적들의 음모, 부끄러운 기억들 모두. 아나 오소레스와 마음을 터놓고 연결된 두 영혼의 끈만 빼고는 모든 것을 잊게 만드는 명명할 수 없는 그 열정 속으로 자신의 영혼을 침몰시키고 싶을 뿐이었다. 그들은 서로를 모른 채, 운명이 자기네를 위해 준비해준 것을 의심도 하지 못한 채 얼마나 많은 세월을 살았던가! 그래, 운명이야. 신부는 생각했다. 자기 자신에게 신의 섭리라고는 말하고 싶지 않았다. 사춘기 시절과 청년기 초창기 시절에는 미쳐서 날뛰는 두려움과 귀신들, 묵시론적인 모습들만 있는 메마른 사막의 신학이나 골

---

5 라틴어로 '사물의 진실은 사물 자체에 있다. 마음의 진실은……'이라는 뜻.

치 아픈 일은 전혀 생각하고 싶지 않았다. 그 모든 것은 그걸로 영원히 충분했다. 맹목적인 감각도 아니고, 질릴 때까지 은밀하게 채워줘야 하는 저속하고 난폭한 열정도 아니었다. 이것은 비밀과 위선, 자기를 온통 휘감은 어두움 때문에라도 부끄러웠다. 그런데 지금은 두려움도 근심도 두통도 없이 행복만이 존재했다. 6월이 다 되어가는 5월의 어느날 아침 삶에 만족하며, 들판과 새들을 사랑하고, 이슬을 마시고 나뭇가지에서 화환을 이룬 장미 냄새를 맡고, 부풀어오른 꽃봉오리를 열고, 요람과 같은 꽃잎 속에 숨어 웅크린 수술들을 깨물고 싶은 행복이었다. 총대리신부는 누가 볼까봐 슬며시 장미 꽃봉오리 하나를 땄다. 달걀처럼 매끄러운 장미를 감싸고 있던 이슬의 시원한 감촉을 느끼며, 그는 어린아이처럼 기분이 좋았다. 젊고 신선한 냄새만이 느껴졌기 때문에 감각만으로는 그의 욕구가 진정되지 않았다. 확 트인 곳에서 꽃봉오리를 깨물고 싶고, 즐겁게 즐기고 싶고, 자연의 신비를 알고 싶은 욕구가 느껴졌다…… 나무들로 뒤덮인 오솔길에서 정처 없이 걷던 신부는 나지막하게 노래를 부르며 베뚜스따를 향해 내려갔다. 그는 꽃봉오리를 하늘 높이 던졌다가 다시 자기 손으로 받았고, 그때마다 꽃잎이 한장씩 허공에 흩어졌다. 꽃봉오리의 형체가 사라지자 페르민 신부는 이상한 식욕을 느끼며 남은 부분을 입에 넣고 오물거렸다. 자기 자신도 깨닫지 못한 관능적이고 세련된 모습으로.

페르민 신부는 대성당에 도착해 성가대석으로 향했다. 빨로모가 빗자루로 쓸고 있었다. 신부는 다정하게 그에게 말을 걸었다. 그는 빨로모에게 고약한 짓을 많이 했다. 불쌍한 빨로모가 쓸데없는 구박을 얼마나 많이 받았던가! 그런데 지금은 기분을 맞춰주고 그의 근면성과 대성당에 대한 애정을 칭찬해줬다. 빨로모는 놀랍기도 하고 고맙기도 해서 어쩔 줄 몰라하며 기뻐했다. 페르민 신부는 악보대 쪽으로 가서 큼지막한 기도서들을 뒤적이며 악보를 보면서 나지막하게 흥얼거렸다. 1센티 옆에 네모난 음표로 표시된 노래를 읽으며 부른 것이다. 모든 게 좋았다. 저 위쪽의 오르간에서는 멋진 소리들이 위아래 사방으로 울려퍼졌다. 태양 두개가 서로 얼굴을 마주보고 있는 것 같았다. 원형 천장 근처에서는 금빛 천사들이 바이올린을 켜고 있었고, 오르간의 은빛 세공 양식들이 원형 천장으로 올라가고 있었다. 성가대석 뒤쪽의 성당 측면 높은 곳에 위치한 창문들과 원형 투명창으로 빛이 들어와 붉은색, 파란색, 초록색, 노란색으로 뿔뿔이 흩어졌다.

한쪽에서는 유리창 테두리의 그림자 때문에 붉은 입술이 둘로 갈라진 성 크리스토포로스가 누런 손으로 초록색 세상을 떠받친 채 아기 예수를 향해 미소를 머금었다. 그 그림 앞으로는 공허한 빛으로 정방형 모양의 벨렌의 구유가 있었다. 오렌지빛 건초가 쌓인 요람에서 아기 예수가 나귀와 소에게 미소를 띠고 있었다. 페르민 신부는 생전 처음 보는 듯 이 모든 장면을 바라보았다. 성당 안이 기분 좋게 시원했고, 밀랍 냄새와 뒤섞인 습한 냄새가 신기하게도 상징적이고 제법 관능적으로 느껴지며 화사했다. 그날 아침 총대리신부는 최선을 다해 성무일도에 임했고, 주례사제로서도 최선을 다했다. 주임신부는 페르민 신부가 매우 유쾌하고 말이 많으며, 친구들과 숨은 적들에게 친절한 것을 보고는 혼자 중얼거렸다. 뭔가 있어! 시치미 떼는 데는 이 성직매매자가 나를 당해낼 재간이 없었는데! 주임신부도 친절하고 예의 바르면서도 기분 좋게 농담을 건넸다. 그의 연기는 더할 나위 없이 훌륭했다.

"총대리신부가 얼마나 기분 좋은지 보셨습니까?" 꾸스또디오가 대성당을 나서며 말했다.

　주임신부가 보좌신부의 귀에 대고 대답했다.

　"이제는 아예 부끄러운 것도 없더군. 세상에 아예 덮개를 씌워놓았다니까."

　"뭔가 엄청난 일이 벌어진 게 분명한데요……"

　"무슨 범죄를 말하는 건가?"

　"불륜이오……"

　"글쎄, 아직 거기까지 익은 것 같진 않은데. 그렇지만 그로서는 못할 것도 없지. 어쨌든 범죄는 범죄니까……"

　보좌신부는 총대리신부가 판사 부인을 차지했다는 생각이 마음에 들지 않았다. 질투였다. 하지만 적에게 붙일 긴 범죄목록에 그 죄목까지 더하려면 그것도 염두에 둬야 했다.

　페르민 신부는 11시에 '소녀 교리문답' 그룹에서 강연하는 날이라는 걸 기억했다. 그는 그 신앙교육 모임의 책임자로, 싼따마리아 라 블랑까 성당의 십자로에서 강연을 맡았다. 강연하기에 적합한 기분이었다. 거품이 이는 듯한 하얀 석조 건물의 너울거리는 불꽃 장식이 환하게 웃는 성당 안으로 유쾌한 마음으로 들어섰다. 성당 한가운데에는 소나무 판자로 만들어진 임시 강단이 마련되어 있었다. 그 위 한쪽으로 등받이 없는 긴 의자들이 세줄 놓여 있었고, 그 앞으로는 금실과 은실로 수놓은 낡은 비단 위로 초가 흘러내린 테이블이 있었고, 그곳에는 붉은 우단 팔걸이 의자와 같은 천으로 된 여러개의 의자가 놓여 있었다. 팔걸이 의자는 총대리신부를 위한 것이고, 다른 의자들은 교리교사들을 위한 것이었다. 그리고 긴 의자에는 교리와 약간의 예배의식, 성경의 역사, 성가를 배우는 일곱 살에서 열네살 소녀들이 앉아 있었다.

페르민 신부가 성당 안으로 들어서자, 나무 위를 지나가는 바람 같이 수군거리는 소리가 좌중에서 들려왔다.

총대리신부는 성수를 찍어 성호를 그은 후 신앙의 기쁨이 충만한 모습으로 설교대의 계단을 올라갔다. 그는 양손을 비비고는 지나는 길 발치에 있던 여덟살짜리 여자아이의 머리를 부드럽게 눌렀다. 그는 원형천장을 바라보며 아랫입술을 깨물면서 아이의 금발 머리를 자기 쪽으로 지그시 잡아당겼다. 그러고는 아이가 아프지 않게, 손가락으로 한쪽 선분홍색 귀를 가만히 눌렀다.

"루피니타가 착한 아이가 되고 싶어하지 않고, 성당 안에서 뛰어다니며 노래 부를 때 성가대를 방해한다고 어느 종달새가 나에게 말해줬을까요?"

까르르 웃는 소리가 성당 안으로 울려퍼졌다. 아이들은 정말 재미있어하며 웃었고, 그 웃음소리는 넓은 유리창들 사이로 들어오는 빛이 충만한 흰색 원형 천장에서 즐거운 메아리가 되어 돌아오며 성당 안에 울려퍼졌다.

총대리신부가 던지는 말마다 모두 웃음을 안겨주었다. 재미있는 농담이었다. 아이들과 신부들은 자기 집에 있는 듯 편안한 기분이었다. 성당 안 여기저기에 몇명 안되는 여신도들이 열심히 기도하고 있었는데, 그들은 별 신경을 쓰지 않았다. 단상의 의자에 앉기를 즐기는 청년들이나 부스럼 딱지가 내려앉은 사내아이들이나 그 환호성을 구경했다. 교리교사들은 모두 젊은 청년들이었는데, 그들은 세속적인 목적으로 그곳에 온 청년들을 좋은 눈으로 보지 않았다.

총대리신부는 제일 높은 자리인 팔걸이 의자에 앉지 않았다. 단상 위를 갈지자로 걸어다니거나, 야자수가 넘실거리듯 몸을 숙이며 돌아다니는 게 더 좋았다. 가끔은 즐거움이 흘러넘치는 긴 의자 쪽으로 다가가기도 했다. 여자아이들의 뺨을 살짝 때리거나, 치마를 입은 어린 천사들의 귀에 대고 모든 여자아이들의 호기심을 자극하면서도 늘 도덕적이고 종교적인 교훈으로 마무리하는 그의 농담들의 원천이 되는 비밀을 얘기하기 위해서였다. 또한 유쾌하고 재미있고 생기발랄한 교리교사들도 왔다 갔다 하며, 달콤한 말과 아버지와 같은 미소로 교육받고 있는 여학생들을 꾸짖기도 하며, 펄럭거리는 검정색 망토와 생생한 색상의 짧은 치마들과 뒤섞여 긴 의자들 사이를 오갔다. 여자아이들의 종아리를 옭아맨 눈처럼 하얀 스타킹은 긴 옷으로도 제대로 가려지지 않았다. 딱딱한 단상 위의 첫줄에는 여덟살에서 열살 사이의 여자아이들이 가만히 있지를 못하며 움직여댔다. 대부분 금욕주의자처럼 표정이나 몸매, 얼굴이 거의 남자 같았고, 몇몇 아이들은 조숙하게 가슴이 부풀어올라 의도와는 다르게 옷매무새를 그대로 드러내기도 했다. 아이들은 아무 이유도 없이 자기네들의 조숙한 성장발육을 부끄러워했다. 페르민 신부는 여자로서 꽃봉오리를 피워내는 아이들을 바라보며 자기가 방금 씹었던 장미 봉오리를 떠올렸다. 그의 입술에는 아직도 짓이겨진 그 파편이 남아 있었다. 그다음 줄에는 열두살에서 열세살의 약간 우쭐대며 잘난 척하는 봄처녀 교육생들이 있었다. 그리고 그 뒤로는 열다섯살로 처녀티가 물씬 풍기는 아가씨들이 있었다. 그들 중 몇몇은 베뚜스따의 미인으로 손꼽히는 아이들도 있었다. 거의 모두 정신 나간 사랑의 전설적 신비 단계에 입문했으며, 많은 아이들은 여성성을 보여주는 자연적인 변화를 앞두고 있었다. 그리고 자그마한 체구에 얼굴에 핏기는 없지만 강인해 보이는 두세명은 아직 어린아이처럼 옷을 입었지만 이미 여자가 되어 있었다. 그 아이들의 눈에는 아는 것을 감추고 있는 복잡한 기색이 보였다. 성가대 수업과 연습이 시작되면 여자아이들은 일어나 단상 위에서 그룹별로 나뉘었다. 오페라의 무용수처럼 둥그런 원을 그렸다가 다시 그 원을 흐트러뜨리기도 했다. 그리고 교리교사들은 그 정렬된 소용돌이를 지휘하며 푸르디푸른 청춘들 사이에서 세련된 관능미가 풍기는 정신적인 향을 들이마셨다. 그들은 양 볼과 두 눈이 발갛게 달아오른 채, 술에 취한 듯 도덕적 갈망을 느꼈다.

총대리신부는 빠세오 그란데의 장미처럼 시청 소유가 아닌 자기 소유인 그 장미들 사이에 제자리를 잡은 느낌이었다. 이미 알 것을 아는 듯한 두어명의 눈빛을 관찰하는 게 재미있었고, 그 어린 천사들의 머리를 만지면서 은밀한 쾌감을 느꼈다. 성가가 끝나고 말씀나누기 시간이 되었다. 그러자 몇몇 아이들의 목소리는 지금 경험하고 있는 육체적 신비를 몸보다 훨씬 잘 드러냈다. 공식적으로는 열네살이지만 열다섯살인 한 여자아이가 앞으로 나와 단상 옆에 서서 영혼의 불멸을 부인하는 현대 물질주의자들을 공격하는 연설문을 강한 어조로 읽어내려갔다. 그나마 완곡한 예수회식 수사를 동원하여 조금이나마 순화한 표현이었다. 금발에 대리석처럼 하얀 피부의, 약간 위로 치켜올라간 턱만 빼면 완벽한 용모였다. 상체는 이미 여인의 몸이었으며, 꽉 끼는 치마 아래로는 단단하고 매끈한 허벅지가 묘한 유혹의 손길을 내밀며 조화로운 곡선을 그리고 있었다. 눈은 투명한 파랑색이었다. 약간 거슬리는 금속성의 떨리는 목소리에는 성직자 같은 건조함이 담겨 있었다. 수녀원에 들어갈 준비를 하는 영혼의 거의 무의식적인 맹신을 보여주었다. 팔이 그리스 조각처럼 아름다운 금발 소녀는 자기가 무슨 말을 하는지 정확히는 모르더라도 장광설의 큰 뜻은 대강 아는 듯 거기에 상응하는 오만과 편견이 깃든 어투로 읽었다. 그녀는 그 자체로 오만과 편견의 동상, 최상의 아름다운 동상이었다. 그녀의 친구들과 교리교사들, 성당에 흩어져 있던 몇 안되는 관중들이 놀란 표정으로 그녀의 말을 들었다. 하지만 그녀가 하는 말은 생각하지 않고, 그녀의 육체의 아름다움과 금속성의 목소리에 담긴 위엄 가득한 어투만을 생각했다. 입을 열면 맹목적으로 복종하게 만드는 여자였다. 감성적 맹신의 상징이자, '영원한 여성성'을 영원한 우상으로 접하게 만드는 여자였다. 총대리신부는 이제 미소를 거두고 입을 벌린 채 바늘처럼 날카로운 시선으로, 당당한 신앙의 아마존 여전사를 삼킬 듯 바라보았다. 그녀의 외양은 자연이 예술적으로 빚어냈지만 내면, 즉 그녀의 영혼은 그가 다듬었다. 그랬다. 그 휘황한 광신은 그의 작품이었다. 금발 여자는 그를 따르는 여신도들의 박물관에서 건진 진주였는데, 그때는 아직 다듬어지지 않았었다. 약간 길쭉하고 우아한 발들이 제대로 가려지지 않아, 늠름한 여전사의 발가락 두개가 드러난 그 회색 의상이 바닥에 끌릴 때가 되면 그가 공들인 기적이 세상으로 나가게 될 것이고, 그러면 대중들이 그녀에게 감탄하고, 교회가 그를 위해 그녀를 지켜줄 것이었다.

교회의 역사는 달콤하고 수줍어하면서도 불안해하는 표정을 지닌 고운 얼굴의 통통한 갈색머리 여자아이가 맡아서 이야기하였다. 그녀는 일찌감치 조숙해진 몸이 부끄러운 듯 옷으로 가리려고 했다. 그녀는 기도문을 낭송하면서 아래서부터 올려다보는 남자들이 자기 종아리를 볼 수도 있다는 생각밖에는 하지 않았다. 그녀는 본능적으로 정숙하려고 노력했지만, 치마는 종아리를 덮는 길이가 아니었다. 그녀는 자기가 맡은 마카베오기⁶의 이야기를 끝내지 못했다. 목에 뭔가 걸린 것 같고, 귀가 윙윙거렸으며, 오른쪽 머리 전체가 갑자기 차가워지면서 얼굴이 창백해졌다. 수줍음 때문에 어지러웠던 것이다. 성당에서 나가야 했다. 다른 조숙한 여자아이들이 아무렇지도 않게 기도문을 낭송한 덕분에 울면서 성당을 나간 소심한 여자아이의 서글프고 볼품없는 장면은 금세 잊혔다. 페르민 신부도 도덕적으로 재미있는 이야기와 신비주의가 담긴 재미있는 우화들을 들려주며 여학생들의 정신을 다시 고취시켰다. 여자아이들은 웃겨서 죽겠다는 듯 의자에서 몸부림을 치다가 일반인들과 교리교사들에게 치마 아래의 하얀 속살을 순간 드러내 보이기도 했다. 많은 아이들은 그럴 의도가 없었지만 몇몇은 그 생각 이외에 다른 생각은 하지 않았을 수도 있었다.

페르민 신부가 싼따마리아 라 블랑까 성당을 나설 때는 끈끈한 침이 입안 가득 잔뜩 고였다. 느닷없이 찾아온 그런 기분이 아주 먼 옛날 일을 떠올렸다. 그는 그 기억이 싫었다. 정확하지는 않았다. 여자들이란! 그는 생각하며 걸어갔다. 어찌 됐든 그에게 일어난 그 일은 그가 아직 젊다는 증거였다. 플라토닉한 사람이 되겠다고, 적어도 자기에게 충실한 아나와의 관계에서는 영원히 플라토닉한 사람이 되겠다고 맹세한 것은 이상주의로 위장할 필요가 없는 확실한 증거였다. 그의 생각은 다시 판사 부인에게로 돌아갔으며, 성당에서 나왔을 때 막연하게 든 충동적인 바람은 아나 부인을 직접 만나 편지에 대한 감사의 말을 전하고, 가능한 한 가장 강력한 언변을 발휘하고 싶은 구체적이고도 강렬한 욕구로 바뀌었다.

---

6 구약 성경 역사서 중 하나. 기원전 160년경부터 시리아의 셀루키드 왕조에 대항하여 싸운 이스라엘의 회복과 독립전쟁을 기록하였다.

페르민 신부는 자신의 바람을 꾹 누르고 오후로 방문을 미룰 정도의 정신력은 충분히 있었다. 도냐 빠올라는 평소와 다름없이 사람들이 수군대는 것에 대해 말했고, 페르민은 어깨를 으쓱했다. 그는 재산상의 대재앙이니 명예의 실추니 하면서 겁을 주는 도냐 빠올라의 딱딱하고 건조한 목소리를 듣고만 있었다. 마치 노아의 방주 때 일어난 엄청난 지리적인 대이변을 말하는 것 같았다. 대중이 험담하는 총대리신부가 자기와는 다른 사람처럼 느껴졌다. 야망, 성직매매, 거만함, 추잡스러움, 스캔들!…… 자신이 이 모든 것과 무슨 상관이란 말인가? 페르민 신부는 이미 죽었는데 왜 사람들은 불쌍한 그를 그렇게 쫓아다닌단 말인가? 이제 페르민 신부는 다른 사람이었다. 이웃을 무시하고 귀찮아하면서 억지로라도 그들을 좋아하겠다는 마음조차 없는 다른 사람이었다. 그는 자기를 고귀하게 만들고 구원하는 자신의 열정만을 위해 살고 있었다. 사람들이 자기를 너무 압박해서 못 견딜 정도가 되면 종을 울려 놀래줄 생각이었다. 자기 안에서 어느 때보다 강하고 만약의 사태에 준비되어 있고 삶을 사랑하는 남자를 발견하고는 흐뭇해했다. 그런 게 자기가 좋아하는 것을 위해 비축해둔 강렬하고 넘치는 감정이 아니겠는가? 그에게는 현실이 새로운 의미를 띠었다. 좀더 확실한 현실이었다. 그는 철학자들의 의심과 자문신학자들의 꿈을 기억하며 안타까워했다. 어떤 이들은 세상을 부인하고, 어떤 이들은 세상을 증발시켰는데, 그가 보기에 이들은 동정할 가치가 없어 보였다. 철학은 하품을 하는 방법이었다. 인생이란 자신이 누구였고 누구인지 활동과 감성의 중심에서 느끼는 바로 그것이었다. 고해성사 한시간 만에 그에게 새로운 세상을 보게 한 눈부시게 아름다운 영혼과 육체의 여인이 지금은 그에게 '사랑하는 형제님'이라고 부르며, 격정적이고 시적인 신비주의의 좁은 오솔길로 안내받기 위해 그에게 전적으로 의지하고 있었다…… 다행히 그에게는 모든 것을 위한 테크닉이 있었다. 그는 신비주의자가 되는 방법을 알고 있었다. 필요하다면 땅을 잊지 않은 채 구름 속을 헤맬 수도 있었다. 그는 오래전 자기가 소설을 쓰고 싶어했다는 사실을 떠올렸다. 진정으로 그리스도교적인 『시빌』[7]과 현대적인 『파비올라』[8]를 쓸 생각이었다. 그러나 능력이 없어서라기보다는, 상상력을 허비하는 게 손해인 것 같아 그만두었다. 소설보다는 체험하는 게 훨씬 나았다.

어머니가 주임신부의 계략과 카지노 음모가담자들의 책략을 열거하는 동안 총대리신부는 빵을 자르다 말고 칼로 툭툭 치며 그런 생각을 하고 있었다.

페르민 신부는 최대한 빨리 주교를 만나 떠보겠다고 약속하고 간신히 집에서 빠져나왔다. 누에바 광장 쪽으로 발길을 옮겼다. 린꼬나다의 대저택이 후광에 쌓여 있는 것 같았다.

아나와 낀따나르가 다이닝룸에서 그를 맞이했다. 그는 이미 신뢰를 받는 친구였다. 판사 부인이 두번이나 병상에 있는 동안 총대리신부는 낀따나르에게 작은 친절을 베풀었다. 낀따나르는 총대리신부가 썩 마음에 드는 것은 아니었지만 그의 도움을 고마워했다. 하지만 교회와 갈등이 있을 때 늘 왕권 편이었던 낀따나르는 이미 성직자의 영향력이 자기 가정에, 그러니까 자신의 제국에 뭔가 나쁜 영향을 끼치고 있다는 의심이 들었다. 신부는 잡아끄는

---

7 *Sybil*. 영국 소설가 벤자민 디즈레일리(Benjamin Disraeli, 1804~81)의 소설 작품.
8 *Fabiola*. 영국 추기경 니콜라스 와이즈먼(Nicholas P. Wiseman, 1802~65)의 작품으로, 로마 시대 4세기 초 그리스도가 박해받던 때를 배경으로 하는 순교소설.

힘이 강했다. 특히 페르민 신부는 약간 예수회 쪽이었다. 예수회! 결의론![9] 파라과이![10] Ceveant consules![11] 최고의 법이라 할 수 있는 예절이 신부에게, 고마운 마음 그 이상으로 아주 깍듯하게 대하라고 강요하기는 하지만, 낀따나르는 신부에게 약간 차갑게 대했다. 그러나 상대방이 눈치챌 정도는 아니었다. 페르민 신부는 집주인이 좀 걸리적거린다고 생각했지만 그뿐이었다.

아나는 아직 아파 보이긴 했지만 친절하게 손을 내밀며 고해신부를 맞이했다. 페르민 신부는 자기도 모르게 최대한 오래 손을 잡았다. 낀따나르는 6시경 둘만 남겨두고 떠났다. 농장주협회의 일로 주청사에서 약속이 있었다. 외국에서 종자를 들여오는 일로 모이는 것이었다. 낀따나르는 자신이 부회장직을 맡고 총무로 프리힐리스를 추천할 생각이었다. 프리힐리스는 절대 그 직책을 맡지 않겠다고 맹세했지만 개의치 않았다. 망할 놈의 프리힐리스가 싫다고 거절한다고 해도 어찌 됐든 우리에게 그런 직책은 명예와 다름 없으니까. 낀따나르는 주지사를 믿었다. 그는 외출했다.

판사 부인이 페르민 신부에게 미소를 지으며 말했다.

"신부님께서는 제가 미쳤다고 하실 겁니다. 우리가 매일 얘기를 나눌 수 있는데 뭐하려고 편지를 보냈냐고요. 저로서는 최소한의 도리였습니다. 저는 무척 행복하답니다! 그리고 이렇게 행복한 것은 대부분 신부님 덕입니다! 충동을 참으려 했지만 어쩔 수 없었습니

---

9 개개의 도덕문제를 법률조문식으로 규정한 도덕법으로 해결하는 방식. 스토아학파를 시작으로 14~15세기에 결의학으로 발전하였다. 규정의 틀에 얽매여 예수회에서처럼 인간의 자립적 활동을 구속하기도 한다.

10 파라과이는 예수회 세력이 강하여 17~18세기에는 막강한 영향력을 행사했다.

11 라틴어로 '영사들은 조심하시오!'라는 뜻으로 영사들의 막강한 권력을 경계하는 말이다.

다. 저를 구원하시고자 택한 분에게 바치느라 하느님에 대한 제 생각을 많이 훔쳐내는 것 같아 스스로를 꾸짖기도 합니다."

총대리신부는 기뻐서 목이 멜 것 같았다. 잠들 때면 수없이 그려보았던 소설 속의 바로 그 대목을 판사 부인이 말하고 있었다.

페르민 신부는 그 편지를 읽은 순간 자기에게 일었던 마음의 변화를 모두 망설이지 않고 들려주었다. "부인과 같은 친구가 없는 세상은 사람이 살 수 없는 사막입니다. 무한함을 사랑하며 사는 영혼에게는 베뚜스따의 평범한 삶은 비좁은 방에서 난로를 켜고 사는 것과 같지요. 질식해 자살하는 것과 다를 바 없지요. 하지만 하늘이 보이는 저 창문을 열어두면 그때는 두려울 게 없어요."

판사 부인은 우상숭배를 하듯 감동적으로 성녀 떼레사에 대해 말했다. 총대리신부는 그녀의 예찬을 받아들이기는 했지만, 그들 자신, 그들의 우정, 아나 마음속의 순수한 믿음을 말할 때보다는 온기가 덜했다. 페르민 신부는 아빌라의 성녀에게 질투를 느꼈다.

게다가 총대리신부는 아나가 신비주의 사고에 지나치게 몰입해 있다고 보았다. 그녀가 무아지경에 빠지면 늘 그러듯 다시 신경발작을 일으킬까봐 두려웠다. 아나가 계속 그 위험천만한 길을 고집하다가 다시 아프게 되어 원망을 받는 일만큼은 피하고 싶었다. 그는 신앙활동을 권했다. 현재 상태나 조건에 비춰보면 단순히 명상보다는 자선활동에 더 많은 시간을 내는 편이 나았다. 아나가 다시 세상과 만나기를 게을리한다면 그것은 아직 확실하게 병이 회복되지 않아서였다. 하지만 완벽하게 원기를 되찾고 난 다음에는 왕성하게 활동하는 것을 더이상 두려워하면 안되었다. 자선활동에 참여해야 했다.

그날부터 총대리신부는 아나가 명상을 접고 적극적인 삶에 뛰어들도록 최대한 영향력을 발휘했다. 너무 높이 올라가면 그녀가 자기를 잊을 수도 있었다. 결국 그도 유한한 존재니까. 성녀 떼레사가 말했고, 아나는 매 순간 그 말을 기억하고 있었다. '…… 언젠가 끝나게 되는 모든 유한한 존재는 그다지 중요하지 않은 꺼지는 빛이다.' 그리고 그는 끝나야 하는 존재이기 때문에, 그것 때문에라도 아나가 자기를 하찮게 볼까봐 두려웠다.

그런 상황이 처음 몇달처럼 계속되었더라면, 그의 두려움이 괜한 것이 아닐 수도 있었다. 고해신부를 아무리 좋아한다고 해도, 아나는 이 세상의 다른 것을 모두 잊었듯이 오랫동안 그도 완벽하게 잊었을 것이다.

아나는 외부 자극의 필요를 전혀 느끼지 못한 채 기도실 분위기가 살짝 나는 방이나 거실에 틀어박혀 지냈다. 그녀는 영혼의 고독 속에서 방황하며 무릎을 꿇거나, 아니면 침대 발치의 호랑이가죽 위에 앉아, 거의 항상 두 눈을 감은 채 자기 앞에서 산산조각이 난 세상이 신의 본질 안에 잠기는 상상을 하며 깊은 즐거움에 빠져들었다. 그녀는 너무도 선명하게 하느님을 보았고, 그래서 가끔은 벌떡 일어나 발코니로 달려가 자기가 생생하게 느낀 진실을 세상에 드러내고, 외치고 싶은 강렬한 열망을 느꼈다. 그 순간 피조물들의 실체를 인식한다는 것은 아주 힘들었다. 피조물들은 얼마나 미세한가! 얼마나 부서지기 쉬운가! 그것은 모두 겉에 드러난 것일 뿐! 유일하게 가치있는 부분은 그들의 것이 아니라 하느님의 것이며, 그것도 잠시 빌린 것일 뿐. 행복! 고통! 말에 불과했다. 그것들에게 부여된 시간이 얼마 되지 않는데, 아니 거의 없는데, 어떻게 그것들을 존중하고 각별히 대우할 수 있단 말인가? 아나는 아주 작은 하루살이의 삶을 떠올렸다. 매일 아침 강가에서 자라서 물 위를 날다가 강물 한가운데서 죽거나 매일 자기네를 잡아먹는 물고기들의 먹이가 되었다. 모든 생명체에게 삶이란 그런 것이었다. 햇빛이 그 위를 한번 쓱 스치고 지나갔다가 다시 어둠속으로 돌아가는 것이었다. 예전에는 그녀를 괴롭히던 이런 생각들이 이제는 기쁨을 주었다. 산다는 것은 하느님 없이 존재하는 것이며, 죽는다는 것은 하느님의 품 안에서 다시 태어나는 것이다. 자기 자신을 포기하면서.

아나는 배 속의 내장들이 녹아내리는 기분이며, 자기 안에서 액화열이 탁탁 소리를 내며 자기를 증발시키며 타들어가는 느낌이었다. 그러고는 모든 결정을 혐오하는, 자신의 단순함 속에서 흐뭇해하는 순수하고 막연한 생각 이외에는 아무것도 느끼지 못하는 상태가 되었다. 아나는 그 상태를 가능한 한 오래 지속하고 싶었다. 활동, 다양성, 삶이 끔찍하게 두려웠다.

그럴 때면 낀따나르가 금빛 술이 달린 담배모자를 쓰고 조심스럽게 소리 없이 문을 열고 고개를 내밀고 자주 들여다보았다⋯⋯ 아나는 남편이 들어오는 소리를 듣지 못했다. 그는 죽은 자의 방으로 들어서는 듯한 기분으로 약간 두려움을 느꼈다. 그래서 미신 어린 경외심으로 까치발을 들고 조용히 물러났다. 그는 두가지가 무서웠다. 메스머리즘[12]과 무아지경이었다. 전기나 신비주의는 무서워하지 않았다. 한번은 대학교의 물리실에서 그에게 프록코트를 붙잡고 전류를 흘리려고 장난친 사람의 뺨을 때린 적이 있었다. 낀따나르는 전기충격을 받았지만 곧바로 픽! 하고 장난기 많은 사람을 후려갈겼다. 그가 믿고 있는 메스머리즘(그의 말을 따르면 이 학문은 아직 초보 단계일 뿐이다)이 두렵기도 했다. 그래서 하느님

---

12 오스트리아 의사인 메스머(Friedrich Anton Mesmer, 1734~1815)가 동물자기(動物磁氣)라는 유도체에 기반해 개발한 치료법으로 일종의 암시 또는 최면 요법.

을 보거나, 하느님의 모습을 상상하는 것만으로도 자기 힘을 능가하는 감동이 느껴졌다. 나는 신의 섭리를 믿기 위해 그런 것은 필요 없어. 저기 높은 곳에 최고의 심판관이 있다는 걸 인정하는 데는 요란한 천둥소리로도 충분해. 천둥이 설득하지 못하는 것은 아무것도 설득하지 못해.

하지만 그는 아내가 진심이라는 것을 안 후로는 아내의 열광적인 믿음을 존중했다.

낀따나르는 거리에서 돌아와 부드럽게 노크했다…… 그리고는 평소처럼 요란한 신발 소리를 내지 않고 조심스럽게 계단을 올라와, 약간 서글픈 분위기를 띠며 나지막한 목소리로 뻬뜨라에게 물었다.

"마님은? 어디 계시니?"

환자의 안부를 물은 것이다. 그는 마치 누군가 죽어가고 있기라도 한 듯 대저택 전체를 그렇게 돌아다녔다. 낀따나르는 정확한 이유 없이, 아내의 신비주의를 매우 심각한 두통처럼 받아들였다. 중요한 것은 소리를 내지 않는 것이다. 안셀모의 고양이가 중정에서 나지막하게 울어도 낀따나르는 버럭 화를 냈다. 하지만 소리를 높이지 않고 묵직하게 으르렁거리며 소리 질렀다.

"얼른! 저 고양이! 조용히 시키든지, 아니면 죽이든지!"

그는 자기 서재로 들어갔다. 그리고 자신의 기계와 수집품들에게로 돌아갔다. 가끔은 못 박고, 톱질하고, 솔질을 해야 했다. 어떻게 소리를 내지 않을 수 있단 말인가? 특히 망치질은 집 안 전체로 울려퍼졌다. 낀따나르는 영구대의 검은 천 같은 것으로 망치를 뒤집어싸고 못을 박았다. 묵직한 망치질은 그를 우울하게 만드는 기분 나쁜 예감처럼 음산하고 둔탁한 소리를 냈다. 그의 새장에 있는 지나치게 시끄러운 카나리아와 분홍방울새, 찌르레기들이 종알대는 세속적인 노랫가락이 판사 부인의 기도실과 응접실까지 들리지 않게 열쇠까지 채워 가둬놨다.

긴따나르는 나지막하게 말하는 데 익숙해져, 과수원에서 프리힐 리스와 산보하면서도 조용조용히 말했다.

"하지만, 이보게, 마스크 쓰고 말하는 것 같네······" 프리힐리스 가 기분 나빠하며 말했다.

긴따나르는 아나의 '상태'에 대해 그에게 의논했다.

"자네가 보기에는 어떤가?"

"글쎄, 그녀 나름대로 이유가 있겠지."

"프리힐리스, 우리끼리 이야기인데 내가 보기에는······ 아나가 성녀가 되려는 것 같아. 하느님이 막지 않는다면 말일세. 가끔은 두렵네. 아나가 정신을 다른 데 팔고 있을 때 눈을 어떻게 뜨고 있 는지 본다면! 그렇다면 우리 가족에게는 영광이겠지······ 틀림없 이······ 하지만 귀찮은 점도 있네······ 특히 나는 그런 데는 아무 짝 에도 쓸모가 없어. 나는 초자연적인 게 무섭네. 환영들이 나타날 까?"

프리힐리스는 친구의 헛소리에 일일이 답하지 않아도 될 정도 로 친한 사이였다.

그 역시 아나를 생각하고 있었다. 그녀가 응접실에 앉아 있거나, 무릎을 꿇고 있거나, 아니면 하늘을 바라보며 발코니에 기대고 있 는 모습을 공원에서부터 많이 봐왔다. 그녀는 거의 그를 의식하지 않았다. 늘 그에게 인사를 건네던 예전의 아나가 아니었다. 아나의 그런 점 또한 병이었다. 단지 뭐라 이름을 붙일 수 없는 심각한 병 이었다. 꽃을 피우기 시작하면서 더 많은 꽃을 피우기 위해 모든 힘을 소진하는 나무와도 같았다. 나무가 수척해지면 수척해질수록 꽃은 더 많이 피어났다. 그러고 나면 뿌리와 나무 몸통, 나뭇가지는 앙상해지고, 활짝 핀 아름다운 꽃들은 메마른 장작과 함께 땅으로 떨어졌다. 그리고 땅에서는…… 땅에서는…… 기적이 일어나지 않는 한 시들어 썩으며 다른 것들과 마찬가지로 흙이 되었다. 이것이 아나의 병이었다. 전염성에 대해 말하자면, 확실히 그것은 전염성이 강했고, 프리힐리스는 그것을 총대리신부 때문이라고 보았다. 그는 자줏빛 장갑을 기억하였다. 오랫동안 장갑을 잊고 지냈지만 어느날 그가 판사 부인에게 여자들이 자줏빛 실크 장갑을 사용하냐고 묻자, 그녀가 웃었다. 그것은 사제의 장갑이었다. 리빠밀란은 그런 장갑은 절대 착용하지 않았다. 총대리신부 말고는 그것을 착용할 만한 사제가 없었다. 아나의 머릿속에 그런 생각들을 주입시키기에는 그가 유일하게 영리한 사람이었다. 의심의 여지 없이 그 장갑은 총대리신부의 것이었다. 그리고 뻬뜨라는 그 사실을 알고 있었다. 그녀가 덮어주었다. 무엇을? 그것이 문제였다. 절대 나쁜 일은 아니었다. 아나는 순결했다. 하지만 순결 역시 다른 모든 것과 마찬가지로 상대적이었다. 더욱이 아나는 뼈와 살을 가진 인간이었다. 프리힐리스는 현재가 아니라 미래가 두려웠다. 앞으로 일어날 일이 두려웠다. 그는 실수가 아니라 위험이 보였다. 그는 베뚜스 따에서 사람들이 수군거리는 소리에 대해 뭔가 들은 게 있었다. 물론 남 말하기 좋아하는 사람들도 그의 앞에서는 낀따나르 집안의 명예를 놓고 이러쿵저러쿵하지는 않았다. 사람들은 그를 낀따나르와 한 형제로 생각했다. 어찌 됐든 신경 써서 지켜봐야 할 일이었다. 그리고 그는 친구의 나무와 '어쩌면 위험에 처한' 친구의 명예도 계속 신경 써서 돌봐야 했다.

뻬뜨라에게도 무슨 일이 벌어지고 있는지 확실하게 보이지 않왔다. 그녀는 방향을 잃었다. 안주인의 행동은 미친 여자의 행동 그 자체였다. 대체 그 성스러움은 어디서 나온 걸까? 누구를 속이려는 걸까? 자기를 비밀 연락책으로 쓰면서도 수고비 한번 제대로 주지 않고, 무슨 꿍꿍이속인지 자기에게 한마디도 하지 않고, 좋은 낯빛도 보여주지 않는 그 위선자를 더이상 섬기고 싶지도 않았다. 오! 자기가 총대리신부를 만족시켜줄 마음이 없었다면 말이다. 얼빠진 여신도의 얼굴로 모든 사람들을 기만하려는 게 아니면 대체 뭐란 말인가?

뻬뜨라는 자기 방에 틀어박혀 지냈다. 나무침대 머리맡에 낡고 지저분한 여행가방 한개가 못에 걸려 있었다. 그동안 모은 돈과 최대한 슬쩍 챙긴 돈, 그녀를 곤란하게 할 수도 있는 종이들을 그곳에 따로 보관해 열쇠를 채워두었다. 뻬뜨라는 거기서 아무에게도 말하지 않은 총대리신부의 자줏빛 장갑을 꺼냈다. 증거였다. 무슨 증거인지는 모르겠지만, 그 장갑이 언제 어떻게 쓰일지는 모르겠지만, 나중에 꽤 요긴하게 쓰일 것 같은 예감이 들었다.

저 장갑이 안주인과 그녀의 신성함에 대해 무엇을 증명한단 말인가? 그녀가 위선자라고? 총대리신부를 위한 것만 아니라면!

후작 부부와 친구들은 놀란 표정이었다. 후작은 아나의 신성을 믿었고, 후작 부인은 양어깨를 으쓱했다. 그녀는 아나의 머리가 걱정되었다. 비시따는 흥분해서 펄쩍 뛰었다. 자기 계획이 수포로 돌아가다니! 아나가 버티다니! 아나는 자기와 같은 인간이 아니었다! 옵둘리아 판디뇨는 친구인 판사 부인의 신성이 아니라 아나와 관련된 요란한 소문, 베뚜스따 사람 전체가 그녀에 대해 말을 많이 하는 것에 질투가 났다. 젊은 과부는 요란한 옷을 입고서도 아나가 수녀복에 위선을 쓰고 일으킨 스캔들과 같은 그런 요란한 소동을

일으켜본 적이 없었다. 얼마나 후져, 대체 이 촌구석은 얼마나 후지 난 말이야!

그러는 동안 아나는 식욕을 회복해 다시 건강해졌다. 리빠밀란이 말했듯이, 인간의 형상 없이 그녀가 원하는 순결한 꿈을 꾸게 되었다. 하지만 달콤하고 부드러운 꿈이었다. 그녀는 특히 동이 터오는 시간에 선잠이 든 채로 기분 좋게 간지러움을 태우는 듯한 배 속의 움직임을 느꼈다. 또 어떨 때는 혈관을 따라 꿀과 우유가 시냇물처럼 흐르듯, 기쁨의 감각, 강렬하고 절묘한 기쁨의 감각이 가슴으로 또 좀더 아래쪽으로 옮겨다니는 느낌이 들었다. 정확히 말하자면 어디로 향하는지는 모르겠지만 위장 쪽은 아니었다. 그건확실했다. 하지만 심장도 아니었다. 그 가운데였다. 아나는 햇빛에 미소를 머금으며 깨어났다. 그녀가 맨 먼저 하는 생각은 의심의 여지 없이 하느님을 위한 거였다. 그녀는 과수원에서 새들의 외침 소리를 들으며, 그 소리에서 신비로운 느낌을 받았다. 아나가 아침에느끼는 믿음은 낙관적인 믿음이었다. 세상은 선하고, 하느님은 자신의 작품 속에서 편히 쉬었다. 판사 부인은 매일 유한한 것들을 생각하며, 그 안에서 좀더 강력한 견고함을 발견했다. 이제는 자신의 현실을 인정하는 게 그렇게 힘들지 않았다. 물질적인 존재들이다시 그녀에게는 말로 표현될 수 없는 시를 그림으로 그려놓은 것과 같았다. 육체의 가소성은 물질의 안락과도 같았고, 우주의 견고함을 증명하는 것이었다. 그리고 아나는 삶 한가운데서 행복했다. 그녀는 세상의 조화를 생각하며, 모든 것이 자신의 종에 따라 훌륭하다는 것을 알게 되었다. 하느님에 대한 생각과 신이 존재한다는 확신을 심어준 심오하고 강렬한 감동은 사라지지도 않았고, 지워지지도 않았다. 하지만 이제 하느님은 그녀의 숭고한 고독 속에서 나타나지 않고, 세상의 합창과 무한한 창조를 사랑스럽게 지휘하는 모습으로 나타났다. 밤이면 간혹 성녀 떼레사 책을 읽는 것을 잊어버리기도 했다. 여전히 숭고한 성녀를 사랑하지만 성녀의 몇몇 견해는 그냥 지나치고 싶었다. 그 견해가 그녀 자신의 생각과 상충되었던 것이다. 결국 300년이란 세월이 괜히 흐른 것은 아니었다. 아나는 총대리신부가 신앙활동을 얘기할 때 무슨 의미로 말하는지 훨씬 잘 이해하게 되었다.

그게 옳아. 자기 자신에게 말했다. 이처럼 하느님 안에서 이기적인 기쁨만 누리며 인생을 보낼 순 없어. 영적인 기도와 명상에 더욱 매진해야 해. 그래. 영혼의 빛이 충만한 그곳에서 매일 더 많이 볼 수 있도록 말이야…… 하지만 나의 형제들은? 자선은 우리에게 믿음이 다른 사람들을 생각하라고 권유해. 나는 이제 밖으로 나가서 살 수 있어. 남을 위해 희생할 수도 있고. 나는 이제 강해졌어. 하느님이 허락하셨어.

총대리신부는 아나가 아픈 동안에는 아침에 일어나 무릎 꿇고 기도하는 걸 금했다. 하지만 그녀는 근육이 단단해진 느낌이 들자, 다시 생기가 도는 팔과 다리를 뻗으며 즐거워했다. 근육은 육체에 대한 자기애와도 같았다. 그리고 팔과 다리는 창백한 장미들로 다시 뒤덮였다. 아나는 침대에서 내려오지 않은 채 따뜻한 이불 위에서 일어날 때 살짝 흔들리는 매트리스의 용수철에 몸을 맡긴 채 기도했다. 흰옷을 입고 온통 하얀 이불에 무릎을 굽힌 채 기도했다. 그녀는 기도했다. 그리고 가끔은 종교적인 격정으로 흥분하여 침대 머리 위로 몸을 숙이고 그리스도상에 얼굴을 맞댄 채 눈물을 펑펑 흘리며 그리스도의 상처에 입을 맞췄다. 몸속을 흐르다가 눈으로 펑펑 쏟아져나오는 꿀이 눈물과 섞이는 거라는 생각이 들었다. 병세가 호전되어 훨씬 건강해지자, 나른한 침대에서 빠져나와 바닥으로 내려와 호랑이가죽 위에서 기도했다. 그래도 아나는 자기 몸을 더 혹사하고 싶었다. 그래서 호랑이가죽을 치우고, 시멘트를 덮은 양탄자 위에 무릎을 꿇었다. 고행복을 입을까 생각하기도 하였다. 그 옷을 입고 육신이 불타는 느낌을 맞고 싶었다. 낯선 고통에 흠뻑 취하고 싶었지만 그런 달콤한 고통은 총대리신부가 금했다.

아나가 자신의 열렬한 믿음과 함께하고 싶었던 첫번째 목표는 남편의 회심이었다. 성녀 떼레사는 자신의 아버지가 이미 훌륭한 신자였지만 훨씬 신실한 이가 되도록 노력했다. 아나는 하느님을 위해 낀따나르의 영혼을 바치고 싶은 마음이 간절했다. 낀따나르도 아나에게는 아버지가 되어줬으니까.

상냥함과 달콤함, 유창한 언변, 애무가 방법이었다. 모두 합법적인 방법이었다. 아나는 거장의 기술을 발휘했다. 낀따나르는 한참 걸려서야 자신의 아나, 사랑하는 아나가 자기를 진정한 믿음으로 바꾸려 한다는 것을 알았다. 처음에는 아내가 훨씬 말수가 늘고 상냥해졌다고 생각했다. 예전에는 신경발작을 일으킨 다음이나 병상에 있을 때만 상냥했다. 잠시 시간을 보내기 위해 토론하고 싶어하는 건가? 잘됐군. 나야 토론을 사랑하니까. 그는 토론을 활기차게 유지하기 위해 반대 논리를 주장했다. 하지만 판사 부인은 개인적인 문제로 토론을 풀어갔다. 이제는 그리스도가 지구 전역에 퍼져 있는 인류 전체를 한꺼번에 구원했는가, 이 별에서 저 별로 다니며 모든 인류에게 십자가의 죽음을 겪게 했는가의 문제가 아니었다. 지금은 낀따나르가 어쩌다 한번 간혹 고해성사를 한다느니, 미사에 많이 빠진다느니 하는 문제였다(정말로 많이 빠졌다). 게다가 그의 정신을 살찌우는 책들은 쓸모없었다. 연극은 무익하고 위험한 거짓말이라는 것이었다.

"당신은 성자들의 생애를 전혀 읽지 않지요? 그렇죠?"

"읽지, 읽고말고. 성찬극도 보잖아······"

"그건 아니지요······ 여보, 예를 들자면, 『황금전설』[13]이나 크루아세 『매일 읽는 성인의 삶』[14]을 얘기하는 거예요."

"여보, 있잖아······ 나는 명상 책들이 더 좋아."

"그렇다면 켐피스의 『그리스도를 본받아』를 읽어봐요······ 그책을 읽고 명상하세요."

그러고서 아나는 그에게 그 책을 읽게 했다.

그리고 켐피스와 판사 부인, 그를 괴롭히기 시작한 더위, 해수욕금지가 존경받는 법관에게서 유머를 앗아갔다. 이제는 잠자리에들면서 깔데론 대신 욥[15]이나 축복받은 켐피스를 읽었다. 빌어먹을 수도사! 무슨 말이든 정말 놀라운 표현이긴 했다. 물론 그의 말은옳았다. 하지만 세상이란 진실의 눈으로 보면 싸구려 물건더미라는 것도 의심할 바 없었다. 불평할 수가 없었다. 그의 삶에서는 끔찍하게 실망할 것도 없었고, 연극배우가 되지 못한 엄청난 시련만제외하고는 그다지 큰 어려움도 없었다. 하지만 전체적으로 보면세상은 타락했다. 게다가 누구도 피할 수 없듯이 그에게도 닥치고있는 늙음이라는 것은 매우 심각한 걸림돌이었다. 그다지 기분도좋지 않았고, 하느님이 자기네에게 아프라고 명한 것도 아니기 때

---

13 3세기 중순경 도미니꼬회 수도사였다가 제네바의 대주교가 된 야꼬보 데 보라지네(Jacobo de Voragine)가 정리한 성인 열전.

14 프랑스 예수회 신부인 장 크루아세(Jean Croiset)가 18세기 초에 정리한 성인전.

15 욥(Job). 의인(義人)의 전형으로 가혹한 시련을 견뎌내고 믿음을 굳게 지킨 인물로 알려진 구약 성경 「욥기」의 주인공.

문에 죽음은 생각하고 싶지도 않았다. 죽음…… 죽음…… 자기는 죽지 않을 거라는 막연하고 황당한 희망을 가지고 있었다…… 의학이 그토록 어마어마하게 발전했는데! 게다가 프리힐리스가 아무리 아니라고 해도, 이제는 큰 고통 없이 죽을 수 있었다. 그러므로 그는 죽음을 생각하고 싶지 않았다. 하지만 켐피스가 조금씩 조금씩 그의 영혼에 검정 숯을 묻혔고, 낀따나르는 덧없다는 점에서 세상이 하찮다는 생각까지 갖게 되었다. 어느날 오후 낀따나르는 공원에서 자기 발밑에 쪼그려앉아 정신없이 양파를 심고 있는 프리힐리스를 바라보았다.

프리힐리스야말로 용감한 철학자였다! 낀따나르는 차용한 염세주의의 잣대로 프리힐리스를 하찮게 보고 또 동정했다. 양파를 심다니! 싼알폰소 리고리오는 나무도 심지 말고 천년도 지나지 않아 허물어져 흙으로 돌아갈 집도 짓지 말라고 하지 않았나? 그렇다면 모든 것이 한줌 바람일 뿐 아무것도 아니라면 뭐하려고 양파를 심는단 말인가?……

일상이지만 매사에 툴툴거리는 것도 별로 재미가 없었다. 여름 내내 해수욕도 하지 않고, 떼르마살따스에서 물장난도 치지 못하고, 얌전하게 손만 포개고 앉아 뭘 한단 말인가?

제일 골치 아픈 문제는 아직 시작도 하지 않았다. 구원을 받느냐, 못 받느냐의 문제였다. 매우 심각한 문제였다. 자기는 구원받을 것 같은 예감이 드는데 하지만 거룩한 작가들은 그 일을 너무나 어렵게 얘기했다. 그래서 의심이 들면서 불안했다. 평생 충분히 착한 사람으로 살지 않았는가? 그 점을 생각해봐야 했다. 하지만 하느님 아버지! 골치 아픈 일은 질색이었다. 거짓 병을 핑계로 은퇴하면서 서류를 갖추고 다른 이들에게 좋은 말을 해달라고 부탁하는 것도 힘든 일이었다. 그런 은퇴는 일시적인 문제였다. 그러니 영혼의 구원, 즉 말하자면 영원한 은퇴를 하려면 얼마나 많은 노력이 필요하겠는가? 서류를 준비하고 좋은 말을 해줄 사람을 찾아야 하고! 골치 아픈 일은 아내에게 맡겨 도움을 받을 수밖에 없겠다.

판사 부인은 낀따나르가 열심이라는 것을 금방 알았다. 좀더 순수한 믿음을 원하기는 했지만 남편이 자기 죄를 분명하게 밝히고 슬퍼하며 고통스러워하는 것에 만족했다. 남편에게 지옥의 고통을 상기시키며 살짝 과장해 겁주는 것에는 양심의 가책을 느끼지 않았다. 물론 아나는 그렇게 겁주는 건 싫었다. 낀따나르는 책에서 얘기하는 불이 물질적인 것이 아니라 상징적인 거라고 주장하느라 많은 노력을 기울였다.

"내 생각에는 그 불이 물리적이고 물질적이라고 믿는 것은 종교적인 게 아냐." 그가 반복해서 말했다. "상징이라고 봐야지. 후회의 상징."

그는 자기가 진지하게 바라는 대로 구원을 받지 못하는 절망적인 경우라도 불보다는 상징으로 태워지는 게 더 안심이 되었다.

집밖으로 나가기 위해 아나가 처음으로 기울인 노력은 낀따나르와 함께 성당으로 가는 것이었다. 두 사람은 총대리신부에게 고해성사를 했다.

낀따나르는 성체를 받으면서 굵직한 죄를 고백하지 않았다는 생각에 괴로웠다. 교황의 무류성이 의심스러웠던 것이다.

신학자 될링거[16]가 고집스럽게 그를 따라다녔다. 사실 될링거에

---

16 요한 요제프 이그나츠 폰 될링거(Johann Joseph Ignaz von Döllinger). 독일의 가톨릭 자문신학자로 제1차 바티칸공의회 이후 교황 무류성을 맹렬히 비판하며 반(反)로마주의를 제창하였다.

대해서는 그런 사람이 있었고 가톨릭교회에서 떨어져나갔다는 사실밖에는 알지 못했지만, 그의 고집은 자기 고향 아라곤의 고집을 상기시켜주기에 충분했다. 아라곤은 우주에서 가장 고귀하고 고집스런 왕국이 아닌가?

판사 부인에게는 시간이 부드럽게 미끄러지듯 흘러갔다.

그녀의 스승인 총대리신부와 제자인 낀따나르는 겉으로는 밋밋하고 단조로워 보였지만, 속으로는 감동이 충만한 인생의 동반자였다. 그녀는 마음으로 기도를 드릴 때마다 계속해서 확실한 기쁨을 만났다. 하느님을 순수한 사상으로 명상할 때보다 피조물들의 아버지이자 '거대한 건축구조'[17]를 지어가는 공사 감독으로 바라보면 훨씬 더 사랑할 수 있었다. 아나는 생각했다. 게다가 신을 직접 대면하길 꿈꾸는 건 오만일 거야. 하지만 아직도 많이 부족해. 갈 길이 멀어. 하느님이 원하신다면 나는 당도할 수 있어. 지금은 총대리신부가 시키는 대로 해야 해. 이제 내 몸에 힘이 생기고 있으니까, 그 힘을 신앙생활에 쏟아부을 거야. 신부는 그런 신앙생활이 정신 위생에 좋다고 했어. 한가하게 가만히 있으면 다시 죄를 짓게 될 거야. 성녀 떼레사도 그랬듯이 말이야. 그녀에게도 그런 큰 위험이 있었다는데 나는 오죽하겠어!

알바로가 용기를 내서 몇번 병문안을 왔는데, 아나는 그의 앞에서 안색도 변하지 않고 평정심으로 맞이했다. 그리고 그가 떠난 후에도 평정심을 유지했다. 그녀는 가급적 머릿속에서 그를 지우려

---

17 17세기 스페인의 국민연극 시대를 연 로뻬 데 베가(1562~1635)의 유고시집 『시인들의 광야』(*La Vega del Parnaso*, 1637) 중 「황금세기」(El Siglo de Oro)라는 도덕시의 첫 부분 "이 아래 세상의 거대한 건축구조라는 건 인간이 모방하여 만든 것이다"에서 따왔다.

고 노력했다. 그에 대한 기억은 만지면 아픈 영혼의 상처라고 생각했다. 용기를 내서 냉정하게 대하면서 친밀감을 높이려는 시도를 막아내고 악수나 그런 비슷한 것도 거절하였다. 심지어 그가 떠날 때 내다보지도 않았다. 하지만 그가 '사랑과 슬픔에 눈이 멀어' 가구에 부딪히고 비틀거리며 나가는 모습을 보면서 한없는 동정심이 넘쳤고 두려움에 몸을 떨었다. 아나의 가슴은 한숨으로 부풀어올랐다…… 그러자 신부가 가슴에 걸고 다니라고 선물한 노란 상아 십자가가 그녀의 빈약한 육신에 부딪혔다.

아나는 십자가에 입을 맞추고 고개를 들어 하늘을 바라보았다.

"주님, 주님. 당신께는 라이벌이 있을 수 없어요. 수치스럽고 혐오스러우실 거예요……"

그리고 아나는 예수가 자기를 잊고 있던 성녀 떼레사 앞에 나타났을 때 보여준 분노를 떠올렸다.

"그 남자를 동정하기 위해 단 한순간이라도 떠올린다면 그것은 주님을 속이고, 신부님을 속이는 거야…… 오! 내가 만일 그런 짓을 한다면 얼마나 위선이고, 사악한 내숭일까! 내가 그토록 심오하다고 믿으며 종교생활에 전념하고 나서, 어디가 됐든 심장이나 육신이 휘말리는 금지된 열정으로 되돌아간다면 나의 낭만주의는 얼마나 어처구니없고 혐오스러운 것이 되는 걸까!…… 안돼! 안돼! 그건 죄악일 뿐만이 아니라 황당하고 유치하며 치졸하고 수치스러운 거야! 수천번이고 안돼! 영혼을 더럽히고, 땅바닥 진흙탕에 날개를 처박는 그런 생각을 다시 하느니 차라리 죽는 게 나아. 죽는 게 낫다고, 주님……"

그렇지만 돈 알바로와 헤어진 다음날 아나는 그를 생각하며 잠에서 깨어났다. 그는 이제 베뚜스따에 없었다. 차라리 그게 나았다.

끔찍한 유혹이 등을 돌렸다. 참패하고 도망친 거였다…… 차라리 그게 나았다…… 그건 주님이 내려준 특별한 은혜였다.

그날 오후 아나는 전날 돈 알바로와 헤어진 시각에 공원으로 내려갔다.

벌써 24시간이 지났네. 몇날 며칠 그를 보지 않고 지냈을 때도 그의 부재는 참을 만했고 짧게 느껴졌었다. 하지만 이번 24시간은 달랐다. 일분일초가 새롭게 느껴졌다…… 그리고 모든 시간이 그렇게 느껴졌다. 그래. 정상적인 것은, 지속되어야 하는 것은, 이제 영원해야 하는 것은 이것이야…… 그를 보지 않는 것…… 24시간. 그리고 또 그렇게 24시간…… 그렇게…… 영원히.

날씨가 상당히 무더워졌다. 어느덧 넓적해진 잎사귀와 몸통이 하얘진 듬직한 인디아 밤나무의 짙은 그늘 아래서도 아나는 시원한 기운을 느낄 수 없었다. 그녀의 생각은 위로 위로 올라가 하늘 높이 날아오르고 싶었지만, 베뚜스따에서는 상당히 높은 기온인 30도가 넘는 더위에 생각의 날개가 녹아내려 펄펄 끓는 땅바닥 위로 곤두박질치는 느낌이었다.

오후 내내 아나가 허공을 헤매는 걸 방해라도 하려는 듯 비시따가 공원에 모습을 드러냈다. 더운 걸 좋아하는 비시따는 화려하면서도 값싼 옥양목 원피스를 시원하게 입고 왔다. 회오리바람처럼 쾌활하면서도, 금방이라도 사라질 듯한 모습이었다. 비시따가 가까이 다가오는 걸 보는 순간 아나는 두 눈을 질끈 감아버리고 싶은 심정이었다. 길거리에서 한 지게꾼이 비시따를 끌어안으려고 했다는 거였다. 어찌 됐든 황당하기만 한 그 일이 비시따를 회춘시켰고, 두 눈에서 불꽃이 일었다. 아아! 비시따가 끌어안으려고 다가오는 것 같은데! 비시따가 판사 부인을 끌어안으며 정신없이 키스를 퍼부었다…… 그러고는 지게꾼의 일거수일투족을 시시콜콜하게 들려준 후 갑자기 소리 질렀다.

"아 그런데, 빅또르가 알바로 얘기 안해요?"

비시따가 아나의 양쪽 팔목을 잡고 있었다. 자기 나름대로 그녀의 맥박을 재고 있던 것이다.

그녀의 작은 눈이 아나의 눈을 응시하며 다시 물었다.

"알바로 얘기 몰라요?"

맥박이 빨라졌다. 비시따는 매우 흡족해하며 그 변화를 느꼈다. 나한테는 고상한 척하면서. 그녀가 생각했다. 다른 사람이 말하듯 '나약함'이지.

"무슨 일이오? 떠난 거요? 그건 알고 있어요."

"아니, 그거 말고."

"그럼? 떠나지 않았어요?"

비시따가 보기에는 맥박에 새로운 변화가 있었다.

"떠났어요. 떠났어. 하지만 어떻게 갔는지 봐봐요. 자기도 그가 현직 장관인지, 전직 장관인지 하는 사람의 부인하고 관계가 있다는 거 알잖아요. 나도 잘 기억은 나지 않지만 자기도 누군지 알지? 빨로마레스에 해수욕하러 오는 여자."

"네, 네. 잘 알아요……"

"좋아요. 오늘 아침 베뚜스따 절반이 그 장면을 목격했잖아요. 돈 알바로가 상행선 우편열차에 오르다가…… 내 이야기 듣고 있어요? 그 장관 부인하고 플랫폼 한가운데서 딱 마주쳤어요. 그 여자, 정말 아름답지요. 생각해봐요. 그런데 그녀는 빨로마레스로 가는 하행선 기차를 타려고 했어요. 그곳에 별장인지 뭔지 한채 샀다나 뭐라나. 아 글쎄, 우리의 알바로가 타려던 마드리드행 상행선을 타지 않고 하행선으로 갈아탄 거야. 하인에게 얼른 뛰어가서 짐을 찾아오라고 시키고 자기는 장관부인이 타고 있던 기차로 올라간 거지. 침대랑 다른 시설까지 갖춘 거실도 있는 기차에. 당연히 남편은 같이 오지 않았지. 그녀와 하인 두명, 그리고 옵둘리아식으로 말하면 '갓난아이들'밖에 없었어요. 생각해봐요! 오늘 아침 우연히 기차역에 있던 베뚜스따 전체가 성호를 그었다니까. 알바로는 하여간 대단해요. 하지만 그 여자는? 자기가 보기에 그 여자는 어떤 것 같아요? 그 얘기를 하자는 거예요. 마드리드의 여자들이 얼마나 스캔들을 잘 일으키는지 말예요. 그 여자는 정조가 강하기로 유명한데도 말이지. 치! 참 볼만하지…… 그런데 그 잘난 장관 이름이 뭐더라?"

아나는 '그 잘난 장관'의 이름을 완벽하게 기억하고 있었지만 말하고 싶지 않았다. 얼굴 위로 올라오는 죽음의 냉기로 새하얗게 질리는 기분이었다. 가능한 한 전혀 내색을 하지 않으며 뒤돌아 나무에 기댔다. 재미삼아 나무껍질을 긁는 척하며 대화의 내용을 바꾸기 위해 비시따에게 아프다는 아들의 안부를 물었다.

하지만 후작 부인이 말하듯 비시따는 동네 나팔이었다. 아무도 그녀를 능가할 사람이 없었다. 그녀는 아나의 당혹스러움을 눈치챘다. 그러고는 기쁜 마음에 들떠 혼자 속으로 '나약함'의 이론, 그러니까 모두 재가 된다는 이론을 확인했다.

아나가 질투하고 있어. 그게 사랑이지. 아니 땐 굴뚝에 연기가 나나, 뭐.

비시따는 곧바로 작별인사를 고했다. 소식을 전했고, 이제 자기가 원하던 바를 알아냈으니, 더이상 시간을 낭비할 이유가 없었다. 그녀는 또다른 곳으로 가서, 다른 훌륭한 일을 해야 했다. 그녀는 썰물처럼 빠져나갔다. 빗질을 한 듯 그녀가 떠난 오솔길이 하얗게 남았다. 하얗게 풀 먹인 옥양목 속치마가 빗자루가 되어, 모래 위로 울퉁불퉁한 평행선을 그리며 그녀의 흔적을 남겼다.

아나는 두려웠다. 돈 알바로의 해묵은 유혹이 새로운 맛으로 다가왔다. 장관 부인의 일을 알게 된 순간 느낀 고통이 다른 어떤 슬픔보다 강했다. 당혹스럽게 한 고통이었으며, 안에서부터 절규하며 처방을 원하는 고통이었다…… 아픈 이후 처음으로 영혼의 저항이 느껴졌다.

오, 아니야. 다시 원점으로 돌아가고 싶지는 않아. 나는 예수님의 것이야. 그렇게 맹세했어. 하지만 적은 생각한 것보다 훨씬 강해. 예전에도 위험을 이겨낸 적이 있었어. 그런데 지금은 그 위험 앞에서 떨고 있어. 전에는 유혹이라는 게 대조적인 사람 때문에, 싸움의 연극적인 미 때문에, 승리의 기쁨 때문에 아름다웠지만, 이제는 공포일 뿐이야. 유혹 뒤에는 상상이라는 특별한 매혹과 함께하는 미지의 금지된 쾌락만 있는 게 아니라 벌도 있어. 하느님의 분노, 지옥 말이야. 모든 게 바뀌었어. 나의 종교적인 소명감과 예수님과의 진지한 계략이 신의 처벌을 생각하지 않고 양심상 막연하게 받아들인 매우 세밀한 계략보다 더욱 강력하게 나를 옭아매었어. 전에는 체면이나 감사하는 마음 때문에 죄를 짓고 싶지 않았어. 왜냐면…… 그러고 싶지 않았어. 그런데 지금은 죄짓는다는 게 혐오스러운 불륜보다 더 두려워. 조롱이고, 망신이고, 예수님에 대한 야유야…… 그리고 지옥이야. 내가 유혹의 계략에 빠지게 되면, 뒤늦게 후회할 때 누가 나를 위로해준단 말인가? 다시 어떻게 예수님을 찾는단 말인가? 한번도 계략에 빠진 적이 없는 성녀 떼레사를 어떻게 생각한단 말인가? 아니, 성녀 떼레사를 다시 찾을 수는 없어. 차라리 절망에 빠져 허우적거리며 혼자 죽는 게 나아. 하지만 그다음에는? 지옥이, 그 끔찍한 진실이, 나의 끝도 없는 불행에서 가장 고귀한 것으로 남게 될 거야.

"하느님 아버지, 아버지가 이기실 겁니다. 아버지가 이기실 겁니다." 아나는 하늘에서 침묵을 지키는 바다의 파도를 흉내 내는 분홍빛 작은 구름들과 말하며 큰 소리로 외쳤다.

그날밤 판사 부인은 마음속 가장 깊은 곳에서 흘러나오는 눈물을 흘렸다. 호랑이가죽 위에서 무릎을 꿇고 침대에 머리를 파묻은 채 손을 마주잡고 기도하듯 울었다.

다음날부터 총대리신부는 자기가 원하는 방향으로 아나의 믿음이 향하는 것을 보고는 매우 기뻐했다. 그녀는 명상을 줄이고, 상상력을 다른 데로 돌려 헌신과 자선활동, 예배의식에 더 많이 참여했다.

아나는 적극적인 신앙생활과 자선활동, 교육, 포교, 베뚜스따에서 지배적인 믿음이라 할 수 있는 복잡하고 무익한 종교활동에 의지를 불사르며 회오리바람처럼 열정적으로 몰두했다. 예전에는 그런 것들이 과장된 것처럼 보였지만, 지금은 연인들이 자기네끼리 말도 안되는 황당한 얘기를 나누듯 수긍이 되었다.

사람의 사랑이란 게 다른 사람이 볼 때는 웃기고 유치하고 별 의미가 없는 경우가 있지 않나? 있다. 확실하게 있었다. 그녀가 경험했다고 확신할 수는 없지만 그런 얘기를 읽은 적이 있었고, 심장도 그 사실을 확인해주었다. 그리고 하느님의 사랑도 차갑고 무덤덤한 영혼들에게는 유치하고 치졸하며 황당할 수 있었다. 그녀는 도냐 뻬뜨로닐라의 과장된 탄원기도까지 이해하게 되었다.

판사 부인은 총대리신부에게 살짝 응석을 섞어 얘기하기도 했다. 경건한 유머라 할 수 있는 말투도 단어들이 새로운 의미를 띠는 신뢰에서 비롯된 행동이었다. 게다가 아나는 고해신부의 그때 그때 건강에도 관심을 보였다. 그가 아프거나 감기에 걸리면 그냥 넘어가지 않았다. 신부님이 잘못되시면 우리가 어떻게 되겠어요! 신부님. 이건 모두 제 이기심이에요. 하느님이나 신부님도 고마워할 필요는 없어요.

이런 말들과 더불어 보내는 미소에 총대리신부는 8일 동안은 그 생각에 형용할 수 없는 기쁨에 빠졌다. 그랬다. 말로는 표현할 수 없었다. 그게 뭔지 설명할 수 없었다. 세상에서, 이 험난한 세상에서 이렇게 기쁠 수 있을 거라고는 생각도 하지 못했다. 이제는 누구에게서도 더 배울 게 없다고 생각하는 서른여섯살 나이에 너무 순수해 세상 이치라고는 전혀 모르는 젊은 여자가 자기에게 새로운 우주를 보여주기 위해 나타났다. 그 우주에는 미소와 노래 가사와 같은 언어만 존재하고 갑자기 천사들에게 둘러싸여 천국에서 즐겁게 지내는 기분이었다. 더이상 원하는 것도, 더이상 생각할 것도 없었다. 즐기고, 즐기고, 즐길 뿐이다!

총대리신부는 자신의 상황을 깊이 생각해보려 하지도 못했다. 이것이 죄를 짓는 건가? 사제에게 금기된 사랑인가? 페르민 신부는 좋든 싫든 그런 질문은 떠올리지 않았다. 그걸 떠올렸더라면 질문만 이상해졌을 것이다.

"신부님은 한번도 자신에 대해 말씀하신 적이 없어요!" 8월 어느날 아침 아나가 공원에서 아주 크고 향이 강한 알렉산더 장미로 그의 입과 눈을 툭 치면서 항의하듯 말했다. 둘만 있었다. 그들은 점점 돈독해지는 자기네 우정이 순수하다는 것을 암묵적으로 합의했다. 그들은 육체가 없는 순수한 천사 둘이었다. 아나는 그 우정에 육체는 전혀 개입되지 않았다고 지나치게 확신하는 바람에 자기가 먼저 선을 넘어 남녀 사이의 친밀감이라는 미끄러지기 쉬운 영역에 늘 앞장서 한발을 내딛었다.

페르민 신부는 꽃의 이슬이 잔뜩 묻은 얼굴과 아직 순수한 마음으로 대답했다.

"내 자신에 대해 얘기하라고요? 무엇 때문에요? 전쟁터와 같은 교회에서 맡은 업무 때문에 내 인생의 절반은 중상모략과 증오, 질투에 바쳤습니다. 사람들은 내 삶을 게걸스럽게 헤집어놓고 자기네가 원하는 대로 하지요. 나를 추격하고, 함정을 파놓고 기다리고, 심지어 자신들의 표현을 빌면 페르민 신부를 권력에서 끌어내리겠다는 목표를 가진 비밀모임도 있습니다…… 아나 부인, 그 모든 게 비참할 뿐입니다. 나는 무시해버립니다. 내 자신의 다른 반쪽만을 생각하고 있다고 확실하게 말씀드릴 수 있습니다. 그 반쪽이 여기 이렇게 있는 내 자신이고, 믿음으로 충만한 달콤한 평화를 누리고 있는 내 자신이며, 부인도 잘 알고 계시는…… 부인의 영혼과 같은 숭고한 영혼들과 함께하는 내 자신이라 할 수 있지요…… 나는 부인을 그 누구보다 높이 삽니다……"

페르민 신부는 아나가 자기 손에 건네준 알렉산더 장미의 향을 즐겁게 들이마시며 천사와 같은 미소를 지었다.

아나가 심각해져 설명을 원했다. 추격을 받고 중상모략을 받는다면…… 적이 있다면…… 그런데도 친한 친구인 자기에게 아무 말도 하지 않고. 그게 뭐란 말인가! 그녀도 오래전 무슨 얘긴가 들은 적은 있었지만 어렴풋이 들었을 뿐이다. 말도 되지 않는 악행과 너무나도 추잡한 죄를 지었다고 총대리신부를 모함했다. 하지만 거의 믿기 힘든 얘기라 아무리 추잡한 추문이라도 그에게 해가 되지 못했다.

판사 부인은 가끔 자기 귀에까지 들려오는 그런 소문들을 무시했고 아예 잊어버리기까지 했다. 하지만 지금은 총대리신부 본인이 불평하니만큼, 그 역시 추문 때문에 아파한다고 이해하게 되었다. 이제 그녀는 그를 더 많이 알고, 상처받은 그 마음을 위로하고, 확실한 처방을 찾아 추격당하고 모함받는 의로운 그를 도와줘야 했다. 그는 정당한 것 말고도 영적인 아버지이자 영혼의 형제이고, 신비주의적 빛의 등대이고, 하늘로 향하는 길의 안내자였다.

총대리신부는 8월의 그날 아침을 자기 인생에서 가장 행복한 날로 손꼽았다. 아나가 그에게 말을 하도록, 자기에게 모두 얘기하도록 강요했던 것이다. 말이 유창한 그는 생생하고 강렬하고 능숙하게 상상력을 발휘하여 다른 진지한 일들이 그의 시간을 앗아가지 않았더라면 쓰고도 남았을 소설 한편을 즉흥적으로 만들어냈다. 그들은 정자에 앉았다. 총대리신부는 자기도 그녀에게 고해하고 싶었다며 먼저 웃으면서 말했다. 아나는 자기가 완벽하다고 믿는 것일까? 사제복 아래로 열정이 없다고 믿는 것일까? 아아, 그런 것 같았다! 불행히도 분명히 그랬다. 총대리신부의 고백은 자기 죄는 얘기하지 않으며 자기가 저지른 악행의 책임을 은근슬쩍 남들에게 떠넘기는 것으로, 많은 작가들이 가벼운 죄만 남기면서 자신은 영웅처럼 묘사하는 고백과 비슷했다.

그 고백을 듣고 난 후 아나는 자기가 믿었던 대로 총대리신부가 위대한 영혼이며, 젊었을 때는 막연하게 울적해했지만 나이가 들어서는 숭고하고 높은 야망을 지닌 것 말고는 다른 죄가 없다고 쉬이 결론을 내렸다. 하지만 그 야망은 좀더 크고 순수한 다른 야망 앞에서 사라졌다. 예를 들면 그녀의 영혼과 같은 착한 영혼들을 구원하겠다는 야망이었다. 그 말을 들은 순간 아나는 울음을 참기 위해 두 눈을 감았다. 그러고는 자기에게 너무나도 큰 은혜를 베풀고, 너무나도 위대한 모습을 보여준 그 남자의 행복을 위해 헌신하겠다고 조용히 맹세했다. 그는 주교나 추기경, 교황이 되기보다는 그녀를 미덕의 길로 안내하기 위해 그녀 곁에 머물기를 원했다. 그런데도 사람들이 그를 중상모략하다니! 그런데도 적들이 있다니! 예전에는 페르민 신부가 고해신부인데도 그녀가 계속해서 세상의 허영에 빠져 있었기 때문에 사람들이 그를 비웃었다. 오! 이제 앞으로는 두고 보면 알 것이다!

빨로마레스에서 장관 부인과 사랑에 빠진 돈 알바로를 기억하며 갈수록 점점 더 두려워지는 유혹과 싸우려면 그 이상적인 열정보다, 자선활동을 하겠다는 그 노력보다, 자기헌신에 매달리겠다는 다짐보다 더 좋은 게 어디 있겠는가?

페르민 신부는 그 일이 어떤 결과를 초래할지 알지 못했다.

아나가 자기를 존경하고 보살피고 찬양한다고 할 수 있었다. 그렇기 때문에 위험은 점차 커져갔다. 자기가 느끼는 열정이 세속적인 욕정과 아무 관계가 없다고 해도(그는 그 점은 확신했다), 세속적인 사랑이 아니라고 해도, 뭐라 부를 이름도 없고, 그럴 필요도 없다고 해도 어디로 튈지는 전혀 알 수 없었다. 두렵고 충동적인 육신을 조금만 방심해도 판사 부인이 깜짝 놀라 뒤로 물러나 화를 낼 거고, 그러면 거의 초자연적인 자기의 권위를 잃게 될지도 몰랐다. 게다가 결국 불경스러운 불륜 —— 시작에 비춰보면 비열한 불경이다 —— 으로 끝날 거라고 생각하면 그게 이 유혹의 끝일 것이다. 자기는 이미 어떻게 될지 알고 있었다. 몇달 동안의 정신 나간 짓에 지나지 않을 것이다. 자기 자신에 대한 혐오감이 뒤섞인 후회

다음에는 스스로 경멸스럽고, 천박하고, 참을 수 없을 것이고, 그러고 나면 화가 나고 자존심도 상하고, 교구 참사회에 세속적인 야망과 허리케인을 불러일으킬 것이다…… 아니다. 아니다. 판사 부인은 달라야 했다. 자기만족에 불과한 육체적인 사랑으로 타락하지 않도록 최선을 다해야 했다. 그리고 특히 무엇보다 판사 부인이 속았다고 생각하지 않도록 해야 했다. 그건 분명했다.

잠시 후 총대리신부는 생각했다. '다른 방법이 모두 통하지 않으면 시간이 말해줄 수밖에.'

낀따나르는 하루가 다르게 우울해졌다. 죄를 지었다는 회한에 따른 고통, 그토록 착하게 살면서 아무에게도 해코지를 하지 않았는데도 구원을 받지 못한다는 두려움이 하나의 원인이었다. 또 다른 한편으로는 더위와 계속 흐르는 땀, 잠을 이루지 못하는 밤들…… 베뚜스따의 고독…… 빠세오 그란데의 한여름 초목, 연극 무대의 부재…… 때문이었다. 게다가 아무도 자기를 이해하지 못하는 이유도 있었다. 프리힐리스는 맹탕이야. 영적인 문제는 그와 상의할 수가 없었다. 그는 여름에도 숨 막혀하지 않았고, 겨울에도 움츠러들지 않았다. 대리석 같은 사람이었다. 그리고 아내와 총대리신부에게는 너무나도 우울한 베뚜스따의 여름의 거리와 산책길이 그다지 나쁘지 않았다. 카지노에 가보았지만 영혼은 그림자도 보이지 않았다. 휴가를 못 간 판사 한명만 종업원과 죽치고 있었다. 열람실에는 뜨리폰 까르메네스가 오래된 잡지들을 뒤적이고 있었고, 카드 치는 곳에는 회원이 한명도 없었다. 칩 소리와 쉬지 않고 계산해야 하는 것 때문에 썩 내키지 않는 도미노밖에는 할 게 없었다. 같이 체스를 두던 친구는 해수욕을 가고 없었다. 당연하지! 세상 사람 모두 해수욕하고 있겠지. 낀따나르는 평소 여름에 해수욕은 두세번밖에 하지 않으면서도 한달 동안 바다에 붙어 지냈다. 지금은 매일 시원한 파도가 그리웠다. 그는 카지노에서 해변의 신문들을 읽었다. 야외 야간 콘서트나 소풍, 요트경기 등 이 모든 것에 대해 얘기하고 있었다. 얼마나 사람들이 북적일까! 얼마나 많은 음악이 흘러나올까! 연극과 써커스는! 커다란 영국 증기선들…… 그리고 바다…… 거대한 바다…… 그런 게 즐기는 건데! 낀따나르는 한숨을 쉬며 집으로 돌아왔다.

"마님은 안 계시는데요."

하지만 켐피스는 있었다.

그곳에 침대 옆 협탁 위에 펼쳐져 있었다. 낀따나르는 알파카 재킷을 벗은 후 남방 차림으로 충동을 참지 못하고 책을 집어들고 읽었다…… 두려움으로 돌아가는군! 슬픔으로, 정신적인 나른함으로. 정말이지 세상은 책에서 말하듯 비참했다. 여름에는 특히 더했다. 베뚜스따는 죽어가는 곳이었다. 겨울에는 온통 헐벗었던 나무들이 여름에는 눈이 부시도록 푸르렀다. 봄에도 보기 좋지만 지금은 혐오감이 들었다. 차라리 앙상한 가지가 나았다. 그게 훨씬 그림이 좋았다. 낀따나르는 우울하고 지겨워 진정 예술가가 될 수도 있을 것 같았다.

그러고 나면 아나가 만족스러워하며 거리에서 돌아왔다. 누구라도 잘 지내면 좋은 일이었다. 그는 이기주의자는 아니었다.

하지만 아나는 베뚜스따의 고독에서 어떤 은혜를 찾는 것일까? 게다가 그곳에서는 '2 더하기 3은 5'가 자명하듯이, 켐피스가 피를 흘리면서 세상에는 즐거워할 이유가 없다는 사실을 증명하고 있지 않은가? 아나가 좀더 숭고한 이유들 때문에 행복해하는 건 사실

이었다. 그는 그 수준의 믿음에는 이르지 못했다. 하느님을 두려워
하고, 하느님의 위대함을 인정했다. 그건 확실했다! 하느님이 별과
바다, 결국 만물을 창조하셨다!…… 하지만 이러한 무한한 힘을 일
단 인정하고 난 다음에는 빅또르 낀따나르는 연극도 없고, 산책도
없고, 바다도 없고, 요트경기도 없고, 이 세상의 아무것도 없이 무
방비 상태로 버려진 이 촌구석에서 여전히 지겨워 몸부림을 쳤다.
그나마 그의 새들마저 없었더라면!

　　그러는 동안 하루가 다르게 적극적이 되어가는 아나는 갈수록
점점 더 커지는 유혹을 잊기 위해 노력했고, 많은 경우 그 목적을
이루기도 했다. 그 유혹은 두려워하면 할수록 더욱 강해졌다. 하지
만 그녀는 그 유혹에서 도망쳐 신앙으로 숨어들었다. 그녀는 사도
와 같은 열성과 불타는 믿음으로 돼지우리나 동굴에 몰려 사는 가
난한 사람들의 비참한 집들을 찾아다녔다. 그녀는 영혼을 위해서
는 종교의 위안을, 육체를 위해서는 헌금을 했다. 도냐 뻬뜨로닐라
리안사레스나 그녀 모임의 다른 부인이 그녀를 동행했다. 하지만
혼자 갈 때도 있었다. 많은 일들 중에서 종교생활이 최우선이었고,
이러한 삶이 그녀를 가장 즐겁게 했다.
　　여름은 '예수성심회' '성모회' '교리문답회' '싼비센떼 데 빠울
회' 같은 신심단체 대부분을 앗아갔다. 많은 귀부인들이 해수욕이
나 시골로 향했지만 그래도 핵심은 남아 있었다. 도냐 뻬뜨로닐라
주변의 훌륭한 여신도들이 상당수 남았다. 더위가 지속되는 몇달
동안 헌금은 현저히 줄어들었지만 모임에서 가을과 겨울에 있을
축일들을 준비하면서 많은 얘기를 나눴다. 게다가 그곳에 없는 사
람들에 대해서도 약간 수군거렸다. 판사 부인은 이런 음모에는 절

대 휘말리지 않았다. 그들의 가벼운 실수라고 생각하며 용서했다. 다른 더 무거운 죄들을 잔뜩 짊어진 그녀에게는 비난할 권리가 없었던 것이다.

페르민 신부와 아나는 매일 만났다. 오소레스 저택에서 만날 때도 있었고, 교리문답회나 대성당, 쌴비센떼 데 빠울 성당에서 만날 때도 있었지만 도냐 뻬뜨로닐라의 집에서 만날 때가 가장 많았다. 여주교는 늘 분주했다. 그녀는 어두침침한 응접실에 그들 둘만 남겨두고, 그들의 양해하에 자기 볼일이나 업무를 보러 갔다.

베뚜스따는 그들의 것이었다. 여름의 고독이 그들에게 그곳의 소유를 허락해주는 것 같았다. 그들은 사람들의 눈에 띌지 모른다는 두려움 없이 대성당 앞에서 오랫동안 작별인사를 나눴다. 성당의 고독이 베뚜스따 전체로 확산된 것 같았다. 아나는 베뚜스따의 삶이 겨울보다 훨씬 견딜 만했다. 이 점에 있어서는 남편과 의견이 달랐다.

페르민 신부는 여름이 끝나지 않기를, 떠난 사람들이 영원히 돌아오지 않기를 간절히 바랐다. 그의 어머니는 집세를 받고 돈을 거둬들이기 위해 마따렐레호에 가고 없었다. 그곳 산동네에 뿌린 수많은 돈의 이자를 거둬들이러 간 것이다. 떼레시나가 그 집의 안주인이었다. 그녀는 하루 종일 쾌활하고 발랄하고 부지런히 움직이며 총대리신부의 집을 찬송가로 가득 채웠다. 그녀는 자기도 모르게 찬송가에 유행가 분위기를 실었다. 그 즐거운 톤이 젊은 떼레시나의 고통스러운 얼굴과 대조를 이뤄 좀더 자극적이었다. 떼레시나는 살짝 화색을 띠었으며, 그림자가 드리워진 눈은 다정하고 신비스러운 눈동자의 어둠속에서 그 어느 때보다 더욱 그윽하고 아름다웠다. 집주인과 하녀는 만족했다. 자유는 천국의 맛이 났다. 각자 자기가 하고 싶은 대로 했다. 도냐 빠울라는 없었고, 아무에게도 보고하지 않아도 되었다. 그리고 부족한 것도 전혀 없었다. 도련님에게는 평소와 다름없이 제때 제자리에 필요한 게 놓여 있었다. 이제는 마님이 없어도 살 수 있었다.

총대리신부는 은근한 질문 공세에 시달리는 두려움 없이 들락거렸다. 집에 늦게 들어가도 괜찮았다. 모든 것이, 모든 것이 그에게 미소를 지었다. 제발 여름이 영원하기를! 그의 적들까지도 중상모략하는 데 한풀 꺾였다. 이제는 그렇게 많이 수군거리지도 않았다. 중상모략가들 대부분이 여름휴가를 떠났다. 남아 있는 사람들에게는 청중이 부족했다. 돈 산또스 바리나가는 아파서 집에서 나오지 않았다. 경제적인 이유로 여름휴가를 가지 못한 포하만이 카지노에서 오후에 커피를 마시러 그곳에 들르는, 지겨워 몸부림을 치는 네다섯명의 회원들과 함께 모략의 성스러운 불을 계속 지피려고 애썼다. 마침내 적대감이 일시적으로 중단된 것 같았다. 언제든 환영이었다. 싸움을 걸면 언제든지 받아들일 생각이었다. 하지만 평화를 더 원했다. 특히 할 일이 많은 지금은 무시해도 상관없는 불쌍한 사람을 증오하고 쫓아다니는 것보다 훨씬 좋고 달콤한 게 있었다.

맛난 음식처럼 페르민 신부의 입안을 행복하게 해주는 그 행복, 그 자유, 그 도덕적 나른함은 여름 동안 그의 건장한 신체에 더 큰 즐거움을 안겨주었다. 판사 부인을 아무 때나 볼 수 있고, 그녀의 눈으로 자신을 바라보고, 그녀의 입술에서 나오는 달콤한 말을 듣는, 이름 붙이기 힘든 몽롱한 꿈이었다. 그 달콤한 말은 신비스럽고 거의 환상적인 우정이었다. 이 모든 것들 때문에 태양이 멈추고 시간이 정지했으면 했다. 그해 8월은 낀따나르에게는 너무나도 우울했지만 총대리신부에게는 그의 생애에서 가장 행복한 시간이었다.

아침 이른 시간에 떼레시나가 밖에서 청소하면서 '싼또디오스, 싼또푸에르떼' 찬송가를 말라가 민요풍으로 부르는 소리를 들으면 그 역시 노래하고 싶은 유혹을 느꼈다. 그는 노래는 부르지 않았지만 일어나 복도로 나갔다.

"떼레시나, 핫초콜릿!" 페르민 신부가 양손을 문지르며 즐겁게 외쳤다.

그러고서 그는 다이닝룸으로 향했다.

잠시 후 하녀는 금색 나뭇가지가 새겨진 멋진 중국 그릇에 아침을 가지고 들어왔다. 그녀는 뒤의 문을 닫고 테이블로 다가왔다. 테이블 위로 그릇을 내려놓고 주인님 앞에 냅킨을 펼쳤다…… 그러고는 그의 곁에 서서 조용히 기다렸다.

페르민 신부는 흐뭇한 미소를 머금은 채 카스텔라를 핫초콜릿에 적셨다. 떼레시나는 테이블에서 물러나 주인의 얼굴 가까이로 얼굴을 가져갔다. 매우 붉고 얇은 입술을 열어, 재미난 표정을 지으며 붉고 촉촉한 혀를 필요 이상으로 내밀었다. 그러면 페르민 신부가 그녀의 혀에 카스텔라를 넣어주었다. 하녀는 진주처럼 고른 이로 카스텔라를 잘랐고, 주인이 나머지 반을 먹었다.

매일 아침 그랬다.

22장

레스띠뚜또 모우렐로 주임신부는 즐겁고 건강한 모습으로 완전히 다른 사람이 되어, 떼르마살따스 해수욕장에서 돌아왔다. 그는 '주교의 마음을 훔쳐 교구 전체를 장악한 성직매매자의 횡포와 음탕하고 추잡한 교회의 적에' 맞서 마지막 결전을 치를 각오를 하고 돌아왔다. 외교에 능한 주임신부는 이렇게 우회적으로 총대리신부를 지칭했다.

이것이 그해 여름 페르민 신부가 처음으로 접한 기분 나쁜 소식이었다. 오전에 성가대석에서 전해들었다.

"주임신부가 돌아왔습니다."

주임신부가 두렵지는 않았다. 주임신부든 그 누구든. 하지만 싸우고 혐오하느라 너무 지쳤다!

모우렐로 신부는 자기 못지않게 공공의 적에 맞서 일을 벌이고 싶어하는 기존의 수다쟁이들과 새로 합류한 험담가들을 많이 접촉했다. 모두 악담이라는 성스러운 열정에 목말라 있었다. 시골 마을이나 어촌에서 온 사람들은 이야깃거리와 소문에 굶주려 있었다. 시골의 고독이 험담의 입맛을 북돋았다. 시골의 산과 계곡에서 누구를 험담하겠는가? 우리가 사랑하는 베뚜스따! 오, 편안하게 남의 껍데기를 벗기려면 문명의 중심만큼 좋은 곳은 없었다. 시골에서는 마을 의사나 약제사, 신부를 험담했다. 하지만 그들이, 베뚜스따 시민이, 수도에 사는 시민이 그런 보잘것없는 먹거리에 어떻게 만족한단 말인가? "Civis romanus sum!"[1]이라고 모우렐로가 말했다. "우리 수준에 맞는 얘기를 원합니다. 떼르마살따스의 의사 정도 말고 거물을 혀로 짓이겨놓읍시다."

또한 포하와 남아 있던 사람들도 최신 소식을 전하고 함께 논평하고 싶어 떠났던 사람들이 돌아오길 학수고대했다. 베뚜스따의 활기는 여름휴가를 떠났던 사람들이 하나둘 돌아오면서 대성당의 경당과 신심단체, 카지노, 거리, 산책로에서 다시 살아났다. 끝없는 겨울을 함께 지겹게 보내면서 견디기 힘들게 닳아 떨어진 거짓 우정이 이제 다시 옷을 갈아입었다. 돌아온 사람들은 남아 있던 사람들에게서 재미와 재능을 보았고, 그 반대 역시 마찬가지였다. 모든 사람들은 서로의 농담과 장난을 재미있어하며 웃었다. 험담가들의 모임이 조금씩 활기를 되찾으며 비방의 아궁이를 데웠다. 그리고 마지막으로 도착한 낙오자들에게는 천국이 기다리고 있었다. 세상에 무슨 그런 일이! 맙소사 어떻게 그런 일이! 통찰력도 뛰어나지! 오! 베뚜스따의 재능이여!

그해 총대리신부는 모욕을 좋아하는 주신酒神들에게 유일한 안

---

1 라틴어로 '나는 로마 시민이다'라는 뜻.

줏감이 되었다.

적십자의 상업적 경쟁자이자 도냐 빠울라와 그의 아들의 불법적이고 부도덕한 독점의 희생자인 돈 산또스 바리나가가 죽어가고 있었다. 귀족들의 주치의인 로부스띠아노 소모사에 따르면 이 불쌍한 바리나가가 죽어가고 있었다. 그리고 그의 이런 생각은 신빙성이 있었다.

"여러분은 그 사람이 왜 죽어가고 있다고 생각하십니까?" 포하가 정오 미사를 마치고 나오면서 대성당 앞에 모인 사람들에게 물었다.

"술 때문에 죽을 겁니다." 리빠밀란 수석사제가 대답했다.

"아니지요. 굶어 죽는 거지요!……"

"독주를 너무 마셔서 죽는 겁니다."

"굶어서!……"

그때 소모사가 사람들 모여 있는 곳에 도착해 '과학적으로' 얘기했다.

"나는 아무도 비난하지 않습니다. 과학은 아무도 비난하지 않습니다. 과학의 임무는 다른 데 있습니다. 바리나가가 주기적으로 술을 마셔서 병이 났다는 건 부정하지 않습니다. 하지만 분명히 숙취는 섭생을 잘하면 해결할 수 있습니다. 게다가 오늘 불쌍한 돈 산또스는 술 마실 돈도 없습니다. 이제는 너무 가난해 술조차 마실 수 없지요. 여러분은 잘 이해하시지 못하겠지만 과학적으로는 갑작스러운 알코올 중단은 중독자의 죽음을 초래할 수도 있습니다."

"그게 어떻게 그런가요?" 리빠밀란 수석사제가 물었다.

"자세히 설명해보시오." 포하가 말했다.

소모사가 미소를 머금었다. 그는 동정 가득한 표정으로 고개를 끄덕였다. 자기가 그런 설명에 적합한 인물이라고 생각하는 것 같았다. 놀라겠지만 돈 산또스는 알코올 때문에 죽는 거지만 몇달 더 목숨을 '연장'하려면 알코올이 필요하다는 거였다. 그를 죽이는 술이 없으면 더 빨리 죽게 될 거라는 거였다.

"하지만 소모사 씨, 그게 어떻게 가능하지요?"

"포하 씨, 잘 들어보십시오. 당신은 토드[2]를 아시지요?"

"누구요?"

"토드요."

"아니, 모르는데요."

"그럼 아무 말 마십시오. 당신은 알코올이 저체온증을 일으킨다는 게 뭔지 아십니까? 그것도 모르시지요. 그럼 가만히 계십시오. 그러면 알코올이 발한을 일으키면 무엇을 먹어야 하는지 아십니까? 그것도 모르시지요. 그럼 입 다물고 계십시오. 당신은 캠벨과 샤브리에르가 확인한 알코올의 지혈 작용을 부정하십니까? 그걸 부정한다는 것은 큰 오류이지요. 이해하십시오. 그게 병원 내부 용어라서. 그러니까 당신은 한마디도 모르시는군요……"

"그래서 질문하는 겁니다…… 하지만 우선 내 말부터 들어보세요. 당신이 토드인지 뭔지 하는 사람이 원하는 것을 아무리 많이 알고 얘기한다고 해도, 당신의 성스러운 과학도 돈 산또스 바리나가의 명예를 훼손할 권리는 없습니다. 불쌍한 남자가 굶주린 채 화병으로 죽는 걸로 충분합니다. 당신이 독주에 대한 글을 읽지 않았다고 해도 말입니다. 당신이 그 글을 어디서 얼마나 빨리 봤는지는 하느님이 아시겠지요. 그렇다고 해서 당신이 나의 불쌍한 친구를 모욕하고 전문용어를 들먹여가며 술주정뱅이라고 부를 권리가 있

---

2 로버트 벤틀리 토드(Robert Bentley Todd, 1809~60). 영국 의사. 인체기관에 미치는 알코올의 영향을 연구하였다.

다고 생각하지는 마십시오."

"나는 그의 합법적 대리인인 소모사 씨와 과학에 동의하는 바입니다." 리빠밀란 수석사제가 소리 질렀다. "의학에서는 못으로 다른 못을 뽑을 수 있는지 모르겠습니다. 술 묻은 얼룩을 다른 초록색 얼룩으로 지울 수 있는지도 모르겠습니다. 하지만 돈 산또스는 인간 술통입니다. 그 사람 혈관에는 피보다 와인의 정령이 더 많이 흐르고 있습니다. 그는 알코올에 적신 심지입니다…… 불을 붙인다면 그 결과는 뻔합니다……"

"리빠밀란 신부님, 곰팡내 나는 이 낡은 진보주의자와 다투는 데 교회의 도움까지 필요하지 않습니다. 나의 종교라고 할 수 있는 과학으로 충분하고도 남습니다."

그러고서 의사는 포하를 돌아보며 덧붙였다.

"은퇴하신 시장님, 제 말 잘 들으십시오. 취객들의 염증에 미치는 알코올의 효능을 아십니까? 당신은 그것도 모르면서 거짓말하지 마십시오."

"병원의 프라이헤룬디오 씨,[3] 당신이야말로 집어치우시오! 사기꾼은 당신이오! 세상에 맙소사! 의사선생이 아름다운 집착을 보이시는군. 이제는 우리를 유식하게 만들려고 하잖아. 늙어서 홍역을 앓겠군."

"모욕은 그만하고 사실을 보자고요."

"헛소리 그만하고 좀더 상식적인 얘기를 하자고요……"

"군인 양반,[4] 나는 과학을 하는 사람이고 당신은 1812년 헌법에

---

3 '수다스럽고 무식한 사람'이라는 뜻.
4 의사가 포하에게 군인이라고 하는 것은, 스페인 부르주아 혁명(1820~23) 당시 자유주의 정부가 도시 지역들의 입헌 질서를 보장하기 위해 '시민군' 제도를 운

찬성하는 사람입니다…… 쇼멜[5]도 확인했고, 머릿속이 텅 빈 사람이 아니라면 누구라도 인정하듯이, 알코올중독자에게는 독주 처방이 불가피한 것이라오."

"그런데 나는 당신의 소전제를 부인하는 바이오, 멍청한 양반아!"

"의학에는 대전제도 소전제도, 유대인도 반유대인도 없습니다, 노름꾼 양반."

"소전제는 바리나가가 알코올중독자라는 겁니다……"

"어찌 됐든 당신은 병의 증세에 대해…… 내 의견을 부정하는군요……"

소모사는 자기가 말도 안되는 소리를 했다고 생각하자 얼굴을 붉혔다.

"무슨 말도 안되는 망발을 늘어놓는지…… 나는 없는 사람을 변호하는 겁니다……"

"결론을 내리기 위해 한마디만 더 묻지요. 당신은 알코올중독자에게서 알코올을 완전히 빼앗으면 눈에 띄게 쇠약해져 기력을 완전히 상실한다는 의견에 반대하는 겁니까?……"

"보세요, 유식한 양반. 당신이 계속 그런 말로 내 고막을 괴롭힌다면 나는 당신에게 라틴어로 된 오만가지 시와 문장들을 인용하겠소. 그렇지 않다면 내 말을 들어보시오.

Ordine confectu, quisque libellus habet:

quis, quid, coram quo, quo jure petatur et a quo.

영했기 때문이다.

5 오귀스뜨 프랑수아 쇼멜(Auguste François Chomel, 1788~1858). 프랑스 의사. 루이 필리쁘 왕의 주치의.

Cultus disparitas, vis, ordo, ligamen, honestas....

리빠밀란 수석사제는 우스워서 죽으려고 했다. 소모사가 버럭
화를 내며 언성을 높였다. 그러고는 기력 상실…… 염증…… 심장
병 전문의…… 등의 단어가 들렸다. 그래도 전직 시장은 신경도 쓰
지 않고 계속해서 라틴어를 섞어가며 말했다.

Masculino es fustis, axis,

turris, caulis, sanguis, collis,

piscis, vermis, callis, follis.[6]

의사와 고리대금업자는 서로 주먹질까지 오갈 뻔했다. 돈 산또
스가 무엇 때문에 죽어가고 있는지 알아내지는 못했지만 총대리신
부 때문에 포하와 소모사가 싸우며 결투를 벌였고, 리빠밀란 수석
사제가 뺨을 얻어맞았을지도 모른다는 소문이 30분 만에 베뚜스따
전체에 돌았다.

실제로도 가난에 허덕이며 죽어가고 있던 병약한 돈 산또스의
병세는 그 며칠 동안 더욱 악화되었다. 그리고 주임신부와 포하 및
각 패거리들에 의하면, 한가지 더 심각한 일이 벌어졌다. 까라스뻬
께의 딸 떼레사 수녀가 쌀레시오 수녀원의 '지저분한 수용소'에서
죽어가고 있다는 거였다. 소모사가 매사 어깃장을 놓는 사람은 아

---

6 라이문도 데 미겔(Raimundo de Miguel)이 펴낸 『스페인어-라틴어, 이론과 실제』
(Gramática hispano/latina teórico-práctica, 1864)에서 인용한 것으로, 교과서에서 라
틴어 문법이 잘못 사용되면 우스꽝스러운 문장이 되는 예로 쓰였고, 비문이라
해석할 수 없다.

니지만 그의 말을 빌면 '변기통'과 다름없는 방이었다.

그러고는 말처럼 되었다. 속세에서는 로사 까라스삐께이고 수녀원에서는 떼레사 수녀인 그녀는 소모사의 진단으로는 결핵으로 세상을 하직했다. 그러니까 폐결핵이라는 주제에 관해서는 이원론자라 할 수녀원 주치의 소모사 말로는 치즈처럼 구멍이 뚫린 폐결핵으로 사망하였다.

하지만 총대리신부의 적들은 떼레사 수녀의 폐에서 무슨 일이 벌어졌든지 간에 그 죽음이 페르민 신부 때문이라고 모두 한결같이 확신했다.

도냐 빠울라와 돈 알바로는 같은 날 베뚜스따에 돌아왔다. 뜨리폰 까르메네스에 의하면 '천사가 한명 더 하늘로 올라간' 바로 그날이었다. 알바로는 리빠밀란의 충고를 무시한 채 여전히 로맨티스트였다.

베뚜스따의 자유당 신문인 『엘 알레르따』가 두개의 사설을 연달아 실었으며, 그것은 페르민 신부의 심기를 상당히 거슬렀다.

환영합니다. ─ 베뚜스따의 왕당파 자유당 수장인 돈 알바로 메시아가 여름휴가를 마치고 우리의 도시로 돌아왔다. 우리의 저명한 동료를 만나기 위해 몰려든 수많은 지인들이 전하는 바로는, 그는 정치나 도덕, 종교적인 면에서 신중하게 자유주의를 설파할 각오라고 한다. 전통적인 장애들을 물리치기 위해 우리의 겸손한 지지를 보내는 바이다. 세속적으로 표현하자면, 이곳에서는 코흘리개까지 베뚜스따의 모두가 다 아는 신정 정치를 펼치는 폭군이 진정한 발전을 훼방 놓고 있다.

명복을 빕니다. ─ 쌀레시오 수녀원에서 도냐 로사 까라스삐께이 소모사 양이 숨졌다. 그녀는 저명한 교황지상주의자이자 금융가인 돈 프란시스꼬 데 아시스의 여식으로 떼레사라는 이름으로 서원수녀가 되었다. 이 뜻밖의 불행과 연관된 모든 이야기를 전하려면 아주 많은 이야기를 해야 할 것이다. 저명한 의학계 인사의 견해로는 쌀레시오 수녀들이 거주하고 있는 초라한 건물의 열악한 위생상태로 인한 영향이 적지 않게 작용한 것으로 보인다. 하지만 거기에 덧붙여 이런 질문을 제기하지 않을 수 없다. '일종의 설치류'가 유해한 사이비종교적 영향력을 행사하여 가족 내부로 조금씩 파고들어 가정의 평화와 양심의 평정심을 훼손하는 것은 위생적이라 할 수 있는가?

과장됨 없이 교양이 넘치는 우리 수도의 모든 자유주의적인 요소들과 함께 힘을 합해 우리를 압박하는 강력한 성직자 계급의 폭군을 물리치지 않는다면, 우리 모두는 가장 우둔하고 뻔뻔한 맹신주의에 희생될 것이다. ─ R.I.P.[7]

리빠밀란 수석사제는 썩 내키지는 않았지만 총대리신부 모르게 자기 친구와 쌀레시오 수녀원, 진보주의 신문이 훼손한 문법을 지키기 위해 펜을 들어 『엘 라바로』에 반박 글을 실었다. 하지만 서명은 하지 않았다. 여러 말들을 했으며, 그중에 이런 글이 있었다.

그 서원수녀가 까라스삐께 씨 또는 그의 여식 누구를 지칭하는 것인지 알 수 없다는 사실을 차치하고, 엉터리 기사를 작성한 기자는 무엇을 위해?……

---

[7] Requiescat in pace. 라틴어로 '편히 쉬소서'라는 뜻.

그 엉터리라는 말 때문에 수석사제의 신분이 들통났다. 유머러스한 문체 때문에 모두 수석사제의 글이라는 걸 알아챘다.

베뚜스따에서는 언론에 인쇄되어 등장하는 모욕과 험담이 많은 관심을 불러일으켰다. 까르메네스는 송가와 애가를 기고했지만 허망하게도 아무도 읽지 않았다. 하지만 베뚜스따 사람 누구라도 기분 나빠할 수 있는 기사가 실린 별 볼일 없는 가십란은 열심히 읽히며 매일 사람들의 입방아에 오르내렸다. 총격이 벌어지거나 성명서가 발표되면 '평소 구독자들'에게는 그보다 더 좋은 여흥거리가 없었다.

어찌 됐든 그 스캔들은 커져갔으며 한동안 총대리신부의 '악영향'과 떼레사 수녀의 죽음 이외에 다른 얘기는 없었다.

"그 불행에 양심의 가책을 느껴야 하는데."

"그 작자는 우리 딸들의 피를 빨아먹는 영혼의 드라큘라입니다."

"예, 우리가 맹신주의에 지불하는 피의 세금 같은 거지요."

"처녀 백명을 공물로 바치는 것과 같지요."

총대리신부는 말도 안되는 그 수많은 황당한 얘기들을 무시할 수 있기를 바랐지만 안타깝게도 분노가 치밀어올랐다. 처음에는 '자신의 고귀하고 숭고한 열정이 그런 모든 악재들에 반기를 일으킨 것'이라고 믿었다. 하지만 위선 가득한 수많은 분노의 물결이 그의 영혼에 흙탕물을 끼얹었고, 정신이 혼미해질 정도로 여파가 컸다. 그의 뇌에서 가장 순수한 생각들과 가장 달콤하고 흐뭇했던 기억들은 분노가 지워버렸다. 그는 분노로 미칠 것 같았으며, 자신의 격분을 조절할 수 없다는 것 때문에 화가 나고 더 짜증이 났다. 게다가 곤경에 처한 것이 분명했다. 어리석은 자들의 험담이 분별이 없다고 해도 영향력이나 두려움이 덜한 게 아니었다. 총대리신부는 자신의 권위가 흔들리고, 그토록 많은 치사한 사람들이 자기 영역을 침범하려는 것을 알았다…… 많은 곳에서 사람들의 변화를 읽을 수 있었다. 자유주의 성향이 있는 몇몇 부인들은 그에게 고해 성사 하는 것을 그만두었고, 페르민 신부가 쥐락펴락하던 포르뚜나또 주교까지도 질문 가득한 차가운 시선으로 그를 바라보았다. 주교의 질문지가 총대리신부의 눈동자 안으로 쇠바늘처럼 찌르며 들어왔다.

에스뽈론에는 다시 산책의 계절이 돌아왔고, 페르민 신부는 자신만의 겸허한 거만함과 잘생긴 신비주의 청년의 멋진 외모로 그곳을 지나다녀도 예전처럼 영광이 가득한 길이나 승리의 행진이 아니라는 것을 알았다. 사람들이 건네는 인사나 시선, 그의 뒤로 꼬리처럼 따라다니는 소곤대는 소리, 심지어 길 가다 길을 비켜주는 사람들에게서도 가시가 느껴졌다. 대체적으로 묵직한 적개심이 느껴졌다. 앞으로는 뻔뻔하고 특별한 용기가 필요할 거라는 두려움 비슷한 느낌이었다.

그리고 집에서는 도냐 빠울라가 폭풍 전야처럼 인상을 쓰며 아무 말 없이 의심의 눈길을 보냈다. 그녀는 양초들, 즉 돈을 챙기고, 대출금을 챙기고, 적십자의 업무를 보느라 정신없이 바빴다. 가게 처분을 준비하는 것처럼 보이는데 왜 그렇게 보이는 걸까? 도냐 빠울라는 아무 설명도 하지 않았다. 자기 일만 열심히 했다. 아들 페르민 신부는 구제불능이었다. 죽을죄를 지었으면서도 위선을 떠는 판사 부인인지 뭔지 하는 종달새 같은 여자가 아들을 아예 장님으로 만들어놓았다. 앞으로 오소레스 저택에서 무슨 일이 있을지는 하느님만이 아시겠지! 대체 이 무슨 스캔들이람! 그 모든 게 함정이었다. 철저히 준비해야 했다. 오, 베뚜스따에서 쫓겨날 수도 있

다. 하지만 도시 절반을 물어뜯지 않고서는 절대 혼자 떠날 생각은
없었다. 그래서 그녀는 아들까지 겁먹을 정도로 화를 내며 으르렁
거리고 있었다.

페르민 '도련님'은 종교계의 파우스트의 서재에서 혼자 생각
에 잠겨 있었다. 나는 혼자야. 어머니도 나를 위로하지는 못해! 어
떡하지? 이 숭고하고 강렬한 열정에 내 모든 영혼을 바쳐야 하
나?…… 아냐! 세상에는 아냐 말고 아무것도 없어! 그녀도 혼자야.
그녀도 내가 필요해…… 우리 두 사람이 함께하면 이 멍청하고 사
악한 작자들을 모두 충분히 이길 수 있어.

페르민 신부는 거의 노랗게 질린 창백한 얼굴로 신비주의자 친
구의 곁으로 다가갔다. 친구는 매우 불안하고 혼란스러워하면서도
갈수록 더욱 아름다워지며 다시 신선하고 건강한 모습을 되찾았
다. 이제 통통하고 튼튼하며 균형을 이룬 모습을 되찾았다. 온화함
이 아나의 후광 같았다. 이상이라는 연고를 발라 정화되며 건강이
회복되자 아나의 육신은 성모상의 모델이 될 수 있을 만큼 티베르
강 건너편 여자[8]처럼 당당해졌다.

돈 빅또르 낀따나르는 돈 알바로 메시아가 빨로마레스에서 돌
아오자마자 친밀한 우정을 되찾았다. 그리고 얼마 후 총대리신부
는 회심자의 반란을 눈치챘다. 낀따나르는 여전히 자기가 믿음이
깊은 신자라고 믿고 있었지만 종교와 성직자, 가톨릭주의와 교황
지상주의 사이를 의심의 눈으로 구분지었다. '나는 신실한 가톨릭
신자입니다.' 그가 이단이나 뭔가 그 비슷한 얘기를 꺼낼 때마다
들고 나오는 문장이었다. 하지만 그는 구약 성경과 신약 성경의 내

---

8 고대 로마 시대 티베르 강 우안에서 온 여자. 건강하고 아름답고 자존심이 셌다
고 한다.

용을 자기 식으로 해석했고, 심지어는 신부와 부인들 앞에서 대담하게도 이런 말까지 쏟아냈다. 덕망있는 남자라면 모두 그리스도의 성직자다, 세속의 숲이 순수종교에 적합한 성전이다, 예수는 자유주의자였다 등 말도 안되는 이야기였다. 이것이 최악은 아니었다. 판사 부인과 페르민 신부가 함께 있으면 낀따나르의 태도가 냉랭해지는 것을 알 수 있었다. 그래서 총대리신부가 애써 모른 척해야 했다.

돈 알바로는 오소레스 저택을 자주 들르지 않았고, 어쩌다 한번 그것도 아주 잠깐 들를 뿐이었다. 왜 그런 겁니까? 낀따나르가 물었다. 그의 친구는 애매하게 둘러대며, 판사 부인이 자기를 억지로 맞이해 자기가 괜히 방해가 되는 것 같아 그런다고 했다. 게다가 돈 알바로만이 그런 게 아니었다. 예전에는 수시로 찾아왔던 후작의 자제 빠꼬도 이제는 거의 그 집에 모습을 드러내지 않았다. 비시따도 어쩌다 한번씩 찾아왔고, 후작 부인은 거의 오지 않았다. 이렇게 모든 친구들 중에서 총대리신부만 자주 찾아왔다. 그 훌륭한 사람이 판사 부인의 주변을 '공터로 만들었다.' 그녀는 만족했으며, 아무도 그리워하는 것 같지 않았다. 하지만 낀따나르는 같은 생각이 아니었다. 그는 사람들과의 왕래와 대화, 기분 좋은 동반을 원했다.

낀따나르는 두달에 한번 고해성사를 하고 성체를 받았지만 켐피스는 세속적인 책들 사이에서 먼지에 덮여갔다. 지옥에 대한 두려움은 아직 간직하고 있었다. 하지만 이 땅에서 그의 짧은 존재가 주는 긍정적인 장점들을 완전히 배제하고 싶지는 않았다. 그리고 그는 자기 집이 특히 맹신주의에 점령되지 않기를 바랐다. 저기 카지노에서 돈 알바로가 부추기며 던지는 충고를 낀따나르는 매우 진지하게 받아들이고 늘 실천으로 옮길 준비를 하고 있었다. 하지만 과감하게 실행으로 옮기지는 못했다. 그의 과감함은 가끔, 아주 어쩌다 한번, 적으로 변한 총대리신부에게 떨떠름한 표정을 짓는 것 이상을 넘어서지 못했다. 하지만 그 간접적인 메시지도 총대리신부가 이해하지 못한 척 시치미를 뗐기 때문에 별 진전이 없었다.

낀따나르는 자기가 생각보다 힘이 없다는 것을 인정하게 되었지만, 그 사실을 아무에게도 털어놓지 않았다. 자기 집안에 침범한 '예수회주의'에 저항할 힘이 없었다. 오, 그랬다! 그래서 페르민 신부가 아내의 마음을 사로잡기 전에 그토록 주저했던 것이다…… 그렇다, 모든 것을 합해보면 페르민 신부는 예수회였다…… 낀따나르는 오소레스 집안에 미친 총대리신부의 힘과 파라과이에 미친 예수회의 힘을 비교하기에 이르렀다. 맞아, 우리집은 또다른 파라과이야. 그렇지만 그 '악영향'에 저항하기에는 자기가 역부족이라는 생각을 매일 하였다. 그냥 불편한 표정을 지으며 거의 집을 비우기만 할 뿐이었다.

이는 판사 부인과 신부가 집 안보다는 집 밖에서 더 자주 만나게 하는 효과밖에는 만들지 못했다. 도냐 뻬뜨로닐라의 집에서 얘기하는 게 훨씬 편했다. 불쌍한 낀따나르를 뭐하려고 괴롭히겠는가? 이미 나쁜 친구들이 그를 좋은 길에서 다시 멀어지게 하고, 어설프고 잔인한 의심과 사악한 의도로 그의 영혼을 더럽히는데, 두 쌍둥이 영혼의 모습을 그의 시선에서 사라지게 하는 게 차라리 나았다. 그들은 좀더 시적인 이상주의와 믿음 속에서 더욱 강한 끈으로 연결되었다. 순수하였지만 그에게는 그다지 유쾌하지 않은 모습이었다.

도냐 뻬뜨로닐라의 집에서는 발코니가 신중하게 살짝 닫히고 회색 펠트 양탄자가 깔린 살롱에서 영혼이 통하는 두 친구끼리 그

란 꼰스딴띠노의 말처럼 하얀 고양이 이외에는 일체 다른 증인 없
이 영적인 주제를 놓고 몇시간이고 얘기를 나눌 수 있었다. 갈수록
살이 통통하게 오른 하얀 고양이가 소리 없이 들락거리며 판사 부
인의 치마와 신부의 망토에 친근하게 등을 문질렀다.

아나는 페르민 신부가 눈에 띄게 안색이 창백해지고 양 눈가가
시커멓게 다크서클이 졌으며 목소리와 숨소리에 걱정될 정도로 피
로감이 묻어 있음을 알았다.

아나는 페르민 신부에게 몸을 돌보라고 간청했다. 애지중지하는
아들에게 약을 먹으라고 애원하는 어머니처럼 다정하게 청했다.
그는 두 눈에 불을 내뿜으며 웃으면서 대답했다. "아무것도 아닙니
다. 괜한 걱정입니다. 보잘 것 없는 제 몸은 생각하지 않으셔도 됩
니다."

어떤 날에는 그들의 대화가 어색하게 끊길 때도 있었다. 그럴 때
면 지칠 줄 모르는 침묵이 화자만큼이나 곤혹스러웠다.

두 사람에게는 비밀이 있었다. 두 사람은 각각 상대방의 영혼 밑
바닥까지 꿰뚫고 있으면서도 솔직하게 털어놓지 못한 부분과 함께
자기가 저지른 나쁜 행동을 생각하고 있었다.

총대리신부는 자기가 건강을 잃어간다고 아나가 걱정할 때마다
매우 곤혹스러웠다. 만에 하나 그녀가 알게 된다면……

그는 '아름다운 천사'와의 우정을 후회와 혐오만 남을 조잡한
육체적 모험으로 좋지 않게 끝내서는 안된다고 결심했다. 그 여자
가 그 경건한 끈에 순수한 영혼의 진정성을 모두 담았기 때문에,
만일 그녀의 품위를 손상시킨다면 그녀가 가진 최고의 매력을 잃
게 만드는 거라고 확신했다. 페르민 신부는 이름을 붙일 수 없는
이 세련된 열정 이외에 이제 사는 데 아무런 낙이 없었다. 그는 가

공할 만한 유혹과 맞서 싸우며, 불륜처럼 보이는 그 부끄러운 침묵에 갑자기 격분하는 육신의 저항만 간신히 저지할 뿐이었다. 그는 부질없는 생각에 빠지기도 했다. 그녀에게서 멀리 있으면 이 사냥꾼 같은 거대한 몸집이 제멋대로 날뛸지라도 아나에겐 무슨 대수겠는가. 그녀는 내 육체에는 아무것도 원하는 게 없는데. 내 영혼은 모두 그녀의 것이야. 자신도 모르게 내 욕구를 자극하는 아나가 보이지 않을 때, 나는 영혼 없이 그 욕구를 충족시키지. 세심하고 다정하고 상냥한 미소를 머금은 아나가 자기 자신을 돌보라고, 모든 시간을 일과 고행에만 쏟아붓지 말라고 양손을 십자가 모양으로 모으고 간청할 때마다 그는 양심이 찔렸기 때문에 이런 생각을 해봤다. 자기가 없으면 그녀는 어떻게 될까?

"신부님이 돌아가신다고 생각해보세요. 저는 어떻게 해요?"

그녀의 눈앞에서 성자의 자리에서 흙으로 빚은 불쌍한 인간으로 추락한다는 건 정말 끔찍한 일이다. 흙으로 살아야 되는 인간으로. 신부는 생각했다. 다른 사람을 속이는 것은 괴롭지 않아. 하지만 그녀는! 그런데 방법이 없었다. 신부는 그 모든 것이 '그녀를 위한' 것이라고, 그리고 다 끝난 줄로만 알았던 청춘의 열정을 그녀 때문에 다시 힘차게 느끼게 되었다는 생각에 위안을 얻고 싶었다. 그녀를 위해, 그녀의 순수함을 존중하기 때문에, 그가 해묵은 물웅덩이에 빠진 거라고 생각했다. 하지만 이런 생각은 위안이 되지 않았다. 계속 후회가 되었다.

떼레시나는 몇주 동안 우울했다. 도련님에 대한 지배력을 잃어버린 것 같아 두려웠다. 그때는 총대리신부가 슬픔에서 벗어나 양심의 가책을 느끼지 않고 아나의 곁에서 지낼 때였다. 하지만 유혹의 고통이 조금씩 다시 모습을 드러냈다. 유혹의 공격은 후회의 공격보다 훨씬 끔찍하고 훨씬 위험했다. 아나의 순결, 덕망 높은 여인의 순수함, 그녀의 진정한 믿음, 그 정신적인 우정에서 죄가 전혀 섞이지 않은 그 믿음이 페르민 신부의 열정에는 자극제였고, 그래서 더욱 위험했다. 잘못된 것은 전혀 두려워하지 않는 아나가 자신의 믿음과 배려, 다정한 마음 씀씀이, 말하고 행동하는 그 모든 것이 기름을 붓고 불구덩이로 밀어넣는 것이라는 것을 전혀 모르고 방심했기 때문이다. 그래서 페르민 신부는 더 큰 불행을 막기 위해 평소의 신중한 모습으로 돌아왔고, 떼레시나는 그것에 만족했다. 그녀는 그것을 자신의 승리라고 자랑스럽게 여겼다.

아나에게도 비밀이 있었다. 그녀의 믿음은 진실했다. 아빌라의 성녀가 말했듯이 확실한 구원을 얻고자 하는 그녀의 열망과 한 계단 한 계단 차근차근히 올라가고자 하는 목적은 진지했다. 하지만 유혹은 갈수록 경이로웠다. 돈 알바로를 떠올리는 게 끔찍한 죄라고 생각할수록 더 큰 쾌락이 느껴졌다. 이제 그 남자가 타락을 의미한다는 데 의심의 여지가 없었지만, 그녀에게 육체적이고 나약하고 소멸하게 될 속세의 모습이 남아 있는 동안 그를 사랑한다는 것 또한 의심의 여지가 없었다. 그녀는 이제 옛날처럼 그의 얼굴을 똑바로 쳐다보지 못했다. 몇시간이고 옆에 있어도 아무렇지 않은 듯할 수 없었다. 이제는 그로부터, 그의 그림자로부터, 그의 추억으로부터 도망쳐야 했다. 그는 악마이고, 예수의 강력한 적이었다. 그에게서는 도망치는 수밖에 달리 방법이 없었다. 전에는 무의미한 자존심이었는데 이제는 비겁함이었다. 아직도 순결하게 살 수 있는 것은 은혜, 오로지 은혜 덕분이었다. 아나는 자포자기하는 마음으로 자기가 굴복하고 말 거라고 고백했다. 하느님이 잠시라도 손길을 늦춘다면 돈 알바로가 바로 손길을 뻗어 그녀를 포로로 삼을 수도 있었다. 그렇기 때문에 그를 보고 싶지가 않았다. 하지만 자기도 모르게 그를 생각했다. 그녀는 전력을 다해 그를 생각하지 않으려고 안간힘을 썼지만 어느덧 그를 다시 생각하고 있었다. 얼마나 끔찍하게 후회했던가! 주예수님이 어떻게 생각하시겠는가? 그리고 신부가 그 사실을 알게 된다면…… 어떻게 생각하겠는가? 판사 부인은 잠시라도 고삐만 늦췄다 하면 돈 알바로에 대한 기억이 곧바로 떠오르는 그 각별한 마음이 저속하고 유치한 행동처럼 끔찍했다. 왜 돈 알바로란 말인가? 예수를 배신했다는 회한은 공포이자 깊은 슬픔이었지만 그 회한이 줄어들면서 막연하게 이상적인 느낌이 들었다. 영혼의 친구이자 형제인 페르민 신부를 배신했다는 후회가 찌를 듯이 아팠다. 자기 자신이 혐오스러워지는 아픔이자, 자기 자신을 경멸해야 하는 비할 데 없는 고통이었다. 게다가 아나는 그러한 얘기를 신부에게 감히 고해성사로 말할 수가 없었다. 그에게 엄청난 상처를 입히고, 순수하게 관념적인 그들 관계의 매력이 산산조각 날 수도 있었다. 아나는 그런 나약함을 고해성사에서 침묵하기 위해 다시 궤변을 늘어놓았다. 그녀는 자기 생각이 명하는 모든 것을 '원하지 않았다'. 그녀는 그 생각을 죄짓는 이미지들에서 멀리 떨어뜨려놓았다. 그녀는 돈 알바로에게서 도망쳤으며, 자진해서 죄를 짓지 않았다. 원치 않는 죄가 있나? 이것에 대해서는 어느날 총대리신부와 얘기를 나눴다. 그 상담이 그녀에게 매우 중요하다는 것은 얘기하지 않았다. 페르민 신부는 문제가 복잡하다고 대답했다…… 그러고는 그녀에게 작가들을 인용했다. 아나는 작가들 중에서 『프로뱅시알』의 빠스깔⁹이 있었던 게 기억났다.

---

9 블레즈 빠스깔(Blaise Pascal, 1623~62). 프랑스의 과학자, 종교사상가, 문학자. 『빵세』의 저자로, 18통의 논쟁서간 『프로뱅시알』(1656~57)을 집필했다. 아우구스

그 책이 있어 읽어보았다…… 미치는 줄 알았다. 아아! 게다가 선한 사람이 된다는 것은 능력의 문제이기도 했다. 그토록 많은 차이와 그토록 많은 세심함으로 당황했다. 하지만 그녀는 유혹의 고통을 계속 침묵했다. 유혹을 물리치기 위한 강력한 무기는 자기 자신을 지키고 페르민 신부를 위로하기 위해 헌신하는 열렬한 믿음이었다. 아나는 페르민 신부의 적들이 엄청난 모독을 폭풍우처럼 퍼부었을 때 그를 위로하며, 그 모든 게 중상모략이라고 믿었다.

자기 영혼의 구원 문제로 많은 빚을 진 그 남자를 위해서라면 자기 자신을 희생하겠다는 생각이 신실한 아나의 마음을 사로잡았다. 그 감정은 많은 사람들이 사로잡히는 강한 열정과도 같았고, 아나는 그 열정을 즐거운 마음으로 받아들였다. 그녀는 그렇게 사랑의 굶주림을 채울 수 있었다. 뭔가 구체적인 대상이 있다면, 자식에게 느끼는 사랑과 같은 느낌이었다. 그래, 맞아. 그녀는 생각했다. 이런 선, 이런 희생, 이런 헌신을 사랑하면서 나쁜 쪽으로 기우는 내 마음을 물리칠 거야. 필요하다면 이 남자를 위해 죽을 각오도 되어 있어…… 하지만 그런 마음을 행동으로 옮길 방법이 없었다. 아나는 총대리신부를 위해 희생할 방법을 찾아보았지만 찾을 수가 없었다. 그녀가 중상모략의 폭력성을 줄이기 위해 무엇을 할 수 있단 말인가? 아무것도 없었다. 하지만 희망은 있었다. 어쩌면 그녀가 결심한 그 헌신을 '불쌍한 순교자'의 평안을 위해 사용할 수도 있었다…… 그 순간이 올 때까지는 그를 위로하는 방법밖에 없었고, 그것은 제대로 할 줄 알았다. 그래서 총대리신부는 늘 멋진 신발을 신는 작고 우아한 그녀의 발에 무릎 꿇고 입을 맞추는 감사를 표하지 않으려

티누스 전래의 엄격한 은총관을 옹호하는 동시에, 포르루아 수도원의 최대의 적 예수회의 느슨한 도덕관을 공격해서 큰 파장을 일으켰다.

고 자기 자신을 억누르는 데 많은 노력을 기울여야 했다.

한편, 포하와 주임신부, 꾸스또디오 보좌신부, 돈 뽐뻬요,『엘 알레르따』그리고 무대 뒤의 돈 알바로와 비시따는 총대리신부의 권력이라는 자기네들 앞에 버티고 있는 큰 산을 무너뜨리기 위해 엄청난 노력을 기울였다.

떼레사 수녀의 죽음은 총대리신부의 적들이 생각하기에 높은 자리에 있는 페르민 신부를 비틀거리게 할 정도의 타격이었다. 불쌍한 돈 산또스 바리나가도 얼마 동안 그늘에 가려 보이지 않았다. 그러다 몇주 후 희생자라는 후광을 받으며 다시 빛을 발하기 시작했다. 그러면서 대중들의 입에 오르내리던 동정론이 무르익어 다시 돌아왔다. 「두번째 어머니」라는 연극에서 표현되는 계모의 마음이 반영되었던 것이다. 대체적으로 베뚜스따 사람들은 돈 산또스가 죽든 살든 크게 개의치 않았다. 그를 가난에서 끄집어내기 위해 아무도 그에게 손을 내밀지 않았다. 계속해서 그를 주정뱅이라고 부를 정도였다. 반면에 모든 사람들은 총대리신부에게 분노를 느끼며, 그토록 엄청난 불행에 책임이 있다고 몰아붙였다. 다들 그렇게 하면 자비심이 충족될 거라 믿으며, 혹은 믿는 척하며 흡족해했다.

"오, 금세기에는," 포하가 카지노에서 소리 질렀다. "모든 진보의 적들에게 비난받는 금세기에는, '물질적이고 부패한' 금세기에는, 이제 국민의 박애정신을 아무렇게나 비난할 수 없습니다. 모욕당한 인류를 위해 한목소리로 항의해 일어나야 합니다. 악명높은 적십자의 독점에 희생된 불쌍한 돈 산또스 바리나가는 황량한 창고 안에서 굶어 죽어가고 있습니다. 한때는 그곳에서도 성배와 성반, 성체, 촛대 등 많은 제기들이 반짝거렸습니다. 여러분, 그는 그구석에서 죽어가고 있습니다. 우리 모두가 잘 알고 있는 그 성직매매자의 잘못으로 허망하게 죽어가고 있습니다. 네, 그는 죽어가고 있습니다. 곧 죽을 겁니다. 하지만 성직자임에도 불구하고 장사를 하며 우리의 상도덕과 교회의 모든 규율을 교묘하게 비웃는 그 작자는, 불쌍한 시민 바리나를 굶어 죽게 만든 그 작자는, 그 작자의 영광은 오래가지 못할 것입니다! 왜냐면 민중의 분노가 파도처럼 높이 솟구칠 테니까요…… 결국 그 파도가 독재자를 집어삼킬 겁니다!……"

하지만 이런 연설이나 다른 비슷한 얘기를 많이 했지만 포하는 돈 산또스에게 죽이라도 끓여먹으라며 닭 한마리 보낼 생각은 하지 않았다.

몰락한 상인을 이론적으로 변론하던 사람들도 포하처럼 행동했다. 그가 굶어 죽어가고 있다고 얘기들은 하면서도 정작 그에게 빵 한조각 가져가는 사람은 아무도 없었다. 그를 찾아가는 사람조차 거의 없었다. 포하는 그 집에 들어갔다가 금방 나왔다. 불쌍한 노인이 가난과 병으로 죽어가고 있는 것을 확인하는 것으로 충분했다. 포하는 곧바로 달려나와 다른 사람, 즉 페스트 같은 총대리신부를 비난했다. 그것이 인류의 진보와 연대라는 대의를 위해 봉사하는 것이라 믿었던 것이다.

돈 산또스가 말년에 이단자가 되었다는 소문이 퍼지자, 그를 기꺼이 돕던 자비심이 넘치는 사람들마저 도움의 손길을 거둬들였다.

'빠울리나회'만이 단체의 물질적인 도움과 교회의 정신적인 도움을 주기 위해 죽어가는 노인의 침대 가까이 갔다.

하지만 다 부질없는 짓이었다.

"다행히," 돈 뽐뻬요 기마란이 그 일을 언급하며 얘기했다. "내가 그곳에 있어 불미스러운 일을 막을 수 있어 천만다행이었습니다."

돈 산또스는 '모든 광신주의적 제안'을 자기 이름으로 거절하라며 친구인 돈 뽐뻬요에게 모든 권한을 위임했다.

돈 뽐뻬요는 엄청난 에너지와 굳은 신념이 필요한 '그 민감하고 중요한 임무'에 매우 흡족해했다.

알코올중독의 피해자가 누워 있는 그 황량하고 추운 다락방으로 '싼비센떼 데 빠울라회'의 칙사들, 즉 도냐 빠울리나, 그러니까 그란 꼰스딴띠노와 꾸스또디오 보좌신부가 직접 찾아왔다. 얼굴이 창백하고 무뚝뚝한 여신도인 바리나가의 딸이 아래층 텅 빈 가게에서 울면서 그들을 맞이했다. 세 사람이 낮은 목소리로 대화를 나눴다. 꾸스또디오 보좌신부가 총대리신부를 흉내 내며, 죽어가는 사람의 딸의 귀에 대고 부드러운 음절을 가득 채워 말을 했다. 그는 그녀를 위로했고, 그녀는 눈물이 그렁그렁한 눈을 들어 부드러운 사제의 눈을 응시했다. 자주 다녀 익숙한 장소에서 편안해하는 사람처럼 바라보았다. 그들은 적을 공격할 준비를 마친 다음 까치발로 위층으로 올라갔다.

"돈 뽐뻬요가 위에 계신다는 거죠?" 꾸스또디오 보좌신부가 계단에서 물었다.

"네, 요즘 며칠은 집 밖을 나가지 않으세요. 아버지는 저를 곁에 두지 않으세요. 그러고는 그 정신 나간 이단자의 선동을 받아 소리만 질러요."

돈 뽐뻬요 기마란은 보좌신부의 목소리를 듣고, 바로 성직자를 떠올렸다. 그는 방어태세를 갖춘 후 매우 신중하고 신념에 찬 자유사상가에게 걸맞은 자세를 취하려고 노력했다. 그는 양손을 뒷짐

지고는, 벌레 먹은 낡은 밤나무 마룻바닥이 삐걱거리는 소리를 내며 성큼성큼 돌아다녔다. 문이 따로 없이 지저분한 선홍색 옥양목 커튼으로 가려진 옆방에서는 환자의 잦은 신음소리와 힘겨운 숨소리가 들려왔다.

"거기 누구요?" 돈 산또스가 무력한 분노의 기운밖에 남지 않은 가는 목소리로 물었다.

"내가 보기에는 그들 같은데. 하지만 내가 여기 있으니 걱정 마시게. 괜히 화낼 필요도 없고, 자네는 가만히 있어. 나 혼자로도 충분하니."

적이 들어왔다. 평화를 청하러 온 것이고, 돈 뽐뻬요 역시 매우 신중하게 처신하려고 마음먹었다. 하지만 도냐 뻬뜨로닐라가 입을 열려는 순간, 무신론자는 한쪽 손을 뻗어 말을 가로막았다.

"여사님, 그리고 존경하는 신부님 미안하지만…… 잘못 오셨습니다. 여기에서는 조건부 동냥은 받지 않습니다……"

"조건부라니, 무슨?……" 꾸스또디오 보좌신부가 깍듯하게 예의를 갖춰 물었다.

"노여워하지 마십시오. 지상에서의 당신의 사명은 다른 걸로 알고 있습니다. 보시다시피 지금 저는 아주 조용하게 말씀드리고 있습니다."

"저는 아무 말도 하지 않은 것 같은데……"

"당신은 '무슨 조건부냐'고 말했지요. 아무도 나를 말등에 올려놓고 흔들 수 없습니다. 나 역시 다른 이가 바지를 입었든 치마를 입었든 신경 쓰지 않습니다. 나는 신부를 괜히 증오하지는 않습니다. 다만 교양있는 분에게 교양있는 행동을 요구할 뿐입니다……"

"이보십시오. 나는 여기 말싸움하러 온 게 아닙니다. 우리는 자선활동을 하러 왔습니다……"

"조건부 자선……"

"대체 무슨 빌어먹을 조건부라는 겁니까!" 도냐 뻬뜨로닐라가 소리 질렀다. 그녀는 정신 나간 무신론자에게 왜 깍듯하게 대해야 하는지 도무지 이해가 되지 않았다. 그녀가 덧붙였다. "당신은 이 집에서 아무 권한이 없습니다. 이 아가씨가 돈 산또스의 딸이고, 우리는 그분의 딸과 함께 그분과 얘기하고 싶습니다. 우리 단체가 드릴 수 있는 도움을 바로 드리기 위해 온 것입니다……"

"야비한 철회를 조건으로요? 다 알고 있습니다. 돈 산또스가 자신의 종교적 결정권에 대한 모든 권한을 나에게 일임했고, 나는 그의 이름으로, 그리고 최선의 방법으로 당신들에게 돌아갈 것을 강력하게 요구하는 바입니다……"

그러고서 돈 뽐뻬요는 문 쪽으로 한쪽 손을 뻗고, 자신의 뻗은 손과 힘을 감상하면서 잠시 동안 그렇게 서 있었다.

하지만 도냐 뻬뜨로닐라가 제삼자의 명령은 듣고 싶지 않다고 대답하자 그는 팔을 내려야 했다……

"부인, 여기서 제삼자란 당신들입니다. 당신들은 부름을 받은 것도 아니고, 그가 당신들을 원한 것도 아닙니다. 여기서는 세례증명서를 요구하지 않는 자비만을 받습니다."

"우리 또한 증서를 요구하지 않습니다……"

"신부님, 나한테는 신학생의 논리로 말씀하지 마십시오. 현대 철학은 스콜라철학이 어린애 장난처럼 유치하다고 증명했습니다. 그리고 나는 당신들이 뭐 때문에 온 건지 잘 압니다. 당신들은 내 친구의 오래된 신념을 콩 한접시에 사려는 겁니다. 신앙고백을 고기 국물 한종지에, 개종을 1뻬세따에 사려는 거고…… 이건 부당합니다!"

"하지만, 여보세요!······"

"신부님, 그만합시다. 돈 산또스는 고해나 성체를 받지 않고 죽을 각오가 되어 있습니다. 그는 당신네 높은 사람들의 종교를 인정하지 않습니다. 이것이 절대 철회할 수 없는 그의 조건입니다. 자, 그럼, 당신들은 그 가격에 그를 돕고 돌보며 양식을 주고, 그가 필요한 약을 제공할 겁니까?"

"하지만 여보세요······"

"아!······ 여보세요······ 내 그럴 줄 알았습니다! 당신의 스콜라 철학으로는 깰 수 없단 말이오!"

"이 모든 것과 더 많은 것도요." 그란 꼰스딴띠노가 말했다. "우리는 이해당사자와 얘기하고 싶습니다."

"그렇게는 되지 않을 겁니다······"

"아니, 그렇게 될 겁니다······"

"부인, 부인이 여자만 아니라면 계단 아래로 집어던질 수도 있습니다. 계속해서 당신들이 그런 낯 두꺼운 폭력을 행사하겠다면 말이지요······"

그리고 돈 뽐뻬요는 여주교가 들어오지 못하도록 옥양목 커튼 앞을 가로막아섰다.

"누구요? 누구냐니까?" 안에서 돈 산또스가 그렁그렁한 목소리로 헐떡거리며 소리 질렀다.

"빠울리나 사람들일세." 돈 뽐뻬요가 대답했다.

"빌어먹을 망할 놈들! 내 집에서 나가라고 하시오······ 돈 뽐뻬요, 거기 빗자루 없소? 그들에게 불을 질러······ 수치스러운 것들······ 그러면 거기에 신부도 있지 않나?······"

"그렇소, 있소……"

"총대리신부겠지! 도둑놈, 촛대담당, 나를 거덜낸 놈이지……
나를 비웃으러 왔을 거야…… 오, 내가 일어날 수만 있다면!……
하지만 그놈들을 몽둥이로 쫓아내지 않고 뭘 하는 거요? 내 집에서
나가…… 경찰을 불러…… 이제는 경찰도 없나? 가난한 사람들에
게는 경찰도 없나?

"진정하게, 총대리신부는 아닐세."

"맞아요. 맞습니다. 내가 알아요. 그 작자가 무료 숙박소의 주인
이고, 빠울리나회의 회장인 거 모릅니까?…… 들어오라고 해. 들어
오라고 해…… 아주 작살을 내놓을 테니까……"

"진정하게, 진정해. 이 사람들을 점잖게 내보내는 데는 나 혼자
로도 충분하고도 남으니까."

"아니야, 아니야. 총대리신부면 들어오라고 하시오. 내가 직접
그 작자를 죽여놓을 테니…… 거기 누가 우는 거지?"

"자네 딸일세."

"아, 끔찍한 위선자! 미꾸라지 같은 년, 제 아비를 굶어 죽이는
나쁜 년. 국에 로사리오 알맹이와 제 머리카락을 집어넣고, 응접실
의 먼지를 내 코앞에서 털고, 새벽에 미사 드리러 갔다가 점심시간
에나 돌아오는 못된 년…… 망할 년! 내가 일어나면!"

"아버지, 제발 하느님을 생각해서라도, 애덕의 성모님을 생각해
서라도 좀 진정하세요. 도냐 뻬뜨로닐라께서 여기 계세요. 여기 신
부님도 계시고요……"

"네년의 꾸스또디오 신부겠지…… 내게서 너를 훔쳐간 작자이
고…… 대성당의 끄나풀…… 아! 행실 나쁜 년, 내가 너희 둘을 붙
잡으면!……"

"세상에 맙소사! 여기서 나갑시다." 도냐 뻬뜨로닐라가 계단을 찾으면서 소리질렀다.

하지만 돈 산또스의 딸이 실신했기 때문에 바로 떠날 수는 없었다. 아버지의 성난 고함소리와 모욕으로부터 딸을 구해내기 위해 사람들이 그녀를 가게 쪽으로 데리고 내려왔다. 일단 돈 뽐뻬요의 승리로 끝났다. 뽐뻬요는 돈 산또스를 쳐다보고는 돈 산또스의 끔찍한 고기수프의 기름을 걷어내기 위해 부엌으로 향했다.

그곳에는 그의 자비 이외에 다른 자비는 없었다. 물론 그의 엄청난 대식구조차 제대로 먹이지 못하니 친구에게 마냥 너그러울 수도 없었다. 하지만 환자에게 배려와 관심은 부족하지 않았다.

잠시 후 돈 뽐뻬요는 석탄재가 둥둥 떠다니는 허여멀건한 액체에 입김을 불며 돌아왔다.

그는 떨고 있는 돈 산또스의 머리를 받치고, 그 액체를 마시게 했다. 역시 떨고 있는 앙상한 손으로는 그릇도 제대로 잡지 못했다.

그렇게 전쟁터는 정리되었고, 돈 뽐뻬요의 승리로 끝났다. 그는 자기 이념이 승리를 거뒀다고 확신할 수밖에 없었다. 그리고 그것을 위해서는 가능한 한 시간이 나는 대로 환자의 곁을 지켜야 했고, 그렇게 해서 돈 산또스의 딸이 느닷없이 종교적인 요소를 끌어들이는 것을 막을 수 있었다.

돈 뽐뻬요는 새벽같이 일어나 바리나가의 집으로 달려왔다. 그러고서 거의 항상 그곳에서 저녁식사 전까지 머물렀다. 그리고 '물질적인 필요' 때문에 아내와 딸들, 하녀를 독촉해 순식간에 저녁 먹고 집을 나왔다.

"자…… 자…… 수다는 그만 떨고…… 수프를…… 사람들이 기다린단 말이야……"

그는 식사를 마치고는 식탁 위에 남아 있는 빵 부스러기와 설탕 약간, 그리고 다른 잡동사니들을 주머니에 챙겨넣고 달려나갔다.

어떤 때는 밤에 소리를 지르며 집으로 들어왔다.

"자! 자! 실내화와 아니스 술병 챙겨. 오늘은 돈 산또스의 곁에서 밤을 샐 거니까."

돈 뽐뻬요의 아내는 깊은 한숨을 내쉬며, 스위스 실내화와 술병을 건네주었다. 그러면 집주인은 사라져버렸다.

포하와 오르가스 부자, 성직자가 아니라 '일반인' 자격의 글로스터, 돈 알바로 메시아와 부활절에 진지하게 고기를 먹는 자유사상가 회원들, 카지노 비밀 만찬에 참석하는 몇몇 사람들, 『엘 알레르따』의 편집자들, 그리고 총대리신부의 다른 많은 적들이 가끔 돈 산또스를 병문안 왔다. 모두 제대로 억누를 수 없는 분노를 터트리며 그의 비참함을 동정했다. 오, 바리나가를 저렇게 비참하게 만든 작자야말로 정말 못된 놈이었다. 모든 이의 저주를 받아도 마땅했다. 하지만 더는 아무것도 없었다. 그곳에 다만 얼마라도 남겨두고 나오는 사람은 아무도 없었다. '환자의 감수성을 모욕하지 않기 위해서였다.' 하지만 필요한 경우 그의 곁에서 밤을 새겠다고 나선 사람은 많았다.

돈 뽐뻬요는 자기가 집주인이라도 되는 듯 병문안 오는 사람들을 맞이했다. 아버지의 요구인지라, 셀레스띠나는 그것을 참고 봐야 했다.

"그가 나의 유일한 자식이다…… 더러운 년…… 나의 유일한 아버지이고…… 나의 유일한 친구이고…… 너는 여기서는 걸리적거릴 뿐이야…… 괴물 같은 년!…… 바리사이 같은 년!……" 죽어가는 술주정뱅이가 방에서 소리질렀다.

그해 11월이 강한 서리와 함께 막을 내리면서 그의 병세는 더욱 악화되었다.

12월 첫째 날, 셀레스띠나는 꾸스또디오 보좌신부의 동의하에 아버지가 성체를 받아 모시도록 마지막 공격을 준비했다.

돈 뽐뻬요 기마란이 아침 8시경 손에 입김을 불며 들어오자, 쥐들이 득실대는 춥고 황량한 가게에서 딸이 그를 붙잡아세웠다.

딸은 온갖 수단을 동원해 그에게 매달렸다. 간곡하게 요청하고, 애원하고, 양손을 십자가 모양으로 모으고는 무릎을 꿇고 울고…… 그러고 나서는 요구하고 협박하고 욕까지 했다. 하지만 모두 소용이 없었다.

"아버지랑 말하거라." 돈 뽐뻬요는 그 말뿐이었다. "나는 네 아버지의 뜻에 따를 뿐이다."

셀레스띠나는 절망에 빠져 아버지의 침대로 다가갔다. 초라한 침대에 고개를 파묻고 무릎을 꿇은 채 다시 울었다. 그러는 동안 돈 산또스는 더디고 허약한 목소리로 반복해서 말했다. 자기에게는 고통과 광기, 굴욕과 가난이 복합적으로 뒤얽힌 특별한 위엄이 있다고 했다.

"바리사이야, 내 앞에서 꺼져! 하늘에 하느님이 있듯, 나는 네년과 네년의 악덕 성직자 놈을 증오한다…… 모두 나가…… 아무도 가게에 들이지 말거라. 성합이니 성반이니 하나도…… 남겨두지 않을 테니까…… 그 램프 도둑놈! 그리고 이 망할 딸년, 앞치마 밑에…… 그걸…… 그걸…… 그 성체를 숨기지 말거라…… 여기서 나가!……"

"아버지! 아버지! 동정심으로라도…… 성체를 받으세요!……"

"그놈들이 내게서 모든 것을 훔쳐갔다…… 램프들과…… 그런데도 네년은 그들을 돕고 있다…… 너는 공범이야.…… 감옥에나 가거라!"

"아버지, 제발 딸을 봐서라도…… 성체를…… 받으세요…… 제발……"

"싫다. 나는 싫다…… 우리 이성적으로 보자. 성체를 받아서…… 뭐하겠다는 거냐? 내가 그것을 받는다면…… 저기 가게에서 썩어 문드러질 것이다…… 총대리신부는 여기서 물건을 사지 못하게 했다…… 그 불쌍한 시골 신부들이…… 뭘 어떻게 하겠느냐?…… 불쌍한 사람들!…… 그들은 총대리신부를 두려워한다…… 그를 두려워해…… 파렴치한 놈! 불쌍한 사람들!"

그러고는 돈 산또스는 간신히 몸을 일으켜 앉아 가슴 위로 고개를 떨어뜨리고는 조용히 울었다.

그러고는 이따금 반복해서 말했다.

"불쌍한 사람들!……"

셀레스띠나가 흐느끼며 방에서 나갔다.

"아버지의 머리가 어떻게 됐어. 이성을 되찾지 못하면 이제는 고해성사도 할 수 없어요…… 하느님의 기적만이 가능해……"

"그는 할 수도 없고, 하고 싶지도 않고, 해서도 안된다." 돈 뽐뻬요가 팔짱 낀 채 완고하게 외쳤다. 그는 남의 고통에 마음이 약해져서는 안된다고 다짐했다.

성모잉태축일 아침 일찍 소모사 의사는 돈 산또스가 해질녘 목숨을 거둘 거라고 했다.

환자는 얼마 남아 있지도 않은 이성을 심하게 자주 잃었다. 그가 가동할 수 있는 극소량의 생각이라도 다시 하기 위해서는 강력한 자극이 필요했다. 소모사, 그러니까 과학의 등장은 그로 하여금 다시 외부를 돌아보게 했다. 정오 무렵 까라스삐께 씨가 만나고 싶어 한다고 셀레스띠나가 알려왔다. 뜻밖의 영광스러운 방문이 다 죽어가는 사람의 정신을 번쩍 들게 했다. 까라스삐께는 돈 뽐뻬요에게 인사도 건네지 않은 채 본당신부와 함께 돈 산또스의 머리맡 가까이 갔다. 돈 뽐뻬요는 늘 그렇듯 팔짱을 낀 채 방문 앞에 서 있었다. 신부는 목소리가 달콤하고 인상이 좋은 노인이었다. 그는 그 지방 특유의 매우 강한 억양을 지녔다. 한때 돈 산또스가 돈을 빌린 적이 있었기 때문에 까라스삐께는 환자에게 어느정도 권위가 있었다. 서로 말을 하지 않은 지 오래되었고, 세월이 흐르면서 생각도 달라져 서로 냉랭해졌지만 그래도 서로 존중하는 사이였다. 돈 산또스는 깍듯하게 예를 갖춰, 그에게서는 거의 볼 수 없던 교양있는 언어로 보수적이고 진지한 신자인 돈 프란시스꼬 까라스삐께의 간청을 거절했다.

"모두 소용없습니다…… 교회가 나를 파산시켰습니다…… 나는 교회에 아무것도 바라지 않습니다…… 나는 하느님을 믿습니다…… 나는 위대한 인간이셨던 예수 그리스도를…… 믿습니다…… 하지만 까라스삐께 씨, 고해성사는 하고 싶지 않습니다. 그리고 당신을 불편하게 해드려…… 죄송합니다…… 그리고…… 저는 확신합니다…… 내 병이…… 나을 거라고…… 아니면 적어도…… 술 한모금이면…… 괜찮아질…… 겁니다…… 술,…… 탄산수에 강하게 탄 술이…… 부족해서…… 죽는다고 보시면 됩니다……"

돈 산또스가 약간 고개를 들고 본당신부를 알아보았다.

"안떼로 신부님…… 당신도…… 여기…… 반갑습니다…… 그러니까…… 당신은…… 정신적인……서기…… 말하자면 그렇다는 겁니다…… 공공의 믿음을…… 주실 수 있습니다…… 제 말은……

이게 모두 나의 유언입니다. 나, 산또스 바리나가는…… 충분한 술이…… 알코올이……부족해서 죽습니다…… 의사가 뭐라 말했더라…… 처망인지 처방인지 그것 때문에 말이오…… 두번째로……"

그는 말을 멈췄다. 기침이 심해 숨이 막힐 듯했다. 그는 찢어진 이불의 지저분한 깃을 턱수염 쪽으로 가져가며 안간힘을 다해 계속 말을 이었다.

"그러니까 나는 담배가 부족해서 죽는 겁니다…… 그리고…… 건강한…… 음식이…… 부족해서…… 죽는 거구요…… 그리고 비난받아 마땅한 사람은 총대리신부라는 신사양반과 내 딸……"

"자, 돈 산또스." 신부가 용기내서 말했다. "불쌍한 셀레스띠나를 슬프게 하지 마십시오. 우리 다른 얘기 합시다. 당신은 죽지 않을 겁니다. 그런 일은 없을 겁니다. 곧 건강해지실 겁니다…… 오늘 오후 당신이 필요한 것을 내가 모든 위엄을 갖춰서 가져다드리겠소. 하지만 그전에 우리 단둘이 잠깐 얘기하고 싶소. 그러고 나서…… 당신은 영혼의 빵을…… 받게 될 것이오……"

"육체의 빵!" 죽어가는 사람이 있는 대로 화를 내면서 간신히 힘을 내 소리 질렀다. "내게 필요한 것은 육체의 빵입니다!…… 하느님, 저를 도와주세요…… 굶어 죽어가고 있습니다…… 그래요. 육체의 빵이 없어서 굶어 죽어가고 있소…… 굶어서!……"

그것이 그가 마지막으로 한 이성적인 말이었다. 잠시 후에는 헛소리를 시작했다. 셀레스띠나는 침대 발치에서 울었다. 안떼로 신부는 팔짱을 낀 채 바닥에 삐걱거리는 소리를 내며 가난에 찌든 방 안을 돌아다녔다. 돈 뽐뻬요 또한 팔짱을 낀 채 방으로 들어와 정의로운 사람의 죽음이라며 감탄했다. 까라스삐께는 주교관으로 달려갔다.

그가 도착했고 모든 사실이 알려졌다. 주교는 성모마리아상 앞에서 기도하고 있었다. 그는 돈 산또스가 하느님을 영접하며 고해성사하는 것을 거부한다는 얘기를 듣자, 양손을 모아 위로 치켜들고…… 부드러운 위엄과 눈물 가득한 목소리로 탄성을 질렀다.

"나의 어머니! 천주의 성모마리아! 그 불쌍한 사람에게 빛을 내려주십시오!……"

사람 좋은 포르뚜나또 주교는 안색이 창백했다. 내면의 기도문을 중얼거리자 약간 두툼한 아랫입술이 떨렸다.

총대리신부는 붉은 다마스꼬 방에서 등 뒤로 뒷짐을 진 채 안절부절못하고 서성거리고 있었다.

얼마 전에 죽은 딸의 상중이라 검은 옷을 입고 있던 까라스삐께가 눈물 젖은 눈으로 페르민 신부를 바라보았다.

페르민 신부도 괴로워하고 있군. 불쌍한 까라스삐께는 생각했다. 자기도 모르게 큰 위안을 받았다. 복수의 기쁨을 느꼈던 것이다. 비이성적이고 옳지 못한 짓이라 할지라도 죽은 딸을 생각하니 기분이 좋아졌다.

그랬다. 페르민 신부는 괴로워하고 있었다. 앞집 가게 주인의 어리석음이 일을 복잡하게 꼬이게 했다.

지금 페르민 신부는 돈 산또스가 몰락과 가난의 강물에 휩쓸려 가는 것을 보았던 그날밤 달을 보며 낭만적인 회한에 잠겼던 그 사람이 아니다. 이제 이기주의자에 불과하여, 자신의 열정만을 위해서 살았다. 아나 앞에서 즐거워하며 알 수 없는 흥분상태를 더이상 느낄 수 없다는 게 짜증이 났다. 억제된 감정과 순수하게 영원할 것만 같았던 열정의 끔찍한 갈등, 갈수록 더 끔찍해지는 갈등을 해결해줄 수 있는 것을 사랑했다. 이 세상에 그외의 것은 존재하지 않았다. 그리고 이제 돈 산또스는 요란한 스캔들을 남기고 죽어가고 있었다. 개처럼 죽어가고 있었다. 그는 '일반 매장'에 사용되는, 공동묘지 뒤편의 지저분한 웅덩이에 매장될 것이다. 그리고 베뚜스따가 그에게 이 모든 것의 책임을 떠넘기고 있었다. 벌써 폭동의 조짐이 보였다. 돈 산또스가 살던 거리와 가게로 사람들과 총대리신부의 적들이 몰려들고 있다고 납작코가 시시각각 달려와 알려주었다…… 사람들은 모이면 그를 살인자, 도둑놈이라고 불렀다. 그가 납작코에게 괜히 말 돌리지 말고 사실대로 말하라고 강요했다…… 총대리신부는 생각이 여기에 이르자 자신을 억제하지 못하고 발로 바닥을 쾅하고 내리쳤다. 까라스삐께가 깜짝 놀랐다. 양손을 십자가 모양으로 모으고 기도실에서 나오던 주교가 총대리신부에게 다가왔다.

"하느님 맙소사, 페르민, 제발 부탁인데 나를 좀……"

"뭡니까?……"

"내가 직접 가겠네. 내가 그 남자를 만나겠어…… 내가 그를 보고 싶어…… 내 뜻은 따를 거야…… 그를 설득해야만 해…… 사람들의 눈에 띄는 걸 원치 않는다면 마차를 불러주게. 이륜 포장마차든 그냥 마차든…… 아무거나 말일세. 내가 그를 만나러가겠네. 그래, 내가 그를 만나러 갈게……"

"주교님, 무모한 일입니다. 정말 무모해요." 총대리신부가 고개를 흔들며 으르렁거렸다.

"하지만 페르민, 영혼을 잃게 돼……"

"이곳에서 나가시면 안됩니다…… 주교가…… 고집불통의……이단을…… 만나러 간다는 것은…… 말도 안됩니다……"

"그래서 그런 걸세. 페르민……"

"좋습니다! 좋아요! 「레 미제라블」에 늘 나오는 장면입니다……
전형적인 장면이지요. 돈 산또스는 아주 뻔뻔하게 주교님께 침을
뱉고도 남을 무례한 술주정뱅이입니다. 돈 뽐뻬요는 하느님이 있
는지 없는지를 놓고 주교님과 토론할 거구요…… 그건 생각할 필
요도 없습니다. 이곳에서 나가시는 건 안될 말입니다!"

몇분간 침묵이 흘렀다. 그 장면의 유일한 목격자인 까라스삐께
는 부들부들 떨며 두려움에 가득 차 총대리신부의 힘과 에너지를
우러러보았다.

정말이었다. 그가 주교를 쥐락펴락하고 있었다.

그리고 나서 페르민 신부가 계속 말을 이었다.

"게다가 그곳에 간다는 건 소용없는 일입니다. 까라스삐께 씨가
말했는데…… 돈 산또스는 이미 의식을 잃었답니다. 그렇죠? 이미
늦었습니다. 이제 그곳에서는 할 게 없습니다. 이미 죽은 사람과 다
를 바 없습니다."

까라스삐께는 많이 두렵기는 했지만 돈 산또스를 구원해야겠다
는 자비심에 용기를 얻어 감히 말했다.

"그렇지만 어쩌면…… 여러 경우가 있으니……"

"어떤 경우요?" 총대리신부가 면도날과 같은 말투와 눈초리로
물었다. "어떤 경우요?" 상대방이 입을 다물고 있어 다시 물었다.

"환자가 다시 정신이 들어 이성을 되찾을 수 있잖습니까."

"그렇게 생각하진 마세요. 게다가 그곳에는 신부님이 계십니
다…… 그래서 안떼로 신부가 가 있습니다. 주교님은 가시면 안됩
니다…… 여기서 나가시면 안되요!"

주교는 나가지 않았다.

납작코만 들락거리며 페르민 신부와 은밀하게 얘기를 나눈 다

음 다시 소문들을 줍고 적을 감시하기 위해 다시 거리로 돌아갔다. 총대리신부와 거의 맞은편 집에 사는 돈 산또스의 집이 있는 비좁고 경사진 거리에 적들이 위협적으로 모여들었다. 그곳은 '성직자' 거리로 엔시마다에서 가장 흉물스럽고도 귀족적인 거리였다.

그날 해가 저물자 서글프고 황량한 돈 산또스의 가게 앞은 팔꿈치가 맞닿거나 서로 부딪히지 않고서는 지나다닐 수 없을 정도가 되었다. 얼마 되지도 않는 짧은 시간에 기적적으로 많이 모인 돈 산또스의 지인들이 떼를 지어 몰려들어 인도를 가로막았다. 너무 많은 나머지 길가 배수로까지 꽉 들어찼다.

그곳에는 포하와 오르가스 부자, 총대리신부를 음해하기 위해 매달 만찬에 참석하는 카지노 회원 몇몇도 있었다. 전직 시장은 자주 모습을 보이며, 돈 산또스의 집을 들락거렸다. 그가 소식을 갖고 내려오면 친구들이 그를 에워쌌다.

"숨을 거두려 하고 있습니다."

"그래도 의식은 있지요?"

"그런 것 같습니다. 당신과 나처럼요." 거짓말이었다. 돈 산또스는 말하면서 죽어가고 있었지만 자기가 무슨 말을 하는지 몰랐다. 그의 횡설수설은 알아들을 수가 없었다. 총대리신부에 대한 증오와 딸에 대한 불만이 뒤섞였다. 어떨 때는 리어왕처럼 탄식을 내뱉기도 하고, 어떨 때는 마부처럼 입에 담지도 못할 욕설을 퍼붓기도 했다.

"포하 씨, 저 위에 신부가 있나요? 총대리신부가 직접 왔다고 하던데……"

"총대리신부? 턱도 없지요! 기름에 불을 붓는 거지요!…… 그는 오지 않을 겁니다. 아니오. 저 위에 있는 사람은 돈 안떼로입니다. 본당신부지요. 착한 사람이에요. 보기 딱할 정도의 맹신도이긴 하지만, 자기 의무를 다하고 있는 셈이지요…… 하지만 쇠귀에 경 읽기입니다. 돈 산또스는 뿌리깊은 신념을 가진 사람이거든요."

"어떤가요? 죽었나요?" 그때 막 도착한 사람이 물었다.

"아니오. 안 죽었습니다. 하지만 이 세상 사람이라기보다는 저 세상 사람 쪽에 가까워요."

"사람들의 얘기로는 돈 뽐뻬요도 굉장히 신념있게 행동하였다고 하던데……"

"그렇지요……"

"하지만 건강하면서 그러기는 훨씬 쉽지요."

"하긴 그 사람이 당사자는 아니니까……"

"오늘밤을 넘기지 못할 겁니다."

"의사는 다시 오지 않았습니다."

"소모사는 그가 오늘 오후에 죽을 거라고 단언했지요."

"그래서 다시 오지 않은 겁니다. 자기가 잘못 얘기해서요……"

"신부는 그가 내일 아침까지 버틸 거라고 하던데……"

"그리고 굶어서 죽을 거랍니다."

"그도 그런 소리를 했다고 하던데."

"네, 그렇습니다. 그가 제정신으로 한 마지막 말이었지요." 포하가 아까와는 모순된 말을 했다.

"사람들 말로는 그가 '내게 필요한 것은 육체의 빵입니다!…… 하느님, 도와주세요…… 굶어 죽어가고 있습니다……' 그렇게 말했다고 합니다."

오르가스 2세는 웃음을 참지 못했다. 그는 망토자락으로 웃음을 막으려고 안간힘을 썼다.

"그래, 웃으시는군. 우스갯소리 같겠지요."

"그럴 리가요. 죽어가는 사람을 비웃는 게 아닙니다…… 말이 웃겨서 그렇습니다."

"심오한 교훈이라고 해야지요. 그는 굶어 죽어가고 있습니다. 그게 사실입니다. 사람들은 내가 존중하고 숭배하는 축성받은 빵은 그에게 줍니다. 하지만 먹을 빵은 주지 않지요." 진보주의의 적들에게 박해를 받고 그래서 배고픔에 쫓겨다니는 학교 선생이 그렇게 말했다.

"나도 옆사람처럼 착실한 가톨릭 신자입니다." '옛날 공장'의 마에스트로가 말했다. 곱슬거리는 회색 카이저수염이 긴 남자로 자기식의 사회주의 그리스도교인이었다. "나도 옆사람처럼 착실한 가톨릭 신자이지요. 하지만 총대리신부는 오늘 당장 잡아다가 저 가로등에 매달아야 합니다. 장례식 행렬이 나가는 걸 보라고 말이지요……"

"여러분, 사실 돈 산또스가 유대인처럼 교회의 품 밖에서 세상을 떠난다면, 그건 총대리신부 때문입니다." 포하가 말했다.

"분명히 그렇지요."

"그렇고말고."

"그걸 누가 의심하겠소?"

"포하 씨, 말씀해보십시오. 그는 교회 공동묘지에 매장되지 않겠지요?"

"그럴 겁니다. 법이 결사반대할 겁니다. 그러니까 내 말은 성직자회의의 결정이 확고하다는 겁니다." 그리고 그가 약간 얼굴을 붉혔다. 법이 결사반대하는지, 안하는지, 성직자회의가 그런 결정을 내렸는지 전혀 알지 못했던 것이다.

"그러니까 그는 개처럼 매장되겠군요!"

"그것도 잘돼야 그럴 겁니다." 공장의 마에스트로가 말했다. "모든 땅은 인간의 노동이 있어야만 성화되니까요."

"게다가 죽어가면서는……"

"여러분, 좀더 천천히, 좀더 천천히요." 포하가 말을 끊었다. 그는 총대리신부를 공격할 수 있는 양손의 무기를 헛되이 사용하고 싶지가 않았다. "이런 일들은 철학적으로 판단할 수 없습니다. 철학적으로는 어디에 묻히든 상관없습니다. 하지만 가족은요? 그리고 사회는? 그리고 체면은? 우리의 시립 ─ 그는 시립이라는 말을 강조했다 ─ 공동묘지에서 가톨릭 신자가 아닌 시신에게 배당된 땅이라는 게, 말하자면 말이지요……"

오르가스 2세가 미소를 지었다.

"젊은이, 알아, 알고 있다고. 내가 약간 '실수'했다는 거. 하지만 너무 문자대로 얘기하는군."

열심인 진보주의자 및 사회주의자들 집단이 한꺼번에 이 버릇없는 젊은이를 노려보며 경멸의 눈초리를 보냈다.

그리고 사회주의자 그리스도교인이 입을 열었다.

"이 나라에는 '문자대로'가 넘칩니다. 문자가 사람을 잡아요. 젊은 양반, 수천번 말한 바 있지만 스페인에서 남아도는 것 하나가 바로 연설가입니다."

"당신은 말을 잘 못하는 것도 아니고, 적게 하는 것도 아닙니다. 빠르세리사 씨, 문 닫기 전의 정치클럽[10]을 기억하십시오……"

그리고는 오르가스 2세가 공장 마에스트로의 어깨를 다독였다.

빠르세리사가 만족스럽게 미소를 지었다.

---

10 1789년 프랑스 혁명 이후 성행했던 공화당 모임을 언급하는 것으로, 스페인에서도 이를 모방해 자유주의 혁명이 일어난 후 많은 클럽이 결성되었다.

대화는 옆길로 샜다. 시청이 공동묘지의 행정에 대해 주교에게 충분히 강력하게 얘기를 했는지 안했는지를 놓고 토론이 시작되었다.

그러는 동안 환자나 환자의 딸을 만나러 온 지인들과 신부, 일반인들이 오르락내리락했다. 돈 뽐뻬요는 셀레스띠나에게 자기 방으로 가서 그녀를 위로하러 온 여신도들과 성직자들을 맞이하게 했다. 응접실에는 자기처럼 강한 정신력을 가진 사람들, 또는 그런 게 쉬운 일이 아니기 때문에 최소한 '필요하다면 특정 종교 없이 아니면 자기 내키는 대로 고해를 하고 죽을 수 있도록' 죽어가는 사람을 내버려두자는 사람들만 들어오도록 허락했다.

"영광스러운 죽음입니다!" 돈 뽐뻬요는 불쌍한 돈 산또스의 마지막을 동정하러 온 총대리신부의 적이면 누구든 그 귀에다 대고 속삭였다. "영광스러운 죽음이에요! 얼마나 용감한지! 얼마나 고집스러운지! 소크라테스의 죽음도 이와 같지는 않았을 겁니다…… 소크라테스에게는 아무도 고해하라고 명령하지 않았기 때문이지요."

썰렁한 가게를 지나 위아래로 오르락내리락한 사람들은 텅 빈 진열장들과 낡아서 삐걱거리며 먼지로 뒤덮인 판자로 가려져 있는 쇼윈도를 흘낏 훔쳐보았다.

초콜릿 색깔로 칠해진 계산대 위로 금속제 석유램프 한개가 서글픈 창고 안을 을씨년스럽게 비추고 있었다. 창고의 황량함은 한기까지 느껴질 정도였다. 텅 빈 진열장들은 돈 산또스의 굶주린 배를 상징하고 있었다. 그곳에서 몇년 동안 먼지에 뒤덮여 있던 마지막 재고들은 동네 상인에게 헐값으로 팔렸다. 가엾은 바리나가는 가게 정리를 한 얼마 되지 않는 푼돈으로 생계를 유지하며 술로 마지막 생애를 보냈다. 지금은 쥐들이 진열장의 나무를 갉아먹고, 근근이 때운 끼니는 상인의 내장을 갉아먹었다.

그는 새벽에 세상을 하직했다.

꼬르핀 산의 안개가 아직 베뚜스따의 지붕과 거리 위에서 단잠을 자고 있었다. 부드럽고 습기가 많은 아침 기운이 회색빛이 끈적거리는 지저분한 먼지처럼 문틈 사이를 비집고 들어왔다. 돈 뽐뻬요는 죽어가는 친구의 곁에서 혼자, 완전히 혼자서 밤을 보냈다. 절대 집 밖으로 나가지 않는 늙어 죽어가는 삽살개는 전혀 의지가 되지 않았다. 돈 뽐뻬요는 발코니를 활짝 열었다. 습한 돌풍이 옥양목 커튼을 흔들었고, 납처럼 무겁고 서글픈 빛이 아직 식지 않은 창백한 시신 위를 내리비쳤다.

8시에 셀레스띠나를 '상갓집'에서 나오게 했고, 무늬 없이 비좁은 소나무 상자에 이미 안치된 '몸'은 10시에 텅 빈 가게의 계산대 위에 놓였다. 그곳에는 성직자나 여신도는 단 한명도 다시 얼씬거리지 않았다.

"차라리 이게 나아." 돈 뽐뻬요가 분주히 오가며 말했다.

"까마귀는 전혀 필요 없어." 역시 분주히 오가던 포하가 탄성을 내뱉었다.

"시위를 벌일 일입니다." 시신 발치에서 전직 시장이 가게에 모인 많은 동료들과 총대리신부의 적들에게 말했다. "시위를 조직해야 합니다. 정부가 다른 방법을 허락하지 않으니, 이번 기회를 이용해야 합니다. 게다가 대단히 부당합니다. 이 불쌍한 노인은 굶어죽었습니다. 독점권을 따낸 적십자의 불경한 사람들에게 살해당한 겁니다. 그리고 더 치욕스럽게 조롱하기 위해 이제는 명예로운 그리스도교인 무덤도 그에게 내주지 않습니다. 파렴치한 작자들이 그리스도교식으로 죽지 않은 사람들에게 할당하는 그 똥통에, 그러니까 새로 만든 토담 뒤 저 돌무더기 속에 묻을 수밖에 없습니다……"

"굶겨 죽여 개처럼 파묻는군!" 사상 때문에 쫓겨다니는 학교 선생이 탄식을 내뱉었다.

"오! 목소리를 높여 항의해야 해요!"

"그래요! 그래!"

"부당하다!"

"시위를 해야 해!"

교구청 직원처럼 보이는 이들도 끼었다. 그들은 냉정한 모우렐로 주임신부의 지인들이었다. 주임신부는 어둠속에서 음모를 꾸미고 있었다.

"자, 소우사 씨, 선생은 『엘 알레르따』의 긴급 칼럼을 쓰고 있지 않소? 윤전기를 잠깐 멈추고 오늘판에 뭐 좀 끼워넣읍시다."

"네, 알겠습니다. 지금 당장 인쇄국으로 가서 법이, 고약한 언론법이 허락하는 한도 내에서 최대한 강력하게 쓰도록 하겠습니다. 정의의 친구인 자유주의자들을 한데 불러 모아서 말이지요…… 걱정 마십시오, 포하 씨."

"'일반 매장'이라는 제목을 붙이세요."

"네, 알겠습니다. 그렇게 하지요."

"큼지막한 글자로요."

"눈에 확 띄게 하지요. 두고 보십시오."

"그것이 자유주의를 꿈꾸는 모든 시민들에게 경각심을 불러일으킬 겁니다……"

"공장 사람들도 옵니까?"

"확실히!" 빠르세리사가 외쳤다. "나는 지금 당장 사람들을 깨우러 가겠습니다. 이건 정부가 막을 수 없습니다……"

"궐기가 일어나지 않으면……"

장례는 해질녘에 치러졌다. 그렇게 해서 공장 사람들이 그곳에 참석할 수 있었다.

비가 내렸다. 빗줄기가 나른하게, 비스듬히 가느다랗게 내렸다.

거리는 우산들로 뒤덮였다.

서재의 창문 뒤에서 훔쳐보고 있던 총대리신부의 눈에 멀찌감치 회갈색의 까만 뭔가가 보였다. 큼지막한 타원형 방패를 우뚝 세운 것처럼 모든 것 위로 좁고 길쭉한 시커먼 관이 갑자기 모습을 드러냈다. 가게를 나서면서 관이 약간 앞쪽으로 기우는가 싶더니 멈춰섰다. 마지막으로 자기 집을 나서는 돈 산또스였다. 비에 도전장을 내밀지, 다시 집으로 돌아갈지 망설이는 것 같았다. 마침내 밖으로 나왔다. 관은 파도처럼 넘실거리는 시커먼 옥양목과 실크 사이로 사라졌다. 문 위쪽 발코니 창살 사이로 시커멓고 지저분한 삽살개가 고개를 내밀었다. 총대리신부는 두려운 마음으로 개를 바라보았다. 삽살개는 양쪽 귀를 쫑긋 세우고 목덜미를 늘어뜨린 채 거리 쪽을 내려다보려고 안간힘을 썼다. 개는 관과 우산들을 향해 짖어대더니 다시 모습을 감췄다. 개는 돈 뽐뻬요가 열쇠를 채워 응접실에 가둬놓고 잊어버렸던 것이다.

까만 프록코트를 입은 돈 뽐뻬요가 상주 노릇을 했다.

관 앞에는 많은 노동자들과 소매상인들, 몇몇 구두장이들, 양복장이들이 주기도문을 외우면서 행렬을 이루며 갔다.

돈 뽐뻬요는 아무 말도 하지 말라고 당부했다.

"사상의 순교자, 위대한 바리나가는 그리스도교의 품 안에서 죽지 않았습니다. 그러니 그런 건 모순입니다……"

"관두세요, 그만하시오." 포하가 못마땅한 표정을 지으며 주의를 주었다. "우리 비타협적으로 나오지 맙시다. 상황을 극단적으로 몰고 가지 맙시다. 기도가 더 효과적일 수도 있어요."

"이건 반가톨릭 시위가 아닙니다." 학교 선생이 말했다.

"아니오. 이는 반성직주의입니다." 다른 자유주의자가 말했다.

"총대리신부가 표적이지요." 주임신부의 비밀경찰인 수염이 없는 남자가 말했다.

그렇게 해서 기도문을 외우기로 합의했고, 그렇게 되었다. 빠르세리사가 기도문이 끝날 때마다 맨 앞에서 엄숙한 목소리로 "Requiescat in pace"를 외쳤다.

불을 밝힌 대형 초들을 앞세우고 행렬을 이룬 사람들이 "Requiescat in pace"로 화답했다.

돈 뽐뻬요는 라틴어도 대형 초도 마음에 들지 않았지만 가만히 있을 수밖에 없었다.

"저 모든 건 모순이야. 베뚜스따는 제대로 된 일반 매장을 위한 준비가 되어 있지 않아."

장례행렬이 지나가자 공동우물에서 물을 긷던 마을 여자들, 꼬메르시오 거리와 볼레바르에서 볼품없는 신발을 진흙탕 위로 질질 끌며 천천히 산책하던 재봉사들, 바구니를 옆에 끼고 저녁거리를 사러 나온 하녀들이 몰려들었으며, 대부분 사제 없이 '그리스도교인'('사람'의 동의어)을 매장하는 무모함을 비난했다. 제대로 준비가 되어 있지 않은 여자들은 큰 소리로 잘했다고 했다.

한 여자가 외쳤다.

"이건 빵 나눠주는 교회 사람들을 화나게 하는 거요!"

이러한 성급한 말은 반대편의 반발을 샀다.

"유대인들아, 꺼져!" 같은 무리의 한 여자가 많은 지인들, 벽돌

공, 석공들의 등을 나막신으로 때리며 소리 질렀다.

문상객들 뒤를 성적 약자들이 잇고 있었다. 하지만 바구니를 든 여자들과 우물가에 있던 여자들 눈에는 '나쁜 여자들'이었다.

"어이, 멍청이들!"

"어디 가는 거지? 구더기들?"

그러자 돈 뽐빼요와 함께 온 여자들이 자지러지게 웃으며 그들의 신념의 뿌리가 얼마나 얕은지 보여주었다. 밤이 다가오고 있었다. 공동묘지는 멀었으며, 걸음을 재촉해야 했다.

비가 수직으로 쏟아붓기 시작했다. 빗방울이 훨씬 굵어졌고, 우산들 위로 음울한 소리를 요란하게 튕기며 우산살을 타고 흘러내렸다. 호기심으로 고개를 내민 사람들이 발코니 문을 열었다가 얼른 닫았다.

장례행렬은 대체로 조롱 섞인 호기심과 약간의 경멸을 받으며 걸었다. 그러나 바로 그런 이유 때문에 총대리신부의 죄 역시 만천하에 드러났다. 불쌍한 돈 산또스는 총대리신부의 잘못으로 개처럼 죽었고, 총대리신부의 잘못으로 종교를 부인했다. 그는 총대리신부의 잘못으로 굶어서, 성체도 받지 못하고 죽은 것이다.

"그리고 항상 모든 것을 자기들 유리한 대로 끌고 가려는 혁명가들이 이번 기회를 최대한 활용해서 다른 장난을 하려는 거야."

"그게 다 총대리신부의 잘못으로……"

"줄을 너무 세게 당기면 안되는데."

"그 작자가 우리 모두를 망친다니까."

이것이 발코니에서 수군거린 내용이었다. 그리고 나서 그들은 발코니 문을 닫은 후 안에서도 비난을 멈추지 않았다. 그날 오후 페르민 신부는 친구를 많이 잃었다.

어쩌다 그렇게 되었는지는 아무도 모르지만, 베뚜스따에서는 돈 산또스가 개처럼 죽었고 총대리신부의 잘못이 원인이라는 이야기가 상식(자명한 진리)처럼 되었다. 몇명 남지 않은 페르민 신부의 친구들도 최소한 며칠간은 널리 퍼진 이런 부당한 확신에 맞서 싸우는 게 불가능하다는 것을 깨달았다.

장례행렬은 길이 1킬로미터 되는 진창으로 변한 꼴로니아 거리를 뒤로하고, 공동묘지로 향하는 언덕길을 오르기 시작했다. 장례행렬에 참여한 사람들 위로 비가 다시 대각선 방향으로 내리치기 시작했고, 바람이 불어 우산 아래로 빗물이 들어왔다. 비는 채찍을 휘두르듯 내렸다. 기괴한 새처럼 생긴 먹구름이 도시 전체를 뒤덮었고, 장례행렬 위로 분노 가득한 폭우를 쏟아부었다. 바람이 목청껏 힘을 주고 그들을 향해 불어대는 게 사람들을 베뚜스따에서 몰아내려는 듯했다.

언덕길은 한참 올라가야 했다. 초라한 관을 두른 단색 천 두어 군데가 풀려 하얀 나무 속살이 드러나 빗물이 흥건했다. 운구하던 사람들의 어깨 위에서 관이 많이 흔들렸다. 피곤함과 무의식적으로 스치고 지나가는 미신적인 생각이 고인에 대한 존중을 많은 부분 잃게 했다. 양초는 모두 불이 꺼졌고, 초 대신 물이 흘러내렸다. 행렬에서 큰 소리가 들렸다.

"서둘러! 서두르라니까!"라는 소리가 발걸음을 내딛을 때마다 들려왔다.

몇몇 사람들은 폭우를 빗대어 농담하기도 했다. 문상객들이 평소보다는 진중한 편이었지만 모두 발걸음을 재촉해야 하는 필요성에 대해서는 공감했다.

사람들은 그러한 자연의 분노를 예사롭지 않게 받아들였다.

돈 뽐뻬요는 양발 모두 물에 젖었고, 습기가 자기에게 매우 안좋다는 것을 잘 알고 있었다. 그는 마음이 조급했으며, 그 때문에 의기소침해졌다.

신은 없는 게 분명해. 그는 생각했다. 신이 있다면 이 빌어먹을 소나기로 우리에게 매질을 하는 거라고 생각들 하겠어.

장례행렬은 언덕 꼭대기에 이르렀다. 잿빛 하늘 사이로 공동묘지의 담벼락이 수직으로 두른 검은 띠처럼 모습을 드러냈다. 아무것도 또렷이 보이지 않았다. 담벼락 뒤의 삼나무들이 좌우로 흔들리며, 뭔가 귓속말로 속삭이는 혼령들처럼 보였다. 공동묘지의 평화를 방해하러 온 무모한 사람들을 골탕 먹이기 위해 뭔가 음모를 꾀하는 듯한 모습이었다.

장례행렬은 공동묘지 입구 앞에서 멈춰섰다. 입구의 문이 닫혀 있었다. 몇가지 공식 사항이 간과된 나머지 악의적인 인부가 — 아마 그뒤에는 악의적인 담당신부가 있겠지만 — 장애가 되는 규제 조항을 찾은 모양이었다.

"포하, 어디 있소!" 돈 뽐뻬요가 소리 질렀다. 성직자의 반계몽주의를 놓고 또다시 전쟁을 벌일 힘이 없었다.

포하는 그곳에 없었다. 문상객들 중에서 그를 본 사람은 아무도 없었다.

돈 뽐뻬요는 금세라도 쓰러질 것 같은 기분이었다. '나 혼자 남았구만. 거미 대장¹¹이 나만 남겨두고 떠났어.'

그는 사람들의 분노에 도움을 얻어 없는 힘까지 쥐어짜 묘지 인부를 이겨냈다. 장례행렬이 공동묘지 안으로 들어갔다. 하지만 정

---

11 '자기는 개입하지 않고 일을 복잡하게 만드는 사람'을 의미하는 스페인의 대중적인 표현.

문이 아니라, 지저분하고 좁은 창고가 있는 담벼락 쪽으로 난 갈라진 틈새로 들어갔다. 쐐기풀과 황무지만 무성한 곳이었다. 가톨릭 교회의 품 밖에서 죽은 사람들이 묻히는 곳이었다. 그런 사람은 극히 드물었다. 그때 묘를 파던 인부는 그런 매장은 서너번밖에 없었다고 기억했다.

문상객들은 의식도 치르지 않고 떠나갔다. 바람이 얼음장같이 차가운 물로 채찍을 휘두르며, 그들에게 작별인사를 고했다.

돈 뽐뻬요 기마란이 공동묘지에서 마지막으로 나왔다. 그의 의무였던 것이다.

밤이 깊었다. 그는 완벽하게 혼자가 되어 언덕 꼭대기에서 홀로 발걸음을 멈췄다. 등 뒤 스무발짝 떨어진 곳에 공동묘지 담벼락이 있었다. 그 뒤로 불쌍한 친구가 버려졌고, 세상 사람 모두에게서 곧 잊힐 것이다. 친구는 땅에 묻혔다…… 치욕이나 다름없는 담벼락을 사이에 두고 다른 베뚜스따 사람들과 따로 떨어져 있었다. 쐐기풀과 황무지, 진흙 사이에서 나귀의 시신과 다름없이 뒹굴고 있었다…… 공동묘지 사이로 개들과 고양이들이 들락거렸다…… 모든 것이 불경스러웠다…… 그리고 그런 곳에 돈 산또스가 있었다…… 성반와 성배, 유리들을 팔던 사람 좋은 바리나가가…… 그는 예전에는 신을 믿었었다…… 그리고 그 모든 것은 돈 뽐뻬요의…… 작품이었다!…… 자기가 빠스 레스토랑 겸 카페에서 불쌍한 상인의…… 믿음의 성을…… 허물기 시작했다!……

돈 뽐뻬요는 온몸에 소름이 돋았다. 그는 단추를 채웠다. 망토 없이 온 것은 '또다른' 경솔한 짓이었다.

그는 더이상 비를 느낄 수 없음을 알았다…… 비가 그쳤군. 베뚜스따 위로, 그림자가 드리워진 거대한 공간 위로, 희미한 빛과 별들이 반짝였다. 그리고 도시의 어둠 사이로 일정 간격을 유지한 빨간 점들이 모습을 드러냈다. 가로등이었다.

돈 뽐뻬요는 다시 떨려왔다. 발에서 습기가 느껴졌다…… 그래서 그는 발걸음을 재촉했다. 뭔가가 더 있었다. 누군가 쫓아오는 느낌이 들었다. 가끔 프록코트의 깃과 목덜미의 머리카락을 살짝 건드리는 느낌도 있었다…… 그런데 그는 혼자였기 때문에, 분명히 혼자였다…… 우산을 팔에 끼고 총총걸음으로 서둘러 언덕을 내려갔다.

없어. 하느님은 없어. 그는 생각하면서 갔다. 하지만 만에 하나 존재한다면 좀 난처해지겠지……

그러고서 더 아래쪽으로 내려가서.

어찌 됐든, 그 거름더미 속에다 도망칠 여지도 주지 않고 사람을 단단히 묻었다는 것은…… 그다지 기분 좋은 일은 아니야.

그러고서 그는 이따금 오한을 느끼며 달렸다.

그날밤 돈 뽐뻬요는 열이 났다.

그럴 줄 알았어! 습기!

그는 헛소리를 했다.

그는 아주 단단한 사람인데도, 배에 균열이 생겨 그곳으로 고양이와 개들, 그리고 다른 사람도 아닌 꼬리가 달린 작은 악마가 들락거리는 꿈을 꿨다.

23장

Tecum principium in die virtutis tuae in splendoribus sanctorum, ex utero ante luciferum genui te.[1]

판사 부인은 무슨 뜻인지 제대로 이해하지도 못한 채 이 글을 읽었다. 기도서의 번역은 다음과 같았다. "당신 진군의 날에 당신의 백성이 자원하리이다. 거룩한 치장 속에 새벽의 품에서부터 젊음의 이슬이 당신의 것."

잠시 후 아나는 기도서를 응시하며 읽었다. Dominus dixit ad me: Filius meus es tu, ego hodie genui te. Alleluia.[2]

그래, 그래, 알렐루야! 알렐루야! 심장이 그녀에게 소리 질렀다…… 그러자 판사 부인의 심장이 뭘 원하는지 아는 오르간이 즐

---

1 구약 성경 「시편」 110장 3절.
2 주님의 결정을 나는 선포하리라. 나에게 말씀하셨다. "너는 내 아들. 내가 오늘 너를 낳았노라. 알렐루야."(「시편」 2장 7절)

겁고 명쾌한 음으로 대성당의 어두컴컴한 분위기를 가득 채워주었
다. 오르간 연주소리가 돔 천장 위로 올라갔다가 거리 밖으로 나가
기 위해 애를 쓰는 것 같았다. 하늘 향해 높이 오르며…… 경쾌한
음악으로 세상을 흠뻑 적시며…… 오르간은 자기 식으로 말을 건
넸다.

안녕, 마리아 돌로레스,
나는 내일 떠나네.
꽃배를 타고
아바나를 향해.

그러다가 갑자기 분위기가 바뀌면서 소리 질렀다.

나는 지금껏 한번도
신부님의 집은 본 적이 없네……[3]

그리고 격식을 잊고 이런 노래가 끼어들었다.

위로 마뇰리요.
아래로 마뇰레.
내가 너를
다섯번이나 용서했잖아.
앞으로 또 용서할 수 있을지는

---

3 스페인 아스뚜리아스 지역 민요. 지금까지도 50대 이상의 중장년층에게는 익숙
한 노래이다.

나도 모르겠어……

위로 마놀리요

아래로 마놀레.[4]

이 모든 것은 1870여년 전 베들레헴의 마구간에서 아기 예수가
탄생한 덕분이었다…… 오르간과 무슨 상관이란 말인가? 그런데
도 오르간은 신나서 어쩔 줄 몰랐다…… 이성을 잃은 채 원뿔 모양
으로 생긴 관과, 나팔, 파이프로 영혼을 밝혀주기 위한 작은 빛과
같은 음들을 마구 쏟아냈다.

성당 안은 어두웠다. 띄엄띄엄 간격을 두고 기둥에 매달린 석유
램프가 빛을 반사하며 주변의 어두움을 희미하게나마 밀어내고 있
었다. 제단과 제단 뒤쪽, 코러스 뒤쪽 위로 흩어져 있는 빛과 제단
의 양초들, 멀리 높은 곳에서 작은 별처럼 반짝이며 빛나는 코러스
의 촛불들 이외에는 빛이 없었다. 그러나 경당의 기둥과 바닥에서
원형천장까지 튕겨올라온 경쾌한 음악이 새벽빛으로 대성당 안을
환하게 밝혀주는 것 같았다. 12시밖에 되지 않았고, 성탄 자정미사
가 시작되었다.

신자들의 기쁨을 표현하기 위해 이 거룩한 시간에 베뚜스따의
모든 민속음악과 최근 몇년 동안 대중들의 변덕을 만족시켜주었
던 노래가 오르간에서 흘러나오고 있었다. 판사 부인은 우주의 자
비가 깃든 유쾌하고 달콤한 종교적 흥분으로 영혼이 떨렸다. 모든
인간과 모든 생명체…… 새와 동물들, 들판 위의 풀들, 땅 위의 벌

---

4 쿠바 독립전쟁(1895~98) 당시 많은 위험과 부정이 얽힌 징병 문제를 내용으로
하는 민요이다. 스페인은 이 전쟁을 끝으로 마지막 식민지를 잃고 스페인 제국
의 막을 내렸다.

레들…… 바다의 파도들…… 대기의 한숨들……에 대한 사랑이 깃들어 있었다. 분명했다. 종교는 더이상 단순하고, 더이상 명백할 수가 없었다. 하느님은 당신이 행하신 기적을, 즉 우주를 관장하고 사랑하시면서 하늘에 계셨다. 하느님의 아들이 이 땅에서 태어나셨고, 하느님의 크나큰 사랑에 대한 사랑의 증표로 세상 전체가 즐거워하고 즐기고 있었다. 오랜 시간이 흘렀다는 건 문제가 될 수 없었다. 사랑은 시간을 따지지 않기 때문이었다. 하느님께서 이 세상에 오셨다는 것은 사도들의 시대나 지금이나 똑같이 진실이었다. 모두 기뻐해야 할 이유는 충분했다. 그렇기 때문에 오르간 연주자가 서민들이 좋아하는 소박한 음악으로 성전 안을 가득 채우는 것은 잘한 일이었다. 열린 공간에서 베뚜스따 사람들이 떠들썩하게 춤추며 노래 부르는 음악을 연주하는 건 좋은 일이었다. 쉽게 잊힐 수도 있는 그런 가벼운 음악을 기억한 건 오르간 연주자의 섬세하고도 자비로운 행동이라고 생각했다…… 가장 천한 것, 잠깐 스치고 지나가는 바람처럼 가장 가치가 없는 것을 기억한다는 것, 사랑과 젊음의 기쁨과 같은 세속의 감정을 고귀하게 해준다는 것, 그런 노래를 예수님의 발아래 바치는 선물처럼 성당 가득히 울려퍼지게 한다는 것…… 이 모든 것이…… 그녀에게는…… 아름다움이었다. 그것을 허용하는 종교는 모성이고, 사랑이고, 예술 자체였다.

그 순간 성전과 세상 사이의 벽이 사라졌다. 성당 안으로 자연이 거세게 밀려들어왔다. 오르간의 음악에는 여름의 추억, 들판 위를 즐겁게 거닐던 순례여행에 대한 추억, 바다 선원들의 노래에 대한 추억이 담겨 있었다. 라벤더 향과 인동덩굴 향이 담겨 있고, 해변의 냄새와 산의 거친 냄새가 담겨 있었다. 그리고 그 모든 냄새를 신비로운 냄새가 압도하면서…… 눈물을 흘러나오게 하는…… 말로 표현할 수 없는 시의 추억이…… 있었다. 성탄전야 기도가 판사 부인의 신경을 자극했다…… 생각이 하늘 높이 올라가 길을 잃고 널리 흩어지며 사라졌다…… 그녀는 배가 불뚝 튀어나온 추리게레스꼬 양식의 석조 제단에 머리를 기댔다. 어둠속에 숨어 있는 경당 쪽에 새로 놓인 제단이었다. 그녀는 이제 아무 생각도 없었다. 그냥 느낄 뿐이었다.

교회 기둥들 사이로 큰 홀을 가로지르는 공간과 주예배당을 분리하는 금빛 철책이 섬세하게 조각된 강론대들에 자리를 양보하기 위해 가운데 세공이 양 끝으로 갈라져 있었다. 강론대는 독서와 복음낭독을 위한 독서대로 사용되었다. 양쪽으로 금빛 독수리가 한 마리씩 날개를 활짝 펴고 있었다. 아나는 제단 왼쪽의 설교대로 나오는 주임신부를 보았다. 늘 구부정하지만 거만한 모습이었다. 복사가 들고 따라다니는 대형 초의 불빛이 금색 수를 놓은 고급 제의에 부딪혀 부서졌다. 오르간 연주가 그치자, 주임신부는 심각한 메모로 농담을 중단시키려는 사람처럼 티토에게 보낸 바오로의 서간 2장[5]을 읽어 내려갔다. 별다른 의도가 없는 편지인데 뭔가 의도를 부여하려는 듯한 모습이었다. 주임신부는 나름 청중의 관심을 붙잡아 두고 있는 자신을 흐뭇해했다. us와 i, is로 끝나는 부분에 힘주면서 천천히 읽어내려갔다. 서신을 읽는 톤으로 봐서는 주임신부가 손수 티토서를 쓴 것처럼 보였다. 우쭐대기 좋아하는 주임신부의 낭독이 끝나자, 오르간이 빗소리를 듣기라도 한 듯 천을 치우고 모든 구멍을 활짝 열어 즐거운 노래로 대성당 안을 다시 촉촉하게 적셔주었다. 불꽃처럼 타오르는 용광로에 경쾌한 음악이 풀무

5 여러 부류의 사람들에게 각각 품행을 단정히 하여 흠잡을 데 없이 살라고 당부한 내용이다.

질을 하는 듯했다. 지금은 시청의 가이따[6] 연주자이자 심사위원이 「라 뜨라비아따」의 건배 장면과 「음유시인」의 미제레레를 연주하는 듯 부정확하고 세련되지 못한 모습을 흉내 내며 그 지방의 가이따 곡들을 연주했다. 그리고 마지막으로 리빠밀란 수석사제가 서신을 노래하기 위해 다른 강론대 난간 쪽으로 생기발랄한 얼굴을 내밀자 오르간 연주자가 「만딜로나」를 시작했다.

    그래, 이제 너는 만족하겠지.
    만딜론,
    만딜론,
    만딜론.

성당 홀을 가득 메운 왕당파와 자유주의자들이 서로 은총을 축하하는 동안 수군거리는 소리와 꾹 참고 웃는 소리가 여기저기서 들려왔다. 판사 부인은 여기에서 우주 평화의 징후를 보았다. 그 순간 아나는 그분으로 태어나신 모든 이의 하느님 앞에서 모든 이가 손을 잡는다면 정치적 차이는 하찮은 것으로 잊혀질 거란 생각이 들었다.

리빠밀란 수석사제는 철제 독수리 날개 위로 어렵사리 책을 내려놓으며 미소를 짓지 않을 수가 없었다. 루카 복음서를 읽을 차례였다.

주임신부는 앞으로 팔짱을 낀 채 강론대 계단에서 기다리고 있었다. 가까이에 복사 둘이 대형 촛대를 들고 서 있었다. 셀레도니오

---

6 백파이프의 일종으로 스페인 갈리시아와 아스뚜리아스 지역에서 즐겨 쓰인 민속악기.

가 그중 하나였다.

"Secuentia Sancti Evangelii secundum Lucaam……" 리빠밀란은 졸려 죽으려고 하며 복음송을 선창하였다. 그러고는 마지막 순간 나지막하게 부르는 때를 틈타 하품했다.

"In illo tempore……!"[7] 그는 계속 이어나갔다…… "아우구스투스 황제에게서 칙령이 내려, 온 세상이 호적 등록을 하게 되었다. 이 첫번째 호적 등록은 퀴리니우스가 시리아 총독으로 있을 때에 실시되었다." 리빠밀란 수석사제는 퀴리니우스 부분에서 졸렸다. 하지만 요셉의 호적 등록 부분에 이르자, 베들레헴을 향하는 성스러운 부부의 모습을 상상하며 기운을 차렸다. "그들이 거기에 머무르는 동안 마리아는 해산날이 되어, 첫아들을 낳았다. 그들은 아기를 포대기에 싸서 구유에 뉘었다."[8] 리빠밀란 수석사제는 청중의 이해도를 가늠하기 위해 천천히 읽어내려갔다. 가축들을 돌보며 망보고 있던 목자들 부분에 이르자 수석사제는 자기가 좋아하는 그 목가 부분을 떠올리며 진심으로 감동했다.

판사 부인은 매우 감격했다. 그녀는 책에서 읽은 단순하면서도 숭고한 이야기를 계속 떠올렸다. 아기 예수님! 아기 예수님! 이제는 요람에서 시작해 십자가에서 끝나는 달콤하고 시적인 종교의 위대함을 모두 이해했다. 성스러운 하느님 아버지! 그녀의 영혼을 가로지르는 달콤함과 그녀의 심장, 아니 조금 더 아래 명치 부분이…… 꿀 같은! 그리고 저 위의 리빠밀란! 그 노인은 몸소 곁에 있기라도 한 듯 탄생 장면을 이야기하고 있었다! 리빠밀란도 제법 아름다운 모습이었다.

---

7 라틴어로 "루카가 전한 거룩한 복음…… 그 무렵……"으로 이어지는 복음송.
8 신약 성경 「루카 복음서」 2장 1~7절에 해당하는 내용.

청중들이 조금씩 조바심을 내기 시작할 때 의식도 어느정도 끝나갔다. 구석에서는 장난기 가득한 웃음소리가 들려왔다. 어두운 기둥들과 경당들 속에 숨어 있는 제일 어두침침한 제단 뒤쪽에서는 몇몇 아이들이 대리석 바닥에 구리 동전을 던지며 장기판 놀이를 하고 있었다. 요란하고 세속적인 동전 소리가 어린아이들의 탐욕을 깨웠다. 장난기 가득한 아이들은 경계를 늦추지 않은 채, 관례를 깨는 불경스러운 일이 일어날 수도 있다는 걸 알면서도 동전을 따라 뛰어다녔다. 누더기 차림의 헐벗은 아이들이 포도송이처럼 한꺼번에 동전 한개 위로 달려들어 신자들의 웃음을 자아냈다. 아이들은 별 가치도 없는 동전을 놓고 서로 밀치고 밟고 깨물었다.

하지만 경비들이 도착하면 장난꾸러기 아이들은 각기 도망치며 흩어졌다. 하얀 수단에 성가대 망토를 두른 총대리신부가 경비들을 이끌었다. 배 위에 포개놓은 양손에는 모자가 들려 있었다. 경비들은 정찰하듯 각기 밀랍 도끼 하나씩 들고 엄숙한 행렬을 이루고 좌우를 둘러보며 돌아다녔다. 주로 성가대석 뒤쪽과 제단, 기둥 사이의 공간들, 제단 뒤쪽을 돌아다녔다. 큰 소란을 막기 위해 감시하는 것이었다. 성전이 어두웠고, 전형적인 군것질거리가 지나치게 많았다. 게다가 성탄 자정 미사의 전통이라며 용인하는 측면도 있어서 모두들 이런 조치를 필요하다고 생각했다.

경비대가 막을 수 없는 또다른 종류의 불경스러운 일도 있었다. 주 제단의 창살 쪽과 독서대 아래의 가운데 철책 쪽으로는 사람들이 서로 밀치고 밀릴 정도로 많이 몰리는 반면, 대성당 다른 쪽에는 북적대는 사람들의 열기보다는 안락함을 선호하는 몇몇은 한적하게 있었다. 신앙은 모두에게 평등하기 때문에, 그곳에서는 모든 계급과 연령, 신분들이 한데 뒤섞였다. 옵둘리아 판디뇨는 베가야나 후작의 요리사인 뻬드로의 등에 기도서를 대고 선 채로 미사를 보았다. 그러면서 목덜미 쪽에서 뻬뻬 론살의 입김을 느꼈다. 뻬뻬 론살은 뒷사람들이 미는 것을 어찌할 수가 없었다. 아니 어쩌면 막고 싶지 않았는지도 모른다. 옵둘리아에게 종교란 바로 이런 것이었다. 중요 행사를 기리는 이런 크고 엄숙한 축제에서 계급이나 성의 구분 없이 서로 밀치고 엉키는 게 종교였다. 사실 옵둘리아는 교회가 중요하게 여기는 의식에 대해서는 매우 막연한 생각만 가지고 있었다. 비시따도 그곳에 있었다. 경당 가까이에서 철창 사이로 고개를 내밀고 있었다. 비시따 근처에 있던 빠꼬 베가야나는 사촌 에델미라 쪽으로 파도처럼 밀치는 힘에 맞서려고 했지만, 기실 시늉일 뿐이었다. 에델미라는 버찌처럼 시뻘게져 눈으로는 기도서에 그려진 성 요셉을 응시하였지만 영혼은 사촌의 움직임을 주시하며 가운데 철책에서 도망치려고 안간힘을 썼다. 철책 위로는 인간 파도가 그녀를 짓이길 듯 위협하고 있었다. 그곳 어둠속, 칠흑 같은 그림자 속에서 북적이는 사람들은 바위를 내리치는 바다의 파도를 연상시켰다. 『엘 라바로』가 베뚜스따라는 조그만 '위대한 세계'의 연대기에서 언급한 모든 '젊은 요소'가 바로 거기, 대성당 기둥 뒤 오르간을 들으며 반쯤 조는 가운데, 크리스마스이브의 군것질을 소화시키며 작은 불빛 아래 피곤한 비틀거림과 육체의 밀고 당김 속에 있었다. 졸음은 불경스러운 행동과 생각을 불러오는데, 급한 현실에서 비롯된 죄는 가볍게 여기는 식이었다. 사람 머리들만 밀림처럼 빼곡한 그곳에서 거리가 너무 멀어 다른 짓을 할 수 없다면 눈길과 미소만으로도 행렬을 이루며 서로 분주히 주고받았다. 여기저기서 재채기를 많이 했지만, 재채기가 모두 순진한 것만은 아니었다. 청춘남녀들은 최면제와 같은 정적, 악몽 같은 어둠속에서도 새벽까지 기꺼이 있었을 것이었다. 옵둘리아는 호아낀 오르가스가 '눈으로 말한다'고 이름붙인 그 윙크 보내는 일이 늘 즐거웠다. 그것도 성당 안에서 하면 더 즐거웠다. 그곳에서는 '짜릿함'이 있었다. 그리고 미망인은 그런 짜릿함을 즐겼다. 물론 이런 얘기는 친한 사람들끼리 있을 때만 했다.

'나쁜 그리스도교인들이 저렇게 많이 모인 결과 발생한 비도덕성'이 돈 뽐뻬요 기마란의 사색 주제였다. 아직 열병에서 제대로 몸을 추스르지 못했지만 돈 알바로와 오르가스, 포하, 카지노에서 함께 밤을 보내는 사람들과 저녁식사를 한 후 다 같이 성탄절 자정미사에 들렀다.

그랬다. 취중에 양심의 가책이 들기는 했지만 그곳에 그가 있다는 것도 사실이었다. 처음에는 달달한 술에 취했지만 지금은 속만 메스꺼웠다. 술이 배 속을 향수가게 물건처럼 만들었다…… 으윽! 역겨워! 그리고 나서 사람들은 그에게 평소보다 많은 식사를 강요했고, 그리고 마지막으로 그 무엇보다 술을 많이 마시게 했다. 그러고 나서 그가 집으로 돌아가려고 하자, 누군가 친절하게 그를 집까지 바래다주겠다고 했는데, 오! 끔찍하고 모욕적인 장난도 유분수지, 몇년 전부터 발길도 내딛지 않은 대성당 한복판까지 그를 끌고 오다니! 항의하며 그 자리를 뜨려고 했지만 사람들이 놔주지 않았다. 그리고 그 역시 혼자서는 집에 돌아갈 엄두도 나지 않았다. 거리도 추웠고.

"여러분." 그가 돈 알바로와 오르가스에게 나지막하게 말했다.

"항의하는 바입니다. 여러분이 취하셔서 어쩔 수 없이 여기 있다는 것 알아주십시오."

"좋아! 좋아요!"

"이것은 포기가 아니라는 것 알아주십시오……"

"아니지…… 무슨 포기라는…… 거요……"

"신성모독도 아닙니다. 나는 종교를 믿지 않지만 그래도 모든 종교를 존중합니다…… 내가 정평이 난 술주정뱅이들과 이곳에 왔다는 걸 알면 사람들이 뭐라고 하겠습니까?…… 빨로모가 채찍질이나 발길질로 나를 신전에서 쫓아낼 권리가 있다는 거 인정합니다……"

"우리도 잘 알지." 포하가 간신히 더듬거리며 말했다. "요약하자면, 돈 뽐뻬요는 자기가 이곳에…… 미사를 보러 온 개들을 대표한다는 거 인정한다는 거 아닙니까?……"

"정확한 비유요…… 그래요. 여기 있는 나는 개와 다를 바 없지요…… 혐오스럽고요…… 여러분, 저 오르간 연주자를 들어보시오. 아마 여러분과 마찬가지로 취했을 겁니다. 신의 신전을, 말하자면 말입니다, 불의 향연으로…… 주신제로…… 바꿔놓았습니다…… 어디까지 얘기했지요? 그리스도가 태어났다고 했던가요? 아니면 판 신이 부활했다고 했던가요?"[9]

"뿡삥뿡!…… 나는 장군이라네…… 붕붕."

호아킨 오르가스가 돈 뽐뻬요의 머리 위쪽에서 북을 치며 나지막하게 이 노래를 불렀다. 그러고는 곧바로 그런 장면이 연출되고 있는 어두침침한 경당에서 나가, 그가 말했듯이 풀밭에서 바늘찾기를 시작했다. 그러니까 그 많은 사람들 중에서 옵둘리아를 찾으

---

9 예수가 태어난 외양간은 원래 임시 움막이나 동굴을 뜻한다. 목신 판(Pan)은 동굴을 신성시하여 의식의 장소로 삼았다. 그를 예수의 원형이 된 신으로 연결시키고 있다.

러 나갔던 것이다. 그러고는 그녀를 찾았다. 그녀는 빠꼬의 요리사와 만만찮은 론살 사이에 끼어 있었다. 호아킨은 다시 등을 돌려 돈 뽐뻬요의 옆으로 돌아왔다.

판사 부인이 미사를 보고 있던 경당과 카지노의 주정뱅이들이 숨어 있던 경당은 가운데 높은 철책으로 분리되어 있었다. 아나는 성당을 나가겠다고 고집 피우는 무신론자를 설득하는 오르가스의 목소리를 들었다. 그러나 옆 경당에 있는 사람들은 확실히 보이지 않고, 대충 그림자만 보였다.

그러나 경비들이 지나갈 때는 얘기가 달랐다. 복사들이 들고 가는 도끼 모양의 초 덕분에 아나는 흔들리는 노란 불빛 속에서 총대리신부의 늠름한 모습을 보았다. 그리고 그와 동시에 날씬하고 세련된 돈 알바로의 모습도 함께 보였다. 그는 눈을 절반쯤 감고 고개를 한쪽으로 기울인 채 경당 사이의 철책을 잡고 졸고 있었다. 진실한 그리스도교인답게 공손하게 하느님의 말씀을 접하고 있는 것 같았다.

총대리신부도 판사 부인과 돈 알바로를 보았다. 둘 사이에 철책이 있긴 했지만 거의 나란히 있었다. 총대리신부의 손에 들려 있던 모자가 떨렸다. 그 순간 보잘것없는 그 행렬을 계속 유지하려면 엄청난 노력이 필요했다.

돈 알바로는 총대리신부나 판사 부인 누구도 보지 못했다. 그는 선 채로 졸고 있었다. 그는 취했어도 절대 소동은 일으키지 않았다. 그의 상태를 의심하는 사람은 아무도 없었다.

몽롱한 불빛을 비추는 경비대가 멀어진 후에도 아나는 계속 돈 알바로를 바라보았다. 그녀는 머릿속으로 그를 그리며 계속 바라보았다. 그가 몸에 꽉 끼는 멋있는 붉은 옷을 입고 있다고 상상했다. 그 옷이 오페라에 등장하는 메피스토펠레스의 의상인지, 우아한 사냥꾼의 의상인지는 잘 분간이 되지 않았다. 하지만 그녀의 적은 아름다웠다. 아주 멋있었다…… 그리고 그는 그곳에 가까이 있었다. 저 철책 너머에. 세발짝만 다가가면 그 철책에 닿을 수 있었다! 그런데 그 순간 오르간이 세상에서 가장 황당한 레퍼토리를 흘려보내며 신자들에게 작별인사를 고하였다. 그해 싼블라스 순례여행길에 돈 알바로 옆에서 처음으로 들었던 곡이 흘러나오고 있었다…… 그녀는 두 눈을 감았다. 눈물이 솟구쳤다…… 지금은 별의별 게 다 유혹해오네! 그녀는 부드럽고 감상적이 되었다. 그녀는 추억들, 추억의 권리를 떠올렸다. 추억은 항상 성스럽고 달콤하고 그립다는 권리가 있었다…… 그 싼블라스 순례여행에서 무슨 일이 있었던가? 아무 일도 없었다. 그런데도 오르간 연주자의 잘못으로 그날 오후가 떠오르자 사랑으로 죽어가면서도 자기를 존중하느라 아무 얘기도 하지 못하는 바로 곁의 돈 알바로가 보였다. 그리고 영혼 깊숙한 곳에서 흡족해하는 자신을 볼 수 있었다. 그랬다, 영혼 깊숙이, 아니면 육신 깊숙이 그랬다. 그래도 그 깊이는 신비주의와 우애에 관한 부드러운 대화에는 미치지 못했다. 아나가 여전히 그 우애를 만끽하는 총대리신부는 복사들에 둘러싸여 배 위에 손을 포개 올린 채 방금 거기를 지나갔다.

아나가 고개를 흔들어 경솔하고 불경한 이미지들을 쫓아내려고 노력하는 사이에 성당 안은 비어갔다. 한기가 느껴졌고, 그녀가 기대고 서 있던 고해실의 그림자가 거의 무섭기까지 했다. 아나는 몸을 일으켜 대성당을 나섰다. 졸음이 밀려들었다.

오르간은 세상을 떠들썩하게 만든 후 잠든 주정뱅이처럼 조용해졌다. 불들도 하나둘 꺼져갔다……

성당 입구에서 아나는 총대리신부를 만났다.

페르민 신부는 안색이 창백했다. 사람들이 켠 성냥 불빛에 그의 모습이 비춰졌다. 다시 어두워지자 페르민 신부가 판사 부인의 곁으로 다가와 불만이 섞인 부드러운 목소리로 물었다.

"미사를 즐기셨나요?"

"미사를 즐기다니요!"

"그러니까 제 말뜻은…… 마음에 드셨냐는 의미입니다…… 음악과…… 노래가……"

아나는 자신의 고해신부가 횡설수설하고 있음을 알았다.

그 순간 사람들이 성당 입구로 나왔다. 거리에는 뒤늦게 나온 몇몇 그룹이 있었다. 작별을 고해야 했다.

"안녕히 주무십시오! 안녕히 주무세요!" 총대리신부가 거의 화를 내다시피 퉁명스럽게 말했다.

그러고는 더이상 아무 말 없이 얼굴을 파묻은 채 집을 향해 성큼성큼 걸어갔다.

아나는 총대리신부를 따라가고 싶었다. 왜 그런지는 모르겠지만 그가 화난 건 알 수 있었다. 그녀가 무슨 잘못을 했나? 적을 생각하고, 또 생각하고, 생각하지 말아야 하는 추억들을 떠올렸다…… 하지만…… 그 모든 걸 페르민 신부가 어떻게 안단 말인가?…… 그리고 그렇게 휙 하고 가버리다니! 그 순간 사랑과 다름없는 깊은 안타까움과 감사함이 아나의 마음을 엄습해왔다…… 오! 왜 저 남자와 함께 갈 수 없단 말인가? 그를 불러 위로할 수 없단 말인가?…… 그에게 자기는 늘 똑같은 사람이라고, 다른 여자들처럼 그에게 등을 돌리지는 않을 거라고 얘기할 수 없단 말인가?…… 그래, 맞아. 전에 서로 차지하겠다고 다퉜던 여자들이 그에게, 성자에

게, 능력있는 남자에게, 순교자에게…… 등을 돌렸었다. 그 모든 건
왜? 치졸한 중상모략 때문이었다. 그녀는 그러지 않았다. 그녀는
그를 믿었다…… 세상 끝까지 맹목적으로 그를 따를 생각이었다.
그와 성녀 떼레사가 힘을 모아 자기를 지옥에서 구해줬다는 걸 잘
알았다…… 그러나 그를 위로하기 위해, 그에게 이 모든 것을 얘기
하기 위해 그를 따라 달려갈 수는 없었다. 깊게 생각할 것도 없이
곁에 있는 뻬뜨라가 어떻게 생각하겠는가? 뻬뜨라는 조용히 미소
를 머금은 채, 하루가 다르게 불손해지면서도 더욱 상냥하게 굴었
다. 그리고 그게 더 견디기 힘들었다!

총대리신부와 아나가 얘기를 나누는 동안, 뻬뜨라는 신중하게
두발짝 정도 떨어져 있었다. 총대리신부가 온갖 폼을 잡으며 얼굴
을 가리고 도망치는 모습을 보고 그녀는 생각했다.

둘 다 웃기는군. 그러고서 그녀는 미소를 지었다.

판사 부인은 누에바 광장으로 가는 길로 접어들었다. 거의 졸다
시피 하며 걸어갔다. 꿈과 음악, 환상에 취한 것 같았다…… 그녀는
아기 예수와 구유, 베들레헴의 외양간을 생각하며 걷다가, 자기도
모르게 어느덧 집 대문 앞에 이르렀다. 그날밤 첫시간에 본 '그리
스도의 탄생' 연극 장면이 떠올랐다.

아나는 화장방에 혼자 있게 되자, 거울 앞에서 머리를 풀기 시작
했다. 등 뒤로 머리를 풀어내렸다.

정말이었다. 그녀는 성모마리아를 닮았다. 의자에 앉은 성모마
리아…… 하지만 그녀에게는 아이가 없었다. 아나는 팔짱을 낀 채
몇초 동안 자신을 바라보았다.

아나는 가끔 미칠 것 같아 두려웠다. 갑자기 믿음이 사라지고,
기도문이나 성경에서 영혼의 건조함을 달랠 방도를 찾아야 하는데

도, 자꾸 게을러지려는 마음을 어쩔 수 없었다. 이제는 거의 명상도 하지 않았다. 종교적인 생각을 떠올리려고 하면, 성스럽고 추상적인 것들을 명상하려고 하면, 이제는 하느님 대신 돈 알바로가 그녀 앞에 나타났다.

절망과 희망, 반항과 포기 사이에서 갈팡질팡하는 아나는 이미 죽었다고 믿었다. 그런데 그런 일은 없었다. 아나는 그곳에, 자기 안에 있었다. 지배당하고, 쫓기고, 구석으로 몰려 있었지만 죽지는 않았다. 헤롯이 죄수를 가둬두었던 지하 수조에서 세례자 요한이 소리를 지른 것처럼 생각의 죄인인 반항자 판사 부인은 마음속 깊은 곳에서 소리를 지르고 있었다. 그리고 그 외침소리가 머리 전체에서 울려퍼졌다. 그 금지된 아나가 독실한 아나, 총대리신부의 겸손하고 다정한 누이인 아나의 훌륭한 마음가짐을 모두 갉아먹는 것 같았다.

아기 예수! 그 모습은 얼마나 달콤한 감동을 주었는가! 하지만 골치 아프게 왜 자꾸 그 장면이 떠오르지? 막연하고 간절한 마음으로 잠 못 드는 그 시간에 모성애의 필요성이 깨어난 건가?

화장방에서 아나는 자기를 두렵고 춥게 만드는 고독을 보았다…… 아이! 아이가 있다면 그런 슬픔은 없었을 것이다. 한가로운 영혼이 벌이는 그 모든 싸움을 끝냈을 것이다. 그녀의 영혼은 희생의 갈증을 채울 수 있는 사랑의 활력을 삶의 자연스러운 중심인 집 밖에서 찾았다!……

아나는 아무 생각 없이 방 밖으로 나가, 평소와 다름없이 어둠속을 지나 응접실과 복도, 다이닝룸, 갤러리를 지나갔다…… 그러고는 아무 소리도 내지 않고 남편 방문 앞에 이르렀다. 문이 제대로 닫혀 있지 않아, 문틈 사이로 확실하게 보였다. 남편은 아직 잠들지 않았다. 무슨 말인가 웅얼거리는 소리가 들렸다.

저이가 누구랑 얘기하는 거지? 판사 부인은 빛이 흘러나오는 쪽으로 얼굴을 가까이 대고, 침대에 앉아 있는 낀따나르를 보았다. 허리 아래쪽으로는 이불을 덮고, 이불 밖으로 나온 허리 위쪽은 붉은색 플란넬 재킷을 걸치고 있었다. 낀따나르는 그럴듯한 미신 얘기를 듣고 잠자리에서는 모자를 쓰지 않았다. 그는 아나를 눈곱만큼도 의심할 위인도 못되면서 괜한 걱정 때문에 밤에 모자를 쓰지 않았다. 잠자리에서 쓰는 모자의 뾰족한 끝부분이 자극하여 부부관계를 부추긴다는 거였다. 하지만 그날밤 그는 한기를 느꼈는지, 면이나 실로 짠 모자가 없어 낮에 쓰고 다니는 모자를 쓰고 있었다. 금색 긴 술장식이 달린 초록색 모자였다. 아나는 남편이 괴기스러운 옷을 입고서 벽에 걸린 촛대의 불빛 아래서 큰 소리로 책을 읽는 모습을 보고 들었다.

그러나 그는 책을 읽는다기보다는 바로 열변을 토해내고 있었다. 판사 부인은 남편이 미쳤는지도 모른다는 걱정까지 들었다. 낀따나르가 흥분해 한쪽 팔을 높이 치켜드는 모습도 보였다. 멋지게 휘어진 상당히 긴 칼의 손잡이를 떨리는 손으로 꼭 쥐고 있었다. 낀따나르는 힘을 줘서 읽으며 번뜩이는 칼을 휘둘렀다. 17세기 연극의 한 장면 같았다.

낀따나르가 믿고 있는 상황을 감안하면 칼로 깨끗하게 허공을 휘두르는 행동은 매우 숭고하고 그럴듯한 행동일 수도 있었다. 17세기의 아름다운 시를 읊으며, 오빠에게 들켜 죽음의 위기를 맞은 여인을 지키는 장면이었다. 낀따나르는 기사로서 그런 끔찍한 짓은 허락하지 못한다며 그전에 먼저 자기를 토막 내라며 5행시로 맹세를 하고 있었다.

그러나 판사 부인은 앞뒤 상황을 잘 모르기 때문에 새벽 1시에, 모자를 쓰고 플란넬 재킷을 걸치고 침대에서 칼을 휘두르고 있는 저 남자가 자기 남편이라고 생각하니 가슴이 무너졌다. 저런 사람이 이 세상에서 유일하게 그녀의 사랑을 받을 권리가 있는 남자라는 것, 베들레헴의 외양간과 그 비슷한 기억들로 인해 그토록 애타게 그리워하는 모성애를 달래줄 유일한 남자라는 데 억장이 무너졌다.

판사 부인은 남편과 얘기하고 싶어 그 방을 찾아갔던 것이다. 남편이 깨어 있다면 침대 옆에 앉아 성탄절 자정미사에 대해 얘기하고 싶었다. 불쌍한 아나는 자기를 미치게 하는 생각들을 쫓아내고 싶었다. 격앙된 믿음과 모순되는 감정들을 쫓아내고 싶었다. 반항하다가 시들어버린 육신과 모순되는 감정들을 쫓아내고 싶었다. 달콤한 말들과 다정한 다독임, 가족의 따뜻함…… 정확히는 모르겠지만 좀더 다른 뭔가를 원했다. 그녀에게는 그럴 권리가 있었다…… 그런데 깜짝 선물상자에서 튀어나온 용수철 달린 인형처럼 웃통만 드러내놓고 소리 지르는 남편을 보았다. 판사 부인의 얼굴에 분노가 파도처럼 밀려올라와 얼굴을 붉은 불꽃으로 뒤덮었다. 아나는 남편의 연극무대에 들어가지 않겠다고 결심하고 한발짝 뒤로 물러났다…… 그러나 그녀의 치마가 바닥에 쓸렸다. 낀따나르가 놀라 소리 질렀다.

"거기 누구야!"

아나는 대답하지 않았다.

"거기 누구냐니까?" 낀따나르가 흥분해서 다시 소리 질렀다. 그는 시를 외우며 허세를 부리고 있던 자신의 모습 때문에 약간 놀랐다.

그는 조금 진정하고 나서 물었다.

"뻬뜨라! 뻬뜨라! 뻬뜨라, 너니?"

아나의 머릿속으로 순간 의심이 스쳐지나갔다. 망측한 질투였다. 아나는 그런 생각이 들었다. 자기를 쫓아다니는 유혹의 모습이었다.

저이가 하녀의 애인인가?

"안셀모! 안셀모!" 낀따나르가 똑같이 부드럽고 친근한 목소리로 불렀다.

아나는 많은 일들과 자신의 의심, 남편과 자기 자신에 대해 들었던 황당한 생각들을 부끄러워하며 까치발로 물러났……

아아! 불가능을 찾아…… 괴기스러운 극단을 찾아…… 어처구니없는 희극배우를 찾아 새벽 2시에 어둠속에서 방과 복도들을 헤매고 다녔다는 게 정말 황당했다! 너무나 쓰디쓴 고통이었다!……
아나는 늘 그랬듯이 더듬거리며 가면서도 부딪히는 데 없이 응접실을 지나며 자기도 모르게 이런 생각이 들었다. 만일 지금 기적적으로, 사랑의 기적으로 알바로가 이곳에, 이 어둠속에 나타나 나를 잡고 내 허리를 꼭 끌어안고…… 당신은 내 사랑이오……라고 말한다면 불쌍한 나는, 가련한 나는, 나약한 나는 항복하는 수밖에…… 그의 품에서 정신을 잃는 수밖에…… 어쩌겠는가…… 그래, 항복하는 거야! 그녀는 마음속으로 간절하게 소리 질렀다. 그러고는 힘이 빠져 더듬거리며 다마스크 실크천 소파를 찾았다. 그녀는 제대로 옷도 걸치지 않은 채 그 위에 엎드려 울었다. 얼마나 오랫동안 울었는지 모른다.

다이닝룸의 시계 종소리가 열에 들뜬 반쯤 혼수상태인 그녀를 깨워주었다. 머리카락은 등 뒤로 풀어헤치고, 가운은 풀어져 가슴

부분이 열린 채 그녀는 다시 더듬거리고 추위에 몸을 떨면서 화장방으로 돌아왔다. 고래기름 촛불이 거울에 반사되고 있었는데 깜빡거리는 것이 사그라지기 직전이었다. 그리고 자신이 캄캄한 침실을 배경으로 아름다운 혼령처럼 떠다니는 것을 보았다. 귀신 들린 듯 보이는 자신의 그림자에 쓸쓸한 웃음을 지었다. 그녀는 자기 자신이 두려웠다…… 방으로 피신해 들어갔다. 옷을 벗어 모두 호랑이가죽 위에 내던지고 잠자리에 들었다. 방 한쪽 구석에 뻬뜨라가 가구 위의 먼지를 털어내고 깜빡 잊고 놔두고 간 먼지털이가 있었다. 아나는 자신이 취했다는 생각이 들었다…… 뭐에 취했는지는 알 수 없었다. 옷을 벗은 아나는 얇은 아마포 사이로 매끄러운 자신의 육체를 흘낏 훔쳐보다가 구석으로 뛰어내려 검은 털이 달린 먼지털이를 잡았다…… 그러고는 아무 짝에도 쓸모없는 자신의 아름다움을 한번, 두번, 열번…… 때렸다. 하지만 그것 역시 어처구니없는 행동이라, 그 무미건조한 도구를 멀리 집어던지고 훌쩍 한번에 뛰어 침대로 들어갔다. 약간 촉촉한 듯 차가운 이불의 쾌감에 더 화가 나 베개를 세게 깨물었다. 그리고 자신에게서 도망치려고 생각을 멈추었다가 30분 후 잠들었다.

그날 아침 8시 아나는 혼자 총대리신부의 집 앞을 지나갔다. 왜 그곳에 간 것일까? 그곳은 대성당에 가는 길이 아니었다. 혹시 페르민 신부를 만날 수 있을까, 발코니에 나온 그를 볼 수 있을까, 정확히 알 수 없는 막연한 희망이 성직자들의 거리를 지나게 했던 것이다. 그녀는 원하던 바를 이루지 못했다. 그녀는 대성당으로 가서 성당 가운데, 성가대석에서 중앙제단의 경당 사이에 있는 단 위에 앉았다. 판사 부인은 고드름처럼 차가운 금빛 철책에 머리를 기대고 멀찌감치 떨어져 미사를 드렸다. 성가가 끝날 때까지 그렇게 끝나지 않을 기도문을 외우며 깬 채로 꿈을 꿨다. 그녀는 성가대석으로 들어가는 페르민 신부를 보았다. 그녀는 다정하게 미소를 지었다. 페르민 신부의 마음에 불을 지필 정도로 달콤한 미소였다. 총대리신부는 미소는 짓지 않았지만 눈길은 강렬했다. 매우 짧은 눈길이었지만 많은 얘기를 담고 있었다. 그녀를 원망하고 불평하고 질문하며 용서하고 고마워했다…… 그렇게 페르민 신부가 스치고 지나갔다. 그는 성가대석으로 들어가서 구석에 있는 자기 자리로 향했다. 정시과定時課가 끝나자 총대리신부는 그곳을 나와 제단에 고개를 숙인 후 제의방으로 향했다. 판사 부인은 잠시 후 다시 그를 볼 수 있었다. 백색 제의와 망토를 벗고 수단을 입고서 모자를 들고 있었다. 그들은 다시 서로를 바라보았다. 이제 두 사람은 서로에게 미소를 지었다. 아나는 5분 후 자리에서 일어났다. 서로 얘기를 나눌 필요도 없이, 신호도 필요 없이, 두 사람은 약속장소로 향했다…… 잠시 후 그들은 도냐 뻬뜨로닐라 리안사레스의 응접실에서 만났다. 그곳에는 여러 부인들과 세 신부가 있었다. 『엘 알레르따』가 베뚜스따의 '핵심 멤버'라고 부르는 재력가들이 모두 모여 있었다. 겉으로 보기에도 존경받을 만하고 아름다운 젊은 부인들이 예수 그리스도의 탄생을 믿음으로 즐겁게 축하했다. 성모마리아의 아들이 자기네와 다른 몇몇 지체 높은 사람들만을 위해 이 세상에 강림한 것처럼 축하했다. 그들에게 예수의 탄생은 집안 잔치와 다름없었다. 상당히 낡고 재단이 세련되지 못한 검은색 융 망토를 입은 도냐 뻬뜨로닐라는 마치 자기 생일이라도 되는 듯 자신의 '믿음 가득한 세상'을 맞이하였다. 그곳에서는 모든 사람들이 하느님의 은총에 감사하는 영혼의 만족을 담아 미소와 악수, 덕담, 요란한 웃음을 서로 나누었다. 총대리신부는 대환영이었다. 정말 세련됐어!

정말 깍듯해! 그는 한시간 후 대성당의 강론대에 올라 설교해야 하는데도 그전에 절친한 도냐 뻬뜨로닐라에게 성탄인사를 전하러 오다니! 오! 정말 예의 바른 사람이야! 천사가 따로 없다니까! 정말 하는 말마다 주옥 같아! 자체 발광이야!

페르민 신부의 불명예가 도냐 뻬뜨로닐라의 모임에서는 영향을 미치지 않았다. 그곳에서는 아무도 총대리신부의 미덕을 의심하지 않았고, 아무도 그것을 입에 올리지 않았다. 덕망 높은 그 응접실 밖에서 누군가 감히 총대리신부의 험담을 하더라도 그곳 사람들은 모르는 일이고 알고 싶어하지도 않았다. 그란 꼰스딴띠노의 집에서는 아무도 베뚜스따 크리소스토모스[10]의 성성聖性을 감히 판단하지 못했다.

아나와 페르민 신부는 잠깐 동안만 단둘이 있을 수 있었다. 도냐 뻬뜨로닐라의 방에서였다. 도냐 뻬뜨로닐라가 둘을 보았다…… 하지만 그녀는 그들에게 미소를 지으며, 한 손으로 인사를 건넨 후 문 앞에서 말했다.

"신경 쓰지 마세요. 서류를 찾으러 왔는데…… 나중에 다시 올게요……"

아나가 그녀를 부르려고 했다. 비밀은 없었다. 부인이 왜 저렇게 가버리는 걸까?…… 아나는 이 말을 하고 싶었지만 총대리신부의 표정이 그녀를 가로막았다.

"놔두세요." 페르민 신부가 위엄 가득한 어조로 말했다. 판사 부인은 그 어조가 늘 좋았다. 그녀가 바라는 것이었다. 그녀에게 지시

---

10 시리아 안티오키아 출신의 그리스도교 성인. 4세기의 대표적인 성서해석학자이며 이름은 요한. 설교가 능숙해 크리소스토모스('황금의 입'이라는 뜻)라고 불렸다.

하고 그녀와 그녀의 행동에 책임져주었으면 했다.

아나는 발코니 근처에 있는 페르민 신부 쪽을 돌아보며, 조금 전 대성당에서 그랬던 것처럼 그에게 미소를 지어보였다. 용서를 구하며 축복을 원하는 미소였다.

페르민 신부는 안색이 창백하고 목소리가 떨렸다. 그가 여름보다 훨씬 야위었다고 아나는 생각했다.

"너무 피곤하군요!" 그가 슬픈 한숨을 길게 내쉬며 말했다.

아나는 그가 안락의자에 털썩 주저앉는 것을 보고 그 옆에 가서 앉았다.

"완전히 외톨이네요."

"어떻게 혼자라는 거예요…… 이해할 수 없어요."

"나의 어머니는 나를 숭배합니다. 그건 잘 알고 있습니다. 하지만 내가 원하는 바는 아닙니다. 어머니는 자기 식으로 내 행복을 원하십니다. 내가 따르고 싶지 않은 길이지요. 아나 부인도 이 모든 걸 알고 계시지요."

"하지만…… 왜 신부님이 혼자라는 거예요?…… 그럼 다른 사람들은?……"

"다른 사람들은 나의 어머니가 아닙니다. 나와 상관없지요. 부인 왜 그러세요? 어디 안 좋으세요? 왜 그러세요?…… 사람을 부르겠습니다……"

"아니에요. 아니에요. 절대 그러지 마세요. 경련이…… 경미해요. 이젠 지나갔어요…… 아무것도 아니에요."

"발작이 오려는 건가요?"

"아니에요…… 발작은 다른 증상과 같이 나타나요…… 괜찮아요…… 괜찮아요…… 추워서 그런 거예요…… 습해서…… 아무것도 아니에요……"

그들은 조용히 있었다.

페르민 신부는 아나가 얼굴 위로 울음이 쏟아져나오려는 걸 간신히 참고 있다는 걸 알았다.

"무슨 일이에요? 나는 모든 걸 알아야 해요. 나에게는 그럴 권리가 있어요…… 나는 그렇게 믿는데……"

아나는 '형제'의 발밑에 무릎을 꿇고 앉아 흐느끼며 간신히 말을 이었다.

"그래요. 신부님은 모두 모두 아시게 될 거예요…… 하지만 여기서는 아니에요. 성당에서…… 내일…… 아침 일찍……"

"아니, 아니, 오늘 오후에!……"

총대리신부가 벌떡 일어났다. 양손 사이로 고개를 파묻고 있는 그녀가 보지 못하는 사이에, 그는 얼른 양팔을 들어 꽉 쥔 주먹을 눈으로 가져갔다. 그는 방 안을 두바퀴 돌았다. 그는 성큼성큼 돌아와, 계속 무릎을 꿇은 채 흐느끼며 소리가 새어나가지 않도록 울음을 참고 있는 판사 부인의 곁에 돌아왔다.

"지금, 아나 부인, 지금이 나아요.…… 여기서…… 아직 시간이 있어요……"

"여기서는 아니에요. 아니에요…… 이제 가셔야 할 시간이 되었어요…… 늦으실 수도 있어요……"

"하지만 왜 그러는 겁니까?…… 무슨 일이에요? 제발…… 부인…… 나를 불쌍히 여겨서라도, 아나…… 내가 수양버들처럼 떨고 있는 거…… 안 보입니까? 나는 장난감이 아닙니다…… 무슨 일입니까?…… 내가 뭘 두려워해야 하는 겁니까? 어제 그 남자는 취해 있었습니다…… 그와 다른 사람들이 새벽 3시에…… 내 집 앞을 지나갔습니다…… 오르가스가 소리 지르며 그를 불렀습니다. 알바로! 알바로! 당신의 라이벌이 여기 살아…… 그렇게 말했습니다. 당신의 라이벌…… 중상모략이 거기까지 이른 거지요!……"

아나가 놀라서 총대리신부를 바라보았다. 그의 말을 이해하지 못하는 것 같았다.

"그렇습니다, 부인. 그들에게는 우리의 우정이 보기 싫은 겁니다. 그래서 우리를 떼어놓으려는 거지요. 그리고 그렇게 할 겁니다…… 우리 사이에 모래를 뿌릴 겁니다…… 그러면 끝나겠지요……"

총대리신부가 그런 말을 한 것은 처음이었다. 얘기하면서 단 한 번도 그런 소문이나 위험을 언급한 적이 없었다. 그는 그 소문을 염두에 두고 있었지만, 판사 부인에게 말하는 건 계획에 없었다. 나는 남자고, 당신은 여자고, 세상은 악의를 갖고 판단합니다…… 그런데 그는 지금 참지 못하고 말해버리고 말았다. '당신의 라이벌' 이라고 강력하게…… 그 말이 판사 부인을 겁먹게 할 수도 있었다.

그래, 그 역시 남자였다. 라이벌이 될 수도 있었다. 안될 이유도 없지 않은가? 그는 예전의 그가 아니었다. 그는 우리에 갇힌 짐승처럼 방 안을 돌아다녔다. 그 순간 자존심이 상하고 흥분해서 모든 말을 뱉어버릴 것 같았다. 그러고 나면 말한 걸 후회할 것 같았다…… 하지만 상관없었다. 지금 당장 모두 털어버리고 싶었다. 아아, 자신은 예전의 그가 아니라고.

아나는 일어나, 총대리신부가 방 끝에 이를 때까지 기다렸다가 말했다.

"신부님은 제 말을 이해하시지 못했습니다…… 혼자인 사람은 저입니다…… 신부님은 배은망덕하신 분이세요…… 신부님의 어

머님은 저보다 신부님을 더 많이 사랑하십니다…… 하지만 저처럼
그렇게 신부님께 많은 은혜를 입지는 않으셨을 겁니다…… 저는
필요하다면 신부님을 위해 죽겠다고 하느님께 맹세했습니다……
세상 전체가 신부님을 욕하고 귀찮게 해도…… 저는 세상 전체를
혐오할 겁니다. 그리고 신부님의 발아래 엎드려, 신부님께 저의 가
장 깊은 비밀을 털어놓을 겁니다…… 제가 신부님을 위해 어떤 희
생을 감수할 수 있을지 모르겠어요…… 그런데 이제는 알 것 같아
요…… 신부님이 저에게 밝혀주셨습니다.…… 사람들이 제 순결을
수군거리지요…… 치사한 인간들! 저는 그런 말을 할 수 있을 거라
고 의심하지 않았습니다…… 하지만 좋아요, 그렇게 말하니……
저는 사람들이 수군거리며 뒤쫓는 순교자의 곁에서 떨어지지 않을
겁니다. 그들이 돌팔매질을 하더라도 말이지요. 그들이 신부님께
상처를 입히는 돌멩이가 저에게도 상처를 입히기를 바랍니다. 저
는 죽을 때까지 신부님의 발아래에 있을 겁니다…… 제가 어떻게
유용하게 쓰일지 이제 알겠습니다! 제가 왜 태어났는지 이제 알 것
같아요! 그것 때문이었어요…… 사람들에게 중상모략을 받아 죽
는 설교자의 발아래에 있기 위해서예요……"

"조용히! 조용히 해요, 아나…… 정신 차리세요……"

총대리신부는 이제 얼굴이 벌게져 양쪽 광대뼈가 석탄처럼 이
글거렸다. 그는 판사 부인의 곁으로 다가와 양손을 꼭 잡은 채 감
정으로 목이 메어 그렁그렁한 목소리로 말했다.

"아나! 아나!…… 꼭 오늘 오후에…… 지금은 대성당으로……
원죄 없이 잉태하신 성모님 제단 옆…… 강론대 앞에 있는……"

"오후에 뵐게요. 하지만 신부님은 안심하고 가세요…… 말씀드
리고 싶은 말은…… 거의 다 했어요……"

"하지만 그 남자는!……"

"그 남자에 대해서는…… 할 말이 없어요."

총대리신부가 도냐 뻬뜨로닐라가 오고 있다는 걸 알리는 순간 그녀의 목소리가 들렸다. 멀리서 그 부인의 말소리가 들렸다.

"신부님은 이제 가실 겁니다, 이제 가신다니까. 지금 내 방에 혼자 계세요. 분명히 강론문을 검토하고 계시겠지요……"

그리고 도냐 뻬뜨로닐라가 들어왔다. 신부는 소리 지르며 들어오는 도냐 뻬뜨로닐라를 상대하느라 아나 얼굴의 당혹감을 읽지 못했다. 그녀는 살짝 뒤로 돌아 당혹감을 숨겼다.

"자, 갑시다. 얼른 얼른…… 사람들이 기다리고 있어요…… 내가 알기로 미사가 시작된 것 같은데……"

총대리신부는 집주인이 들어온 방문 쪽으로 모습을 감췄다.

그란 꼰스딴띠노는 판사 부인을 바라보다가, 양손으로 그녀의 머리를 잡고는 그녀의 이마에 요란한 소리를 내며 입을 맞췄다. 그러고 나서 말했다.

"그런데 오늘 예리코의 장미[11]가 왜 이렇게 아름다운 거야!"

"대성당으로! 대성당으로!" 응접실에 있던 사람들이 소리 질렀다.

페르민 신부가 엄숙한 발걸음으로 설교대로 오르는 동시에, 아나와 여주교도 성가대석 뒤쪽에 도착했다. 그곳에서는 리빠밀란 수석사제가 루카 복음서를 읽으며 찬송가와 함께 하루를 시작하고 있었다.

그들은 성모 제단 아래에서 자리를 찾았다.

"여기서 잘 보이는군." 도냐 뻬뜨로닐라가 말했다.

---

11 소아시아 지역에서 자라는 식물로 일명 부활초. 성모마리아를 상징한다.

그러고는 그녀가 아나 쪽으로 몸을 숙이며 달콤한 목소리로 나지막하게 말했다.

"봐요! 저 이방인의 사도[12]가 오늘 얼마나 멋지고 잘생겼는지! 제의는 얼마나 멋있고! 하얀 거품으로 만든 것 같아…… 성부와 성자와 성령의 이름으로 아멘……"

---

12 이방인에 대한 선교에 노력한 바오로를 말하며, 여기에서는 페르민 신부를 가리킨다.

24장

"하지만 그이가 고집을 피우면요?"

"그는 상당히 섬약한 사람이라…… 우리가 우기면 포기할 겁니다."

"만일 포기하지 않고 계속 고집을 부리면요?"

"하지만 왜요?"

"왜냐면…… 그이는 그런 사람이니까요…… 누가 그이의 머릿속에 주입시켰는지는 모르겠지만, 내가 가지 않으면 자기 망신살이 뻗치는 거래요…… 그리고 우리를 은연중에 비꼬아요…… 이 모든 일에 비난받아야 할 사람이 있다면서요…… 자기는 집주인이 아니고, 집은 밖에서 다스리고 있다고…… 해요. 그러더니 우리가 너무나도 무례한 행동을 많이 해서, 후작 부인이 우리에게 약간 냉랭하게 군다네요…… 모르겠어요!"

"좋습니다. 그가 계속 고집을 피운다면…… 그 멋진 무도회에 가야겠지요…… 그를 화나게 할 필요는 없습니다. 어쨌든 그가 남편이니까요. 그리고 다른 작자는? 아직도 그 작자하고 다니나요? 평소처럼 여전히 사이가 좋나요?"

"집으로는 데려오지 않는다는 거 잘 아시잖아요."

"그리고 무도회는 정장무도회인가요?"

"그럴 거예요."

"가슴이 파인 옷을 입고 가야 하나요?"

"글쎄…… 아니오. 거기에서 정장은 남자한테나 해당돼요. 여자들은 하고 싶은 대로 하고 가면 돼요. 목까지 올라오는 옷을 입고 가는 여자들도 있어요."

"우리는…… 목까지 올라오는 옷을 입고 가겠지요, 네?"

"그럼 당연하지요…… 대성당은 언제 갈까요? 모레? 그러면 무도회에서 입을 옷을 입고 모레 경당에 가겠어요."

"어떻게 그럴 수가?"

"호기심 많으신 분, 그건…… 여자들이 알아서 할 일이에요. 보디스랑 스커트를 분리할 수 있어요…… 그리고 저는 어두운 색을 입고 갈 생각이라…… 보디스를 입고 고해성사하러 갈 수 있어요…… 망토를 벗으면 목 부위가 보이구요. 그러면 된 거죠?"

"그러기를 바랍니다."

페르민 신부는 무도회 간다는 말은 언짢았지만 옷은 안심이 되었다. 고해실의 창살 너머로 눈을 가까이 대고 관찰한 바에 의하면 옷이 목 부위까지 꽤 올라와 다이아몬드 십자가가 간신히 보일 정도로 가슴의 일부만 보였다. 아나는 자기 옷을 보여주기 위해 일부러 그 옷을 입고 성당에 온 것이었다.

그러고 나서 판사 부인은 카지노 무도회에 참석했다. 그녀의 생

각대로 낀따나르는 함께 가자고 막무가내였다.

　그들이 시커먼 카지노 건물의 계단을 오르는 동안, 전직 판사는 그 강력한 행동, 진정으로 특별했던 그 행동으로 인해 자기가 평범한 독재자일 수도 있겠다는 생각이 들었다. 연극은 잘하지 못했지만 성질은 제법 잘 부렸어. 아내라면 그렇게 말했을 거야. 아내는 마지못해 자기 팔짱을 끼고 계단을 오르고 있지. 그런데 이 세상의 모든 고해신부들에도 불구하고, 그녀는 눈부시게 아름답고 거의 흡족한 표정이야. 그리고 이제 우리는 파라과이에 있지 않아. 예수회나 거기로 가라지!

　카니발이 있는 월요일이었다. 그 전날인 일요일에 카지노에서는 그해 살롱을 일반인들에게 개방할지 말지를 두고 매우 열띤 논쟁을 벌였다. 사순절 월요일에 여는 무도회(절대 가장무도회가 아니다)는 오랫동안 이 귀족사회가 지켜온 관습이었다. 귀족사회란 말은 『엘 알레르따』가 붙인 이름인데 이들 편집인들은 일상복을 입고 오겠다고 고집을 피워 한번도 초대받지 못했다.

　"올해는 여느 해와 왜 다르지요?" 얼마 전 마드리드에서 연미복을 맞춘 론살이 물었다.

　"왜냐면 올해는 선교사들의 잘못으로 카니발이 너무 활기가 없어서지요. 그래서 그런 겁니다." 포하가 대답했다. 돈 알바로가 그를 이사회에 집어넣었다.

　"사실 우리가 창피를 당할지도 모릅니다." 회장인 돈 알바로가 말했다. "'품위있는' 부인들 대부분의 육체와 영혼이 예수회 신부들에게 넘어가 있으니까요. 내 생각에는 많은 여자들이 하의는 고행복을 입고 올 겁니다."

　"말도 안돼요!" 낀따나르가 탄성을 내뱉었다. 그는 이사회의 일원은 아니지만 그 자리에 참석했다.(돈 알바로에게서 떨어지지 않기 위해서였다.)

"맞아요, 고행복." 포하가 확신했다. "총대리신부는 그렇게까지 하지 못합니다. 자기 영적 자녀들이 고행복이나 다른 악마의 발명품을 사용하도록 하지는 못했지요."

"그런 시도를 하지 않았을 뿐이죠." 론살이 대답했다.

돈 알바로는 낀따나르의 붉어진 얼굴을 유심히 살폈다. 포하의 말이 그를 언짢게 했던 것이다. 그랬다. 총대리신부를 얘기하면서 낀따나르의 아내를 암시한 거였다. 은근히 비꼬는 거였다.

"회장님이 말씀하셨듯이, 사실 우리가 창피당할 수도 있습니다." 전직 시장이 말했다. "축제에 핵심적인 부인들이 오지 않을 겁니다. 그녀들을 잘 아는데, 지금은 성녀 놀이를 즐기고 있으니까요. 이제 신비주의자들입니다…… 채찍을 휘두르며 온갖 고행을 하면서 말이지요, 하! 하! 하!"

"한가지 좋은 생각이 있는데." 돈 알바로가 말했다. "우리가 한번 시도해봅시다. 명문대가 회원의 여식들이 올지 안 올지 미리 알아보도록 합시다. 그녀들이 온다면, 분명히 다른 여자들도 줄줄이 사탕처럼 따라올 겁니다. 모든 예수회 신부들과 이 세상의 맨발 수도사들의 뜻을 거스르면서 말이지요."

"좋아요! 좋습니다!"

"자, 얼른 실행으로 옮깁시다. 실행으로 옮기자고요."

각자 자기가 데려올 수 있는 사람들을 얘기했다.

포하의 빈정거림에 매우 마음이 상했던 낀따나르는 이 말을 하지 않을 수가 없었다.

"여러분, 내 아내를 데려오겠습니다. 춤은 추지 않겠지만 큰 역할을 할 겁니다.”

“오! 엄청난 수확입니다!” 한 회원이 말했다. “도냐 아나가 오신다면 훌륭한 모범이 될 겁니다. 그녀가 칩거생활을 한 지 꽤 오래되었으니까요…… 오! 훌륭한 모범이 될 겁니다.”

“정말 그럴 겁니다. 판사 부인이 참석한다는 소문을 냅시다. 그러면 최고의 사교계가 모두 모일 겁니다.”

“낀따나르 씨.” 전직 시장이 말했다. “부인을 모시고 오면…… 당신을 카지노 우수회원으로 공포하겠습니다.”

“아내는 올 겁니다…… 포하 씨, 우리 집에서는 내가 살짝 운만 떼워도 승인된 법령이나 다름없습니다……”

그러고는 낀따나르는 이사회에 참석한 것을 후회하며 집으로 돌아왔다.

지키지도 못할 말을 왜 했을까?

그렇지만 한번 내뱉은 말은 지켜야 했다.

낀따나르는 켐피스를 읽지 않은 지 한참 되었다. 이제는 끔찍했고 지옥을 생각하지 않은 지도 꽤 되었다. 구원을 받기 위해서는 믿음 이외 착한 행동이 필요하다는 신념과 일어날 때나 집에서 나갈 때, 잠자리에 들 때 십자성호를 긋는 습관만이 한때의 믿음이 남긴 흔적이었다. 그는 다시 깔데론과 로뻬에게 돌아왔다. 그 어느 때보다 열심이었다. 낀따나르는 서재나 방에 틀어박혀, 거의 항상 손에 칼을 쥐고 가장 유명한 희극들의 위대한 ‘이야기’들을 낭송했다. 성탄 전날 밤 그러고 있을 때 그의 아내가 들이닥친 거였다. 물론 그는 전혀 눈치채지 못했다. 사실 저녁식사를 너무 많이 해서 자기 나름의 방식으로 예수의 탄생을 축하하던 참이었다.

그의 믿음이 저 멀리 날아갔거나 자기도 찾을 수 없이 영혼 깊숙한 곳에 꼭꼭 숨었다 하더라도, 그는 다른 사람의 믿음을 존중했다.

물론 아내는 이제 성녀가 되려고 하지 않아. 그가 슬슬 공격을 준비하며 자기 자신에게 말했다. 예전처럼 그녀의 믿음을 존중해. 하지만 이제는 두렵지 않아. 이제 그녀도 다른 여자들처럼 열렬한 신도일 뿐이야. 9일기도, 미사, 신심 단체, 성지 순례…… 하지만 이제는 틀어박혀 지내지 않아. 내가 무서운 건 피뢰침처럼 집 안에만 틀어박혀 있는 거야. 자 이제 용기를 내서 말해봐야지……

그러고는 얘기를 꺼냈다. 점심식사를 마친 후 바로 얘기했다. '자기네 집이 새로운 파라과이가 되는 걸 원치 않는' 단호한 남편마저 깜짝 놀라게 아내는 생각했던 것만큼 완강하게 버티지 않았다. 금세 굴복했다. 그러나 그는 자신의 단호함 때문이라고 생각했다. 내가 포기하지 않을 거라는 걸 알고 고집 부리지 않은 거야.

도냐 뻬뜨로닐라의 집에서 아나가 총대리신부에게 상의했을 때는 이미 남편에게 허락한 뒤였다. 하지만 총대리신부가 'non possumus'[1]라는 입장을 주면 바로 철회할 생각이었다.

아나의 마음만 제외하고는 모두 해결되었다. 그녀는 계속 마음이 편치 않았다. 오래 버티지도 않고 왜 가겠다고 한 것일까? 무도회에는 뭐하러 간단 말인가? 남편의 뜻을 따르기 위해. 그건 분명해. 하지만 몇달 전만 해도 남편 뜻을 따르지 않을 게 확실했는데 왜 지금에 와서 따르는 거지?

아나는 알 수가 없었다. 그리고 알고 싶지도 않았다. 그녀는 더이상 자신을 괴롭히고 싶지 않았다.

무도회와 자기가 무슨 상관이란 말인가? 성자와 다름없는 페르

---

1 불가(不可). 청원, 요청에 대한 교황의 거부를 표명하는 표현.

민 신부와 한 형제인 자기에게 비좁고 기다란 카지노 살롱에서 베뚜스따의 무료한 여자들이 춤을 추든 말든 그게 무슨 상관이란 말인가? 아무 상관도 없었다. 아무 상관도.

아나는 하녀에게 머리를 맡기는 동안 그런 생각을 하였다. 그녀는 목 부위까지 올라오는 짙은 색 드레스에서 살짝 보이는 하얀 피부 위로 드러난 다이아몬드 십자가를 양손으로 잡았다.

부인들을 맞이하는 임무를 맡은 론살은 낀따나르 부부가 현관 쪽에서 모습을 보이자, 얼른 달려나가 판사 부인에게 팔을 내밀었다. 어느 팔? 오른팔. 확실하게 오른팔. 그는 생각했다. 하지만 빠꼬 베가야나가 바로 그때 들어오던 올비도 빠예스에게 오른팔이 아닌 왼팔을 내미는 것을 보고 그의 상심은 이만저만이 아니었다. 어찌 됐든 그는 자기 파트너와 함께 바로 의기양양하게 살롱으로 들어섰다…… 아나의 승리에 동참할 수 있는 시간은 충분했다. 대화가 중단되었고, 사람들의 시선이 이딸리아 여자의 딸에게로 일제히 향했다. 놀라서 수군거리는 소리가 사방에서 들려왔다.

"판사 부인이야!"

"판사 부인!"

"누가 상상이라도 하겠어!"

"불쌍한 총대리신부!"

"정말 아름다워!"

"하지만 정말 수수해!……"

이 탄성은 옵둘리아의 탄성이었다.

"정말 수수하지만 정말 아름다워!……"

"의자에 앉은 성모마리아……"

"나팔총이 말했듯이, 밀로의 비너스야."

이 말은 호아낀 오르가스가 했다.

바르까사 남작이 말했듯이, 귀족사회는 '사교계의 돌아온 여탕아'를 끌어안기 위해 문을 활짝 열었다. 남작은 부인과 딸들이 있는데도, 예전에 아나를 깊이 사랑했었다.

여전히 파란 반짝이 옷을 입은 베가야나 후작 부인이 호두나무 등받이가 있는 진홍색 실크 의자에서 일어나 싫지 않은 안색으로 사랑하는 아나를 포옹했다.

"아나, 하느님께 감사해야겠네. 백번에다 한번 더 무시당하는 줄 알았는데."

또한 후작 부인은 아나가 무도회와 '쁘띠 엘리뜨 꼬미뜨'² 만찬에 참석해야 한다고 고집을 피웠다. 이 모든 프랑스어 사용은 돈 알바로가 들여온 거였다.

"정말 고상해, 아나. 정말이지 고상해!" 남작의 큰 여식 루데신다가 코맹맹이 소리로 판사 부인의 면전에 대고 말했다. 돈 사뚜르니노 베르무데스에 따르면 루데신다는 '고딕 양식의 미모'였다. 실제로도 그녀는 고딕 양식의 탑을 닮았다. 그러나 후작 부인은 그녀가 상반신의 곡선, 특히 목 부위의 곡선 때문에 '장기판의 말'을 닮았다고 했다.

더 낮은 계급에서는 루데신다와 두 자매를 '세 불행'이라 불렀고, 아버지 바르까사 남작에게는 '유동성 채무 남작'의 타이틀을 붙였다. 빚과 작위를 결합시킨 것이다.

소작료를 많이 거둬들이는 이 가족은 거의 일년 내내 마드리드에서 지냈으며, '아이들'(막내가 26세였다)은 베뚜스따 사람들 앞

---

2 소수 정예 모임이라는 뜻.

에서는 자기네들을 에워싸고 있는 모든 것들을 무시한다는 사실을 숨기려고 노력했다. 그들은 비시따와 귀족 친척인 옵둘리아가 특별대우를 받으며 들락거리는 귀족들의 써클 안에 있었다. 중간 계층의 처자들은(베뚜스따에서는 도지사와 그 가족이 귀족에 포함되었다) 남작의 딸들과 다른 젊은 귀족 여자들의 가슴이 앙상하다며 무시받은 걸 어수룩하게 복수했다. 그런데 우연하게도 베뚜스따의 젊은 귀족 처자들은 거의 대부분 약골이었다.

아나는 베가야나 후작 부인의 옆에 앉았다. 그 공간에 있는 여자들 중에서 후작 부인이 유일하게 그녀에게 상냥했다. 그때 오케스트라가 리고동[3]의 시작을 알렸다.

오케스트라의 경고가 괜한 것은 아니었다. 바이올린과 비올라, 클라리넷, 플루트와 난해한 조화를 이루며 반주하고 있던 에라르 그랜드피아노 소리가 2분 만에 화음을 이루며 살롱 안을 압도했다. 다음날 뜨리폰 까르메네스는 『엘 라바로』에서 그 화음을 언급했다. 그는 남작의 둘째 딸에게 '은혜를 베풀 수' 있는지 감히 물었다. 파비올리따는 기분 나쁜 표정을 지었지만 아버지가 신호를 보내며 뜨리폰 까르메네스에게 '은혜를 베풀라고' 강요했다. 까르메네스가 감히 질문하면 그녀는 마지못해 단음절로만 대답했다. '유동성 채무 남작'은 신문 언론의 위력을 알았지만 그 딸은 그렇지 못했던 것이다. 이 커플 앞에 멋지게 차려입은 론살이 자리를 잡고 있었다. 그는 늠름한 나팔총이자, 위원회 의원이자, 카지노 이사회의 이사였다. 론살을 한껏 멋지게 보이게 하는 가슴의 레이스 장식은 더할 나위 없이 반짝거렸다. 그는 그 가슴 장식에, 마드리드의

---

3 rigaudon. 프랑스 남부 프로방스 지방에서 시작된 민속무곡.

연미복에, 굽이 없는 부츠에 자부심을 느꼈다. 그 부츠는 베뚜스따에서 볼 수 없는 최신으로 가장 '시크하다'고 사람들의 입에 오르내렸다. 그러나 그는 춤의 뮤즈인 '떼르씨꼬레의 예술'에 대한 지식과 재능에는 그렇게까지 만족스럽지 못했다(까르메네스가 사용하고자 했던 또다른 문장이었다). 나팔총 옆에는 파트너로 올비도 빠예스가 있었는데, 그녀는 그에게 눈길조차 주지 않았다. 하지만 그는 그런 것은 생각도 하지 않았다. 눈에 보이는 것처럼 자기가 박자를 놓치고 있다고만 생각했다. 앞에 까르메네스가 있었고, 그가 몸을 놀리기 시작했다. 나팔총은 그럴 만한 이유 없이 벌써부터 땀을 흘렸다. 그는 매 순간 오른손을 셔츠 목 부위에 집어넣었다. 그가 뭐든지 '머리를 걸고' 내기할 때마다 '나의 목덜미'라고 부르는 부위였다. 그에게는 그 동작이 매우 우아했고, 특히 시기적절했다. 빠예스의 딸이 우울하고 지겨운 표정으로 자신의 왕국은 이런 세상과 관련이 없는데도 론살이 지나치게 무례하게 자기를 무도회에 초대했다는 메시지를 전하는 동안, 론살은 실수하지 않고, 즉 아가씨들의 드레스나 발을 밟지 않으며 까르메네스의 유연한 동작을 한치의 오차도 없이 따라 하려고 오감을 총동원했다. 까르메네스는 시인으로서는 부족했지만 리고동은 매우 깊이있게 알고 있었다. 론살은 그를 한없이 질투했다. 빠예스의 딸과 남작의 딸은 서로 가깝게 마주하게 되자 신중하게 미소를 머금었다. 마치 이렇게 말하는 것 같았다. '하느님 맙소사!' 아니면 '우리 둘에게 유치찬란한 파트너가 생겼네!' 그러나 론살에게는 그녀들이 노래를 부르는 것처럼 보였다. 그는 가슴의 레이스 장식과 셔츠의 목깃, 연미복의 꼬리를 생각하고 있었다. 나팔총의 오른쪽에는 호아낀 오르가스가 있었다. 그는 자기 파트너와 쉬지 않고 대화를 나눴다. 상당한 부자이지만 게으른 중남미 출신 여자였다. 살롱이 비좁은데다 베뚜스따의 관습도 약간 느슨하여 커플들은 춤추지 않을 때면 자기네들 바로 뒤에 놓인 의자에 가서 앉았다. 앉을 데가 없어 앉지 못한 론살은 그것이 악습이라고 생각했고, 그건 사실이었다. 빠예스의 딸과 남작의 딸은 제대로 서 있지도 못했다. 리고동 동작 하나하나가 세상을 팽팽 돌리기라도 한 듯 그들은 자기네 의자에 가서 털썩 주저앉았다.

리고동 다음에는 왈츠곡이 흘러나왔다. 론살은 궐련을 피우기 위해 밖으로 나왔다. 그는 왈츠를 추지 못했으며, 배운 적도 없었다. 살롱의 문마다…… 연미복을 입지 못한…… 회원들이 잔뜩 서 있었다. 베뚜스따에서는 연미복이 '일정 지위'를 말해주었다. 많은 '샌님들'은 그 의상에 몬떼끄리스또 백작의 재산 정도가 필요하다고 생각했다.

정장무도회라서 베뚜스따의 꽃인 청춘들은 문가에 남아 있었다. 몇몇 사람들은 그곳에서 팽이처럼 '아무 소용없이' 빙글빙글 맴도는 우스꽝스러운 즐거움을 애써 무시하는 척했다…… 또 몇몇 사람들은 여유와 회의론을 과시했다. 그들의 주장은 자기네는 연미복과 어울리지 않았다. 그리고 좀더 솔직한 몇몇 사람들은 예산 부족을 솔직하게 털어놓고, 사교계에서 무리하게 요구한다고 불평했다…… 그러면서 '마지막 시간'을 위해 자제했다. 론살의 반대에도 불구하고, 마지막 시간이 되면 프록코트 입은 사람들과 재킷을 입은 사람들, 점퍼를 입은 사람들까지 모두 함께 춤을 추었다. 이런 불행이 또 어디 있겠는가!

연미복과 챙 높은 실크모자 등 필요한 것은 고루 갖춘 사뚜르니노 베르무데스가 약간 뒤늦게 살롱에 도착했다. 그는 한쪽 문 앞에

서서…… 떨고 있었다. 어떻게 할 수가 없었다…… 그에게는 엄숙한 날 살롱에 들어간다는 데 대양에 다이빙하는 것과 다름없는 감동을 느꼈다. 그리고 실제로도 누군가 그를 지켜봤다면, 그가 바닷가에 있다고 말할 수 있을 정도였다. 베르무데스는 연미복이 없어 부러워하는 사람들의 농담에 매우 정중한 미소로 화답했다.

"자, 어서요. 얼른 뛰어드세요…… 용기를 내세요!"

"아, 네…… 네…… 그러니까…… 이제 갑니다……"

그러고는 그는 장갑을 꽉 쥐고 넥타이 끈을 매만지고는 손수건이 제자리에 있는지 확인했다. 그러고는…… 폼이 넉넉한 셔츠 깃을 손가락 두개로 잡아당겼다. 그러고 마지막으로…… 하나…… 둘……(둘에 손가락으로 머리를 매만졌다. 자기 머리가 신병의 머리 같다는 것도 기억하지 못했다.) 이러한 자동적인 동작이 끝난 다음에는…… 머리서부터 물로 뛰어들 때 매우 흔한 동작을 취하고 나서 …… 물로 뛰어들었다! 베르무데스는 좌우로 인사를 건네며 살롱으로 들어갔다. 그곳에 누가 있는지 알아보려는 것이 목적이었지만 '내심으로는' 팔걸이 의자나 구석자리의 소파의 한쪽이 자기가 찾는 거라는 것을 잘 알고 있었다. 그에게는 그것이 '큰 세상'이라는 험난한 바다 항해의 항구와도 같았다. 하지만 그는 조금씩 물에, 그러니까 살롱에 익숙해졌고, 이제 아주 침착해졌다. 그는 춤을 추며, 아무도 고마워하지 않는 너무 길고 복잡한 말들을 건넸다.

아나는 처음에는 졸렸다. 12시였다. 그녀는 자기 눈앞에서 벌어지고 있는 일들 이외에는 아무 생각도 하지 않았다. 더 깊이 생각하고 싶지 않았다. 그녀는 카지노로 들어가면서 자기 자신에게 물었다. 돈 알바로가 다가와서 인사를 건넬까? 그러자 두려움이 생기면서 집으로 돌아가기 위해 꾀병을 부리고 싶은 마음이 들었다. 하지만 그 생각은 접었다. 알바로가 그곳에 나타나지 않았던 것이다. 후작 부인은 작은 앵무새처럼 수다를 떨었고, 아나는 미소로 답했다…… 그런데 그때 갑자기 은행 직원의 아내 비시따가 나타났다. 위아래로 꽃무늬가 그려진 매우 얇고 투명한 하얀 무명옷을 입고 나타났다. 가슴이 과하다 싶게 깊이 파였다.

"아주 요란하게 하고 나타나셨군." 후작 부인이 비시따에게 말했다. 후작 부인은 웃음을 참기 위해 비시따에게 입을 맞추면서 그녀의 얼굴을 살짝 깨물었다.

비시따는 후작 부인이 바라보는 쪽을 보려고 노력하면서 주저 없이 대답했다.

"어휴! 별로 안 그런 것 같은데! 하지만 이상할 것도 없어요. 거울 볼 시간도 없었거든요…… 그 악마 같은 자식들 때문에! 기력도 없고, 애들 눈속임할 줄도 모르는 애아빠가!…… 내게서 애들을 떼어놓을 수가 없었어요. 그런데 아나, 이게 뭐야? 당신이 여기에? 하지만 맙소사 왜 이렇게 흉측하게 입고 왔어! 이게 뭐야? 웬 면죄부야!"

비시따가 그 말을 건넬 때는 이미 판사 부인 앞에서 양팔을 벌린 채 서로의 무릎이 맞닿을 정도였다.

서 있던 그녀가 몸을 뒤로 젖혔다.

30분 후 비시따는 발코니의 커튼 뒤로 살짝 숨어 판사 부인에게 이야기를 들려주었다. 아나는 친구가 숨어 있는 구석으로 몸을 돌려 그녀가 들려주는 이야기에 귀를 기울였다.

무도회는 흥이 올랐고, 우열을 가리기 힘든 귀족과 평민의 냉랭하고 비이성적인 매너에 대한 악담과 황당한 불신은 자유분방함과 열정들에 자리를 내주었다. 이제 빠예스의 딸에게 론살은 '촌스러운 남자'가 아니라 그냥 남자로 보였다. 남작의 딸들은 인간적이되었고, '중간계층'의 젊은 여자들은 귀족들을 험담하던 걸 잊어버리고 즐거운 분위기만을 생각하며 열광적으로 무도회에 빠져들었다. 향수 냄새가 강렬한(어쩌면 지나친) 분위기 속에서 자기네의막연한 열망을 채울 수도 있는 낯선 알코올을 간절히 마시고 싶어하는 것 같았다. 빈약한 차림의 여자들도 얼굴만 예쁘면 빈약하게입은 것처럼 보이지 않았고 이제 '무도회의 여왕'이나 '최고의 드레스' '가장 값비싼 보석'은 잊었다. 청춘은 청춘을 찾았고, 그곳에서는 뭔가 사랑의 기운이 날아다녔다. 이제는 불꽃이 이글거리는눈빛과 불가능을 감지하는 나른한 미소, 모두를 위대하게 만드는극적인 질투가 감지되었다. 아주 정숙한 여자나 용수철 인형처럼뻣뻣한 여자들마저 남자들로 하여금 개성없는 차림과 인위적이고퉁명한 태도 밑에 숨겨진 여자를 생각하게 만들었다.

아나는 새벽 2시에 앉아 있던 의자에서 처음으로 일어나 춤곡이 잠깐 멈춘 틈을 타서 살롱을 한바퀴 둘러보았다. 비시따는 조용히 사려깊게 동행하며 방금 자기가 한 일에 흡족해했다. 지난여름 초부터 지금까지 있었던 돈 알바로의 이야기를 아나에게 들려주었던 것이다. 비시따의 눈과 뺨에서 불꽃이 튀었다. 자신의말솜씨로 거둬들인 승리를 음미했다. 아나는 친구의 말에 깊은 충격을 받고 제대로 시치미를 떼지 못했다. 돈 알바로가 장관 부인의 정조를 꺾었다니. 여름 내내 팔로마에서 그녀의 연인이었다니…… 그러고 나서 장관 부인을 속이고 마드리드로 따라가지 않았다. 이것이 이야기의 요점이었다. 아나는 그 말 한 마디 한 마디를 모두 기억했다.

"알바로가 나에게 모두 얘기했어요." 비시따가 말했다. "알바로와 내가 서로 믿고 터놓는 사이라는 거, 잘 알잖아요. 그래서 내가 그에게 물었지요. '하지만 대체 무슨 마음으로 그렇게 아름답고, 그렇게 영향력이 있는, 그리고 당신이 말한 것처럼 그렇게 똑똑한 여자를 놔두고 온 거예요? 왜 그녀를 따라 마드리드로 가지 않았어요?'"

"알바로가 매우 슬픈 표정으로 나에게 대답했어요. 그렇게 얘기할 때 그가 어떤 표정을 짓는지 잘 알지요? 그가 나에게 이렇게 대답했지요. '글쎄…… 애정행각은 여름으로 충분하지요. 겨울은 진정한 사랑을 위한 거구요. 게다가 당신이 말하는 것처럼 장관부인은 모든 매력에도 불구하고, 내가 원하는 것을…… 잊게 하지…… 못했어요. 그건 당신이 알 바 아니고.' 그가 한숨 쉴 때 어떤지 자기도 알지요? 그렇게 한숨을 쉰 다음에 돈 알바로가 덧붙였어요. '베뚜스따를 떠나는 것? 아아, 안되지. 그건 안되지……' 아유, 소름이 돋는 듯 그가 한번 몸서리를 치더라고. 내 명예를 걸고 하는 말이에요. 특별 공천이 하나 나왔다고 하더라고. 그가 미소를 지으려고 애쓰며 말했지요. '훌륭한 한직입니다…… 꽤 입맛이 당기는 자리지요…… 하지만 아아!…… 내가 사슬에 묶여 있으니…… 그리고 그 사슬을 물어뜯는 대신 입을 맞추고 있으니……' 그러고는 그가 내 손을 꽉 잡더니 황급히 자리를 뜨더라고. 우는 모습을 나에게 보여주려고 하지 않았던 것 같아요."

이것이 비시따가 털어놓은 비밀 이야기의 골자였다. 아나는 좌우로 인사를 건네며 많은 지인들과 얘기를 나눴다. 하지만 돈 알바로의 고백 이외에는 아무 생각도 할 수가 없었다. 그날밤 아나의 출현이 카지노에 불러일으킨 엄청난 효과는 사실로 입증되었다.

지금, 지금 당장, 그녀가 돌아다니고 있는 동안 절제된 칭찬이, 얼빠진 감탄이…… 진심 어린 기분 좋고 신중한 말들이…… 달콤한 소리가, 모든 소리들 중에서도 가장 달콤한 소리가 들려오고 있었다. 비시따가 이야기에서 암시한 것처럼 돈 알바로가 그렇게 사랑에 빠져 있지 않을 이유도 없지 않은가?

"아나!" 비시따가 갑자기 판사 부인을 돌아보며 말했다. "그 사슬이 누구일까요?"

"무슨 사슬?" 아나가 떨리는 목소리로 물었다.

"아이, 돈 알바로를 꽉 붙잡고 있는 사슬 말예요. 그를 진심으로 사랑에 빠뜨린 여자 말예요. 아휴, 엉큼하긴! 반드시 그 댓가를 치러야 해…… 하지만 누구일까?"

"내가…… 어떻게…… 알겠어요."

"자기가 한번 물어봐요."

"하느님 맙소사."

"유부녀인 게 분명해."

"맙소사!"

"저기, 내가 오늘밤 그를 자기 옆에 앉힐게요. 만찬이 끝난 다음에 한번 물어봐요…… 직접 한번 물어보라니까요……"

"비시따! 당신 미쳤어요……"

"하하하, 저기 있네…… 저기 그 사람이 있어…… 이제 곧 나에게 얘기해줘요……"

비시따가 아나의 팔짱을 풀고 사람들 사이로 모습을 감췄다. 살롱이 비좁아 사람들 사이를 지나다니기가 매우 힘들었다.

판사 부인은 바로 앞에서 남편의 팔짱을 끼고 있는 돈 알바로를 봤다. 남편은 그와 절대 떨어지지 않는 절친한 사이였다.

돈 알바로의 연미복과 넥타이, 가슴가리개, 조끼, 바지, 셔츠는 다른 사람들의 것과 완전히 달랐다. 아나는 무의식적으로 이를 보았다. 전에는 아무 생각을 하지 않았지만 이번에는 그게 눈에 들어왔다. 낀따나르를 포함해 그곳에 있던 사람들 모두 정장을 차려입은 하인들 같았다. 모두 종업원처럼 보였고, 돈 알바로만 유일하게 귀족으로 보였다. 어찌 됐든 돈 알바로는 멋있었다. 연미복도 최고였다. 모든 면에서 아름다웠고, 그의 거만한 모습이 모두를 압도했다. 그곳 무도회장에서, 거의 머리가 닿는 샹들리에 아래에서, 그는 어느 때보다 우아하고 늠름하고 멋져 보였다. 감춰진 강렬한 관능미가 활활 타올라 흥이 오른 무도회는 가엾은 아나가 꿈에서 수없이 보았던 그 남자를 배경으로 그린 그림 그 자체였다.

돈 알바로가 안색이 창백해져 감정을 감추지 못한 채 우아하게 몸을 숙이며 수줍은 듯 한쪽 손을 내미는 동안 아나의 머릿속으로 이 모든 장면들이 스치고 지나갔다.

아나는 곧바로 자기를 유혹하려는 적의 손길을 느꼈다…… 보들보들한 가죽장갑 아래로 부드러우면서도 강렬한 느낌이 전해졌다. 아나는 가슴이 철렁 내려앉으며, 차갑게 요동치는 급류가 갑자기 배 속으로 들이닥친 기분이었다. 양쪽 귀가 윙윙거렸으며, 그녀에게 무도회장은 갑자기 새롭고 낯선, 뿌리칠 수 없는 아름다움과 악마와 같은 유혹이 넘치는 파티로 바뀌었다. 그녀는 정신을 잃을까봐 두려웠다…… 그리고 자기도 모르게 돈 알바로의 팔짱을 꼈다…… 그러고는 요란한 색상의 치마들과 검은 옷이 일으키는 소용돌이 속에서 멀리서 들리는 바이올린의 감기 걸린 듯한 나무 소리와 요란한 쇠 소리가 그녀에게는 관능적인 음악처럼 들려왔다. 살롱 밖으로 끌려나가는 기분이었다. 후작 부인이 소리 질렀고,

옵둘리아가 깔깔거리며 웃었고, 남작 딸의 그렁그렁한 목소리가 들려왔다…… 그리고 그뒤로 첫 왈츠곡이 흘렀다.

자기를 어디로 끌고 가는 거지? 만찬장으로 가는 길이었다.

"저녁식사 하러 가는 거야, 여보." 긴따나르가 그녀에게 귓속말로 말했다. "아나, 거절할 생각은 절대 하지 마…… 엄청난 무례가 될 테니!"

베가야나 후작 부인과 후작 부인의 모임, 바르까사 남작의 일행, 뻬뻬 론살이 열람실에서 저녁식사를 했다. 모두 론살의 작품이었다. 론살을 초대하십시오, 그러면 허영심이 기꺼이 기적을 이뤄낼 테니까요, 돈 알바로가 말했다. 실제로 론살은 이사회의 직분을 남용해, 그곳에 최고의 레스토랑을 차렸다. 열람실을 급습해 탁자 위의 신문들을 치우고 식탁보를 깐 다음, 열쇠로 문을 잠갔다. 종업원들은 책장 근처의 비상구로 드나들게 하고는, 그곳에 베뚜스따 최고의 상류층과 자기네 측근과 친한 지인들만의 만찬을 열었다. 옵둘리아는 처음부터 론살의 노력과 수고를 칭찬하는 임무를 맡았고, 그는 좋아 어쩔 줄 몰라했다. 모든 귀부인들은 그곳을 잠가둔 능력과 진수성찬인 식탁을 칭찬했다. 그의 동물적인 눈이 반짝했지만 움직이지는 않았다. 옵둘리아가 그를 자기 곁에 앉혔다. 그날 밤 론살은 행복했다!

아나는 후작 부인과 돈 알바로 사이에 앉았다. 앞에 앉은 긴따나르는 약간 기분이 들떠 비시따를 사랑하는 척하며 자기가 존경하는 시인들의 시를 낭송했는데 지겨울 정도로 여러차례 반복했다.

배은망덕한 짐승, 내 자신을 증오하기 위해
내가 무슨 죄를 저지른 거지?

신이시여, 내 자신보다 당신을
더욱 사랑하게 하옵소서.[4]

"하느님과 일만일천 천사의 이름으로 제발 부탁하건대, 낀따나르, 입 좀 다무시지요." 후작 부인이 말했다.

하지만 그는 비시따에게 바친다면서 계속했다.

내 사랑, 결국 나는
나도 없고, 신도 없고, 당신도 없이 되었소.
내가 당신을 가지지 못해 당신이 없는 거지.[5]

결국 비시따가 양손으로 그의 입을 틀어막았다.

"스캔들! 스캔들이야!" 비시따가 소리 질렀다.

'유동성 채무 남작'의 딸들은 미소를 머금으며 서로 바라보았다. 후작 부인의 사교모임은 정말 훌륭하군! 이렇게 말하는 것 같았다.

한편 후작이 남작에게 말했다.

"편한 사람들끼리 있으니……"

"오, 완벽해요! 완벽합니다!"

그리고는 바르까사 남작은 혼자 있던 뚱뚱한 귀족부인 옆의 의자를 찾았다.

빠꼬는 에델미라 사촌누이를 다시 베뚜스따로 불러서 '최고의

---

4 후안 루이스 데 알라르꼰(Juan Ruiz de Alarcón, 1580~1639)의 『벽에도 귀가 있다』 (*Las paredes oyen*)의 1장 6막 중에서.

5 로뻬 데 베가(Lope de Vega, 1562~1635)의 『복수 없는 벌』(*El castigo sin venganza*) 의 2장, 1916~18행.

사랑을 베풀고 있었다.' 사촌누이에게 장난치는 것은 나쁜 짓이라 후작 부인은 영 마땅치 않았다.

호아낀 오르가스가 후식이 나올 때 '플랑드르풍'으로 노래하기로 약속했다.

만찬은 단출했지만 훌륭했다. 푸짐한 요리들과 훌륭한 보르도 포도주, 맛난 샴페인이 나왔다. 후작의 말처럼 처음에는 바다와 후추가 나오고, 나중에는 판타지와 알코올이 나왔다.

남작 가족을 위시한 모든 사람들은 밖에서 계속 춤추며 당구대 위에 써빙해놓은 아이스크림에 만족해야 하는 평민층을 비웃었다.

가끔 바깥쪽 문에서 노크 소리가 들려왔다.

"누구세요?" 론살이 칭찬에 고무되어 호기롭게 소리 질렀다.

"내 외투…… 커피색인데 그 방에 내 외투가 있어요."

"하하하." 안에 있던 사람들이 반응했다.

"그거 끓고 있는데!" 미소를 띠며 천장을 바라보고 있던 남작의 딸에게 호아낀 오르가스가 말했다.

"그렇지, 끓고 있지. 하지만 다 베뚜스따의 규범에 맞게 끓고 있지요." 후작이 남작에게 말했다. 남작은 이미 얼굴이 토마토처럼 벌게졌는데 뚱뚱한 부인 옆으로 점점 더 다가갔다.

후작 부인은 졸렸지만 그런 농담을 재미있어했다.

"늘, 이래야 하는데." 그녀가 베르무데스에게 말했다. 그는 분위기를 깨지 않으려고 술에 취하기로 작정했다. "이 촌동네는 갈수록 더 따분해요. 그렇죠, 젊은 양반?"

"아, 네…… 네…… 그게……" 베르무데스는 곧바로 샴페인 한 잔을 마셨다. 젊은이라는 말이 기분 좋았다.

후작 부인은 엉뚱한 장난이 떠올랐다. 한때는 모든 사람들을 현기증 나게 했던 눈으로 베르무데스를 뚫어져라 바라보자는 생각이었다. 어쩌면 졸리고 몽롱해져 떠올린 장난일 수도 있었다.

"왜 당신은 결혼 안해요?" 후작 부인이 진지하면서도 우울한 듯 물었다.

베르무데스는 후작 부인의 시선을 마주 보다가, 그녀의 나이가 쉰살이라는 걸 잠시 잊었다. 그가 한숨을 내쉬었다…… 그러고는 곧바로 샴페인이 입천장까지 밀고 올라와, 기침하며 낯빛이 거의 흑색이 되었다. 숨이 막힌 듯했다. 후작 부인이 그의 등을 다독거려 줘야 했다.

베르무데스가 다시 정신을 차렸을 때, 후작 부인은 두 눈을 감고 있다가 판사 부인과 돈 알바로를 바라볼 때만 가끔씩 떴다.

베르무데스가 잠깐 꿈꿨던 노년의 로망스는 그렇게 금방 망가졌다. 그는 후작 부인과의 관계를 세상 사람들에게 설명하려고 니농 드 랑끌로[6]까지 생각해뒀는데!

한편 돈 알바로는 아나가 이미 비시따에게서 들은 이야기를 설명했다. 물론 전혀 다른 방식이었다.

판사 부인은 그해 여름 재미있게 보냈냐고 묻고 싶은 유혹을 뿌리치지 못했다.

돈 알바로는 그 질문에서 활짝 열린 하늘을 보았다.

그는 '흥미있는 사람처럼 보일' 줄 알았으며, 아나가 대상이라면 누워서 떡 먹기였다. 그녀는 매일 그를 보지 않았는데도, 그에게서 악마와 같은 매력을 발견했다.

---

6 니농 드 랑끌로(Ninon de Lenclos, 1616~1705). 17세기 프랑스 사교계를 주름잡던 여성. 상당한 지식과 재능으로 당대 지식인들과 교류했고, '살롱의 여왕'으로 불린다.

시끄러운 소음, 불빛, 환호성, 자극적인 식사, 와인, 커피…… 분위기, 모든 것이 의지를 무기력하게 만들며 나른함과 관능적인 본능을 깨웠다…… 아나는 금방 도덕적으로 질식해버릴 것만 같았다. 그녀는 자기 의지와 상관없이, 그 모든 세속적인 쾌락과 무도회장의 만찬이라는 유혹 속에서 강렬한 즐거움을 느꼈다. 다른 사람들에게 무도회란 이미 닳고 닳은 즐거움이었다. 그런데 그녀는 로맨틱하고 품위있으면서도 음란한 분위기까지 더해진 기분을 느꼈다. 그리고 그곳에서 그녀는 유혹에 맞서 싸워야 했다. 새로운 피부의 예민함과 섬세함은 모든 감각을 받아들였다. 모두 그녀의 배 속 깊숙이까지 느껴졌고, 그녀에게는 모든 것이 새로웠다. 와인의 향에서, 그뤼에르 치즈의 맛에서, 미세한 샴페인 방울에서, 눈망울 그림자에서, 심지어 론살의 까만 머리카락과 대조적인 창백하고 약간 그을린 이마에서…… 모든 것에서 그날밤 아나는 아름다움과 신비스러운 매력, 내면의 가치, 사랑스러운 표현을 느꼈다……

"아나의 얼굴이 아주 빨간데!" 빠꼬가 비시따에게 나지막하게 속삭였다.

"당연하지, 알바로가 바로 옆에 있으니. 그리고 또 한편으로는……"

"또 한편으로는?"

"또 한편으로는…… 지금 내 골치를 지끈거리게 하는 그녀 남편의 멍청한 소리 때문에."

사실 시가 아무리 좋다고 해도 낀따나르가 너무 오래 낭송해 참을 수가 없을 정도였다.

알바로는 판사 부인을 살롱에서 본 순간 가슴이 두근거렸다. 갑자기 창백해진 얼굴, 그 얼굴이 그날밤 자기 것으로 만들 모험을 걸어도 될 순간이 왔다는 걸 알려주었다.

그녀를 정복하겠다는 생각은 단 한번도 포기한 적이 없었다.

천부당만부당! 하지만 아나의 마음속에 자기가 에로틱한 신비주의라고(생각하면 이 모든 것과 마찬가지로 조잡한 신비주의였다) 이름 붙인 그것이 자리 잡고 있는 동안에는 한발짝도 앞으로 나갈 수가 없었다. 그래서 일단 뒤로 물러나 호기가 올 때까지 기회를 엿보며 진지를 철수한 거였다. 게다가 그는 자신의 부재, 장관 부인과의 사랑 이야기, 일부러 보여주는 무관심, 이런 것이 오히려 자신의 발판을 다지는 거라고 생각했다.

물론 저 요새가 전투적인 교회인간에게 항복하지 않았다는 것을 전제하는 말이다. 총대리신부가 요새의 주인이라면 나로서는 아무것도 기대할 게 없지. 게다가 승리의 가치도 크지 않고.

그는 기회를 찾지 않았는데, 그날밤 기회가 알아서 찾아왔다. 판사 부인이 그의 옆자리에 앉은 것이다. 그렇다면 진도를 나가도 되었다. 맨 먼저 알아보고 싶은 것은 '다른 남자'였다. 총대리신부가 그녀를 지배하고 있는지 알고 싶었다.

돈 알바로는 자기 이야기에서 역사적 진실을 살짝 바꿔야 했다. 판사 부인에게는 유부녀와의 사랑을 솔직하게 말할 수가 없었다(아나는 너무 뒤처져 있었다). 하지만 최선을 다해, 자기는 많은 남자들이 탐내는 그 여자의 열정을 무시했다는 사실을 알려주고자 했다. 왜냐면⋯⋯ 왜냐면⋯⋯ 그에게는 사랑이 자기 영혼 위로 형벌처럼 떨어진 이후에는 사랑이 여흥거리가 아니었기 때문이다.

돈 알바로가 그 얘기와 다른 얘기들을 그런 식으로 향수를 뿌린 소설처럼 들려주는 동안 아나의 얼굴은 총대리신부가 마음의 주인이 아니라는 사실을 베뚜스따의 멋쟁이에게 알려주었다. 그러나 인간을 해부하면 심장 말고도 많은 신체기관들이 있듯이 돈 알바로는 그것에 만족하지 않았다. 그는 생각했다. 아나가 나를 사랑한다고 가정해도, 나약한 육신이 내게서 대용품을 찾는 건 아닌지 알아야 해.

돈 알바로는 환상을 갖지 않았다. 갈수록 더욱 확고해지는 그의 철학이 그에게 이러한 물질적이고 조잡한 겸손을 강요했다.

아나는 돈 알바로의 한쪽 발이 자꾸 자기 발을 스치고 가끔은 지그시 누르는 게 느껴졌다. 그 접촉이 어느 순간 시작되었는지 기억은 나지 않았다. 그러나 그 감촉이 신경 쓰이면서 강렬한 신경발작 비슷한 두려움을 느꼈다. 그러나 너무 강렬한 육체적인 쾌락과 뒤섞인 두려움이었으며, 그녀의 삶에서 그와 똑같은 두려움은 기억나지 않았다. 그 두려움, 공포는 공원 철책 옆에서 뜨라스라세르까 거리를 지나던 돈 알바로를 보았던 그날밤 느꼈던 두려움과 비슷했다. 그러나 쾌락은 새로운 느낌이었다. 완전히 새롭고, 너무 강렬했다. 이미 범죄, 파멸, 타락이라고 믿고 있던 것에 사슬로 묶이는 기분이었다.

돈 알바로는 기분 좋게 우수에 젖어, 친근하면서도 달콤하고, 부드러우면서도 암시적인 열정으로 사랑에 대해 은근슬쩍 언급했다. 그는 그다지 눈에 띄게 중요하지 않지만 아나도 기억하는 많은 사건들을 상기시켰다. 아나는 아무 말 없이 듣고만 있었다. 발들도 계속 대화를 지속했다. 송아지 가죽이기는 하지만 분명히 시적인 대화였다. 강렬한 느낌이 닿을 때의 건조한 느낌이 위대하고 근사했다.

아나는 돈 알바로와 가볍게 신체접촉을 하며 쾌락을 느끼기는 했지만 간신히 힘을 내서 떨어져 앉았다. 그런데 그 순간 더 큰 위험이 모습을 드러냈다. 멀리 살롱에서 음악 소리가 들려왔던 것이다.

"춤춰요! 춤춰요!" 빠꼬와 에델미라, 옵둘리아와 론살이 소리 질렀다.

중산층 속물들과 따로 떨어져 최고의 사람들끼리만 모인 식사 자리에서 은밀한 무도회를 열다니! 나팔총이 볼 때 천국이 따로 없었다.

음악소리가 잘 들릴 수 있도록 문을 살짝 열어두고, 식탁은 한쪽 구석으로 밀어놓았다. 그리고 커플들은 있던 자리에서 제대로 움직이지도 못한 채 서로 압박하며 즉흥적인 무도회를 열었다.

낀따나르가 소리 질렀다.

"아나! 춤춰! 알바로! 당신이 아나를 잡아줘요……"

사람 좋은 낀따나르는 독재의 의무를 태만히 하지 않았다. 돈 알바로가 판사 부인에게 팔을 내밀었다. 그녀는 거절할 용기를 찾았지만 찾지 못했다.

아나는 폴카는 거의 잊어버렸다. 돈 알바로가 그녀를 공중으로 납치하듯이 이끌었다. 그는 부드러운 곡선을 그리는 탄력있는 뜨거운 몸이 자기 품 안에서 떨고 있는 게 느껴졌다.

아나는 아무 말도 하지 않았다. 보이지도 들리지도 않았으며, 불과 같은 쾌감만 느껴졌다. 뿌리칠 수 없는 강렬한 기쁨에 너무 놀랐다. 그녀는 죽은 사람처럼, 대재앙처럼 끌려다녔다. 그녀 안에서 순결, 믿음, 수치심, 뭔가가 박살나는 기분이었다. 자기가 타락했다는 생각이 막연하게 들었다……

한편 카지노 회장은 자기 품 안에 있는 그 육체적인 아름다움의 진수를 애무하면서 욕망을 느끼며 생각했다. 내 거야! 총대리신부는 비겁한 작자인 게 분명해! 아나는 내 거야…… 이 불쌍한 여자가 느끼는 첫 포옹이야. 아아, 그랬다. 그것은 거짓 포옹이고, 위선적이고 정치적인 포옹이었다. 하지만 아나에게는 포옹이었다!

"알바로와 아나가 상당히 싱겁게 구는데!" 옵둘리아가 파트너인 론살에게 말했다.

그 순간 돈 알바로는 론살이 부러워하는 깨끗하게 다림질된 가슴가리개 위로 아나의 머리가 툭하고 떨어지는 게 느껴졌다. 그는 멈추고 고개를 숙여 판사 부인을 바라보았다. 그녀가 정신을 잃은 거였다. 창백한 볼에는 양쪽으로 눈물이 맺혔고, 하얗게 풀 먹인 가슴가리개 위로도 눈물 두 방울이 떨어져 있었다. 모두 난리가 났다. 은밀한 무도회는 중단되었고, 낀따나르는 당황해서 아내에게 정신 차리라며…… 물을 가져오라고…… 향수를 가져오라고 간청했다. 소모사가 와서 아나의 맥을 짚고는…… 마차 한대를 대기시키도록 했다. 그리고 비시따와 낀따나르가 아나의 얼굴을 잘 가려, 후작 부인의 마차에 태워 집으로 데려가기로 했다. 그리고 그렇게 했다. 아나는 정신이 들자 자기가 파티를 망쳤다며 연거푸 사과했다. 낀따나르는 상당히 언짢은 기색을 보이며, 이제는 안심하며 그녀의 몸에 털 코트를 둘러주고 얼굴을 가린 후 동료들과 작별인사를 하고 비시따와 함께 집으로 향했다.

담배연기! 열기와 낯선 관습, 저녁식사 후의 폴카 춤, 불빛들! 뭐가 되든 상관없었다. 파티는 계속할 수 있었다. 그리고 계속되었다. 살롱에 있던 사람들은 '판사 부인이 발작을 일으켰다' '그녀에게 억지로 춤추게 해서 그랬다'는 것은 나중에야 알게 되었다. 그러나 카지노가 자기들만의 것인 양 열람실로 들어가 문을 잠근 후 만찬을 즐기고 춤을 춘 신사숙녀들의 행동을 입에 올리느라 그 사건은 곧 잊혔다……

새벽 6시 카지노 문 앞에서 빠꼬는 돈 알바로와 굳은 악수를 나누고 헤어지면서 탄성을 내뱉었다.

"브라보! 마침내! 그치?"

돈 알바로는 한참이 지난 후 대답했다. 그는 맞춤 정장인 잿빛 외투 단추를 목까지 채웠다. 그러고는 목에 하얀 실크 스카프를 두른 후 마침내 입을 열었다.

"글쎄…… 두고 봐야지."

돈 알바로는 숙소에 도착하자 야간경비원을 불렀다. 경비원은 한참이 지나서야 나타났다. 하지만 평소처럼 그를 꾸짖지 않고, 어깨를 두어번 토닥거린 후 팁으로 은화를 줬다.

"어르신이 매우 기분 좋아 보이시네요!…… 무도회장에서 오시는 길이지요? 그렇죠?"

"로께 씨 무도회에서……"

그러고서 돈 알바로는 안쪽 외투와 플란넬을 옷걸이에 걸어둔 후 잠자리에 들면서 나지막하게 혼자 중얼거렸다. 홑이불을 만지작거리며 침대와 대화하는 듯했다.

"이렇게 좀 늙어서 전쟁에 나가야 한다는 게 안타깝군!"

25장

다음날 대성당에서 주임신부는 무도회에서 있었던 일을 총대리 신부 앞에서 가차 없이 얘기했다. 귀족들이 자기들끼리 저녁식사 하고 춤을 추려고 열람실 문을 잠갔는데 다른 사람도 아닌 바로 그 판사 부인 아나 오소레스가 돈 알바로 메시아의 품에서 정신을 잃었다는 거였다.

그날밤 한숨도 자지 못하고 안절부절못하며 아나의 소식을 기다렸던 총대리신부가 신병新兵처럼 뒤를 돌아보았다. 주임신부의 혀가 비수가 되어 처음으로 그의 심장에 정확하게 박혔다. 페르민 신부는 하얗게 질려 아랫입술을 꽉 깨물어야 할 정도로 턱까지 떨렸다. 그는 놀라움과 고통이 뒤섞인 표정으로 자신의 적을 바라보았고, 그것이 삐뚤어진 주임신부의 영혼을 기쁨으로 충만하게 했다. 그 시선이 이렇게 말하는 것 같았다. 당신이 이겼어. 지금은 그래, 당신이 이겼어. 지금은 독 기운이 내 내장까지 다 퍼졌어. 페르민 신부는 치졸한 자들이 겉으로 보기에 아무리 치사하고 나약하고 멍청해 보여도 그들의 사악함에는 그 나름의 경이로운 순발력이 있다고 생각했다. 썩어문드러진 신부복 쪼가리 속의 저 두꺼비가 제대로 비수를 꽂을 줄 알았다! 그러고 나서 페르민 신부는 어머니를 떠올렸다. 어머니는 단 한번도 그를 배신한 적이 없었다. 어머니는 그의 것이고, 피를 나눈 사이였다. 아나는 다른 여자, 배은망덕한 여자이고 자기 심장에 들어온 낯선 육신이었다.

페르민 신부는 깊디깊은 고통을 제대로 감추지 못한 채, 그 평생 가장 시리고 허한 마음을 어떻게 추스르지 못한 채 제의방을 나오면서 출구를 찾지 못하고 비틀거리며 대성당 안을 걸었다. 자기가 어디로 가는지도 몰랐고, 절대적으로 의지도 부족했…… 몇몇 신자들이 자기를 주시하고 있다는 것을 눈치채고는 경당의 제단 앞으로 가서 무릎을 꿇고 앉았다. 그곳에서 뭘 해야 할지 한참 동안 생각했다. 판사 부인의 집으로 갈까? 어리석은 생각이었다. 게다가 너무 이른 시간이었다. 그러나 고독이 그를 진저리치게 했다…… 그는 밖으로 나가는 게 두려웠다. 그는 피난처를 원했다. 모두가 적이었다. 어머니, 그의 영혼의 어머니. 그는 성당에서 나와 집으로 달려갔다. 도냐 빠울라가 다이닝룸을 빗자루로 쓸고 있었다. 뻣뻣한 숱이 많은 은색 머리 위로 검은색 옥양목 손수건을 터번처럼 두르고 있었다.

"성무일도 하고 오는 길인가?"

"네, 어머니."

도냐 빠울라는 계속 빗자루질을 했다.

페르민 신부는 식탁 주변을 돌고 어머니 주변을 맴돌았다. 그곳에 유일한 위안이 있었다. 그곳에 얼굴을 파묻고 울고 싶은 무릎이 있었다…… 여기에만 유일하게 진정한 공감이 있었다. 그곳에만 슬픔을 털어놓을 수 있는 사람이 있었다. 그에게는 치명적이 독이지만 어머니가 뽑아내 가져가면 유해한 정도에 그칠 것이었다. 죽음에 대한 공포와 함께 고통을 나누고 싶은 마음이 목을 조여왔다…… 그런데도 말할 수가…… 말할 수가 없었다…… 아들의 고통을 눈치채지 못하다니 어머니도 잔인했다. 어머니는 아들이 절망에 빠져 허우적거리며 죽어가고 있다는 것도 모른 채 거리에서 마주친 사람 보듯이 바라보았다. 말할 수가 없었다!

"무슨 일이오? 여기서 뭐 해? 새 옷에 먼지가 잔뜩 묻는데……"

페르민 신부는 다이닝룸을 나와 서재로 들어갔다. 떼레시나가 주인의 침대를 정리하고 있었다. 그녀는 노래를 부르며 요란하게 침대 커버를 털어대느라 그가 들어오는 소리를 듣지 못했다. 그는 도망치듯 서재에서도 나왔다. 집을 나와 도냐 뻬뜨로닐라 리안사레스의 집으로 향했다. 그녀는 미사에 가고 없었다. 그는 양손을 뒷짐 지기도 하고 배 위로 나란히 포개기도 하며 방 안을 거닐었다. 깔끔하고 발그레한 고양이가 들어와 투덜거리는 시늉을 하며 친구에게 인사를 건넸다. 고양이가 몸으로 S자를 그리며, 페르민 신부의 양발을 휘감았다. 고양이는 이미 그 배신을 알고 있는 듯했다. 아나가 주로 앉는 소파에서 추억을 부르는 목소리로 총대리신부를 불렀다. 의자 끝으로 살짝 스프링이 튀어나왔고 천이 구겨져 있었다. 그녀는 주로 거기 앉았다. 페르민 신부는 천이 구겨진 옆쪽 팔걸이 의자에 가서 앉았다. 두 눈을 감았다. 졸음이나 혼수상태와 같은 나른함이 마음을 마비시켰다. 그는 시간을 붙잡아두고 싶었다. 이제는 도냐 뻬뜨로닐라가 한참 늦게 왔으면 하는 마음이었다. 그는 무엇을 하기도 겁이 났고, 어떤 해결책도 두려웠다. 무엇을 해도 악화될 것 같았다. 그의 영혼에는 이미 죽음이 자리 잡았다. 먼 추억들이 임종의 고통을 알리며 섬뜩한 춤을 추려고 준비하는 듯 머릿속에서 꿈틀거렸다. 아나가 좋은 친구이자 형제인 그의 입술에 갖다댄 매우 큼지막한 장미의 향이 느껴졌다. 단어들이 신비로운 조합으로 음을 이루며 꽃향기와 뒤섞였다…… 아아, 그래, 사랑, 그 모든 건 사랑이었다…… 그는 '사랑에 빠졌다.' 절대 음탕한 사랑은 아니었다. 또한 그 사랑은 환멸로 얻은 고통이고, 갑작스러운 고독이고, 달콤하고 쓰디쓴 고통이고, 가장 심각한 잘못까지 구원할 수 있는 모든 것을 합친 것이었다. 의무…… 사제직…… 수도 서원…… 순결…… 지금 자기에게는 그 모든 게 공허하게 들렸다. 연극에서나 등장하는 단어들 같았다. 그는 속았다. 영혼을 짓밟혔고, 모든 게 확실해졌다. 그게 사실이었다. 늙은 주교들은 예상하지 못한 일이었다. 세상이, 세상이 그에게 이런 가르침을 주었다. 아나는 그의 여자였다. 이것이 정의라는 최상위 법이었다. 그녀가, 그녀가 직접 그것을 맹세했다. 그녀가 왜 자기 소유인지는 모른다. 하지만 그의 소유였다…… 총대리신부가 벌떡 일어났다. 시간이 한참 흘렀고, 뺨을 세차게 한대 얻어맞은 기분이었다. 다른 사람들이 시간과 협잡하여 그를 모략했을 수도 있다. 어쩌면 이제 그 시간에는 모두 한편일 수도 있었다…… 배신자! 배신자! 그녀가 예배실로 와서 다이아몬드 십자가를 보여주었다…… 그에게 모욕을 안겨줄 그 옷을 보여주기 위하여…… 그렇다, 자기에게 모욕을 안겨준 거였다…… 그곳에서 그는 주인이자 남편, 정신적인 남편이었다…… 낀따나르는 자기 명예나 남의 명예도 제대로 돌보지 못하는 바보 멍청이에 불과했다…… 여자도 그랬다!

그가 복도로 나와 소리 질렀다.

"도냐 뻬뜨로닐라 오셨습니까?"

"지금 불러드릴게요." 하인들이 답했다.

도냐 뻬뜨로닐라가 들어왔다. 페르민 신부는 그녀의 입에 걸려 있는 인사말을 잘랐다.

"지금 당장 불러오세요." 그가 말했다.

"누구?…… 아나?"

"네, 지금 바로요."

페르민 신부는 다시 방 안을 거닐기 시작했다. 대화는 원치 않았다. 그의 노예와 다름없는 도냐 뻬뜨로닐라가 입을 다물고 방을 나갔다.

30분이 흘렀다. 문의 종소리가 들려왔다. 아나는 직접 문을 열어주는 그란 꼰스딴띠노와 마주쳤다.

"무슨 일이에요?"

"페르민 신부가…… 응접실에 계세요."

"아!…… 잘됐네요."

판사 부인은 안으로 들어갔고, 도냐 뻬뜨로닐라는 집의 반대편 끝 쪽에 있는 부엌으로 향했다. 나 찾으면 없다고 해라. 그녀가 하녀에게 말했다. 그러고는 자기 방 근처에 있는 기도실로 들어갔다.

판사 부인은 그 어느 때보다 아름다웠다. 두 눈에는 신비로운 불꽃이 담겨 있었고, 양 볼에는 친밀한 영적 대화 때 보았던 열정의 흔적이 남아 있었다. 낯선 영광의 광휘가 그녀를 에워싸고 있는 듯했다. 그 여자는 주변의 멋진 작은 공간에서, 삶에서, 세상 전체에서, 무한한 세상에서 유일한 감정의 귀중한 뭔가를 모두 가지고 있었다.

"이게 뭡니까?" 페르민 신부가 방 한가운데로 뿌리를 내린 나무처럼 벌떡 일어나더니 갑자기 퉁명하게 물었다.

"제가 원하던 바지요. 바로 만나뵙고 싶었어요. 저는 미쳤습니다. 어젯밤 죽는 줄 알았어요…… 어제인가 오늘인가…… 모르겠어요…… 제가 미쳤어요……"

그녀가 숨이 막혀 헐떡거렸다.

페르민 신부는 연민이 느껴졌다. 부끄러움처럼 보였다.

"이미 다 알고 있습니다. 얘기하실 필요 없습니다……"

"다라니요?"

"어제 일…… 오늘 일…… 무도회, 만찬. 아나, 대체 이게 뭡니까? 이게 뭐냐고요?……"

"무슨 무도회요! 무슨 만찬이오! 그게 아니에요…… 취해서…… 모르겠어요…… 하지만 그건 아니에요…… 두려워요…… 신부님, 머릿속이…… 저를 불쌍히 여겨주세요! 제발 저를 불쌍히 여겨주세요! 저에게는 어머니가 없어요…… 저는 혼자예요……"

사실이었다. 그녀는 자기처럼 어머니가 없었다. 자기보다 더 외로운 처지였다. 그러자 페르민 신부는 사랑만으로 느낄 수 있는, 말로는 다 할 수 없는 연민이 느껴졌다. 그가 판사 부인에게 다가가 그녀의 양손을 잡았다.

"자, 자, 무슨 일입니까? 사람들 얘기로는…… 그런데 도대체 무슨 일이 있었습니까…… 자……" 신부가 비탄에 젖은 떨리는 목소리로 물었다.

아나는 흐느끼며 자신의 슬픔과 두려움, 고통과 열에 들뜬 시간들을 얘기했다. 침대에서 수천가지 끔찍한 모습들이 무도회의 혼란스러운 기억들과 함께 그녀를 엄습했었다…… 아플 때면 음울한 밤마다 자기가 잠겨 있다고 느꼈던 헛소리의 시커먼 우물 속으로 다시 별안간 추락한 느낌이었다…… 그러고 나서 그녀는 자기가 저지른 나쁜 짓을 생각하며 두려움에 떨었다…… 신부가 핏기가 없이 창백해지자 아나가 입을 다물었다가 말을 수정하려는 듯 덧붙였다. 나쁜 짓은…… 그러니까…… 충분히 착하지 못했던 것은…… 그녀의 병은 금방 잊어버린 교훈이었다. 그리고 그날 아침 침대에서 똑같은 쇠약함을 느낀 순간, 온몸이 가루가 된 듯 창자가 떨어져나간 기분을 느낀 순간, 헛소리 속에서 삶이 허망하게 꺼져가고 있다고 느낀 순간…… 그녀의 의식은 섬광처럼 수치스러움과 처벌의 끔찍함, 비참함 그 자체의 거울, 영혼에 담긴 슬픈 진흙의 그림자를 보았다…… 그러고 나서…… 광기, 틀림없이 광기를…… 두렵고 갑작스러운, 사로잡힌 듯한 고통스러운 모든 것에 대한 의심을 보았다. 이제 그녀에게 하느님, 하느님 그분은 고착된 사고, 집착에 불과했다. 벽 사이에서 우는 벌레 소리처럼, 똑딱거리는 시계소리처럼 그녀의 뇌를 갉아먹으며 뇌 속에서 움직이는 뭔가에 불과했다.

"네, 제가 미쳤었어요." 아나는 여전히 겁에 질려 있었다. "한시간 정도 미쳤었어요…… 몇시간? 1세기 정도…… 내 자신의 건강과 평안…… 또렷한 의식밖에는 아무것도 원하지 않아요…… 하느님, 아아! 사랑하는 나의 하느님은 그것도 안 주시네요! 내가…… 모든 것이, 우리 모두 사라지고 있어요. 내 안에 있는 모든 게 먼지일 뿐이에요!"

공포에 질린 아나의 눈에 무서운 기억이 양탄자 위에서 혼돈스럽게 뒤섞이는 게 보였다.

페르민 신부는 아무 말도 하지 않았다. 그 역시 한순간 공포가 밀려오는 섬뜩한 느낌을 느꼈다. 광기가 파도처럼 그의 머릿속을 스치고 지나갔다.

그녀가 미치기라도 한다면! 자줏빛 물결이 신부의 얼굴을 덮쳐왔다. 맨 먼저 그는 음악의 은총이 깃든 머릿속에서 자기가 아름다움 다음으로 사랑하는 것, 즉 판사 부인의 영혼과 그녀의 생각이 사그라지는 것을 보았다. 그는 완전무결하게 아름다운 그녀의 외모를 목격자 없이 혼자서, 자기 혼자서 그 멋진 육체를 자기 사랑으로 마음껏 채울 수 있는 희망을 엿보았다……

"구원받고 싶어요. 저도 구원받고 싶어요!" 아나가 갑자기 현실로 돌아오며 비명을 질렀다. "우리의 여름으로, 달콤하고 조용했던 여름으로…… 돌아가고 싶어요. 그래요…… 정말 평온했어요. 하느님과 하늘, 저 위의 생각들을 사랑하는 영혼에 대해…… 끝도 없이 얘기했던 우리의 대화로 돌아가고 싶어요…… 그래요. 형제님이 저를 구원해주시길, 떼레사 수녀님이 제게 빛을 내려주기를, 거울과 같은 떼레사 수녀님의 삶이 제 눈앞에서 어두워지지 않기를, 하느님이 제 영혼을 쓰다듬어주시길 바래요…… 신부님, 이건 고해성사예요…… 여기서…… 장소는 중요하지 않아요. 어디든 상관없어요…… 그래요. 고해성사예요……"

"나도 그걸 원합니다, 아나 부인. 모든 걸 알고 싶어요. 나도 고통받고 있어요. 나도 죽는 줄 알았어요. 여기 오면서, 저기 앉아서 말입니다. 예전에 하늘과 우리에 대해 얘기했던 곳이지요. 부인, 나도 뼈와 살을 가진 인간이에요. 나도 영적 자매가 필요합니다. 배신하지 않고 충실한 사람 말입니다. 나도 죽는 줄 알았어요……"

"저 때문에요? 제가 잘못했나요? 제가 배신하고, 거짓말하고, 죄로 더럽혀졌다고 생각하시는 거죠?"

"그래요, 그래. 전부 얘기해야만 합니다…… 어서……"

"아니에요, 아니에요."

"해보세요, 해."

"아니, 제 말뜻은 그게 아니었는데…… 예, 전부 말씀드릴게요. 그런데 뭐가 전부이죠? 아무것도 아니었어요. 제 잘못이 아니에요…… 그 사람들이 억지로 끌고 갔어요. 아니에요, 그게 아니에요. 왜 굴복했는지, 어떻게 되었는지 모르겠어요. 그리고 그중에는 아주 사악한 여자가 있었어요."

"아니오. 남 탓은 하지 마세요…… 사실, 나는 사실을 원해요. 내가 사실을 말해드리지요, 그 사람들을 알아요."

"그런데 무슨 사실이오?"

"그 남자. 돈 알바로. 부인…… 그 남자와 무슨 일이 있었나요?……"

아나는 전력을 다해 현실로 돌아왔다. 질문에 집중했다. 이제 속마음을 숨기기 위해 고해신부와 씨름해야 했다. 내면의 깊은 곳을 감추어야 했다. 결국 따지고 보면 그곳은 고해실이 아니었다. 게다가 거짓말, 최소한 최악의 얘기를 감추는 게 자비였다.

"저는 그를 사랑하지 않아요." 아나가 간신히 자제력을 회복한 후 맨 먼저 한 말이었다. 이제 자신의 광기에 대해서는 생각하지 않았다. 비밀을 지킬 생각이었다.

"하지만 어젯밤, 오늘인가, 몇시인지는 모르겠지만, 무슨 일이 있었지요?"

"그와 춤을 추었어요…… 남편이…… 남편이 추라고 했어요……"

"변명은 하지 말아요, 부인! 이건 고해하는 게 아니에요."

아나가 주변을 둘러보았다…… 다행히 경당은 아니었다. 하느님, 감사합니다. 이런 궤변은 위선의 가치는 있지만 아나가 보기엔 순진했다. 더 큰 의무가 거짓을 말하라 명한다고 확신이 들었다. 신부에게 알바로를 사랑한다고 말하라고? 차라리 남편에게 말하지!

"남편이 원해서 그와 춤을 췄어요…… 술을 먹여서…… 몸이 좋지 않았어요…… 어지러웠어요…… 정신을 잃었어요…… 그리고 사람들이 저를 집으로 데려왔어요."

"그 남자의 품에서…… 정신을 잃었다고요?"

"품이라니요!…… 신부님!"

"좋아요, 좋아. 그렇게…… 나도 들었습니다…… 우리 모두 그렇게 들었지요! 그러니까…… 그와 춤을 추면서……"

"기억이 잘 안 나요…… 어쩌면……"

"비겁하군!……"

"신부님!…… 제발, 신부님!"

아나가 한발짝 뒤로 물러났다.

"조용히 하십시오…… 소리 지를 필요는 없습니다…… 소란 피울 필요도 없습니다…… 잡아먹는 것도 아닌데 왜 그렇게 두려워합니까? 내가 두렵게 하나요? 그래요?…… 무엇 때문에요? 내가…… 무엇을 할 수 있을까요? 나는 누구지요? 내가 무슨 명령을 내릴 수 있겠습니까? 내 힘은 영적인 것입니다…… 그리고 어젯밤 당신은 하느님을 믿지 않았습니다……"

"저의 하느님을 믿습니다! 신부님, 자비를……"

"네. 당신이 그렇게 말씀하셨습니다…… 그리고 그것이 길입니다. 나는 하느님 없이는…… 아무것도 아닙니다…… 하느님이 없으면 당신은 어디든지 원하는 대로 갈 수 있습니다, 부인…… 모든 것은 끝났습니다…… 내 꼴이 우스워졌습니다. 베뚜스따 전체가 나를 큰 소리로 비웃습니다…… 돈 알바로가 나를 무시하고, 나를 보면 바로 침을 뱉을 겁니다…… 영적인 아버지라니 제기랄……
모든 건 내가 나이기 때문이오. 가련한! 내가 포로라 모욕하는 겁
니다!"

총대리신부는 사슬에 묶여 있는 듯 사제복 안에서 온몸을 떨었
다. 그러고서 소파의 등을 헤라클레스처럼 세차게 주먹으로 내리
쳤다.

그는 이성을 되찾으려고 노력하며, 양손으로 이마를 쓸어내렸
다. 긴 망토를 살펴본 후 붉은 벽돌색 모자를 찾았다. 아무 말 하지
않기 위해 안간힘을 쓰며, 더듬거리듯 문을 찾아 고개도 돌아보지
않고 밖으로 나갔다.

총대리신부는 아나가 뒤따라나와 울면서 자기를 부를 거라고
믿었다…… 하지만 곧 버림받았음을 알았다. 그는 문 앞에 도착했
다. 발걸음을 멈추고 귀를 기울였다…… 아무도…… 자기를 부르
지 않았다. 그는 거리로 나와 발코니를 바라보았다. 아무도 문을 열
지 않았다. 눈으로도 자기를 따라오지 않았다. 그 여자는 그곳에 남
아 있었다. 모두 사실이었다. 그녀가 자기를 속인 거였다. 그녀도
여자였다. 하지만 누구의 여자? 나의 여자! 나의 영혼의 여자! 그
래, 맞아. 나의 영혼의 여자야! 그걸 위해 그는 그녀를 사랑했었다.
하지만 그는 여자들을 이해하지 못했다. 가장 순수한 여자는 다른
것을 원했다. 수천가지 끔찍한 일들이 그의 기억을 스치고 지나갔
다. 오랜 세월 고해실에 묻어두었던 꺼림칙한 일들이 떠올랐다. 그
의 의식이 떼레시나를 떠올렸다. 미소를 띤 창백한 떼레시나가 머
릿속에서 말하고 있었다. 그럼 당신은?…… 그는 남자였다. 그가
자기 자신에게 대답했다. 그러고서 그는 발걸음을 재촉했다. 나는
내 영혼을 위해 그녀를 사랑했어……그리고 당신은 그녀의 육체

도 사랑했고. 머릿속의 떼레시나가 말했다. 육체도. 명심해. 그래, 그랬다…… 하지만 기다렸었다…… 죽을 때까지 기다릴 생각이었 다…… 그녀를 잃느니…… 그녀 전부를 사랑하기 때문이었다…… 그녀는 내 여자야…… 내가 진심으로 사랑하는 여자…… 그런데 그녀는 이제 저 멀리, 저 뒤에 남았다…… 영원히 타락한 채!……

아나는 꼼짝도 하지 않고 신부가 나가는 모습을 지켜보았다. 그를 멈춰세울 용기도 없었고, 부를 힘도 없었다. 그녀 안에서 한가지 생각이 귀에 대고 마구 속삭였다. 저 신부가 너를 사랑하고 있어! 그래, 남자로서 사랑하고 있어. 생각했던 것처럼 이상적이고 깨끗한 신비주의 사랑은 아니야. 그는 질투하고 있어. 질투로 죽어가고 있어…… 신부는 영혼을 나눈 형제가 아니야. 사제복 아래로 열정과 사랑, 질투, 분노를 숨긴 남자야. 신부가 사랑이라니! 아나는 끈끈하고 차가운 뭔가가 몸에 와닿은 듯 온몸에 소름이 돋았다. 사랑에 대한 그의 궤변이 그녀로 하여금 씁쓸한 미소를 짓게 했다. 그리고 그 미소는 배 속에서부터 입가로 전해졌다. 자유사상가였던 아버지 돈 까를로스가 갑자기 모습을 드러냈다. 아버지가 셔츠 차림으로 저기 로레또 테이블 옆에서 신부와 여러 무신론자, 진보주의자 친구들과 토론을 벌이고 있었다. 아나는 아버지와 그들의 얘기를 방금 들은 듯 생생하게 기억했다. 신부는 의식을 부식시킬 뿐이야. 신부도 다른 사람들과 똑같아. 종교적인 독신은 가면일 뿐이야. 그때는 무슨 말인지도 모르고 들었던 그 모든 말들이 또렷하고 분명한 의미를 띠며 그녀의 기억으로 되돌아왔다. 경험으로 터득한 다른 교훈들과 마찬가지로…… 그들이 그녀를 타락시키려고 했다! 그 집…… 그 침묵…… 도냐 뻬뜨로닐라…… 아나는 역겨움과 수치심에 몸부림치며 문을 찾아 달려나갔다. 그러고는 작별인사도 없이 그 집을 떠났다. 집에 도착하니 낀따나르가 망치질로 온 세상의 넋을 빼놓고 있었다. 그는 싼마떼오 전시회에 출품할 다리 모형을 만들고 있었다. 이제는 천으로 망치를 감싸지도 않았다. 쇠끼리 부딪히는 굉음은 소름이 돋을 지경이었다. 그곳에서는 그가 주인이었다. 그의 아내가 무도회에 참석한 게 바로 그 증거였다. 파라과이는 끝났다. 이제는 신비주의고 뭐고 없었다. 조상들에게 물려받은 신중한 종교로 충분했다. 그외에는 활동이고 계략이며, 눈가림이고…… 코미디이고…… 사냥이고…… 고문이었다. 쿵쾅쿵쾅! 인생 만세! 낀따나르는 새로운 작업실에서 몸에 꼭 끼는 스코틀랜드 가운을 두른 채 그런 생각을 하며, 중정 쪽으로 난 문에 신나게 못질했다. 해가 낀따나르의 발치에 닿아, 굽 없는 반터키풍 구두의 유리구슬과 금빛 버클에 반사되어 불꽃을 일으켰다. 목수는 휘파람을 불고 있었다. 낀따나르가 방에서 방으로 데리고 다니는 개똥지빠귀도 새장의 철사줄에 매달려 휘파람을 불고 있었다. 그중에서 최고라는 개똥지빠귀였다. 아나는 조용히 남편을 바라보았다. 그가 자기의 아버지였다! 그녀는 그를 아버지로 사랑했다! 그는 심지어 돈 까를로스를 약간 닮기까지 했다. 봄을 기약하는 그해 2월의 태양. 활동하라고, 움직이라고 부추기는 선선한 분위기. 망치질 소리, 휘파람 소리, 지붕의 처마 홈처럼 파란색 네모 모양을 그리는 가벼운 구름들…… 그 모든 것이 좋은 본보기였다. 그것이 그녀의 집이었다! 그곳에서 그녀는 왕비였고, 그 평화는 그녀의 것이었다! 낀따나르는 톱을 들기 위해 망치를 내려놓다가 아내를 보았다.

그들은 침묵 속에서 서로에게 미소를 지었다. 태양이 남편을 회춘시켰다. 게다가 그는 위대한 목수였다. 그의 발명품들은 대개가 환상적이고, 기술은 이상적이었다. 판자 하나로 자기가 만들어내고 싶은 것을 만들어냈다. 아주 깔끔하게!

아나가 남편의 기술을 칭찬했다.

그는 흥이 났다. 그는 만족스러워 얼굴을 붉히며, 다음 주에 바느질 상자를 만들어주겠다고 약속했다. "모두 모두, 내 손으로 만들어주겠소."

판사 부인은 잠시나마 그날 아침 맛본 환멸을 잊었다. 다시 기억을 상기시켰을 때는 페르민 신부가 나쁜 사람이 아니라 불쌍한 사람이라는 생각이 들었다. 그러나 어찌 됐든 신부가 사랑한다는 건 말도 되지 않았다. 상상 속에서 로맨틱한 사랑을 무수히 많이 조합시켜보았지만 그건 아니었다. 오페라에 등장하는 신부가 불경스러운 사랑을 품기는 했었다. 하지만 자줏빛 사제복을 입은 교단회원이 사랑이라니! 그리고 순결이 본능적으로 혐오감을 느끼며 항의했다. 하지만 페르민 신부는 동정받을 수도 있었다. 용서받지 못할 위인은 도냐 뻬뜨로닐라였다. 오! 나중에라도 총대리신부와 다시 얘기하게 된다면, 어찌 됐든 설명이 필요하기 때문에 그럴 가능성이 높겠지만, 그때는 분명히 그 늙은 여자의 집에서는 아니었다. 대체 그 여자는 무슨 꿍꿍이였을까? 도냐 뻬뜨로닐라는 그녀 아나 오소레스에 대해 대체 무슨 생각이었을까?

낀따나르는 사르수엘라의 일부를 노래 부르면서 매우 만족스러워하며 밖에서 돌아와 느닷없이 후작 부인의 청이라며 들어주라고 했다. 후작 부인이 함께 산보 나가자며…… 가장무도회를 보러 가자면서 점심식사 후 커피를 마시자고 그들 부부를 초대한 것이다.

"맙소사, 여보! 농담 그만하세요…… 카니발은 이제 됐어요…… 나는 더이상 파티는 원치 않아요…… 피곤해요…… 어제 무도회가 힘들었어요…… 더는 싫어요…… 더는 싫다고요…… 어제 내가 당신 말을 따르지 않았나요?…… 제발 그만해요. 그만하세요."

"알았어. 알았다니까…… 더는 우기지 않겠소."

그러고는 낀따나르는 한창 좋았던 기분을 망쳤는지 입을 다물었다. 하느님이 내려주신 에너지는 감히 사용하지 않았다. 줄을 지나치게 잡아당길 필요는 없었다.

물론 그는 커피 마시러 나갔고 산보를 했다.

아나는 혼자 남았다. 카니발 행사가 한창인 빠세오 그란데의 음악소리가 멀리서 화장방 발코니를 넘어 들려왔다. 반짝거리는 섬광과도 같은 혼란스러운 음악이 그녀의 영혼을 슬픔으로 가득 채웠다. 그녀는 자기 마음을 설레게 한 남자 돈 알바로를 생각했다. 그리고 사랑에 빠지고 질투에 사로잡혀…… 무방비 상태인 총대리신부를 생각했다. 이제 동정심은 끝이 없었다…… 따지고 보면, 신부는 그녀의 영혼을 종교의 빛을 향해, 덕의 빛을 향해 활짝 열어준 사람이었다…… 아나는 깨져서 균열이 생긴 믿음을 생각했다. 지진이 그녀를 뒤흔든 것 같았다. 신부에 대한 믿음은 그녀의 마음속에서 강하게 연결되어 있기 때문에 실망으로 훼손될 정도는 아니었다. 게다가 그녀는 늘 믿어온 이상으로 사랑했다. 페르민 신부는 하느님과 교회에 대한 두려움과 막연하고 몽상적인 영성을 그녀에게 확신시켜주려고 노력했다…… 그러나 교리에 대해서는 거의 얘기하지 않았다. 아나는 자기 믿음에서는 믿음이라는 건물이 견고해지는 데 필요 이상으로 환상이 많은 영향력을 미쳤다고 생각했다. 이제 신비주의와 명상에 빠져 보냈던 시간들은 멀리 있었다…… 그때는 그녀가 몸이 좋지 않았다. 성녀 떼레사 책의 독서, 나약함, 슬픔이 순수한 이상주의의 환영으로 영혼에 불을 지폈다…… 그렇지만 건강이 되돌아오면서 활발하고 고민없는 신앙으로 들어섰다. 총대리신부는 성녀의 달빛을 가리면서부터 하느님보다 애덕을 실천하는 데 '친밀한 형제애'를 강조하였다. 이제 그녀는 많은 것들을 이해했다. 페르민 신부는 자기 자신을 위해 그녀를 사랑했던 것이다……

그 모든 게 준비 과정이었다. 무엇을 위한?

오! 돈 알바로가 훨씬 기품 있었다. 그는 가슴을 드러내놓고 미리 공격을 예고하며 가면 없이 싸웠다…… 낀따나르와의 우정도 악용하지 않았다. 그러나 두 남자가 그녀를 사랑하다니! 이런 생각이 들 때면 아나는 그렇게 슬프지 않았다. 오히려 달콤한 위안을 얻었다. 그녀는 그 누구의 것도 될 수 없었다. 신부의 여자는 될 수도 없고, 되고 싶지도 않았다…… 그에게 무한한 감사의 마음은 느꼈다…… 그러나 다른 것은…… 혐오스럽고 말도 되지 않았다. 속이 메스꺼웠다. 서른이 다 되어 속세에서 사랑을 시작한다는 게 가관이군…… 그것도 신부와!…… 아나는 수치심과 분노로 얼굴이 뜨겁게 달아올랐다. 그런데 그 남자가 나에게 그런 걸 바랐을까? 아니야!

판사 부인은 그날 오후와 같은 날들을 무수히 보냈다. 똑같은 생각들이 수천가지 조합을 이루며 흥분된 머릿속을 스치고 지나갔다.

욕망 속에서 돈 알바로의 모습이 느껴지면, 아나는 부끄러워하며 그 모습에서 도망쳤다. 무도회의 기억이, 특히 돈 알바로와 살이 닿았던 그 모든 기억이 끔찍하게 후회되지 않는 것도 부끄러웠다. 아니야, 그렇지 않았어. 그 추억은 꿈처럼 몽롱할 뿐이었다. 그것을 그녀의 책임이라고는 보지 않았다. 그날밤 있었던 일은 분명히 그녀의 책임이 아니었다. 말소리, 불빛들, 허영심, 소란, 샴페인으로

사람들이 그녀를 취하게 했었다…… 하지만 돈 알바로의 유혹을 계속 내버려둔다면, 그때는 정말 파렴치한 여자가 될 수도 있다. 귓전에서 그녀에게 소리 지르는 유혹의 궤변에 넘어가고 싶지 않았다. 따지고 보면 돈 알바로는 신부가 아니야. 네가 그에게서 도망친다고 해도, 다른 남자의 품에 넘어가게 되어 있어. 거짓말이야 하고 정숙함이 소리 질렀다. 나는 이 남자의 여자도, 다른 남자의 여자도 되지 않을 거야. 페르민 신부의 사랑에도 불구하고, 나는 영혼으로 그를 사랑해. 내가 내 감정에 대한 돈 알바로의 영향력을 떨쳐내지 못하듯이, 어쩌면 페르민 신부도 떨쳐내지 못한 것일 수 있어. 그러나 죄책감을 느끼며 신부를 사랑하지 않겠다는 것만큼은 확실해. 그래, 정말 확실해. 신부에게서 도망쳐야 해. 맞아. 하지만 돈 알바로에게서는 더 멀리 도망쳐야 해. 그의 열정 또한 불륜이야. 다른 남자의 열정처럼 혐오스럽고 불경한 것은 아니지만…… 나는 두 남자에게서 도망칠 거야!

집 말고는 다른 피난처가 없었다. 낀따나르와 프리힐리스, 잡동사니투성이인 쓸데없는 박물관. 낀따나르와 황금세기 스페인 연극이 있는.

그러나 집에도 자기만의 시가 있었다. 아나는 그것을 찾아보려고 노력했다. 아이들이 있으면 할 일이 많을 텐데! 얼마나 좋을까! 그러나 아이는 없었다. 고아를 입양할 일도 아니었다. 어찌 됐든 아나는 열심히 집안일을 돌보기 시작했다…… 낀따나르를 정성껏 돌보기 시작했다…… 8일째 되는 날 그녀는 그것이 무엇보다 가장 큰 위선이라는 것을 깨달았다. 집안일은 별로 시간이 걸리지 않았다. 30분도 마음의 위안이 되지 않는 부족하고 무의미한 일에 왜 스스로 만족하는 척해야 한단 말인가? 낀따나르는 아내가 정성껏 살림하는 걸 진심으로 고마워했지만, 자기와 관련된 일은 지금까지 그랬던 것처럼 그냥 내버려뒀으면 하고 바랐다. 자기보다 단추를 더 마음에 들게 다는 사람은 없었다. 낀따나르에게는 서재를 청소해주는 게 그를 고문하는 것과 다름없었다. 침대도 정성껏 정돈할 필요가 없었다. 어찌 됐든 그가 다시 이불을 들춰내 베개를 털고, 자기 마음에 맞게 침대보를 다시 정리했다. 아나가 다시 예전처럼 하겠다고 하자 낀따나르는 진심으로 고마워하며 안도의 한숨을 내쉬었다. 사랑하는 아내의 참견은 두고두고 감사할 일이지만 그에게는 성가신 일이었다. 미친 사람이라도 자기 집안일은 잘 아는 법이니까……

돈 알바로는 서두르지 않았다. 이번에는 확실했다. 그러나 그는 공격을 'brusquer'[1] — 그가 프랑스어로 생각하는 바에 의하면 — 하고 싶지는 않았다. '절호의 기회'라는 운명의 시간은 불완전한 이론이었다. 그런 면이 없지는 않았다. 그러나 경우에 따라 여자에게서 그 절호의 기회를 찾는 일은 능숙한 시계 장인만이 할 수 있었다. 그는 사순절이 끝날 때까지 기다릴 생각이었다. 어쨌든 아나는 단식을 할 것이고, 밤에만 식사할 것이었다. 밑지는 장사였다. 꽃피는 부활절이 더 좋은 기회를 제공했다. 우리 주 예수 그리스도가 부활한 후 세상은 훨씬 즐거워지고, 또 즐기는 게 합법적으로 보였다. 이미 다가온 봄이 도움이 되었다…… 그는 낀따나르에게 그의 아내를 데려오게 할 생각이었다. 파티가 욕망을 자극할 것이다. 오! 그랬다. 부활절 때 두고 볼 생각이었다.

게다가 그는 전투에 임할 준비도 철저히 하고 싶었다. 몸이 많이

---

1 프랑스어로 '서두르다'라는 뜻.

허약해졌다. 그해 여름 빨로마레스에서 건강이 파탄 지경에까지 이르렀다. 장관 부인이 너무 많이 사랑했었다. 여자들이 일단 굴복한 다음 엄청나게 과장된 모습을 보이는 것은 항상 거리의 법칙과 직접적인 관련이 있었다. 다시 말해, 악습을 멀리하던 여자일수록 일단 넘어오기만 하면 훨씬 과도한 모습을 보였다. 판사 부인도 일단 넘어오면 무척 과장된 모습을 보일 것 같았다. 그래서 돈 알바로는 미리 준비해두었다. 건강서들을 읽고, 실내운동을 하고, 승마를 많이 했다. 그러고는 첫눈에 봐도 쉽게 성사될 수 있는 손쉬운 모험들에는 더이상 빠꼬 베가야나를 따라다니지 않았다. "고기에 질린 악마……" 빠꼬가 그에게 말했다. 그러면 돈 알바로는 빙그레 웃으며 일찍 잠자리에 들었다가 새벽 일찍 일어났다. 빠세오 그란데는 새벽녘이면 이미 모든 곳이 짙은 향과 신선함, 새들의 노래로 가득했다. 새들이 이 나뭇가지에서 저 나뭇가지로 뛰어다니며 4월에 낳을 알을 위해 둥지를 준비했다. 봄의 축제를 위해 빠세오 그란데의 홀을 장식하는 무성한 나뭇가지들이 그려내는 벽보 같았다. 3월은 6월의 더위와 함께 시작했다. 아침 일찍부터 해가 뜨거워 따끔거릴 정도였다. 그해에는 봄이 일찍 찾아왔으며, 베뚜스따에서는 흔한 자연의 장난이었다. 그러고 나면 곧 겨울이 다시 찾아왔다. 추위와 서리, 비, 끝없는 비와 함께 최고의 전성기 때처럼 기세등등하게 겨울이 돌아왔다. 그러나 돈 알바로는 빛과 더위가 찾아온 막간을 이용했다. 잠깐이라고 해서 덜 기쁜 건 아니었다. 그는 기간으로 행복을 재는 사람이 아니었다. 한발 더 앞서 있었다. 그는 행복을 믿지 않았다. 행복은 형이상학적인 개념이었다. 그는 시간으로 재지 못하는 쾌락을 믿었다. 어느날 아침 빠세오 그란데의 가장 넓은 곳에 홀로 있었다. 봄이 그렇게 일찍 찾아올 것을 믿는 사람은 얼마 되지 않았다. 그곳에서 돈 알바로는 멀찍이서 신부의 실루엣을 보았다. 키가 크고 위엄있게 움직였다. 총대리신부였다. 산책길에는 그들 두 사람밖에 없었다. 그들은 서로 부딪힐 수밖에 없었다. 한 공간에서 서로 마주보고 걷고 있었다. 그들은 말없이 인사를 나눴다. 돈 알바로는 약간 두려웠다. 두려움에 대한 공포 비슷한 느낌이었다. 이 남자가 판사 부인을 사랑하고 그녀 때문에 뿔이 나 있다면, 나를 보고 갑자기 미쳐서 여기 단둘이 있을 때 덮쳐서 깨끗하게 한방 먹일 수도 있어…… 나를 자기의 라이벌로 생각해서 말이야. 돈 알바로는 베가야나 후작네 과수원에서 있었던 그네 장면을 떠올렸다.

한편 페르민 신부는 돈 알바로를 본 순간 이런 생각이 들었다. 내가 이 남자를 덮쳐서 땅바닥으로 질질 끌고 다니며 머리와 배를 짓이겨놓는다면…… 나는 충분히 그럴 수도 있고, 분명히 그럴 힘도 있어…… 그는 자기 자신이 두려웠다. 신경이 예민한 사람들이 이런 종류의 환영이나 두려움과 연관된 행동을 한다는 얘기를 읽은 적이 있었다. 그는 에드거 포[2]의 단편들에서 읽은 살인 장면들을 떠올렸다…… 그의 시선은 거만하고 도발적이었다. 그는 눈으로 이렇게 얘기하며 인사를 건넸다. 받아! 여기 뺨 한대 맞아보라니까! 하지만 돈 알바로의 인사와 시선은 이렇게 말했다. 하느님과 함께 안녕히 가십시오. 나는 당신이 하고자 하는 말을 이해하지 못했습니다.

그들은 각자의 길을 갔다. 그러나 다음날에는 총대리신부도 돈 알바로도 빠세오 그란데에 다시 오지 않았다. 그들은 그곳에서 서

---

2 에드거 앨런 포(Edgar Allan Poe, 1809~49)는 미국의 시인이자 소설가. 고딕소설, 추리소설, 범죄소설의 선구자적 인물이다.

로 정반대의 목표를 찾고 있었다. 총대리신부는 쓸데없는 힘을 소진하기 위해, 그리고 돈 알바로는 낭비한 힘을 되찾기 위해 많이 걸었다. 조만간 힘이 많이 필요할 거라고 기대하고 있었다. 그 이후로는 각자 다른 곳으로 산보를 나갔다. 서로 다시 만날까봐 두려웠던 것이다.

그러나 곧 그들은 집에 붙잡혀 있어야 했다.

당연히 그럴 거라 생각했듯이, 한참 봄이라고 믿은 성급한 사람들을 혹독한 겨울이 마음껏 비웃으며 다시 찾아왔던 것이다. 새들은 자기네 둥지와 구석에 가서 숨었다. 꽃을 피운 나무들은 악천후의 광기에 시달렸다. 좋은 날씨에 멋지게 차려입은 아가씨들이 밝은색 면 옷을 입고 화려하고 섬세한 실크와 망사 장식들을 달고 야외로 소풍 나갔다가 피신할 곳도 없고 우산도 없이 소나기를 흠뻑 맞은 꼴이었다. 과일나무들의 하얀 꽃과 분홍 꽃들은 진흙탕 위로 떨어졌다. 우박에 꽃들이 다 찢겼다. 모든 것이 뒤로 후퇴했다. 이른 봄의 연출은 결과가 좋지 않았다. 수리부엉이는 각기 올리브나무로 돌아가 다시 시작해야 했다.

사순절 중반쯤의 일이었다. 베뚜스따는 두배로 열성을 보이며, 신앙생활에 전념했다. 예수회 선교사들도 우박처럼 그곳을 거쳐갔다. 그리스도를 꺼내들고 대포를 발사하듯 설교하는 퇴역 포병 마로또 신부와 콧소리를 내며 스페인어를 발음하는 나긋나긋한 고베르나 프랑스 신부는 카니발이 씨 뿌린 사랑과 기쁨의 꽃들을 참회의 힘으로 망가뜨렸다. 고베르나 신부는 '고모가'에 대해 말하고, 2000년이 지나 이제는 사라지고 없어진 니네베와 바빌로니아의 위대함을 인간사의 허망함에 대한 증거로 인용했다. 베뚜스따가 그들의 손바닥 안에 들어 있기 때문이었다. 베뚜스따는 비와 예수회 신부들 사이에서 우울해지고 두려움에 떨며 풀이 죽어 있었다. 물웅덩이와 진흙탕에 빠져 누렇게 뜬 자연의 모습은 존재의 허망함과 세상이 얼마나 가치 없는지 보여주었다. 모두 녹아내릴 것 같았다. 베뚜스따와 베뚜스따의 주변 모습으로 판단컨대, 우주는 허망한 꿈보다는 지저분하고 끈적거리는 모습들로 꽉 찬 기나긴 악몽과도 같았다. 자신의 기도문에 '지역색'을 입힐 줄 아는 고베르나 신부는 베뚜스따에서는 '우리는 먼지에 불과합니다'라는 말 대신 '우리는 진흙입니다'라고 했다. 베뚜스따에서 먼지? 하느님이 먼지라도 주시기만 한다면.

나쁜 날씨는 아나의 차분하면서도 나른한 체념을 앗아가버렸다. 끈질기고 성가신 비와 함께 예전의 두려움과 반항심, 영혼을 찔러대는 엉겅퀴들이 갑자기 돌아왔다. 그런데 이제는 그녀를 도와줄 신부가 없었다!

아나는 매일매일 더 혼자가 되어 버려진 기분이었다. 이제 페르민 신부를 그렇게 나쁘게 생각했던 게 불공평했다는 생각이 들기 시작했다. 독 바른 투창처럼 가슴에 박힌 의심들로 그를 절망에 빠트려 도망치게 했다는 생각이 들었다. 아나는 왜 그런 환멸, 즉 무욕의 이상적이고 순수한 우정에 대한 모욕에 더이상 반응을 안했었을까? 어쩌면 사랑받는다는 것은 사랑하는 이가 누구든지 간에 결코 불쾌한 경험이 아닐 수도 있다. 어쩌면 그 결별에 대한 해결 방안이 자기 자신에게 있다는 것을 알기 때문이었을 수도 있다. 혹 다음날이라도 그녀가 영적인 위안이 필요하다면 고해실로 달려가 고해신부 페르민 신부에게 자기는 그가 생각하는 그런 여자가 아니라고 설득할 수는 없을까? 어쩌면 그 말은 하루라도 빨리 해야 했다. 왜 페르민 신부는 있지도 않은 것을 생각하게 되었을까? 그랬다. 그에게 진실을 말해야 했다. 그러니까 있지도 않은 것에 대한 진실을 말해야 했다. 돈 알바로는 아나 오소레스에게서 아무것도 얻지 못했다는 얘기를 해야 했다. 그리고 그것은 사실이었다.

그러나 아나는 총대리신부를 찾아가기 전에 자기 스스로 영혼을 강하게 만들고 싶었다. 믿음이 흔들리는 느낌이었다. 자유사상가 돈 까를로스의 세속적 궤변이 매번 그녀를 찾아와 괴롭혔다. 그녀는 신부의 순결에 대한 의심부터 시작하여, 교회와 많은 교리들을 의심하게 되었다…… 하지만 그럴 때면 성당으로 달려갔다. 웅덩이를 뛰어넘고, 소나기에 겁먹지 않으며 이 본당에서 저 본당으로, 이 9일기도에서 저 9일기도를 찾아다녔고, 신도들이 찾아오지 않는 시간에 차가운 성당 바닥에서 오랫동안 머물기도 했다. 그녀는 성당 의자에 앉아 생각에 빠졌다. 사이사이 숨어 있는 경당에서 기도하는 노인의 기침 소리가 원형 천장으로 널리 울려퍼졌다. 사제를 돕는 불손한 복사의 발짝소리가 제단 위로 울려퍼졌다. 그리고 베뚜스따에서 날아온 희미한 소음의 울림이 침묵을 더욱 그윽하게 만들며 귓가로 전해졌다. 아나는 성당의 고독과 나른한 침묵에서 영감과 같은, 아니 자비의 향기와 같은 뭔가를 원했다. 성스러운 벽들과 제단들에서 그 향기가 나온다고 믿었다. 대낮과 같은 새하얀 빛 속에서 벽과 제단들이 기도 소리와 양초 연기가 쌓여 반들거리는 성자들의 목상과 석고상들을 자랑스럽게 보여주었다. 그런 모습은 대낮의 햇살에 비친 무대장식이나 각광 없이 길거리에서 공연하는 배우를 연상시켰다. 그러나 아나는 지금 그런 것을 생각하지 않았다. 그곳에서 허물어져내리고 있는 믿음을 찾았다. 왜 허물어지는 걸까? 교회가 총대리신부와 무슨 상관이란 말인가? 총대리신부는 그녀를 사랑하지 말았어야 했다…… 그럼에도 불구하고 교회의 가르침은 모두 여전히 진실일까? 당연히 그렇다. 그녀는 믿게 해달라고 기도했다. 그런데 총대리신부가 그 시험을 통과하지 못한다면 낭패였다…… 형제인 그가 위선자에 불과하다면…… 여러가지로 아버지 돈 까를로스가 결국 옳았다는 점을 인정할 수밖에 없었다. 그렇다, 그녀의 아버지였다. 그녀가 진심어린 눈물을 흘린 아버지였다. 종교는 신에 대한 내적 경의의 표현이라고 말했다. 우리는 그 신을 상상할 수 없고, 그가 누구인지 실증적 종교로는 설명할 수 없지만 아주 근사하고 훨씬 위대하다는 것이다. 그녀의 아버지는 이런 이단을 거침없이 말하였다. 그녀는 기도하고, 또 기도했다. 이제 명상은 더이상 도움이 되지 않았다. 그러고 나자 결국 마지막에는 내면에서 진지하고 약간은 젠체하는 목소리가 절규하였다. 하지만 한가지는 분명히 하자. 돈 까를로스의 말이 맞고 인간이 말로 표현할 수 있고 책에다 쓸 수 있는 것보다 하느님이 더 위대하고 더 근사할지라도, 우리 스스로 양심에 찔리는 죄라면 그분이 못 본 체 넘어갈 거라는 뜻은 아니다. 돈 알바로는 아직 안돼, 하느님이 뭐라든 안돼. 어찌 되었든 죄악은 죄악이야. 그게 옳아. 그런 결론을 내리면서 위안을 얻고 스스로 다짐하였다. 내 신앙이 무너질지라도 이런 욕정적 감각에 계속 맞서 싸울 거야, 여전히 사악한 것이니까.

아나는 호젓한 성당이 그녀의 믿음을 자극하지 않는다고 느끼기 시작했다. 차가운 벽은 찬양을 멈춘 시간에 성자들이 휴식을 취하는 모습이었다. 그리고 그 차가운 벽은 뇌의 묘한 유추로 환자가 연상되었다. 왕들의 피로감, 장날 괴물들의 피로감, 배우와 정치가들처럼 운명적으로 대중 앞에 서서 물질적으로 찬양하며 어리석은 관중들의 입을 벌려야 하는 사람들의 피로감이 연상되었다…… 또한 활기찬 예식이 없는 성당, 휴식기로 접어든 성당은 대낮의 연극 무대와도 같았다. 성물실 관리 사제와 복사가 무대 위로 올라가 나무십자고상에 어깨를 비비며 양초들을 대칭과 원근법에 따라 놓는 모습이 뭔지 모르는 속임수를 쓰는 공범자들처럼 보였다…… 이런 모든 불경스러운 두려움 이외에도 수많은 싸움의 원인이었던 병든 영혼의 병적인 유혹이 부주의라는 고통을 느끼게 했다. 기도문을 시작했지만 끝이 나지 않았다. 성스러운 전설의 후렴구가 역겨워지기 시작했다. 고독이 천가지 모습의 방탕한 악마들로 채워졌다. 고독은 마음속 소음들이 떼를 지은 무리였다. 이 모든 것이 그녀에게 고독한 성당을 떠나라고 강요했다. 다시 미사 시간으로 돌아가면 그녀가 찾는 새로운 믿음에서는 감각들이 중요한 부분을 차지해야 한다는 것을 알았다. 그녀는 향냄새와 제단과 제의의 찬란함, 일반 기도문의 날갯짓, 신자들이 'oro pro nobis'[3]라고 속삭이는 소리, 단체 기도의 신비스러운 힘, 의식의 체계적인 평온함, 의식을 행하는 사제의 위엄, 성가의 신비로운 막연함을 찾았다. 성가대석에서 들려오는 소리가 구름 위에서 내려오는 소리 같았다. 오르간에서 흘러나오는 멜로디가 예전 믿음의 부드럽고 뜨거웠던 감정들을 모두 한순간에 떠오르게 했다. 그때의 믿음은 순수한 믿음으로 엄마의 자장가와 신비주의 희망이 섞인 믿음이었다.

『엘 라바로』에서 하는 말을 믿어야 한다면, 그해 베뚜스따에서 치러지는 슬픔의 성모 9일기도는 특별히 중요했다.

적어도 행사가 치러지는 싼이시드로 성당은 그 어느 때보다 요란하게 치장했다. 고베르나 신부와 마로또 신부가 인위적이고 화려한

3 라틴어로 '저희를 위하여 빌어주소서'라는 뜻.

믿음의 씨를 뿌려놓았다. 원죄 없이 잉태되신 동정 마리아 축일 9일 기도 때처럼 성당에 파란색과 은색을 두를 수도 없었고, 상감세공이 된 고딕 예배실을 따라 주제단의 장식벽 앞에 작은 판지 구조물을 매달아놓을 수도 없었다. 하지만 성모의 일곱가지 슬픔과 비견할 수 있는 것은 모두 했다. 장식은 근엄하고 슬프고 침울한 분위기였다. 모두 검은색과 금색이었다. 대성당의 성가대를 싼 이시도르 성당으로 통째로 데려오고 파산하여 뿔뿔이 흩어진 베뚜스따의 극단 사르수엘라의 단원들을 모아 보강하였다. 설교는 예수회의 마르띠네스 신부가 맡았다. 상당한 비용을 지불하고 멀리서 모셔왔다. 성당 주출입구의 휘장을 배경으로 대제단을 바라보며 자선 테이블이 차려졌고, 지체 높은 부인들과 제일 예쁜 숙녀들, 무슨 일이나 끼어드는 부인들이 헌금을 모으고 성서와 메달, 스카풀라를 팔았다.

비와 지루함, 믿음, 습관이 수많은 사람들을 성당으로 이끌었다. 성당은 오후마다 사람들로 가득 차고 넘쳤다. 베뚜스따 사람 한명도 더 들어갈 틈이 없었다.

학생들이 대부분인 베뚜스따의 젊은 평신도들 사이에는 과도한 신앙이든 일찌감치 시작한 냉담이든 차이가 두드러지지 않았다. 그들에게는 특별한 생각이 없었다. 보수당과 자유당도 있었지만 거의 대부분은 여자들을 보러 미사에 나왔다. 9일기도에도 빠지지 않았다. 그들은 싼이시드로 성당의 경당과 구석으로 흩어졌다. 망토로 비스듬히 가리고는 성격에 따라 로맨틱하거나 장난기 가득한 얼굴로 혼기가 찬 여자들에게 윙크를 건넸다. 여자들은 매우 정숙하고 훌륭한 그리스도교인이지만, '관계'라고 부르는 것을 맺고 싶어하는 마음 또한 적잖았다. 마르띠네스 신부가 ― 그는 이미 5천 레알은 챙겨두었다 ― 어머니의 고통과 같은 고통은 없다는 말을 백번째 반복하였다. 하지만 그의 표정에서 고통스러운 모습은 눈곱만큼도 찾을 수 없었고, 그가 상복을 두른 제단의 성상 위로 닳고 닳은 우중충한 바로크 문장들이 가득한 기도문을 고장난 기계처럼 퍼부어대는 동안 불경한 사랑은 눈에 보이지 않는 나비처럼 성당 안을 훨훨 날아다녔다. 새로운 기쁨을 알리기 위해, 봄이 들판에서 마을로 보낸 나비들과도 같았다.

아나 오소레스는 제단 근처에서 무릎을 꿇고앉아, 순수한 믿음에 마음을 더하기 위해 정신을 가다듬고 있었다. 설교대에서 구슬프게 윙윙거리는 소리가 들려왔다. 문 사이로 걸린 바람의 한탄소리와 함께 소나기가 멀리서 주룩주룩 내리는 소리 같았다. 아나는 예수회 신부의 말은 듣지 않고, 수천곳의 마을들에서 몇세기를 두고 반복된 확실한 진실의 조용한 웅변을 듣고 있었다. 집단 믿음과 일반 신앙, 가난과 무지로 축소된 따분한 마을 전체가 이상적인 지역으로, 기적적인 추상화로 절대의 찬양으로까지 거의 기적적으로 승격되었다. 판사 부인은 자기 식으로 생각했다. 그 믿음의 파도가 자기까지 휩쓸어가기를 바랐다. 그녀는 그 거품의 분자가, 낯선 힘에 이끌려 삶이라는 사막으로 간 먼지의 입자가 되고 싶었다. 그것이 그녀가 막연하게 이해한 이상적인 길이었다.

마르띠네스 신부가 입을 다물자, 오르간이 다른 식으로 얘기를 시작했는데 화려한 강론자보다 훨씬 좋았다. 오르간이 마리아의 슬픔을 훨씬 더 진심으로 느끼는 듯했다…… 아나는 마리아와 로시니를 떠올렸다. 그리고 열여덟살 때 그 성당에서 「스따바뜨 마떼르」⁴를 처음으로 들었던 때를 떠올렸다……오르간이 할 말을 하고

---

4 Stabat Mater. 그리스도가 십자가에 못 박혔을 때의 성모의 슬픔을 노래한 성가.

나면 신자들은 잘 연습한 거물급 성가대처럼 단조롭고 장엄한 후렴구를 따라 불렀는데, 마치 신선한 꽃비가 위에서부터 흩날려 내려오는 듯했다. 아이들이 부르고, 노인들이 부르고, 여자들이 불렀다. 그리고 아나는 이유도 없이 울음을 터트렸다. 그녀의 옆으로 가난한 금발 사내아이가 누더기를 뒤집어쓴 어머니의 치마 바로 옆 바닥에 앉아 있었다. 안색이 창백하고 체구가 마른 아이는 이동 제단의 슬픔의 성모를 두 눈으로 응시하며 눈썹도 깜빡이지 않고 노래 불렀다. 그러다가 갑자기 무슨 생각이 들었는지 자기 어머니 쪽으로 고개를 돌리고 말했다. "어머니! 빵 주세요!"

한 노인이 고해실 바로 옆에서 떨리는 목소리로 장엄하고 달콤하게…… 노래를 불렀다. 그는 노년의 특권을 누려야 하는 나이인데도 굶주림이 강요하는 노동의 피로를 감추며 노래 불렀다. 시민 전체가 노래를 부르고, 오르간이 아버지처럼 성가대에 반주를 맞춰주었다. 이루 말할 수 없이 위안을 주는 슬픔의 이상적인 영역, 음악 구역이 되고 있었다.

이것을 없애려는 치졸한 사람들이 있다니! 아나는 생각했다. 오! 안돼, 안돼! 싫어! 성모마리아, 당신과 함께, 영원히 당신과 함께, 영원히 당신의 발밑에서 슬픈 사람들과 함께하겠습니다. 그것이 영원한 종교지요. 세상의 슬픔을 울며 사는 것이, 눈물을 지으며 사랑하는 것이 종교지요…… 그리고 페르민 신부를 떠올렸다. 오, 그녀가 그 남자에게 얼마나 배은망덕하고, 얼마나 잔인하게 굴었던가! 그를 얼마나 슬프고, 얼마나 외롭게 했던가!…… 베뚜스따가 그에게 존경의 왕관을 씌워준 후 그를 비난하고 비웃고 경멸했다. 그리고 그녀는, 명예와 가장 소중한 종교를 그에게 빚진 그녀는 그를 저버리고 잊었다…… 그런데 왜? 어쩌면 거의 확실하게 허영심과 어설프고 무례한 간교함에 대한 두려움 때문일지도 몰랐다. 아아! 왜냐면 그녀가 감각적인 사랑이라는 못된 벌레에 물렸기 때문이었다. 왜냐면 그녀가 실제로는 아니더라도, 욕망의 차원에서 돈 알바로에게 넘어갔기 때문이었다. ─ 이것은 사실이었다. ─ 왜냐면 그녀가 죄를 지었기 때문이었다. 그녀의 영혼의 형제, 친애하는 영적인 아버지도 죄인일까? 무슨 증거라도 있나? 모든 게 두려움은 아닐까? 환영을 본 것은 허영심이 아닐까? 페르민 신부가 언제 순수함이 의심되는 뉘앙스로 얘기한 적이 있었나? 그들은 단둘이 수천번도 넘게 있지 않았나? 서로 꽤 가까이 있었는데도 몸도 닿지 않았고, 무고한 스킨십을 경솔하게 시도하지도 않았다. 그런 게 그에게 숨어 있었더라도, 불길이 일어날 수도 있는 단순한 애정표현도 하지 않았다…… 그런데 그가 버림받았어! 신문에서까지 조롱받았어. 믿음이 없는 사람들까지도 총대리신부의 영향력을 끌어내리기 위해 선교사들을 칭찬하고 있어. 유행과 중상모략이 그를 구석으로 몰아넣었어. 그리고 나 역시 치사한 중생처럼 소리를 지르고 있어. 그를 십자가에 매다시오! 그를 십자가에 매다시오!…… 라고. 그런데 그가 약속한 희생은? 내가 그 남자에게 갚기 위해 찾아다니는 그 위대한 희생은?

그 순간 신자들의 찬송이 그쳤다. 엄숙한 침묵이 뒤를 이었다. 나중에는 기침소리와 반들거리는 포석 위로 신발과 나막신을 끄는 요란한 소리가 들렸다…… 억눌린 초조함이었다. 문 쪽에서 비시따와 후작 부인이 방심한 믿음의 주의를 끌기 위해 '땡땡'거리며 동전으로 요란하게 쟁반을 두드리는 소리가 울려퍼졌다. 허공에는 조용하게 수군거리는 소리가 이어졌다. 성가대에서는 바이올린과 플루트가 억눌린 불평과 한숨 소리들과 함께 살아 있다는 신호를 보내왔다. 악보가 넘어가는 소리가 들렸다. 바이올린 한대가 으르렁거렸다. 양철판을 두번 두드리는 소리가 들렸다…… 다시 침묵이 감돌았다.「스따바뜨 마떼르」가 시작되었다.

로시니의 장엄한 음악이 아나의 환상을 더욱 가중시켰다. 머릿속에서는 분노한 신경들이 내린 결정이 힘차게 뿜어져나왔다. 의식적인 환상처럼. 마치 자신이 그 안에 있기라도 한 듯, 그녀는 자기가 내린 결정을 보았다. 그랬다…… 그녀는…… 그녀는…… 아나는 십자가 아래에 서 있는 마리아처럼 신부의 발밑에 있었다. 총대리신부도 중상모략 때문에, 어리석음 때문에, 질투 때문에, 경멸 때문에…… 십자가에 못 박혔다. 그리고 살인마와 같은 사람들이 그에게 등을 돌리고, 그를 그곳에 혼자 내버려두었다…… 그리고 그녀도…… 그녀도…… 똑같았다! 오! 안돼! 십자가의 고난으로! 십가가의 고난으로! 그녀의 아들이 아닌, 그녀의 아버지이자 형제이고, 마음의 형제이자 아버지인 그의 십자가 아래로.

성모마리아가 그녀에게 그래, 잘한 일이다, 라고 그리스도교인으로서 합당한 결정이라고 했다. 십자가가 있는 곳이면 살아 있을 때 어떤 사람이었고 무엇 때문에 매달렸는지 묻지 않고 그 발밑에서 울 수 있다. 순교자의 발밑에서 울 이유야 훨씬 더 많을 것이다. 그 순간만큼은 흉악한 강도[5]에게마저 측은한 마음이 생겼다. 총대리신부라면 얼마나 측은한 마음이 클 것인가! 그녀에게 그는 도둑도 아니고, 나쁜 사람도 착한 사람도 아니었다! 희생의 모습과 시간, 기회, 모든 것이 정해져 있었다. 그녀는 뒤를 돌아보지 않겠다고 맹세했다. 살아가기 위해서라도 더 격렬한 자극이 필요했다. 나

---

5 십자가에 매달린 예수를 보고 옆에서 조롱한 강도를 가리킨다.

중에 피로감이, 팽팽한 긴장감이 느슨해져 그녀의 마음에 비겁한 생각과 세속적이고 무미건조한 방법들, 사람들이 수군거릴 얘기에 대한 두려움이 생겨도 신경 쓰지 않을 생각이었다…… 그녀는 주저하지 않고, 더이상 고민하지 않고, 곧바로 자기의 목적을 향해 달려갈 생각이었다. 그녀는 결심한 대로 실천으로 옮길 생각이었다. 그리고 차분하게 자기 자신에 대한 확신에 차서, 슬픔의 성모마리아를 다시 떠올리며, 자살충동과 함께 슬픈 음악의 파도에 몸을 던졌다…… 그랬다. 그녀는 마음속에서 의심, 슬픔, 냉정, 어리석고 용의주도한…… 세상의 영향력을 없애버리고 싶었다. 그녀는 자기 주변에 있는 열정의 불꽃으로 돌아가고 싶었다.

26장

돈 산또스 바리나가의 장례식을 치른 이후 돈 뽐뻬요는 다시 건강을 회복하고 즐거운 시간을 갖지 못했다. 공동묘지에서 겪었던 오한이 반복되었으며, 흠뻑 젖은 후 열병에 시달리면서 오한이 갈수록 더욱 심해져 힘든 시간을 보냈다. 돈 뽐뻬요는 계속 슬픔에 잠겨 지냈다. 그가 경배하던 정의의 태양이 사라졌고 주변에서 목도한 사악한 장면에 실망한 나머지 흔들림 없는 인류의 진보까지 의심하게 되었다. 로랑[1]이 말은 제대로 했다. 우리가 야만인보다 훨씬 앞서 있다고 하지만 여전히 망나니 몇명은 존재한다! 그렇다면 우정은? 우정은 이미 끝난 얘기였다. 빠꼬 베가야나, 알바로 메시아, 호아낀 오르가스, 진짜 존경받는 건지 아니면 겉으로만 존경받는 건지 모를 포하. 그들 모두 좋은 친구라고 말하였는데, 중국

---
1 프랑수아 로랑(François Laurent, 1810~87). 벨기에 역사가이자 법률가. 18권 분량의 『인류의 역사에 대한 연구』(*Études sur l'histoire de l'humanité*)를 집필했다.

사람처럼 그를 속였다. 그를 우롱했던 것이다. 그를 끌어들여 지옥의 공포에서 벗어나려고 식사 때만 실증적인 종교를 부인하는 몹쓸 인간들이었다. 돈 뽐뻬요는 '마음이 경박한' 그 모든 위인들과 단번에 관계를 끊은 후 다시는 카지노에 발길을 돌리지 않았다. 아무 종교도 믿지 않으면서도 모든 종교를 존중하던 남자 돈 뽐뻬요 기마란이 성탄절 날 술에 취해 성탄 자정미사를 보며 대성당을 신성모독했다는 소문이 베뚜스따 전체로 퍼졌다는 걸 알고 그런 결단을 내렸다. 그가 망토 아래 원숭이가 그려진 아니스 술[2]을 숨겨 갔다는 말까지 퍼졌…… 원숭이가 그려진 술이라니!…… 그가…… 기마란이!…… 그는 다시는 카지노에 가지 않았다. 그에게 술을 먹여 성전에 들어가도록 강요한 치사한 인간들은 중상모략으로 그를 박살내고도 남을 위인들이었다. 교회의 축제를 축하한답시고 술에 취해서 성스러운 미사에 난입해 존중해야 할 대성당 안을 휘젓고 다닌 무신론자에게 앞으로 무슨 권위가 쥐어지겠는가?

돈 산또스의 비참한 장례식과 그로 인해 사람들 대부분이 총대리신부를 곱지 않은 시선으로 바라보는 것만으로도 많이 속상한데!

아니, 더이상의 종교전쟁은 원치 않았다. 그런 엄청난 일을 도모하기에는 이미 너무 늙었다. 가만히 입 다물고 있는 게 나았다. 모든 사람들과 두루두루 잘 지내는 게 나았다. 돈 산또스의 죽음을 떠올릴 때마다 그는 두려움에 떨었다. 개처럼 죽다니! 게다가 나에게는 아내와 네 딸들이 있는데!

돈 뽐뻬요는 대인기피증을 갖게 되었다. 늘 날이 어두워져서야

----

2 19세기부터 스페인에서 대중적으로 인기가 있는 술로 술병에 새겨진 원숭이 그림이 당시 진화론을 주장한 다윈을 연상시킨다는 설이 있다.

혼자 외출했으며, 바로 집으로 돌아왔다.

어느날 밤 대성당에서 들려오는 시끌벅적한 소리가 그의 관심을 끌었다. 폭죽 소리도 들려왔다. 저게 뭐지? 대성당 종탑은 베네찌아풍의 색유리와 중국풍의 등불에 환하게 밝혀져 있었다. 종탑 아래로는 반들반들한 포석이 깔려 있었고, 튼튼하고 투박한 쇠창살이 가로막혀 비좁아터진 성당 앞마당으로 수많은 사람들이 몰려들어 시커먼 구더기가 잔뜩 뒤엉킨 모습이었다. 인분이 발효되어 가스가 보글거리는 것처럼 고함과 웃음, 먼바다의 파도 소리처럼 묵직한 철썩거림이 멀리서 들려왔다.

열 때문에 오한이 들어 이가 딱딱 부딪히던 돈 뽐뻬요는 루아 거리의 제일 높은 곳에서 발길을 멈추고 종탑 아래에 개떼처럼 몰려 있는 사람들을 내려다보았다. 사람들은 광장 전체로 넓게 퍼질 수도 있는데도 굳이 그 좁은 공간에 몰려 있었다. 왜 그런지 잘 알았다. 가톨릭 신자들이 무슨 연례 축일을 축하하고 있는 모양이었다. 하지만 어떻게? 정말 비웃음밖에는 나오지 않았다! 돈 뽐뻬요는 대성당 입구 쪽으로 걸어가 밖에 서서 바라보았다. 베뚜스따의 최고와 최악이 그곳에 떼거지로 몰려 있었다. 조끼 만드는 사람들, 무기 만드는 사람들, 불레바르 산책로에서 빈곤의 악취를 풍기는 넝마와 누더기를 걸친 위대한 세상이 에스뽈론과 카지노 무도회에 들락거리는 '우아한 베뚜스따'와 거만하게 노닥거리며 어깨를 나란히하고 있었다. 돈 뽐뻬요 식으로 표현하면 성직 면허증을 보유한 베뚜스따의 금칠한 청춘들까지 나서서 축일을 축하한답시고 망토를 두르고 함께 부대끼며 난리법석이었다. 사제복과 평복을 모두 함께 우겨넣고 압축하여 마치 음탕한 고기로 커다란 소시지를 만드는 듯했다. 그 캄캄함 속에는 숨쉴 공기도 없고 다른 피조물과의 접촉이라는 느낌, 다른 말로 무리짓기, 심하게 표현하면 돼지떼의 본능이라는 부적절한 느낌 외에 다른 기쁨은 찾아보기 힘들었다. 돈 뽐뻬요는 생각했다. 발효되어 썩고 있는 곳, 생각없는 구더기떼의 현장에서 눈을 돌려 높은 곳을 바라보았다. 꼭대기에서 천국으로 가는 길을 가리키는 빨간 불빛이 반짝이는 뾰족탑을 바라보며 생각에 잠겼다. 이곳에는 그리스도교인이 한명도 없어. 돌무더기밖에는!

돈 뽐뻬요는 인류와 정의, 진보 등을 의심하며, 위아래가 부딪히지 않게 이를 악물고 슬픔에 잠긴 채 걱정스러운 얼굴로 대성당을 빠져나왔다. 그러고는 집으로 돌아갔다…… 신경을 안정시키는 띨라 차를 청해 마신 후 바로 잠자리에 들었다…… 집에 있는 담요들을 모두 꺼내와 덮어주는 아내와 딸들에게 둘러싸인 자신을 보며, 냉정한 무신론자는 달콤하면서도 잔잔한 슬픔과 기분 좋은 열기를 느끼며 자기 자신에게 말했다. 결국 따지고 보면 종교는 있다. 가정이라는 종교.

다음날 아침, 그는 종을 울려 식구들을 모두 깨웠다. 몸이 안 좋구나. 소모사를 불러라. 소모사는 별거 아니라고 했다. 그런데 8일이 지나자 '환자를 준비시켜야 하는' 심각한 상황이라고 그의 아내에게 말했다. "그를 준비시켜야 합니다." 무슨 준비? "잘 떠날 준비."

돈 뽐뻬요의 네 딸 중 둘은 그 얘기를 듣고 어머니와 함께 정신을 잃었다.

훨씬 강한 다른 두 딸은 곰곰이 생각에 잠겼다. 누가 고양이의 목에 방울을 달 것인가? 누가 아버지에게 성체 받으라는 얘기를 꺼낸단 말인가?

큰딸 아가삐따가 아버지에게 말했다.

"아버지, 아버지는 정말 좋은 분이에요. 분명 저를 당혹스럽게 하지 않으실 거예요. 특히 어머니에게 고민을 주지 않으실 겁니다. 어머니는 아빠를 무척 사랑하고, 또 아주 믿음이 깊고……"

"사랑하는 아가삐따야. 더 말하지 않아도 돼." 환자가 다정하고 감미로우면서도 꺼져가는 목소리로 말했다. "무슨 말인지 안다. 종부성사를 하라는 거지? 그래, 그래. 어떻게 해야 할까? 나도 요며칠 이 순간을 기다려왔다. 천사 같은 소모사가 나를 놀래고 싶지 않았겠지. 하지만 내가 안 좋다는 건 진작부터 알고 있었다. 너희들을 어떻게 하면 편하게 해줄지 생각해왔어. 하나만 부탁하자…… 총대리신부를 모셔오너라. 페르민 신부가 종부성사를 해주었으면 싶다. 그가 내 고해를 듣고 죄를 사해주면 좋겠다."

아가삐따는 아버지의 앙상한 가슴 위로 엎드려 울음을 터뜨렸다. 소모사와 돈 뽐뻬요의 막내딸 뻬르뻬뚜아가 응접실에서 그 대화를 듣고 있었다. 30분 후 베뚜스따 전체가 그 기적을 알게 되었다. 무신론자가 잘 죽게 도와달라고 총대리신부를 청했다네!

페르민 신부는 침대에 누워 있었다. 침대 발치에 개처럼 엎드려 있던 그의 어머니는 누구든지 성가신 사람이 들어오는 낌새만 보였다 하면 으르렁거렸다. 신부는 신경통을 앓고 있었다. 그의 머릿속에서는 아주 미세한 소리라도 발길질을 해대는 것처럼 크게 울렸다. 도냐 빠울라는 모든 소음을 차단시켰다. 그녀는 까치발로 돌아다녔으며, 거의 둥둥 떠다니다시피 했다.

떼레시나는 돈 뽐뻬요의 딸들이 보낸 전갈이 꽤 심각한 것 같아, 평소의 규칙을 깨야 할 것 같았다.

"기마란 씨의 부인과 자녀분들이 보낸 전갈이 있는데요."

"기마란!" 눈은 감고 있었지만 깨어 있던 총대리신부가 말했다.

"기마란이라니! 정신 나간 소리……" 도냐 빠울라가 아주 나지막하게 으르렁거렸다.

"네, 마님. 기마란 씨예요. 돈 뽐뻬요가 위독하답니다. 그래서 신부님께 종부성사를 받고 싶다는데요."

아들과 어머니는 화들짝 놀랐다. 도냐 빠울라가 벌떡 일어났고, 페르민 신부가 침대에서 몸을 일으켜 앉았다.

그는 기마란의 하녀를 안으로 불러 전갈 내용을 다시 물었다.

하녀가 눈물을 흘리고 한숨을 쉬며, 총대리신부에게 종부성사를 받겠다는 다행스러운 소식과 가족의 슬픔을 전했다.

신부와 도냐 빠울라는 눈으로 상의했다. 서로 마음을 읽었다.

"우리 신부한테 해가 되려나요?"

"아니오. 지금 당장 가보겠습니다."

"가세요. 신부님이 많이 편찮기는 하지만 급한 게 우선이니 지금 당장 간다고 말하지요."

아들과 어머니 단둘만이 남았다.

"그 작자가 장난치는 걸까요?"

"아닙니다. 그는 불쌍한 악마입니다. 이렇게 끝나야 했어요. 하지만 그가 아픈지는 몰랐습니다."

페르민 신부가 어머니의 도움을 받아 옷을 입으며 말했다. 그녀는 궤짝 맨 아래서 가장 따뜻한 옷을 꺼냈다.

"페르민, 몸이 정말 안 좋으면…… 그러니까 신경이 쓰일 정도라면……"

"아니에요. 아닙니다. 괜찮아요. 이건 지체할 수 없는 일입니다…… 하지만 두통은 참을 수 있어요. 거기서 알기 전에 얼른 가야 해요…… 모르시겠어요?"

"그래, 당연히 알지요. 신부 말이 맞아요."

그들은 아무 말도 하지 않았다.

페르민 신부는 몸을 일으키려고 벽과 어머니의 어깨를 잡았다.

그는 서재에서 잠시 앉아 있었다.

"마차를 부를까요?······"

"네, 당연하지요. 이미 불렀을걸요. 여기 골목 모퉁이에 있는 베니또······"

떼레시나가 들어왔다.

"도련님에게 온 편지입니다."

도냐 빠울라가 편지를 받았다. 그녀는 봉투에 적힌 글씨체를 알아보지 못했다.

페르민 신부는 알아보았다. 아나의 글씨였다. 떨리는 손으로 써서 흔들린 글씨체였다······

"누구 거요?" 페르민 신부의 안색이 창백해지자 어머니가 물었다.

"모르겠습니다······ 나중에 보겠습니다. 지금은 마차로······ 기마란을 만나러······"

그는 일어나서 편지를 안쪽 주머니에 넣고 확고한 걸음걸이로 문 쪽으로 갔다.

도냐 빠울라는 뭔지 모르게 찜찜하기는 했지만 이번만큼은 차마 더 묻지 못했다. 병들어 우울하고, 어쩌면 절망에 빠진 아들이 어머니를 위해, 위대한 그녀의 역사를 연장하기 위해, 그러니까 돈벌이를 위해 밖에 나가야 하는 게 안쓰러웠다. 아들은 가장 요란하고, 가장 확실하고, 가장 이익 창출이 큰 기적, 회심의 기적을 찾아서 잃어버린 신용을 되찾으러 가는 길이었다. 아들은 영웅이었다.

그 사순절 내내 얼마나 힘들어했던가! 도냐 빠울라는 아들과 판사 부인이 이제는 서로 만나지 않는다는 것을 눈치챘다. 보아하니, 다툰 것 같았다. 처음에는 어머니의 이기심이 앞서, 자기가 상상하던 그 이별을 기뻐했다. 그녀는 자기 아들이 절대 먼저 굽히며 화해를 청하지 않을 거라는 걸 알고 있었다. 그전에 그곳에서, 베뚜스따 전체와 주변 사람들에게 밤낮으로 받은 분노로 압박을 받다가 결국에는 쓰러지고 만 그 침대에서, 개처럼 절망에 허우적거리다가 죽을지도 모른다. 하지만 알 수 없는 병으로 한층 복잡해진 페르민 신부의 말 없는 절망이 자기 식으로 아들을 사랑하는 어머니를 겁먹게 했다. 아들이 그 병 때문에 끝내 미칠 수도 있다. 어느날 밤인가는 페르민이 몸부림치는 것을 밤새우며 지키다가 별의별 생각이 다 들었다. 어머니만이 할 수 있는 기적 같은 일들을 생각해냈던 것이다. 자기가 직접 그 모든 일에 잘못이 있는 그 못된 년을 찾아가 목을 매달거나, 아니면 머리채를 움켜잡고 질질 끌고 바로 거기 침대 발치에 와서 자기처럼 밤새우고 돌보라고, 자기처럼 울라고, 명예가 됐든 구원이 됐든 어떤 댓가를 치르더라도 자기 아들을 구해내라고, 아니면 아들과 함께 죽으라고 말하고 싶었다…… 나중에 이성을 되찾아 이런 말도 안되는 생각들을 떨쳐내고 나면, 도냐 빠울라에게는 말없이 응축된 분노와 이상한 계략을 꾀하고 싶은 막연한 생각만 남았다. 판사 부인을 붙잡아다가 페르민 신부가 원하는 대로 시키고…… 그러고 나서 그녀를 죽이거나 혀를 뽑아버리고 싶다는 계략이었다……

페르민 신부는 아나와 헤어진 후 처음 며칠 동안은 아닌 척하며 어머니 모르게 떼레시나에게 자주 물었다. 나한테 온 전갈이나 편지 없느냐? 그후에는 도냐 빠울라도 떼레시나와 단둘이 있을 때면 목이 멘 그렁그렁한 목소리로 물었다. 도련님에게…… 무슨 편지나 전갈 온 거 없니?

없었다. 아무 전갈도 없었다. 사순절은 그렇게 흘러갔고, 고난주간이 시작했다가 끝나가고 있었다…… 그런데도 아무것도 없었다.

그녀의 편지가 분명해. 도냐 빠울라는 떼레시나가 전해준 편지를 보고는 그렇게 생각했다. 그녀는 화가 나기도 하고, 다행스럽기도 했다.

신부는 양쪽 귀에서 태풍을 느꼈다. 정신을 잃고 쓰러질까봐 두려웠다. 그러나 나가기로 마음먹었다. 그리고 어머니가 아무리 강하게 청해도 그 앞에서는 편지를 읽지 않겠다고 다짐했다. 편지는 그의 것이었다. 자기만의 것이었다. 마차가 도착했다. 삐걱거리는 4인승 낡은 포장마차였다. 검은 말과 하얀 말이 끄는데, 두 마리 모두 지저분한데다 제대로 못 먹어 쓰러질 듯 보였다.

대문 앞까지 따라나온 도냐 빠울라가 마부에게 신신당부했다.

"돈 뽐뻬요 기마란의 집으로…… 잘 알지요?……"

"네. 네……"

마차가 골목으로 접어들었다. 페르민 신부가 유리창을 열고 소리 질렀다.

"천천히 갑시다."

그는 아나의 편지를 읽었다.

그는 떨리는 손으로 봉투를 뜯은 후 서로 뒤엉켜 어지러운 분홍빛 잉크의 글자들을 읽어내려갔다. 흐릿한 시야 앞에서 증발되어 사라지는 글자들을 읽는다기보다 짐작으로 알아맞혔다.

페르민 신부님. 신부님을 봬야겠습니다. 신부님께 용서를 구하고,

제가 신부님의 애정 깊은 구원을 받을 수 있는 사람이라고 신부님께 맹세하고 싶습니다. 하느님이 저에게 다시 한번 더 깨우침을 주려고 하신 거였어요. 성모마리아는, 저는 확신해요, 성모마리아는 제가 신부님을 찾기를, 신부님을 청하기를 바라세요. 제가 직접 댁으로 찾아뵐까도 생각해봤어요. 하지만 경솔한 짓이 될까봐 두려웠습니다. 그럼에도 불구하고 신부님이 편찮아 외출하실 수 없는 게 사실이라면 제가 가겠습니다. 어디서 신부님과 얘기를 나눌 수 있을까요? 자비심으로라도 신부님께서 제 편지에 답장을 주실 거라고 확신합니다. 답장을 주시면 제가 그곳으로 찾아뵙겠습니다. 저는 신부님과 가장 친한 친구이자 신부님의 노예입니다. 저는 그렇게 맹세했고, 앞으로 보여드리겠습니다.

아나 오소레스

페르민 신부는 더는 고통이 느껴지지 않았다. 심지어 아팠었다는 생각조차 들지 않았다. 그는 하늘을 바라보았다. 어두워지고 있었다. 그가 열에 들뜬 손으로 마부의 파란 남방을 잡아끌자 마부가 고개를 돌렸다.

"왜 그러십니까?"

"누에바 광장으로…… 린꼬나다로……"

"네, 알겠습니다…… 하지만 지금요?"

"그렇소. 지금 당장. 얼른."

마차는 시키는 대로 계속 달렸다.

낀따나르가 있다면, 제발 없기를 바라지만……아나가 나를 보는 것만으로도 충분해. 그곳에서 나를 보는 것만으로도…… 그가 없다면…… 좋지. 그러면 얘기할 거야. 얘기를 해야지……

신경도 많이 쓰고 많이 놀라기도 하여 지친 페르민 신부는 어두운 마차 구석의 닳아서 반들거리는 푸른색 태피스트리 위로 고개를 떨어뜨렸다. 그는 펄펄 끓어오르는 두 손으로 얼굴을 감싼 후 아이처럼 울었다. 자기 혼자만이 알고 있는 그 눈물이 부끄럽지는 않았다.

낀따나르는 집에 없었다.

총대리신부는 7시부터 8시 반 넘어서까지 오소레스 저택에 머물렀다. 그가 나갔을 때는 마부가 마부석에서 졸고 있었다. 마부는 마차의 등불을 밝힌 채 두둑한 돈을 챙길 거라 확신하며 졸면서 기다렸다. 페르민 신부는 9시 15분 전에야 돈 뽐뻬요의 집에 도착했다. 응접실은 성직자들과 신자들로 가득했다. 돈 뽐뻬요의 딸들이 모두 총대리신부를 맞이하러 달려나왔다. 신부의 얼굴은 초자연적일 정도로 창백하게 빛났다. 후광에 싸여 있다고 말할 수 있을 정도였다.

재촉하기 위해 총대리신부의 집으로 세번이나 전갈을 보냈다. 돈 뽐뻬요는 종부성사를 원했지만 페르민, 페르민 신부를 원했다. 총대리신부에게만 자기 죄를 얘기하고 잘못을 털어놓고 싶다고 했다. 마음의 소리가 총대리신부를 부르라고, 총대리신부만을 부르라고 강력하게 원한다고 했다.

도냐 빠울라는 아들이 연락을 받자마자 바로 마차를 타고 7시에 나갔다고, 곧바로 돈 뽐뻬요의 집으로 갔다고 말했다. 하지만 총대리신부가 오지 않자 계속해서 전갈이 왔다. 도냐 빠울라는 화가 치밀어올랐다. 대체 어떻게 된 거지? 또 무슨 정신 나간 짓이람?

총대리신부가 나타나지 않자, 결국 돈 뽐뻬요의 딸들은 주임신부와 꾸스또디오 보좌신부, 본당 신부를 불렀다. 그리고 환자와 교류가 있었던 다른 신부들도 불렀다. 하지만 모두 소용이 없었다. 환자는 총대리신부만을 원했다. 마음의 소리가 절규하며 그를 원했다. 주임신부는 죽어가는 사람의 침대 옆에서 질투로 죽을 것 같았으며, 분노가 치밀어올라 시퍼레졌다. 그래도 평소와 다름없이 미소는 잃지 않았다.

"하지만 기마란 씨, 우리 모두 십자가에 매달리신 그리스도의 사제라는 걸 알아주십시오…… 당신의 회심이 진지하니만큼……"

"네, 진지합니다. 나는 단 한번도, 아무도 속인 적이 없습니다. 나는 교회와 화해하고 교회의 품에서 죽고 싶습니다. 하느님이 원하신다면요……"

"오, 당연히 원하시지요. 당연히요……"

"나는 그렇게 믿습니다. 하지만 어찌 됐든…… 나는 내 조상들의…… 그늘 안으로…… 돌아가고 싶습니다. 하지만 페르민 신부의 도움이 있어야 합니다. 그것을 원하는 강력한 이유들이 있지요. 내 양심의 목소리가……"

"예, 양심의 목소리는 당연히 존중받아야지요…… 당연히 존중받아야지요…… 하지만 총대리신부가 나타나지 않으면……"

"위험이 커졌는데도 그가 나타나지 않는다면, 그때는 당신들 중 아무한테나 종부성사를 하겠습니다. 그때까지는 그를 기다리고 싶습니다. 기다릴 마음입니다."

본당 신부도 주임신부보다 수확이 크지는 않았다. 꾸스또디오 보좌신부는 두말할 것도 없었다. 주임신부의 의견에 따르면, 그곳에 있는 사제들 모두 '망신을 당했다.' 정말이지 모두들 안색이 붉으락푸르락했다.

"이거 무슨 계략이 아닐까?" 주임신부가 꾸스또디오 보좌신부에게 귓속말로 말했다.

한참을 기다린 끝에 총대리신부가 도착했다.

돈 뽐뻬요의 딸들이 그를 자랑스럽게 아버지 곁으로 데려갔다.

페르민 신부는 하늘에서 강림한 성자와도 같았다. 아름답고 강인한 그의 얼굴에서는 만족스러워하는 천사장의 기쁨이 빛을 발하고 있었다. 용모가 수려하고 늠름한 젊은 시골 청년과도 같았다. 그순간에는 열정으로 가득해 젊고 수려한 모습이었다. 돈 뽐뻬요가장갑 낀 총대리신부에게 악수를 청하였지만, 총대리신부는 아직현실로 돌아오지 못한 채 자신이 아주 중요한 역할을 맡았던 달콤한 화해의 장면을 계속해서 음미하고 있었다. 아나가 다시 그의 여자가 되었다! 그의 노예가 되었다! 그녀가 울면서 무릎을 꿇고 계획을 말했다…… 적당한 기회에 자기가 고해신부의 노예라는 것,그를 맹목적으로 믿고 있다는 것을 베뚜스따 전체에 보여주겠다는번복할 수 없는 계획을 말했다!…… 페르민 신부는 그것을 떠올리는 순간, 아나가 보여준 결심을 세세하게 떠올리는 순간, 양다리가후들거렸다. 그가 도덕적이라고 부르는 기쁨은 사그라졌지만 뜨거운 입김처럼 그의 뼛속까지 전해졌다. 의자를 청했다. 그는 환자옆에 앉아 처음으로 자기 앞에 있는 남자의 얼굴을 보았다. 얼굴은개암나무 껍질처럼 창백하고, 몸에는 양피지와 다름없는 가죽과뼈만이 남아 있었다. 돈 뽐뻬요의 눈에는 반짝이는 물기가 어려 있었다. 그는 두 눈을 크게 뜨고, 병든 뇌가 길을 잃고 헤매는 사고의심연을 들여다보았다. 그 눈은 무언의 놀라움이 고개를 내민 두개의 창문과도 같았다.

환자와 신부, 단둘만 남았다.

페르민 신부는 어머니와 예수회 신부들, 바리나가, 주임신부, 돈

알바로, 포하, 주교를 떠올렸다. 스스로도 혐오스럽다는 느낌이었
지만 손아귀에 들어온 그의 회심을 최대한 이용할 생각이었다. 단
하루 만에 얼마나 엄청나게 행복한 일들이 벌어졌는가! 멀어져간
영향력과 아나가 동시에 돌아왔다. 아나는 그 어느 때보다 고분고
분했고, 영향력에는 어느정도 초능력까지 부여되었다. 그랬다. 그
는 확신했다. 그는 베뚜스따 사람들을 잘 알았다. 베뚜스따 사람들
은 한번의 장례식으로 그를 독재자라며 경멸했다. 그런데 또 한번
의 장례식으로 어떤 사람들은 광신주의자가 될 것이고, 또 어떤 사
람들은 최소한 겁에 질려 그의 발밑에 무릎을 꿇을 것이다. 신앙과
그 달콤한 위안, 그리고 실증적 계시 위에 설립된 교회의 필요성에
관해 돈 뽐뻬요와 대화하면서 총대리신부는 자신의 승리에서 최대
한 이득을 얻을 수 있도록 상세한 계획을 세웠다. 그 정신 나간 멍
청이가 이제 그의 손아귀에 들어왔으니 괜한 기대는 아니었다. 돈
뽐뻬요가 아주 사악하면서도 영리한 무신론자라고 믿는 다른 멍청
이들은 그 승리를 매우 값진 것으로 볼 것이다. 교회에게는 가치를
매길 수 없는 큰 이익이라고 생각할 것이다.

무신론자! 모두 돈 뽐뻬요가 무해한 사람이라 간주했지만, 또한
대부분의 사람들은 그가 내면에 사악함과 신비스럽고 악마적인 힘
을 가졌다고 믿었다. 그리고 그 악마, 그 악당이 베뚜스따의 정신
적인 지주의 발밑에 엎드렸다…… 오! 얼마나 극적인 효과란 말인
가!…… 아니었다. 그는 바보가 아니었다. 어머니의 말이 옳았다.
이익을 얻어야 했다…… 그리고 이는 훨씬 더 중요한 승리를 위
한 준비에 불과했다. 판사 부인까지 자기를 버리겠다고 하지 않
던가? 앞으로 판사 부인이 어떻게 나올지는 두고 보게 될 일이었
다…… 페르민 신부는 기쁨과 자부심으로 숨이 막힐 것만 같았다.

돈 뽐뻬요가 기침으로 목이 메는 동안, 그는 열정으로 목이 메었다. 돈 뽐뻬요가 가래가 그렁그렁한 희미한 목소리로 말했다.

"믿으셔도 좋습니다. 신부님…… 기적이라고…… 네, 기적입니다…… 나는 천사들의 합창을 보았습니다. 그리고 아기 예수님을 생각했습니다…… 요람에 누워 계신…… 베들레헴의 마구간에서…… 어쩌나 마음이 스르르 녹아내리던지…… 그렇게…… 부정이 느껴졌지요. 모르겠습니다! 그것은 장엄한 기분이었습니다, 페르민 신부님. 장엄했지요. 요람에 누워 계신 하느님…… 눈이 먼 나는 그 하느님을 부인했습니다!…… 하지만 신부님이 정확히 말씀하셨듯이…… 나는 하느님을 생각하며, 하느님을 말하며 평생을 보냈습니다…… 단지 정반대였을 뿐이었지요. 모두 정반대로 이해했지요……"

그러고는 돈 뽐뻬요는 알아들을 수도 없는 얘기들을 계속 이어 나갔다. 기침과 울음만이 중간에 끼어들었을 뿐이다.

한참 후 총대리신부는 그의 입을 다물게 하고, 자기 얘기를 듣게 했다.

페르민 신부는 좋은 말을 많이 했다. 돈 뽐뻬요가 회복할 거라고, 틀림없이 회복할 거라고 했다. 때문에 그전에 그의 믿음으로 교화적인 예를 보여 하느님에게 용서를 구해야 했다. 그의 회심은 망나니들에게 본보기를 보여주기 위해, 그리고 믿음이 미지근한 신자들에게 건강한 가르침을 주기 위해 진지해야만 했다.

"당신은 교회에 많은 폐를 끼쳤으니 큰 공헌을 하셔야 합니다……"

"페르민 신부님…… 말씀만 하십시오…… 나는 신부님 뜻을 따르는 노예입니다…… 하느님의 용서와 신부님의 용서를 구합니다…… 수많은 중상모략의 메아리 역할을 하면서 신부님께 엄청난 모욕을 드린 점 용서를 구합니다…… 내가 신부님을 싫어했다고는 생각하지 마십시오. 나의 의도는 광신주의와 싸우는 것이었고, 성직자 일반과 싸우는 것이었습니다. 바리나가를 내 편으로 끌어올 수 있는 유일한 방법이었으니까요. 오! 바리나가! 불쌍한 돈 산또스! 페르민 신부님, 그는 지옥에 있겠지요? 그렇죠? 불쌍한 사람! 그것도 다 내 잘못입니다!"

"모르지요…… 하느님의 의도는 알 수 없으니까요…… 신의 무한한 자비를 믿어봅시다…… 누가 알겠습니까! 지금 중요한 것은 순수한 믿음의 훌륭한 사례를 보여주는 것입니다. 이 가르침으로 훗날 더 많은 회심을 불러올 수 있으니까요. 아, 기마란 씨! 당신이 과거에 행한 일과 미래에 할 일을 통해 우리의 신앙이 얼마나 많은 것을 얻을지 모르실 겁니다."

다음날 아침 의식이 고양된 베뚜스따는 돈 뽐뻬요를 위한 노자 성체[3]를 위해 모두 나섰다. 종려주일이었다. 사람들이 사는 거리에는 종교 이외 다른 공기는 숨쉴 수도 없었다.

"총대리신부의 위상이 올라갔습니다!" 포하가 씩씩거리며 주임신부의 귓전에 대고 속삭였다. 주임신부는 미사를 마치고 나와 대성당의 앞마당에 있었다.

"이건 계략입니다!"

"돈 뽐뻬요야말로 멍청한 작자입니다."

"아니, 계략입니다……"

---

3 viaticum. '여행을 위한 준비(돈)'라는 뜻의 라틴어로, 죽음에 임박한 사람이 모시는 마지막 성체를 가리킨다.

사실 총대리신부의 위상은 그의 적들이 생각하는 것보다 훨씬 높이 올라갔다.

왜 그렇게 짧은 시간에 갑작스럽게 신용이 추락했는지 쉽게 설명할 수 없듯이, 지금은 어떻게 그렇게 짧은 시간에 사람들의 마음이 총대리신부 쪽으로 기울었는지 아무도 알 수 없었다. 이제는 총대리신부의 악행과 죄를 감히 사람들 앞에서 거론하는 사람은 아무도 없었다. 오로지 그가 행한 기적적인 회심만을 얘기했다.

주임신부가 사방에 외치고 다녀도 소용없었다.

"총대리신부가 한 일이 아니에요. 무신론자가 갑작스럽게 변덕을 부린 거지요…… 정신력이 강한 사람들이라도 죽을 때가 다가오면 모두 그렇게 합니다……"

아무도 험담가를 상대하지 않았다. "진짜 기적이에요. 그런데 그 기적을 총대리신부가 행한 겁니다." 이제는 아무도 그를 의심하지 않았다. "총대리신부는 위대한 사람입니다. 그건 인정해야 합니다." 납작코와 다른 조력자들을 동원한 도냐 빠울라, 도냐 뻬뜨로닐라와 그녀의 꼰꿀라베, 리빠밀란, 주교, 이 모든 사람들과 다른 많은 사람들은 페르민 신부가 최근에 얻은 영광, 사탄의 무리를 물리친 그의 명백한 승리를 열광적으로 선전하고 다녔다. 주교는 대성당에서 종려를 축복한 후 총대리신부를 꼭 끌어안았다.

돈 알바로의 충고에 따라 포하와 모우렐로 주임신부, 꾸스또디오 보좌신부는 페르민 신부에게 유리하게 작용하는 강력한 여론의 흐름에 역행하지 않기로 했다.

차라리 기다리는 게 나았다. 그 일시적인 행운도 곧 지나가고, 기적을 일으킨 페르민 데 빠스가 어떤 사람인지 베뚜스따 전체가 원래의 흉측한 모습을 다시 보게 될 것이었다.

돈 뽐뻬요는 '최고의 신부'인 페르민 신부와 소모사 의사를 곁에 두고 그 상황에서 최대한 장엄하게 성찬식을 치렀다. 그후 회심자의 집과 대문 앞으로 몰려들었던 베뚜스따 사람들은 도시 곳곳으로 흩어져 무신론자가 죽어가며 성유를 바른 것을 떠들고 다녔다. 이제 사람들은 모두 무신론자가 특별한 재능과 엄청난 학식이 있었다고 얘기하고 다녔고, 총대리신부의 사도적 헌신과 직감, 마법 내지 기적 같은 복음적 영향력을 떠들고 다녔다. 의식이 끝난 후 의사들이 모였다. 그리고 소모사는 평소와 다름없이 착각했다. 돈 뽐뻬요가 죽을병에 걸리기는 했지만 훨씬 오래 살 거라는 거였다. 돈 뽐뻬요는 강했다…… 그가 말하는 것만 들어봐도 알 수 있다고 했다.

소모사는 열변을 토하며 자기 견해를 주장했다. 기마란 씨는 그가 얘기한 것보다 며칠은 더 살 수 있지만 과학은 죽음이 임박했다고 말할 수밖에 없었다. 환자가 며칠 더 살 수 있다. 그렇다. 당연히 그럴 수 있다. 하지만 무엇 때문에? 성체의 도덕적 영향 때문이라는 건 부인할 수 없다. 그 누구보다 과학적인 로부스띠아노 소모사가 종교의 실증적인 효과를 믿어서가 아니었다. 하지만 전에도 말했지만 과학자로서의 자신의 신념에 반하는 광신주의에 빠지지 않고서도 경험에 비추어보면 심리가 육체에 영향을 줄 수 있고 그 반대 역시 가능하다는 점을 인정할 수 있고 또 인정하였던 것이다. 돈 뽐뻬요의 갑작스러운 회심이 질병의 자연스러운 진행에 변화를 줄 수도 있었다…… 그래도 어찌 됐든 의학적으로 볼 때는 예외적인 일이었다.

실제로 돈 뽐뻬요는 성 수요일까지 버텼다.

뜨리폰 까르메네스는 돈 뽐뻬요의 회심을 듣자마자 『엘 라바로』

의 '문학란'을 그토록 중대한 사건에 할애하겠다는 불순한 생각을 품게 되었다. 그러나 환자가 위험에서 벗어나거나, 저세상으로 떠날 때까지 기다려야 했다. 후자가 훨씬 가능성이 높았고, 까르메네스의 계획에도 맞았다. 그는 종려주일에 시작하여 무지하게 긴 시 한편을 완성하려 했다. 그리스도에 대한 믿음을 되찾은 무신론자의 행복한 죽음을 노래하는 시였다. 애도 송가인지, 아니면 간단한 추도사인지, 까르메네스조차 어떻게 불러야 할지 모르는 그 시는 이렇게 시작했다.

고인의 탄식이 나에게 무엇을 얘기하는 걸까?

시인은 마음속으로는 이미 초상집이라고 부르며, 그 집에서 잡지사로, 잡지사에서 초상집으로 오갔다.
"어떻습니까?" 그는 대문에서 아주 나지막한 목소리로 물었다.
하녀가 대답했다.
"똑같아요."
그러면 까르메네스는 달려가 자신의 추도시와 함께 처박혀 계속해서 글을 써내려갔다.

치명적인 의심! 불경한 불확실성!……
잔인한 죽음의 여신이 문 앞에 이르러
물러나지도 밀고 가지도 않네.
공포의 그림자처럼, 말없이 기다리고 있네……

까르메네스는 몇시간 후 죽어가는 사람의 집에 다시 나타나 부드럽고 온화한 목소리로 물었다.

"돈 뽐뻬요는 어떠신가?"

"약간 안 좋아지신 것 같아요." 사람들이 대답했다.

그는 전속력으로 잡지사에 돌아가 헐떡거리며 글을 썼다. 열심히 일해야 했다. 시를 끝맺기 전에 그 사람이 죽을 수도 있었다…… 그는 눈에 불을 켜고 글을 써내려갔다.

아아! 허사로다, 양육자에게는
하늘의 선고가 이뤄졌네, 가차없이……

까르메네스는 '양육자'가 무슨 뜻인지 몰랐다. 그러니까 정확하게는 몰랐지만 왠지 근사하게 들렸다.

돈 뽐뻬요의 하녀가 "주인님께서 밤새 잘 주무셨어요"라고 대답하면 까르메네스는 자기도 모르게 얼굴 표정이 일그러지며, 마드리드 신문사가 자기 시를 싣지 않을 거라는 확신이 들 때와 비슷한 심정으로 기분이 언짢아졌다. 그는 원래 다른 사람에게 나쁜 일이 벌어지는 건 원치 않았다. 그렇지만 추도시가 일단 진행된 다음부터는 돈 뽐뻬요가 한시 빨리 떠나는 게 그나마 자기를 돕는 거라고 생각하는 게 분명했다.

마침내 돈 뽐뻬요가 죽었다. 성 수요일에 죽었다. 총대리신부와 까르메네스는 안도의 한숨을 내쉬었다. 소모사 역시 안도의 한숨을 내쉬었다. 다른 일이 벌어졌다면 세 사람 모두 망신당할 수도 있었다. 까르메네스는 이렇게 자신의 시를 마쳤다.

울지 말아요. 영광의 찬송가 소리가

청동빛이네요. 거룩한 교회가
그를 자신의 품에 안았네.

　불쌍한 까르메네스의 시는 뒤엉킨 행을 반복하는 경향이 있었
다. 그는 발가락에도 비슷한 결함이 있었다.
　무신론자의 장례식은 그 어느 때보다 장엄했다. 고인의 시신을
민간과 군당국 관계자들이 마지막 안식처까지 운구하였다. 교구
참사회를 대표하여 지구장 신부, 법원, 대학, 그리고 좋거나 나쁘거
나 그리스도교인이라고 자부하는 사람들 모두 함께하였다. 호의적
으로 모인 대중의 행렬에서 미망인과 아버지를 잃은 딸들은 특별
한 은혜와 위안을 얻었다. 총대리신부가 가족장을 주관했다. 고인
의 친척은 아니지만, 그를 악마의 발톱에서 구해준 사람이었다. 주
임신부에 의하면 '어느 그리스도교인의 장례식이라기보다는 행복
한 승리를 거둔 총대리신부를 세속적으로 숭배하고 경건하게 찬
양하는' 자리였다. 주임신부는 투덜거리며 대성당의 사제회의실에
남았다. 실제로도 대중들은 손가락을 들어 총대리신부를 가리켰
다. "저분이야. 저분." 대중들이 신부를 가리키며 수군거렸다. 쉽게
감동받는 대중들에게 도냐 빠울라가 퍼트린 기적적인 이야기들은
말로 다 옮길 수도 없을 정도였다. 심지어 주교까지도 가난한 여신
도들과 군인들, 하녀들에게 마지막 설교를 할 때면 교회가 총애하
는 그 아들의 승리를 언급했다.
　"태풍이 지나갈 때까지 고개를 숙이고 기다리는 수밖에 없어."
포하가 말했다.
　가장 격분한 사람들은 성주간 금요일마다 술집에 모여 고기를
먹는 자유사상가들이었다.

"그놈의 돈 뽐삐요가 배신하다니!"

"정말이지 잘난 자유사상가야!"

"비겁하다니까!"

"그는 미쳐서 죽었어!"

"마법에 걸렸다니까."

"무슨 마법? 모르핀이야."

"신부, 신부의 기적……"

"아편으로 그를 회심시킨 거야……"

"약해지면 그것만으로도 기적이 일어나지……"

"특히 변덕이 심하면 더 그렇지……"

성 목요일에는 베뚜스따의 연감에 한획을 긋는 엄청난 사건이 벌어졌다. 실제 연감은 한 연구소의 교수가 아주 신중하게 집필하고 있었다. 아라곤의 호따 춤에 대해서도 평하는 작가였다.

베가야나 후작의 집에서 그 소식이 '폭발처럼 터졌다.' 후작 부인이 위아래로 새까맣게 차려입고 비시따과 함께 성모마리아의 탁자에서 자선모금을 걷고 돌아오는 길이었다. 옵둘리아 판디뇨도 수비대의 장교들이 '유적지'를 방문하는 시간에 싼뻬드로 성당에서 자선모금을 하다가 돌아왔다. 숙녀들이 후작 부인의 방에 모두 모여서 그란 꼰스딴띠노, 도냐 뻬뜨로닐라 리안사레스가 엄숙하게 꺼내는 말을 듣고 깜짝 놀랐다. 도냐 뻬뜨로닐라는 싼이시드로 성당의 모금 테이블에서 20두로를 모금했다. 여주교가 입을 열었다.

"네, 후작 부인. 그렇게 자주 성호를 그을 필요가 없어요. 아나가 베뚜스따와 세상에 크나큰 모범이 되겠다고 결심했답니다."

"하지만 낀따나르가…… 허락하지 않을 텐데요……"

"이미 허락했어요…… 물론 마지못해서긴 하지만요. 아나가 성스러운 소명감 때문이라고, 그리고 자기가 한 약속을 지키지 못하게 방해하는 것은 절대 용서받지 못할 독재라며 그를 설득했어요.”

“그럼 그 불쌍한 허수아비가 허락한 거예요?” 비시따가 분노로 얼굴이 발개져 물었다. “싼발란드라 섬의 남편[4]이 따로 없군!” 그러고는 자기 남편을 떠올리며 덧붙였다.

후작 부인은 성호 긋는 걸 멈출 수 없었다. 그건 믿음이 아니었다. 종교가 아니었다. 미친 짓이었다. 정말 미친 짓이었다. 그녀가 생각하는 이성적이고 교양있고 세련된 신앙이란 성당 문 앞에서 개인이나 집단을 상대로 병원을 위한 자선모금을 하는 거고 본당에 수놓은 깃발을 선물하는 것이었다. 하지만 광대처럼 옷을 입고 사람들 앞에 서는 것은!……

“하느님 맙소사, 부인! 누가 부인의 말씀을 들으면 아나를 민중 선동가로, 여자 수네르[5]로 알겠어요.”

“내가 무슨 말을 했나요?”

“그럼 부인이 보시기에는 아무것도 아니에요? 나사렛 여인에게 광대라니……”

후작 부인은 어깨를 으쓱한 후 다시 성호를 그었다. 옵둘리아는 입이 바짝 마르고 두 눈에서 불꽃이 일었다. 그녀는 어마어마한 호기심과 막연한 질투를 느꼈다……

아나가 사람들 앞에서 쇼를 벌이네! 그것이 맞는 문장이었다. 판디뇨 가문의 여자인 그녀가 쇼를 벌이고, 베뚜스따 사람들 모두의

---

4 호세 삐꼰(José Picón)의 극본과 끄리스또발 오우드리드(Cristóbal Oudrid)의 작곡으로 1862년 6월 12일 초연한 「싼발란드라 섬」이라는 사르수엘라 곡. 반여성주의적 작품.

5 프란시스꼬 수네르 이 깝데빌라(Francisco Suñer y Capdevila, 1826~98). 스페인 정치가이자 무신론자.

시선을 한 몸에 받을 수만 있다면 뭐를 더 바라겠는가?

"그럼 옷은? 옷은 어떻게 입는 건데요? 부인은 아세요?"

"내가 모를 리가 있겠어요?" 도냐 뻬뜨로닐라가 대답했다. 그녀
는 모두 알고 있기 때문인지 뻐기는 표정이었다. "아나는 복사뼈까
지 오는, 짙은 밤색 띠를 두른 자주색 비로드 튜닉[6]을 입을 거예요."

"짙은 밤색……이오?" 옵둘리아가 되물었다. "금색을…… 잘못
말씀하신 건 아니고요?"

"당신이 그런 것을 어떻게 알겠어요?…… 내가 직접 재단사의
작업을 지휘했어요. 아나도 그런 건 잘 몰라서 나에게 세부사항은
모두 일임했고요."

"그럼, 튜닉은 폭이 넓은가요?"

"약간……"

"그럼 꼬리는?"

"없어요. 그냥 밋밋해요."

"그럼 신발은? 샌들이에요?"

"신발은! 무슨 신발? 맨발이에요."

"맨발!" 세 귀부인이 동시에 소리 질렀다.

"당연하지요, 부인들. 거기에 은혜가 있는데…… 아나가 맨발로
가겠다고 자청했어요……"

"비가 오면?"

"그럼 돌바닥은?"

"하지만 피부가 다 망가질 텐데……"

"그 여자 미쳤군……"

---

6 tunic. 라틴어의 '속옷'을 뜻하는 튜니카(tunica)에서 나온 말. 그리스 로마 시대에
착용한 소매 없는 느슨한 옷을 가리킨다.

"그런데 아나는 그런 미친 짓을 어디서 봤대요?"

"하느님 맙소사, 후작 부인! 소명감을 보고 미친 짓이라니요. 그건 너무나도 그리스도교인다운 모범이고, 인류에게 매우 건설적인 모범이에요……"

"하지만 어떻게 그런 생각을 하게 되었나요? 그런 생각을? 그녀가 어디서 그런 걸 봤대요?"

"보아하니, 사라고사와 그녀가 지나친 여러 마을들에서 본 것 같아요…… 그리고 그것을 보지 않았다 하더라도, 불경한 사람들의 빈정거림과 바리사이파 사람들의 위선적인 조롱 앞에 서는 일은 늘 칭송받을 일이지요…… 우리 죄인들을 위해 예수 그리스도께서 하신 일이 바로 그거잖아요."

"맨발이라니!" 옵둘리아가 놀라워하며 다시 말했다. 그녀의 가슴에는 질투가 커져갔다. 그녀는 생각했다. 이건 확실히 '세련'됐어. 돌발적이고 저속한 행동이지만, 뭔가…… 돌발적이지만…… 꽤 세련된 느낌이야……

그 순간 후작이 낀따나르의 팔짱을 끼고 들어왔다.

베가야나 후작이 불쌍한 낀따나르를 위로하며 들어오는 중이었다. 낀따나르는 자신의 슬픔과 낙담을 숨기지 않았다.

도냐 뻬뜨로닐라는 낙담한 전직 판사가 불행이라고 부르는 그 일에 대한 책임을 자기에게 물을까봐 얼른 자리를 떴다.

"다 어떻게 된 일입니까, 낀따나르 씨." 후작 부인이 관심과 호기심이 가득하여 물었다.

"후작 부인, 친애하는 부인, 그게 그러니까…… 시인이 말하는 것처럼 되었습니다."

그들은 나를 이길 수 없었다…… 그런데 나를 이겼다!

"맙소사, 시는 그만둬요…… 아나의 머릿속에 누가 그런 생각을 집어넣었어요?"

"누구겠습니까? 성녀 떼레사…… 아니…… 파라과이……"

"파라 뭐요?……"

"아니, 그게 아니고요. 저도 무슨 말을 하는지 모르겠습니다…… 그러니까 제 말은…… 여러분, 아내는 미쳤습니다…… 제가 보기에도 미쳤어요…… 저는 그 말을 수천번도 더 했습니다…… 문제는…… 제가 그녀를 제압했다고 믿었는데, 신비주의와 총대리신부가 이제 더이상 아무것도 할 수 없고, 이제 다 지난 일이라고 생각했는데, 내 집안에서 가장으로서의 내 힘을 의심하지 않았는데…… 그런데 그때 픽! 하고 아내가 종교행렬의 전도사가 되겠다는 말을 하는군요."

"하지만 베뚜스따에서는 아무도 그런 건 하지 않아요."

"있지요." 후작이 말했다. "일명 비나그레,[7] 그러니까, 우리 도시에서 가장 잔혹한 벨리사리오 수마리 교장선생이 매년 성 금요일의 행렬 때 나사렛 복장을 하고 십자가를 메지요."

"하지만 후작님, 제발 아내를 그 비나그레와 비교하지는 말아주십시오."

"아니, 내가 비교하는 게 아니라……"

"하지만 여러분, 내가 묻는 말은" 후작 부인이 반복해서 말했다. "장례행렬에서 숙녀가 유골 단지를 뒤따라가는 것, 참회라 불리는

---

[7] Vinagre. 식초, 그리고 불쾌감을 주는 사람이란 두가지 뜻을 가진 스페인어.

관습을 아나가 언제 봤느냐는 거예요."

"네, 실제로 본 적이 있지요. 우리는 그 장면을 사라고사에서 봤습니다…… 하지만 그 여자들이 진짜 숙녀인지는 모르겠습니다……"

"게다가 그 여자들도 맨발로는 다니지 않았을 겁니다." 옵둘리아가 말했다.

"맨발이라니요! 그러면 제 아내가 맨발로 간다는 겁니까? 하느님이 노발대발하실 일이지요! 그건 절대 안됩니다!…… 맙소사!"

낀따나르의 분노를 가라앉히기는 쉽지 않았다. 그는 조금 진정된 후 집으로 돌아갔다. 그는 아내에게 '다른 설명'을 요구하는 것과 침묵의 무게를 지키며 틀어박히는 것 사이에서 고민하다가 후자 쪽을 택한 후 서재에 틀어박혔다.

그 자신을 속일 수가 없었다. 그는 아나가 결심을 바꾸지 않을 거라는 걸 잘 알고 있었다.

성 금요일에 하늘이 납빛으로 우중충한 채 날이 밝아왔다. 총대리신부는 날이 밝자마자 꼭두새벽부터 발코니로 나가 구름을 살폈다. 비가 내릴까? 해가 회색 장막을 거두고 얼굴을 환하게 드러내며, 승리의 그날을 쨍쨍하게 밝혀줬으면 하는 마음이 간절했다…… 이틀의 승리! 수요일은 회심한 무신론자의 장례식이었고, 금요일은 그리스도의 장례식이었다! 그리고 그 두번의 장례식에서 승리를 거둔 페르민 신부는 영광으로 충만했다. 베뚜스따가 그를 찬양하며 굴복했고, 적들은 먼지처럼 뿔뿔이 흩어져 사라졌다!

아나도 아침 일찍부터 하늘을 바라보았다. 진퇴양난에 처한 그녀는 비가 내렸으면 하는 마음이었다. 비가 내리기를 간절히 바랐으며, 그렇게 바라는 마음 때문에 양심에 가책을 느끼기도 했다. 그녀는 자기가 저지른 일에 스스로도 놀랐다. 내가 미쳤어. 그녀는 생각했다. 흥분한 순간 극단적인 선택을 했고, 그러고 나서 의기소침해지고 거의 무기력한 상태가 되어 아무 힘도 없어졌는데 그 선택을 실행에 옮겨야 했다. 그녀는 신부 앞에서 무릎을 꿇고 희생을 자청했던 장면을 떠올렸다. 자기가 사람들에게 쫓기고 중상모략을 당하는 그를 지지한다는 것을 공공연하고 장엄하게 보여주겠다고 자청하고 나선 것이다. 슬픔의 성모마리아 9일기도 때, 그녀는 로시니의 「스따바뜨 마떼르」를 들으면서 그리스도가 십자가를 짊어지고 걸어가는 장면을 열광적으로 상상하며, 가사가 전하듯 아들의 발치에 앉은 마리아를 보며 자기 스스로 고행하겠다는 엄청난 생각을 하게 되었다. 그리고 그때 사라고사에서 본 적이 있는 한 여인이 영감처럼 떠올랐다. 나사렛 복장을 한 그 여인은 가시관을 쓴 그리스도의 형상이 놓인 유리관 뒤를 맨발로 걸어갔다. 그녀는 더이상 생각하지 않고 결심했다. 사람들 모두가 보는 앞에서 죽은 예수 그리스도의 뒤에서, 총대리신부의 근처에서, 자기 또한 베뚜스따의 온 거리를 그렇게 걸어가겠노라고 스스로 맹세했던 것이다. 총대리신부 또한 중상모략당하고, 모든 사람들에게 경멸받고…… 심지어 그녀에게까지 경멸받으며…… 십자가의 죽음 같은 고통을 받았다…… 이제는 다른 방법이 없었다. 그다지 강하지 않은 반대를 한 다음 페르민 신부는 아나의 정신적 충성의 증거를 받아들이겠다며 수락했다. 그리고 이제는 부적절한 불륜을 조장하는 혐오스러운 뚜쟁이로 보이지 않게 된 뻬뜨로닐라가 '그 희생'의 모든 세부사항과 의상을 준비하겠다며 자청하고 나섰다…… 그리고 지금 그날이 되어 시간이 다가오자 의심이 들고 두려운 마음이 생겨 그 종교행렬을 하지 않도록 하늘에서 비가 쏟아져 세상이 물에 잠겼으면 하는 마음이 간절했다!

　아나는 남편도 생각했다. 당연히 이 모든 건 그를 위한 것이었다. 명예를 지키기 위해 믿음을 움켜잡아야 했다. 하지만 다른 방법으로는 믿음을 지킬 수 없었던 것일까? 그 약속은 미쳐서 흥분한 결과가 아닐까? 진홍색 옷을 입고 엔시마다 지역의 모든 진흙탕 거리를 맨발로 걸어가는 아내를 봐야만 하는 남편에게 망신은 아닐까? 그녀가 연출하게 될 '생생한 그림'을 인도와 발코니에서 감상하게 될 모든 대죄인들에게는 악의와 질투를 일으키는 볼거리가 될 것이다. 아나는 8일 전 성당에서 음악을 들으면서 그 계획을 떠올렸을 때의 불꽃 같은 흥분과 헌신에 대한 열광을 더듬어 떠올려보았다. 하지만 흥분과 열정은 돌아오지 않았다. 믿음조차 함께 하지 않았다. 베뚜스따 사람들의 눈이 두렵고, 입을 헤벌린 악의에 찬 얼굴들이 무서웠다. 그리고 그 두려움이 그녀를 완전히 압도했다. 이제는 믿음도 없었고, 그렇다고 그 믿음을 내려놓지도 못했다. 하느님도 그리스도도 마리아도, 총대리신부의 명예를 회복시켜주기 위한 자기희생의 효과도 믿지 못했다. 자신의 노출이 불러일으킬 스캔들밖에는 생각나지 않았다. 그랬다. 스캔들이었다. 집 안에 있어야 할 여자가, 정숙한 아내가 그녀의 마음속으로 곧 들이닥칠 모습에 반대하며 항의했다…… 아니었다. 그녀는 헌신이 좋은 건지도 확신이 서지 않았다. 어쩌면 파렴치한 행동이 될 수도 있었다. 가정의 평화와 정숙함이 엄숙한 침묵 속에서 그것을 얘기하고 있었다…… 그리고 아나는 고민으로 식은땀을 흘렸다…… 자기가 한 약속 때문에!

　비는 내리지 않았다. 그러나 하루 종일 베뚜스따 위로 회색 하늘 장막이 드리워져 있었다. 날이 어두워지기 한시간 전 싼이시드로 성당에서 장례행렬이 나왔다.

"이제 나온다! 나온다니까!" 재미있는 광경을 좀더 제대로 구경하기 위해, 베뚜스따의 진주인 아름다운 귀부인을 자기 취향대로 마음껏 감상하기 위해, 목 근육의 긴장을 늦추지 못하고 발코니에서 북적대던 카지노 회원들이 서로 팔꿈치로 밀고, 발을 밟고 누르며 수군거렸다. 아나가 나사렛 복장을 하고 성직자들과 복사들에게 둘러싸여 맨발로 걸어나오고 있었다. 피범벅인 교장선생 비나그레와 다를 바 없는 모습이었다.

감탄 소리가 물결처럼 파도치며 장례행렬보다 앞서갔다. 행렬이 거리에 도착하기도 전에 엄청난 인파가 인도로 몰려나왔고, 창문과 발코니에 매달린 군중들로 인해 '판사 부인이 성모마리아처럼 아주 아름답고 창백한 모습으로 오고 있다는 것을' 미리 알 수 있었다. 그녀는 성모마리아상 발밑에서 걷고 있었다. 사람들은 다른 말도 없었고, 다른 생각도 하지 않았다. 유리관 아래의 침상에 드러누운 그리스도나 그 뒤를 따라 일곱개의 칼에 찔린 검은 상복의 성모마리아도 믿음이 강한 대중들의 관심을 받지 못했다. 그들은 판사 부인을 기다렸고, 두 눈으로 그녀를 집어삼켰다⋯⋯ 카지노 앞 추리게레스꼬 양식으로 지어진 법원의 새카만 돌의 발코니에는 도지사 부인과 군사령관 부인, 법원장 부인, 후작 부인, 비시따, 옵둘리아, 남작의 딸들, 그리고 천박하고 질투심이 강한 중산층이 귀족이라 부르는 많은 숙녀분들이 진홍색과 금빛 커튼 뒤에 있었다. 옵둘리아는 흥분해서 안색이 창백했다. 그녀는 질투가 나서 죽을 지경이었다. 모든 사람들이 아나의 발걸음과 움직임, 옷, 안색, 표정 하나하나에 매달렸다!⋯⋯ 더구나 맨발이었다! 희디흰 맨발에 군중은 감동하고 동정했다. 옵둘리아에게 이는 아름다움, 요염함 그 이상이었다. 아나가 그동안 무도회와 극장, 산책로, 종교행렬에서 드러낸 적은 많지만, 오늘처럼 몸에 딱 달라붙은 수놓인 검정 레이스와 멋진 조화를 이루며 드러내놓은 어깨와 상앗빛 팔, 현기증을 일으킬 듯 곡선을 그리는 등과 매우 풍만하고 단단하게 솟은 유혹적인 가슴을 그렇게 100레구아 앞에서 내보이며 베뚜스따 전도시의 관심과 감탄을 끈 적은 없었다…… 상황 때문이라기보다는 나사렛 복장의 진홍빛 비로드 아래로 이따금 보이는 두개의 맨발 때문에 하얗고 단단한 그녀의 육체가 더욱 도드라져 보이고 의미심장하고 특별해 보였다. 사실 당연한 거야. 지금 모든 베뚜스따 사람의 눈 속에 그 맨발이 들어 있으니까. 옵둘리아는 계속 생각했다. 왜? 아주 돋보이고 세련된 노출이니까. 왜냐면…… 이것이 무대에서 가장 기본이니까. 언제 올까? 미망인은 가공할 만한 질투에 휩싸여 입술을 핥으며 물었다. 그녀는 난폭하고 비이성적이고 너무 황당하여 음탕함 비슷한 설명조차 할 수 없는 묘한 감정에 휩싸였다. 그 순간 옵둘리아는 헛된 욕망을 느꼈다…… 남자가 되고 싶다……

교장선생 돈 벨리사리오는 남자, 상남자였다. 별명이 비나그레인 그는 그렇게 엄숙한 날 오랜 관습에 따라 나사렛 옷을 입었다. 그날을 제외하면 일년 내내 끔찍한 최고의 헤롯왕이었다. 그를 마음속 깊이 싫어하는 학교 학생들은 교장선생이 자연 그대로의 가시관을 쓰고 나무십자가를 어깨에 짊어지고 지나가는 모습을 보기 위해 모두 거리와 광장, 발코니로 몰려나왔다. 눈썹의 움직임과 이마의 주름들이 아픈 표정으로 찌그러지는 것을 보면, 가시가 진짜로 그를 찌르는 것을 알 수 있었다. 아이들은 가시가 그의 뇌를 관통하기를 진심으로 바랐다. 그리스도의 장례식은 학교 전체의 복수였다. 비나그레는 자기 손을 거쳐간 모든 세대를 괴롭히겠다는 열망으로 지금 손에 잡혀 있는 세대까지 괴롭히는 걸 즐겼다. 그러나 이웃집 아이 한명 한명에게 고통을 주고 싶은 열망으로 가시관을 쓰는 끔찍한 행동을 하는 건 아니었다. 그 연례행사에서는 망나니 같은 허영심이 큰 부분을 차지했다. 일년에 한번 비나그레 돈 벨리사리오가 '최고의 볼거리'가 된다는 게 그의 영혼을 영광스럽게 했다. 그를 따라 하겠다고 나선 사람은 아무도 없었다. 그가 베뚜스따에서 유일한 나사렛인이었고, 그 특권을 오래전부터 조용히 누려왔었다.

도냐 아나 오소레스와의 경쟁은 그를 언짢게 하기보다 오히려 자부심을 가득 채워주었다. 하느님이나 악마에게 기도하지 않았는데도, 그녀는 싼이시드로 성당에서 나오자마자 바로 그와 짝을 이뤘다. 그는 아나에게 매우 예의 바르게 인사하고 십자가를 어깨에 짊어지고 걸으며 자신이 십자가 수난의 길에서조차 예의 바른 신사임을 확실하게 보여주었다. 물웅덩이가 나오면, 그 고상한 귀부인의 진주 같은 맨발에 진흙이 묻지 않도록 그가 먼저 물웅덩이로 들어갔다. 아나는 장님처럼 걸어갔다. 들리지도 않았고, 이해되지도 않았다. 하지만 생각도 못했던 그 길동무의 그로테스크한 모습이 부끄러워 땅속으로 도망치고 싶은 강렬한 욕구가 미친 듯이 솟구쳤다. 그녀는 완전히 속았다. 그런 사람이 자기 옆에서 갈 거라고는 아무도 얘기해주지 않았다. 오, 그녀가 옛날처럼 진심으로 신실한 마음이 있었다면, 이 새로운 고행과 비웃음, 이 엄청난 황당함을 기뻐했을 것이다. 그래야 희생과 숭고한 자기헌신의 위력이 더욱 커지기 때문이었다.

비나그레 역시 모든 대중들처럼, 특히 하층민처럼, 판사 부인의 맨발에 열광했다. 그는 역사적 사실에 용서를 구하며 눈부신 에나 멜가죽 부츠를 뽐내고 있었다. 그는 아우구스투스 시대에는 에나멜가죽 부츠가 없었고, 설령 있었다 해도 십자가 고난의 길을 갈 때 예수가 신고 가지 않았을 거라는 것을 너무나도 잘 알고 있었다. 하지만 그는 평범한 신자이며, 일년 내내 멋지게 뽐낼 기회가 없는 신자에 불과했다. 이 기회를 이용해 자기 부츠를 거울처럼 자랑하고 싶어하는 허영심을 허락해줘야 했다. 그 부츠는 이처럼 엄숙한 날에만 신었다.

"이제 오네! 이제 와!" 카지노의 남자들과 법정의 귀부인들은 고행행렬이 보이자 다시 소리 질렀다. 이제는 지어낸 소문이 아니었다. 바로 그들이었다. 성 금요일 행렬이었다.

발코니에서 수군대던 소리들이 일제히 잠잠해졌다.

영혼들이, 천박함의 정도는 아주 다양했는데, 모두 두 눈을 휘둥그렇게 떴다.

그곳에 있던 베뚜스따 사람치고 그 순간 하느님을 생각한 사람은 단 한명도 없었다.

불쌍한 돈 뽐뻬요, 그 무신론자는 이미 저세상 사람이었다.

은행원의 아내 비시따는 다른 사람들처럼 축 늘어진 슬픈 깃발과 십자가, 양초들이 보이기 시작한 좁은 골목 쪽은 놔두고 돈 알바로 메시아의 표정을 관찰했다. 보아하니 그는 카지노 현관 위 골목 쪽으로 나 있는 마지막 발코니에 혼자 있었다. 위아래로 검정색 옷을 입고 꽉 끼는 프록코트를 목까지 단추를 채웠다. 돈 알바로는 안색이 창백해져 입에 문 고급 여송연을 이따금 섭어대며 미소를 짓다가 비시따 자리에서는 보이지 않는 다른 사람에게 대답하려고 가끔 고개를 돌렸다.

돈 빅또르 낀따나르였다. 전직 판사의 요청에 따라 두 친구는 카지노 사무실에 들어가 문을 걸어잠갔다. 그는 사람들의 눈에 띄지 않고 자신의 체신에 어울리게 십자가 수난의 길이라고 부르는 것을 보고 싶었다. 그는 훌륭한 그늘을 만들어주는 돈 알바로 뒤에서 이유도 모른 채 부들부들 떨었다. 열에 들떠 안절부절못하며, 모든 장면을 지켜볼 태세였다.

"여기 오르시니[8]의 폭탄이 있으면…… 총대리신부가 의기양양해서 저 밑을 지나갈 때 주저하지 않고 그에게 집어던질 텐데…… 납치범 같으니라고!" 낀따나르가 말했다.

"낀따나르, 진정하세요. 진정해요. 이건 끝의 시작입니다. 지금쯤 아나가 수치심으로 죽을 지경이라는 걸 확신합니다. 그들이 그녀를 광신도로 만들었습니다. 우리가 뭘 할 수 있겠습니까? 하지만 이제 그녀는 눈을 뜰 겁니다. 나쁜 게 과하면 대책을 강구하게 되지요…… 그 작자가 지나치게 고삐를 잡아당겼습니다. 분명히 그에게는 엄청난 승리겠지요…… 하지만 마침내 아나는 자기가 그 남자의 자부심을 위한 한낱 도구에 불과하다는 것을 깨닫게 될 겁니다."

"그래요, 도구. 치사한 도구지! 로마의 승자가 노예를 끌고 가듯, 그 작자가 아나를 끌고 가잖아요…… 자기가 탄 영광의 마차 뒤로……"

낀따나르의 머릿속은 이런 알레고리로 뒤엉켜버렸다. 하지만 분명한 것은 행렬 한가운데서 종이마차를 타고 가는 페르민 데 빠스

---

8 펠리체 오르시니(Felice Orsini, 1819~58). 이딸리아의 혁명가. 이딸리아 독립을 위해 나뽈레옹 3세 암살을 기도하다 실패하고 처형되었다.

신부가 언젠가 국립극장에서 본 적이 있는 「폴리우토」[9]를 부르며 무대로 들어가는 바리톤 가수를 연상시켰다는 점이다.

돈 알바로는 기분 좋은 내색을 감추지 않았다. 약간 흥분하기는 했지만 자기가 졌다고는 생각하지 않았다. 그는 자신의 경험에 귀를 기울였다. 신부가 판사 부인의 마음을 얻지는 못했다. 그건 확실했다. 그는 진심에서 우러나오는 미소를 지었다. 그러고는 자신의 생각과 계획을 생각하며 미소를 지었다. 낀따나르의 눈에 라이벌이 로마의 승자처럼 보이는 그 장면이 신경에 거슬리기는 했다. 하지만…… 신부는 그녀의 마음을 얻지 못했다.

숨어 있던 낀따나르의 눈에 발코니의 검은 손잡이들 사이로 위엄있어 보이는 노인이 든 금빛 십자가가 가까워지는 것이 보였다. 낀따나르는 거리에서부터 보이지 않게 늘 신경 쓰며 의자 위로 올라갔다. 그때 양팔로 은 십자가를 들고 오는 셀레도니오가 보였다.

돈 알바로는 친구를 뒤에 두고 발코니 한가운데를 차지했다. 그는 자기 밑으로 지나가는 신부들의 시선을 도전적으로 거만하게 맞받아쳤다.

19세기 전에 죽은 고통을 부활시키겠다는 결심으로 울리는 북소리가 서글프고 우울하게 퍼졌다. 그 북소리가 낀따나르에게는 죽음의 찬송가처럼 들렸다. 아내가 이미 교수대로 끌려갔다는 생각이 들었다.

단조롭고 동일한 침묵 속에서 둥둥 울리는 북소리가 더욱 두드러졌다.

시커먼 집들 사이로 난 비좁은 거리로 황혼이 일찍 찾아왔다. 불

---

9 Poliuto. 가에따노 도니쩨띠(Gaetano Donizetti)가 1838년에 작곡한 3막의 서정 비극 혹은 비극 오페라. 첫 리허설 때 성자들의 순교 장면을 이유로 금지되기도 했다.

밝힌 대형 초의 기나긴 행렬이 초 심지의 노란 빛을 보이며 위쪽으로 멀어져갔다. 금빛 로사리오가 간간이 끊어지기도 했다. 문 닫은 가게들과 몇몇 발코니의 유리창 사이로 불꽃들이 너울거리며 움직였다. 마법사와 마녀들의 혼란스러운 야간집회 때 너풀거리는 그림자처럼 환상적인 장면을 연출하며 오르락내리락했다. 촛불에 비친 장백의 차림 신학생들의 무표정한 얼굴들, 침묵에 잠긴 대중, 묵직한 발짝 소리가 전체적으로 몽환적인 모습을 띠었다. 흰색과 검정색 천을 뒤집어쓴 신학생들은 산 사람처럼 보이지 않았다. 몇몇은 눈가에 자줏빛 테가 드리워져 창백했고, 몇몇은 또 머리가 섬불처럼 우거져 가무잡잡하고 시커멨다. 굶주림과 게으름 때문에 억지로 종교를 위한 기계로 징병된 병사들처럼 지겹다는 표정이 가득했다. 그들은 여느 그리스도교인들과 마찬가지로 그리스도를 생각하지 않은 채 그리스도를 묻으러 가고 있었다. 자기 임무만을 다할 뿐이었다. 그 뒤로 망토를 걸친 신부들과 군인들, 신발장수들, 귀족처럼 차려입은 재단사들, 몇몇 보수주의자들, 역시 귀족처럼 차려입은 대여섯명의 시의원들이 행렬을 이루며 왔다. 그곳에는 적십자의 바지 사장이자 도냐 빠울라의 노예인 싸삐꼬도 있었다. 얇은 삼베 침상에 드러누운 그리스도는 니스로 그린 땀방울을 흘리고 있었다. 폐결핵으로 죽은 것 같았다. 그림이 조잡하기는 했지만 반듯이 누운 모습이 상징적인 위대함으로 종교적인 존경심을 불러일으켰다…… 몇세기를 내려오는 숭고한 고통을 상징하고 있었다. 그 뒤를 성모마리아가 따랐다. 키 크고 여윈 모습으로 검은 상복을 입고 있었으며, 아들처럼 안색이 창백해, 아들 못지않게 죽은 얼굴을 하고 있었다. 멍한 시선이 거리의 돌들을 응시하고 있었다. 예술가의 무능함이 자기도 모르게 그 얼굴에 놀람과 고난이 흘러넘치는, 고통의 무표정한 표정을 부여했다. 마리아의 가슴에는 칼이 일곱개 꽂혀 있었다. 그러나 그 고통은 느끼지 못하는 듯했다. 자기 앞에 놓인 죽음만을 느낄 뿐이었다. 마리아는 판자들 위에서 흔들렸다. 그것 역시 자연스러웠다. 마리아는 그 높이에서 대중들을 압도했다. 하지만 대중은 보지 않았다. 예수의 어머니를 베뚜스따 사람들은 쳐다보지 않았다…… 돈 알바로 메시아는 자기 발 아래로 슬픈 성모마리아가 지나가는 순간 두려움을 느끼며 무릎을 꿇는 대신 한발짝 뒤로 물러났다. 끝없는 고통을 의미하는 그 성상이 돈 알바로의 생각과 부딪히며 그를 깜짝 놀라게 했던 것이다. 그의 생각은 온통 신성모독과 음탕한 생각으로 가득했다. 아나가 고해신부인 페르민 때문에 저지른 '저 미친 짓'이 끝나고 나면 연인인 자기를 위해 더 엄청나게 미친 짓을 저지를 거라는 생각을 하였다.

그곳에서, 죽은 예수 그리스도의 관 뒤에서, 상복을 입은 성모마리아의 발아래, 비나그레의 오른쪽에서, 판사 부인이 한발짝 앞서 걷고 있었다. 아나 역시 판자에 그린 사람 같았다. 그녀의 창백함 역시 니스로 그린 것 같았다. 그녀는 눈이 보이지 않았다. 한발을 내딛을 때마다 정신을 잃고 쓰러질 것만 같았다. 돌과 진흙을 밟는 발에서는 고통스러운 열기가 느껴졌다. 그녀는 진홍빛 튜닉 아래로 발이 보이지 않도록 신경썼지만 가끔 드러났다. 그녀로서는 그 맨발이 육신과 영혼 전체를 벌거벗는 느낌이었다. 그녀는 특별한 창녀처럼 타락하고 미친 여자였다! 이유는 모르겠지만 수치심이 느껴졌다. 그렇게 행렬이 끝나면 이제 그녀의 집에는 명예가 없을 것 같았다. 멍청이, 글쟁이, 조르주 쌍드, 신비주의자, 바보, 미친 여자, 부끄러움을 모르는 미친 여자가 걷고 있었다. 걷는 내내 믿음은 단 한번도 그녀를 도와주지 않았다. 갈보리산을 올라가는 고행길의 식초밖에 되지 않았다. 프라이 루이스 데 레온의 『완벽한 부인』의 글까지 떠올랐다. 그 책에서는 자기가 하고 있는 일을 비난했다. 아나는 생각했다. 믿음이 아닌 허영심이 내 눈을 멀게 했어. 나 역시 연극배우야. 남편과 다를 바 없어. 어쩌다 용기를 내서 뒤돌아 성모마리아를 바라보니, 영혼에서 얼음이 느껴졌다. 예수의 어머니는 그녀를 쳐다보지 않았다. 안중에도 없었다. 틀림없이 마리아는 자신의 고통을 생각하고 있었을 것이다. 마리아는 죽은 아들이 앞에서 가기 때문에 그 자리에 있었다. 하지만 그녀는 무엇 때문에 그 자리에 있는 걸까?……

총대리신부의 입장에서는 그녀가 거기 있는 것은 그의 영광을 선전하기 위해서였다. 페르민 신부는 수요일의 장례식 때처럼 이 장례식은 주관하지 않았다. 하지만 그 행사로 자신의 새로운 승리를 축하하고 있었다. 그는 아나 근처 오른쪽 행렬에서 멀지 않은 데서 흰색 제의 위에 영대를 두르고 삼지창을 든 다른 성직자들 사이에서 걷고 있었다. 그는 불 꺼진 초를 왕의 지팡이처럼 쥐고 있었다. 그가 그곳에 있는 모든 것의 주인이었다. 적들의 중상모략에도 불구하고, 그는 베뚜스따의 위대한 무신론자를 교회의 품 안에서 죽을 수 있도록 회심시켰다. 그가 지금 베뚜스따 모두가 영혼이 아름답고 위대한 걸로 칭송받는 귀부인을 보이지 않는 사슬에 묶어 포로처럼 끌고 가고 있었다. 판사 부인은 자신의 겸손함을 보이며, 허약한 육신을 희생하며, 세상의 편견을 감내하며 베뚜스따의 지덕을 함양하며 걸었다. 이는 페르민을 위해, 오로지 그만을 위한 것이었다. 예수회 신부들이 그보다 더하다고 하지 않았던가? 선교사들은 고해하는 여신도들에게 더 많은 영향력을 행사한다고 하지 않았던가? 글쎄다. 그건 정반대의 증거일 뿐이었다. 예수회 신부들이 베뚜스따 처녀들에게 고행복을 입으라고 강요할 수 있을까? 페르민 신부는 베뚜스따에서 가장 아름다운 발을 맨발로 진흙탕 위를 질질 끌고 가게 했다…… 저기 그 발이 있다. 진홍빛 비로드 치마 밑 진흙탕 속에서 가끔 보여주는 저 발. 누가 더 영향력이 센가? 그리고 그런 자부심을 스스로 전하면서 사랑에 대한 희망은 부푼 심장을 더 떨게 했다. 앞으로 아나와의 관계는 어떤 성격을 띠고, 어떻게 전개될까? 페르민 신부는 온몸에 전율을 느꼈다. 당분간 절대 신중! 어쩌면 내가 질투를 향한 문을 활짝 열었기 때문에 그녀가 겁에 질려 나를 다시 찾는 데 시간이 그렇게 오래 걸렸을 수도 있어. 당분간은 신중해야 해…… 그러고 나서…… 두고 봐야지. 페르민 신부는 얼마 남지 않았던 신부의 흔적이 자신의 영혼 속에서 완전히 사라졌다고 느꼈다. 그는 파도에 떠밀려 모래사장에 굴러떨어진 텅 빈 조개 같은 자신을 보았다. 사제라는 빈 껍데기만 남은 것 같았다.

카지노 앞, 돈 알바로의 발코니 앞으로 지나갈 때 아나는 땅만 내려다봤다. 아무도 보지 않았다. 하지만 페르민 신부는 고개를 들어 돈 알바로의 강렬한 시선과 마주했다. 돈 알바로는 성모마리아가 지나갈 때처럼 다시 시선을 피했다. 새하얗던 안색이 보랏빛으로 변했다. 총대리신부의 시선이 겉으로는 겸손하고 부드럽게 보였지만 거만하고 도발적이며 빈정대는 것 같았다. Vae victis![10]라고 말하는 것 같았다. 알바로는 그의 승리를 받아들이는 표정이 아니었다. 지금 앞서가는 것만 인정할 뿐이었다. 알바로는 진중했다. 부

---

10 '패자는 비참하도다'라는 뜻의 라틴어 속담.

드럽게 경고하는 태도였다. '갈릴레오, 당신이 이겼소'라는 승복이 아니라 '승리하기 전에 샴페인을 따지 마시오'라는 자세였다. 페르민 신부는 발코니에 있는 남자가 패배를 인정하지 않는 것을 보면서 마음속에서 분노를 느꼈다.

"정말 아름답군!" 법원의 발코니에 있던 숙녀들이 하나같이 말했다.

"정말 예쁘네!"

"그래도 용기가 필요해!"

"저 여자는 성녀야."

"내 눈에는 죽기 직전인데." 옵둘리아가 말했다. "정말 창백하군! 축 처졌잖아! 회반죽을 바른 것 같아."

"내가 보기에는 창피해 죽으려는 것 같아요." 비시따가 후작 부인에게 귓속말로 속삭였다.

후작 부인이 동정 어린 한숨을 내쉬었다. 그러고는 주의를 주었다.

"맨발로 걷겠다는 건 무모한 짓이야. 발이 엉망진창이 되어 일주일은 침대 신세를 져야 할 거야."

베뚜스따에 완전히 자리잡은 '유동성 채무 남작'의 부인이 양어깨를 으쓱하며 감히 얘기했다.

"마음대로들 말하겠지요. 하지만 이런 극단적인 행동은…… 정신이 제대로 박힌 사람들의…… 행동이 아니에요."

후작이 매우 현학적으로 그 생각을 지지했다.

"티베르 강 건너편의 믿음이지."

"맞아요." 남작부인은 그 순간 티베르 강 건너편이 뭔지도 모르는 채 맞장구쳤다.

길 가는 중간중간에 있는 발코니들에서도 법정의 발코니에서처럼 행렬과 함께 판사 부인의 미모와 용기를 구경하고 감탄한 후에는 수군거리며 '듣도 보도 못한 그런 무모함'에서 심각한 결점들을 찾았다.

카지노에서는 포하가 돈 알바로와 낀따나르에게서 멀리 떨어진 곳에서 총대리신부와 판사 부인에 대한 험담을 늘어놓았다. 저 모든 것을 부끄럽게 생각해야 한다는 거였다. 총대리신부에게 날개를 달아주려는 짓 외에 다른 뜻이 없다는 것이었다. 판사 부인의 행동은 동네 신부들이 댓가를 치러야 할 바였다. 게다가 결혼한 여자는 발목을 꺾어 집에 묶어둬야 했다.

"더구나 이런 짓은 어떤 식의 과장이나 악용에나 도움될 뿐이지요." 호아낀 오르가스가 덧붙였다. "내년에는 옵둘리아 판디뇨가 맨발에 종아리까지 드러내고 비나그레의 팔짱을 끼고 가는 걸 보게 될 겁니다."

그 농담에 다들 크게 웃었다.

그러나 오르가스가 자신의 구애에서 아무것도 얻어내지 못했기 때문에, 아니면 적어도 충분히 얻어내지 못했기 때문에, 그런 말을 하는 거라는 것도 다들 아는 눈치였다.

대중들은 아무런 토를 달지 않고 숙녀의 겸손을 감탄했다. 그것은 진정으로 그리스도를 따르는 행동이었다. 게다가 아무렇지도 않게 나사렛 사람 비나그레와 짝을 이뤄 도시 전체를 맨발로 돌아다니다니! 와우! 성녀였다!

낀따나르가 발코니 아래로 총대리신부와 아나가 지나간 후 돈 알바로에게 물었다.

"아직도 거기 있습니까?"

"네. 저기 갑니다."

남편이 직접 목을 뻗어…… 고개를 내밀었다. 그는 모든 것을 보았다. 깜짝 놀라 뒤로 물러났다.

"망신! 망신이야! 그녀를 광신자로 만들었어!"

그는 온몸에 소름이 돋았다. 그 순간 호위하며 걷고 있던 군부대 악단이 다시 장송곡을 연주하기 시작했다.

불쌍한 낀따나르에게서 눈물 두방울이 떨어졌다. 그 음악을 듣는 순간 자기가 홀아비가 되고, 그것이 아내의 장례식이라는 생각이 들었다.

"기운 내세요, 낀따나르." 돈 알바로가 발코니를 떠나며 그를 돌아보고 말했다. "이제 멀어져갑니다."

"아니오. 다시는 그녀를 보고 싶지 않소. 너무 괴롭군요!"

"기운 내세요…… 이것 또한 지나가리다."

돈 알바로가 노인의 어깨 위에 한 손을 얹었다.

낀따나르는 고맙고 감동되어 일어서서는 친구의 등과 가슴을 양팔로 꼭 끌어안았다. 그는 침통하게 흐느끼듯 내뱉었다.

"내 명예로운 이름을 걸고 맹세합니다! 이것보다는 그녀가 애인의 품 안에 있는 걸 보는 게 낫겠소!" 그리고 덧붙였다. "그래, 백번 옳은 말이지. 남자 하나를 찾아서 아나를 유혹하라 하고 싶소. 아내가 광신도의 품 안에 있는 걸 보느니 무엇이라도!"

그러고서 그는 돈 알바로가 내미는 손을 뜨겁게 잡았다.

장송곡이 멀리서 울려퍼졌다. 칭칭거리는 심벌즈 소리와 둥둥거리는 큰 북소리가 낀따나르의 성난 소리의 배경음악처럼 들려왔다.

"친구가 불쌍한 조난객에게 몸을 얹을 수 있는 판자 하나 던져주지 않는다면, 고통 가득한 이 삶에서 어떻게 살 수 있겠습니까!"

"칭칭! 칭칭! 둥둥둥!"

"그렇소, 친구여. 광신도보다는 유혹이 낫지요."

"낀따나르, 저의 확실한 우정을 믿으십시오. 그런 경우에 남자들은……"

"알아요. 잘 압니다, 돈 알바로…… 창문을 닫으시오! 그 빌어먹을 북소리가 머릿속에 들어앉는 것 같소!"

27장

"10시야! 당신 들었어? 다이닝룸 시계가 10시를 알렸어…… 올라갈까?"

"잠깐 기다려봐요. 대성당이 시간을 알릴 테니 기다려봐요."

"대성당! 그렇지만 여기서도 들리나? 대성당 종탑시계가 여기까지 들릴까?…… 반 레구아나 떨어졌는데……"

"들리니까 들어보세요. 오늘처럼 조용한 밤에는 들릴 거예요. 모르셨어요? 5분 정도 기다리면 종소리가 들릴 거예요…… 거리가 멀어서 서글프면서 조용하게 들리는 종소리를……"

"정말이지 너무 아름다운 밤이군……"

"8월의 밤 같아요."

하늘을 볼 때마다
셀 수 없는 불빛으로 반짝이네

"여보, 미안, 나도 모르게 또 시를 읊고 있군……"

"그게 어때서요? 괜찮아요. 아주 아름다운걸요.「고요한 밤」이지요. 달콤한 울음을 흘리게 하는 시예요. 어려서 시를 쓰기 시작할 때 좋아했던 작가예요."

프라이 루이스 데 레온의 기억이 아나의 머릿속을 구름처럼 스치고 지나갔다. 약간은 씁쓸한 우수가 느껴졌다. 그녀가 고개를 흔들며 일어나 말했다.

"낀따나르, 팔 좀 줘보세요. 대성당 종탑 마님이 시간을 알리려고 마음먹을 때까지, 우리는 배나무들이 있는 테라스나 한바퀴 돌아요."

"당신이 원하면."

부부는 프랑스 배나무들이 덤불을 타고 올라가 만들어진 나지막한 원형 지붕 아래로 모습을 감췄다. 새롭게 피어난 잎사귀들 사이로 달빛이 스며들어와, 어두운 길을 따라 여기저기 빛의 웅덩이를 만들었다.

"5월이 화창한 밤으로 작별인사를 고하네요." 아나가 남편의 팔에 강하게 기대며 말했다.

"정말이야. 오늘이면 5월이 끝이네. 내일은 6월이고. 6월에는 밀 수확이 한창이겠지. 당신 낚시 좋아하나? 소또 강 있잖아. 뿌마라다 데 추스낀을 거쳐가는 강 말이야."

"네, 알아요…… 몇년 전 여름에 옵둘리아와 비시따가 바다로 가기 전에 그곳에서 물놀이를 한 적이 있어요."

"바로 거기…… 후작의 말에 의하면, 그 소또 강에 맛있는 송어들이 많다는군. 프리힐리스한테 편지 쓸까? 필요한 도구들이랑 낚싯대 두개 챙겨 보내라고?"

"네, 좋아요. 훌륭한 생각이에요! 우리 낚시해요."

낀따나르는 흡족해하며 자기 팔에 매달린 아내의 팔을 꽉 죄고서 오페라의 테너 가수처럼 그녀의 손을 잡고 노래 불렀다.

Lasciami, lasciami

oh lasciami partir······[1]

낀따나르는 잠자코 가만히 있었다. 달빛이 그의 코를 환하게 밝혀주었다. 그가 아내를 바라보았고, 아내도 남편을 향해 얼굴을 돌렸다.

"당신 「위그노 교도」 좋아해? 기억나? 바야돌리드에서 그 테너 가수가 끔찍하게 노래 못 불렀던 것······ 하지만 들어봐. 얼마나 아름다운 가사인지······ 정말 아름다워······ 이곳을 상상해봐. 비베로 한가운데서, 저기, 연못 바로 옆에서 노래를 부르는 가야레 아니면 마시니를 상상해보라고······ 이렇게 조용한 밤에, 이런 침묵 속에서······ 그리고 우리는 여기, 이 원형 지붕 아래서······ 들어봐······ 들어봐······ 오페라는 이렇게 불러야 해······ 지금 우리에게 뭐가 부족해? 음악이야. 음악밖에 없다고······ 아름다운 풍경과······ 산들바람······ 상큼한 잎사귀들······ 달······ 이것을 훌륭한 사중주와 함께······ 천국이 따로 없지! 오! 시는······ 가끔 시는 오선지보다 많은 얘기를 하지 못해. 음악이 나아. 시도 리라나 수금처럼 반주할 수 있는 게 좋아······ 당신은 리라, 수금이 뭔지 알아?"

---

[1] "나를 내버려두오, 나를 내버려두오. 내가 떠나도록 내버려두오"라는 뜻으로, 프랑스 오페라 「위그노 교도」(Les Huguenots)의 3악장에 등장하는 이중창.

아나는 미소를 짓고는 착한 남편에게 그리스 악기를 설명해주었다.

"당신은 아는 것도 많아."

작은 구름이 아나의 이마 위를 스치고 지나갔다.

비베로에서 반 레구아 정도 떨어져 있는 대성당 시계가 천천히 10시를 알려왔다. 허공을 우수로 가득 채우며 떨림으로 다가왔다.

"정말 들리는군." 낀따나르가 말했다.

시간에 대한 가늠으로 잠시 침묵을 지킨 후 그가 덧붙였다.

"저녁 먹으러 갈까?"

"저녁 먹으러 가요!" 아나가 큰 소리로 말했다.

그녀는 낀따나르의 팔짱을 푼 후 블라우스 자락을 약간 치켜들고 달려가, 원형 천장의 어둠속으로 사라졌다. 낀따나르가 소리 지르며 그녀를 따라갔다.

"기다려. 기다려…… 그러다가 넘어져요."

하늘이 지붕처럼 훤하게 뚫린 곳으로 나갔을 때, 그는 대리석 계단 위에서 현관문의 금빛 유리창에 한 손을 기댄 채 손가락 사이로 꽃 한송이를 끼고 달을 향해 오른팔을 길게 뻗은 사랑하는 아내를 보았다.

"괜찮아요? 달의 효과가 어떤 것 같아요?"

"훌륭해! 멋진 동상 같아…… 독창적인 아이디어야. 들어봐. 여명의 여신이 다이아나에게 밤의 행진을 서두르라고 청했다……"

아나가 박수를 치고 문지방을 넘어섰다. 낀따나르는 큰 소리로 혼잣말하며 안으로 들어갔다.

"사랑스러운 아나! 이제는 완전히 다른 사람이야. 베니떼스가 그녀를 구해주었어…… 아나는 다른 사람이 됐어…… 내 영혼을 다 바쳐도 아깝지 않은 아나!"

그들은 후작 부부의 식기로 저녁식사를 했다. 두 사람 모두 식욕이 넘쳤다. 미소를 띠고 힘차게 음식을 썹고 있는 남편 쪽으로 아나가 몸을 숙이며, 가끔 입에 음식을 넣은 채 말했다. 그는 나이프를 휘두르며 고개를 끄덕였다.

"이 집은 밤에도 즐겁네요." 그녀가 말했다.

그러고서 덧붙였다.

"여기 사과 껍질 좀 깎아줘요."

"사과 껍질 깎아줘요. 사과 껍질 깎아줘요…… 어디서 들었더라?…… 아! 알았다."

그러고서 그는 웃음을 집어삼켰다.

"왜 그래요? 여보?"

"사르수엘라야…… 학술원 회원이 쓴 사르수엘라…… 봐봐. 뽕빠두 후작 부인에 대한 얘기[2]야. 벨뜨란이 그녀를 찾아다녔지. 방앗간에서 시골처녀를 만나게 되고…… 자연스럽게 함께 저녁식사하고, 그러고는 사과를 먹지."

"당신과 나처럼요."

"그렇지. 그런데 시골처녀가 자연스럽게 칼을 들지."

"벨뜨란을 죽이기 위해……"

"아니, 사과 껍질을 깎기 위해……"

"말도 안돼요."

"벨뜨란과 오케스트라도 마찬가지지. 오케스트라는 모든 바이올린을 트레몰로로 연주하고, 클라리넷을 모두 불게 하면서 섬뜩

---

2 마누엘 까녜떼(Manuel Cañete, 1822~91)가 쓴 3막의 사르수엘라 「벨뜨란과 뽕빠두르」(Beltrán y la Pompadour).

함을 조장하지. 그리고 벨뜨란도 적잖게 놀란 표정으로 노래 부르지. (낀따나르가 노래를 부르며 일어났다.)

맙소사! 사과 껍질을 깎네.
그녀가 후작 부인이야.
뽕빠두……
뽕빠두!……

아나가 냅킨을 내려놓았다. 그녀는 작가의 황당함과 남편의 유머를 진심으로 재미있어했다. 정말로 남편이 다른 사람 같았다.

뻬뜨라가 차를 내왔다.

"안셀모는 베뚜스따에서 돌아왔느냐?" 주인이 물었다.

"네, 어르신. 한시간쯤 되었습니다."

"탄약통을 가져왔느냐?"

"네, 어르신."

"그럼 리본초 알코올 음료는?"

"네, 어르신."

"그러면 내일 아침 일찍 프리힐리스에게 보낼 전갈을 갖고 도시에 다녀오라고 전해라. 놔둬라…… 내가 직접 얘기하겠다. 두자만 쓰면 되겠지. 아나, 안 그래? 그 안셀모란 놈이 워낙 멍청해서……"

주인이 다이닝룸에서 나갔다.

뻬뜨라가 식탁보를 걷으며 말했다.

"마님이 원하시면…… 저도 내일 날이 밝으면 베뚜스따에 다녀올 생각입니다…… 다림질하는 여자를 만나야 해서요. 전갈을 보내시고 싶으면…… 후작 부인이나…… 다른……"

"그래, 편지 두통을 가져가거라. 오늘밤 방 테이블 위에 올려놓을 테니, 내일 아침에 소리 내지 말고 갖고 가거라. 우리 깨우지 말고."

"걱정하지 마세요."

한시간 후 낀따나르는 트윈 침대가 놓인 회반죽을 바른 넓은 침실에서 자고 있었다. 그 옆방에서는 아나가 펜으로 급하게 편지를 쓰고 있었다. 광택지 위로 부드럽게 펜 놀리는 소리가 휘파람 소리와도 같았다.

"너무 늦지 마요. 편지 많이 쓰지 말고. 당신한테 해로울 수도 있으니. 베니떼스가 한 말 잘 알잖소."

"네, 잘 알아요. 그만하고 주무세요."

아나는 먼저 의사에게 보내는 편지를 썼다. 지금은 소모사 대신 베니떼스가 아나의 주치의를 맡았다. 공부를 많이 한 과묵한 청년이었다. 관찰력이 뛰어나고 말이 없는 편으로, 자기 환자인 판사 부인에게 편지는 써도 좋다고 허락했다. 시골에서는 별달리 할 일이 없기 때문에 편지 쓰는 게 기분전환이 된다면 써도 좋다고 허락한 것이다. "예를 들어, 가끔 저한테 편지 쓰십시오. 제 일에 참고가 될 만한 것들을 말씀해주십시오. 하지만 부담된다면 자세히는 말고 대충만 적어 보내세요……"

아나가 편지를 써내려갔다.

…… 좋은 소식. 좋은 소식만 전합니다. 이제는 두려움이 없습니다. 개미나 거품, 그런 게 허공 위로 전혀 떠다니지 않아요. 다시 환영이 생길 것 같은 두려움 없이 말할 수 있어요. 이제는 모즐리와 뤼[3]도 읽

---

3 헨리 모즐리(Henry Maudsley, 1835~1918). 영국 심리학자. 『정신생리학』과 『범죄와 광기』 등을 썼다. 쥘 베르나르 뤼(Jules B. Luys, 1828~97). 프랑스 의사. 정신의

을 수 있을 것 같아요. 뇌와 다른 내장 그림을 보아도 혐오감이나 두려움이 없어요. 타인의 집착에 대해 말하는 것처럼 남편과 함께 광기에 대한 두려움을 말하기도 해요. 이제는 건강에 자신이 있어요. 고맙습니다, 의사선생님. 모두 선생님 덕분이에요. 선생님이 저에게 심각하게 논하는 것을 금하지 않으셨다면, 좋은 건강에서 얻은 형언할 수 없는 행복과 선생님이 처방한 생활계획을 두고 설명하고 있을 겁니다. 건강에 좋은 환경에서 활기차게 살며 품위를 누리는 즐거움에 대해 말하면서 말이지요. 하지만 수사학은 절대 쓰지 않겠습니다. 선생님이 긴 문장을 싫어하시니까요…… 요컨대 저는 시계와도 같아요. 시계는 선생님이 좋아하는 표현이지요. 종교적인 세심함과 함께 지켜지는 식단. 두려움이 포도밭을 지키지요. 나는 위생의 노예가 될 거예요. 다시 옛날로 돌아가는 것만 빼고는 모두 할 거예요. 일기는 계속 쓰고 있습니다. 일기를 쓰면서 심리학에서 길을 잃고 헤매는 사치는 허락하지 않아요. 그건 선생님께서도 금하신 거니까요. 저는 매일 뭔가를 씁니다. 하지만 조금만 씁니다. 제가 모든 면에서 선생님의 말씀을 잘 따르고 있는 거 보이시지요? 안녕히 계세요. 얼른 뵙고 싶네요. 남편이 선생님에게 안부 전합니다…… 코를 골면서요. 코를 고는 것은 사실이에요. 예전의 판사 부인이었다면 이것을 불행으로 여겼을 거예요. 시험할 목적으로 운명이 보낸 거라고 생각하면서요. 코 고는 남편! 생각만 해도…… 끔찍했어요. 선생님의 표정이 일그러지는 게 보이네요. 쓸데없는 잡담은 그만할게요. 프리힐리스에게 선생님과 함께 오든지, 아니면 그전에 와달라고 해주세요. 남편이 원하는 대로 전해주세요. 프리힐리스가 저를 위해 낚싯대를 준비해서 송어에게 잡혀

학과 최면술 전문의로 뇌구조에 대한 많은 연구를 했다.

달라고 불러주지 않으면 우리는 아무것도 하지 못할 겁니다. 다시 인
사드리며, 선생님 처방의 노예.

아나 오소레스 데 낀따나르

아나는 편지에 서명해 밀봉한 후 아침에 쓰다 만 다른 편지를 계
속해서 써내려갔다.
이제 펜은 좀더 느리게 움직였고, 중간중간 멈추기도 했다.
무슨 변덕이 일었는지, 판사 부인은 자기 눈앞에 놓고 답장하고
있던 편지의 글씨체를 따라 해보려고 노력했다.

……제가 지나치게 간단하게 말씀드린다고 나무라지는 마세요. 이
미 말씀드렸듯이 베니떼스 선생님이 제가 많이 분석하고 제 생각을
면밀하게 따지는 것을 금해서 그런 거예요. 그리고 제가 보기에도 그
분의 말씀이 맞는 것 같아요. 이제는 그렇게 하지 않습니다. 단지 제
생각을 면밀하게 따져보겠다는 생각만으로도 다시 끔찍한 두통이 올
까봐 두렵습니다…… 이것에 대해서는 우리 더 얘기하지 말아요. 제
가 신부님에게 편지 드리는 것만으로도 충분히 하는 겁니다. 그것도
하지 말라는 거니까요. 하지만 이해해주세요. 신부님에게 편지 쓰는
걸 금하는 건 아니에요. 지금 분명하게 말씀드렸나요? 누구에게 됐든
지 편지 많이 쓰는 것을 금하는 거예요. 특히 심각한 일에 대해서는요.
우리가 언제 베뚜스따로 돌아가냐고요? 모르겠어요, 페르민 신부
님. 모르겠습니다.
제가 훨씬 좋아 보인다고요? 사실이에요. 하지만 저는 시키는 대로
해야 해요. 베니떼스 선생은 단호하고 과묵하면서 실력이 좋은 편이

에요. 시키는 대로만 하면 제 병이 나을 수 있다고 약속하셨어요. 그렇지만 자기를 속이거나, 시킨 대로 하지 않으면 저를 포기하겠다고 말했습니다. 저는 그분 처방을 따르기로 결심했어요. 신부님이 늘 말씀하셨잖아요. 건강이 가장 중요하다고요.

어쩌면 제가 식었다고요? 아니에요, 페르민 신부님, 정말 아니에요. 제가 돌아가면 확실하게 보여드리겠습니다.

제가 기도를 조금밖에 안한다고요? 그건 사실이에요. 하지만 제 건강으로는 기도가 힘에 부치기 때문에 그렇습니다. 제가 남편이나 베니떼스 선생님에게 기도문을 계속 외우는 게 얼마나 힘에 부치는지 말한다면!…… 병 낫는 게 우선이지요. 제 편지에서 남편과 의사선생님 얘기밖에 없다고요? 하지만 제가 누구 얘기를 하겠어요? 여기에는 남편 말고는 아무도 없어요. 그리고 베니떼스 선생님은 제 목숨을 구해주셨고요. 어쩌면 이성도 구해주셨지요…… 제가 미쳐버릴지도 모른다는 두려움에 대해 얘기하는 걸 신부님이 좋아하시지 않는다는 거 잘 알아요…… 하지만 그건 사실입니다. 제게는 그런 두려움이 있고, 저의 지적인 구원을 의사에게(제가 그토록 얘기했던) 고마워할 수 있도록 그 두려움에 대해 말하는 거예요. 영혼의 형제에게 영혼이 없다면, 아니면 미쳐서 영혼이 어두워졌다면 저를 뭐 때문에 사랑하시겠어요?

이것도 끝나고, 다른 것도 끝났다고요?…… 아니에요. 아닙니다. 아무것도 끝나지 않았어요. 모두 때가 되면 돌아갈 겁니다. 도냐 뻬뜨로닐라를 방문하는 것만 빼고요. 왜 그런지 이유는 묻지 말아주세요. 하지만 그 부인의 집에는 절대 돌아갈 생각이 없습니다. 그리고…… 더 할 얘기가 없네요. 더 길게 쓸 수가 없어서요. 저한테 금지했거든요. (또 그 얘기네요!) 이제 막 저녁식사를 마쳤습니다. 신부님

의 가장 충실한 친구이자 감사하는 참회자

아나 오소레스

추신: 제가 기분이 가벼워 보인다고요? 사실입니다. 건강이 좋아진 덕분입니다. 기분이 좋지 않고 회의적일 때 같으면 신부님 말씀하시는 투로는 이렇게 가볍게 얘기하는 것을 언짢아하실 거라 생각했겠지요. 실례를 용서하세요.

아나는 편지를 읽어보았다. 단어 몇개를 지우고 곰곰이 생각하다가, 지운 글씨 위로 다시 써내려갔다.

그러고는 고개를 좌우로 흔들며 편지봉투에 침을 묻혀 봉하면서 양어깨를 으쓱하며 나지막하게 말했다.

"기분 상해할 이유가 없지."

아나는 남편의 침대 옆에 있는 푹신하고 하얀 침대에서 잠을 청했다.

낀따나르는 아나보다 일찍 일어나 과수원으로 나가 기다렸다. 그들은 8시에 함께 코코아를 마셨다. 낀따나르가 자긍심을 갖고 힘을 줘서 프랑스어로 '세레'라고 부르는 온실에서 함께 마셨다.

"이런 것들을 가져봤으면!……" 낀따나르는 잔뜩 들어찬 선반들과 에뚜루스꼬와 일본의 진품 도자기들 안에 피어 있는 이국적인 식물들을 감상하며 생각했다.

판사 부인은 비베로가 누구 소유인지는 생각하지 않았다. 오로지 자연과 건강, 그리고 베가야나 후작 부부가 자기네 유명 별장에 축적해놓은 상대적인 사치를 즐길 뿐이었다. 즐기는 것 이외에는 아무 생각도 하지 않았다. 효과가 좋은 온천에 와 있듯 그곳에 있을 뿐이었다.

낀따나르는 과수원 밖으로 나가, 초원과 사과밭, 옥수수밭을 가로질러 소박한 동네의 집들 사이로 소또 강으로 내려가는 길과 강가에 앉아 낚시하기에 좋은 장소를 찾아냈다. 안셀모가 필요한 도구들을 챙겨 돌아오면 바로 낚시할 생각이었다.

이제는 더위가 조금 견딜 만했지만 그래도 한참 더워지면 아나는 자기 방으로 올라가 하얀 침대에 누워 잠시 책을 읽다가, 고급 자단 책상 쪽으로 가서 일기장을 뒤적였다. 늘 똑같았다. 일기장에 글을 쓰기 전에 몇장씩 건너뛰며 읽어보았다……

아나는 거의 외우다시피한 첫 줄을 읽어내려갔다. 예술가의 열정으로 읽었다. 아나에게만 보이는 불안하고 빠른 글씨체로 이렇게 적혀 있었다.

비망록!…… 일기!…… 못 쓸 것도 없지 않은가? 베니떼스가 허락했는데.

『후안 가르시아의 비망록』. 다른 싱거운 것도 얘기할 수 있을 것이다…… 하지만 이것은 나 빼고는 아무도 읽지 않을 텐데…… 뭐가 우스꽝스럽다는 건가? 어때야 하는 건데? 세상 사람들이 알면 나를 유치하다고, 글쟁이라고…… 아니면 비시따가 말하듯이 낭만주의자라고 할까봐 글을 쓰지 않는 게 더 우스울 것이다.(내가 좋아하는 일이고, 적당히만 하면 나에게 해도 되지 않는다.) 하느님 덕분에 사람들이 무슨 말을 할지 두려워하는 것은 이미 극복했다. 건강이 나를 더욱 독립적으로 만들어주었다. 더욱이 아무도 읽지 않을 텐데 누가 뭐라고 하겠는가? 남편도 읽지 않을 것이다. 빠르게 흘려쓰면 내 글씨는 절대 알아보지 못한다. 나는 혼자다. 완벽하게 혼자다. 나는 내 자신과 절대적인 비밀을 얘기한다. 나는 웃을 수도 울 수도 노래할 수도 하느님과 얘기할 수도 새들과 얘기할 수도 있고, 내 몸 안에서 흐르는 게 느껴지는 건강하고 신선한 피와도 얘기할 수 있다. 찬가부터 시작해보자. 산문시를 만들어보자. '건강이여! 성모마리아시여! 새로운 생각들은, 영혼의 힘은, 구더기나 두려움에 대한 망각, 그리고 그토록 원하던 평온을 나에게 가져다준 정신적 균형은…… 당신 덕입니다……' 남편이 배고파 죽겠다며 입에 올리브 열매를 물고 아래 다이닝룸에서 나를 불러 찬가는 그만둔다…… 알았어요. 내려가요! 이제 내려가요!…… 간다니까요!

———

비베로, 5월 1일.

비가 내리고 있다. 오후 5시인데 하루 종일 비가 내린다. 옛날 같았으면 이것만으로도 불행하다고 느꼈을 것이다. 인간사의 사소한 일과 습기, 대체적으로 꽤 지겨운 일 등등을 생각했을 것이다…… 그런데 지금은 자연스러워 보인다. 오히려 비가 내리는 게 즐겁기까지 하다. 저 언덕과 저 초원, 저 숲 위로 내리는 물은 무엇일까? 자연의 머리 장식이다. 내일이면 촉촉이 젖어 있는 저 초록빛 위로 해가 빛을 내보낼 것이다. 게다가 여기 들판에서는 비가 음악이다. 남편이 낮잠을 자며(새로운 습관) 코를 고는 동안(오랜 결점으로 존중해줄 만한 가치가 있다) 나는 창문을 활짝 열고 듣는다.

나뭇잎 위
빗방울 재잘대는 소리

비둘기

날개 파닥이는 소리

네모반듯한 비둘기집이 있는 작은 지붕들 위에서 좁다란 창문들을 들락거리며 우쭐대는 비둘기 소리를 듣고 있다. 보는 각도에 따라, 비둘기집은 하렘이나 허름한 아파트와 약간 비슷한 모양이다. 지루함, 산만함, 공공연한 나태함이 녹아 있는 일상이 비둘기들의 모습, 짧은 발걸음과 날갯짓에 들어 있다. 습관처럼 의무상 같이 있기는 하지만 각자 사막에 혼자 와 있는 듯 지겨워하는 비둘기 커플이 있다. 그러다가 갑자기 수컷이, 내가 보기에는 수컷 같다, 무슨 생각이 떠올랐는지, 후회가 되었는지, 그다지 와닿지 않은 열정을 즉흥적으로 연출하며 암컷에게 입을 맞추고 뒤를 따라다니며 '구구구구' 노래 부르고 깃털을 곤두세운다…… 그러면 암컷은 놀라서 귀찮은 기색을 숨기지 않고 그냥 미지근한 애무로 반응한다. 그러고는 일시적인 바람보다는 가만히 몸을 적시며 부풀어오르는 욕구에서 더 큰 기쁨을 찾다가 잠시 후 둘 다 지치고 졸려하며 차분하게 원래의 정적으로 돌아간다. 다시 앙심이나 속임수, 서로의 규칙을 불평하지 않고. 이성적인 비둘기들! 남편은 코를 골고 있고, 나는 글을 쓰고 있다…… 한발 물러났다. 이건 아니다. 뭔가 아이러니가 있다. 아이러니에는 늘 미지근한 뭔가가 있다…… 쓴 게 입맛을 돋구는 법이다…… 하지만 그런 것 없이도 입맛 도는 걸 하는 게 낫다.

————

여전히 비가 내린다. 상관없다. 아무리 큰 비가 와도 오늘 내게서는 초조한 표정을 끄집어내지 못할 것이다. 창문은 닫혀 있고, 유리창 위로 미끄러져 흐르는 빗줄기가 풍경을 지워버린다. 남편은 프리힐리스와 나갔다.(사람 좋은 프리힐리스의 두번째 방문이다. 내가 본 사람 중 유일하게 대단한 사람이다.) 그들은 텐트 아래서 움츠리고 사는 사람들처럼 후작 부부의 집사인 삐논 데 삐빠의 우산을 쓰고 남편이 늘 세속적으로 보인다는 떡갈나무숲을 돌아다니고 있다. 프리힐리스의 발명품인 무슨 화학실험인가를 하기 위해서이다. 하느님의 가호로 그들이 행복하고 발이 젖지 않기를. 오늘 나는 이야기를 하며 기억을 더듬고 싶다. 나는 기억이 두렵지 않다. 5주가 약간 지났고, 이제는 그 모든 것이 옛날 일처럼 느껴진다.

그때의 사흘은! 이상한 차림의 창녀가 된 기분이었다.(여기서 판사 부인의 글씨체는 자기도 알아보지 못할 정도였다.) 종교행렬에서 비나그레의 팔짱을 끼다시피 가는 나의 맨발을 베뚜스따 전체가 보다니! 그후 사흘 동안 나는 수치심 때문에 발이 타들어가는 고통을 겪었다! 나는 팔걸이 의자에 누워 꼼짝도 하지 않았다! 소모사를 불렀지만 그는 변명만 늘어놓았다. 그 대신 조용하고 냉정한 베니떼스가 왔다. 하지만 내가 그를 보지 않을 때는 그가 관심을 갖고 나를 지켜본다는 것을 알았다. 내가 미쳐가고 있다고 생각하는 게 분명했다. 그는 그 사실을 부인한다. 그 모든 것은 내 생각과 경솔한 행동 때문에 모욕받았다고 믿는 사람들을 위해 내가 내 자신을 희생하겠다고 결심한 훌륭한 도덕성과 종교적 열정에 기인한다고 설명한다. 베니떼스는 말하겠다고 작정하면 고해신부와 비슷하다. 나는 그에게 병의 증상을 털어놓듯 내 마음의 비밀들을 털어놓는다. 내가 이런 얘기를 할 때면 그의 무표정한 얼굴에도 불구하고 그가 나를 기억에 담고 있다는 것을 안다…… 증세가 발에서 머리까지 올라왔다. 열이 나서 침대를 지켰다…… 그리고 공포를 느꼈다. 미칠 수도 있다는 끔찍한 공포를…… 이것에 대해서는 자신과도 얘기하고 싶지 않다. 오늘은 그만 쓰겠다. 오늘은 피아노를 치며 손가락 한개로…… '까스따 디바(정결한 여신)' 아리아를 기억할 생각이다.

———

아나는 몇장은 읽지 않고 그냥 지나쳤다. 그 페이지에는 종교행렬 이후 며칠의 행적, 베뚜스따의 연감에 길이 남을 유명한 일화가 적혀 있었다. 그랬다. 그녀는 자기 자신을 창녀라고 믿었다. 믿음을 사람들 앞에 선전하고 다니는 것은 바빌로니아적인 희생, 즉 요란한 희생처럼 보였다. 신비스러운 전야 기도를 위해 벨 신전에 자신을 제물로 바치는 것과 같았다. 게다가 그녀는 부끄러웠다. 그것은 글쟁이가 되는 것과 같은 것으로, 시간이 지나면서 자기 자신에게도 황당하게 보이는 그런 종류의 황당함이었다. 그녀는 거리로 나갈 생각도 하지 못했다. 길을 지나가는 모든 사람들이 자기를 비웃는 것 같았다. 수군거리는 소리가 늘 그녀를 따라다녔고, 사람들이 모인 곳에서는 그녀의 광기를 얘기하고 있다는 것을 알 수 있었다. 그녀가 황당한 짓을 했다. 바보 같은 짓을 한 거였다. 이 생각이 그녀를 괴롭혔다. 그 생각에서 도망치려 하였지만 불에 데인 듯 부끄러운 발이 고통스럽게 끊임없이 그 사건을 다시 상기시켰다. 오후 내내 맨살을 드러내 사람들의 눈요기가 된 발.

그녀가 신앙과 총대리신부의 위로에서 위안을 얻으려 했다면, 그녀의 병은 더욱 깊어졌을 것이다. 그녀는 자신의 강렬하고 순수했던 믿음이 영혼 속에서 녹아내리는 게 느껴졌다. 성녀 떼레사도 더 읽을 수 없어 끝을 냈다. 성녀 떼레사를 읽으면서 부적절한 분석으로 고통을 받으니 안 읽는 게 더 나았다. 성녀 떼레사의 생각과 글을 마주하면서 자신을 들여다보면 탐닉하는 것을 막을 수 없었기 때문이다. 그러면 총대리신부는? 그녀를 그 남자의 발아래로 다시 엎드리게 한 강렬한 동정심은 이제 존재하지 않았다. 그는 승리로 우쭐했을 법했다. 어찌 됐든 아나는 이제 그가 안쓰럽지 않았다. 승리를 과하게 누리고, 적을 굴복시키는 승리자의 모습을 보았다…… 이제 그녀는 확실하게 보았다. 적어도 예전처럼 흐릿하게는 보지 않았다. 어쩌면 그녀는 형제의 손에 쥐어진 도구에 불과했다. 물론 페르민 신부는 그녀에게 질투와 사랑, 그 비슷한 애처로운 모습은 다시 보여주지 않았다. 아나는 취조관의 시선으로 그를 관찰했다. 물론 약간의 가책은 있었다. 그렇지만 세속적인 열정의 증상은 느낄 수 없었다. 그녀가 잘못 봤나? 그가 제대로 시치미를 뗀 것일까? 아니면 아무 일도 없었던 것일까? 그런데도 예전의 믿음은 돌아오지 않았다. 믿음은 그대로 무너져내렸고, 자기도 모르게 아버지에게서 들었던 옛 이론들이 그녀 안에서 느껴졌다.

막연하고 시적이고, 듬직하고 낭만적인 범신론, 아니 다른 말로 하면 루쏘식의 자연신론이었다. 우울하고 약간 어두운 빛이 감돌기는 하지만 장기적으로 보면 감성적이고 낙관적인 자연신론이었다. 이 모든 것은 지금 아나가 자기 자신에게서 발견하고 있는 것과 순수한 그리스도 종교라고 믿고 집착하는 것과 함께 뒤섞였다. 그녀는 배교하고 싶지도 않았고, 철학적으로 명상에 빠지고 싶지도 않았다. 그녀에게는 이것 역시 어리석어 보였다. 하지만 자기도 모르게 생각과 불만, 비난이 무리를 지어 그녀의 마음과 머릿속으로 몰려들었다. 새로운 고문이었다. 그럼에도 불구하고 그녀는 계속해서 페르민 신부에게 고해성사를 보았다. 이제 그에게는 습관적으로 의리를 지킬 뿐이었다. 그 남자에게 빚진 마음이 부족하면 후회가 될까봐 두려웠다. 특히 그와 믿음의 관계를 깨면, 다시 예전처럼 안타까움과 후회, 동정심 때문에 성 금요일의 광기와 같은 또다른 광기를 부릴까봐 두려웠다. 너무나도 많은 생각과 감정, 은둔 생활, 그리고 그녀 안에서 고통에 반항하며 폭발할 듯 엄습하는 의식이 신경 발작을 불러일으켰으며, 베니떼스가 최선을 다해 치료를 하였다.

아나는 자기가 다시 미쳐가고 있다고 믿었다. 감정적인 흥분 다음에는 도덕적 무기력을 불러일으키는 영혼의 마비가 뒤를 이었다. 미덕과 범죄, 고통과 영광, 선과 악이 다르지 않다는 생각으로 그 며칠 동안 끔찍하게 보냈다. 그녀의 표현을 빌면, 하느님은 그녀의 뇌를 빵 부스러기처럼 만들었고, 주위의 자포자기와 약해진 의지가 느껴졌다. 그녀는 그런 느낌이 괴롭고 두려웠다. 엄청난 공포가 극단으로 치달으면, 논리에 대한 경멸과 생각의 법칙과 말에 대한 의심이 들었고, 마지막으로 그녀 자신에 대한 의식마저 사라졌다. 도덕적인 능력이 떨어져나간 것처럼 느꼈다. 이제 그녀 안에는 자기 자신이라고 할 수 있는 것이, 스스로 특별히 중요하다고 할 수 있는 것이 없다고 느꼈다…… 그리고 나서는 현기증과 공포를 느꼈고, 비명 소리와 주변에 대한 공포를 동반하는 반응을 일으켰다.

아나는 자신의 건강 이외에는 아무것도 생각하지 않기 위해 오랫동안 그 모든 것을 잊고 지냈다. 미칠지도 모른다는 생각과 뇌가 망가진 것 같은 낯설고 이상한 고통에 떨었다. 그녀는 절박하게 베니떼스의 도움을 구했고, 이런 노력과 의사의 처방을 맹목적으로 따르는 데서 치유가 시작되었다.

의사는 섭생과 운동, 심지어 온천욕도 처방했지만 가장 중요하고 근본적인 것은 생활의 변화였다. 시골에서 기분을 전환하고 즐겁고 차분한 정서를 느끼는 거였다. 시골로! 시골로! 그것은 구원의 외침이었고, 아나와 낀따나르는(그 역시 상당히 많이 놀랐다) 아침부터 저녁까지 쉬지 않고 시골로! 시골로!를 외쳤다.

하지만 시골이 어디 있나? 그들에게는 베뚜스따 지방에 휴식을 취할 만한 별장이 없었다. 낀따나르는 아라곤에만 땅을 가지고 있었다.

아나는 용기를 내서, 남편이 짐작도 못한 훨씬 영웅적인 용기를 내서 그에게 감히 말했다.

"여보, 이러면 어떨까요?…… 겨울이 올 때까지…… 몇달 동안 지내러 가는 거……"

"어디로?"

"당신 고향으로. 알무니아 데 돈 고디노로."

낀따나르가 펄쩍 뛰었다.

"여보, 세상에!…… 얼마나 덜컹거리며 갈 텐데. 그러기에는 내가 너무 늙었고, 뼈도 성치 않아…… 알무니아라니!…… 맙소사…… 다른 때 같았으면. 하지만 지금은! 나는 내 고향을 사랑해. 그건 확실해. 나는 진정한 아라곤 사람이야. 그리고 매우 행복한 시인이 말했듯 나도 그렇게 말하지.

자기 고향의 강보다 더 멋진 강은 없다.

하지만 이제 나는 베뚜스따 사람이 다 되었어. 그리고 다른 시인인 에스낄라체[4] 가 말했지.

----

4 프란시스꼬 데 보르하 이 아라곤(Francisco de Borja y Aragón, 1581~1658). 스페인 군인이자 작가이고 귀족. '에스낄라체 왕자'라고도 불렸다.

행복을 느끼는 고향은

태어난 곳이 아니라 자기가 원하는 곳이다.

알무니아 데 돈 고디노라니! 우리가 거기를 가다니…… 게다가
프리힐리스와…… 돈 알바로, 후작 부부, 베니떼스와 헤어진다는
것은…… 불가능해!"

그 생각은 더는 고려되지 않았다. 아나는 남편이 아라곤 사람이
라는 게 내심 마음에 들었다.

그녀는 이 문제에 있어서는 자기가 할 일은 다 했다고 생각하고
그런 마음을 감췄다.

하지만 아나의 건강상 베니떼스가 필수조건처럼 요구하는 몇달
동안의 시골생활을 위해 어디로 가야 한단 말인가?

어느날 베가야나 후작의 집에서 이 문제가 화제가 되었다. 낀따
나르와 후작 부부 외에도 돈 알바로와 빠꼬가 있었다.

"의사는 우리가 가 있을 시골이 이런저런 것을 갖춰야 한다는데
그런 곳을 구하긴 어렵지요." 전직 판사가 말했다.

"뭐라고 하는데요." 후작이 말했다.

"자기가 자주 왕진 올 수 있고, 위험한 경우에는 아나를 얼른 도
시로 옮길 수 있도록 베뚜스따 근처여야 한답니다. 아주 편하고 쾌
적해야 하고, 밝은 풍경이어야 하고, 근처에 강이 흐르고, 초원과
갓 짠 우유가 있어야 하지요…… 모르겠습니다!"

그 순간 돈 알바로에게 기막힌 생각이 떠올랐다. 그가 빠꼬에게
다가가 귓속말로 속삭였다.

"비베로!"

빠꼬가 얼른 알아듣고 감탄했다. 천재만이 그런 계시를 받을 수

있었다!

그는 악마와 같은 계획들이 담겨 있으리라고는 생각도 못하고 나지막하게 말했다.

"아버지, 베니떼스의 조건에 맞는 별장은 딱 하나밖에 없습니다. 바로 우리 별장……"

후작 부부와 아들은 모두 자기네 발견에 기뻐하며 동시에 소리 질렀다.

"비베로!"

"브라보! 브라보! 유레카!" 후작이 반복해서 말했다. "빠꼬 말이 맞아. 비베로로 가는 거야! 비베로로 가요."

그러고는 후작 부인이 말했다.

"좋은 생각이야! 정말 마음에 들어! 그리고 우리도 해수욕 떠나러 가기 전에 자주 볼 수 있고……"

낀따나르가 항의했다.

"어떻게 비베로에 갑니까! 그럼 당신들은요?"

"우리는 올해는 가지 않아요."

"아니면 훨씬 나중에 가든지."

"그리고 우리가 가더라도 모두 머물 수 있어요."

"그곳에서는 각자 완벽하게 독립적인 생활을 하면서도 스무명 이상이 머문 적도 있답니다." 돈 알바로가 말했다.

"맞아요. 그곳은 수녀원 같아요."

"더이상 아무 말 하지 말아요. 더는 말하지 말라니까요."

"어떻게 말하지 말라 하십니까? 너무 죄송한데……"

낀따나르가 미안해했지만, 낀따나르 부부와 원하는 숫자만큼의 하인들은 베니떼스가 있으라고 할 때까지 몇달 동안 비베로에서 지내는 걸로 정해졌다. 그곳에서는 그들이 절대적인 주인이라고 공포했다…… 결단코, 후작 부부는 반대 의견은 받아들이지 않았다.

"우리는 한 가족이 아닌가요?"

"당연히 그렇지요." 낀따나르는 매우 자랑스럽게 대답해야 했다.

아나는 그 말을 듣는 순간 이것은 알무니아 데 돈 고디노로 가는 것과는 완전히 다르다는 것을 알았다. 하지만 비베로에서 머물 경우 발생할 위험에 대해서는 생각하고 싶지 않았다. 이제는 깊이 생각하는 게 싫었다. 그럼에도 불구하고 왜 그런지 이유도 묻지 않고 살아 있는 욕구를 모두 만족한 어린아이처럼 그날 하루 종일 즐거웠다. 다음날 아침 이런 생각을 하며 잠이 깼을 때는 기쁨이 더욱 강렬했다. 나는 시골 처녀의 삶을 살려고 뛰고 호흡하고 살찌고…… 삶을 즐기기 위해 비베로로 가는 거야…… 그곳에는 태양과 졸졸 흐르는 냇물, 푸른 잎사귀…… 건강이 있어…… 그리고 그 모든 기대감을 더욱 매혹적으로 만드는 음악 반주 소리처럼 아나는 향이 나는 맛과 같은 막연한 희망을 느꼈다. 희망인데…… 어떤 희망인지는 생각하고 싶지 않았다…… 하지만 그것은 세상의 즐거움과 같은 희망으로, 비베로에 대한 생각이 긍정의 즐거움으로 그녀를 강하게 만들었다. 환상이 지속되는 동안은 즐거워할 수 있는 희망이었다. 베니떼스가 그녀를 회춘시켜주었다.

아나는 간단한 서평을 하는 것처럼 일기장을 뒤적인 후, 6월과도 같았던 4월의 어느날 비베로에 들어섰을 때의 첫 인상을 간략하게 적은 장을 찾아 그 대목에서 멈췄다. 그날은 밝고 뜨겁고 화창했다.

그녀는 문제가 아닌 기억을 다듬으며 즐거운 마음으로 그 장을 읽어내려갔다. 이렇게 적혀 있었다.

———

로메로와 끌라벨이 갑자기 진로를 바꿨다. 사륜 포장마차가 소리 없이 꺾어지는 바람에 마차가 약간 흔들렸다. 마차가 산띠아네스 도로를 벗어났고, 비베로로 이어지는 좁은 길 위에서는 마차 바퀴가 돌에 부딪혔다. 비처럼 허공에 걸린 버드나무 잎사귀들이 바람에 흩날리는 머리카락처럼 이마를 잎사귀 끝으로 간지러움을 태웠다. 큼지막한 낡은 울타리 문이 열리고, 닫혀 있던 텅빈 저택의 침묵 속에서 말들이 요란한 소리로 메아리를 울리며 포석이 깔린 낡은 광장 바닥 위로 불꽃을 튕겼다. 누런 돌탑 두개와 기둥들이 세워진 현관이 달린 그 거대한 저택에 머물러도 상관없었다…… 하지만 마차는 총총걸음으로 계속 앞으로 나갔다. 후작이 허영심을 발휘해 고풍스러운 옛 저택 앞에 사람들이 기거할 수 있는 별채를 지은 거였다…… 바퀴는 천으로 감싼 듯 다시 조용해졌다. 이국적인 식물들이 자란 화분들과 원형 창이 있는 대리석 난간들이 양 옆으로 늘어선 넓은 길의 부드럽고 하얗고 매끄러운 모래를 로메로와 클라벨이 늠름한 발굽으로 조용히 짓이겼다.

새로 등장한 집이 우리 앞에서 미소를 머금었고, 입구의 애교스러운 차양 앞에서 마차가 멈췄다. 잠시…… 잠깐 정적이 흘렀다. 태양이 얘기하고…… 우리는 즐거웠다. 그곳에서는 청결함과 반듯함, 우아함이 자연의 작품 같았다. 그리고 푸른 잎사귀의 찬란함과 미풍의 조용한 속삭임, 경치의 아름다움, 수천가지 새들의 귀여운 날갯짓은 수입

사치품 같았다. 부와 자연이 그곳에서 공존하고 있었다. 안락의 궁정 신하인 태양이 훨씬 환하게 빛나고 있었다…… 이상한 일이었다! 나는 일반적인 '본다'는 의미로는 지금까지 한번도 비베로를 본 적이 없었다. 지금까지는 시골과 화려함이 이렇게 묘한 조화를 이룰 수 있다는 것을 알지 못했다. 너무나도 훌륭했다. 전혀 추하지도 가난하지도 슬프지도 않은 곳이 지구 어딘가에는 있어야 하지 않겠는가.

비베로를 안내해주기 위해 같이 온 빠꼬와 후작 부인은 우리와 함께 점심을 하고 해질녘에 베뚜스따로 돌아갔다.

이제는 남편과 단둘이 남았다. 나는 집 전체를 둘러보았다. 1층에는 응접실, 당구장, 서재, 크리스털로 에워싸인 정원 위쪽의 바느질방, 하얀 대리석 계단을 통해 온실로 이어지는 다이닝룸이 있었다. 정말 훌륭했다! 모든 것이 크리스털이고, 꽃과 큰 잎사귀가 이상할 정도로 강렬한 색상의 큼지막한 식물들이 있었다. 후작이 1층을 공들여 꾸며놓은 게 가장 마음에 들었다. 크리스털로 마감한 갤러리가 건물 전체를 에둘러 있었다. 나는 비베로를 한번도 본 적이 없는 듯 복도 전체를 두번이나 돌아보았다. 모든 것이 새롭게 보이고, 아니 훨씬 우아하고 훨씬 시적으로 보이는 건 왜 그런 걸까? 남편은 황홀해했으며, 내가 보기에는 약간 부러워하는 것 같았다.

———

멋진 삶이다. 봄이 내 영혼에 찾아들었다. 나는 새벽 일찍 일어난다. 목욕은 내 몸을 건강하게, 마음을 즐겁게 한다. 욕조에 누워 한 손으로 수도꼭지를 잡은 채 미지근한 물로 몸이 노곤해질 때까지 가만히 있는다. 그러면 졸음과 같은 환상이 평화롭고 부드러운 이미지들

속에서 멈춰선다. 그러고 나서 나는 이불 시트 아래서 몸을 떨면서 몸의 온기를 기분 좋게 회복한다. 혈관에 흐르는 생명력에 행복을 느낀다. 머리는 확실히 맑다. 희미한 복잡한 생각들이 다시는 나를 찾아와 괴롭히지 않는다…… 멍하니 잠깐 생각할 뿐이다. 주변의 일상에서 일어나는 자잘한 일들에만 최대한 관심을 쏟는다. 베니떼스는 안심해도 좋다. 그런 식으로 훨씬 활기차게 건강이 회복되겠지. 이런 게 삶이야. 햇볕 아래 유유자적하며 달콤한 쾌락을 누리는 것.

———

그럼에도 불구하고 사물의 떨림이 생각과 감정을 몰래 숨긴 음악에 대해 말을 거는 때가 있다. 불확실한 행복에 대한 이 바람은 뭘까? 가끔 비베로 전체가 연극이나 소설의 무대와 같다는 생각이 든다…… 그러면 숲이 훨씬 고적하고, 저택이 훨씬 고적해 보인다. 사색에 잠긴 듯한 고적함이다. 모든 것이 이곳에서 요동치는 즐거움과 쾌락의 소리들을 기억하면서, 아니면 앞으로 있을 축제들의 아우성 소리를 사방으로 울려퍼트릴 준비를 하면서 신중한 침묵에 잠겨 있는 듯하다…… 나는 계속 주장한다. 이곳에는 연극보다는 무대와 같은 뭔가가 있다. 비베로로 초대받는 영광을 누리는 베뚜스따 사람들은 이곳의 무대에 올라가 공연하는 인물들이다. 옵둘리아, 비시따, 에델미라, 빠꼬, 호아낀 2세, 알바로…… 그리고 여기서 말하고 노래하고 뛰어다니고 놀고 춤추고…… 특히 웃었던 다른 많은 사람들…… 지난 즐거움의 냄새를 맡거나, 아니면 미래의 즐거움을 예감한다. 그렇다. 남편의 말이 옳다. 이곳은 낙원이다. 이 낙원에서 우리에게 뭐가 부족하단 말인가? 남편은 음악 말고는 부족한 게 없다고 한다…… 음악은 머물지 않기 때문이다. 나는 응접실로 뛰어가 검지로 「여자의 마음」을 친다. 음악을 아는 나의 유일한 손가락. 옵둘리아가 유치하다고 얼마나 놀리는지! 손가락 한개만으로 피아노 치는 귀부인이라니!

———

남편은 행복하다. 그리고 나에게 얼마나 잘해주는지! 나를 얼마나 애틋하게 보살피는지! 선물도 많이 하고, 애정도 많이 표현한다! 다른 사람 같다. 상감 세공보다 나를 더 많이 생각한다. 하루 종일 아무것도 톱질하지 않고 며칠씩 지내다니! 자기만의 시를 마음속에 품지 않은 영혼은 없다. 그의 즐거움은 지나치게 호들갑스럽지만 솔직하다. 남편 없이는 이곳에서 살 수 없을 것이다. 그가 없다고 생각하면 여기서 나 혼자 무섭고 외로울 것이다…… 이제는 그가 방해되지 않는다. 그와 함께 있는 게 좋다.

———

뻬뜨라도 그 뻬뜨라인데, 이곳 시골에서는 뻬뜨라마저도 마음에 든다. 그녀는 시골 처녀처럼 옷을 입고, 시골 처녀들과 '별채'에서 노래 부르고, 춤추고, 호른도 능숙하게 연주한다. 어제는 하루가 끝날 무렵 뿌에르따 비에하 옆에서 입술로 쇠판을 진동하며 달콤한 슬픔이 담긴 그 지방의 단조로운 음을 연주했다…… 뻬뻬 집사는 베뚜스따 음악으로 바뀐 안달루시아 노래들을 불렀다…… 그리고 뻬뜨라는 탄식하듯 호른을 연주했다. 그러자 나는 가슴속 깊이 달콤한 눈물을 느꼈고, 막연한 희망이 다시 내 영혼을 밝혀줬다. 호른이 구슬프면 구슬플수록 내

속에서 더 큰 희망과 행복을 느꼈다. 이런 게 모두 건강, 바로 건강이다.

———————

아버지의 책 몇권을 비베로로 가져왔다. 그 책을 열어보지 않은 지도 오래되었다. 남편은 책꽂이의 제일 높은 칸에다가 그 책들을 꽂아두었다.

얼마나 감동적이었는지!『그림과 함께하는 신화』책장 사이에서 로레또의 잎사귀 파편들을 발견했다…… 가루가 되어 있었다. 그리고 내가 펜으로 그린 뱃사람도 있었다. 옆의 메모로는 헤르만이었다.

———————

베니떼스가 내가 이렇게 책을 읽으려는 걸 나무라고, 과도하게 책에 빠져드는 걸 금할지도 모른다. 로레또에서는 제대로 이해하지 못한 이 책들에서 얼마나 새로운 것들을 많이 발견했는데! 신들과 영웅들, 노천에서 펼쳐지는 삶, 종교를 위한 예술, 인간의 열정으로 가득한 하늘, 이승에서의 행복…… 심오한 슬픔의 망각, 불확실한 미래에 대한 망각, 건강하고 젊은 시골 사람들…… 그림을 그릴 줄 알아서, 내 머리에 충격을 가한 신화의 이런 이미지를 형상화할 수 있으면 좋을 텐데.

———————

아나는 이 장 저 장을 읽다가 그날의 느낌을 써내려갔다. 긴따나르가 강가에 텐트 친 사실을 알려주며 그녀를 방해하러 왔다. 분명히 송어가 사는 강, 그 강물에 그늘이 드리워진 곳 바로 옆 가장 쾌적하고 시원한 곳에 쳤다고 했다.

그날 오후 이후로 그들은 낚시를 즐겼다. 많이 잡지는 못했지만 매우 즐거워했다. 아나는 왼손으로 낚싯대를 잡고 물살에 떠밀려 가지 않을 정도로만 힘을 주고, 파란 장식의 하얀 매트가 깔린 벤치에 앉아 책을 읽었다.

남편과 함께 베뚜스따에서 반 레구아 떨어진 소또 강가에서, 송어들이 신나게 비웃으며 도망치는 동안, 고전시대와 장소들로 돌아간 그녀의 상상력은 쎄피소 강에서 목욕하고, 뗌뻬 계곡의 장미향을 들이마시고, 에스까만드로 강으로 날아가고, 따이헤또 산을 올라가고, 레스보스에서 씨끌라데스로, 끼쁘로스에서 시칠리아로, 섬에서 섬으로 뛰어다녔다……

아나는 인도를 돌아다니며, 아니면 경이로운 배를 타고 항해하며 바커스 신과 여행하는 날도 있었다. 꽃이 핀 배의 돛대에는 꽃송이와 비틀린 줄기들이 걸려 있었다. 그러다가 아나는 전직 판사의 고함소리를 듣고, 곧바로 밋밋한 소또 강가로 돌아왔다.

"저기 보라고! 미끼를 다 채갔잖아!"

상관없었다. 아나는 행복했고, 낀따나르도 행복했다. 다른 남자 같아! 그녀는 혼잣말했다. 다른 여자 같아! 그는 생각했다.

시간이 날아갔다. 6월이 되자 무더워졌다. 한여름의 베뚜스따는 봄날의 안달루시아와 같았다. 아나는 매일 아침 시원할 때 낀따나르와 뻬뻬 집사, 뻬뜨라와 함께 과수원을 돌아보며, 버찌가 가장 많이 열린 나뭇가지를 흔들었다. 큼지막한 바구니들에 무화과나무 잎사귀를 깔고, 축축하면서도 반짝이는 산호들을 한가득 채웠다. 널찍하고 완벽하게 파란 잎사귀들 위에 쌓이는 버찌들 사이로 아나가 곱디고운 새하얀 손을 갖다댈 때면 건강하면서도 행복한 관능미가 느껴졌다. 베뚜스따의 후작 집으로 보낼 바구니들이었다. 그리고 가끔은 지인들의 집에도 보냈다. 어느날 아침 아나는 뻬뜨라와 뻬뻬가 작은 바구니에 하얀 밀짚을 깔고 제일 색깔이 좋은 과일들을 골라 한가득 담는 것을 보았다. 아나가 가까이 가서 그들을 돕다가 문득 물었다.

"이건 누구한테 보낼 거니?"

"돈 알바로요." 뻬뜨라가 대답했다.

"네. 제가 직접 숙소로 가져다드릴 겁니다." 뻬뻬가 장차 받을 팁에 벌써부터 싱글벙글하며 덧붙였다.

아나는 자기 손이 버찌들 사이에서 떨고 있는 게 느껴졌다. 그리고 그 감촉이 훨씬 달콤하고 자극적이었다. 그리고 아무도 보지 않을 때, 그녀는 자기가 무슨 짓을 하는지 아무 생각도 없이 감정을 억누르지 못한 채, 사랑에 빠진 사춘기 소녀처럼 바구니의 하얀 밀짚에 몰래 열렬히 입을 맞췄다. 버찌에도 입을 맞췄다…… 심지어는 버찌 한개를 깨물어, 이빨 자국 두개가 선명한 버찌를 그곳에 남겨두었다……

그러고는 자신의 뻔뻔한 행동에 깜짝 놀라 하루 종일 그 일을 생각했지만 부끄러운 마음은 들지 않았다.

이것 역시 건강하다는 증거였다!

싼뻬드로 축제 전날 밤 총대리신부는 후작의 무서명 초대장을 받았다. 다음날 대성당 근무가 끝난 시간부터 비베로에서 별장 주인들과 현재 실거주자인 낀따나르 부부, 그리고 다른 좋은 친구들과 함께 보내자는 초대장이었다. 비베로는 싼뻬드로 데 산띠아네스의 시골 본당 관할이었다. 뻬뻬 집사가 그해 본당 축제의 조직위원이라 '후작이 망신당하지 않도록' 돈을 실컷 써볼 생각이었다.

아나가 마지막 편지의 추신에서 고해신부에게 말했다. "후작이 싼뻬드로 순례여행 때 신부님을 초청하실 생각이라고 했습니다. 우리가 축제의 조직위원이에요…… 신부님이 빠지지 않으실 거라 믿어요. 아니면 우리를 무시하시는 걸로 여길 겁니다."

아니, 절대 빠지지 않지. 페르민 신부는 침대에서 몸을 뒤척이며 생각했다. 당신들을 무시하기 위해서, 모든 것을 잊기 위해서…… 빠질 수 있는 용기라도 있다면…… 하지만 나는 항상 나를 이겨내는 그 빌어먹을 집착과 싸우는 데 이미 지쳤어. 그래, 결국 갈 거라면, 끝내는 비베로로 향하는 길로 접어들 거라면, 굳이 싸우다가 졌다고 괴로워하는 것보다 나아. 가야지.

그러고서 그는 밤새도록 한시간을 채 이어서 자지 못했다. 그러나 이것은 이미 오래된 지병이었다. 아나가 '다시 그를 속인' 이후 페르민 신부는 한시도 마음이 편하지 않았다.

후작이 함께 마차를 타고 가자고 청하지 않았기 때문에, 페르민 신부는 직접 2인승 마차를 빌려야 했다. 후작이 미리 계산된 냉랭함을 보여주는 싸인일 수도 있지만 페르민 신부는 애써 모른 척하고 10시 정각에 에스뽈론 밖으로 마차를 보내달라고 했다. 그는 대성당에 갔지만 그곳에 오래 있지는 않았다. 9시 30분에 이미 산띠아네스나 비베로로 가는 길목에 있었다. 그는 독기 어린 상태로 초조해하며 창백한 얼굴로 그 길을 왔다 갔다 했다.

내가 왜 거기 가려는 거지? 분명히 그자가 있을 텐데. 거기에서 뭘 한단 말인가? 빌어먹을 비베로! 2인승 마차는 오지 않았다. 페르민 신부는 초조해져 발로 땅바닥을 걷어찼다. 드디어 난잡하고 지저분한 마차가 거북이걸음으로 도착했다.

"비베로로, 최대한 빨리 갑시다!"페르민 신부가 덜컹거리는 딱딱한 의자 위로 털썩 주저앉으며 소리 질렀다.

마부가 웃으면서 허공으로 채찍을 휘둘렀다. 지친 말이 길 위에서 이삼분 동안 껑충거리며 날뛰었다. 늙은 나이에 걸맞은 예우를 해주지 않아 기분이 나쁜 듯했고 곧 다시 느릿느릿 걸었다. 아무도 불평하지 않았다.

총대리신부는 불과 몇주 전 바로 그 2인승 마차인지, 아니면 같은 데서 보낸 다른 마차인지 모르지만, 마차를 타고 좋아서 눈물을 흘리며 갔던 때를 떠올렸다. 그때 그의 영혼은 희망과 감동으로, 몸속 깊숙이 모든 감각을 자극하는 계획들로 잔뜩 부풀어 있었다. 그런데 지금은 그 모든 것이 끝난 기분이었다. 이제 아나는 그의 것이 아니며, 그녀를 잃을 것이고, 비베로로 향하는 그 여정이 어리석은 짓일 것 같은 예감이 들었다. 거의 확실하기는 하지만 그곳에 돈 알바로가 있다면 모든 것이 그 멋쟁이에게 유리할 것 같은 예감이 들었다. 총대리신부는 모자가 달린, 매우 작은 단추들이 박힌 고급 알파카 성직자 코트와 박쥐 날개처럼 생긴 망토를 걸치고 있었다. 『파우스트』의 쎄레나데가 등장하는 장에서 메피스토펠레스가 뽐내며 걸쳤던 옷과 비슷한 분위기였다. 그는 오랫동안 심사숙고했었다. 어떤 옷을 입고 갈까? 갈수록 신부복이 부담되고 망토가 지겨웠다. 챙이 긴 사제 모자가 끔찍했다. 그런데 너무 짧은 것은 유치하고 우스꽝스러워 보였다. 꾸스또디오 보좌신부의 모자 같았다. 옆을 접어올린 모자는 구닥다리로 보였고, 그렇게 하지 않은 것은 주교 총대리신부에게 걸맞지 않았다. 프록코트를 입고 갈까? 사탄아, 물렀거라! 프록코트를 입은 신부는 어쩔 수 없이 시골 신부나 자유주의 성직자로 보였다. 그런 의상은 거의 입을 일이 없었다.

오, 사냥복과 꽉 끼는 양가죽 옷, 허벅지에 꽉 끼는 바지를 입고 승마 부츠를 신고, 차양이 넓고 부드러운 모자를 쓰는 게 상관없다면, 그렇다면 그렇게 일반 복장으로 가고 싶었다. 그리고 그런 경우에는 그가 그토록 혐오하는 그 건방진 남자와 비교당하는 게 두려울 게 없다는 허영심마저 들었다. 그랬다. 페르민은 그를 혐오했다. 이제 자기 자신에게도 그 사실을 숨기지 않았다. 그는 자신의 열정에 확실하게 이름을 붙이지는 않았지만 그 열정의 모든 권리를 인정했고, 후회는 전혀 없었다. 그는 사제였다. 사제. 그런 상황에서는 말도 되지 않는 일이었다. 사제도 남자라는 사실을 밝히다보니 아나가 그의 앞에서 혐오감을 드러낸 거라고 이해했다. 그런데 그는 당연히 남자였다. 하느님의 뜻에 따라 그는 남자였다. 그 작자 못지않은 남자. 자기 손으로 그를 뭉개서 공처럼 멀리 집어던질 수 있는 남자!…… 페르민 신부는 자신의 슬픔과 분노는 그만 접어두기로 했다. 풍경과 뒤로 연신 물러나는 전신주들을 바보처럼 물끄러미 바라보았다. 먼지 때문에 숨이 막힐 것 같아 창문 유리창을 들어올려야 했다. 따가운 해가 그를 괴롭혔다. 커튼이 없었다. 여행은 끝이 나지 않을 듯했다. 반 레구아가 무한대로 늘어난 기분이었다. 후작은 밉쌀맞게도 자기 마차에 자리 하나 내주지 않았다. 잘못은 그 초대에 응한 자신에게 있었다. 하지만 달리 방법이 있었겠는가?

페르민 신부는 2인승 마차 뒤로 돌을 밟으며 지나가는 요란한 말발굽 소리를 들었다. 누가 말을 타고 가는지 보려고 고개를 내밀었다가, 순수한 스페인 혈통의 아름다운 백마 두필이 끄는 마차를 타고 질주하는 돈 알바로와 빠꼬를 보았다.

그들은 페르민 신부를 보지 못했다. 경주의 즐거움에 몰두해, 길 가는 초라한 2인승 마차에는 눈길조차 주지 않았다. 대여한 초라한 말은 이 세상의 경주라는 개념에는 절대 행복이 없다는 확신으로 가능한 한 천천히 걷고 있었다. 숭고한 경쟁의식이라고는 전혀 없는 말이었다. 기를 쓰고 가봤자 의미가 없다. 그것이 그 말이 확신하는 철학이었다. 마부는 말의 제자임이 분명했다.

총대리신부가 비베로에 도착했을 때 집에는 초대받아서 온 손님이 아무도 없었다. 후작 부부도 낀따나르 부부도 없었다.

뻬뜨라가 금발 곱슬머리를 뽐내며, 시골 처녀의 복장으로 도발적인 요염함을 발산하며 페르민 신부 앞에 나타났다. 날씬한 몸에 딱 달라붙는 진홍색 실크 조끼를 입고, 그 위로 두툼한 천 망토를 둘러 뒤로 묶었다. 그리고 발이 살짝 드러나는 천 신발에, 빨간 치마 위로 폭이 상당히 넓은 초록색 두툼한 치마를 포개 입고 있었다. 아름다웠으며, 자기도 아름답다고 확신하는 듯한 모습이었다. 그녀가 총대리신부에게 미소 지으며 말했다.

"어르신들은 싼뻬뜨로에 계십니다."

"그럴 줄 알았다. 그런데 오느라 갈증이 매우 심하구나."

정원의 정자에서 가짜 시골처녀는 즉흥적으로 솜씨를 발휘해 만든 맛있는 음료수를 총대리신부에게 건넸다.

"뻬뜨라, 주님의 은총을!"

그리고 말을 주고받았다.

그곳에서의 주인들의 생활을 얘기했다.

뻬뜨라는 아나 부인이 다른 사람 같다고 했다. 얼마나 즐거워하시는데요! 얼마나 활달하신데요! 이제는 몇시간씩 예배실에 계시지도 않고, 오랜 시간 기도도 드리지 않아요. 성 떼레사를 영영 읽지도 않고요…… 하여간 다른 사람이에요. 건강은? 떡갈나무처럼 튼튼하지요.

"빠꼬 도련님도 오셨느냐?" 갑자기 페르민 신부가 물었다.

"네, 신부님. 15분 정도 됐을 거예요. 빠꼬 도련님하고 돈 알바로가 말을 타고, 서둘러 오셨어요. 그들도 신부님처럼 마실 것을 청한 후 쌘뻬드로로 달려갔습니다…… 제 생각에 미사는 보지 않고 축제만 즐기려는 것 같았어요……"

그 순간 동쪽에서 다이너마이트가 잔뜩 든 폭죽들이 터지는 요란한 소리가 들려왔다.

"성배를 들고 있겠네요." 하녀가 말했다.

뻬뜨라가 곁눈질로 총대리신부의 초조함을 관찰했다. 그가 물었다.

"성당은 가까이 있느냐? 내가 보기에는 저기 저 숲으로 나가면 될 것 같은데, 맞니?"

"네, 신부님. 하지만 사거리가 세개나 있어서 잘못하면 강으로 가실 수도 있어요…… 신부님이 원하시다면 제가 직접 모셔다드릴게요. 지금은 저 안에서 별로 할 일이 없어요……"

"그렇게 해준다면 나야 고맙지……"

뻬뜨라가 총대리신부 앞에 나서 출발했다. 그들은 쪽문을 통해 과수원으로 나가, 거대한 너도밤나무들과 휘어지고 까칠한 떡갈나무들이 있는 숲으로 들어갔다. 숲은 언덕과 구릉 허리에 위치했으며, 구릉 쪽이 가장 울창했다. 그들은 가파른 비탈길을 올라갔으며, 페르민 신부는 뻬뜨라가 두려움 없이 보여주는 요란한 치마의 무지갯빛 아랫단을 보았다. 그녀는 요란한 수가 놓인 하얀 치마와 망사 실크 스타킹도 과감하게 보여주었다. 상당히 자극적인 매력을 풍기며, 옷 못지않게 세련되고 요염했다.

"무지하게 덥네요! 페르민 신부님!" 금발인 뻬뜨라가 싸구려 무명 손수건으로 이마의 땀을 닦으며 말했다.

"꽤 덥구나. 꽤 더워." 총대리신부가 모자가 달린 코트의 단추를 풀면서 헉헉거리며 대답했다.

"그래도 신부님은 절대 지치지 않으시잖아요. 저기 마따렐레호에서 신부님은 좁고 험한 곳을 사슴처럼 뛰어다니셨다고 하던데요……"

"누가 그런 말을 하던?"

"아휴! 떼레시나요……"

"친한 사이니?"

"꽤 친해요."

침묵이 감돌았다. 두 사람은 생각에 잠겼다. 신부가 대화를 재개했다.

"그렇지 않아. 너는 그렇게 생각하지 않겠지만 여기서 나는 촌사람이다. 공놀이나 하는……"

뻬뜨라가 발걸음을 멈추고 돌아보니 페르민 신부가 앞에 놓인 오목한 볼링레인을 따라 떡갈나무 공을 던지려는 자세를 취하고 있었다.

하녀가 웃으며 계속 걸어갔다. 그녀가 말했다.

"아니에요. 신부님은 건장하세요. 그건 말할 필요도 없어요. 확실하게 알아요."

그들은 다시 침묵을 지켰다.

언덕 뒤로, 이제는 훨씬 가까이에서 다이너마이트 폭죽들이 터졌고, 곧바로 가이따와 떨리는 음색을 지닌 작은 북소리가 들려와, 숲의 나뭇잎들 사이로 울려퍼졌다. 사람들 소리도 아련히 들려왔다.

둘다 시골출신인 페르민 신부와 뻬뜨라에게 가이따 소리가 애잔하게 전해졌다. 그들이 다시 서로를 바라보며 웃었다.

"이제 돌아오겠네요." 뻬뜨라가 다시 멈춰서며 말했다.

"우리가 늦을까?"

"네, 신부님. 일행은 아랫길로 갈 거예요. 우리가 성당에 도착하면 이미 비베로에 가 있을 거예요……"

"그렇다면……"

"그렇다면 돌아가는 게 나아요. 아이, 페르민 신부님! 괜히…… 번거롭게…… 이렇게 오시게 해서 죄송해요!……"

"아니다, 뻬뜨라. 그럴 거 없다…… 오히려 그 반대다…… 여기가 좋구나…… 여기 그늘이…… 하지만 좀 피곤하구나…… 괜찮다면…… 저기 나무뿌리들 사이에, 파릇한 초록색 풀들이 쌓여 있는 저기…… 어떻겠니?…… 잠시 앉았다 가자꾸나……"

그러고는 그가 말한 대로 했다.

뻬뜨라는 감히 앉을 엄두도 내지 못한 채 꼼짝하지 않고 얼굴을 붉히며 땅바닥만 내려다보았다. 그러고는 고양이처럼 꼼지락거리더니 앞치마 끝을 꼬기 시작했다……

"피곤하시다고요? 아이!" 그녀가 감히 말했다. "신부님 같은 장정이……"

가이따와 작은 북이 정신없이 지껄이며 초록빛 둥근 지붕을 가득 메웠다. 그 소리는 즐겁게 들렸다가도 우울하게 들렸고, 시골 내음과 즐거운 추억들을 잔뜩 싣고 있었다.

총대리신부는 껄끄럽고 긴 풀을 씹으며 입술 사이로 쓸쓸한 미소를 머금은 채 깊은 생각에 잠겼다. 운명의 아이러니였다! 저기…… 그의 입 앞에 떡하니…… 떨어진 과일은…… 무시하고…… 불가능한 과일은 욕심내고…… 불가능할수록 더 욕심이 생기는 법

이었다…… 하지만 비베로에서의 상황이 가급적 덜 우스워지기 위
해서는, 그의 생각을 실행으로 옮기는 게 꽤 시기적절해 보였다. 게
다가 판사 부인의 하녀를 한편으로 끌어들여 자기 것으로, 완벽하
게 자기 것으로 만드는 게…… 필요했다……

"뻬뜨라……"

"네 신부님?" 그녀가 놀란 듯이 외쳤다.

"거기 서 있으면 키가 더 커질 것 같아? 클 만큼 다 큰 훌륭한 처
자다. 잘 봐라. 어리석게 굴지 말고…… 급하지 않다면…… 앉아도
된다…… 이렇게 앉아서 몇가지 물어보고 싶구나……"

"마음대로 물어보세요. 여기는 절대로 아무도 지나다니지 않아
요. 성당에 가기 위해 이 숲을 지나가는 사람들이 거의 없는데다
가…… 성당에 가는 사람들은 저 아래 오솔길로 가요…… 여기는
그림자도 지나다니지 않아요. 하지만 신부님이 마음놓고 말씀하시
고 싶으시면, 저기 조금 위쪽에 나무꾼의 집이라고 부르는 오두막
집 한채가 있어요. 아주 시원하고 자리도 꽤 편해요."

"그래, 거기가 좋겠구나. 좀더 편하게 얘기할 수 있겠다. 거기로
가자."

페르민 신부가 일어섰고, 그들은 출발했다. 그들은 침묵을 지키
며 올라갔다. 숲은 더욱 울창해졌다. 가이따와 북소리가 이제는 소
음을 두려워하는 듯 매우 멀리서 들려왔다.

뻬뜨라는 나무꾼의 집에 도착하자마자, 페르민 신부에게서 약간
거리를 두고 풀 위에 털썩 주저앉았다. 그녀는 두툼한 치마처럼 얼
굴을 붉히며, 진지하고도 단호한 눈길로 페르민 신부의 얼굴을 감
히 마주 보았다.

총대리신부가 오두막집 바닥에 앉았다.

그들은 대화를 나눴다.

뻬뜨라가 생각했듯이, 페르민 신부가 일행과 마주치는 것을 두려워하는 데는 다 이유가 있었다. 30분 후 그는 숲의 쪽문을 통해 혼자 과수원으로 들어가다가 맨 먼저 판사 부인을 보았다. 그녀가 풀이 잔뜩 쌓인 마른 우물에 들어가 있었고, 그 옆에 돈 알바로가 있었다. 옵둘리아, 비시따, 에델미라, 빠꼬, 호아낀, 낀따나르의 공격으로부터 자신과 아나를 막아내고 있었다. 그들은 근처 뻬뻬 집사의 사과밭에 있던 건초들을 한움큼씩 가져와 닥치는 대로 돈 알바로와 아나에게 던지고 있었다.

후작이 이층의 갤러리에서 소리 질렀다.

"어이! 정신 나간 사람들! 정신 나간 사람들! 개들을 풀 테니 알아서 하라고. 뻬뻬의 건초를 다 망가뜨리고 있잖아. 목축들은 뭘 먹으라고? 미친 자들 같으니!……" 우물에서 멀지 않은 곳에서 나들이옷을 입은 뻬뻬가 그들이 하는 대로 두고 보며, 머리만 긁적이면서 기분 좋게 웃고 있었다.

"내버려두세요, 어르신. 실컷 즐기시게 내버려두세요. 건초는 제가 치울게요. 아무 탈이 나지 않게……"

머리에 건초를 뒤집어쓰고 두 눈을 반쯤 감은 판사 부인은 장난이 끝난 후 우물에서…… 돈 알바로와 바깥쪽에 있던 사람들의 도움을 받아 나올 때까지 총대리신부를 보지 못했다.

그녀는 고해신부에게 자신의 그런 모습을 들켰어도 부끄러워하지 않았다…… 그녀는 신이 나서 상냥하게 그에게 인사를 건넨 후, 옵둘리아, 비시따, 에델미라와 함께 다시 과수원으로 달려갔고 그 뒤를 빠꼬, 호아낀, 돈 알바로, 낀따나르가 따라갔다.

총대리신부는 후작이 독차지했다. 후작은 후작 부인과 주지사 부인, 남작 부인, 그리고 그 정신 나간 사람들과 함께 뛰어다니고 싶어하지 않는 남작의 큰딸이 있는 응접실로 총대리신부를 데려갔다. 남작과 리빠밀란, 역시 뛰어다니고 싶어하지 않는 베르무데스, 아나의 주치의인 베니떼스, 베뚜스따의 다른 저명인사들도 함께 있었다.

"보십시오, 총대리신부님." 베가야나 후작이 말했다. "축제는 두 파트로 나눠집니다. 뻬뻬가 주최측이다 보니, 이 일대의 신부님들을 모두 초대했지요. 빠지는 분 없이 열네분입니다. 이곳에서 함께 점심식사 하자고 그분들을 초대했습니다. 하지만 몇몇 분이 독선적이라, 도시의 귀부인과 멋쟁이들을 보고 싶어하지 않을 수도 있다고 생각했습니다. 그래서 그분들은 다른 고택에서 따로 모시기로 했습니다. 제가 그분들과 함께할 거구요. 지금은 리빠밀란 수석사제님께 함께 가자고 말씀드리고 있는데, 거절하셔서…… 신부님이 호의를 베풀어 함께 가주신다면, 그 선량한 교구 신부들은 무한한 영광이라고 생각할 겁니다…… 주교 총대리신부님이 잘 아시잖습니까!"

피할 도리가 없었다. 총대리신부는 다른 고택에서 후작과 신부들과 함께 점심식사를 해야 했다.

뻬뜨라는 여전히 그 고장의 시골 처녀 복장으로 '시골 밥상'의 시중을 들었다. 그녀는 얼굴이 발갛게 상기되었고, 이마의 곱슬머리에는 금빛 불꽃이 넘실거렸으며, 악의 가득한 기쁨이 담긴 생기발랄하고 표현력이 풍부한 눈에서는 뜨거운 불꽃을 쏟아내고 있었다. 그녀는 시골 남자들과 몇몇 시골 신부들의 마음을 훔치고 있었다.

커피 시간에 페르민 신부는 더이상 버티지 못하고 최선을 다해 도망쳐나왔다. 그는 새 저택으로 돌아갔다. 그곳에는 요란한 소리가 악마들의 굉음처럼 들려왔다. 그가 들어서려는 순간, 회춘한 긴따나르가(머리에 새 부리 모양의 모자를 쓰고 있었다) 리빠밀란과 함께 이중창으로 알바로가 치는 피아노 옆에서 노래를 부르고 있었다. 잘 치는 편은 아니었지만 돈 알바로가 입에 씨가를 물고, 몸을 앞뒤로 흔들며 담배연기에 눈을 감았다 떴다 하면서 피아노를 치고 있었다.

여자들은 이제 그곳에 없었다. 후작 부인과 주지사 부인, 남작 부인은 과수원을 산책하고, 젊은 축인 옵둘리아와 비시따, 아나, 에델미라, 남작 딸은 자기네들끼리 숲을 뛰어다니고 있었다.

크리스털 갤러리에서 그녀들의 외침 소리가 들려왔다. 옵둘리아와 비시따, 에델미라가 남자들에게 들리게 소리 지르고 웃어댔다.

호아낀은 그렇게 알아들었다. 그래서 그가 긴따나르와 리빠밀란의 콘서트를 벗어나 여자들을 뒤쫓자고 빠꼬에게 제안했다.

"싫은데." 빠꼬가 말했다. 그는 리빠밀란의 고릿적 노래들을 한창 재미나게 듣고 있었으며, 이제 가끔은 사촌누이가 지켜왔다.

긴따나르와 리빠밀란 수석사제의 목소리가 갈라져 피아노 연주가 끝나면서 호아낀의 소원이 이뤄졌다. 그와 빠꼬, 돈 알바로, 베르무데스가 저택을 나서 숲으로 들어갔다. "여자들 외침이 이제 들리지 않아." "어디로 숨은 걸까?" "숨은 게 분명해."

"각자 흩어져서 여자들을 찾자고."

"좋은 생각이야! 좋아!"

그들은 흩어졌으며, 곧 서로 보이지 않았다.

베르무데스는 혼자라는 느낌이 들자 풀 위에 앉았다. 너도밤나무가 울창한 숲에서 그 귀부인들 중 누구와도 단둘이 마주칠 자신이 없었다. 그에게는 특별한 기도가 필요한 상황이었다. 그렇지만 초록 양탄자 위에서 옵둘리아나 아나와 단둘이 은밀한 대화를 나눌 수 있다면 얼마나 달콤할까!

총대리신부는 리빠밀란과 낀따나르, 주지사, 베니떼스, 그외 다른 심각한 사람들과 남아 있어야 했다. 베니떼스는 젊지만, 앉아서 소화시키며 고급 씨가를 피우는 걸 선호했다.

낀따나르가 발코니의 한적한 곳에 있는 의사에게 다가갔고, 페르민 신부는 그들이 나누는 대화를 들을 수 있었다.

"오! 내가 선생님에게 얼마나 큰 빚을 졌는지, 상상도 못하실 겁니다."

"저한테요? 낀따나르 씨?"

"네, 선생님에게요. 아나가 다른 사람이 되었어요. 얼마나 명랑하고 건강하고 식욕도 좋은지! 이제는 곱씹고 있거나 과장된 믿음, 두려움, 신경발작…… 그때 종교행렬 때와 같은…… 미친 짓도 끝났습니다…… 오, 그때를 생각하면 화가 치밀어올라서…… 이제는 아니에요. 그때와는 전혀 달라요. 그녀가 스스로 과거의 일을 부끄러워하고 있습니다. 그녀는 금세기는 성스러운 시대가 아니라고 확신하게 됐어요. 지금은 개명의 시대지요. 성자들의 시대가 아니고. 베니떼스 씨, 선생님도 같은 생각 아닙니까?"

"네, 그렇습니다." 의사가 미소를 띠며 담배를 빨면서 말했다.

"그러니까, 아내가 완치되었다고 생각하십니까?…… 근본적으로?……"

"낀따나르 씨, 아나 부인은 병든 게 아닙니다. 그건 수백번도 더넘게 말씀드렸습니다. 부인의 병은 생활을 바꾸면 치료되는 병입니다. 병은 아닙니다…… 그래서 부인이 치료되었다고 정확하게 말씀드릴 수 없는 겁니다. 그외에…… 너무 좋아서 흥분하는 것과 무한한 긍정이나 예전의 두려움을 일부러 망각하는 것은 똑같은 동전을 뒤집은 것에 불과합니다."

"뭐라고요? 그 말이 두렵군요."

"그럴 이유는 없습니다. 아나 부인이 원래 그렇습니다. 극단적이에요…… 생기발랄하고…… 흥분 잘하고…… 많은 활동을 필요로 합니다. 부인을 자극할 수 있는 뭔가가…… 필요합니다……"

베니떼스가 담배를 깨물며 낀따나르를 바라보았다. 그는 약간 조롱기와 안타까움이 담긴 묘한 표정을 지으며 두 눈을 크게 떴다.

"뭐가 필요한 거지요?"

"그게…… 강한 자극이요. 부인이 강력하게…… 집중할 수 있는 뭔가…… 큰…… 활동…… 그러니까…… 성격상 극단적이라…… 어제는 신비주의자로 하늘을 사랑했지만, 지금은 잘 먹고, 나무와 꽃들 사이로 들판을 뛰어다니고…… 부인은 즐거운 삶과 자연을 사랑하고 건강에 집착합니다."

"사실입니다. 불쌍한 사람이 건강 이외에 다른 말은 하지 않아요."

"뭐가 불쌍하다는 겁니까? 왜 불쌍하다는 거지요?"

"왜냐고요? 극과 극을 오가는 것 때문에…… 아나가 필요로 하는 자극들 때문에……"

"그게 뭐 중요합니까? 부인의 성격이 그런 것들을 부르는 것이지요."

"그러니까 선생님이 생각하시기에는 아나가 이전에 신심이 두터웠던 게, 과장될 정도로 두터웠던 게…… 어쩌면 아나의 마음에 어느정도 영향력을 행사한 사람이 있었다는 겁니까?……"

"바로 그거지요. 그럴 가능성이 매우 높습니다."

평소 덜렁대는 낀따나르는 자기 얘기를 누가 들을까 걱정도 없이 총대리신부도 보지 못한 채 말하고 있었다. 총대리신부는 신문을 읽는 척하다가, 가끔은 리빠밀란의 얘기에 귀 기울이는 척하면서 발코니에서 나누는 대화를 한마디도 놓치지 않으려고 노력했다.

"그러니까…… 아나의 변화가…… 다른 영향 때문이라는 겁니까?…… 시골과 즐거움, 놀거리에 대한 열정이…… 새로운 영향 때문이라는 겁니까?"

"네, 그렇습니다. 의사들이 하는 말이 있지요. Ubi irritatio ibi fluxus.[5]"

"바로 그거지요! 자극이 있는 데…… 맞아요, 반응이 있다! 맞습니다! 하지만 여기서 새로운 영향은…… 어디에 있는 거지요? 신부, 예수회는 보이지만…… 그건? 누가 새로운 영향, 새로운 자극이라고 할 수 있는 것을 상징하지요?"

"그건 꽤 분명합니다. 우리지요. 새로운 식이요법과 위생, 비베로, 당신, 나, 건강한 음식, 우유, 공기, 건초, 마구간 냄새, 아침의 산들바람 등등."

"됐어요, 됐습니다. 알겠어요…… 위생, 우유, 가축 냄새…… 훌륭해요! 그렇게 아나가 구원을 받은 거군요."

"네, 그렇습니다."

"도가 지나쳐도 전혀 나쁜 결과로 이어지지는 않겠지요?……"

베니떼스는 깨물어 조각난 씨가 일부를 뱉은 후 전과 똑같은 미

---

5 라틴어로 '자극이 있는 데 반응이 있다'라는 뜻.

소를 띠며 대답했다.

"전혀 그렇지 않습니다."

"싼따바르바라!" 낀따나르가 두 눈을 감고 갑자기 벌떡 일어나며 소리 질렀다.

그 순간 눈이 부실 정도로 강렬한 번개가 내려친 다음 벽이 흔들릴 정도로 엄청난 천둥소리가 울려퍼졌다. 모든 대화들이 중단되고, 모두 자리에서 일어났다. 리빠밀란과 낀따나르는 안색이 창백해졌다. 두 사람은 천둥소리가 울리는 순간 바로 떨기 시작한 진정으로 용감한 사나이들이었다.

리빠밀란은 나이가 있어 귀가 잘 들리지 않는데도, 천둥소리를 제대로 듣고는 벌써 편치 않았다. 하지만 체면 때문에 평소 집에서 하던 식으로 머리에 뒤집어쓸 방석을 달라고 하지는 못했다.

겁 많은 두 남자를 제외하고는 손님들은 모두 비 내리는 장관을 구경하기 위해 발코니로 몰려나갔다. 비가 무섭게 쏟아져내렸다. 저 과수원 끝 쪽으로 후작 부인과 다른 부인들이 보였다. 그녀들은 담벼락 바로 옆의 경치가 한눈에 내려다보이는 망루의 둥근 천장 아래로 피신했다.

"그럼, 아이들은?" 리빠밀란이 다른 사람들을 걱정하는 척하며 놀라 물었다.

숲으로 나간 사람들을 가리켜 '아이들'이라고 부른 것이다.

"맞아요! 그들은 어떻게 되었지? 그들을 찾으러 가야 합니다…… 흠뻑 젖을 텐데……" 낀따나르가 아내를 떠올리며 탄성을 내뱉었다. 그전에 그 얘기를 꺼내지 않은 게 사뭇 후회되었다.

총대리신부는 오로지 그 생각뿐이었지만 아무 말도 하지 못하고 가만히 있었다. 그는 이미 지옥에 가 있었고, 이미 위험수위에 이르렀다. 그들이 숲에 있고…… 하늘에서는 그들 위로 세찬 소낙비가 쏟아붓고, 그 순간 돈 알바로가 유혹의 손길을 뻗지 않을 수 없을 텐데!

"그들을 찾으러 가야 합니다." 주지사가 말했다.

"우산을 가져다줘야 합니다."

"문제는 후작 부인이 저 아래서 소낙비에 포위되어 있는데, 아무것도 없어서."

"그리고 후작은 고택에서 신부들과 계시는 바람에, 이곳에 와서 명령을 내릴 수 없고."

그러고는 어떻게 해야 할지 한참 고민에 빠졌다.

"조난자들을 구해야 합니다." 남작이 농담처럼 말했다.

응접실 밖으로 나갔던 총대리신부가 초록색 천 우산 큰 걸로 두개를 들고 들어왔다. 그러고는 한개를 낀따나르에게 건네주며 말했다.

"갑시다, 낀따나르. 당신은 사냥꾼이니…… 나도 그렇고요…… 산으로! 산으로 갑시다!"

총대리신부는 그 말을 하면서 눈으로 낀따나르를 집어삼킬 듯 바라보았다. 사납게 낀따나르를 노려보며, 눈으로 바보, 후안 라나스[6] 등 별의별 말을 퍼부어댔다.

"브라보! 브라보!" 그곳에 있던 사람들이 소리 질렀다. 그들은 타인의 영웅주의를 칭찬했다.

엄청난 천둥이 번개와 동시에 저택 위로 내리치면서, 가장 용감한 사람들까지도 안색이 하얗게 질렀다.

"갑시다, 얼른 갑시다!" 총대리신부가 소리 질렀다. 그는 천둥소

---

6 Juan Lanas. 다른 사람들에게 쉽게 이용당하거나 시키는 대로 말을 잘 듣는 사람을 가리키는 구어체 표현.

리에도 하얗게 질리지 않았다. 오히려 천둥이 자기 불행을 요란하게 비웃는 것처럼 들렸다. 악마가 신부라는 자신의 비참한 처지를 빈정거리는 것처럼 들렸다.

"하지만…… 페르민 신부님." 낀따나르가 용기를 내서 말했다. "내가 사냥꾼이다보니…… 위험을 잘 압니다…… 나무가 번개를 끌어들이지요…… 저기 위에는 월계수들이 있고, 월계수는 전기를 부릅니다. 소나무들이 있다면 그나마 낫지요! 하지만 월계수는!"

"무슨 말씀을 하시는 겁니까? 번개가 사람을 두동강 낸다는 겁니까? 당신은 아나가 그들과 함께 있는 게 보이지 않습니까?"

"그래요…… 하지만 뻬뻬가 다른 하인을…… 안셀모를 데리고 가면 안될까요? 신부님은 코트와…… 사제복이…… 젖을 텐데."

"산으로! 낀따나르, 산으로!" 총대리신부가 으르렁거렸다.

그리고 그 무시무시한 목소리는 전보다 더 끔찍한 천둥소리에 파묻혔다.

"여러분," 방에 숨어 있던 리빠밀란이 말했다. "괜히 조급하게 굴지 마십시오. 아이들은 처마 밑에 있을 겁니다."

"처마 밑이라니요?"

"그래, 페르민. 걱정하지 않아도 되네. 처마 밑에 있어…… 신부님은 모르는 나무꾼의 집에서…… 후작이 저 위 산속 울창한 곳에 나무줄기와 잔디를 섞어 지은 시골집이지……"

총대리신부는 더 듣고 싶지 않았다. 그는 팔 밑에 우산 한개를 끼고 밖으로 나갔고, 다른 우산은 낀따나르의 발밑에 내던졌다.

낀따나르는 속으로 '방패'라고 부르는 방어용 무기를 집어들고 '저놈의 미친 총대리신부'라는 말을 입안에서 오물거리며 따라나섰다. 총대리신부는 왜 하인들이 아니라 자기들이 굳이 판사 부인을 찾으러 가야 하는지 설명하지 않았다.

응접실에 있던 다른 사람들도 이해하지 못했다. 그들은 신중하게 미소를 지었다. 그런데 그 미소에는 총대리신부의 행동이 알 수 없다고 하면서도 악의는 거의 담지 않았다.

"낀따나르의 말이 옳습니다." 남작이 말했다. "왜 하인들이 가면 안되는 겁니까?"

"게다가" 주지사가 말했다. "이건 우리 모두에게 교훈을 주는 것 같습니다. 특히 딸이 있는 당신에게는요……"

그 순간 터진 천둥소리가 리빠밀란에게는 번개 백개가 한꺼번에 그 집 위로 떨어진 것 같았다.

이제는 모두 두려움에 사로잡혔다.

"자, 자, 여러분." 수석사제가 방에서부터 소리쳤다. "기도합시다. 여러분에게 양해를 구하며 기도하겠습니다. In nomine Patris[7]……"

---

7 라틴어로 '아버지의 이름으로'라는 뜻.

28장

"어디 가시는 거예요?" 망루에서부터 후작 부인이 총대리신부와 낀따나르에게 소리 질렀다. 그들은 스무발짝 정도 서로 거리를 두고, 숲을 향해 달려가고 있었다. 이미 뼛속까지 젖어 옷주름 사이로, 모자챙으로 물이 뚝뚝 떨어졌다.

"지옥에 갑니다! 대체 이분이 나를 어디로 끌고 가려는지 모르겠습니다!" 낀따나르가 큰 소리를 내지 않고 씩씩거리며 대답했다. 나뭇가지에 걸리고 가시덩굴에 엉키는 우산을 펴기 위해 안간힘을 쓰며 대답했다.

후작 부인은 계속 소리를 지르며, 손짓 발짓을 동원해 얘기했다. 하지만 낀따나르는 이제 그녀의 말을 알아듣지 못했고, 페르민 신부는 들으려고도 하지 않았다.

"하지만 신부님, 좀 기다리세요. 기다려주세요. 생각 좀 하자고요! 계획을 세워보자구요! 대체 어디로 데려가려는 겁니까?"

성스러운 신부에게는 낀따나르의 말도 들리지 않는 듯했다. 그는 잠시도 뒤돌아보지 않고, 성큼성큼 걸어서 계속 위를 향해서만 올라갔다.

나무줄기마다 가지마다 거미줄이 사방에 드리워져 있었다. 거미줄이 눈과 귀에 들어가자 전직 판사는 메스꺼움과 분노를 느끼며 가는 거미줄을 털어내며 침을 뱉었다.

"이건 무슨 방적공장 한가운데 있는 것 같네!" 투덜거렸다. 거미줄이 전깃줄이라도 되는 듯 온몸에 칭칭 감겼다. 그는 거미줄을 피하려다가 부딪치고 넘어져, 평소 습관과 달리 불경스러운 말을 내뱉으며 무릎을 꿇고 쓰러졌다.

"빌어먹을, 대체 무슨 생각으로 숲으로 놀러온 건지…… 거미와 가시밖에는 없는데…… 페르민 신부님, 제발 좀 기다려주시오…… 길을 잃은데다가 넘어졌습니다."

천둥이 대신 대답하는 바람에 놀라서 무릎을 꿇었다.

그는 다시는 감히 불경스러운 말을 입에 담지 않았다.

"페르민 신부님! 신부님! 인류의 이름으로 제발 기다려주십시오!"

페르민 신부가 걸음을 멈추고, 측은한 눈길로 그를 내려다보았다. 속에서는 부글부글 끓었지만 애써 분노를 감추며, 머릿속에 떠오르는 모든 폭언들 중 가장 부드러운 말을 골랐다.

"당신이 사냥꾼이라는 게 거짓말 같습니다."

"신부님, 저는 비가 내릴 때는 사냥하지 않습니다. 그런데 이건 홍수예요. 그리고 포격이고요. 거미들까지 배 속에 들어갔습니다. 나는 특히 뭔가 실용적인 영웅적 행동을 좋아하지요. Nisi utile est id quod facimus, stulta est gloria라고 바글리비[1]가 말했습니다. 지금 어디로 가는 겁니까? 제발 말 좀 하시오.”

“아나 부인을 찾으러 가는 거지요…… 곤란한 처지에 놓여 있을 것 같아서요”

“곤란하기는요! 신부님은 다른 사람들은 바보인 줄 아십니까? 분명히 처마 밑에 있을 겁니다…… 신부님은 그 사람들이 비를 맞고 있을 거라고 생각하십니까? 우리처럼 거미를 집어삼키며 헤엄치고 다닐 거라고 생각하십니까? 게다가 그 사람들에게는 집에 돌아갈 발이 없답니까? 길을 모릅니까? 신부님은 우산을 갖다줘야 한다고 하시겠지요. 하지만 우산이 무슨 소용입니까?”

총대리신부는 얼굴이 붉어졌다. 정말이지 숲에서는 우산이 아무 소용이 없었다.

“당신은 마음대로 하십시오.” 총대리신부가 말했다. “나는 계속 가겠습니다.”

“나에게 뭔가 보여주시려는 거군요.” 낀따나르가 약간 약이 올라 대답하고는 힘든 오르막길을 계속 걸어갔다.

“아닙니다.”

“맞습니다. 이것은…… 교황보다 더 교황처럼 구는 것이에요. 내 아내는 그 누구보다 나에게 소중하지요. 이렇게 말해도 양해해주십시오…… 하지만 솔직히 말해서 이건 돈 끼호떼와 같은 엉뚱한 행동입니다.”

낀따나르는 자기 말이 과하다고 느꼈지만 화가 나서 다시 주워 담고 싶지는 않았다.

---

1 앞의 라틴어 문장은 ‘진정한 영광은 어떻게 적히기를 원하는가에 달려 있다’라는 뜻. 조르지오 바글리비(Giorgio Baglivi, 1668~1707)는 이딸리아 의사. 수학과 역학을 응용한 수리의료학의 대표적 인물.

페르민 신부는 순간 멍청한 말만 골라 하는 그 남자의 머리 위로 우산을 내리치고 싶은 충동을 느꼈다. 하지만 고려해야 할 여러 이유들 때문에 꾹 참고…… 침묵을 지키며 계속 올라갔다.

그에게는 해야 할 일이 따로 있었다. 그에게는 그런 무례가 육지에서 조난객에게 내뱉는 말처럼 들려왔다…… 그의 머릿속에는 두 가지 말이 불에 달궈진 못으로 박혀 있는 것 같았다. "Ubi irritatio ibi fluxus"라는 말과 "그들은 나무꾼의 집에 있을 겁니다!"라는 말이었다. 총대리신부는 운명을 가지고 장난치는 천지신명과, 교훈을 준답시고 조합해놓은 연극을 믿지 않았다. 하지만 뻬뜨라와 산책하며 대화를 나눈 오전의 기억과 판사 부인이 불미스럽게 연관되었을 것 같아 불안한 그 전원의 무대가 미신처럼 이어져 있었다.

Ubi irritatio ibi fluxus! 그는 생각하며 걸어갔다. 사실이야. 사실…… 내가 눈이 멀었어…… 여자는 여자야. 아무리 순수한 여자라도…… 여자야. 그런데 나는 첫날부터 멍청하게 굴었어…… 그리고 이제는 늦었어…… 나는 그녀를 완전히 잃었어. 그리고 그 비열한 놈이……

그는 언덕 위로 달려가기 시작했다.

저 남자, 미쳤군! 스무발짝 뒤에서 혀를 한뼘 정도 내놓고 헐떡거리며 따라가던 낀따나르가 생각했다.

총대리신부는 길을 찾아보려고, 불과 몇시간 전 나무꾼의 집에서 어느 방향으로 내려왔는지 기억해보려고 노력했다. 그는 길을 잃었다. 거기가 거기 같아 오락가락했다…… 그리고 낀따나르가 뒤에 있었다. 그는 사자인 것처럼 거미를 털어내고 거미줄이 사슬이라도 되는 듯 벗어나려고 기를 썼다.

최선은 가장 가파른 오르막길로 오르는 거야. 그곳이 제일 높은 곳으로 이어지니까…… 하지만 저 위에는 고원이 있으니, 당신은 저쪽으로 가고……

페르민 신부가 발걸음을 멈췄다. 낀따나르에게 아무 말도 듣지 않은 듯, 그는 상냥한 표정과 부드럽게 애원하는 목소리로 말했다.

"낀따나르, 그들을 찾으려면 따로 가야겠습니다. 당신은 여기로 올라가십시오. 오른쪽으로……"

낀따나르는 마다했다. 하지만 총대리신부가 고집을 피웠고, 낀따나르가 겁쟁이임에 틀림없다고 은근히 암시하면서 다시 자존심을 건드려 오른쪽으로 가게 만들었다.

페르민 신부는 혼자가 되자 서둘러 뛰어올라갔다. 나무기둥, 가시덤불, 떨어진 나뭇가지, 걸린 나뭇가지들에 계속 부딪히며 뛰어올라갔다…… 그는 맹목적으로 달려갔다. 질투와 분노로 심장이 터질 것만 같았다. 뜻하지 않은 순간 돈 알바로와 판사 부인이 사랑의 대화를 나누는 장면을 덮칠 거라 생각하니 심장이 터질 것만 같았다. 왜? 그들과 함께 빠꼬와 호아낀, 비시따, 옵둘리아며 다른 사람들도 숲으로 올라갔을 수 있지 않아? 아니, 아니야, 예감이 소리 질렀다. 그리고 생각을 정리했다. 돈 알바로는 이런 일에 대해서 많이 알고 있어. 그는 벌써 이 기회를 이용하고 있을 거야. 그녀와 단둘이 남기 위해 벌써 계책을 세워뒀을 거야. 빠꼬와 호아낀은 방해가 아니라, 각각 옵둘리아와 에델미라와 있으려고 마찬가지 노력을 기울였을 테고. 비시따는 그들을 도울 것이고. 베르무데스는 바보 멍청이니…… 그들은 분명히 따로 있을 거야. 그는 있는 힘을 다해 다시 달려갔다. 계속 넘어지고, 흠뻑 젖어서 천근만근 나가는 코트와 거미줄이 뒤엉기고 진흙투성이가 된 채 여기저기 찢어진 사제복을 어렵사리 끌고 뛰어갔다. 그의 눈과 입에도 거슬리게 끈적거리는 거미줄이 뒤엉켰다.

페르민 신부는 가장 높고 가장 울창한 곳에 도착했다. 엄청난 천둥소리가 이제는 훨씬 멀리서 들려왔다. 그가 잘못 짚었다. 그쪽에는 오두막이 없었다. 그는 진로를 방해하는 무시무시한 식물 가시를 어렵사리 떨쳐내며 계속해서 오른쪽으로 갔다. 드디어 나뭇가지들 사이로 오두막이 보였다…… 누군가 안에서 움직였다…… 그곳에서 자기가 생각했던 것과 마주치게 되면 어떤 행동을 취해야 할지 모른 채 미친 사람처럼 달렸다…… 필요하다면 살인할…… 각오까지 되어 있었다…… 눈이 멀었다……

"제기랄! 신부님 때문에 얼마나 놀랐는데요!……"낀따나르가 소리를 질렀다. 그 안에는 그가 폭포수처럼 물이 쏟아지는 잘 접히는 모자를 세차게 비틀며, 투박한 벤치에 앉아서 쉬고 있었다.

"그들이 없어!" 총대리신부는 자신의 모습과 행동, 떨리는 목소리가 의심을 불러일으킬 수도 있다는 생각도 못한 채 말을 뱉었다. 그의 열정과 질투, 말도 못할 정도로 뒤통수를 맞은 남편의 분노를 소리쳐 알리는 그 모든 것들이 의심을 살 수도 있었다.

하지만 낀따나르 역시 근심에 잠겨 있었다. 그에게는 이유가 없지 않았다.

"여기서 뭘 발견했는지 보세요." 그가 두 손가락을 주머니에 넣어 은 버클이 달린 빨간색 실크 허리띠를 꺼냈다.

"이게 뭡니까?" 페르민 신부가 불안을 감추지 못한 채 물었다.

"아내의 허리띠입니다!" 남편이 평소와 다름없이 침착하게 대답했다. 하지만 뜻밖의 발견에 상당히 놀라워하는 모습이었다.

"아내의 허리띠라니요!"

총대리신부가 깜짝 놀라 입을 벌렸다. 아직 아무것도 의심하지 못하는 남자의 어리석음에 감탄했다.

"내 말은," 낀따나르가 말을 이었다. "예전에는 아내의 허리띠였다는 거죠. 하지만 내가 알기로 이제는 아닙니다…… 우유를 마시며 시골 공기에 살이 찐 뒤에는 맞지 않은 걸로 알고 있습니다. 그래서 아내의 하녀인 뻬뜨라에게 선물로 주었지요. 그러니까 이것은 뻬뜨라의 것이지요. 뻬뜨라가 여기 있었습니다. 이게 걱정되는 거지요…… 뻬뜨라가 여기 왜 왔을까요? 허리띠를 흘리려고? 걱정이 되는군요. 그래서 신부님께 말씀드려야겠다 싶었고요. 결국 따지고 보면 뻬뜨라도 우리집 식구니까요. 내 시중을 들고 있고, 뻬뜨라의 명예도 중요합니다…… 분명히 이 허리띠는 뻬뜨라의 것입니다."

페르민 신부는 부끄러워 얼굴을 붉혔고, 그것이 느껴졌다. 비극이 될 수도 있었던 그 모든 것이 코믹하고 우스꽝스러운 모험담으로 바뀌었다. 그리고 자신의 우스운 행동이 후회가 되어, 칼로 찌르는 듯한 편두통이 그의 머리를 쿡쿡 찌르기 시작했다…… 페르민 신부가 관찰한 바에 의하면, 다행히 낀따나르는 남의 부끄러움을 둘러볼 여건이 되지 못했다. 그는 자신의 수치를 생각하고 있었다. 그의 얼굴 역시 매우 상기되어 있었다. 총대리신부는 전직 판사가 어떻게 아내의 허리띠가 엉큼한 물건이라는 것을 알아보는지 눈치챘다.

낀따나르 역시 수치심과 함께 질투심을 느꼈던 것이다. 페르민 신부는 낀따나르의 나약함이 어디까지인지 알 수 없었다. 낀따나르는 혼자 속으로 말했다. 아마도 이 못된 신부도 다른 사람들처럼…… 없는 일을…… 의심하고 있을 거야……

낀따나르가 결국 뻬뜨라의 은밀한 유혹에 어느정도 굴복했다는 건 분명했다.

하지만 그는 아내에게 진 마음의 빚과 자기 자신에게 진 빚, 자기 나이와 또다른 몫의 빚에 따라, 특히 어떤 모험도 자연스럽게 해보지 못한 운명의 장난을 떠올리며, 순진한 척하는 하녀가 거절해 실패한 이후로는 그 타락의 길에서 한발짝 뒤로 물러나 있었다. 요약하자면, 그는 하녀의 매력을 차지하지 못했다. 하지만 자기가 선물한 허리띠를 아내가 뻬뜨라에게 선물했다는 것은 확신할 수 있었다.

왜 총대리신부 앞에서 말실수를 했을까?

그게 설명이 되지 않았다. 질투였다. 그랬다. 그렇게 부를 수도 있었다. 질투가 그로 하여금 소리 높여 얘기하게 했던 것이다. 게다가 그는 마음속으로는 음탕한 금발 하녀를 경멸하고 있었다…… 단지 마음이…… 흥분한 순간에만 그럴 수 있었다.

폭풍우는 이미 멀어졌다…… 나무들은 계속 빗물을 떨어뜨리고 있었지만 하늘은 푸른색을 띠기 시작했다.

낀따나르가 무슨 말이라도 하려고 입을 열었다.

"폭풍우가 또 밤에 들이닥친다면…… 저 아래는 별로 좋을 것 같지 않은데요…… 저 나뭇가지들 사이를 보시오……"

"다시 비가 내리기 전에 내려갑시다." 페르민 신부는 땅속 깊이 꺼졌으면 좋겠다는 마음이 간절했다.

두 사람은 서로가 두려웠다.

두 사람은 뻬뜨라의 허리띠를 생각하며 조용히 내려갔다.

그들은 과수원에 도착하기 전에 나무들 사이로 저 멀리서 자기들을 부르는 뻬뻬 집사와 마주쳤다.

"낀따나르 어르신, 낀따나르 어르신…… 저기, 낀따나르 어르신…… 여기요."

"무슨 일인가? 그들이 왔나? 나쁜 일이라도?"

"나쁜 일이오? 아닙니다, 어르신. 어르신들이 산 중간쯤 도착했을 때쯤 신사분들과 마님들은 이미 집에 도착해 아주 편안하게 계십니다…… 거의 젖지도 않으셨어요…… 저는 후작 부인의 명에 따라 비가 내리기도 전에 그분들을 모시러 갔습니다…… 방수 포장마차를 가지고 아레오 거리로 갔지요. 빠꼬 도련님이 그곳에 계실 거라는 걸 알고 있었지요. 그곳이 제일 가까운 길이고, 친또 집이 바로 코앞에 있으니까요…… 마님들은 모두 친또 집에 계셨습니다. 젖지도 않으셨어요…… 산에서 소나기를 만나면 그곳이 지붕 역할을 해주거든요…… 그래서 아나 마님 외에는 모두 재미있어하면서 집에 계십니다. 마님은 어르신과…… 신부님 때문에 걱정하고 계십니다."

"그런데 후작 부인이 왜 우리에게 알려주지 않았지?"

"어르신께 소리소리 지르며 이미 마차가 찾으러 떠났다고 말씀드렸는데도, 어르신이 신경도 쓰지 않았다고 하시던데요……"

그러고는 뻬뻬 집사가 큰 너털웃음을 웃었다.

"나쁘지 않은 장난이었습니다…… 하하…… 두 분을 보고 있자니 마음이 짠하네요…… 특히 신부님은 가시관을 쓴 그리스도와 다름없네요. 이렇게 비교해서 죄송합니다. 완전히 물에 빠진 생쥐…… 자, 얼른 가세요. 코트가 완전히 엉망이 되었습니다…… 사제복이 물웅덩이에서 건진 것 같아요……"

뻬뻬의 말이 맞았다. 페르민 신부와 낀따나르는 서로 마주보았고 둘 다 조난자의 몰골이었다.

"어서 가십시오. 어서. 하느님 맙소사. 비에 흠뻑 젖어 뼈까지 스며든 바람에 류머티즘에 걸리시겠어요……"

"다 왔었군, 뻬뻬. 이제 다 왔어."

"아나 마님이 어르신께 드리려고 옷을 따뜻하게 데워두셨습니다. 신부님께도 소홀함이 없을 것입니다. 혹 준비가 안되어 있다면 공주님에게도 어울릴 만한 좋은 셔츠를 드리겠습니다."

총대리신부는 그들이 나갔던 쪽문을 따라 과수원으로 들어가지 않고, 성벽을 돌아 차고로 가서 자기가 빌려 타고 온 초라한 2인승 마차를 가져오도록 명했다.

낀따나르는 페르민 신부가 다른 데로 간 것도 몰랐다. 그는 완전히 정신이 나가 있었다.

총대리신부는 후작을 만났다. 후작은 그런 상태로 그를 보내고 싶어하지 않았다.

"그러다 감기라도 걸리시면 어떡하려고요…… 옷이라도 갈아입으십시오…… 여기 옷이 있을 겁니다."

신부를 말릴 길이 없었다.

"후작 부인에게 작별인사나 전해주십시오. 금방 집에 돌아갈 수 있을 겁니다."

그러고는 총대리신부는 비베로를 떠났다. 하지만 그의 마음처럼 그렇게 서둘러 가지는 못했다. 마차는 빨리 달리다 차츰 보통보다 못한 속도로 갔다.

"그놈에게 채찍을 좀 쓰시오." 페르민 신부가 마부에게 소리 질렀다. "내가 뼛속까지 젖어 있는 거 안 보입니까? 집에 빨리 도착하고 싶단 말이오."

마부는 팁 받을 생각에 야윈 말의 등에 채찍을 힘껏 두번 휘둘렀다. 그렇게 해서 총대리신부의 가슴속에 많은 시간 동안 응어리져 있던 분노도 풀어주었다. 신부는 그 채찍으로 돈 알바로의 얼굴을 시원하게 갈겼으면 하는 마음이었다.

덜컹거리는 초라한 마차가 베뚜스따 외곽의 집들이 아득하게 보이는 곳에 도착했을 때는 이미 날이 어두웠다. 낀따나르의 말처럼 새로운 폭풍우가 밤을 위협하고 있었다. 하늘을 덮고 있던 회색 구름이 천천히 시커메졌다. 북쪽과 서쪽 지평선 너머로 강력한 번개들이 이미 모습을 드러냈다. 그리고 이따금 저 멀리서 천둥소리가 으르렁거리며 굉음을 울려댔다.

페르민 신부는 짜증과 자신에 대한 경멸감으로 숨이 막힐 것만 같았다. 끔찍한 하루였다! 그는 생각했다. 정말 끔찍한 하루였다! 자신을 동정하며 위로하고 싶은 마음도 없었다. 그 모든 망신을 당해도 쌌다. 세상은 고해실이 보여주는 것처럼 쓰레기장이었다. 숭고하고 위대한 열정, 꿈, 두려움, 악에 대한 위선…… 그 자신이 좋은 증거였다. 천사처럼 사랑한다고 생각했지만 자기도 수없이 우스꽝스러운 짓을 저질렀다. 천한 사람들처럼 자기도 가장 저속한 욕구에 만족했다. 따지고 보면 떼레시나는 집안사람이었다. 하지만 뻬뜨라는 남의 집, 즉 아나네 집 사람이었다. 이제는 마끼아벨리의 궤변으로도, 하녀를 자기 편으로 끌어들이면 편하다는 궤변으로도 용서가 되지 않았다. 금화 몇푼으로도 똑같은 효과를 얻을 수 있었다. 그럼 낀따나르는? 또다른 불쌍하고 멍청하기까지 한 작자였다. 낀따나르도 자기처럼 밀어닥친 불행을 당해도 싸다. 그리고 그건 아나도 마찬가지였다. 진흙탕인 세상과 마찬가지로…… 오! 확실하게 단번에 정의를 실현하려고 한다면 그 번개들이 세상 전체를 불살라야 했다!

그의 양심마저 일반적인 경멸의 대상에 자기를 포함시킨다는 게 가장 짜증나는 일이었다…… 모든 게 천하고, 시시하고, 역겨웠다. 그도 예외가 아니었다.

그럼 의사가 한 말은? Ubi irritatio…… 아나가 돈 알바로의 품에 안길 거라는 말이었다…… 그런 타락이 운명이라는 거였다! 그토록 신비주의와 영혼의 형제에게 매달렸는데…… 다 무슨 소용이란 말인가? 연극이고 위선이었다. 자기의 위선과 같고, 우주의 위선과도 같은 분별 없는 위선이었다……

총대리신부는 이가 딱딱 부딪혔다. 춥다보니 옷이 생각났고, 옷은 어머니를 생각나게 했다.

어머니는 달라. 내가 이런 모습으로 들어가면 뭐라고 할까? 거짓말을 지어내야 해. 아아! 또다른 거짓말. 무슨 상관이야? 저기 다른 사람들은 제멋대로 사는데. 저들은 필요하다면 멍청한 남편을 두고도 서슴없이 어리석은 짓을 저지를 텐데…… 오, 여기서는 누가 남편이지? 여기에서 모욕당한 사람이란 누구지? 나야! 나란 말이야! 내가 모욕을 느꼈고, 내가 모욕을 미리 예견했고, 내가 공기 중에서 그 모욕의 냄새를 맡았어…… 코앞에 두고도 보지 못하는 그 사람이 아니란 말이야……

총대리신부는 마차에서 뛰어내려, 전속력으로 달려가고 싶었다. 격정적으로 비베로로 돌아가 덮치고 싶었다. 예감이 확실하다고 하는, 어쩌면 숲에서는 일어나지 않았지만 집에서…… 술 취한 척하는 인간들과 구린 일을 덮어주려는 음탕하고 반쯤 정신 나간 여자들 사이에서 일어나고 있을지도 모르는 그 일을…… 덮치고 싶었다.

베뚜스따 위로 울려퍼진 천둥소리가 신부의 분노와 함께했다.

"그래 저거야! 저거!" 그가 마차 문을 열고 집 앞에서 내리면서 씩씩거리며 말했다. "이건 번개로만 해결할 수 있어!"

그러고는 그는 마부에게 돈을 지불한 후 집으로 들어갔다.

그가 원하던 번개는 그의 머리 위에서 터질 준비를 하고 위에서 기다리고 있었다.

그날밤 그는 사는 동안 자기가 어머니와 그렇게 크게 싸운 적이 없었고 어머니가 이마에 그렇게 큰 고약을 붙인 적도 없었다고 생각하며 잠이 들었다.

가장 마음 아프고 괴로운 것은 자기가 망신당했다는 점이 잠이 들면서 마지막으로 떠오른 생각이었다.

너무나도 우스꽝스러웠다…… 하루 종일 웃기고 끔찍한 아이러니였다!…… 그리고…… 그 모든 잘못은 혐오스럽고 끔찍한 사제복 탓이었다……

총대리신부의 마지막 생각은 저주였다. 그럼에도 불구하고, 그는 피곤에 지쳐 곤히 잠들었다.

한편 비베로에 온 손님들은 나쁜 날씨가 은근히 마음에 들었다. 고택에서는 시골 신부들과 후작, 그리고 다른 베뚜스따 사람들이 이른 시간에는 뜨레시요 카드 게임을, 좀 늦은 시간에는 시골 신부들이 '산띠나'라고 부르는 몬떼 카드놀이를 즐겼다. 그리고 새 저택에서는 순례여행 때 초원을 뛰어다니고 싶어했던 귀부인들과 신사들이 가능한 한 최선을 다해 즐겁게 지내려고 노력했다. 그들은 춤추고, 피아노 치고, 노래 부르고, 집 안 전체를 돌아다니며 숨바꼭질 놀이를 했다. 비베로에서는 달리 할 게 없다는 것을 이미 잘 알고 있었다. 비시따와 옵둘리아, 에델미라는 숨기에 최적인 장소들과 어디에 도망칠 문이 있는지 잘 알고 있었다. 그리고 사람들은 나이를 잊고 애들처럼 즐기는 장난에 뭐가 필요한지도 모두 꿰뚫고 있었다.

긴따나르가 이겼다. 호들갑스러운 승리였다. 몇몇 사람, 특히 비시따와 빠꼬가 그에게 왕관을 씌워주려고 했지만 긴따나르는 얼른 방으로 도망쳐 머리에서 발끝까지 옷을 갈아입고 싶어했다.

판사 부인이 그를 도와주려 함께 들어왔다.

"페르민 신부님은요?" 그녀가 물었다.

"당신의 페르민 신부는 정말 바보 멍청이야. 미안하지만 말이오." 긴따나르가 양말을 갈아 신으며 퉁명스럽게 대답했다.

그는 허리띠를 발견한 것을 제외하고 모두 얘기했다.

아나는 페르민 신부의 호의가 우스울 정도로 과하고, 특히 신부로서 우스꽝스럽다는 데 동의했다.

"내 아내가 누구에게 더 중요하겠어? 그에게? 아니면 나에게?" 남편은 총대리신부에 대한 최고의 변론처럼 매 순간 반복해서 말했다.

그래. 아나는 생각했다. 돈 알바로의 말이 맞아. 그분은 질투, 연인의 질투를…… 느끼고 있어. 그리고 오늘 그의 행동은 너무 경솔했어…… 그를 피해야겠어. 알바로의 말이 맞아.

그전에도 돈 알바로와 빠꼬가 말을 타고 비베로에 온 적이 몇번 있었다. 돈 알바로가 보기에는 판사 부인은 활달하고 행복하고 자신감이 넘쳤다. 알바로는 건강에 대한 기본원칙이라고 맹세하면서 몇가지 충고를 계속 들려주었다. 거기에 사랑이란 단어는 한마디도 없었다.

"신비주의는 신경과민적 흥분의 한가지 형태입니다."

아나 역시 같은 생각이었다. 그때까지도 그녀는 자신의 두려움에 대한 기억이 걱정되었다.

"게다가 총대리신부는 신비주의자가 아닙니다. 그 신부를 최대한 좋게 봐준다면 자기 영향력을 키우기 위해 지체 높은 귀부인을 자기편으로 끌어오려는 거겠지요."

돈 알바로가 감히 이런 말을 했을 때는, 그들은 이미 흉허물 없이 서로 터놓고 얘기하는 사이였다.

그들은 사랑에 대해서는 일절 말하지 않았다. 물론 힘들기는 했지만, 돈 알바로는 판사 부인의 옷에 묻은 머리카락도 건드리지 않을 정도로 그녀를 존중했다. 그녀는 그것을 고마워했고, 예전처럼 더 생각하지 않으려 했다. 그들의 우정이 위험하다는 생각은 잊으려고 노력했고, 그 시도는 예전보다 훨씬 성공적이었다.

건강해지니 다른 여자들처럼 되기를 바라는 거지. 아나는 자신에게 말했다. 너무 많이 생각하거나 엉뚱하고 과도한 생각은 영원히 그만둬야 해. 나는 평화를 원해. 평온을 원해…… 나도 다른 여자들처럼 살 거야. 내 명예는 다치지 않을 거야…… 하지만 지나치게 걱정만 한다면 나는 다시 미친 짓으로, 끔찍한 두려움으로 돌아가게 되겠지……

그러고는 과거의 슬픔과 두려움을 기억하며 몸을 떨었다.

열정은 전보다 덜 아우성치고 더 멀리 숨었지만 계속 마음속으로 파고들었다. 그러면서 양심이 두근거리면 궤변으로 응답했다.

낀따나르가 총대리신부의 경솔한 행동을 얘기할 때, 순간 아나는 혐오감 비슷한 감정이 들었다. 어떻게 그럴 수가 있단 말인가? 다른 사람도 아닌 고해신부가 어떻게 그녀를 위험으로 내몰 수가 있단 말인가? 남편이 다른 사람 같았으면 돈 알바로나 신부를 의심하지 않았을까? 그 모든 행동이 질투라는 게 확실하지 않나? 어떻게 그럴 수가! 끔찍했다! 정말 메스꺼웠다! 신부와의 사랑이라니!

그리고 이제 그녀에게는 돈 알바로의 행동이 오히려 유쾌하고 우아하며 신선하고 생동감있게 비쳤다. 결국 따지고 보면, 그것은 자연법칙과 사회법칙에 안에 있었다…… 적어도 덜 혐오스럽고…… 덜 우스꽝스러웠다. 하지만 신부는……!

그리고 돈 알바로를 좋아하는 죄가 이제는 아무것도 아니라는 생각이 들었다. 특히 총대리신부의 사랑으로부터 도망치기 위해서라면 더더욱 필요하다는 생각이 들었다…… 그런데 그 신부는 대체 무슨 생각을 하고 있는 걸까?

이제 판사 부인은 '영혼의 형제'도 기억나지 않았고, 다른 생각이나 교태 부릴 생각 없이 불길 속에 집어던지던 장작도 기억나지 않았다. 다만 지금은 많이 부끄러울 따름이었다. 지금 새로운 열정이 솟긋하고 분출 직전처럼 의기양양하게 생겨나면서 꼬리에 꼬리를 물고 궤변을 늘어놓았다. 총대리신부의 행동은 혐오스럽고 역겹고 범죄적인 반면 돈 알바로의 행동은 귀족적이고 정중하지 않은가……

그날 아침 풀이 잔뜩 우거진 우물에서, 성당 앞마당에서, 작은 북과 가이따를 뒤따라 행렬을 이루며 걸어가는 골목길에서, 숲에서, 모두 함께 타고 온 뻬뻬의 마차에서, 그리고 더 나중에는 응접실에서, 사방에서 돈 알바로는 하루 종일 그녀를 숭배하고 있다는 사실을 계속 보여주었다. 뻬뻬의 마차에서는 어쩔 수 없이 아나가 그의 무릎에 앉아서 와야 했다. 하지만 그는 그녀를 너무나도 사랑하기 때문에, 그녀를 존중하기 때문에 그녀에게는 고백하지 못했다.

아나는 행동 하나하나를 비교하며, 신부의 행동이 끔찍하다고 생각했다.

돈 알바로에게는 그 사실을 얘기하기까지 시간이 걸렸다.

아나는 사람들이 듣지 못하는 곳에서 말할 때면 친근한 어조로 얘기했다. 멋쟁이는 그 영광의 맛을 음미했다.

"당신이 보기에는 총대리신부의 행동이 어떤 것 같아요?"

돈 알바로가 보기에 어땠을 것 같은가? 끔찍하지! 돈 알바로가 무슨 말을 했겠는가? 총대리신부를 믿어서는 안된다는 등등의 얘기였다.

"그래요, 아나. 그 사람은 당신에게 빠졌어요. 미쳤어요. 미쳤어…… 나는 아주 오래전에 알아봤어요…… 왜냐면, 왜냐면……"

돈 알바로는 모든 것을 완벽하게 의미하는 미소를 지었다. 그리고 그때 판사 부인이 마음속으로 들린다고 믿는 매우 달콤한 음악 소리도 들려주었다. 그의 눈과 입에서 흘러나오는 음악 소리였다…… 그녀가 뭘 알겠는가! 하지만 그 어떤 '신비주의'의 환희보다 훨씬 강렬한 환희였다.

그들이 '영혼의 형제'처럼 얘기를 나누는 동안 밤이 되었다. 페르민 신부가 베뚜스따에 들어설 때 들이닥쳤던 번개가 하늘을 때렸고 멀리서 천둥이 울려왔다. 아나와 돈 알바로는 2층 갤러리 난간에 기댄 채 단둘이 있었다. 집 전체를 에워싸고 있는 크리스털 갤러리 한쪽 끝에 있었다. 손님들 대부분은 아래층 응접실에서 베뚜스따로 돌아갈 준비를 하고 있었고, 몇몇은 그날밤 후작 부부가 비베로에서 베풀 환대를 받아들이고 싶어했다. 아래층에서는 모든 것이 소란스럽고 부산했다. 혼란스러운 명령과 장난, 망설임이 있었다. 머물겠다고 했다가 갑자기 가겠다는 사람들도 있었고, 마차 좌석에 앉으려고 준비하다가 '마룻바닥이라도 여기서 자는 게' 낫겠다며 저택으로 돌아가려는 사람들도 있었다. 당연히 리빠밀란은 후작 부인이 '그만을 위해' 제공한 침대를 받아들였다.

"폭풍우가 다시 들이닥칠 텐데, 나는 번개하고는 장난치고 싶지 않아. 달리는 마차는 번개를 맞기 쉽지…… 나는 남을 거야. 남을 거라고."

남작 집안 여자들은 폭풍에 도전하고자 했다. 남작은 남고 싶어했지만 아내와 딸들을 따라나서야 했다. 주지사도 마차에 올랐지만, 주지사 아내는 후작 부부와 함께 남았다. 베르무데스는 베뚜스따로 돌아갔고, 비시따, 옵둘리아, 에델미라, 빠꼬, 돈 알바로는 남았다.

아래층에서 요란한 소리가 들리며 물건들을 이리저리 실어나르는 동안, 에델미라, 옵둘리아, 비시따, 빠꼬, 호아낀은 미친 사람들처럼 2층 복도를 뛰어다녔다. 비시따는 마신 술 때문이 아니라 난리법석에 약간 취해 있었다. 옵둘리아는 이마에 못이 박혔다고 떠들었다. 너무 많이 마시기도 했지만 빙글빙글 도는 춤과 숨바꼭질의 격렬한 흥분이 그녀를 계속 흥분 상태에 머물게 했다. 이제 사촌집 스타일로 능숙하게 즐길 줄 알게 된 에델미라는 양귀비처럼 보였다. 그녀는 요란하게 웃으며 좋아했다. 그녀의 즐거움은 쉽게 전이되었고, 붙임성도 좋았다. 빠꼬가 느닷없이 그녀를 꼬집으면, 그녀는 빠꼬의 팔에 생채기를 냈다. 호아낀 오르가스도 꼬집었는데, 호아낀은 옵둘리아와 늘 잠정적인 사랑만 나누다가 그날 오후에는 꽤 진전이 있었다. 그들은 뛰어다니고, 넘어지고, 소리 지르고, 껴안고, 껑충껑충 뛰고, 놀라며 기습 공격했다. 지금 아나와 돈 알바로가 갤러리에 기대 얼굴에 부딪히는 비와 눈앞에서 시커먼 지평선을 산산조각 내는 번개들에 대해 두려움 없이 얘기하는 동안, 다른 사람들은 어둡고 비좁은 복도에서 베뚜스따에서 '까찌뽀떼'라고 부르는 아이들 놀이를 하고 있었다. 채찍처럼 꼰 손수건을 숨겨두었다가 차갑고 뜨겁다는 신호를 보내며 손수건을 찾는 놀이였다. 손수건을 찾은 사람이 술래에게 도착할 때까지 다른 사람 등 뒤를 손수건으로 때리며 달렸다. 이 순진한 놀이가 참가자들 사이에 달콤한 사건들을 무수히 안겨주었다. 참가자들은 순진과는 정반대였다. 여자의 손과 남자의 손이 자주 포개져 같은 구멍 속에서 '까쩌뽀떼'를 찾기도 했고, 뛰어다니던 사람들이 서로 부딪히기도 했고, 역사적 진실은 아무리 거짓말 같은 일들이라도 확실하게 보여주었다. 채찍을 피해 미친 사람처럼 비좁은 갤러리를 모두 우르르 몰려다니며 뛰어다니던 사람들은 채찍이 등 뒤에서 쫓아오면 아수라장이 되어 바닥으로 꼬꾸라졌다.

아래층에서는 작별인사를 나누며 떠날 준비를 하느라 혼란스럽고 요란하고 떠들썩했다. 그리고 뒤에서는 갤러리에서 뛰어다니는 사람들이 왁자지껄하게 떠드는 소리가 들려왔고, 저기 하늘에서는 이따금 요란한 천둥소리가 들려왔다. 그러는 동안 판사 부인은 얼굴에 튄 빗방울을 느끼지 못하거나, 아니면 그 빗물이 시원하면서도 달콤하다고 느끼며, 난생 처음 격렬하지만 정중하고 신중하면서도 너무나도 이상적인 사랑 고백을 듣고 있었다. 아나의 상황과 신분에 걸맞은 설명과 완곡한 표현으로 가득한 고백이었다. 서른이 넘은 나이에 열다섯살의 감정을 느끼는 여자에게는 뿌리칠 수 없는 고백이었다.

아나는 돈 알바로에게 그만하라고, 진정하라고, 자기가 누군지 잘 생각해보라고 말할 용기도, 그런 마음도 없었다. 아나는 그를 오랜 시간 지켜봤다. 그는 자신의 감정을 충분히 자제해왔다. 그랬다.

아니야, 아니야. 그만둘 필요가 없어. 평생 말해줘야 해. 그녀의 영혼 전체가 말했다. 아나의 뺨이 붉어졌다. 카지노 회장이 그녀 곁에서 이야기하고 있는 동안 그녀는 자신이 유부녀라는 사실도 잊었다. 신비주의자였다는 사실도, 세상에는 남편이나 총대리신부 같은 사람들이 있다는 사실마저 잊어버렸다. 꽃의 심연으로 추락하고 있는 기분이었다. 분명한 추락이었다. 하지만 '천국으로의 추락'이었다.

지금 벌어지고 있는 일을 빼고 여전히 머릿속에서 해결하지 못한 한가지 문제는 지금 느끼고 있는 기쁨과 종교 명상에서 얻은 기쁨의 비교였다. 종교 명상에서 얻은 고통스러운 노력과 개념적인 냉철함이 있었고, 약간 병적인 엄격함에는 건강에 해로운 흥분이 있었다. 그런데 지금 그녀에게 일어나고 있는 감정은 수동적이었다. 노력도 냉철함도 없었다. 즐거움과 건강, 활력만이 있었다. 추상적인 관념은 전혀 없었다. 뭔가 허전한 느낌도 없었고, 생산적이고 손에 잡히고, 즉각적인 환희가, 영원히 지속되었으면 하는 희망으로 이어지는 유보 없는 행복이 있었다. 그렇다, 여기서는 광기로 이어지지 않았다.

돈 알바로는 유창했다. 그는 아무것도 요구하지 않았다. 대답조차 요구하지 않았다. 오히려 울고 있었다. 물론 울지 않으면서 울고 있었다. 자기 얘기를 들어주는 것만으로도 너무 고마워서. 그는 그렇게 오랫동안 침묵을 지켰다! 그녀의 행복을 방해하는 수백만가지 장애물과 수천가지 걱정들이 있었다고? 그는 이미 알고 있었다. 그는 안타까워만 하고 있었다. 자기가 말하게 해주고, 들어준 것만으로도 고마워했다. 자기를 세속적이고 어리석은 난봉꾼으로 보지 않은 것만으로도 행복해했다. 세속적인 난봉꾼이란 '멍청한 대중'이 그를 그렇게 보고 싶어하는 잣대에 불과했다.

아나는 대중을 '멍청하다'고 부르는 걸 좋아했다. 그녀에게 정신

적인 '차이'란 대중, 즉 베뚜스따 사람들을 무시하는 데 있었다. 판사 부인에게는 이러한 결점이 있었다. 어쩌면 그것은 아버지에게서 물려받은 것일 수도 있었다. '신자 집단'과 구별하기 위해서는 '어리석은 대중' '인간의 동물화'에 대한 오늘날의 아주 일반화된 이론에 도움을 청해야 했다.

다행히 돈 알바로는 이 부분을 완벽하게 이용할 줄 알았다. 그는 자기 사랑에 방해가 된다면 대낮의 태양까지도 무시할 수 있는 사람이었다. 모든 것이 걱정되고, 소심해서 그런 것이었다…… 하지만 아나에게 그의 생각을 따르라고, 대중의 심술궂고 엉뚱한 두려움을 무시하라고 할 권리가 그에게 있는가? 오, 그건 아니었다. '글'이 그를 도와주지 않는다는 것은 이미 알고 있었다…… 결국 따지고 보면 그는 누구인가? 사람들 앞에서 다른 남자의 아내에게 사랑을 얘기하는 남자가 아닌가…… 그는 이미 잘 알고 있었다. 그랬다. 그는 아나에게 자신을 벌하는 전통과 법, 관습, 일반적인 상식보다 위에 있으라고 요구하지는 않았다. 물론 세상에는 정숙한 여자들도 있고, 그의 사랑을 벌하는 도덕과 법을 존중하는 여자들도 있다. 하지만 광신자들에게 교육받은 아나에게, 베뚜스따와 같은 시골에서 청춘을 보낸 아나에게 그의 열정을 희망으로나마 위로해달라고 요구할 수 있겠는가? 오, 아니었다. 아니라는 걸 그는 너무나도 잘 알고 있었다…… 그녀는 그의 말을 듣는 것만으로도 충분했다. 그녀가 얼마나 오랫동안 그의 말조차 들으려고 하지 않았던가! 그리고 그가 얼마나 고통받았던가!…… 하지만 결국 이제 그것을 기억할 필요도 없었다. 고통은 끝이 없었다…… 끝이 없었다…… 하지만 그 모든 것을 이 순간의 행복이 보상해주었다. 아나가 조용히 듣고 있었다…… 그가 어떻게 더한 행복을 바랄 수 있단 말인가?……

판사 부인은 번개가 내리치는 순간, 그 불빛에서 알바로의 눈을 보았다. 그의 두 눈이 눈물에 젖어 촉촉하게 빛났다.

양 볼도 젖어 있었다…… 그녀는 비 때문에 그럴 수도 있다는 것은 생각도 하지 못했다.

저 남자가 울고 있다!…… 그녀가 본 남자들 중에서 가장 멋진 남자가, 꿈속에서 함께 했던 남자가, 그녀 삶의 동반자가 됐어야 할 남자가!……

하지만 그는 왜 고맙다고 하는 거지? 그의 말을 중단시키지 않아서? 그가 알 수만 있다면, 그가 알 수만 있다면…… 그녀가 말할 수 없다는 것을!……

아나는 복부도 아니고, 심장도 아닌, 내장 한가운데서 '순수하게 물질적인' 쾌락이 느껴졌다. 그랬다. 그 쾌락은 '순수하게 물질적'이었다. 하지만 그 쾌락의 강렬함이 그녀를 위대하고 숭고하게 했다. 그녀가 이토록 즐거워할 때는, 이렇게 즐거워할 권리가 있는 게 분명했다.

충분히 장전되었다고 믿은 알바로는 자기에게 무슨 얘기라도 해보라며 애원했다. 예를 들어, 그 고백을 용서한다든지, 그가 싫다든지, 망신스럽다느니…… 그를 비웃는다든지, 아무 말이나 해달라고 애원했다. 아나는 자신을 불길에 휩싸이게 한 그의 팔이 닿는 걸 피하며 소녀처럼 뾰로통한 표정을 지으며 불평했다…… 요염한 모습은 전혀 아니었다. 오히려 다쳐서 약해진 산짐승처럼 겁먹은 모습이었다. 그녀는 고상하고 부드러운 희생자처럼 응석을 부리는 듯한 깊은 후두음으로 불평을 토했다. 그녀의 불평은 그때까지 외로운 영혼 속에서 죽어가던 정숙함이 쌕쌕거리는 소리와도 같았다.

아나가 돈 알바로에게서 멀어지며 비시따를 불렀다…… 그녀가 엉겁결에 비시따를 껴안으며 간신히 말했다.

"미쳤어, 무슨 놀이를 하고 있는 거예요?"

"지금은 아무것도 하지 않는데…… 까찌뽀떼 놀이를 했지만 빠꼬와 에델미라가 누가 더 힘이 센지 겨루면서 저 앞에 있거든. 자기도 와서 봐요. 에델미라의 주먹이 얼마나 센지."

제일 어두운 갤러리 구석에 장난치던 사람들이 뒤섞여 있었다. 에델미라와 빠꼬는 극장에서 무네이라² 춤을 추듯 서로 등을 맞대고 힘겨루기를 하였다. 빠꼬는 사촌누이가 격렬하게 밀치는 힘을 힘겹게 버티고 있었다. 그녀는 자기와 악마만이 아는 즐거움을 누리며, 뒤로 힘을 줘서 빠꼬를 밀어내 이겨보겠다고 안간힘을 쓰며 자기보다 더 부드러운 사촌오빠의 살집 사이에 끼어 있었다. 마침내 에델미라가 이겼고, 빠꼬는 그곳에 있던 사람들의 휘파람 소리를 들으며 양손을 에델미라의 어깨 위에 얹고는 앞에서 겨뤄보자며 제안했다. 그리고 이번에는 빠꼬가 이겼다.

호아낀도 옵둘리아에게 똑같은 결투를 신청했다. 비시따는 감히 판사 부인과 힘을 겨뤘다. 호아낀과 아나가 이겼다. 싸울 사람이 없었던 돈 알바로는 빌어먹을 페르민 신부에게 졌던 그네 장면을 떠올렸다…… 하지만 이제 그 작자는 그의 발아래에 있었다.

힘보다는 머리를 써야지.

육체적인 운동이 계속 뒤를 이었다. 빗소리, 번개 불빛, 먼 천둥소리, 어두운 주변, 음식 냄새, 좁은 복도, 그 모든 것이 그들의 흥을 돋우며 시골의 즐거움을 자아냈다. 은밀한 음란함이 뒤섞인 격렬

---

2 스페인 북서부 갈리시아 지방의 민요 및 민속춤.

한 놀이였지만 교육받은 사람들의 본능으로 자제할 줄 알았다. 하지만 꼬집기와 비명소리, 여자들이 남자들의 머리를 때리는 장난은 다시 시작되었다. 아나는 절대 그런 장난은 치지 않았다. 그녀와 돈 알바로는 처음에는 그 장난에 적극적으로 참여하지 않았다. 하지만 결국에는 판사 부인도 몇번 꼬집히며 놀이에 참여하게 되었다. 돈 알바로는 한번도 꼬집지 않았지만, 옵둘리아와 비시따가 그를 꼬집었다. 그리고 별다른 생각 없이 모두 한데 뒤엉켜 힘겨루기를 하다가 아나는 자기 등이 알바로의 등에 맞닿아 밀리는 느낌을 한번 이상 느꼈다. 특별한 느낌의 달콤한 접촉은 피했지만 그 느낌이 전해지는 순간 다시 접촉이 시작되면서 이상한 감정이 느껴졌다. 완전히 새로운 느낌이었다. 불안하고 초조하면서 갑자기 숨이 탁 막히고 몸 전체가 갈증을 느끼는 기분이었다. 심지어 그들이 노래 부르고 웃고 뛰어다니는 그 어둡고 비좁은 구석조차 눈에 보이지 않았다…… 저 멀리 들려오는 매우 달콤하고 부드러운 음악 소리처럼 돈 알바로의 사랑고백만이 세세하게 모두 떠올랐다……

힘겨루기를 하고 부딪치느라 과하게 흥분하고 너무 많이 움직여 기진맥진한 나머지 빠꼬와 호아낀이 먼저 뒤엉켜 뛰어다니는 걸 포기했다. 에델미라와 옵둘리아, 비시따도 주저앉았다. 그러고는 피로에 따른 우수에 젖어 매우 진지한 얼굴로 달을 바라보았다. 찢겨진 듯한 구름들이 잔뜩 깔려 있는 싸움터에서 등이 켜지듯 지평선 위로 달이 떠올랐다.

빠꼬가 바리톤 목소리로 「파보리따」와 「몽유병의 여인」[3]의 일부를 불렀다. 그리고 호아낀은, 그의 표현을 빌리자면, '말라가풍으

───────────────
3 이딸리아 작곡가 도니쩨띠와 벨리니의 오페라 곡들.

로 맞으러 나갔다.' 즉 옵둘리아를 바라보는 두 눈에 슬픔과 함께 대조적인 반짝이는 즐거움을 목소리에 담아낸 것이었다. 그날밤 옵둘리아는 플라멩꼬식으로 은혜를 베풀어, 그에게 상을 주었다. 물론 중요한 상은 아니었다. 다행히 호아낀은 '선외 가작'에 만족했다.

아래층에서 무료해하던 낀따나르가 「파보리따」의 일부인 '아름다운 자태'를 부르는 소리를 듣고 위로 올라왔다. 그즈음 그는 음악을 좋아했다. 자기 식으로 오페라를 부르고, 자기보다 잘 부르는 사람의 노래를 듣는 것이 그즈음 그의 취미였다. 그리고 이것을 달빛 아래서 부른다면 더할 나위 없는 금상첨화였다.

모두 한 그룹으로 모여 시원한 밤공기를 들이마시며, 변덕스럽게 구름 끝단을 찢고 둥근 천장 사이로 나온 달을 바라보며 함께 노래를 부르거나 돌아가면서 불렀다. 그리고 그들은 심신이 노곤해져 잠든 자연의 위엄을 존중하기라도 하듯 나지막하게 얘기를 나눴다.

낀따나르는 그곳에 있던 그 누구보다 몽상가였다. 그는 돈 알바로의 옆으로 다가가 그와 각별한 대화를 나눴다. 그는 친구가 그 어느 때보다 자기에게 귀를 기울이고, 정중하고 호의적인 것을 보고는 금세 마음을 활짝 열었다.

다른 사람들이 달과 오페라, 말라가퐁을 지켜워할 즈음, 식사도 잘하고 음주를 곁들여 간식도 많이 한 낀따나르가 돈 알바로의 관심 앞에서 계속 마음을 열었다. 말이 없어 흠잡을 데 없는 관심이었다.

"보시오." 노인이 말했다. "나는 내가 어떤지는 잘 모르겠소. 하지만 내가 돈 후안이라고는 생각하지 않지만 늘 사랑의 유혹에 있어서는 운이 꽤 따랐지요. 내가 과감하게 밀고 나간 여자들은 나의 과격한 행동을 나쁘게 받아들인 적이 거의 없었소…… 하지만 모두 말씀드려야겠소. 성격이 뜨뜻미지근하거나 위축되어 그런 건지, 피가 차가워서 그런 건지, 아니면 뭐가 됐든지, 내 사랑담은 대부분 중도하차했소…… 나에게는 끈기라는 재능이 부족한 모양이오."

"글쎄, 그건 반드시 필요하지요."

"나도 잘 알지만, 나에게는 끈기가 없소. 내 열정은 실체가 없는 불꽃이지요. 열명 이상의 여자들이 넘어왔는데도…… 극소수의 여자들만이, 어쩌면 단 한명도 내 여자인 적이 없었다고 말할 수 있소. 내 여자라고 부를 수 없었다는 거지요…… 멀리 갈 것도 없이……"

낀따나르는 우정을 믿고, 돈 알바로가 우물과도 같은 사람이라고 확신하며, 자기가 희생양이 되었던 추격전, 즉 뻬뜨라의 음탕한 도발을 털어놓았다. 요셉처럼 몇년 동안 오랜 세월을 버티다가 마침내…… 한순간 눈이 멀어…… 모든 것을 내려놓았다고 고백했다. 하지만 늘 그랬던 것처럼 아무것도 없었다. 하녀가 가짜 순결 관념을 들먹이며 잠시 버티며 거부했을 뿐인데도, 그는 이길 거라 확신하면서도 곧바로 마음을 가라앉히고 말도 안되는 소기의 목적만을 거둬들였다. 그게 전부였다. 작은 호의와 끝내 소유하지 못한 아름다움을 정확하게 본 걸로 만족한 게 전부였다.

그러고는 이 얘기 저 얘기를 나누다가 허리띠를 발견한 얘기를 하게 되었다. 물론 아내의 허리띠였다는 말은 하지 않았다. 아내에게 허리띠를 선물한 것은 '세상 이치에 밝은' 남편에게는 어울리지 않는 궁색한 모습처럼 보였기 때문이다. 그는 뻬뜨라를 장차 어떻게 대해야 할지 돈 알바로에게 충고를 구했다.

"그 아이를 해고해야 할까요?"

"질투를 느끼세요?"

"아니오. 나는 못난 놈은 아닙니다…… 물론 그애의 가벼움을 증명하는 물건을 발견한 순간 그다지 기분이 좋지 않았다는 것은 사실이지만."

"하지만 그것이 뻬뜨라의 허리띠라고 확신하세요?"

"아, 네. 절대 확신하지요."

그러고서 낀따나르는 얘기를 멈출 기색 없이 계속 말을 이어나갔다.

아나와 낀따나르의 방에는 두 친구가 대화를 나누고 있는 갤러리가 보이는 창문이 있었다.

판사 부인이 갑자기 유리창을 열고 남편을 불렀다.

"빅또르, 오늘 안 주무실 거예요?"

두 친구가 돌아보았다.

낀따나르의 두 눈이 이글거렸고 양 볼이 붉게 타올랐다…… 고백이 그를 회춘시켰다……

"지금 몇시지?"

"많이 늦었어요…… 당신도 알다시피, 시골에서는 일찍 잠자리에 들잖아요. 후작 부인은 벌써 잠자리에 들었어요. 지금 막 후작부인이 에델미라에게 자기 방에 와서 자라고 불렀어요."

"어머니의 쓸데없는 걱정이지." 빠꼬가 갤러리 끝 쪽에서 나타나 툴툴거리며 말했다. 에델미라는 당연히 옵둘리아와 자고 싶어 했다…… 그런데 후작 부인은 자기 방에서 그녀를 재우려고 했다. "쓸데없는 짓이야…… 어머니의 바보 같고 멍청한 짓."

"옵둘리아는 혼자 자는 게 낫겠어." 비시따가 아나의 옆방에서 나오며 말했다.

"무슨 일 있어요?"

"내가 보기에는 취한 것 같아요. 시끄러운 소리에다 피로하고, 와인에 별의별 것까지 다 취한 것 같아…… 모르겠어요. 그게 그러니까 그녀가 크게 탄식하며 침대에 있네요. 그곳에서는 아무도 자지 않는다고, 자기 혼자 자겠다면서 말예요…… 그래도 내가 그녀 옆으로 갈 거예요. 내 잠자리를 그녀의 바로 옆에 둘 거예요…… 잘 자요."

그러고서 비시따는 창문 쪽으로 다가가 판사 부인의 양어깨를 붙잡고 귓속말을 하며 그녀의 얼굴에 요란한 키스를 잔뜩 퍼부은 후, 호아낀 오르가스에게 장난스럽게 동정하는 표정을 지으며 자기 방을 향해 뛰어갔다. 호아낀은 고개를 숙인 채 처량한 표정으로 복도를 헤매며 돌아다녔다.

"자, 자. 모두 잠자리에 드는 거 봤지요. 빅또르, 당신도 침대로 가세요."

아나가 미소를 띠었다. 소박한 잠옷을 입은 그녀의 모습이 아름답고 상큼해 보였다.

"그럼 당신들은?" 낀따나르가 말했다.

"우리는." 빠꼬가 대답했다. "주지사 부인이 갑자기 무슨 변덕이 일었는지 천둥소리가 무섭다며 자고 가겠다고 해서, 우리는 침대가 없습니다."

"그러면요?" 아나가 웃으며 물었다.

"우리는 소파에서 자야지요."

"자, 자, 그럼, 안녕히 주무세요."

"잠깐 기다려요. 안녕히 주무시기는…… 여기서 조금만 더 얘기합시다……"

"나는 졸리지 않아. 빠꼬의 말이 옳아. 얘기합시다." 낀따나르가 말했다. 그는 방으로 들어와 이미 실내화와 금술이 달린 모자를 썼다.

"무슨 얘기요? 안돼요…… 침대로……"

아나는 자기도 모르게 애교를 부리며, 창문과 덧문을 닫으며 귀여우면서도 도발적으로 협박했다.

돈 알바로가 얼굴을 찡그리며 그녀에게 기다리라고 애원했다……

그러고서 그들은 친근한 말투로 그날 있었던 일들과 장난과 놀이들을 얘기하며, 달빛 아래 한시간가량 있었다. 아나와 그녀의 남편은 안에, 빠꼬와 호아낀, 알바로는 갤러리에 있었다.

낀따나르는 기분이 최상의 상태였다. 아나가 명랑하고 활달해 보이는데다, 함께 있으면 젊어지는 기분이 드는 젊은 친구들을 자기 침대 가까이에서 보니 무척 행복했다. 고귀한 전직 판사의 영혼에는 의심의 그림자조차 없었다. 이제 그 저택에서는 모든 것이 침묵에 잠겼다. 모두 잠들었고, 열려 있는 창문 바로 옆의 갤러리 한쪽 구석에서만 부드럽게 소곤거리는 소리가 들렸다. 가끔 두세명이 동시에 말하기도 했지만 모두 나지막한 소리로 얘기해서 그들이 말하는 내용이 은근히 궁금증을 자아내기도 했다. 아나는 몇번이나 돈 알바로의 시선을 피했다. 그는 아나의 팔꿈치 가까이에 팔꿈치를 기대고 담배를 피웠다. 그녀 역시 창문 난간 위로 몸을 숙이고 있었다. 두 눈이 서로 마주친 적도 많았다. 그 눈은 속수무책으로 사랑을, 점점 더 많은 말이 담긴 사랑을 얘기하고 있었다.

알바로는 가끔 질투와 탐욕이 담긴 눈길로 흘낏 침실 안을 쳐다보았다…… 그러다가 순식간에 던진 그 눈길을 아나에게 들키기도 했다. 아나는 그의 경솔한 호기심을 나쁘게 받아들이지 않고, 사랑에 빠진 남자를 동정했다.

낀따나르가 그 잡담을 끝낼 생각을 하지 않자 아나는 자기가 먼저 말을 꺼내야 할 것 같았다.

"자, 자…… 내일 봐요. 빅또르, 안으로 안으로."

그러고서 그녀는 알바로와 다른 샌님들의 바로 코앞에서 창문을 닫았다. 빠꼬와 호아낀은 복도의 어둠속으로 사라졌다. 낀따나르는 셔츠 차림으로 이미 침실 안쪽에서 등지고 누워 있었다. 돈 알바로는 움직이지 않았다. 그는 유리창 뒤로, 빛의 허공 속에서…… 천천히 나무창문을 닫는…… 판사 부인을 보았다. 그리고 그녀는 한가운데서, 빛의 허공 속에서 진지하면서도 달콤한 모습으로 그를 바라보았다…… 그러고는 틈새가 거의 없어지자 생글거리며 장난스러운 모습으로 그를 바라보았다. 다른 쪽 틈새가 살짝 열리며…… 얼굴 전체가 다시 드러났다.

"안녕, 안녕. 잘 자요." 아나가 유리창 뒤에서 말했다. 그러고는 갑자기 덧문을 닫으며 걸쇠를 걸었다.

7월 한달 동안 싼뻬뜨로 축제와 비슷한 행사가 비베로 근처에서 많이 열렸다. 후작 부부와 친구들은 거의 모든 축제에 참가했다. 낀따나르와 아나는 별장에서 베뚜스따의 친구들을 기다렸다. 축제에는 걸어서 갈 때도 있었고, 마차를 타고 갈 때도 있었다. 풍광 좋은 주변 마을들을 돌아보며, 단조롭지만 늘 경쾌하고, 달콤하면서도 우수에 찬 그곳 전통 춤과 음악을 들었다. 그러다가 날이 어두워지면 일꾼들과 좋아서 시시덕거리는 시골 처녀들 사이에서 개암나무 열매를 먹으며 노래 불렀다. 지주와 소작인이 한데 섞여 어우러지는 것을 보고 낀따나르가 감동을 받아 한마디 하였다. "보시오, 평등과 동포애를 실현할 수만 있다면…… 이보다 더 좋은 것도, 더 시적인 것도 없을 것이오."

돈 알바로와 빠꼬는 이런 여행에는 절대 빠지지 않았다. 게다가 그들은 사나흘에 한번씩은 판사 부인을 방문했다. 가끔 아나와 낀따나르는 점심식사 후 오후 4시경 산띠아네스 도로까지 나와 친구들을 기다리기도 했다. 낀따나르는 약간의 적적함도 견디기 힘들었고, 그래서 그런 방문을 진심으로 고마워했다. 아나는 저 멀리 길고 좁은 도로 끝에서 돈 알바로와 빠꼬의 힘찬 백마 두마리의 실루엣이 보이면 어린애처럼 기뻐했다…… 그러면서 그녀는 조바심이 나며 불안해졌다. 그리고 희미한 모습들이 점차 가까이 다가와 말과 기수의 모습들이 또렷해지면 조바심은 더욱 커졌다.

비시따와 빠꼬는 사랑의 구애에 대해 다시 돈 알바로에게 묻지 않았다. 그가 행동하도록 내버려뒀다. 승리를 기다리고 있는, 어쩌면 이미 승리를 코앞에 둔 돈 후안의 '영광 가득한 얼굴'을 알아보았다. 그리고 그들은 신중함, 더 분명하게 말하자면 쑥스러운 그 문제에 절대 침묵을 요구한다는 것을 잘 알았다. 돈 알바로는 공범자들의 '섬세함'을 고마워하며, 그 역시 차분하고 만족스럽게 침묵을 지켰다.

7월 말이 되자 모두 뿔뿔이 흩어졌다. 얼마 안되는 돈이라도 있는 사람들과 그런 돈도 없는 사람들 모두 도시를 떠나 시원한 바닷가를 찾았다.

낀따나르는 좋아서 어쩔 줄을 몰라하며, 아내와 뻬뜨라를 데리고 비베로를 떠나 그 주 최고의 항구에 자리 잡았다. 베뚜스따보다 훨씬 부유하고 번창한 라 꼬스따 마을이었다. 연안무역의 중심지이며, 훨씬 유행에 민감하게 옷을 입는 곳이었다. 몇년 동안 낀따나르는 빨로마레스에서 8월을 보냈다. 그곳에는 비시따와 옵둘리아, 후작 부부, 돈 알바로도 자주 갔었다.

"2년 만에 여름 바캉스를 떠나는군." 낀따나르가 어린아이처럼 좋아하며 말했다.

판사 부인은 페르민 신부가 해수욕하지 말라고 당부했고, 의사가 해수욕하려면 적어도 빨로마레스에는 가지 말라고 했기 때문에 빨로마레스보다는 라 꼬스따를 택했다. 고해신부의 당부를 거스르고 싶지 않아 조율했던 것이다.

"우리는 라 꼬스따로 갈 겁니다." 그녀가 페르민 신부에게 보내는 답장에서 이렇게 말했다. 페르민 신부는 깐따브리아 모든 해안의 해수욕, 특히 빨로마레스의 해수욕이 미치는 도덕적 효과에 대해 최악의 생각을 가지고 있었다. 참회자들 대부분은 마음속으로 잔뜩 죄를 짓고 그 어촌 마을에서 돌아왔다. 다른 사람 일이라면 미소 짓고 말았겠지만, 판사 부인이라면 상당히 기분이 나쁠 것 같았다.

페르민 신부는 자신의 영향력은 점차 줄어들고 있고, 아나는 믿음이 식어가면서 그 믿음에 대한 불신도 점점 커져가고 있다는 것을 잘 알았다. 판사 부인을 영원히 잃을 수도 있다는 게 가장 두려웠다. 그의 자존심과 질투가 고통받았고, 심장이 갈가리 찢기는 기분이었다. 그래서 애써 모르는 척하며 '관용을 기둥 삼고, 인내심을 버팀목 삼아' 침몰해가는 그의 정신력을 붙잡고 있었다. 화풀이는 주교와 성당 참사회에 했다. 총대리신부의 권력은 점차 강해졌고, 그의 폭정은 갈수록 심해졌다. 돈 알바로가 아나의 마음에서 우위를 차지한 댓가는 성직자들, 포하가 그토록 존경한다는 교구신부들이 치러야 했다.

아나 역시 그런 '생활방식'이 좋았다. 그녀는 다시 옛날로 돌아가고 싶지 않았지만, 총대리신부와 완전히 관계를 끊었다가는 괜한 동정과 후회, 두려움이 다시 돌아와 괴롭히고 그러다 결국 병들어 드러누울까봐 두려웠다.

나는 나를 잘 알아. 그녀는 생각했다. 어찌 됐든 그에게 어느정도 정이 들었다는 걸 잘 알아. 그래서 그의 우정을 저버린다면 참기 힘든 목소리가 늘 그의 편에서 나를 향해 소리 지를 거야. 차라리 이게 나아. 이제는 그가 이런 변화를 모른 척하고 시치미를 떼고 있고, 이제는 처음처럼 불평하지 않으니 그냥 이렇게 놔두는 거야. 나는 평화를 원해, 평화를. 내 안의 전쟁은 더이상 원치 않아.

돈 알바로는 사랑을 고백한 다음 친근한 어조로 암시했다. 페르민 신부를 화나게 할 필요가 없고 그 사람은 어떤 식으로든 해를 끼칠 수 있는 위인이라고. 물론 돈 알바로가 드러내놓고 이런 얘기를 한 것은 아니었다. 그래도 아나는 자신의 친구, '새로운 형제'가 하고 싶어하는 말의 의미를 이해하며 그가 신중하다고 생각했다.

전 같았으면 다른 여지 없이 명령처럼 강하게 말할 수도 있었지만, 총대리신부는 그런 식으로 자기가 원하는 바를 넌지시 전해야 했다.

아나는 라 꼬스따로 향했다. 돈 알바로는 사람들의 눈을 피해 빨로마레스에서 5일을 보낸 다음 싼세바스띠안에 갔다가, 8월 성모승천대축일에 빌바오 증기선을 타고 새롭고 반짝이는 모습으로 라 꼬스따에 모습을 드러냈다.

낀따나르는 한동안은 호텔 생활에 매우 만족했다. 부두에서 가장 화려하고 사람들이 북적이는 곳이었다. 돈 알바로도 친구인 전직 판사의 간곡한 청에 따라 그곳에 묵게 되었다.

20일 후 세 사람은 베뚜스따에 함께 돌아왔다. 베니떼스는 판사 부인이 눈에 띄게 좋아졌다며 축하의 말을 전했다. 이제 그녀는 확실하게 건강이 좋아졌다. 얼마나 안색이 좋아졌는지! 얼마나 몸이 유연해졌는지! 얼마나 건강해져 돌아왔는지!

낀따나르는 칭찬으로 입에 침이 마르지 않았다. 오! 바다가! 그런 바다가 없다니까! 음식과 해수욕 시설, 부둣가 산책, 야외공연!…… 그리고 연극과 써커스! 낀따나르는 얼마나 그 생활에 만족했던가! 아내는 보석과도 같은 존재였다. 늘 그랬듯이 그 주에서 가장 아름다운 여인이었고, 게다가 지금은 그의 여자였다. 완벽하게 그의 여자였다. 하느님이 자기에게 건네줬을 때처럼 새롭고 생기발랄하고 적극적인 성격을 지녔다……

"그럼 나는? 베니떼스 선생님, 나는 어떻습니까?"

"훌륭해요. 판사님도 아주 훌륭해요. 다시 젊은 청년처럼 보이네요."

"그럴 줄 알았어요!"

"그럼 이 바다거북은? 이제 늙어가고 있는 이 바다거북은 이빨이 조금 더 자란 것 같은데요?" 낀따나르가 돈 알바로의 등을 손바닥으로 살짝 내리쳤다. "이 사람이야말로 회춘한 것 같아요."

낀따나르는 그곳에 있던 프리힐리스를 돌아보며 덧붙였다. 프리힐리스는 약간 수척하고 안색이 예전만 못했다.

"반면에 자네는 비야비에하로 도망갔다 오더니…… 위생관도 독특하고, 특별한 나무와 함께 사는 삶을 그토록 강조하더니만. 아니지, 세월은 못 이겨, 이 노인네야."

그러고서 낀따나르는 프리힐리스를 껴안았다. 물론 돈 알바로의 질투를 사지 않도록 그의 등도 다독여주었다. 낀따나르는 행복했다. 아내와 하인들, 친구들, 심지어 지인들까지 세상 전체가 자기 것이 되었으면 하고 바랐다.

돈 알바로가 농담으로 그에게 "켐피스는 어떻게 되갑니까? 이것에 대해 켐피스는 뭐라고 합니까?"라고 물으면, 낀따나르가 대답했다.

"누구? 켐피스는 무슨 빌어먹을 켐피스! 나는 집에 가서 작업할거요. 중정과 복도들을 하얗게 칠하고, 다이닝룸을 도배하고, 현관의 돌을 깎아낼 거요. 그 돌을 깎아내고 나면 노란 돌이 얼마나 아름답게 남을지 두고 보라고요. 나는 어두운 건 싫소. 우중충한 것도 싫고, 슬픈 것도 싫소."

돈 알바로는 낀따나르를 아버지처럼 여기는 게 최선이라고 판사 부인을 설득했다. 그리고 그녀는 늘 그렇게 생각해왔다.

그렇지만 남편의 명예는 지켜줘야 했다. 아무리 친하고, 은연중에 사랑을 고백받았다고 해도, 아나는 돈 알바로가 그토록 바라고 꿈꾸는 그녀의 피부에 입술 대는 것은 허락하지 않았다.

돈 알바로는 서두르지 않았다. 그 유부녀는 여느 유부녀들 같지 않았다. 처녀를 정복하듯 해야 했다. 실제로 그가 그녀의 첫사랑이었다. 갑작스럽게 들이대면 그녀가 놀랄 수도 있고, 많은 환상을 잃을 수도 있었다. 게다가 그런 플라토닉한 사랑이 그를 회춘시켜주었다. 입으로뿐만 아니라 눈과 미소로(다른 것들은 모두 침묵을 지키고 지나치거나 거칠지 않았다) 사랑을 이야기하는 가운데 달콤한 친밀감이 그렇게 만들어주었다.

게다가 그는 여름이면 늘 힘이 없고 지쳤다. 실용적 유물론의 영향을 받긴 했지만 흔연스럽게 체화된 경박한 생각으로 겨울쯤이면 자신은 떡갈나무처럼 강해지고 판사 부인은 접시꽃처럼 부드럽고 고분고분해질 거라고 계산하였다. 게다가 막무가내로 굴었다가는 모든 것을 그르칠 수도 있고 아니면 오히려 진도가 늦춰지거나 원하지 않는 방향으로 흘러갈 수 있었다. 곧 때가 올 것이고, 이제는 얼마 남지 않았다.

그러는 동안 삶은 기쁨 그 자체였다. 그가 늘 말하듯이 '노화가 시작된' 성숙한 돈 후안은 아나의 젊음과 열정적이고 몽상적인 열정으로 다른 사람이 된 기분이었다. 한 여자를 그토록 간절하게 원한 적이 없었고, 그런 플라토닉한 사랑을 그토록 즐긴 적도 없었다. 그는 끝까지 가지 않은 사랑은 모두 플라토닉한 사랑이라고 불렀다.

판사 부인은 점점 아래로 아래로 추락하면서 행복했다. 속에서는 추락할 때의 아찔한 현기증이 느껴지기도 했다. 하지만 아침에 깨어날 때 즐겁지 않고 후회 같은 슬픈 생각과 약간의 분노가 느껴지는 날도 있었다. 그러면 그때는 새로운 자연주의적 형이상학으로 얼른 마음을 다잡았다. 자기 인생에 있었던 사건을 추상화와 일반화의 영역으로 가져가려는 구제불능의 욕구가 생길 때마다 이를 만족시키려고 스스로 창조한 이론이었다.

하지만 그토록 깊은 사색에 잠기기를 좋아하는 아나였지만 그럴 시간이 거의 없었다. 생활이 온통 유흥과 소풍, 유쾌한 식사, 연극, 산책 등이었다. 후작 부부의 저택과 낀따나르의 저택 사이에는 공동체 비슷한 계약이 체결되었고, 그 공동체에는 옵둘리아, 비시따, 알바로, 호아낀과 다른 몇몇 친한 친구들이 참여했다.

아나는 비베로에 자주 가서, 숲과 저택을 에워싼 갤러리와 과수원, 강가를 뛰어다녔다. 모두 공범자였다. 옵둘리아와 비시따는 판사 부인을 숭배했고, 그녀가 어떤 변덕을 부려도 노예처럼 들어주며 키스를 퍼부었다. 그들은 판사 부인이 그토록 사교적이고, '인간적'으로 된 게 너무 행복하다고 맹세했다. 악의가 담긴 말이나 경솔한 질문, 부적절한 기습은 절대 하지 않았다. 낀따나르만 모르는 그 위험에 대해 말하는 사람은 거기에 아무도 없었다. 싼뻬드로 축일날 불었던 폭풍우 같은 그런 폭풍우가 비베로에 몰아닥칠 때면 그들 일행은 모두 비베로에 남았는데, 그런 날이 상당히 많았다. 아나는 돈 알바로와의 신체접촉을 일부러 찾지는 않았지만 그렇다고 굳이 피하지도 않았다. 매주 마차, 극장 관람석, 무도회, 숲에서 돈 알바로와 신체접촉을 할 수 있는 기회는 수없이 많았다.

날씨가 며칠 반짝 좋다고 해서 싼마르띤의 여름이라고 부르는 11월 어느날 그들은 그해 마지막으로 비베로 여행을 떠났다.

즐거움이 최고조에 이르러 불안하기까지 했다. 리빠밀란 수석사제가 늘 말하듯 '그 아이들'은 나이에도 불구하고 여전히 탐험대처럼 굴었다. 베가야나 후작의 별장에서 최고의 즐거운 추억들을 간직한 아이들은 봄과 가을의 기색이 조금 남아 있는 그곳에서 아쉽지만 마지막 작별인사를 나누었다. 그들은 들판의 자유와 숲의 은밀하고 자극적인 친근함 속에서 광기 어린 즐거움을 마지막 한방울까지 음미하고 싶어했다. 우회적인 표현이 가득한 그들의 어휘를 빌어서 말하면, 비시따는 그토록 즐겁게 '철없이 논 적'이 없었고, 옵둘리아는 호아낀에게 '그런 바보짓'을 허락한 적도 없었다. 에델미라와 빠꼬는 8일 전에 싸웠다가 화해했다. 심지어 나이 많은 사람들까지 노래를 부르고, 미뉴에트를 추고, 숲을 뛰어다녔다. 낀따나르는 장난치다가 강에 빠지기도 했다. 비교적 좁은 곳에서 껑충 뛰어건너려다가 빠진 것이었다.

아나와 알바로는 아침에 서로 악수를 건네며 마차에 오르면서 피부와 혈관까지 전해지는 새로운 기분을 느꼈다. 전날 밤 알바로는 죽고 싶다고 말했다. 그는 아무것도 바라지 않았다. 하지만 죽고 싶었다. 베뚜스따에서 비베로로 향하는 내내 아나는 이 말 외에는 아무 말도 하지 않았다. 알바로의 귀에 대고 나지막하게 말했다. "오늘이 마지막 날이에요."

점심식사 후 비베로의 모든 연인들은 오후가 너무 짧다고 걱정했다. 호아낀과 옵둘리아는 세상 전체가 고향이라고 생각했다. 하지만 그곳 같은 곳은 없었다! 에델미라와 빠꼬도 이제 곧 그만둬야 할 별장의 숨바꼭질을 그리워하며 한숨을 내쉬었다…… 마지막으로 광기를 발산하기 전에, 마지막으로 숲을 달리며, 마지막으로 즐거움에 취하기 전에 15분 정도 우수에 젖은 순간이 있었다…… 피로와 슬픔이 뒤섞인 순간이었다. 짧은 마지막 오후가 될 것이었다. 비시따가 피아노 앞에 앉아 쌀라시아의 폴카곡을 연주했다. 그날 밤 베뚜스따에서 상연될 위대한 공연에 등장하는 환상적인 춤곡이었다. 바다의 딸 쌀라시아가 대양에서 언니들을 꺼내주었다. 그리고 알 수 없는 이유로 신녀들에게 바닷가에서 지옥의 춤을 추게 했다. 아나는 그 춤곡이 자신의 오감에 미친 느낌만을 기억했다…… 신녀들! 아시아…… 주신의 지팡이들! 바쿠스의 호랑이가죽. 아나는 이런 신화적인 기억들에 대해 많이 알았다. 그녀는 상상의 동양으로 장면을 옮겨가기 위해, 베뚜스따 극장의 초라한 무대장치와 제대로 훈련받지 못한 뻣뻣한 무희들을 모두 눈앞에서 지워버렸다. 그곳에서는 어느정도 지식이 받쳐주는 그녀의 환상이 신비로운 숲과 요란한 야외음악과 지속적인 주신제의 살주식으로 미쳐버

린 신녀들의 격렬한 질주를 보았다. 신녀들! 자연의 광신도이자 길
들여지지 않은 활달한 삶의 놀이에 취한 여자들이었다. 거래할 수
없는 즐거움, 대책이 없는, 두려움이 없는 쾌락. 심연을 뛰어넘고,
언제 배신할지 모르는 울창한 숲, 불확실하고 낯선 위험이 도사리
는 곳에서 즐겁게 넘어지고, 자유로운 벌판을 뛰어다니는 저 거침
없는 질주…… 비시따는 그 소박한 쌀라시아의 폴카를 피아노로 어
설프게 기억해내고 있었다. 그녀는 음악에서 모방은 좋다고 생각했
다. 그러는 동안 판사 부인의 머릿속에서는 그녀가 읽었던 책들과
꿈, 분노하는 열정 속에서 등장했던 모든 혼령들이 춤을 추었다.

웅접실 가운데에 걸려 있는 '그림'이 느닷없이 아나의 눈에 들
어왔다. 그 판화는 '마지막 꽃'을 얘기하고 있었다. 가을에 정원에
서 서른살가량의 아름다운 여자가 거칠게 숨을 내쉬며 자기 얼굴
에 꽃 한송이를 부비고 있었다…… 마지막 꽃을……

"자, 자, 숲으로!" 그 순간 옵둘리아가 과수원에서부터 소리 질
렀다. "숲으로, 숲으로! 나무들과 작별인사 하러 가자고!"

비시따가 폴카 박자를 빠르게 치며 강하게 건반을 내리쳤
다…… 그러고는 금방 쾅하고 피아노를 덮었다.

"숲으로! 숲으로!" 위아래서 사람들이 소리 질렀다.

그러고는 그들은 떡갈나무, 너도밤나무, 산사나무, 가시나무, 양
치식물, 신선한 초록 가을 풀잎과 작별인사 하기 위해 쪽문을 따라
밖으로 나갔다.

그날밤 파티는 베뚜스따에서도 이어졌다. 좋은 날씨와 나누는 작
별인사였다. 겨울이 오고 있었고, 장마가 코앞에 있었다…… 그래
서 그곳에 있던 모든 사람들을 위해 급히 저녁식사가 마련되었다.
춤추고 노래하고 요란하게 떠들고 난 다음 많은 사람들이 밤 12시

에 시장기를 느꼈던 것이다. 점심식사가 일렀고, 군것질과 와인밖에 먹지 않았다. 너무나도 차분하고 온화한 밤이 9월 초 같아서 이날 세운 새 온실에서 저녁식사를 했다. 빠리의 모델을 따라서 제작한 크고 높고 편리한 온실이었다. 이 방면에 해박한 돈 알바로는 작은 규모로 마띨데 공주의 온실을 본딴 것이라고 말했다. 옵둘리아는 그 지식이 얼마나 부러웠던지! 그녀는 자긍심이 느껴졌다. 한때 자기 애인이었던 남자가 마띨데 공주의 온실, '세레'를 말하다니!

그곳에서 그들은 저녁식사를 했다. 베뚜스따에 돌아와 춤을 춘 노란 응접실에서는 촛대 위의 양초들이 산들바람과 소곤거리다 열려 있던 발코니로 들어온 바람에 저절로 꺼졌다. 하인들이 샹들리에의 불만 껐던 것이다. 의자들은 무질서하게 흩어져 있었다. 양탄자 위로 두세권의 책들과 종잇조각들, 비베로에서 묻어온 진흙, 꽃잎들, 그리고 베고니아 꽃봉우리 한개가 낡은 실크천 조각처럼 떨어져 있었다. 응접실이 피곤에 찌든 모습이었다. 후작 부인의 섬세하고 도발적인 크롬 조각들이 우아한 척하면서도 거칠고 조잡스러운 포즈를 취하며 웃고 있었다. 그곳에서는 모든 것이 정직해 보이지 않았다. 예사롭지 않은 포즈를 취한 정리되지 않은 가구들이 자기네는 오랜 세월 알고 있지만 입 다물고 있는 사실을 귀머거리에게까지 얘기하겠다고 협박하며 쌓여 있는 것 같았다. 다른 가구들보다 더 많이 알지만 가장 신중한 넓은 좌석의 노란 소파만 자기 위치를 지키며 입을 꼭 다물고 있었다.

바람 한점이 훅하고 불어오자, 외로운 그림 위를 비추고 있던 마지막 불빛마저 꺼졌다. 대성당 시계가 12시를 알렸다. 그때 응접실 문이 열리면서 두 사람이 들어왔다. 발소리는 양탄자가 얼른 집어삼켰다. 초승달과 집 앞의 가로등에서 흘러들어오는 불빛이 밖에서 들어오는 빛의 전부였다. 가로등은 시청에서 후작에게 잘 보이기 위해 새로 달아준 것이었다. 문이 열리는 순간 멀찍이 부엌에서 일하는 하인들의 소리가 들려왔다. 요란한 웃음소리와 주인들을 의식해 수줍게 연주하는 기타 소리가 들려왔고, 이 소리들은 과수원에서부터 들려오는 좀더 둔탁한 소리와 뒤섞였다. 그 소리가 온실 유리창을 넘어 응접실까지 들려왔는데, 저 멀리 동네에서 수군거리는 소리와도 같았다.

돈 알바로와 낀따나르였다. 낀따나르는 비밀을 털어놓고 싶은 마음에서 젊었을 적 알무니아 데 돈 고디노에서 있었던 모험담을 얘기하기 위해 친구를 따라온 것이다.

졸린 돈 알바로는 몽상가와 같은 모습으로 소파에 털썩 주저앉았다. 그는 낀따나르의 얘기를 듣지 않고, 아우성치고 있는 거칠고 뜨거운 욕구의 목소리에 귀를 열고 있었다. 오늘, 오늘! 지금 여기, 바로 여기!

그러는 동안 낀따나르는 응접실의 어두움과 앞에 달린 가로등의 신중한 불빛, 은근한 달빛이 자신의 에로틱한 모험담을 얘기하기에 매우 적절하다고 생각하며 계속 이야기를 이어갔다. 그러다가 가끔 후렴구처럼 이렇게 말했다.

"하지만 숙명이란! 당신은 드디어 내가 그녀를 내 여자로 만들었다고 믿소? 글쎄, 아닙니다! 놀라도 상관없소…… 평소와 다름없이 나에게는 끈기와 결정력, 열정이 부족했지…… 그렇게 내게는 먹다 만 꿀만 남았지. 나는 이게 뭔지 모르겠소. 맨날 똑같아…… 결정적인 순간에 용기가 부족해…… 그리고 말하자면 욕구가……"

또 한번 낀따나르가 이 노래를 하려는 순간 돈 알바로에게 좋은 생각이 떠올랐다. 그는 '먹다 만 꿀만 남았다는' 이야기와 용기가 부족하다는 이야기를 듣고…… 화를 내다시피 최상의 해결책을 생각해냈다.

이 멍청이가 자기도 모르게 나를 부끄럽게 하는군…… 그가 원하니…… 오늘밤 끝내겠어…… 가능하다면 여기서 바로……

잠시 후 낀따나르마저 고백하는 데 지치자 두 친구는 테이블로 돌아갔다. 그곳에서는 푸짐한 저녁식사 후 소화를 위한 달콤한 친목이 지배하고 있었다. 그곳에는 아나가 없었다.

알바로는 아무도 모르게 그곳을 빠져나왔다. 적어도 그가 나갔는지 나가지 않았는지 아무도 눈치채지 못했다. 그는 다시 저택으로 들어갔다. 부엌도 여전히 시끄러웠다. 그외에는 모두 침묵이었다. 그는 다시 응접실로 돌아왔다. 아무도 없었다. 그럴 리가 없는데. 그는 후작 부인의 방으로 들어갔다…… 어둠속에서도 사람의 모습은 보이지 않았다. 모두 의자와 팔걸이 의자들뿐이었다. 그 위에 여자의 몸은 없었다. 그럴 리가 없는데. 돈 알바로는 신앙과 다름없는 자신의 직감을 믿으며, 어둠속에서 더 찾아다녔다…… 살짝 열려 있는 발코니에 도착해 문을 열었다……

"아나!"

"하느님 맙소사!"

29장

"성탄절에 우리와 함께 칠면조를 드시러 오세요. 호두를 잔뜩 넣은 칠면조를 레온에서 보내왔습니다. 더할 나위 없이 훌륭한 맛일 겁니다. 게다가 우리 고향의 와인도 있답니다. 발디눈 와인인데, 기가 막힙니다."

돈 알바로는 약속을 어기지 않고, 성탄절에 오소레스 저택에서 점심식사를 했다. 이제 응접실에는 푸른색과 금색 체크무늬 벽지가 발라져 있었다. 추리게레스꼬 양식의 으리으리한 벽난로는 석고 가슴이 풍성하게 물결치는 듯한 인어들을 품고 있었다. 낀따나르는 처마 장식과 나선무늬 장식, 아칸서스잎 장식, 몰딩, 낙엽 장식 들을 '점잖은' 옅은 회색으로 칠한 게 만족스러웠다.

디저트를 먹으며 집주인은 생각에 잠겼다. 그는 뻬뜨라가 식사 시중을 들며 오고가는 모습을 몰래 훔쳐보았다. 돈 알바로는 커피를 마시면서 친구의 초조함을 눈치챘다. 그해 여름 라 꼬스따의 숙소에서 함께 생활한 이후 낀따나르는 돈 알바로와 함께 식사하는데 익숙했다. 그는 돈 알바로가 그 어디에서보다도 식탁에서 가장 얘기를 잘하고 상냥하다는 것을 알고는 그때부터 그를 자주 식사에 초대했다. 하지만 낀따나르는 자기가 원하는 만큼 실컷 얘기를 나누다가, 가끔 혼자 일어나 공원을 한바퀴 돌아본 후 노래를 부르며 옷을 갈아입었다. 그렇게 그는 아나와 친구를 30분 정도 단둘이 남겨두었다. 그런데 지금은 그러지 않았다. 움직이지 않았다. 아나와 알바로는 그의 변화가 새롭다는 듯 서로 눈길을 주고받았다.

판사 부인은 바닥에 떨어진 냅킨을 줍기 위해 잠시 몸을 숙였다. 그사이 낀따나르가 돈 알바로에게 분명히 이런 의미가 담긴 신호를 보냈다.

'저 사람이 방해가 되는데. 그녀가 자리를 뜨면…… 우리 얘기합시다.'

돈 알바로가 양어깨를 으쓱했다.

아나가 돈 알바로에게 미소를 띠며 고개를 들었을 때, 그는 낀따나르 모르게 두 눈만을 움직여 문을 가리켰다.

아나가 바로 밖으로 나갔다.

"하느님 감사합니다!" 그녀의 남편이 심호흡을 하며 말했다. "오늘 마누라가 자리를 안 뜨는 줄 알았네."

그는 다른 때 같았으면 자리를 뜨는 사람이 자기였다는 사실조차 기억하지 못했다.

"이제는 우리가 얘기를 나눌 수 있습니다."

"말씀하시지요." 알바로가 씨가를 빨아 얼굴을 온통 연기로 뒤덮으며 차분하게 대답했다. 필요할 때 '공기를 흐리는' 습관에 따른 것이었다.

대체 이 사람에게 무슨 꿍꿍이가 있는 거지? 알바로는 막연히 까닭 모를 불안감이 들었다.

낀따나르가 의자를 돈 알바로의 의자 가까이 가져와 엄청난 비밀을 폭로하는 듯한 말투로 말했다.

"현재 모든 것이 나에게 미소를 짓고 있습니다." 그가 말했다. "나는 내 집에서 행복합니다. 바깥활동은 거의 하지 않지요. 이제는 치명적 영향을 주는 흡인력 강한 교회의 침입도 두려워하지 않습니다…… 하지만 저년의 뻬뜨라가 나에게 고민을 안겨주려고 하네요."

돈 알바로가 흠칫 놀라는 것 같았다.

"자세히 말씀해보십시오. 다시 그녀에게 돌아간 겁니까?"

"돌아갔는데. 돌아간 건 아니고…… 그러니까 내 말은 서로 밀고 당기다가…… 변명도 하고…… 휴전도 하고…… 존중해주겠다는 약속도 했습니다…… 그런데 저 고약한 것이 존중받을 짓을 하지 않네요. 내가 일시적인 쾌락의 만족보다는, 내 가정의 평화와 내 침대의…… 그러니까 말하자면 부부 침대의 순수함을 원했더니, 뻬뜨라가 약 올라 하네요…… 내 말 이해하겠습니까? 그녀가 자기 명예를 지키겠다며 조금 수선을 피웁니다. 짧게 말하면, 이곳에서는 아무도 감히 그 명예를 심각하게 위협하지 않습니다. 사실 나의 냉정함이 진짜 화나게 했지요……"

"하지만 그녀가 어떻게 했기에? 어디 한번 들어보지요……"

"그러니까, 알바로. 나는 나의 아나를 슬프게 하는 것은 어떤 것도 할 수 없습니다. 지금 그녀는 가장 이상적인 아내입니다. 늘 착한 사람이지요. 전에는 변덕을 부리기도 했지만요. 당신도 잘 아시다시피……"

"네, 네…… 본론을 말씀하시지요."

"불쌍한 아내는 이제 모든 것에 있어서 내 기분을 맞춰줍니다. 내가 여기라고 하면 여기로 옵니다. 약간 과장되게 흥분하던 것도, 전원의 즐거움에 대한 지나친 사랑도, 야외에서의 건강과 운동, 위생에 대한 지나친 걱정도 이제는 하지 않습니다. 극단적인 것은 모두 안 좋거든요. 그리고 베니떼스 말로는 아나의 진정한 치료는 영혼을 지나치게 신경 쓰지 않으면서 육체의 건강을 덜 신경 쓸 때 가능하다고 했습니다. 옛날에는 정말 끔찍했지요!"

"하지만…… 당신이 말하지 않았……"

"이제 말하려고 합니다. 아나는 지금 평정 속에서 살고 있습니다. 우리가 그토록 오랜 세월 갈망해왔던 건강을 보증하는 평정이지요. 이제는 불안해하지도 않고, 우리를 그렇게 놀라게 하지도 않습니다. 이제는 성녀랍시고 절대 불안한 행동도 하지 않고, 우리집을 신부들로 우글거리게 하지도 않습니다…… 드디어 다른 사람이 되었지요. 그리고 나는 지금 내가 누리고 있는 평화를 절대 무슨 일이 있어도 잃고 싶지 않습니다. 그런데 이제…… 뻬뜨라가…… 우리를 위태롭게 하려는 것 같습니다."

"하지만 봅시다. 뻬뜨라가 어떻게 하는데요?"

"이 집의 평화를 위태롭게 하고 있습니다. 그녀가 나의 그릇된 처신, 솔직히 잘못한 거지요, 그런 입장을 이용하여 우리를 지배하려고 해서 겁이 납니다. 아나에게는 그 위선 가득한 매춘부가 무슨 얘기를 하든 끔찍한 충격이 되지 않겠습니까?"

"하지만 무슨 일이 있었습니까? 얼른 분명하게 말씀해보십시오!" 돈 알바로가 친구의 기대 이상으로 관심을 보이며 불안한 듯 목소리를 높였다.

"알바로, 좀 작게 말해요, 좀더 작게. 무슨 일이 있었냐고요? 많은 일이 있었습니다. 뻬뜨라는 내가 무슨 일이 있어도 아내의 기분을 언짢게 하지 않는다는 거 잘 압니다. 아내가 신경발작을 일으키면 바로 공든 탑이 무너져 다시 예전으로 돌아갈까봐 두렵기 때문이지요. 실망감, 내가 살짝 바람피운 거라도 들키는 날이면, 아내는 분명히 예전처럼 명상에 잠길 것이고, 세상을 경멸하며 종교에서 위안을 찾을 것입니다. 그러면 다시 총대리신부가 들락거리겠지요…… 그 일만큼은 절대 용납할 수 없습니다! 베르무데스가 말하는 그런 '매춘부'의 마음을 산다고 하더라도 내가 몸과 마음의 눈이 멀어 그런 짓을 했다는 걸 아나에게 들통나는 것만큼은 무슨 일이 있어도 막아야 합니다."

"하지만 아나가 어떻게 알게 된다는 겁니까? 어찌 됐든 아나는 알 게 전혀 없는데……"

"있습니다. 불쌍한 아나의 가슴에 충분히 비수를 꽂을 수 있지요. 나는 아나를 잘 압니다…… 특히 뻬뜨라가 있었던 일을 얘기하면 아내는 그 나머지를 없었던 일까지 전부 상상할 겁니다."

"하지만 뻬뜨라가?…… 계속 말씀해보시지요. 그 아이가 무슨 말이라도 했습니까? 말하겠다고 협박하던가요?"

"그게 문제입니다. 그 아이는 뭉뚱그려 말하고, 건방지고 일도 잘하지 않습니다. 꾸중해도 받아들이지 않고, 말도 안되는 평등이나 주장하지요……"

"말도 안되는……"

"그리고 그 뻔뻔한 것이 누구한테 건방지고 오만방자하고 무례하게 구는지 아십니까? 나에게? 그건 당연합니다. 그런데 그게 아니라, 아나에게 그런답니다!…… 놀랄 일입니다. 아나에게 그런다니까요."

돈 알바로가 휩싸여 있던 연기구름 속에서 대답했다.

"이제야 알겠습니다…… 그 아이가 당신을 압박하는군요. 질투
로!"

"내 말이 그겁니다…… 당신의 아내가 당신이 정부로 삼으려 하
는 여자한테 당하는 걸 견뎌봐라…… 아니면 내가 전부 말해버릴
거다. 이것이 그 앙큼한 계집애의 행동이 의미하는 메시지입니다.
자, 이제 충고를 주시오. 해결 방안을 부탁합니다. 어떻게 해야 할
까요? 조용히 참아야 할까? 말도 안됩니다. 게다가 아나의 인내심
이 바닥을 드러낼 수도 있어요. 아내가 지금까지 참고 견뎠다면, 그
것은 그녀에게 성녀의 잔재가 많이 남아 있기 때문이오. 하지만 만
에 하나…… 아나가 꺼림칙해한다면, 뭔가 의심이라도 한다면……
끔찍합니다!"

"진정하세요. 진정하십시오."

"알바로, 어떡하지요? 우리 어떡하지?"

"아주 간단합니다."

"간단하다니!"

"네, 뻬뜨라를 이 집에서 쫓아내면 됩니다."

낀따나르가 의자에서 펄쩍 뛰었다.

"매듭을 잘라내라……"

"다른 방법이 없습니다. 그녀를 쫓아내십시오."

낀따나르는 그 방법이 힘들고 위험하다고 설명했지만 돈 알바
로는 자기가 모두 알아서 하겠다고 약속했다. 그는 그런 자를 어떻
게 다뤄야 할지 잘 알고 있었다. 우연이 겹친 덕에 오래전부터 그
가 도련님 대접을 받으며 머물고 있는 호텔에서 손님들의 시중을

들 하녀가 한명 필요했다. 사실 뻬뜨라는 그럴 재목도 되지 않았다. 그녀는 그 제안에 만족할 것이다. 자기가 직접 그녀에게 제안할 것이다. 그래도 싫다고 버틴다면 그가 알아서 협박하겠다⋯⋯ 등등. 낀따나르는 결국 모든 것을 친구에게 맡기고 좀더 편안한 마음으로 카지노로 향하면 되었다.

"당신은 남아서 문제에 대비하실 거지요? 그렇죠?"

"네, 내가 알아서 모두 해결하겠습니다."

낀따나르가 계단쪽 문을 쾅하며 닫자마자 아나가 놀라서 다이닝룸 안으로 들어왔다. 하지만 무슨 말인가 하려는 순간, 뻬뜨라가 커피잔을 치우러 들어와 그녀는 『엘 라바로』를 읽는 척하며 잠자코 있었다. 하녀가 나가자마자 아나가 물었다.

"무슨 일이에요? 알바로?"

"이제 당신은 더이상 내가 밤에 오는 걸 막을 핑계가 없소."

"무슨 말씀이에요?"

"뻬뜨라가 이 집을 떠날 거요. 스파이여, 안녕."

"뻬뜨라! 뻬뜨라가 떠난다고요?"

"네. 당신 남편이 뻬뜨라를 해고시켜달라고 나에게 일임했소. 그녀가 무례하고, 당신한테 함부로 한다고 하던데⋯⋯"

"하느님 맙소사! 남편도 눈치챘대요?⋯⋯"

"그렇소, 바보. 하지만 놀라지 말아요⋯⋯ 그에게는 다른 꿍꿍이속이 있어 그런 거니까⋯⋯"

돈 알바로는 판사 부인에게 그 일을 설명했다. 그는 그녀에게 모든 사실과 더 많은 사실을 알려주었다. 알바로의 중상모략 덕분에, 아나는 불쌍한 낀따나르의 유혹을 기정사실화된 범행으로 믿었다. 하지만 그녀는 그것 때문에 하녀가 자기에게 무례하게 군다고 생각하지 않았다. 그녀는 돈 알바로와의 사랑을 뻬뜨라에게 들켰을까봐 걱정했다. 그래서 뻬뜨라가 자기를 계속 무례하고 거만하게 쳐다보고 미소를 띠며 그런 표정을 짓는 게 남편에게 자기 비밀을 폭로하겠다고 협박하는 것 같아 두려웠다.

"이제 당신이 걱정하던 게 아니라는 걸 알았지요? 소심하기는…… 그 가련한 것은 분명히 아무것도 의심하지 못했을 거예요. 그리고 그 아이의 무모한 행동은 그저 주인을 협박하려는 것에 불과했고요."

아나는 얼굴을 붉혔다. 그 모든 것이 혐오스러웠다. 그녀의 인생에서 최고의 시간을 희생했는데, 그 남편은 편집광적이고 차갑고, 빈약했다. 그런데 그것도 모자라, 한밤중에 집 안에서 하녀들의 꽁무니나 쫓아다니고, 하녀들의 방에 몰래 숨어들어가고, 하녀들의 허리띠를 힐끔거리다니! 정말 역겨웠다! 질투가 아니었다. 어떻게 질투겠는가? 역겨움이었다. 그런 남자에게 인생을 바친 자기의 과거가 후회스러웠다. 그랬다. 인생을, 청춘을 바쳤는데.

알바로는 그런 비열한 일을 자기에게 얘기하지 말았어야 했다. 그녀는 계속 생각했다. 남편이 아무리 별 볼일이 없어도 그는 남편을 배신하지 말았어야 했다. 특히 늙은이의 황당하고 혐오스러운 모험담으로 그녀를 망신주지 말았어야 했다. 하지만 그녀는 돈 알바로를, 자기 주인을, 남은 생에 몸과 마음을 모두 바치려는 이 남자를 모든 잘못에서 깨끗하게 해주겠다고 마음먹었기 때문에 곧 용서했다. 그녀는 불쌍한 알바로가 자기를 사랑해서, 그녀의 생각에서 모든 근심을 쫓아내기 위해, 그녀가 그 늙은이에게 묶일 수 있는 모든 배려심을 쫓아버리기 위해 그랬을 거라고 생각하며 용서했다. 그 늙은이는 그녀의 인생에서 최고의 전성기를 슬픈 사막으로 만든 장본인이었다.

알바로가 하녀들을 해고하는 자질구레한 집안일까지 신경 쓰는 것도 마음에 들지 않았다. 게다가 그가 그런 일에 전문가 같아 보여서 더 싫었다. 이것은 모두 역겨울 만큼 천박하고 재미없는 일이었다. 하지만 무슨 방법이 있겠는가? 알바로는 그녀를 위해, 수많은 세월을 희생한 그 행복을 조용히 누리기 위해 그런 일을 할 뿐이었다……

알바로가 밝힌 이런저런 불명예스러운 일들을 아나가 까다로운 분석력을 발휘하여 순수하고 아름답게 빛나는 별들로 변질시켰다. 아나에게는 그런 분석력이 광기로 향하는 지름길이었다. 돈 알바로를 잃을 수 있다는 생각을 할 때마다 공포에 몸을 떨었다. 마치 예전에 예수를 잃을까 두려워할 때마다 그랬던 것처럼.

패배한 아나가 용기를 내어 정복자의 귀에 부드럽고 열정적인 목소리로 속삭인 첫번째 말은 정조에 대한 다짐이었다. 항복한 그 날이 아니라 훨씬 뒤이긴 했지만.

"알바로, 영원히, 영원히라고 맹세해줘요. 영원하지 않다면 부끄러운 짓이에요. 수치스럽고 치졸한 범죄와 다름없어요."

돈 알바로는 영원한 사랑을 맹세했고, 매일 계속해서 맹세했다.

판사 부인에게 '그 일이 있은 후' 외롭다는 생각은 한때 떠올렸던 지옥의 이미지보다 훨씬 끔찍했다.

그녀는 사랑이 있다면 어디에서도, 어떤 식으로라도 사랑만 생각하며 살 수 있다…… 하지만 사랑이 없이는…… 가끔 머릿속에서 꿈틀거리는 시커먼 혼령들이 돌아올 것만 같았다. 머나먼 지평선 위로 영원하고 공허한 무시무시한 어두움이 그림자를 드리우며 슬며시 고개를 내밀 것만 같았다. 난생 처음으로 누려보는 흡인력 있고 강렬한 새로운 감정인 사랑이 끝난다면 미쳐버릴 것만 같았다.

그래요, 알바로. 당신이 나를 버린다면 나는 분명히 미쳐버릴 거예요. 당신 없이 나 혼자 남게 되었을 때, 내가 당신을 생각하지 않게 되었을 때, 내 머리가 어떻게 될지 두려워요. 당신과는 당신을 사랑하는 것 이외에는 아무것도 생각하지 않겠어요.

아나는 애인의 품에 안겨 그의 사랑을 즐기면서 수줍음 없이 이런 말을 했다. 처음에는 아주 수줍어하여 돈 알바로를 당혹스럽게 만들었지만 이제 그 수줍음은 사라지고 그 자리에는 어떤 허식도 남지 않았다. 아나는 사랑을 위해 모든 것을 바치고 불살랐다. 알바로가 속으로 '늦바람'이라 생각할 만한 것이었다.

알바로는 처음 한달은 두려웠다. 처음 며칠은 아나가 두려움과 무지, 걱정 때문에 강하게 거부했지만(카지노 회장의 철학에 의하면, 서른살 먹은 유부녀에게는 말도 안되는 일이었다) 곧 그의 욕망을 가득 채워주고도 남았다. 오히려 이 사랑이 가진 '다른 면'이 걱정스러울 지경이었다. 그는 그렇게 행복했던 적이 단 한번도 없었다. 나이가 들어 귀찮아지려는 사람의 자기애를 충족시켜주려는 걸까? 베뚜스따 최고의 미녀 아나가 그를 숭배했다. 그의 성격 자체, 그의 인격, 그의 육체, 그의 육체적 매력을 숭배했다. 가끔 그의 말이 길어지려고 하면 그녀가 손으로 그의 입을 막으며 사랑의 절정에 올라서 말했다. "아무 말도 하지 말아요." 돈 알바로는 그것을 나쁘게 생각하지 않았다. 그 역시 조용히 아무 말 하지 않는 것이, 훌륭한 남자라고 찬양하고 내버려두는 것이 최상이라고 생각했다. 그것이 싫증 난 육체의 변덕을 만족시켜줄 수 있을까? 섬세하고 감각적인 쾌락을 즐길 수 있을까? 아나의 무지와 엄청난 열정, 그녀의 이전 삶의 상황들이나 그녀의 성격과 미모가 늙고 지쳤지만 두려움 없이 쾌락을 즐기다가 죽을 수 있는 수탉의 까다로운 쾌락을 수월하게 해주었다. 돈 알바로는 더할 나위 없이 행복했지만 걱정스럽기도 했다.

"안색이 별로 안 좋으신데요." 소모사가 그에게 말했다.

"조심해요." 비시따도 그런 얘기를 했다.

그 역시 자기 얼굴이 운동과 금욕으로 건강한 생활을 하며 되찾은 준수한 모습을 잃었다는 것을 알았다. 그는 판사 부인의 성채를 결정적으로 공격하기 전에는 자신을 신중하게 관리했다.

그랬다. 그는 가끔 자기 몸 안에서 뭔가 '삐거덕'거리는 게 느껴졌다. 몸이 약간 녹슬었다. 그리고 그가 두려워하는 것은 병으로 인한 병, 노화로 인한 노화가 아니었다. 아니었다. 그는 사랑을 갈구하는 훌륭한 전사이고, 쾌락을 원하는 영웅으로 전쟁터에서 장렬하게 전사할 줄 알았다. 그는 다른 것이 불안했다. 죽는 것은 상관없었다. 하지만 아나 앞에서 늙고 추해지는 것은 끔찍했다. 그것은 우습고 불명예스러운 일이었다. 그랬다. 늙고 힘을 잃으면 자기가 한 맹세를 지키지 못할 것 같았다. 그는 소름끼쳐하며 옛날을 떠올렸다. 그때는 지나치게 쾌락을 쫓다가 일시적으로 힘이 부치면 부끄러워할 수도 없이 임시방편을 취해야 했다. 그리고 그런 모험담은 카지노에서 늦은 시간에 빠꼬와 호아낀, 밤새워 노는 다른 사람들에게 박장대소하며 얘기하기에 적당했다. 원기를 회복해 이제는 그런 우스운 작전이 필요 없어졌을 때, 모험들이 모두 끝났을 때나 얘기하기에 적당했다. 하지만 그것은 비참하고 혐오스러운 궁여지책이고 속임수였다. 돈 알바로가 젊은 척, 정력이 강한 척, 육체적인 사랑을 지속적으로 할 수 있는 척하는 것은 케베도의 『위대한 구두쇠』에서 가난을 노골적으로 묘사하는 방법과 비슷했다. 그 역시 방탕함을 보여준 후에는 사랑의 위대한 구두쇠처럼 군 것이 한번 이상은 되었다…… 하지만 옛날에 사용했던 방법은, 그것이 필요한 상황이 된다고 해도 이제는 불가능했다…… 아니다. 차라리 도망치거나 머리에 총을 쏘는 게 나았다. 아나, 불쌍한 아나는 영원하고 지치지 않는 청춘을 누릴 권리가 있었다. 하지만 이런 서글픈 생각들과 나이에 대한 두려움이 가끔 그를 찾아왔다. 그런 때를 제외하면 베뚜스따의 돈 후안은 그런 불안한 마음이 들어도 자기 인생 최고의 영광인 그 사랑을 자유롭게 즐겼다. 그는 돈 알바로 메시아가 아닌 다른 사람을 진정으로 사랑한다고 고백했다. 카지노 회장 빼고는 지금 유순하고 사랑에 넋이 나간 아나만큼 이 세상에서 사랑받을 만한 사람은 없다고 생각했다. 사이가 멀었을 때도 늘 바랐듯이 그럴 자격이 있었다. 돈 알바로는 한때 자기가 판사 부인에 대한 정복의 희망을 접은 적이 있었다는 사실을 자신에게도 솔직하게 털어놓지 않았다. 그런데 지금은 확실하게 그녀를 정복했다!

그가 오소레스 저택으로 불륜의 둥지를 옮기기 위해 큰 전투를 벌여야 했을 때 바로 알 수 있었다. 아나가 반대하며 울며불며 애원했다…… 안돼요. 안돼. 그건 안돼요, 알바로. 제발, 그것만은 절대로. 그러고서 그녀는 서둘러 조급하고 불편하게 사랑을 누려야 하는 것 때문에 불평하는 애인의 간청을 오랜 시간 들어주지 않았다. 그들은 거의 항상 베가야나 후작의 저택에서 만났다. 그곳에서 그들의 사랑은 은밀하고 조급했다. 몇시간씩 편안하게 즐기고, 조용히 은밀하고 즐거운 시간을 보낼 수 없었다. 언제 들키거나 중단될지 모르는데다 시치미를 떼야 했기 때문에 그런 위험이 없는 장

소를 찾아야 했다. 알바로가 찾아보겠다고 약속한 밀애의 장소에
는 아나가 가지 않겠다고 거부했다. 알바로 자신도 베뚜스따처럼
낙후된 곳에서는 그렇게 안전한 장소를 찾기가 힘들다고 솔직하게
털어놓았다. 게다가 설령 그런 장소를 찾는다 해도, 결국 그녀가 불
쾌하게 생각할 수도 있었다. 아나에게는 상상력이 막강한 영향력
을 미치다보니, 장소가 적당하지 않으면 불륜에 대한 혐오감까지
불러일으킬 수도 있었다…… 오소레스 저택을 은신처로 삼는 것
이외에는 다른 방법이 없었다. 그곳이 가장 안전하고 조용하고 편
안한 곳이었다. 알바로는 아나의 불안을 이해했지만 그 불안을 잠
재우겠다고 마음먹었고, 마침내 잠재웠다. 순전히 도덕적인 문제,
즉 돈 알바로가 속으로는 외설적인 것이나 되는 것처럼 부적절하
다고 생각하는 신비주의적 윤리는 열정의 힘을 빌어 극복해냈다.
하지만 물리적 불편함과 두려움을 예방할 조치에는 어려움이 뒤따
랐다. 돈 알바로는 하인, 정확히 말하자면 몸종을 자기편으로 두지
않으면 불가능까지는 아니더라도 모든 게 매우 힘들 거라고 생각
했다. 하지만 아나에게는 자기 생각을 감히 입 밖으로도 꺼내지 않
았다. 아나는 뻬뜨라에 대한 적대감을 감추지 않고 그대로 드러내
며 늘 그녀를 불신했다. 게다가 집안 하인들의 도움을 구할 정도로
파렴치하게 굴기에는 판사 부인이 이런 모험에서는 완전 초보라는
생각이 들었다. 더군다나 집안 하녀가 남편의 유혹을 받는다는 것
을 안 이후로는 더 힘들었다.

하지만 쥐도 새도 모르게 하녀를 정복하는 것은 또다른 얘기였
다. 뻬뜨라가 웃음이 헤픈 여자가 아니던가? 허리띠 사건과 그가
아는 다른 사건들로 보건대, 그 하녀를 자기편으로 끌어들이는 것
은 꽤 쉽지 않을까? 그랬다. 그리고 그의 말대로 되었다. 아나와 낀

따나르가 없을 때, 문 뒤에서, 복도에서, 되는 대로 아무 데서나 돈 알바로는 뻬뜨라를 공격하기 시작했고, 그녀는 그가 생각했던 것보다 훨씬 빨리 넘어왔다. 하지만 상당히 심각한 난관에 봉착했다. 뻬뜨라가 몰래 찔러주는 돈에는 관심이 없거나 없는 척하며 그보다는 미친 사랑놀이를 좋아한다는 것이었다. 돈 알바로가 낭비할 처지가 못되는 사랑을 주는 댓가로, 그녀는 신중한 언행과 도움을 약속했다. 불쌍한 아나, 그녀가 이런 모든 복잡한 속내를 어찌 알겠는가! 돈 알바로 역시 생각만큼 많이 알지는 못했다. 예를 들어 뻬뜨라가 이해관계를 떠나 그를 진심으로 섬길 수 있다는 사실을 알지 못했다. 베뚜스따의 멋쟁이인 그는 이제 헤프게 낭비할 수 없는 사랑으로 지불하는 것 말고 달리 지불할 방법이 없다는 것을 알지 못했다. 뻬뜨라가 천박한 돈을 싫어하는 것도 아니었고, 스스로 말하듯 '계급'을 바꿔 팔자를 고쳐보겠다는 야심이 온통 음탕한 그녀의 영혼에서 약한 것도 아니었다. 하지만 그녀는 알바로에게서는 그것을 찾지 않았다. 그가 잘생긴데다, '가식적이고, 아름답고, 건방져서' 싫은 안주인을 자기 식으로 비웃기 위해 그를 좋아했던 것이다. 뻬뜨라는 허영심으로 그를 좋아했다. 그의 뜻대로 도와준 것은, 그녀도 자기 사랑을 충족시킬 수 있어 좋았기 때문이다. 욕망이 채워지면 복수심이 충족되었기 때문이다. 지금 뻬뜨라는 알바로와 아나의 사랑을 보호하는 걸로, 제대로 할 줄도 모르면서 하녀들의 뒤꽁무니나 쫓아다니는 '멍청한 낀따나르'에게 복수했다. 그리고 자기 덕분에 바닥 없는 구덩이로 계속 추락하는 판사 부인에게도 복수했다. 가식덩어리인 안주인은 자기도 모르는 사이에 하녀의 손안에 들어왔고, 하녀는 날을 하루 잡아 한꺼번에 모두 터트리겠다며 잔뜩 벼르고 있었다. 뻬뜨라는 손톱을 세우고 안주인을 꽉 움켜쥐고 있었다. 뭘 더 바라겠는가? 주인의 명예, 어쩌면 목숨이 매일 밤 몇시간씩 뻬뜨라가 손에 쥐고 있는 줄에 달려 있었다. 그래서 그녀가 원하면, 그녀가 그 줄을 잡아당길 마음만 먹는다면, 모두 한꺼번에 '우르르' 무너져…… 세상이 온통 불길에 휩싸일 판이었다. 이게 즐거움이나 영광이 아니라 짐이고 노역인 것처럼 베뚜스따의 최고 멋쟁이는 신사의 사랑으로 그녀의 봉사에 댓가를 지불하였다. 그것은 강력한 속물 본능 때문에 그녀가 항상 갈구하던 종류의 사랑이었다. 하지만 심술궂은 하녀는 그밖에도 이 모든 것보다 훨씬 더 푸짐한 복수를 즐기고 있었다. 그렇다면 총대리신부는? 신부는 그녀를 기만하려고 했다. 그는 그녀를 자기 것으로 만들었다. 그녀는 베뚜스따에서 가장 탐나는 자리인 떼레시나의 자리로 금방 옮겨갈 거라고 믿으며 자신을 맡겼다. 뻬뜨라는 도냐 빠울라가 자기 집에 하녀로 데리고 있는 여자들을 모두 시집을 잘 보낸다는 사실을 알고 있었다. 조만간 착한 남자와 결혼해 주인의 재산 관리를 하는 사모님이 될 것을 기다리고 있던 떼레시나가 뻬뜨라는 생각도 하지 못했던 일을 귀띔해줬고, 뻬뜨라는 두 눈이 번쩍 뜨이고 입에 침이 한가득 고였다. 뻬뜨라는 총대리신부의 사제관이 결혼해서 사모님이 되는 가장 확실한 지름길이라는 것을 알게 되었다…… 그리고 마침내 그 기회가 찾아왔다. 싼뻬드로 축제가 끝난 후 뻬뜨라는 몇주만 기다리면 기회가 찾아올 거라고 믿었다. 떼레시나는 곧 좋은 자리를 잡아 떠날 것이고, 자기가 떼레시나의 자리로 들어갈 거라고 믿었다…… 그런데 그렇게 되지 않았다. 총대리신부는 다시 뻬뜨라를 찾지 않았다. 그녀와 말할 기회가 있었을 때도 그녀가 직접적으로 중요하게 생각하는 일들은 얘기하지 않았다…… 그것은…… 너무나도 치욕스러웠다! 그는 자기를 첩자로 매수하려고 했을 뿐이었다. 물론 총대리신부는 떼레시나가 현재 누리고 있고, 앞으로 누리게 될 모든 이점들과 함께 그녀의 자리를 주겠다고 약속했다. 하지만 어찌 됐든 그는 뻬뜨라를 기만했다. 아니, 그녀가 자기 꾀에 넘어간 것이다. 하지만 자존심이 강한 금발 하녀는 그 사실을 인정하려고 하지 않았다. 그녀는 총대리신부가 오래전부터 아나의 애인이었는데, 허황하게도 비베로의 숲의 장면은 자신의 미모에 넘어가 신부가 부정한 짓을 저지르고 죄를 짓게 된 거라고 생각했다. 뻬뜨라는 페르민 신부가 옛날에는 안주인을 사랑했지만, 이제는 자기를 사랑한다고 믿었다. 그녀는 그런 변덕을 수도 없이 많이 봐왔었다. 뻬뜨라는 페르민 신부가 아무리 아닌 척해도, 질투 때문에 분노하여 미친 사람처럼 판사 부인을 사랑한다고 확신했다. 그런데 그 애인 비슷한 존재도 전혀 아니고 자기는 단지 도구에 불과했다는 사실을 알게 되자 분노와 질투, 오만, 욕망이 그녀의 마음속에서 뱀처럼 똬리를 틀며 반란을 일으켰다. 하지만 뻬뜨라는 입을 다물고 모르는 척했다. 그리고 단지 탐욕만 채우기로 마음먹었다. 그녀는 신부의 제안을 받아들였다. 뻬뜨라는 오소레스 저택에서 나와야 하는 날 페르민 신부의 집에서 일하기로 했다. 하지만 그에게 봉사하는 동안 급료는 잘 주기로 했다. 생각하는 것보다 훨씬 많이. 무슨 일이 있었는지 신부에게 모두 얘기하기로 한 것이었다. 아나 부인은 찾아오는 손님들이 있는지, 낀따나르가 없을 때 누가 찾아오는지, 아니면 주인이 나가고 난 후 누가 남아 있는지 등등 모두 얘기하기로 했다.

뻬뜨라는 무슨 일이든, 모두 얘기하겠다고 약속했다. 그녀는 비베로에서 즐거웠던 그날 오전, 그가 열정 속에서 자기에게 했던 다른 약속들은 기억조차 나지 않는 척했다. 그는 비베로에서 있었던 일을 수치스러워했다. 페르민 신부는 돈만으로도 자기를 적극적으로 도와주겠다는 빼뜨라를 보자, 말도 되지 않는…… 유혹이라는 부끄럽고 황당한 길을 시작했던 게 더더욱 속상했다…… 옛날 일들을 떠올리게 하는 그날 일은 지금도 그의 낯을 화끈거리게 했다. 왜냐면 이것이 자기가 판사 부인에게 느끼는 사랑을 해명하는 궤변의 틀과 모순되기 때문이었다. 내가 가진 너무나도 순수한 사랑이 모든 것을 용서해준다. 하지만 그 사랑은 숲에서 있었던 그런 일과 양립할 수 있는가? 당연히 아니다. 양심은 그렇게 말했다. 그래서 이제 그는 빼뜨라가 혐오스러웠다. 하지만 그녀를 이용하는 것 이외에는 다른 방법이 없었다.

빼뜨라는 자기가 열쇠를 쥐고 있는 복잡하게 얽힌 상황이 행복했다. 지금으로서는 그녀가 충성을 다해 돕는 사람은 알바로였다. 그는 사랑으로 갚아주었다. 물론 그 사랑이 성에 차지는 않았다. 그래서 그녀는 성심껏 그를 도왔다. 그를 돕는 게 자기 욕구를 충족시키는 길이었다. 주인여자를 침몰시켜 자기 손아귀에 넣고, 멍청한 주인과 고약한 신부를 잔인하게 비웃는 길이었다. 영악한 하녀는 나중에 돈 알바로를 팔아넘겨 자기 주인, 자기에게 돈을 주는 사람, 자기를 사모님으로 만들어줄 사람, 즉 페르민 신부에게 도움을 줄 꿍꿍이였다. 그게 언제쯤일까? 시간이 말해줄 터였다. 돈 알바로가 제대로 처신하지 못한다면 그 순간은 바로 올 것이다. 그녀가 지친다면, 또는 떼레시나 자리가 비어 다른 여자가 그 자리를 차지할지 몰라 서둘러야 한다면, 그때가 심지에 불을 붙이기 좋은 때일 것이다. 그때까지 페르민 신부는 자기를 통해 막연한 소식밖에는 들을 수 없을 것이다. 그가 가시를 곤추세우며 세상 앞에서, 특히 도냐 빠울라 앞에서 분노를 숨기며 사는 고통을 겪으며 성난 미친 사람처럼 굴며 살 정도로만 조금씩 소식을 흘려줄 생각이었다.

그러니 돈 알바로의 말이 옳았다. "불쌍한 아나! 이런 속내는 전혀 모르니!" 뻬뜨라도 소리칠 수 있었다. "불쌍한 돈 알바로, 자기 일의 반의반도 제대로 모르면서!"

베뚜스따의 카지노 회장은 판사 부인을 속이는 게 어렵지 않았다. 그는 뻬뜨라를 공범자로 받아들이지 못하는 초보 불륜녀(바람둥이의 또다른 거친 표현이다)의 불안을 매우 깍듯하게 존중했다. 하지만 아나에게는 아무 말도 하지 않았고, 자기도 하녀를 믿지 못하는 척하면서 그런 상황에서는 반드시 필요한 하녀의 도움을 적절하게 이용했다. 매일 밤 발코니를 통해 판사 부인의 방으로 들어가는 게 문제였다. 말은 쉽지만 실행하는 데는 어려움이 많았다. 방의 발코니는 어느 쪽으로 나 있나? 공원 쪽이었다. 그럼 공원으로는 어떻게 들어가나? 문으로. 하지만 누가 문 열쇠를 가지고 있나? 한개는 프리힐리스가 가지고 있는데, 그 열쇠는 고려할 가치도 없었다. 그럼 다른 열쇠는? 낀따나르가 가지고 있었다. 이 열쇠는 훔쳐낼 수도 있었다. 하지만 뻬뜨라는 그런 일에 열쇠까지 동원하는 것은 매우 민감한 문제라 그녀가 위험에 빠질 수도 있다고 답했다. 알바로가 담을 뛰어넘는 게 가장 좋은 방법이었다. 게다가 돈 알바로는 다리가 매우 길었다. 그렇게 하면 그 연극작품은 훨씬 제대로 무대 위로 올릴 수 있었다. 아나는 돈 알바로가 담을 뛰어넘는다고 확신할 것이고, 그러면 집안에 공범자가 있다는 사실은 쉽게 의심하지 못할 것이다. 그리고 나서 그렇게 늠름한 남자에게는 발코니 아래로 와서 아래층 격자창을 타고 올라와 쇠 난간을 뛰어넘는 것은 쉬운 일이었다.

돈 알바로는 뻬뜨라의 직접적이고 즉각적인 도움 없이 이 모든 것을 행동으로 옮길 수 있었고, 그래서 아나는 애인이 얘기하는 담 넘는 모험담이 모두 사실이라고 믿었다. 뻬뜨라는 망보는 것을 도왔다. 돈 알바로가 들어오고 나갈 때 들키지 않도록 도운 것이다. 그리고 밤새도록 애인이 있었다는 사실을 하녀가 눈치챌 수 없는 상황이라는 계략도 세워주었다. 게다가 뻬뜨라는 위험이 닥칠 경우 소리를 지르거나, 시간을 벌어주기 위해 그곳에 있었다. 뻬뜨라의 도움에는 기차역장의 의무와 같은 뭔가가 있었다. 낀따나르가 예전에 솔직하게 털어놓아, 돈 알바로는 전직 판관과 프리힐리스가 시간이 되면 아나가 생각하는 시간보다 훨씬 일찍 사냥 나간다는 것을 알고 있었다. 안셀모는 깊이 잠들어 자기 임무를 제대로 수행하지 못하기 때문에, 뻬뜨라가 주인 깨우는 일을 맡고 있었다. 프리힐리스는 약속한 시간에 공원에 와서 개처럼 짖었고…… 그러면 낀따나르가 내려갔다. 프리힐리스는 개소리로 주인이나 하녀를 깨우지 못해 항상 너무 오래 기다린다고 투덜거렸다. 그래서 말다툼과 기다리는 시간을 없애기 위해 누가 짖어댈 필요 없이 프리힐리스와 낀따나르가 같은 시간에 공원에서 만나기로 했다. 낀따나르는 좀더 확실하게 하기 위해 지진이 난 것처럼 울려대는 자명종 시계를 구입했고, 그후로 자명종이 자동으로 울리면 약속한 시간에 나갔다. 거의 매일 아침 낀따나르와 프리힐리스는 같은 시간에 공원에 도착했다. 그해에는 그들을 빨로마레스 산과 늪지로 실어 나르는 기차가 조금 늦게 출발했기 때문에 날이 밝기 전에 일어날 필요가 없었다.

돈 알바로는 중간에 프리힐리스나 바로 그 낀따나르와 마주치지 않기 위해서라도 이 모든 사실을 꿰뚫고 있어야 했다. 그런데 낀따나르는 아무것도 모르고 출발시간을 모두 알려주었다. 그리고 꼭 알아야 하는 다른 세부사항은 뻬뜨라가 알려주었다. 그러니 걱정할 것이 없었다. 담을 뛰어넘는 것이 조금 어려운 점이었다. 하지만 어느날 밤 돈 후안은 인적이 드문 뜨라스라세르까 거리 골목 쪽으로 돌들을 옮겨 두세개의 발 디딤판을 잘 보이지 않도록 담 쪽에 준비해두었다. 그러고는 딛고 올라설 수 있는 틈이나 작은 균열을 살짝 만들어 큰 걸림돌을 해결했다. 그리고 일단 안으로 들어가면 모든 것은 누워서 떡 먹기였다. 아무렇게나 벽 쪽으로 기대져 있는 낡은 술통과 담쟁이덩굴이 휘감은 벽은 돈 알바로가 상황에 따라 서둘러 공원 쪽으로 오르내릴 수 있는 계단 역할을 해주었다. 돈 알바로는 그 은밀한 계단을 유명한 전설에 등장하는 성냥상자와 비교했다. 여자 목동은 어디 있지? 계단은 어디 있지? 일단 여자 목동을 보고 난 다음에는 다른 것은 눈에 들어오지 않았다. 하지만 그녀는 자기를 보지 못하는 사람 앞에는 절대 나타나지 않았다.

판사 부인에게 발코니 문을 열게 하는 게 가장 힘들었다. 돈 알바로가 집 안에 있을 경우 안전을 확실하게 보장할 수 없었고, 까칠한 뻬뜨라가 의심할 가능성도 높다는 거였다. 그리고 알바로는 그런 그녀의 논리에 전혀 반론을 펼치지 못했다. 하지만 가장 힘든 부분마저 극복하고 돈 알바로는 마침내 승리를 거머쥐었다. 아나는 자신을 완벽하게 내준 남자에게 자기 방으로 못 들어오게 한다는 것은 불가능하고, 어쩌면 말도 되지 않는다는 것을 이해하게 되었다. 부부 침실, 아니 이전 부부 침실의 순결은 아주 중요했다. 하지만 아내의 순결은 더 중요하지 않은가? 이러한 궤변들과 열정, 끈질긴 구애 속에서 아나는 알바로에게 승리를 안겨주었다. 알바로는 조그만 소리가 들릴 때마다 뻬뜨라가 엿듣는다고 생각하고 아나가 질겁하는 것은 진정시키지 못했다. 하지만 알바로는 마치 아편 연기구름 속에 싸인 것처럼 모든 것을 잊고 황홀한 사랑을 맛볼 수 있게끔 해주었다.

그렇게 며칠이 흘렀고, 아나는 추락하기 전에는 그토록 오랜 세월 싸우며 버텼으면서도, 추락하자마자 바로 남자를 자기 방으로 들일 수 있는 자신이 놀라웠다.

성탄절 오후 뻬뜨라는 커피잔을 치운 후 총대리신부에게 갔다.

도냐 빠울라가 그녀를 맞이했다. 이제 그들은 꽤 친한 사이가 되었다. 총대리신부의 어머니는 떼레시나와 판사 부인의 하녀가 상당히 친한 사이라는 걸 알고 있었다. 그리고 그녀는 아들인 도련님의 현재 하녀를 통해, 총대리신부의 재산 일부를 관리하기 위해 떼레시나가 결혼해서 그곳을 나가는 영광의 상을 받게 되는 날, 아들이 떼레시나의 뒤를 이을 하녀로 뻬뜨라를 점찍어놓았다는 사실을 알고 있었다. 그리고 이제 그날이 임박했다. 눈치가 빠른 도냐 빠울라는 일관성 있는 방침에 따라 아들의 욕구를 만족시켜주고 싶어했다. 그리고 형식상 흠잡을 데 없이 깔끔한 방법으로 만족시켜주고 싶어했다. 그래서 자기가 알아서 먼저 비책을 강구했고, 음탕한 금발이 그토록 탐내는 자리를 직접 제안했다. 그날 오후 도냐 빠울라가 그 제안을 한 것이다. 떼레시나는 조만간 그 집을 떠나야 했다. 뻬뜨라는 좋아서 어쩔 줄을 몰라하며, 흔쾌히 그 제안을 받아들였다. 그녀는 오소레스 저택으로 돌아가서도 자기 행복이 많은 사람들에게 불행을 안겨주고, 심지어 어느정도는 자기에게도 손해라는 생각은 미처 하지 못했다. 돈 알바로의 사랑도 끝이었다. 그 사랑은 갈수록 점점 성에 차지 않았고, 멋진 바람둥이는 갈수록 인색하게 굴었다. 그가 애무를 줄이고 팁을 늘렸지만, 결국 그녀의 자존심을 채워주는 것은 '도련님의 사랑'이었다. 어떻게 하지? 망설일

이유가 없었다. 신중하게 처신해서 욕심내던 열매를 딴 후 총대리 신부의 집으로, 편안한 일자리로 들어가는 것이다. 이것을 위해 다른 것은 모두 내던져야 했다. 자기 손에 쥐고 있는 그 줄, 여러 사람의 명예와 안녕, 어쩌면 목숨까지도 달려 있는 그 줄을 끊어야 했다. 뻬뜨라는 이런 생각이 들자 양어깨가 으쓱해졌다. 그녀는 판사 부인이 추락해 짓밟히고, 총대리신부가 추락해 짓밟히고, 낀따나르가 추락해 으깨지고, 바로 다름 아닌 돈 알바로가 산산조각이 나서 땅바닥으로 나뒹구는 모습을 그려보았다. 상관없었다. 드디어 때가 되었다. 기회를 잃게 되면 떼레시나의 빈 자리에는 다른 하녀가 들어갈 것이고, 그러면 미래의 '영광'은 안녕이었다. 얼른 그 자리를 꿰차는 것 말고는 다른 길이 없었다. 이제 그 집에서 나오면 더이상은 첩자 노릇도 할 수 없고, 자기의 고용주가 멍청한 낀따나르의 눈을 뜨게 하는 걸 도와줄 수도 없다. 낀따나르야 당연히 죄인들을 벌주려고 할 테고, 그것은 페르민 신부가 간절하게 원하는 바였다. 신부로서는 어깨 위로 사제복을 펄럭이며 돈 알바로에게 결투를 신청하러 가지 못할 테니 말이다. 뻬뜨라는 연재소설들과 도냐 아눈시아가 다락방에 놔둔 『최근 사건들』을 시리즈로 읽었기 때문에 여러가지 면을 완벽하게 심사숙고해보았다. 그래서 유부녀의 사랑이 발각될 경우, 누가 누구에게 결투를 신청하는지 알고 있었다. 결투를 신청하는 사람은 맥 빠진 구애자가 아니라 남편이었다. 더더군다나 신부는 아니었다. 의심의 여지가 없었다. 총대리신부의 입장에서는 비극적인 순간에 그녀가 오소레스 저택에 있어야 하는 게 분명했다…… 그전이나 그후에 집을 나가게 되면 그를 도울 수 없고, 그러면 쓸모없다며 그녀를 쫓아낼 수도 있었다. 모든 것을 얼른 바로 해야 했다. 그런데 뭘 한단 말인가? 당연히 배신.

하지만 어떻게?……

　이미 날이 어두워져, 뻬뜨라는 등불을 준비하러 다이닝룸으로 들어가며 이런저런 생각에 잠겨 있었다. 그때 누군가 그녀의 허리를 잡고, 목덜미에 키스하였다.

　그였다. 불쌍한 사람! 자기 앞에 무슨 일이 기다리는지도 모르고!

　돈 알바로는 아나와 얘기를 나눈 후 아나에게는 방에 가 있으라고 하고는, 뻬뜨라에게 '일격을 가해' 애무세례를 퍼붓기 위해 혼자 다이닝룸에 남아 있었다. 뻬뜨라에게 애무를 하는 것은 날이 갈수록 점점 힘들었고, 그녀에게 주인을 바꾸라고 제안하려고 기다리고 있었다. 호텔에 빈자리가 있다는 말은 사실이 아니었다. 하지만 그곳에서는 그가 주인이었고, 빈자리는 얼마든지 만들어낼 수 있었다. 기본적으로 정치적인 그는 프로와 다름없이 매력적이라고 믿는 남자가 사용할 수 있는 모든 외교력을 총동원해 하녀에게 새로운 제안을 했다. '웬만해서는 찾기 힘든 매우 재미있고 즐거운 자리'를 제안했다. 낀따나르가 뻬뜨라를 두려워하고, 아나 마님 역시 마찬가지라고 했다. 각각 이유가 있었고, 돈 알바로는 뻬뜨라가 그 집을 나가겠다고 한다면 자기도 좋을 것 같다고 했다.

　"잘 봤지? 네가 잘못한 거야. 주인마님을 무례하고 건방지게 대하다니. 그리고 그건 그 자체만으로도 나쁜 건데, 너는 마님에게 겁까지 줬어. 마님은 네가 뭔가를 알고 있어서, 네가 그 비밀을 갖고 횡포를 부린다고 믿고 있다. 그리고 너는 주인어른도 겁줬어. 그는 네가 입을 열까봐 두려워하고 있어. 그리고 너도 알다시피, 너는 나까지도 위험에 빠트리고 있다…… 왜냐면…… 너도 보다시피…… 그녀가 겁에 질려 있으면…… 걱정을 많이 하면…… 내가 감당해야 하니까. 나는 이제 안내자 없이도 이 집을 드나들 수 있으니…… 이제 너는 이 집에서 필요 없다…… 그리고 호텔에서는…… 네가 우리에게 유용할 것 같다. 게다가……"

게다가 돈 알바로는 이제 뻬뜨라의 도움을 사랑으로 갚을 수 없다는 것을 알고 있었다. 갈수록 점점 정력을 아껴야 하는 절박한 상황이었다. 그래서 하녀를 호텔로 데려가면 그곳에서는 이런 먹거리에 굶주린 다른 손님들이 그녀를 위로해줄 것이고, 이제 앞으로 그도 팁으로만 보상할 생각이었다. 말하자면, 이제 오소레스 저택에서는 뻬뜨라가 거치적거린다는 것이다. 하지만 그녀에게는 그런 이유를 얘기할 수 없었다.

"제가 이 집에서 나가야 된다고 설득하려고 그렇게 애쓰시지 않아도 됩니다." 뻬뜨라가 말했다. 그녀는 이미 그만두기로 마음먹었지만, 자존심에 3인치 정도의 상처가 난 느낌이었다.

"아니. 네 마음대로 할 수 있다. 내가 강하게 주장하는 건 아니다."

"아니에요, 어르신. 어르신이 제게 설명할 기회를 안 주시네요…… 저야말로 여기서 나가고 싶어요…… 정말로요…… 하지만 호텔로 가는 것은 싫어요. 일시적으로 가지는 것과 좋은 마음으로 그러는 것이 같은 걸까요? 지인들에게 여자를 선물로 줘서 여기저기 굴리는 것은……"

"하지만 뻬뜨라야, 그런 게 아니다. 나는 네가 잘되길 바라는 마음에서……"

돈 알바로는 목소리를 낮췄고, 뻬뜨라는 목소리를 높였다.

그러나 자신의 안녕을 위해 언제 참아야 할지 잘 아는 영악한 하녀는 감정을 억누른 후 어조와 말투를 바꿔 사과했다. 화나지 않은 척 시치미를 떼고는 모두 잘 알았다고, 자기가 직접 일자리를 찾아

보겠다고, 자기는 호텔이 아닌 다른 집을 찾아 기꺼이 떠나겠다고
했다. 일자리를 제안받았는데, 아직 어느 집인지는 말할 수 없다고
했다. 그외에도 친한 사이이니 그녀를 필요로 하면 언제든지 찾아
와도 된다고 했다. 그리고 입을 다무는 것에 대해서는 자기는 무덤
과도 같다고 했다. 자기는 한 사람을 즐겁게 해주기 위해서 그랬다
고, 숨길 이유가 없다고 했다. 멍청하고 쓸모없는 정신 나간 늙은이
랑 결혼한 여자가 불쌍해서 그랬다고 했다.

빼뜨라는 또 한번 돈 알바로를 속였다. 그녀는 심지어 감사의 애
무까지도 그에게서 받아냈다. 그는 속으로 이번이 마지막이라고
다짐했다. 그는 힘을 비축해야 한다는 생각에 사로잡혀 있었다.

그날밤 카지노에서 낀따나르는 다음날 빼뜨라가 월급을 받고
떠날 거라는 사실을 전해들었다. 오, 즐거운 소식이었다! 낀따나르
는 크게 심호흡을 내쉰 후 친구를 끌어안았다. 그에게 목숨보다 더
값진 빚을 진 거였다. 바로 가정의 평화였다.

페르민 신부는 어머니의 낡은 망토로 양발을 감싼 채 서재에서
일하고 있었다. 구름 낀 아침의 단조로운 빛을 받으며 글을 쓰고
있었다. 무슨 소리가 들려 고개를 들었더니, 문지방 한가운데서 도
냐 빠울라가 창백한 얼굴로 서 있었다. 평소보다 훨씬 창백한 모습
이었다.

"어머니, 무슨 일입니까?"

"저기, 낀따나르 씨 댁에서 일하는 빼뜨라는 아이가 와 있어.
신부님이랑 얘기하고 싶어해요."

"저랑 얘기하고 싶어한다니!…… 이렇게 일찍이오? 몇시인데
요?"

"9시…… 급하다는군요…… 많이 놀라서 온 것 같던데…… 목소리가 떨리더라고……"

총대리신부도 어머니의 안색과 같아졌다. 그가 벌떡 일어나 기계적으로 말했다.

"들어오라고 하세요. 들어오라고……"

도냐 빠울라가 뒤를 돌아 복도로 나갔다. 그전에 그녀는 동정 어린 어머니의 눈길로 따뜻하게 아들을 바라보았다.

"들어가거라……" 위아래로 검정색 옷을 입고 고개를 가슴 위로 떨어뜨린 채 기다리고 있던 뻬뜨라에게 도냐 빠울라가 말했다.

도냐 빠울라는 눈으로 하녀의 비밀을 집어삼키려는 듯했다. 무슨 일일까? 그녀는 잠시 망설였다…… 하마터면 물어볼 뻔했다…… 하지만 꾹 참고 다시 말했다.

"자, 애야, 어서 들어가보거라."

이분은 내가 이 집에 있기를 바래. 확실하게 운이 좋아. 뻬뜨라가 생각했다.

"무슨 일이냐?" 총대리신부가 소식을 기다렸다는 듯이 하녀에게 급히 다가오며 소리 질렀다.

뻬뜨라는 둘만 있음을 확인했다…… 그러고는 울음을 터트렸다.

페르민 신부가 조급한 표정을 지었다. 뻬뜨라는 두 눈이 젖어 그의 표정이 보이지 않았다. 신부는 말하고 싶었지만 말할 수가 없었다. 목구멍에서 강철 같은 손길이 느껴졌고, 척수와 양다리를 따라 부드러우면서도 차가운 떨림이 지속적으로 느껴졌다.

"어서! 무슨 일이지?" 마침내 그가 물었다.

뻬뜨라는 흐느낌을 멈추지 않고 자기 고해성사를 들어달라고, 자기가 하려는 행동이 잘하는 짓인지, 죄를 짓는 건지 모르겠다고,

자기는 그를 섬기고 싶다고, 자기 주인을 섬기고 싶다고, 하느님을 섬기고 싶다고 말했다. 그리고 마침내 남의 이익도 신성한 거지만…… 두렵다고…… 어떻게 해야 할지 모르겠다고…… 말했다.

"말해보거라!…… 말해! 어서 말하라니까. 무슨 일이냐, 뻬뜨라? 무슨 일이냐고?" 페르민 신부가 한 손으로 테이블을 짚으며 모르는 척 물었다. 잠시 아무 말도 없었다. "말해봐, 제발……"

"고해성사요?"

"뻬뜨라, 말하거라…… 얼른……"

"신부님, 저는 신부님께…… 모두…… 말씀드리겠다고 약속했어요."

"그래, 모두, 말해보거라."

"하지만 지금은 모르겠어요…… 모르겠어요…… 말해야 할지……"

페르민 신부가 문 쪽으로 달려가 안으로 문을 걸어잠갔다. 그리고는 바로 돌아와 흔들리는 모습으로 하녀의 팔을 붙잡으며 소리질렀다.

"제발 숨기지 말고 얘기해라. 아니면 내가 네게서 그 말들을 끄집어내겠다."

뻬뜨라가 고분거리면서도 겁을 먹은 듯이 그의 얼굴을 바라보았다. 주인여자가 바람난 걸 신부가 알면 어떤 표정을 지을지 보고 싶었던 것이다.

뻬뜨라는 절대 믿지 못할 일을 자기 두 눈으로 직접 봤다고 돌리지 않고 말했다. 낮에 주인어른 낀따나르와 붙어사는 가장 친한 친구인 돈 알바로가 밤에는 발코니를 통해 주인마님의 방으로 들어갔다가 그곳에서 새벽까지 나오지 않는다는 것이었다. 어느날 밤 그를 본 순간 그녀는 꿈을 꾸고 있다고 믿었다. 몇가지 의심을 지울 수 있을 거라 믿으며 그렇게 감시하고 있던 참이었다. 하지만 아아! 진짜였다. 진짜였다…… 그 파렴치한 작자가 주인마님을, 성녀를 타락시킨 거였다…… 페르민 신부의 걱정이 괜한 게 아니었다!

뻬뜨라는 계속 말했지만, 어느 순간부터 페르민 신부에게는 얘기가 들리지 않았다.

페르민 신부는 음탕한 금발 하녀가 베뚜스따의 돈 후안이 오소레스 저택을 난입한 일을 잔인하게 묘사하기 전에 무슨 얘기인지 이해하자마자 바로 허물어져 쓰러질 듯 발길을 돌렸다. 그는 휘청거리며 두발짝을 옮겨 발코니에 가 그 유리창에 이마를 기댔다. 거리를 바라보는 듯했지만 두 눈을 감고 있었다.

그는 뻬뜨라가 떠들어대는 소리를 별 의식 없이 들었다. 이제는 뻬뜨라가 하는 말이 그의 관심을 사지 못했기 때문에 그 내용이 중요하지 않았다. 그녀가 찢어지듯 징징 우는 소리가 거슬렸다. 뻬뜨라의 입을 다물게 하고 싶었지만 그럴 수 없었다. 말을 할 수 없었다. 움직일 수 없었다……

뻬뜨라는 자기가 하고 싶은 말은 모두 쏟아냈다. 그녀가 입을 다물었을 때는 거리의 묵직한 소음만이 들려왔다. 아주 멀리서 달리는 마차 바퀴 소리와 손수건과 고급 레이스를 큰 소리로 외치며 광고하는 행상의 목소리가 들려왔다.

총대리신부는 이마에 닿은 얼어붙은 유리가 뇌를 얇게 저미는 날카로운 칼날처럼 느껴졌다. 그리고 어머니가 그의 머릿속에 사제복을 주입시킨 바람에 자기가 너무 불행하고 너무 비참해졌다는 생각도 들었다. 세상에서 자기만이 유일하게 동정받을 수 있는 사람이라는 생각이 들었다. 신부를 고자와 비교하는 저속하고 거칠고 위선적인 생각 또한 얼어붙은 유리의 습기와 함께 그의 머릿속에 주입되었다. 그랬다. 그는 사랑에 빠진 고자와 다름없었다. 비웃음을 사고도 남을 만했다. 완전히 우스꽝스럽고 혐오스러운 물건이었다…… 판사 부인은 그의 여자였다. 그의 여자, 그의 합법적인 여자. 하느님 앞에서는 아니지만, 사람들 앞에서는 아니지만, 그들 둘 앞에서, 특히 그의 앞에서, 그의 사랑 앞에서, 그의 강철 같은 의지 앞에서, 그의 영혼의 모든 온화함 앞에서 판사 부인, 그의 영혼의 형제, 그녀는 그의 여자이고, 그의 아내, 그의 겸손한 아내였다…… 그런데 그런 그녀가 그를 속였다. 다른 여자들과 마찬가지로 그의 명예를 더럽혔다. 그리고 피에 굶주린 그는, 파렴치한 놈의 목을 조르고 싶은 마음이 간절한 그는, 그놈을 두 손으로 목 졸라 죽이고 싶은 마음이 간절한 그는, 그렇게 할 수 있다고 확신하는 그는, 그놈을 팔아넘기고 짓밟고 발길질하고 박살내 먼지로, 바람으로 만들 수 있다고 확신했다. 그런데 그는 죄인처럼, 미친 놈처럼, 초원의 자유로운 말처럼 치욕스러운 걸레에 양발이 묶여 있었다. 그는 너무나도 불쌍한 신부였고, 성욕이 제거된 것처럼 보이는 남자의 조롱거리였다. 그는 입을 다물고, 혀와 두 손, 영혼, 자신의 모든 것을 깨물어야 했다. 남의 것은 아무것도, 치사한 놈의 것은 아무것도 물어뜯을 수가 없었다. 그의 양손이 묶여 있기 때문에 자기 얼굴에 침을 뱉는 그 비겁한 놈의 것은 아무것도 물어뜯을 수가 없었다…… 누가 그를 붙잡고 있는 건가? 세상 전체…… 2000년 역사를 지닌 종교. 자기네는 고통스럽지 않기 때문에 불합리한 것을 보지 못하는 수백만명의 눈 멀고 게으른 마음들. 부당하고 야만적이고 어리석고 특히 잔인한 고문을 위대함이고 헌신이며 미덕이라고 부르는 사람들…… 수백명의 교황들, 수십개의 공의회들, 수천개의 민족들, 수백만개의 대성당 돌들과 십자가들, 수녀원들……
모든 역사, 모든 문명, 납처럼 무거운 세상이 그의 위에, 그의 팔 위
에, 그의 다리 위에 누워 있었다. 그의 족쇄들이었다…… 그에게 영
혼과 초인적인 사랑의 충성을 맹세한 아나가 그를 멍청하고 거칠
고 육체적인 남편을 속이듯 속였다…… 그녀는 보잘것없는 바람
둥이에게, 멍청한 작자에게, 우아한 척하는 작자에게, 석고 같은 남
자에게…… 텅 빈 동상에게……가기 위해 그를 버렸다! 세상은 그
에게 측은한 마음조차 느끼지 못했다. 그를 사랑한다고 믿는 어머
니도 그를 위로하지는 못했다. 그를 양팔로 꼭 끌어안고 눈물을 흘
리며 위로할 수가 없었다…… 그가 죽어가고 있다면, 어머니는 절
망감으로 눈물을 흘리고 머리카락을 쥐어뜯으며 그의 발치에 있을
수 있다. 그런데…… 하지만 죽음보다 더 끔찍한 이 일 앞에서 어머
니는 울지도, 그를 안아주지도 절망하지도, 심지어 눈길도 주지 않
을 것이다…… 그는 말할 수가 없었다. 어머니는 눈치챌 수도 없었
다. 그래서도 안되었다…… 최고강도의 의무, 시치미를 뗄 뿐이었
다. 침묵…… 불평해서도 안되고, 움직여서도 안되었다! 달려가서,
배신자들을 찾아 죽이고 싶었다…… 그리고? 침묵…… 손가락 하
나도 움직여서는 안되었다. 집 밖으로 발을 내딛어서도 안되었다.
잠시 후, 그래, 성가대석으로! 성가대석으로! 어쩌면 미사를 드리
러…… 하느님을 영접하러!…… 총대리신부는 자기 몸 안에서 루시
퍼의 요란한 웃음소리가 느껴졌다. 그랬다. 악마가 그의 배 속에서
그를 비웃고 있었다…… 배에, 가슴에 뿌리를 내리고 그를 숨 막히
게 하고…… 그를 질식시킬 것 같은…… 의미심장한 웃음이었다!

　그는 발코니 문을 벌컥 열었다. 차갑고 습한 공기가 아득한 현실
감을 되찾아주었다. 뻬뜨라의 조심스러운 기침소리가 들려왔다.

그녀는 거기 뒤에서 그의 뒤통수를 응시하며 기다리고 있었다.

페르민 신부는 발코니 문을 닫고 뒤돌아 바보처럼 멍한 눈으로 싸구려 눈물을 닦고 있는 금발 여자를 바라보았다. 싸우려면, 해코지하려면 도구가 필요하지 않나? 그녀가 유일한 도구였다.

뻬뜨라는 주인님을 섬기기를 기다리며 꼼짝도 하지 않고 가만히 있었다.

그녀는 신부가 고통스러워하는 것을 보면서 욕망 가득한 환희를 느꼈다. 그러나 그녀는 뭔가를 더 원했다. 자신의 작품활동을 계속하고 싶었다. 즉, 자기가 방금 전 정신 나간 신부의 살 속 깊숙이 박은 그 모든 바늘들을 건방진 안주인의 영혼에 갖다꽂으라는 명이 떨어지기를 기다렸다.

느릿하고 그렁그렁한, 둔탁한 목소리, 서재의 서생보다는 복화술사에 어울리는 목소리가 물었다.

"그럼, 너는……이제…… 어떡할 생각이니?"

"저요?…… 그 집을 나와야지요, 신부님." 아직도 솔직하게 굴고 싶지 않단 말이지? 뻬뜨라는 생각했다. 그렇다면 좀더 고생해야겠네. 내가 원하는 곳으로 신부가 나를 찾으러 오게 될 거야. "그 집을 나와야지요." 뻬뜨라가 다시 반복해서 말했다. "제가 무엇을 해야만 할까요? 침묵하여 주인어른의 치욕을 돕고 싶지는 않아요. 그렇다고 그것을 막을 수도 없어요. 하지만 그 집에서 나올 수는 있어요."

"그렇다면 너에게는…… 낀따나르의 명예가 상관없니? 네가 얼마나 오랫동안 그 집 밥을 먹었는데……그렇게 은혜를 갚다니……"

"신부님, 제가 주인어른을 위해 무엇을 할 수 있을까요?"

"나오면 아무것도 할 수 없다."

"저를 쫓아내려고 해요."

"그들이?"

"네, 그들이요. 주인님은 눈이 멀어서 알바로의 눈을 통해서 보기 때문에 그 집에서 실질적인 명령을 내리는…… 알바로가 어제 저를 길거리로 내몰았어요. 오늘 나와야 해요. 호텔에서 일하라고 하네요. 차라리 노숙이 나아요."

"뻬뜨라, 우리집으로 오거라." 그가 상냥하게 굴기 위해 쓸데없이 노력하며, 동굴에서 나오는 듯한 목소리로 말했다.

뻬뜨라가 다시 눈물을 보였다. 자비를 어떻게 갚을 수 있을까? 등등 그런 얘기를 했다.

그러한 친절이 계약을 쉽게 성사시켰다. 각자 조금씩 한발 물러서며 비열한 협상을 하고, 역겹고 치사한 음모에 조금씩 다가섰다. 처음에는 깨끗한 척하며 성스러운 관심을 보였지만, 나중에는 이런 틀에 박힌 말은 잊어버렸다. 그러고서 마침내 총대리신부는 하녀에게 미래를 보장해주겠다고, 그녀의 야심을 채워주겠다고 약속했다. 그리고 그녀는 낀따나르의 몸에 남자의 피가 흐른다면 배신자들에게 응당 내려야 할 처벌을 내릴 수 있도록 가장 확실하고 명백한 방법을 그의 눈앞으로 가져오겠다고 했다.

회의가 끝나자 어려운 범죄를 공모한 공범자들처럼 말을 주고받았다. 신부는 말을 아꼈지만, 자기 계획을 분명하게 하는 설명은 아끼지 않았다. "멍청한 낀따나르의 눈앞에다가 그의 치욕을 대놓고 보여주는 데 뻬뜨라가 뭘 할 수 있지? 고자질? 그래서는 안돼. 익명? 그건 노출될 수 있어……" "무슨! 아니에요, 신부님. 그건 절대 아니에요. 그가 직접 목격해야 해요." 뻬뜨라는 내숭을 잊은 채 예술가의 환희를 느끼며 다시 말했다.

그곳에는 격정적인 범죄자 둘 외에 치욕의 증인은 아무도 없었다. 각자 자기의 복수만 바라볼 뿐 상대방의 범죄나 부끄러운 계약에 대해서는 눈이 멀었다.

뻬뜨라가 총대리신부의 집을 나섰을 때, 총대리신부는 자기 안에서 새 인간을 느꼈다. 복수심에 살인하는 남자, 범죄자, 사랑에 눈 먼 남자가 있었다. 살인자. 그렇다. 살인자였다. 그리고 뻬뜨라는 그의 도구이고. 그는 살인자였다. 그런데 그는 양심의 가책을 느끼지 않았다. 전혀…… 치욕스러운 자들에게는 수백번의 죽음을 내릴 수 있었다. 낀따나르는 어떻게 나올까? 자기가 받은 모욕을 제대로 복수하기 위해 어떤 고전연극을 떠올릴까? 그녀를 먼저 죽일까? 그를 찾으러 갈까?

다음날 12월 27일, 낀따나르와 프리힐리스는 9시반 무렵 마리스마스 데 빨로마레스에 도착하기 위해 8시 50분에 로까 따하다행 기차를 타야 했다. 오리와 알까라반 새를 좇기에는 약간 늦은 시간이었지만, 철도회사가 사냥꾼들을 위해 특별열차를 편성할 수는 없는 노릇이었다. 그렇게 해서 여느 때보다 새벽에 좀더 늦게 일어났다. 낀따나르는 8시 정각에 소름이 돋을 정도로 요란한 소리에 깰 수 있게 자명종을 준비해뒀다. 눈 깜짝할 사이에 옷을 갈아입고 세수하고서 공원으로 나가, 프리힐리스가 안 왔으면 이삼분 정도 기다리면 되었다. 그리고 기차역까지 걸어가면 기차가 출발하기 몇분 전까지 충분히 도착할 수 있었다.

낀따나르는 달콤하고 깊은 잠에서 간신히 깨어났다. 그에게는 혼한 일이 아니었다. 그날 아침 요란한 금속성의 굉음이 갑자기 울려대는 바람에 혼이 빠져 평소보다 더 깜짝 놀라 깨어났다. 그는 간신히 나른함을 떨치고 계속 하품했다. 침대에서 뛰어내리기로 결심한 순간 움츠러든 몸이 느닷없이 새벽에 일어나는 것에 저항했다. 졸음과 노곤함이 그에게 평소보다 훨씬 이르다고, 자명종이 거짓말쟁이처럼 거짓말을 하고 있다고, 하늘이 전하는 시간이 절대 아니라고 말했다. 사냥꾼은 그런 궤변은 신경도 쓰지 않았다. 그는 계속 입을 쩍 벌린 채 길게 기지개를 펴며 세면대로 향했다. 그러고는 곧바로 차가운 물속으로 머리를 집어넣었다. 그렇게 낀따나르는 포근한 침대로 다시 돌아가고 싶어하는 불쌍한 몸의 요구를 들어주지 않았다.

생각이 훨씬 맑아지자 낀따나르는 그날 아침 나른한 것이 나쁜 습관 탓이 아니라는 것을 공정하게 인정했다. 정말이었다. 시계에서 알리는 시간보다 훨씬 이른 것 같았다. 그렇지만 자명종 시계가 빨리 가지 않았고, 그가 직접 시계밥을 주며 전날 아침에 시간을 맞춰놓았다고 확신했다. 그래도 어찌 됐든, 시계에서 알리는 시간보다는 훨씬 일렀다. 8시일 리 없었다. 7시도 아니었다. 세수를 했는데도 자꾸만 졸리는 걸 보면 확실했다. 날이 밝았는데도 어두운 걸 보면 분명했다. 오늘 일출은 7시 20분이야. 몇 분 정도 빠를 수도 느릴 수도 있지만, 그런데 아직 해가 나오지 않았어. 그건 확실해. 물론 무지하게 짙은 안개와 하늘을 뒤덮은 무거운 잿빛 구름이 아침을 상당히 어둡게 만들 수도 있어. 하지만 상관없어. 해가 아직 뜨지 않았거든. 이곳이 지나치게 어둡네. 7시도 되지 않은 게 분명해. 그는 호주머니의 시계를 볼 수가 없었다. 전날 시계 밥을 주다가 태엽이 망가졌던 것이다.

누구라도 부르는 게 낫겠군.

그가 실내화를 신고 복도로 나갔다.

"뻬뜨라! 뻬뜨라!" 다른 소리를 내지 않고 부르려고 했다.

"뻬뜨라, 뻬뜨라…… 빌어먹을! 이제 집에 없는데 어떻게 대답하겠어…… 버릇이 고약하기는. 사람은 습관의 동물이지."

낀따나르는 한숨을 내쉬었다. 자신의 나약함의 증인이자 희생자인 그녀로부터 자유로워진 게 진심으로 기뻤다. 하지만 그래도 "뻬뜨라!" 하고 헛되이 소리 지른 것을 떠올린 순간, 이상하게 시적이면서 울적한 느낌이 들었다. 인간의 마음이란!

"세르반다! 세르반다! 안셀모! 안셀모!"

아무도 대답하지 않았다.

"의심의 여지가 없어. 꽤 이른 거야. 하인들조차 일어날 시간이 아닌 거야. 하지만 그렇다면? 누가 내 시계를 앞당겨놓은 거지?…… 이틀 만에 시계가 두개나 망가졌네!…… 불행은 홀로 오지 않는다니까……"

낀따나르는 다시 의심했다. 하인들이 잠든 게 아닌가? 어두침침한 게 구름이 짙어서 그런 거 아닌가? 아무도 시계를 건드릴 수 없는데 왜 시계가 못 미덥지? 시계를 앞당긴다고 누가 이득을 보겠어? 누가 그런 장난을 쳤겠어? 낀따나르는 그건 아닐 거라고 생각했다. 충분히 8시일 수도 있다는 생각이 들었다. 그래서 서둘러 옷을 갈아입고는 아니스 술 한모금을 마셨다. 사냥갈 때의 습관이었다(핫초콜릿은 육신에 치명적인 적이었다). 그러고는 맛난 햄들이 종류별로 한가득 들어 있는 자루를 어깨에 둘러메고 복도 쪽 계단을 따라 공원으로 내려갔다. 늘 그랬던 것처럼 집 안의 침묵을 깨지 않기 위해 발꿈치를 들고 조용히 내려갔다. 하지만 하인들은 돌아와서 제대로 혼내줄 생각이었다. 게으른 놈들! 이제는 뭐라고 하고 말고 할 시간이 없었다…… 프리힐리스가 벌써 공원에 와서 초조하게 기다리고 있을 것이다……

"정말로 8시라면 내 평생 이렇게 어두컴컴한 적은 본 적이 없어. 안개가 그렇게 짙은 편이 아닌데…… 아니야, 하늘도 그렇게 잔뜩 찌푸려 있지 않고…… 이해가 안되네."

낀따나르는 약속 장소인 정자에 도착했다. 정말 이상하네! 프리힐리스는 그곳에 없었다. 공원을 돌아다니고 있는 건가?…… 그는 엽총을 어깨에 두르고 정자에서 나갔다.

그 순간 대성당의 시계가 하품하듯 세번 울렸다.

낀따나르는 걸음을 멈추고 생각에 잠겼다. 엽총의 개머리판을 오솔길의 축축한 모래 위로 기대놓고 탄식을 내뱉었다.

"시계를 앞당겨놓은 거네! 하지만 누가? 8시 15분 전이나 7시 15분 전인가? 이런 어둠이라니!"

그는 이유도 없이 괜히 불안해졌다. 스스로 불안해하는 게 한눈에 보였다. 그는 이유를 알 수 없는 채 그 불안함이 괜히 걱정되고 신경 쓰였다. 무슨 불안감? 그는 오히려 집착하고 있었다. 그 빛은 8시의 빛이 될 수가 없었다. 7시 15분 전이었다. 이건 새벽의 어스름한 빛이었다. 지금은 확실했다…… 하지만 그렇다면 누가 자명종을 한시간 이상 앞당겨놓은 건가? 누가? 왜? 그리고 그다지 중요하지 않는 이 일에 왜 이렇게 마음이 쓰이는 걸까? 무슨 예감이 드는 걸까? 왜 불길한 생각이 들지?……

그는 다시 발걸음을 옮겼다. 집 쪽으로 가고 있었다. 그쪽으로 몰려 있는 나무들의 헐벗은 가지들 사이로 집이 보였다. 그때 조심스럽게 발코니를 여는 소리가 들려왔다. 그는 그게 무슨 소린지 알지 못하게 방해하는 나무들 사이에서 두발짝 앞으로 나갔다. 그리고는 마침내 자기네 집 발코니가 닫히고 상당히 키가 커 보이는 남자가 발코니 난간을 붙잡고 매달려 있는 것을 보았다. 남자는 창문에 의지하기 위해 아래층 창문의 창살을 발로 찾고 있었다. 그러고는 흙이 잔뜩 쌓여 있는 곳으로 뛰어내렸다.

아나의 발코니였다.

남자는 주홍색 넓은 망토로 얼굴을 가리고 있었다. 그는 오솔길의 모래를 피하고 꽃 화단들을 여기저기 뛰어넘고, 그러고 나서는 잔디 위를 껑충껑충 뛰어 담에 이르렀다. 뜨라스라세르까 골목으로 이어지는 모서리에 다다른 것이었다. 그러고는 그곳 한쪽 구석에 놓여 있는 절반쯤 썩은 통 위로 뛰어오른 다음 돌 사이에 박힌 등받이 말뚝들을 계단 삼아 긴 다리로 말을 타듯 담 위로 훌쩍 올랐다.

낀따나르는 나무들 사이로 멀찍이서 그를 따라갔다. 사냥하듯 본능적으로 아무 생각 없이 엽총의 방아쇠를 들어올렸다. 하지만 도망치는 남자를 겨냥하지는 않았다. 그전에 그가 누군지 알고 싶었다. 추측만으로는 만족할 수 없었다.

희미한 여명이었지만 남자가 담벼락 위에 말처럼 걸터앉았을 때 공원의 주인은 이미 의심할 수가 없었다.

알바로! 낀따나르는 보았다. 그러고 그는 총을 얼굴에 갖다댔다.

돈 알바로가 거리 쪽을 바라보며 고개를 숙인 채 가만히 있었다. 그는 내려갈 때 디딤대로 쓰일 만한 돌이나 틈새를 찾느라 다른 것은 신경 쓰지 않았다.

알바로! 낀따나르는 다시 생각했다. 엽총의 총구가 친구의 머리를 겨냥하였다.

그는 나무들 사이에 있었다. 알바로가 공원 쪽을 돌아본다고 해도 그는 보이지 않았다. 기다릴 수 있었다. 깊이 생각해볼 수 있었다. 시간은 있었다. 확실히 적중시킬 수 있었다. 알바로가 내려가려고 움직이는 순간…… 그때.

하지만 몇년처럼 느껴졌다. 몇세기처럼 느껴졌다. 누구든 이렇게 견딜 수는 없어. 100파운드 무게의 총을 들고서, 납덩이 같은 세상에서, 육신과 영혼을 잠식하는 냉기에 버틸 수는 없어. 차라리 총구 앞 담벼락 위에 있는 게 나았다…… 그랬다. 그랬다. 차라리 자리를 바꾸고 싶었다. 저 자리에 있는 사람이 죽어야 한다고 해도.

알바로! 1분도 더 살아 있지 못할 거야. 공원 쪽으로 떨어질까? 아니면 거리 쪽으로 떨어질까?

알바로는 떨어지지 않았다. 가택 침입에 익숙한데다가 이미 담벼락의 돌들도 잘 알고 있는 그는 서두르지 않고 뜨라스라세르까 거리 쪽으로 침착하게 내려갔다. 낀따나르는 총구를 내리지 않고 방아쇠를 잡고 있는 손가락도 움직이지 못한 채, 그가 사라지는 모습을 지켜보았다. 돈 알바로는 이미 거리를 걷고 있었고, 그의 친구는 계속 하늘을 겨누고 있었다.

"빌어먹을! 놈을 죽였어야 했어!" 낀따나르가 후회가 되는 듯 소리 지르며 공원 문 쪽으로 달려가 문을 열고는 거리로 나가, 적이 뛰어내린 담벼락이 있는 골목 쪽으로 달려갔을 때는 이미 너무 늦었다. 아무도 보이지 않았다. 낀따나르는 벽으로 다가가 돌과 틈새들에서 그의 '치욕의 계단'을 보았다.

그랬다. 이제는 확실하게 보였다. 지금은 이것 이외에 다른 것은 보이지 않았다. 몇번이나 그곳을 지나다녔지만, 그 담벼락을 통해 아나의 방으로 올라갈 수 있다고는 꿈에도 의심하지 않았다! 그는 공원으로 돌아갔다. 그리고 그쪽 벽을 보았다. 아무렇지도 않게 벽에 기대 있는 반쯤 썩은 통과 부러진 등받이 말뚝들이 건너편의 계단을 이루고 있었다. 매일 20번도 넘게 그것을 보았는데도 지금까지는 그게 어떤 용도로 쓰였는지 신경도 쓰지 않았다. 계단이라니! 그에게는 그 계단이 자기 삶의 상징처럼 보였다. 치욕의 표식과 배신의 과정이 분명하게 드러나 있었다. 거짓 우정, 따분한데도 연극 얘기와 비밀 얘기를 들어주던 것, 총대리신부와 그의 사이를 이간질한 일…… 그 모든 것이 또다른 계단인데도, 그는 그것을 한번도 보지 못했다. 그런데 지금에 와서는 그것밖에 보이지 않았다.

그럼 아나는? 아나! 그녀는 이곳, 집에, 침대에 있었다. 그녀는 자기의 손안에 있었다. 그녀를 죽일 수 있고, 죽여야 한다. 다른 놈은 목숨을 용서해주었으니…… 몇시간만, 단지 몇시간만. 그녀부터 시작할 것인가? 그랬다. 그랬다. 이제 갈 생각이었다. 이제 갈 생각이었다. 그는 결심했다. 확실했다. 죽여야 한다. 무엇을 망설이겠는가? 하지만 그전에…… 그전에 깊이 생각해봐야 한다. 계산해봐야 한다…… 그렇다. 그 범죄의 결과를…… 결국은 범죄이다…… 파렴치한 연놈이었다. 그들은 남편을 속이고, 친구를 속였다…… 하지만 그는 살인자가 되려고 하고 있다. 하고 싶은 대로 모두 할 수 있고 용서받을 자격이 충분하겠지만, 결과는 살인자였다.

낀따나르는 돌벤치에 앉아 있다가 얼른 일어났다. 벤치의 차가움이 뼛속까지 스며들었던 것이다. 몸이 이상하게 나른했다. 자기의 상황에 맞지 않게 몸이 이기적으로 굴었다. 그는 몹시 춥고 졸음도 밀려왔다. 그의 불행과 치욕, 망신과 관련된 생각들이 집요하게 파고들었다가 도망치고, 혼란스러웠다가 추론의 형태로 정리되기를 거부하는 동안 그는 자기도 모르게 분명히 이런 생각을 하고 있었다.

그는 정자로 들어가 흔들의자에 앉았다. 그곳에서 알바로가 뛰어내린 발코니가 보였다.

대성당의 시계가 7시를 알려왔다.

그 종소리가 낀따나르의 멍한 머릿속에 슬픈 현실을 확실하게 각인시켜주었다…… 누군가 시계를 앞당겨놓았다. 누구였을까? 뻬뜨라. 분명히 뻬뜨라였다. 복수였다. 오! 확실하게 성공한 복수였다. 날이 흐려서 새벽이 어둡다고 생각했던 게 이제는 말도 되지 않았다. 만약 뻬뜨라가 시계를 앞당겨놓지 않았더라면, 만약 그가 그 시간을 믿지 않았더라면, 어쩌면 평생 그 끔찍한 불행을 모를 수도 있었다…… 행복을 영원히 막 내리게 할 그 비극을 모를 수도 있었다. 불행과 고통에서 온 무기력에 육신의 무기력이 더해지자 푹신한 매트리스와 따뜻한 이불을 요구하며 낀따나르의 영혼도 마비되어갔다. 움직이고 싶지도, 느끼고 싶지도, 생각하고 싶지도, 심지어 살고 싶지도 않았다. 움직인다는 게 끔찍했다…… 오! 시간이 멈추면 얼마나 좋을까! 하지만 아니었다. 시간은 멈추지 않았다. 시간은 달려갔고, 그도 끌고 갔다. 시간이 그에게 소리 질러댔다. 움직이란 말야, 뭔가 하란 말야, 네 의무를 다하란 말야. 지금이 너의 약속을 지킬 시간이야. 죽여, 태워, 고함쳐, 세상에 복수를 공포해, 평안과 영원히 작별해, 깊은 졸음에서 에너지를 찾아, 하품을 멈추고 능멸당한 명예를 움켜쥐어, 네 배역을 연기해, 지금이 네 차례야, 지금은 뻬랄레스 연기가 아니야, 너란 말이야, 명예와 관련된 사건을 지어 쓰는 깔데론이 아니야, 네 인생이야, 빌어먹을 네 운명이야, 환락과 시 낭송 속에서는 행복하게만 보였던 엿같은 세상이야! 자, 어서, 움직여. 뛰어올라가서 여자를 죽여. 그러고 나서 남자에게 결투를 신청해, 그놈도 죽이라고…… 다른 길이 없어. 그런데 졸려 죽을 것처럼 손발 하나 까딱하지 못하면서도, 깨어 있어서 그런 비참함과 그런 불행과 접하고 있다는 게 끔찍했다. 영원히 끝나지 않을 불행이었다.

그런데 이미 그가 무대에 나설 차례가 왔다. 그것도 자기 자신의 망토와 검의 드라마[1]였다. 삶에도 그런 것이 있었다. 하지만 얼마나 끔찍한가! 얼마나 소름이 끼치는가! 시와 연극에서는 그런 배신, 그런 죽음, 그런 원한들을 어떻게 그렇게 즐거워할 수 있단 말인가? 인간이 얼마나 흉악한가! 자기 슬픔일 때는 그토록 아파하면서도, 남의 슬픔일 때는 왜 그렇게 즐거워했단 말인가? 그리고 불쌍한 그는, 용렬하고 비겁한 그는 철학이나 읊조리면서 아직도 자기 명예를 회복하지 않고 있다!…… 시작해야 한다! 시간이 날아갔다! 또다른 폭풍우! 공연 순서! 줄거리 순서! 어디부터 시작해야 하는가? 무슨 말을 해야 하는가? 무엇을 해야 하는가? 어떻게 그녀를 죽여야 하는가? 어떻게 그를 찾아야 하는가?

대성당의 시계가 7시 반을 알려왔다.

낀따나르는 단숨에 벌떡 일어났다.

"30분! 1분 지났는데 30분이라니. 15분을 알리는 소리를 못 들었는데……"

이제 프리힐리스가 곧 올 텐데…… 나는 아무것도 결정하지 못했어……

낀따나르는 자기 의지가 무력하고, 자기에게 해결방법이 없다는 것을 분명하게 인식했다. 그는 자기 자신을 깊이 경멸했다. 하지만 자기에게는 그렇게 갑자기 누군가를 죽일 용기가 없다는 것을 안

---

[1] 17세기 명예와 관련된 연극에서 결투가 빈번하게 등장해 '망토와 검의 드라마'라고 부르기도 했다.

순간 경멸감보다 위안이 더 컸다.

"프리힐리스가 오기 전에 올라가서 지금 당장 그녀를 죽이지 못하면, 오늘은 그녀를 죽이지 못해……"

낀따나르는 다시 흔들의자에 털썩 주저앉았다. 마음이 약간 느긋해지면서 괴로움도 덜했다. 이제는 무기력한 의지와 싸우지 않아도 되었다. 어느정도 감정의 기운을 추슬렀다. 그런데 비로소 배신당했다는 고통이 눈물이 날 정도로 강렬하게 아프게 찔러댔다.

그는 늙은이처럼 눈물을 흘렸다. 이제는 자기가 늙었다는 생각이 들었다. 그런 생각은 한번도 해본 적이 없었다. 그의 기질이 영원히 청춘인 척 그를 기만했다. 불행이 느닷없이 그에게 상처를 준 순간, 마음의 새치들이 모두 소낙비처럼 쏟아지며 탈색되었다.

아아, 그랬다. 그는 불쌍한 늙은이였다. 불쌍한 노인. 그리고 그들이 그를 속이고, 그를 비웃었다. 버팀목과 같은 든든한 동반자가 필요한 나이였는데. 버팀목이 양손 안에서 부러졌다. 동반자가 배신하고 이제 혼자였다…… 혼자가 될 것이다. 아내와 친구가 그를 버렸다……

비통함과 자기연민이 다른 생각으로 이어졌다. 고열과 졸음의 환각 속에서 낭만주의 책이 부추기고 무기력과 자기관심, 유약한 성격이 가로막는 거짓 분노로 촉발된 것보다 더 자연스럽고 적절한 생각이었다.

그는 질투는 느끼지 않았다. 그 순간 망신당해서 부끄럽다는 생각도 들지 않았다. 이제는 세상 사람들에게 얼마나 망신당할까는 생각하지 않았다. 그는 배신을 생각했다. 자신의 명예와 인생, 모든 것을 준 아나에게 완전히 기만당하였다. 아아! 그런데 자기가 생각했던 것보다 정이 훨씬 깊다는 것을 알았다. 그는 그 어느 때보다 그녀를 사랑했다. 하지만 연인으로서, 사랑하는 남편으로서의 사랑이 아니라 친한 친구이자 아버지로서의 사랑이라는 것을 분명하게 느꼈다…… 그랬다. 달콤하고 관대한, 돌봐주고 관심을 보여주고 싶어하는 아버지의 사랑이었다!

그녀를 죽여야 해! 그 말이 금세 뱉어졌다. 하지만 그녀를 죽인다는 것은!…… 아아 …… 연극에서는 바로 죽였다. 시인들 또한 마찬가지였다. 진짜로 죽이지 않기 때문이다…… 하지만 명예로운 사람, 그리스도교인은 자기가 죽을 것 같은 고통을 느끼지 않고서는 오랜 세월 정들어 함께 세월을 보낸 사람을…… 그렇게 갑자기 죽이지는 못했다. 아나는 딸과도 같았다…… 그리고 그는 아버지가 치욕스러워하듯 치욕스러워했다. 벌주고 복수하고 싶었다. 하지만 죽이는 건 너무했다. 아니었다. 오늘도 내일도 절대 용기가 없을 것 같았다. 뭐 때문에 자기 자신을 속인단 말인가? 눈먼 사람은, 혐오하는 사람은 살인을 저질렀다. 그런데 그는 눈도 멀지 않았고, 혐오하지도 않았다. 얼음장 같은 눈물에 빠져죽고 싶은 심정으로 슬프기만 했다. 그는 상처를 받았다. 그녀가 얼마나 배은망덕한지 잘 알았다. 하지만 그녀를 혐오하지는 않았다. 그녀를 죽이고 싶지도 죽일 수도 없었다. 놈은 죽일 수 있다. 알바로는 죽여야 한다. 하지만 결투에서 얼굴을 마주 보고 죽여야 한다. 총으로는 아니다. 그건 아니다. 검으로 죽일 생각이다. 그것이 훨씬 고귀하고, 훨씬 자기다웠다. 프리힐리스가 모두 알아서 할 것이다. 하지만 언제? 지금? 프리힐리스가 오자마자? 아니다…… 그에게 이렇게 갑자기 말할 용기도 나지 않았다. 영혼을 가진 인간으로서 그토록 부끄러운 일을 알았다고 바로 입 밖으로 꺼낸 다음에는 다시 돌이킬 방법이 없다. 그럴 경우 계획을 바꿀 수 없다. 복수를 미루거나 수정할 방법이 없다. 누군가 그 일을 알게 되면 바로 서둘러 잔인하게 일을 치러야 한다. 세상은 순결에 대한 생각을 그렇게 요구했다. 결국 그는 농락당한 남편이었다…… 그리고 그녀는 수녀원으로 보내야 할 것이다. 그리고 그는 알바로한테 죽지 않는다면 고향으로 돌아가게 될 것이다. 그는 알무니아 데 돈 고디노에서 숨어지내게 될 것이다.

생각이 여기에 이르자 불행한 남편은 아나가 몇달 전 알무니아로 가자고 했던 것이 떠올랐다. 어쩌면 그때 들어줬더라면, 그 불행은 피할 수도 있었을 텐데…… 이제는 돌이킬 수 없다! 그랬다. 돌이킬 수 없다. 뭘 더 의심하겠는가?

그렇다면 뻬뜨라는? 빌어먹을 뻬뜨라!…… 자기를 그토록 불행하게 만든 장본인, 세상 전체를 다 죽인다고 해도 이제는 절대 벗어날 수 없는 엄청난 고통을 안겨준 장본인은 바로 그녀였다. 알바로를 찌르고 불쌍한 아나를 산 채로 파묻는다 해도! 아아, 아나도 무지하게 불행해질 것이다!

대성당이 8시를 알렸다. 8시! 이제야 내가 깰 시간인데…… 그러면 난 아무것도 몰랐을 텐데.

이 생각이 그를 부끄럽게 했다. 막말하는 사람들이 자신의 치욕을 묵인하는 남편들을 가리켜 던지는 상스런 표현들이 그의 머릿속에서 터져나왔다…… 그러고는 다시 분노가 가슴속에서 불을 지피며 강하게 피어올라와 여린 고통을 쓸어갔다…… 복수! 복수! 그는 자신에게 말했다. 아니면 나는 경멸받아 마땅한 형편없는 놈이야……

모래 위로 발소리가 들렸다. 고개를 들어보니 옆에 프리힐리스가 와 있었다.

"잘 잤나! 새벽 일찍 일어난 모양이군." 늘 먼저 오는 걸 좋아하는 프리힐리스가 말했다.

"가지, 가자고." 낀따나르가 엽총을 어깨에 둘러멘 후 다시 몸을 일으키며 대답했다.

그는 프리힐리스를 보자 덜컥 겁이 났다. 급히 마음을 다잡기 위해 젖 먹던 힘까지 다해야 했다. 드디어 마음을 굳혔다. 그는 입을 다물기로, 시치미를 떼기로, 사냥을 가기로 마음먹었다. 저기 늪지가 있는 초원에서, 잠복하면서 단둘이 있으면서 잘 생각해볼 마음이었다…… 하루 종일 너무나도 길고 슬픈 하루가 될 것 같았다. 그리고 돌아왔을 때, 혹 돌아왔을 즈음이면 계획이 세워졌을 것이고, 그러면 그때 프리힐리스와 상의해서 그를 보내 알바로에게 결투를 신청할 생각이었다. 결투를 하기로 결정한다면 말이다. 지금은 입 다물고 아무렇지도 않은 척할 생각이었다. 생각만큼 그렇게 소문이 빨리 돌지는 않을 것이다. 그 일은 뻬뜨라 덕분에 발각되었지만 그의 계산과 생각 없이는 폭로될 수가 없다. 프리힐리스에게는 모두 말할 수 있다. 하지만 때가 되면 그때 말할 생각이었다.

그들이 공원을 나섰다. 낀따나르가 직접 열쇠로 울타리를 잠갔다. 프리힐리스가 앞에 걸어갔다. 낀따나르는 과수원 안쪽, 이제는 남의 집처럼 보이는 저택 쪽을 바라보았다…… 뭘 하는 건가? 복수를 미루는 겁쟁이인가? 아니다. 왜냐면…… 그들은 아무것도 의심하지 않았다. 그들은 도망치지 않을 것이다. 두려움이 없었다. 침묵과 시치미. 지금은 이게 필요하다. 그리고 깊은 심사숙고. 그가 어떻게 나오든 꽤 심각해질 것이다! 그 이후 행동들에 엄청난 책임이 수반된다는 생각이 마음을 무겁게 했다. 지금은 정말 중요한 일들과 여러 사람의 운명이, 변덕이 늘 죽 끓듯 하고 감수성이 예민하고 나약한 그의 의지에 달려 있다고 느껴졌다. 그리고 그런 느낌이 그를 과묵하고 절망적인 패닉 상태로 빠트렸다. 경솔한 마음은 프리힐리스를 불러서 그에게 모든 것을 말하고 그의 손에 모든 것을 맡겨야 한다고 했다…… 프리힐리스, 그가 아무리 몽상가라고 해도, 막상 닥치면 그보다는 제대로 생각할 것 같았다. 프리힐리스는 좀더 실질적이 될 수 있다…… 그 친구라면 어떻게 할 수 있을까?

낀따나르는 얼른 프리힐리스를 따라 역 쪽으로 향했다. 입은 꼭 다물었다. 말하는 데는 때가 있는 법이다.

오전 내내 잿빛이었다. 꼬르핀 산봉우리와 고원들에서 납빛처럼 묵직한 구름들이 실처럼 줄줄이 빠져나와 산맥 위로 추락해 산 정상 위를 끌려다니다가 베뚜스따 쪽으로 미끄러져내려와, 말도 못하고 들리지도 않는 잿빛 슬픔으로 그곳을 가득 메웠다.

"춥지는 않네." 프리힐리스가 역에 도착하면서 말했다. 그는 체크무늬 목도리 이외에는 외투를 입지 않았다. 하지만 자기 점퍼가 코끼리 가죽과 다름없다고 했다. 총알이나 감기에도 끄떡없었다.

반면에 두꺼운 망토를 칭칭 동여맨 낀따나르는 이를 부딪치지 않기 위해 안간힘을 써야 했다.

"그렇군. 춥진 않아!" 낀따나르는 들킬까봐 이렇게 말했다.

다행히 이 친구는 다른 사람이 웃는 얼굴인지 식초를 들이마신 얼굴인지 절대 신경 쓰지 않는 몽유병 환자야. 분명히 내 안색이 창백하고 표정이 안 좋을 텐데…… 그런데도 이 이기주의자 눈에는 그런 건 전혀 안 보이나봐.

그들은 3등칸에 올라탔다. 프리힐리스는 그 칸에서 옛 지인들을 만났다. 까스띠야에 다녀오는 목장주 두 사람이었다. 그들은 베뚜스따에서 하룻밤을 보낸 후 따뜻한 가정을 찾아 자기 동네로 돌아가는 중이었다. 프리힐리스는 이 세상에 슬픔이란 없는 것처럼, 그 슬픔에 질식해 죽을 친구들이 없는 것처럼 즐거워했다. 그해 들어 가장 추운 아침의 서리가 부추기는 장난에 들떠 양손을 문지르며 즐거워하며 가축 가격과 공동 경영의 장점에 대해 유창하게 떠들었다. 베뚜스따에서는 전혀 볼 수 없는 모습이었다. 기차가 지저분한 빨간 지붕으로부터 점차 멀어지면서 프리힐리스의 영혼은 더욱 확장되었고, 그의 강철 폐는 마음껏 호흡했다. 꿈과 안개에 휩싸인 서글픈 도시에서는 빨간 지붕들이 거의 누런빛으로 보였다.

저 장님은 아무것도 의심하지 않아. 정말이지 때를 가리지 못하고 즐거워하고 말도 많군. 가장 친한 친구는 기차가 출발함과 동시에 철길로 뛰어들고 싶은 마음이 간절한데. 그리고 창문으로 뛰어내린 다음 베뚜스따를 향해 정신없이 달리고 또 달려가 오소레스 저택으로 들어가 그 파렴치한 여자의 가슴을 칼로 난도질하고 싶은데……

그랬다. 낀따나르는 이 모든 것을 하고 싶었다. 기차가 움직여 범행 장소로부터, 치욕으로부터, 그리고 필요한 복수로부터 멀어지자, 파렴치하게 불륜을 저지른 자들에게, 그리고 자기 자신에게 수치심과 분노를 느끼며 죽을 것 같은 심정이었다……

나는 비열한 놈이야! 비열한 놈이라고! 기차가 날 듯이 빠른 속도로 움직여 베뚜스따가 멀어지자 낀따나르가 속으로 소리 질렀다. 베뚜스따가 꽤 멀어져서, 언덕과 헐벗은 나무들 뒤로는 이제 대성당 종탑만이 보였다. 희미한 햇살이 살포시 내려비추는 안개에 휩싸여 하얀 꼬르핀을 배경으로 선명하게 대조되는 검정색 작은 깃발과도 같았다.

나는 모욕을 씻지도 않은 채 나의 치욕으로부터 도망치고 있어. 도망치고 있다고…… 여기에는 이름이 없어. 오! 그래 이름이 있어…… 낀따나르에 의하면 그 이름이 불쌍한 늙은이의 뇌 속에서 다이너마이트 폭죽처럼 '꽝' 하고 터졌다.

내가 그런 놈이야! 그런 놈이라고! 그는 모든 말을 동원해 자기 자신에게 말했다. 너무 크게 얘기해서 그곳에 있던 사람들이 자기 말을 듣지 못한다는 게 이상해 보일 정도였다.

하지만 기차는 베뚜스따에서 도망치고 있었다. 기차는 휘파람을 불고 있었다. 그에게 휘파람을 불고 있었다. 그리고 그는 땅으로 뛰어내려 베뚜스따로 돌아갈 용기가 없었다…… 집으로 가려면 열두시간 이상은 걸릴 것이고, 그의 복수는 열두시간 이상 지연되었다!……

그들은 터널을 통과했고, 이제는 베뚜스따와 베뚜스따와 관련된 풍경은 전혀 남지 않았다. 완전히 다른 풍경이 펼쳐졌다. 그들은 산을 등지고 있었다. 대칭을 이룬 물결 모양의 붉은 산과 밋밋한 구릉들이 철로 왼쪽으로 지평선을 가르며 펼쳐져 있었다. 그쪽으로는 하늘이 어두웠고, 구름도 나지막하게 떠 있었다. 더러운 옷을 담은 커다란 자루처럼 저 멀리 보이는 언덕 위로 실이 풀려 너풀거리는 것 같았다. 오른쪽에는 옥수수밭이 있었다. 지금은 텅 비어 습기 먹은 시커먼 땅이 드러났다. 벌거벗은 듯한 흙빛 얼룩 사이로 나지막한 산과 잎사귀가 떨어진 나무들만 있어 스산해 보이는 사과밭이 모습을 드러냈다. 사과나무들에는 해골의 손과 손톱처럼 생긴 날카로운 나뭇가지들만 달려 있었다. 그쪽으로는 하늘이 맑게 갤 것처럼 보였다. 흩어지기 시작한 높고 가녀린 구름들이 안개 때문에 더욱 희게 보였다. 바다 쪽 지평선 위로는 일정한 색조를 이룬 우윳빛 띠 하나가 균일하게 펼쳐져 있었다. 폐허처럼 보이지만, 여름에는 잎이 무성해 신비로웠을 모습을 숨김없이 드러낸 밤나무숲과 그 옆의 떡갈나무숲 위로, 그리고 벌거벗은 들판과 서글픈 사과밭 위로 이따금 까마귀떼들이 마께도니아의 삼각형[2]을 그리며 지나갔다. 까마귀떼는 안개 속의 조난객처럼 가끔은 아무 말 없이, 가끔은 서글피 울며 바다를 향해 날아갔다. 그리고 그 울부짖는 소리는 땅 밑에서부터 올라오는 한탄처럼 묵직한 소리로 땅에 닿았다.

프리힐리스가 옥수수 경작 대신 집중경작으로 전환하는 게 낫겠다는 얘기를 하는 동안, 낀따나르는 3등칸 기차의 딱딱한 받침대에 머리를 기댄 채 누런 하늘을 바라보고 있었다. 구름 사이로 보이던 까마귀 군대가 허공 속으로 사라지는 모습을 보았다. 이제는 인쇄된 모래알처럼 보였다. 더 나중에는 잘 보이지 않다가, 훨씬 나중에는 아무것도 보이지 않았다.

2분 있으면 루가레호입니다! 누군가 그렁그렁한 목소리로 급히 소리 질렀다.

낀따나르는 창문 밖으로 고개를 내밀었다. 손을 내밀면, 아니 조금만 더 뻗으면 기차역이 바로 닿을 것 같았다. 초콜릿색으로 요란하게 페인트를 칠한 기차역이 얼어죽을 만큼 추워 보였다. 입구의 창가에 서른살 정도 되어 보이는 금발 여자가 앉아 아이에게 젖을 물리고 있었다.

역장의 마누라군. 그들은 이 오지에서 살고 있지만 행복해 보여. 낀따나르는 생각했다.

역장이 지나갔다. 거지처럼 보였다. 젊었다. 창문에 비친 여자보다 훨씬 젊어 보였다.

저들은 서로 사랑할 거야. 적어도 그녀는 그에게 충실하겠지.

2 마께도니아가 포함된 발칸반도는 큰 삼각형 모양을 이루고 있다.

긴따나르는 이런 추측을 한 후 다시 자기 자리에 털썩 주저앉았다. 그는 두 눈을 감고, 한 손으로 얼른 얼굴을 가렸다. 기차가 다시 움직이기 시작했다. 쇳소리와 나무들이 삐걱대는 소리, 균일한 진동이 자장가 소리처럼 들려왔다. 긴따나르는 자기도 모르게, 그의 개똥지빠귀, 자기 집의 자랑거리인 개똥지빠귀가…… 부르는 행진곡 박자로 무겁게 삐거덕거리는 바퀴의 박자를 쟀다. 그러고는 폴카 춤곡의 박자로 기차의 움직임을 쟀다…… 그러다가 그는 잠들었다.

30분 후 그들은 역에 도착했다. 빨로마레스 습지까지 남은 길은 도보로 가야 했다.

긴따나르는 프리힐리스가 어깨를 툭 치자 깜짝 놀라 잠에서 깼다.

그는 연결되지 않는 수천가지 황당한 꿈을 꿨다. 그 자신이 성가대 신부복을 입고 비베로 본당에서 돈 알바로와 판사 부인을 결혼시켰다. 그리고 돈 알바로도 사제복을 입고 있었다. 그런데 콧수염과 구레나룻을 길렀다…… 그러고 나서 셋이 함께 무대 위 피아노 옆에서 「세비야의 이발사」를 부르기 시작했다. 자기가 타악기들보다 먼저 선수를 쳐 잠긴 목소리로 노래했다.

Quando la mia Rosina……[3]

관람석에 있던 관객들은 그가 유일한 관객처럼 얘기하는 것을 듣고는 까마귀처럼 울어댔다…… 관람석 전체가 부리를 크게 벌리고 뱀처럼 꿈틀거리며 목덜미를 비트는 까마귀들로 가득 차 있었

[3] 「세비야의 이발사」의 2막과 마지막 장의 피아노 치는 장면에 나오는 가사.

다…… 악몽이야. 낀따나르는 생각했다. 그러고서 그는 비몽사몽
간에 걸어서 빨로마레스 내리막길을 걸어갔다. 그들은 로까 따하
다에 있었다. 협곡으로 갈라진 아레오 산이 깎아지른 듯 오른쪽으
로 솟아 있었다. 그 협곡으로는 좁은 도로와 아브로뇨 강만 지나갔
다. 협곡 한가운데로 강과 도로가 수직으로 교차되어 있고, 하얀 돌
다리가 있었다.

프리힐리스의 절친한 친구로, 저수지 관리인이자 석공인 마띠엘
라의 술집이 있는 로까 따하다에서 아침식사를 한 후 사냥 나온 두
친구는 국도를 벗어나, 검푸른 풀이 높게 자란 질퍽거리는 초원을
따라 아브로뇨 강가에 다시 도착했다. 그곳에서는 강폭이 훨씬 넓
어져 골풀과 모래로 둘러싸였으며, 이미 가까이 있는 바다 쪽으로
향하는 초록 물결이 잔물결을 일으켰다.

프리힐리스와 낀따나르는 배를 타고 강을 건너, 산꼭대기에 사
과나무와 월계수, 둥그스런 반송과 늠름한 포플러들 사이사이 하
얀 집들이 펼쳐진 마을이 자리 잡고 있는 언덕으로 오르기 시작했
다. 가위로 재단한 듯 깔끔하게 경사진 대초원의 맑은 초록색 위
로 펼쳐진 송림과 월계수, 과수원 오렌지 나무들의 초록빛이 우윳
빛 하늘 아래, 하얀 벽들 사이로 돋보이며 산 정상에 경쾌한 모습
을 안겨주었다. 하얀 집들은 가느다란 구름들 사이로 망을 보듯 대
낮의 광활한 빛을 모두 빨아들였다. 산을 오르기 위한 첫 계단 같
은 산허리를 따라 올라가면서 지형은 단단해졌고, 풀은 본연의 색
을 밝게 드러내며 작아졌다. 프리힐리스는 발걸음을 멈추고, 자기
앞에 있는 아레오 산과 아래쪽으로 펼쳐진 물결치는 강물과 바다
로 이어지며 하얀 얼룩을 그린 푸른 띠 모양을 감상했다. 그 띠는
보기에는 강보다 훨씬 높은 곳에서, 구름들을 향해 올라간 어두컴

컴한 벽처럼 수평선 한쪽 구석에 있었다.

긴따나르는 초원이 훤히 내려다보이는 바위에 앉았다. 산쪽에서 강을 가로질러 높이 날아오는 개똥지빠귀 떼가 보였다. 그들은 총을 발사했다. 그런데 프리힐리스의 총알이 너무 빗나가 촘촘하게 모여 있던 새 떼들을 흩어지게 하는 것밖에 못했다.

"이런 멍청이, 자네가 쏴!" 프리힐리스가 화를 내며 소리 질렀다.

긴따나르가 일어나 총을 겨누고 발사했다. 강에 사는 개똥지빠귀 네마리가 산탄에 맞아 상처를 입고 떨어졌다. 그 순간 긴따나르는 배신자에다가 파렴치한 돈 알바로의 머리에 그 산탄을 쐈어야 했다고 생각했다.

그래, 저 총알은 알바로에게 쏘려고 했던 총알이야. 죄없는 개똥지빠귀들이 짝을 이루며 우수수 떨어지는데도, 그의 명예를 훔친 도둑놈은 아직도 살아 있다니. 정말 이상한 일이었다! 거기 공원에서 알바로의 머리를 겨누고 있었을 때, 그는 치명적인 탄창에 산탄만 장전되어 있다는 사실을 기억하지 못했다. 그 엽총에는 산탄보다 더 큰 탄환이나 총알이 장전되었다고만 생각했다.

사냥꾼은 자기에게 몰아닥친 엄청난 불행에도 불구하고, 자기의지와는 아주 상반되게 허영심이 채워지는 즐거움을 맛보았다. 프리힐리스는 두발을 쐈는데, 그런데…… 아무것도 맞추지 못했다. 그는 단 한발만 쐈는데…… 네마리나…… 그랬다. 네마리가 그곳 초원의 풀잎에 내린 하얀 서리 위에 붉은 핏방울을 떨어뜨렸다.

30분 후에는 프리힐리스가 큼지막한 바다오리 한마리를 죽이며 역전되었다. 긴따나르는 재미로 까마귀 한마리를 죽였지만 줍지 않았다.

그들은 가져온 도시락을 먹는 12시까지 사냥에 전념했다. 프리힐리스의 개들은 지겨워했다. 개들은 자기네가 부차적인 역할밖에는 하지 못하는 그 사냥을 부끄러워하는 것 같았다. 개들은 하품하며, 주인의 목소리에 마지못해 복종했다.

싸온 도시락을 먹고 평소 마시던 술을 한잔 걸치자 낀따나르는 자신의 슬픔이 네배는 더 강하게 느껴졌다. 모든 것이 분명하게 보였다. 그가 새벽에 발견한 사실에 따른 모든 결과가 옛 역사책을 펼쳐놓은 듯 한눈에 보였다. 일어난 일과 앞으로 일어날 일이 파노라마처럼 펼쳐졌다. 그는 말하고 싶어 입이 근질거렸고, 울고 싶어 죽을 지경이었다. 영혼을 나누는 친구에게, 유일한 친구에게, 진정한 친구에게 마음을 열지 못할 것도 없지 않은가? 그런데도 마음을 열지 못했다. 아직은 때가 아니었다.

드넓은 초원 위를 날아다니며 늘 경계를 늦추지 않는 댕기물떼새 무리를 쫓기 위해 두 사람은 흩어졌다. 식용은 아니지만, 프리힐리스는 아이러니하게 그 새들이 머리를 쓰는 듯 사냥꾼들을 조롱하며 전쟁을 선포했다. 그들은 기다렸다. 신경 안 쓰는 척하며 감시했다. 그러다가 프리힐리스가 울타리 뒤에 숨어 총을 발사하면서 걸어가자 새들이 야간집회에 모였다가 들킨 마녀들처럼 화들짝 소리 지르며 훨훨 날아갔다. 프리힐리스는 화를 내며 집요하게 새들을 쫓아갔다.

그들은 헤어졌다. 댕기물떼새들이 시꺼멓게 뒤덮은 초원에서 도망쳐나온다면 프리힐리스의 총과 마주하게 될 것이다. 그리고 만일 다른 쪽으로 간다면 낀따나르가 발사할 것이다.

그렇게 낀따나르는 계곡이 내려다보이는 언덕 위에 혼자 있었다. 해가 구름을 쫓아내지는 못했다. 종이 위로 살짝 기름을 발라서 만든 연극무대의 달처럼 하얀 차일 뒤로 해가 어렴풋이 모습을 드

러냈다. 나중에 구름들 아래로 나타나 불행을 알리는 겨울새들이 멀리서 소리를 질러댔다. 새들은 총알이 미치는 거리 밖에서 사냥꾼에 대한 두려움 없이 날아다녔다. 하지만 낀따나르는 그 광경이 삶에 지친 서글픈 모습 같다는 생각이 들었다.

들판이 우수에 젖어 있었다. 겨울은 벌거벗은 육신과도 같았다. 그런데도 자연은 얼마나 아름다운가! 자연은 얼마나 편안히 휴식을 취하고 있는가!…… 인간이 증오와 배신, 마음을 불행에 묶어놓는 관습이라는 법을 만든 장본인이었다. 허위의 원칙, 편견, 극단, 폭력이 난무하는 사회를 경멸하는 농업사상가 프리힐리스의 철학이 지금 낀따나르 앞에 다가왔다. 그때 낀따나르의 온몸은 마치 하나의 진정한 철학이나 영원한 지혜나 되는 듯 낮잠을 원했다. 산 너머 산을 더 넘어 저기 있는 베뚜스따는 넓은 세상과 비교하면 무엇인가? 아무것도 아니다. 마침표 하나일 뿐. 그리고 모든 도시들, 개미와 다름없는 인간들이 은신처로 삼는 그 모든 구멍들은 처녀림, 사막, 산맥, 광활한 바다와 비교하면?…… 아무것도 아니다. 그리고 명예를 위한 법, 사교생활을 위한 모든 걱정, 그런 것은 하늘의 별과 바다의 파도와 땅속의 불과 나무 수액이 속하는 위대하고 불변하는 자연의 법칙 옆에 있으면 무엇인가?

한순간 낀따나르는 아레오 산 정상을 뒤덮은 떡갈나무 중 한 그루처럼 뿌리와 가지들을 뻗어내리고 자기도 이끼로 뒤덮이고 싶다는 강렬한 욕망을 느꼈다. 식물로 자라는 것이 사람으로 사는 것보다 훨씬 나았다.

저 멀리서 총성이 울려퍼졌다. 그러고는 댕기물떼새들이 요란하게 비명을 지르며 비웃으면서 날아올랐다. 그의 머리 위로 새들이 날아가는 게 보였다. 그는 꼼짝도 하지 않았다. 악마에게나 가라지.

토마스 켐피스가 생각났다. 그랬다. 그가 잊고 있던 켐피스의 말이 옳았다. 켐피스는 어느 곳에든 십자가가 있다고 했다. '당신 자신의 관점과 소망에 따라 모든 사물들을 정리하고 정돈하십시오. 그러지 않으면 당신이 좋아하든 아니든 당신은 항상 고통받게 되어 있습니다. 당신은 늘 십자가를 발견하게 될 것입니다.' 현명한 고행자가 말했다.

그리고 이 말도 떠올렸다. '어느 때는 하느님이 당신을 버리는 것 같을 것입니다. 그리고 어느 때는 당신이 다른 사람 때문에 고통받는 것 같을 것입니다. 그런데 대부분의 경우 당신이 당신 자신을 괴롭히는 것입니다.'

그래. 남이 나를 괴롭히고, 내 자신이 나를 괴롭히고, 영혼이 피를 흘릴 때까지 내 자신에게 상처를 입혔어…… 내가 뭘 해야 할지 모르겠어. 내가 무슨 생각을 해야 하는지조차도 모르겠어. 아나가 나를 속였어. 파렴치한 여자. 그래…… 하지만 그렇다면 나는? 나는 아나를 속이지 않았나? 내가 무슨 권리로 산만하고 재미없는 늙은이의 냉정함을 낭만적이고 애정표현을 좋아하는 청춘의 열정과 꿈에 합친 거지? 그리고 왜 나는 결혼이라는 전쟁터에서 나이를 핑계대고 군인답게 열심히 싸우지 않고서 이제는 불륜을 몰래 덮으려고 하는 거지? 법이 뭐라고 하든, 아내가 불륜을 저지른 남편의 역할마저 포기하려는 건가?

낀따나르는 자기가 너무나도 철학적인 것에 분노가 치밀었다. 하지만 달리 어쩔 수도 없었다. 너무 깊이 생각하면 자기가 복수에서 멀어진다는 것도 잘 알았다. 마음속으로는 복수를 원하지 않았다. 공정한 판사답게 벌주고, 그런 식으로 자신의 명예를 지키고 싶을 뿐, 더는 아무것도 원하지 않음을 알았다. 그리고 그것 자체가 짜증이 났다. 그러고 나서는 자기 자신에 대한 연민, 홀로 늙어 가는 모습이 다시 떠올랐다. 그리고 저기 잿빛 하늘 위에서는 켐피스가 낯선 언어로 읊조리듯 알까라반 새들이 탄식을 쏟아내며 날아갔다.

그래, 슬픔은 보편적이야. 온 세상이 썩어 있어. 그리고 그중에서도 인간이 가장 썩었어.

그러고서 그는 평소처럼 자기가 무엇을 해야 할지, 무엇을 생각해야 할지도 모르고, 아직 무엇을 느껴야 할지도 모른다는 결론에 이르렀다.

어찌 됐든 망토와 검을 휘두르며 명예를 지키는 연극은 교활한 거짓말이야. 딱 4행시를 읊을 시간만 주고, 남의 몸을 칼로 찌르지. 세상은 연극과 같지 않아. 명예로운 그리스도교인은 그렇게 성급하게 살인을 저지르지 않아.

두 사람은 3등칸이 추울 것 같아 2등칸을 타고 한밤중에 베뚜스 따로 돌아왔다. 프리힐리스는 달빛 아래 서글픈 풍경을 보고 있었다. 그때는 달이 해보다 더 많은 힘을 들이며 구름을 뚫고 나왔다. 프리힐리스는 뒤에서 드릴로 파는 듯한 깊은 한숨 소리에 고개를 돌렸다.

"자네 무슨 일이야? 하루 종일 걱정이 많은 것 같아. 슬퍼 보이고. 무슨 일인가?"

두 좌석을 내리비추고 있는 천장의 등불은 죽은 사람의 관 같은 기차 칸의 어두움을 몰아내지 못했다.

프리힐리스에게는 낀따나르의 얼굴이 제대로 보이지 않았다. 하지만 갑자기 어린아이처럼 흐느끼는 그의 울음소리가 들려왔다. 그러고는 친구의 어깨에 기대는 낀따나르의 단단하고 하얀 머리를 느꼈다. 그랬다. 불쌍한 늙은이는 애정과 믿음을 가지고 죽은 사람처럼 축 처져 기댔다. 자기 생각과 구상을 모두 포기한 것 같았다.

"프리힐리스, 자네의 충고가 필요하네. 나는 너무 불행해. 내 말 들어보게……"

30장

"이제는 많이 조심하게. 자네가 어떡할지 잘 생각해보라고."

"자네는 안 들어갈 건가?"

"아니, 아니…… 난 급해. 해야 할 일이 있어."

"지금 나를 혼자 내버려두다니!"

"자네가 원하면 돌아오겠네…… 하지만…… 일찍 잠자리에 드는 게 낫겠어. 내일 일찍 오겠네."

"내가 그렇게 하겠다고 하지 않은 거, 명심하게."

"알았네, 알았어…… 잘 자게."

"잠깐, 잠깐만…… 나 혼자 놔두지 말게…… 아직은. 나는 그러겠다고 대답하지 않았어. 어쩌면…… 좀더 생각해보고…… 반대쪽 길을 택할 수도 있어……"

"하지만 빅또르, 제발 신중하게. 아닌 척하라니까…… 그러니까 내 말은 자네가 비극을 당하고 싶지 않다면 말일세. 자네도 무슨 말인지 알지……"

"그래! 그래! 베니떼스가 너무 놀라면 강한 충격을 받는다고 했네……"

"그래. 아나가 죽을 수도 있어."

"아나가 병들었다니!"

"그래. 자네가 생각하는 그 이상일 수도 있어."

"그녀가 병들었다! 그리고 충격, 큰 충격이면…… 그녀를 죽일 수도 있다."

"그래. 말하는 대로 될 수도 있어."

"나는 올라가보겠네. 이 모든 분노는 나 혼자 삭이고, 이 모든 아픔은 집어삼켜야 해…… 그리고 시치미를 떼야 해. 그리고 그녀가 의심하지 않도록, 놀라지 않도록 그녀와 얘기해야겠지…… 그녀가 갑자기 죽지 않도록 말이야……"

"그래, 빅또르. 그래, 자네가 그 모든 걸 해야 해."

"하지만 프리힐리스, 다 행동보다 말이 더 쉬운 법일세. 문고리를 보는 순간, 두려움이 밀려든다는 거 이해해주게. 손잡이를 보면 그것이 물컹거리는 쇠라도 되는 듯 역겨운데, 왜 그런지 자네가 설명해보게……"

이 말에 프리힐리스는 입을 다물었다.

그들은 역에서 돌아와 오소레스 저택 대문 앞에 이르렀다. 지붕에 걸린 금빛 등불이 저택을 어둡게 비추고 있었다.

낀따나르는 집으로 들어갈 용기가 나지 않았다. 대문을 두드리고 싶지가 않았다. 하인들이 대문을 열어주면 아나 그녀가 맞으러 나올 것이다. 아나는 평소와 다름없이 감히 미소를 지을 것이다. 어쩌면 키스해달라고 이마를 입술 가까이 들이댈 수도 있다……

그리고 그는 미소를 지으며 입을 맞춘 후 가만히 있어야 할 것이다…… 그리고는 매일 밤 그랬던 것처럼 아무렇지도 않게 잠자리에 들어야 할 것이다…… 프리힐리스는 그것이 너무한 짓이라는 걸 알아야 한다……

게다가 불쌍한 전직 판사는 프리힐리스에게서 아나의 건강상태를 전해들은 순간 망치로 머리를 얻어맞은 기분이었다. 그녀를 파렴치한 배신과 범죄로 이끈 그 발랄함과 흥분이…… 병들어 그런 거라니! 아나가 언제라도 바로 죽을 수 있다니. 기쁨이나 고통과 마찬가지로 강한 충격도 그녀를 짧은 시간에 죽음에 이르게 할 수 있다니!…… 그런데 고통에 더 민감하다고 했다. 친구의 이야기를 전해들은 후 프리힐리스가 바로 해준 말이었다. 알바로는 우리가 총살시키세. 그게 자네에게 위안이 된다면. 하지만 기다려야 하네. 스캔들은 막아야 해. 특히 충격은 막아야 해. 연극에 등장하는 남편들처럼 자네가 그녀의 침실로 무작정 쳐들어간다고 해도 자네 아내가 입을 충격과 놀라움은 반드시 막아야 하네…… 신과 인간의 법에 따라 유죄인 아나가 프리힐리스의 개념으로는 죽어 마땅할 정도는 아니었다.

"누가 그녀를 죽이고 싶어하겠는가! 나는 그것을 원치 않아!" 그 말을 듣자마자 낀따나르가 말했다.

하지만 프리힐리스가 반론했다.

"자네가 모든 것을 알고 있다고 말한다면, 그것은 자네가 그녀가 죽기를 바란다는 얘기일세. 가장 중요한 것은 잘 생각해야 한다는 것이야. 자네에게 아나를 용서하라고는 하지 않겠네. 그리고 그게 유일한 해결방법이라고도 하지 않겠네. 하지만 용서하는 것도 한 가지 방법이라고 솔직하게 말하겠네."

"그녀를 용서한다는 것은 그 모욕과 타협하라는 것이네……"

"그건 두고 봐야겠지. 자네는 그리스도교인인가?"

"그렇네. 진정으로, 하루하루 더 절실하게…… 이제 내 영혼에게는 종교 이외에 다른 피신처가 없어 보이네."

"좋아. 자네가 그리스도교인이라는데, 이제 자네가 용서하는지 안하는지 두고 보지. 하지만 아직은 그걸 말하는 게 아닐세. 용서할 수 있는 길을 막지 않으려는 것일세. 자네가 아내에게 치명적인 칼을 휘두르며 그녀의 방으로 들어가면서 '불륜을 저지른 아내는 칼을 받으라!'라고 외치고, 그녀가 '오, 하느님 맙소사'라고 말한 후 정신을 잃고 쓰러지는 게 괜찮은지, 그전에 생각해보라는 것일세. 그녀가 '오, 하느님 맙소사'라고 소리를 지를지 여부는 모르겠지만 쓰러질 거라는 건 분명해. 그리고 그녀를 죽이기 전에, 우리에게 그럴 권리가 있는지 잘 생각해봐야 하네."

"없어. 나에게 그럴 권리는 없지. 양심이 그렇게 말해……"

"그게 제대로 된 얘기지. 자네에게 비극적인 짓을 저지르라고 충고할 권리는 내게도 없어. 자네도 분명히 기억할 테지만, 빅또르, 내가 자네를 결혼시킨 장본인일세. 나는 두 사람을 행복하게 해주는 거라고 생각했었는데……"

"그래, 자네가 착각한 것 같지는 않았어. 나를 행복하게 해줬어. 아나는…… 10년 이상은 아나도 그렇게 보였어."

"그래. 그렇게 보였지. 하지만 속으로는…… 10년이면 충분하지. 인생이 짧으니 말이야…… 그렇게 짧은 세월도 아니지."

"이보게, 프리힐리스. 자네의 철학은 나와 같은 처지에 있는 남편에게는 위로가 되지 않는군…… 자네가 내게 무슨 말을 하려는지 다 알아. 그것도 훨씬 더 많이 알아…… 하지만 그건 위로가 되지 않아."

"자네의 처지에서는 시간을 두고 오래 천천히 심사숙고하는 것만큼 더 좋은 위로는 없을 거야…… 하지만 지금은 자네가 문제가 아니라, 아나가 문제일세. 자네는 검이나 칼로 알바로의 몸을 꼭 찔러야 한다고 생각하나? 그렇다면 그렇게 하게. 하지만 언제 어떻게 할 건지 잘 생각해야 하네. 진정해야 해. 자네가 아나의 병세를 알았으니 말이야. 베니떼스가 나에게 비밀을 지켜달라고 했지만, 그런 사실을 알고 나니, 아나가 죽을 수도 있다는 걸 알기 때문에 상황이 급박해 약속을 깨고 말았네……"

"하지만 내가 불륜에 대해 알고 있다는 걸 아나가 아는 것보다 지금 하는 짓을 계속하는 게 더 나쁜 것 아닌가? 그녀가 나를 경멸하지 않을 거라고, 다른 놈하고 도망치지 않을 거라고 확신할 수 있나?"

"빅또르! 어리석게 굴지 말게! 그놈은…… 교활한 놈일세. 그놈은 열매가 익어서 떨어질 때까지 기다리는 것 이외에는 아무 짓도 하지 않았네…… 그녀는 알바로를 사랑하지 않아…… 그놈이 비겁하고, 그놈이 그녀를 위해 싸우기도 전에 그녀를 버렸다는 사실을 알게 되면…… 바로 그를 경멸하며 저주할 걸세…… 반면에 아나는 양심에 가책을 받아 자네에게 돌아올 걸세. 늘 사랑했던 자네에게 말이야."

"사랑은 무슨!"

"사랑했어. 아버지보다 훨씬 더 많이. 지난 일들보다 더 확실한 증거가 어디 있겠나? 아나가 왜 신비주의자가 되었나?…… 그리고 불쌍한 아나는…… 또한 발작도 겪어야 했네…… 내가 보기에 그건…… 하지만 그건 얘기하지 말자고. 그녀는 분명하게 자기와 싸왔는데, 왜 그렇게 싸웠겠나? 자네를 사랑하기 때문일세…… 자네를 사랑하기 때문이야…… 자네를 많이 사랑해서……"

"그래서 나를 배신한다!"

"아나가 자네를 배신했지! 배신했어!…… 그건 더는 얘기하지 말자고…… 자네가 더이상 내 철학을 원하지 않는다고 하지 않았나. 자네가 모욕당한 명예를 되찾겠다고 무기를 드는 무대를 연출한다면, 바로 장례식 무대가 펼쳐지게 되겠지."

"이봐, 자네가 말하는 방법은 하여간!"

"사실 완벽한 드라마지. 하지만 마지막 경우에, 자네가 그렇게 화가 많이 났다면, 자네가 그렇게 눈먼 장님이라면, 자네에게 분명하게 말하는 자네의 이성이나 양심도 듣지 않는다면, 그녀의 이름을 부르며 올라가서 한바탕 난리를 부리고 집에 불을 지르게…… 아니면 그렇게 난리를 부리지 말든가. 자네 얘기만으로도, 아나가 뒤로 넘어가 자네는 모르는 뭔가가 안에서 터질 정도로 깜짝 놀랄 테니 말일세. 하지만 그 뭔가는 전신주의 철사줄과 마찬가지로 생명과 직결되는 중요한 것일세. 자네가 격노했다면, 자네가 진정할 수 없다면, 자네가 하고 싶은 대로 뭘 하든 용서받을 수 있을 걸세. (잠시 쉬었다가) 빅또르, 하지만 그렇지 않다면 자네에게는 하느님의 용서가 없네."

프리힐리스가 마지막 부분을 근엄하고 위엄있는, 떨리는 목소리로 얘기하여 친구를 겁에 질리게 했다.

기차역에서 집으로 가는 길과 대문 앞에서 이뤄진 이 대화 이후, 낀따나르가 문쪽으로 다가가 문고리를 잡으려는 순간 프리힐리스가 다시 신신당부했다.

"자, 이제는 특히 조심해. 자네가 어떻게 처신해야 할지 잘 생각해보라고."

프리힐리스는 마음이 급했다. 얼른 돈 알바로를 찾아가, 낀따나르가 그의 배신을 알고 있으니, 그날밤에는 공원을 뛰어넘어 약속 장소에 가지 말라고 주의를 주러 한시 급히 달려가기 위해 낀따나르의 곁을 떠나려고 했다. 알바로가 그곳에 갈 거라는 건 쉽게 추측할 수 있었다. 다른 때도 그랬듯이 이미 오래된 습관이었다. 이미 오랜 습관처럼 굳어진 전날 밤의 장면이 그날밤에도 다시 반복될 거라는 걸 낀따나르는 생각도 하지 못할 거라는 걸 프리힐리스는 알고 있었다. 알바로는 공원에 숨어 있던 피해자를 보지 못했으니, 평소와 다름없이 다시 돌아갈 테고, 그러면 낀따나르가 그를 붙잡을 것이며, 그때는 비극을 막을 길이 없다. 게다가 프리힐리스는 알바로에게 낀따나르가 결투를 신청한다는 말을 꺼내는 순간 알바로가 바로 베뚜스따를 도망칠 거라고 확신했다. 프리힐리스에게는 베뚜스따의 돈 후안이 겁쟁이라는 증거가 부족하지 않았다.

하지만 낀따나르는 그가 떠나도록 내버려두지 않았다!

정년퇴임해 존경받는 전직 판사는 그날밤만큼은 자신의 고통과 분노, 뭐가 됐든지 일체 내색하지 않기로 다시 약속한 후 마침내 문고리를 잡고 힘차고 분명하게 두드렸다. 가정이 명예롭고 가장이 존경받고, 어쩌면 사랑받았을 때와 마찬가지로, 그 소리가 중정 안으로 울려퍼졌다.

"잘 가게, 잘 가. 내일 아침 일찍 보세!" 프리힐리스가 팔을 붙잡고 있던 떨리는 손을 풀며 말했다.

이기주의자. 낀따나르는 홀로 남게 되자 생각에 잠겼다. 이 세상에서 나를 사랑하는 유일한 사람이야. 그런데 이기주의자라!

문이 열렸다. 그는 잠시 망설였…… 중정에서 얼음장처럼 차가운 바람이 흘러나오는 것 같았다.

낀따나르는 안으로 들어갔다. 자기 뒤로 있던 문을 닫기 위해 대문 쪽으로 몸을 돌리는 순간 시커멓고 길쭉한 혼령 하나가 자기 집으로 들어서는 게 보였다. 그 혼령이 대문 앞쪽을 따라 한걸음, 한걸음 다가와 천모자를 벗었다.

"낀따나르 씨!" 부드럽지만 떨리는 목소리로 말했다.

"아이고! 신부님! 총대리신부님…… 신부님!" 전직 판사는 곧 쓰러질 듯 온몸이 차가워지면서 부들부들 떨렸다. 그는 침착한 목소리를 유지하기 위해 안간힘을 쓰며 덧붙였다. "이 시간에…… 무슨 일로…… 오셨습니까? 무슨 일이 있습니까? 무슨 안 좋은 일이라도?"

하지만 이 작자는 아무것도 모르나? 페르민 신부가 속으로 말했다. 총대리신부는 무덤에서 막 나온 사람 같았다.

총대리신부는 계단의 가로등 불빛 아래서 낀따나르를 보았다. 얼굴이 핼쑥해 보였다. 그리고 낀따나르는 신부가 너무 창백한데다 왠지 모르게 그의 눈이 무서웠다. 불확실한 불행에 대한 두려움이고, 미신과도 같은 두려움이었다. 그곳에 도착할 때까지 신부는 아무 말도 하지 않았다. 그는 낀따나르의 손을 꼭 잡고는 우아하면서도 기운이 넘치는 동작으로 계단을 올라가자는 제스처만을 취했다.

"그런데 무슨 일입니까?" 낀따나르가 중간쯤 올라가다가 쉬면서 나지막하게 물었다.

"사냥 다녀오시는 길입니까?" 신부가 힘없는 목소리로 대답했다.

"네, 신부님. 프리힐리스와 함께요. 하지만 대체 무슨 일입니까? 꽤 오랜만에…… 게다가 이 시간에……"

"서재로, 서재로 가시지요. 괜히 수선을 피워서는 안됩니다……
서재로……"

대저택의 복도를 따라, 안셀모가 주인과 그 뒤를 따르는 총대리
신부에게 불을 비춰주었다.

아나를 찾지 않는군. 페르민 신부는 생각했다.

"마님은 들어오시는 소리를 듣지 못하셨습니다. 침실에 계십니
다…… 마님께 말씀드릴까요?……" 안셀모가 물었다.

"응? 아니, 아니, 놔두거라…… 그러니까…… 신부님이 단둘이
얘기하기를 원하신다면……" 그 말을 한 후 집주인이 돌아보았다.

"네, 그렇습니다. 서재로…… 서재로 가시지요."

그들은 들어갔다. 낀따나르는 눈에 보일 정도로 떨었다. 저 작자
가 무슨 얘기를 하려는 거지? 대체 무엇 때문에 온 거지?

안셀모가 초 두개에 불을 밝히고서 밖으로 나갔다.

"안셀모, 마님이 나를 찾으면 일이 있다고, 바쁘다고…… 방에서
기다리라고 전해라…… 그거 아닙니까? 신부님은 우리 단둘이 할
얘기가 있는 거 아닙니까?"

총대리신부가 안셀모가 나간 문을 응시하며 고개를 끄덕였다.

이제 나갔으니, 이제 말해야 한다. 무슨 얘기를 하려고 했더라?
끔찍했다. 뭔가를 말해야 하는데, 막연하게나마 아무 생각도 들지
않았다. 자기가 이 얘기를 해야 하는지도 전혀 확신이 들지 않았
다. 먼저 묻지도 않고 어떻게 얘기할 수 있단 말인가? 낀따나르가
무엇을 알고 있을까? 그게 문제다. 자기가 아는 내용에 따라……
말해야 한다…… 하지만 아니다. 이건 아니다…… 먼저 설명부터
시작해야…… 정말 난처하다. 총대리신부는 양초들이 타고 있는
은촛대를 훔치러 서재에 들어왔다가 낀따나르에게 들키기라도 한

듯 안절부절못했다.

낀따나르는 입을 꼭 다문 채, 꽤 놀란 듯 눈을 크게 뜨고 눈으로 묻고 있었다.

어서 말하세요…… 반짝이는 눈동자가 그렇게 말했다. 그 순간에는 질문하는 뉘앙스 외에는 아무 표현도 담겨 있지 않았다.

말해야 하는데.

"여기…… 마실 물이…… 좀…… 있나요?" 페르민이 말했다. 숨이 막혀 죽을 지경이었다. 입천장에서 혀를 뗄 수가 없었다.

낀따나르가 물을 찾았다. 협탁 위의 컵에 물이 있었다. 물에 먼지가 잔뜩 떠 있었고, 물맛도 이상했다. 페르민 신부는 물에서 식초 맛이 난들 이상하지 않았을 것이다. 그는 자신의 십자가를 짊어진 채 고통받고 있었다. 달리 어떻게 할 수가 없어 그 집을 찾아온 것이었다. 자기가 그곳에 있어야 한다고, 뭔가를 해야만 한다고, 복수를 꾀해야 한다고 알고 있었다. 하지만 어떻게 해야 할지는 몰랐다. 밤 10시가 다 된 시간에, 그와 남편을 속인 바람난 여자의 남편의 서재에 와 있는데, 그곳에서 뭐하고 있는 거지? 무슨 말을 해야 하지? 총대리신부는 고난의 날, 그날 하루 겪었던 모든 일들을 흥분 속에서 떠올렸다. 그는 잔에 있던 물을 마신 후 얇고 창백한 입술을 닦으며, 그날의 감정들이 관장의 고통처럼 뇌리를 스치고 지나가는 게 느껴졌다. 그는 아침에 일어나면서 불덩어리 같은 열에 깜짝 놀라 어머니를 불렀다. 하지만 자기가 왜 아픈지 이유를 설명할 수 없었기 때문에 아무렇지도 않은 척 일어나서 나와야 했다. 그의 눈에는 거리와 사람들이 멀리서 타오르는 양초의 누런 불빛처럼 반짝였다. 발소리와 목소리 들이 묵직하게 들렸고, 단단한 육신들이 모두 공허하게 보였다. 모두 허망한 꿈과 같았다. 짐승 같은 잔인함, 돌 같은 이기주의, 일반적인 무관심과 같다는 생각이 들었다. 왜 모든 베뚜스따 사람들은 그에게 별로 중요하지도 않은 수천가지 일들을 얘기하는 걸까? 왜 아무도 그의 고통을 모르는 걸까? 왜 아무도 그를 불쌍하게 여기지 않고, 배신자들에게 악담을 퍼부으며 벌하도록 도와주지 않는 걸까? 그는 거리를 벗어나 빠세오 데 베라노를 거닐었다. 이제는 흐르는 물자국이 자취를 남긴 축축한 모래와 헐벗은 차가운 나무들이 서글펐다. 그는 분노를 느끼며 성큼성큼 걸어가 모래를 밟고 지나갔다. 수단이 양다리를 휘감고 있고 목에 걸린 사순절 영대가 그의 운명을 비웃는 듯했다. 무릎으로 수단을 걷어차서 찢어버리고 싶었다.

내가 남편이다. 남편은 나다. 총대리신부는 생각했다. 아직 아무도 죽이지 못한 멍청이는 남편이 아니란 말이야.(이미 정오였다.) 낀따나르는 7시부터 모두 알고 있어야 했다. 세상의 법칙은 조잡한 연극과 다름없었다! 낀따나르에게는 복수할 권리는 있지만 마음이 없었다. 그런데 자기에게는 마음이 있었다. 반드시 죽여서 씹어먹고 싶었다. 그런데 그럴 권리가 없었다…… 자기는 신부이고 사제이고, 참사회원이었다. 사방에서 자기를 크게 비웃는 소리가 들리는 것 같았다. 그 순간 페르민 신부의 머릿속은 장난기 가득한 신들의 신화로 가득 찼다. 그 신들이 그 비참한 베뚜스따의 총대리신부와 맞서 공모를 꾀하고 있었다.

탄탄한 다리에 휘감기는 사제복이 말하고 있었다. 절대 부서지지 않을 요란한 쇠사슬처럼 '사각사각' 소리가 났다.

페르민 신부는 어떻게 해야 할지 모른 채 돈 알바로의 호텔 앞을 지나갔다. 돈 알바로가 자기 숙소 침대에서 자고 있다는 걸 알고 있었다. 그의 걱정대로 낀따나르가 오소레스 저택의 공원을 나서는 것을 막지 않았다면, 아무 일도 일어나지 않았다면, 알바로는 쾌락이 끝난 후 휴식을 취하며 침대에서 편안히 있을 것이다. 그가 위로 올라가서 알바로의 방으로 들어가, 그곳에서…… 침대에서…… 베개로…… 그를 질식시킬 수도 있다…… 그게 그가 해야 할 일이다. 그렇게 하지 않는다면 그가 비겁한 거다. 그는 어머니와 세상과 법이 두려웠다…… 스캔들, 그가 발각된 범행의 주범이라는 소식이 두려웠다. 큰 모험이 없는 일상의 무기력이 그를 붙잡았다…… 그는 비겁했다. 심장이 있는 사람이라면 올라가서 죽일 것이다. 그리고 세상 사람들, 멍청한 베뚜스따 사람들, 어머니와 주교, 교황이 왜 그랬냐고 물으면, 필요하다면 설교대에서 소리 질러 답하고 싶다. 바보 멍청이들, 왜 죽였냐고? 내 아내를 도둑맞았기 때문이야. 내 아내가 나를 속였기 때문이야. 그 파렴치한 여인의 영혼을 지켜주기 위해 육체를 존중해줬는데, 다른 여자들과 마찬가지로 창녀인 그녀가 자신의 육체를 차지하지 않았다고 나에게서 영혼을 훔쳐갔기 때문이야. 나는 두 사람을 죽일 거야. 그녀의 주치의가 한 말은 잊어버렸어. ubi irritatio ibi fluxus라는 말은 잊어버렸어. 다른 여자들에게 그랬듯이 그녀에게 무례하게 굴지 않았어. 그녀의 성스러운 육체가 인간의 육체라는 사실을 잊었던 거지. 나는 그녀의 순결이 두려웠는데, 그녀의 순결이 나를 뒤통수치네. 나는 그녀가 성스러운 육체라고 믿었는데, 그녀의 육체적 타락이 내 영혼을 독살시키고 있어…… 그녀가 나를 속였기 때문에 죽이는 거야. 그녀의 두 눈이 내 눈을 응시한 채 미소를 띠고 입술을 움직이며 나를 영혼의 형제라고 불렀기 때문이야. 나는 의무상 죽이는 거야. 죽일 수 있어서 죽이는 거야. 내가 강하고, 남자이기 때문이야…… 내가 짐승이기 때문이야……

하지만 그는 죽이지 않았다. 그는 입구로 가서 그때 잠깐 베뚜스 따에 들른 나우뽈리아 주교를 찾았다.

"외출하셨습니다."

그리고 페르민 신부는 자기 행동도 의식하지 못한 채 명함을 접어 수위에게 남겨두었다.

그러고는 집으로 돌아왔다.

그는 서재에 틀어박혀 있었다. 아무도 들여보내지 말라고 말하고서 좁은 방 안에서 우리를 맴돌듯 돌아다녔다.

그는 의자에 앉아 두장 정도 글을 썼다. 판사 부인에게 보내는 편지였다. 그러고는 써놓은 내용을 읽어본 후 갈기갈기 찢었다. 그는 다시 돌아다니다가, 다시 편지를 썼다가 또 찢었다. 매 순간 손톱으로 머리를 쥐어뜯었다.

찢어버린 편지들 속에서 그는 울고 흐느끼고 저주하고 경멸하고 으르렁거리고 울부짖었다. 어떨 때는 고급 잉크로 쓴 고통스럽고 답답한 혼란들이 그의 영혼 속에 들어 있는 지저분한 오물들의 하수관 같았다. 오만과 분노가 억눌린 채 계속 속이다가 썩어문드러져 걸쭉해진 음탕함이 폭발해 마구 쏟아져나왔다. 그 순간 사랑은 물길을 따라 흐르는 쓰레기처럼 걸쭉한 후음을 내며 중얼거렸다. 다른 때는 신부의 환상 가득한 이상주의가 멧비둘기처럼 한탄을 쏟아냈었다. 그는 애가에서처럼 원망 없이 부드럽고 온화한, 친밀한 우정을 과시하며 보냈던 날들을 기억했다. 그때 그 미소는 영혼의 충성을 영원히 약속했다. 하늘에서 만날 약속과 뜨거운 서원들, 달콤한 믿음에 대한 영원한 충성을 약속했다. 그는 어느 여름날의 아침을 기억했다. 꽃과 이슬, 신비주의적인 희망들과 달콤한 대화, 미래의 행복과 비교될 수 있는 그 순간의 행복이 있었다. 하지만 멧비둘기의 구슬픈 소리는 소리내어 나뭇가지를 흔들어대는 바람의 훼방을 받았고, 다시 태풍이 포효했고, 천둥이 터졌다. 잔인하고 거칠게 빈정대는 소리는 번개로 시커먼 하늘을 찢듯이 종이를 찢었다. 아나는 누구를 위해 영혼의 구원을, 성자들의 동행을, 충실하고 신실한 마음의 우정을…… 저버린 건가! 가짜 돈 후안 때문에! 멋쟁이 촌놈 때문에! 잠깐 빠리에 다녀온 남자 때문에! 아름다운 몸뚱이 때문에! 멍청한 나르시스 때문에! 석고로 빚은 이기주의자 때문에! 영양가 없고 멍청하고, 텅 비어서 지옥에서도 원하지 않을 영혼 때문에! 하지만 그는 이미 그 사랑의 이유를 알고 있었다. 순수하지 못한 육욕 때문이었다. 그녀는 말랑말랑한 육체를 사랑했고, 재단사에게 맞춰 정성껏 다림질한 옷과 신발가게 주인의 능수능란함, 말 발자국, 명성의 어리석음, 바람둥이의 스캔들, 변덕과 한가함, 먼지, 공기를 사랑했다…… 위선자…… 위선자…… 더러운 여자…… 그녀는 어쩔 수 없이 경솔하고, 천하고, 사기꾼이라고, 거짓이라고 비난받아 마땅했다…… 그러고는 이 대목에 이르렀을 때 그는 자기 자신에게도 분노가 치밀어올랐다. 총대리신부는 화가 나서 종이들을 찢었다. 모욕하지 않으면서 모욕하고, 죽이지 않으면서 죽이고, 토막 내지 않으면서도 토막 내는 식으로, 그렇게밖에는 쓸 수 없었던 것이다. 이 편지는 봉투에 넣어 여자에게 보낼 수 없었다. 그 여자가 아무리 그런 대접을 받아 싸다고 해도 그건 아니었다. 칼집에서 칼을 꺼내 상처를 입히는 게 훨씬 고상했다. 향수를 뿌린 봉투 속에 담은 잔뜩 독을 탄 글자로 눈을 찌르며 상처를 입히는 것보다는 그게 나았다.

하지만 그는 다시 편지를 써내려갔다. 그는 자신을 억누르기 위해 안간힘을 썼다. 그러다가 결국에는 그의 사랑에 필요한 솔직함과 분노가 다른 쪽에서 폭발했다. 그리고 그때 그 자신은 세상 전체를 속이며 가증스럽고 음탕한 모습을 드러냈다. 그래, 그래. 그가 말했다. 나는 내 자신에게 그 사실을 부인했어. 하지만 나를 위해 당신을 원했어. 내 마음속 깊은 곳에서는 나도 모르게 숨을 쉬듯 당신을 갖고 싶었어. 나는 사랑이, 우리의 사랑이 가장 먼저야. 그 나머지는 거짓이고, 유치한 장난이고, 쓸데없는 대화라는 것을 당신에게 가르쳐주고 싶었어. 사랑이 유일한 실체이고, 나를 사랑하는 것이 유일하게 진지한 것이고, 특히 내가 당신을 사랑한다는 걸 알려주고 싶었어. 그리고 필요하다면 도망치고 싶었어. 검은 옷과 가면을 벗어던지고 내 자신을 되찾아 내 자신이 될 수 없는 이곳에서 멀리 도망치고 싶었어. 그래, 아나, 나는 남자야. 당신은 그거 몰랐나? 당신은 왜 나를 속였어? 잘 들어, 나는 당신의 애인을 단번에 사라지게 할 수도 있어. 그는 나를 두려워해. 그건 당신이 알고 있어야 해. 그는 내가 쳐다만 봐도 두려워해. 아무도 없는 데서 나를 본다면, 단둘이 마주친다면, 그는 내게서 도망칠 거야…… 내가 당신 남편이야. 당신은 수백가지 방법으로 그걸 약속했어. 당신의 긴따나르는 아무도 아니야. 긴따나르가 불평도 하지 않는 걸 보라고. 내가 당신의 주인이야. 당신은 나에게 당신의 방법으로 맹세했어. 내가 당신의 영혼을 다스리고 있어. 영혼이 가장 중요하잖아. 당신은 전부 내 거라고, 당신의 치사한 베뚜스따 남자와 아라곤 남자는 따라올 수도 없을 정도로 내가 당신을 사랑하기 때문이야. 아나, 당신과 나만이 알고 있는 이것을 그들이 어떻게 알겠어? 그래, 당신도 이 사실을 알고 있어…… 그런데 잊어버렸지…… 행실 나쁜 베뚜스따 여자들이 모두 입맛을 다시는 물렁물렁한 살덩어리를 가진 그 놈팡이 때문에…… 당신은 요란한 파티를 좋아하는 그 육신과 불륜이라는 고름덩어리들이 전부 거쳐간 그 입술과 능욕이라는 상처들을 전부 핥은 그 입술에 입을 맞춘 거라고……

그러고서 페르민 신부는 다른 편지들보다 이 편지를 더 잘게 갈기갈기 찢었다. 까맣고 하얀 종이파편들이 쓰레기통에 제대로 들어가지 않아 바닥에 눈처럼 쌓였다. 그러고는 자기의 예술적인 분노를 쏟아낸 그 폐허 위를 씩씩거리며 밟고 지나다녔다. 그는 잉크와 차갑고 축축한 종이보다 자기 분노와 복수심을 더 충족시킬 수 있는 뭔가 푸짐한 것을 원했다.

그는 다시 집을 나섰다. 그는 오소레스 저택 앞에 위치한 누에바 광장의 기둥들 사이를 거닐었다.

무슨 일이 일어났을까? 긴따나르가 뭔가 밝혀냈을까? 아니다. 무슨 일이라도 있었다면 이미 알려졌을 것이다. 긴따나르가 알바로에게 총을 쏘았든가, 결투를 하기로 했든가 하면 이미 알려졌을 것이다. 아무것도 알 수가 없었다. 아무것도. 그렇다면 아무 일도 없었다는 거였다.

이미 날이 어두워진 후, 신부는 린꼬나다 거리에 있는 저택의 어두컴컴한 대문 앞을 두세번 오갔다. 그는 뭔가를 알아내고 싶었다. 무슨 소리가 들리는지 감시하고 싶었…… 하지만 감히 대문을 두드리지는 못했…… 자기가 여기서 뭐 하고 있는 건가. 한때는 자기의 충고가 매우 가치있고, 자기를 아주 존경하고 심지어 좋아하기까지 했던 그 집에서 부르기라도 했는가? 아무도 자기를 부르지 않았다. 들어가면 안된다. 그는 들어가지 않았다. 그는 그곳에서 멀어지면서 생각에 잠겼다. 게다가 아나와 얼굴을 마주친다면 무슨 짓을 할지 나도 모르겠어. 피가 미지근한 별 볼일 없는 남편이 그녀를 용서한다면…… 나는…… 나는 용서하지 않아. 그리고 그녀가 내 손안에 있다면…… 내가 무슨 짓을 할지 하느님은 아실 거야. 아니야, 나는 그 집에 들어가면 안돼. 나를 망칠 거야. 그리고 내가 모두를 망칠 거야.

그러고서 그는 집으로 돌아갔다.

도냐 빠울라가 그의 서재로 들어왔다. 그들은 사업 얘기와 교구청의 일들, 많은 일들을 얘기했다. 하지만 아들과 어머니가 함께 걱정하고 있는 일은 단 한 마디도 하지 않았다.

그것에 대해서는 말할 수 없어. 그는 생각했다.

그것에 대해서는 말할 수 없어, 단둘이 있을 때도. 그녀는 생각했다.

그의 어머니는 모든 것을 알고 있었다. 뻬뜨라를 매수해 모든 비밀을 알고 있었다.

게다가 그녀는 비밀경찰의 정보를 통해, 그리고 그녀가 신중하게 관찰한 바에 따라, 그의 아들이 판사 부인에게 아무 힘도 없다는 것을 알고 있었다. 예전에는 아나를 아들의 정부로 오해해 그녀를 비난했다면, 지금은 그녀를 경멸했다. 경멸, 조롱, 기만이 그녀까지 아프게 했던 것이다. 알바로와 같은 비쩍 마른 애송이 때문에 자기 아들을 무시하고 버리다니! 도냐 빠울라의 머릿속은 어머니의 자존심 때문에 분노로 열이 올랐다. 그녀의 아들이 이 세상에서 최고였다. 아들이 사제라 사랑은 죄악이었다. 하지만 그 아들을 속이고, 아들의 영혼에 대못을 박는 것은 더 큰 죄악이었다…… 게다가 복수할 방법도 없다고 생각하니! 없어. 방법이 없어. 그리고 도냐 빠울라가 가장 두려워하는 것은 총대리신부가 자신의 질투와 분노를 참지 못하고 일을 저질러 스캔들을 일으키는 것이다.

그녀는 아들을 위로할 수가 없어서, 아들에게 충고할 수가 없어서 더욱 절망했다.

도냐 빠울라는 파렴치한 연놈, 특히 말라비틀어진 애송이를 벌줄 방법이 떠올랐다. 그 일을 소문내, 그 증오스러운 불륜을 폭로해, 돈 끼호떼와 같은 낀따나르가 창을 높이 치켜들고 나가서 알바로를 죽이도록 부추기는 거였다.

그런데 이건 페르민 신부에게 절대 말할 수 없어.

도냐 빠울라는 들락거리면서 별의별 얘기를 하며, 아들의 표정과 창백함, 잠긴 목소리, 손의 떨림, 서재를 서성이는 모습을 관찰했다.

아들에게 그 복수방법을 은근히 알려줄 수만 있다면 무엇을 못하겠는가! 그렇다. 사랑해 마지않는 아들의 영혼에서 대못을 빼주고 싶었다. 얼마나 훌륭한 아들인데! 아들이 자기에게 주어진 특권을 들어올리고 유지하는 데 얼마나 능력이 출중한가! 도냐 빠울라는 '스캔들이 터지지 않는' 것을 보고, 페르민 신부가 판사 부인과의 이상한 관계에서 더할 나위 없이 신중하고 분별있게 처신하는 것을 보고는 모두 용서하고, 괜한 훈계로 더이상 괴롭히려 하지 않았다. 그리고 아들이 돈 뽐뻬요 기마란의 불신을 꺾고 승리를 쟁취한 그 영광스러운 대화 이후 어머니는 아들에 대해 새삼 감탄하며 존중했다. 그녀는 신중한 선에서 늘 배려하며 아들의 은밀한 욕구를 만족시켜주는 걸로 아들을 도와주려고 노력했다.

두 사람 모두에게 중요한 그 일은 입 밖으로 꺼내지 못했다. 그러다가 결국 도냐 빠울라는 페르민을 혼자 놔두고 자기 방으로 올라와 그곳에서 밤새도록 아들의 움직임을 감시했다. 아들은 아래층에서 한시도 가만히 있지 못했다. 그녀는 희미하게나마 그 소리를 듣고 있었다.

그랬다. 페르민 신부는 혼자 남게 되자 바로 서재 문을 열쇠로 잠근 다음 잠시도 가만히 있지 못했다. 열이 났다. 황당한 계획과 비극적인 범행이 생각났지만 그 생각들은 바로 배제했다. 그는 사방에 묶여 있었다. 그가 생각한 잔인한 행동이라는 게 다른 사람에게는 숭고한 일이 될 수 있지만, 자기에게는 그야말로 우스꽝스럽고 괴기스러운 행동에 불과했다.

하지만 사제복이 그의 몸에 불을 질렀다. 가면을 쓰고 있다는 편집광적인 생각이 참을 수 없는 집착과도 같았다. 그는 자기도 모르게, 자신을 억제하지 못한 채 옷장으로 달려가 사냥복을 꺼냈다. 몇 년 전 마따렐레호에서 좁고 험한 길을 따라 짐승들을 추격하면서 입었던 옷이었다. 2분 만에 신부는 늠름하고 강인한 산 사나이로 바뀌었다. 단단한 몸에 딱 달라붙는 황갈색 옷을 입은 모습은 아직 젊음으로 가득한 자연스러우면서도 남성적인 우아함으로 멋져 보였다. 그는 거울을 바라보았다. 이제는 남자였다. 판사 부인은 그런 그의 모습을 단 한번도 본 적이 없었다.

옷장에 사냥칼이 있어.

그는 그 칼을 찾았다. 그러고는 사냥칼을 찾아내, 검은 가죽 허리띠에 찼다. 칼날이 반짝거렸고, 반짝이는 날이 신부의 열정과 어울리는 표정을 지닌 것 같았다. 신부는 도발적인 칼날에서 '음악'을 느꼈다.

이제 날이 어두워졌으니, 그는 집에서 나갈 수 있었다. 밤이 깊었고, 이제 거리에는 사람들이 거의 없을 것 같았다. 사냥복을 입은 그는 아무도 알아보지 못할 것이다. 뜨라스라세르까 골목에서 알바로를 기다리면 된다. 뻬뜨라가 어느날 밤 그가 담을 타는 걸 본 적이 있다고 한 그 골목이었다. 낀따나르가 아무것도 알아내지 못

632

했다면, 알바로는 매일 밤 그랬던 것처럼 또 그곳을 지나갈 것이다. 그리고 페르민 그가 담 아래 골목의 어둠속에서 알바로를 기다리고 있다가…… 그곳에서 몸싸움을 벌이며 그 작자를 이길 수도 무너뜨릴 수도 죽일 수도 있다…… 칼은 그런 용도에 사용하는 거다!

도냐 빠울라는 위층에서 움직이고 있었다. 천장의 나무판자들이 삐거덕거렸다.

어머니의 생각이 나무판자를 관통하여 아들의 머리 위로 떨어지기라도 한 듯 페르민 신부는 갑자기 생각에 잠겼다.

하지만 아니야. 이건 모두 말도 안돼. 내가 그 파렴치한 놈을 칼로 죽일 수는 없어…… 내게는 그럴 용기가 없어. 그것은 소설에서나 나오는 어리석은 짓이야. 내가 할 필요도 없는 짓을 왜 생각하고 있는 거지? 낀따나르의 용기와 로맨틱하고 기사도적인 생각을 이용하는 방법밖에 없어. 칼은 넣어두겠어. 내 혀가 칼이 되어야 해……

그리고 페르민 신부는 황갈색 외투와 챙 넓은 모자를 벗고 검은 허리띠를 풀어 칼과 함께 모두 옷장 안에 넣어둔 후 사제복과 망토를 갑옷처럼 입었다. 그렇다. 그것이 갑옷이고, 투구였다.

지금 당장, 지금 당장 그를 만나러 가야겠어. 그 멍청한 작자가 빨로마레스로 사냥을 갔다면 이 시간 즈음이면 돌아와 있거나 거의 도착했을 거야. 기차가 올 시간이야. 그의 집으로 가야겠군……

그리고 그는 밖으로 나갔다.

나가다가 어머니와 마주치면 병자가 기다리고 있다고, 자기에게 바로 고해성사를 하고 싶어한다고 말할 것이다.

실제로 도냐 빠울라는 아들이 복도로 나온 인기척이 느껴지자 바로 달려서 내려왔다.

"어디 가는 거요?"

그는 거짓말을 지어냈다.

그리고 그녀는 그 거짓말을 믿는 척하고 나가게 내버려두었다. 아들의 얼굴과 목소리, 모든 면에서 아들이 무모하게 나가는 것이 아니라는 것, 즉 스캔들을 일으키러 나가는 것이 아니라는 걸 알 수 있었다.

어쩌면 아들도 그녀와 같은 생각을 하고 있는지도 몰랐다.

그리고 페르민 데 빠스 신부는 오소레스 저택에 도착하여 광장 쪽으로 사라지는 프리힐리스를 보았다. 그는 대문으로 가 문을 열고 있는 낀따나르에게 인사하기로 마음먹었다. 그러고는 그와 함께 올라갔다. 그에게 얘기하고 질문하고 충고하기로…… 그에게 필요한 복수를 은근히 암시하기로…… 마음먹었다. 그런데 그걸 어떻게 시작해야 좋을지 몰랐다.

신부는 먼지 맛이 느껴지는 물 잔을 다 비운 후에도 무슨 말을 해야 좋을지 몰랐다.

하지만 낀따나르의 놀란 눈이 여전히 묻고 있었다. 그래서 페르민 신부가 말했다……

"친애하는 낀따나르 씨, 당신의 조바심을 풀어드리고 싶지만 불행히도 아무리 표현을 부드럽게 한다고 해도 결코 유쾌하지 못한 바라 상당히 곤혹스러운 그 일을 제대로 말씀드릴 수 없을지도 몰라 두렵기만 합니다……"

"본론을 말씀하시지요, 신부님."

"내가 이 시간에 방문한 것이나 얼마 전부터 이 댁을 거의 방문하지 않은 점, 이 모든 것이 의아하실 겁니다……"

"네, 이상합니다. 어서 말씀하시지요. 무슨 일입니까? 페르민 신부님? 제발 그리스도의 몸에 박힌 못을 걸고 얼른 말씀 좀 하십시오!"

"그리스도와 그의 못과 그의 면류관과 십자가의 이름으로 말씀드리려고 합니다."

"제발……"

"낀따나르 씨, 말씀 드리기 전에 괜찮으신지 여쭤야겠습니다."

"무슨 말씀이신지요?"

"안색이 창백하고, 눈에 띄게 근심이 있어 보입니다. 분명 굉장히 안 좋은 일로 압박을 받으시는 것 같습니다. 들어오면서 계단의 등불 아래서 느꼈습니다……"

"그건 신부님도…… 마찬가지……"

낀따나르의 목소리가 떨렸다.

"바로 그 말씀을 드리려는 겁니다. 제가 찾아온 이유를 아신다면, 조금이라도 아신다면, 분통 터지는 일을 어렵사리 말씀드리지 않아도 될 것 같아서요."

"하지만 무슨 얘기입니까? 제발 말씀해보십시오!"

"낀따나르 씨, 당신은 훌륭한 그리스도교인이고, 나는 사제입니다. 당신이 뭔가…… 할 말이 있다면…… 충고를 구하고 싶으시다면…… 나 역시 사제로서 내가 알고 있는 것을 말씀드리려고 온 것입니다. 나에게 그 사실을 알린 자의 양심이 이런 절차를 요구하는군요."

낀따나르가 놀라서 벌떡 일어났다.

그 순간 신부는 자기 자신에게 매우 만족했다. 방금 모든 것이 확실해졌기 때문이었다. 이제는 어느 길로 가야 할지 제대로 알 것 같았다.

"신부님을 이 시간에 우리집에 보낸 사람이오?……"

"낀따나르 씨, 당신이 그렇게 궁금해하는 것을 이미 알고 계신지 솔직히 말씀해주십시오. 그 사실을 알고 있어서, 그렇게 안색이 바뀐 건지도요…… 거기서부터 시작해야겠지요."

"네, 신부님. 어제는 몰랐던 어떤 사실을 오늘 비로소 알게 되었습니다…… 내 목숨보다…… 훨씬 중요한…… 당연히 중요한, 그런 일을 말이지요. 하지만 신부님이 좀더 분명히 말씀하시지 않는다면, 제가 말씀을 드려야 할지…… 말씀드릴 수 있을지…… 모르겠습니다."

"이제 말할 수 있겠군요. 좀더 분명하게 말할 수 있겠습니다."

"어떤 이라고 …… 말씀하셨지요?……"

"당신에게 해를 입힌 범행을…… 망봐준…… 사람이…… 속죄하며 자신의 부끄러운 공범행위를 고백하기 위해 신의 법정을 찾아왔습니다. 그런데 어떻게 회복할 수 없는 다급한 일이라…… 그 치욕스러운 일을 당신에게 밝혀야 한다고 했습니다…… 하지만 너무나도 음탕한 일이라, 새로운 비극이 벌어질까 두려워 그 일을 말하기 위해 서둘러 제게 왔습니다. 더 많은 범행들을 막을 수 있을까 해서요…… 결국 범행은 잔인합니다…… 피로 물든 복수는……"

페르민 신부는 낀따나르의 고통을 존중해주기 위해 말을 멈추고 가만히 있었다. 낀따나르가 소파 위로 털썩 주저앉으며 양손으로 머리를 감쌌다.

"뻬뜨라…… 뻬뜨라입니까?" 낀따나르가 질문과 똑같은 느낌의 특별한 말투로 물었다.

"그 불쌍한 것이 처음에는 자기 행동이 새로운 불행을 몰고 올 수 있다는 것을 몰랐습니다. 그래서 제가 온 것입니다, 낀따나르 씨. 아직 시간이 있다면…… 막기 위해서요…… 십자가에 못 박히신 그리스도의 이름으로 묻고 싶습니다, 낀따나르 씨. 이곳에서 무슨 일이 벌어졌습니까?"

"아무 일도! 하지만 아직 시간은 있습니다!" 농락당한 남편이 두 주먹을 불끈 쥐고 일어나 대답했으나 부끄러운 듯했다. 광장 한복판에서 속옷 바람으로 있다가 들킨 모습이었다. 낀따나르는 그곳에서 '아무 일'도 없었다는 게 화가 났다. 명예의 법칙과 연극의 법칙에 따라 자기가 주인공이 됐어야 하는 사건이 없었다는 게 화가 났다…… "아무것도, 아무 일도 없었습니다…… 하지만 피는 있을 것입니다…… 반드시 있을 것입니다…… 신부님이 그 사실을 아십니까? 그 여자가 내 치부를 떠들고 다녔다고요?…… 그것 역시 복수입니다. 후회는 아닙니다. 복수입니다…… 하지만 그건 별로 중요하지 않습니다. 중요한 것은 세상이 안다는 것입니다! 불쌍한 낀따나르! 비참한 내 운명!"

불쌍한 늙은이가 다시 소파에 털썩 주저앉았다. 아침에 영혼까지 주눅 들게 했던 깊은 잠이 다시 몰려오는 기분이었다.

"세상이 압니다." 낀따나르가 말했다. 그리고 이 말은 페르민 신부에게 다른 유용한 거짓말을 떠올렸다.

하지만 그전에 페르민 신부가 말했다.

"낀따나르 씨, 당신의 고통 속에서 당신이 깊이 생각할 시간도, 힘도 없다는 게 이상하지 않습니다…… 하지만 세상이 알고 있다고 말씀드리지는 않았습니다. 나는 고해신부입니다."

"하지만 뻬뜨라가 얘기하지 않았을 거라고 생각하십니까?"

"뻬뜨라는 안했습니다. 하지만…… 불행히도……"

"게다가 여기서 중요한 것은 내 명예입니다. 세상이 알거나 모르거나가 아니고요…… 어찌 됐든 내 복수에 대해서는 곧 알게 될 겁니다. 모두가 알게 될 겁니다."

그러고는 낀따나르가 서재 안을 맴돌기 시작했다.

페르민 신부도 일어났다.

"불행히도," 페르민 신부가 계속 말을 이었다. "말 많은 사람들이 오래전에 몇가지 소문, 뭔가 눈에 띄는 얘기를 수군거렸지요……"

낀따나르가 소리를 지르며 으르렁거렸다.

"하느님 맙소사! 무슨 일입니까? 뭐가 더 있다는 겁니까? 세상이 떠든다고요? 베뚜스따 전체가 얘기한다고요?"

그러고는 낀따나르는 흰머리를 잡아당기며 양손으로 머리를 쥐어뜯었다.

페르민 신부는 낀따나르가 자신의 고통과 수치심으로 발작을 일으키는 동안, 그 사건에 대해 길고 장황하게 설명했다. "네, 불행히도 이미 몇달 전, 여름부터, 어쩌면 그전부터 돈 알바로가 오소레스 저택에 너무 자주 아무렇지도 않게 들락거리는 것에 대해 사람들이 수군거렸습니다. 비극 그 자체보다 이게 더 안 좋은 거지요. 명예에 대한 낀따나르 씨의 열정적인 생각을 잘 알고 있기 때문에, 용서는 되더라도 정당하지 못한 충동에 이끌려 신앙의 목소리를 듣지 못하고 끔찍한 복수를 저지를까봐, 특히 돈 알바로에게 복수할까봐 두려웠기 때문에 더 안 좋은 거지요. 돈 알바로의 범행은 더이상 역겨울 수 없고, 벌을 받아 마땅합니다. 하지만 친애하는 낀따나르 씨, 인간으로서 경험이 풍부한 분으로서 낀따나르 씨를 확실하게 지배하고 있을 격노를 이해합니다. 그리고 어느정도까지

638

는 낀따나르 씨의 성급한 욕망과 끔찍한 복수도 용서됩니다. 인간으로서 그런 행동을 이해한다면, 평화와 용서를 구하는 종교의 사제로서는 충고하고 최대한 관용을 권해야 합니다. 그런 경우 도덕적인 과정들을 밟을 수 있도록 말입니다." 낀따나르가 양손으로 얼굴을 감싼 채 항의의 몸짓을 했다. 몸통에서 머리를 떼어내고 싶은 듯 고개를 가로저었다.

하지만 자기가 신부에게 무슨 말을 하겠는가. 아니면 자기는 이해하지 못한다고 말할 수 있겠는가…… 그래. 그래. 세상의 눈으로 사물들을 바라본다면 그건 피를 요구해. 아니 더 많은 것을 요구해. 이제는 복수심만을 만족시키기 위해서가 아니라, 세상이 체면이라고 일컫는 것과 함께 사람들 사이에서 살기 위해서 필요해. 그것이 사회규범의 요구에 따라, 관습과 일반적인 생각들의 요구에 따라 필요해. 그것은 자기가 알바로를 찾아가 결투를 신청하고, 가능하다면 그를 죽이도록, 아니면 그를 현장에서 붙잡아 가차없이 곧바로 정의를 실현해 그를 희생시키도록 부추기지. 세상의 놀라움을 자아낸 유명한 남자들이 그렇게 했어. 그렇게 그들은 시와 비극에서 노래 불리고, 칭송받았지. 총대리신부는 이 모든 것을 완벽하게 알고 있어. 사실 총대리신부는 참 유창하고 뜨겁게 세상의 관점에서 피를 뿌리도록 부추기는 '요소'들을 나열하였다. 그러고 나서 나중에는 상대방을 지켜줘야 하고, 타인에 대한 자비와 용서, 사랑을 베풀고, 모욕을 잊고 십자가를 따라야 한다고 말하는 게 자신의 의무란 것을 기억해내고는 이제 그간의 노력에 지친 나머지 다른 사람이 되어 다시 딱딱한 말투로 돌아왔다. 그는 마을 사람들을 대상으로 설교하듯 대중적이면서도 차갑게 말했다. 낀따나르는 사제의 의도를 꿰뚫지는 못했지만, 사제의 배신행위에 의한 효과는 느끼고 있었다. 총대리신부가 다시 자기애의 희생과 명예, 그리고 바람난 아내를 둔 훌륭한 그리스도교인에게 종교가 요구하는 많은 다른 것들을 얘기하는 동안 전직 판사는 생각에 잠겼다. 그래, 그래. 내가 눈이 멀었어. 내가 제대로 처신하지 못했어. 산탄을 발사해서 담벼락 위의 알바로를 죽였어야 했어. 아니면 바로 그의 집으로 쫓아가서, 목숨을 걸고 곧바로 칼을 휘둘러야 했어. 세상이 모두 알고 있어. 베뚜스따 전체가 나를…… 나를…… 그러고서 낀따나르는 자기 자신을 가리키는 부끄러운 단어를 마음속으로 들은 후 거의 천장 높이까지 펄쩍 뛰었다.

그리고 그때 신부가 용서와 망각을 충고하며 늘어놓는 차갑고 시들한 문장들은 그에게 공허하고 쓸데없는 수사학처럼 들렸다. 성자와 같은 이 남자는 그런 종류의 모욕이 뭔지 모른다. 사회가 요구하는 게 어떤 건지 모른다.

신부가 생명도 없고, 경건함도 없는 싱거운 연설로 피곤하게 만드는 자리를 벗어나고자 낀따나르는 굴복하는 척했다. 그는 엉뚱한 짓은 절대로 하지 않을 것이며 자기의 명예와 종교가 요구하는 대로 마음을 다스리겠다고 말했다……

그러자 이번에는 페르민 신부가 질겁했다. 길을 잘못 가르쳐준 것 같아 다시 총알을 장전하기 시작했다. 용서한 남편에게 세상이 던지는 경멸과 남편이 묵과한다고 수군대는 말 많은 사람들의 평을 생생하게 묘사했다……

낀따나르는 신부의 얘기를 들으면서, 요란한 행동을 하지 않으면 세상에서 가장 무시받는 남자가 될 것 같은 생각이 들었다…… 오, 그래. 한시라도 빨리…… 날이 밝으면 바로 실행으로 옮겨야 해. 돈 알바로에게 결투입회인 두명을 보낼 생각이야. 알바로는 죽어 마땅해.

페르민 신부는 전직 판사의 얼굴이 분노로 흥분해 일그러지는 것을 보며 다시 안심이 되었다. 그래. 그 역시 남자야. 기계는 준비되었어. 그가 죽이고 싶을 정도의 증오심을 발사할 대포는 이미 충분히 장전되었어.

낀따나르는 아무 말도 하지 않았다. 한쪽 구석의 벽에 기대 으르렁거릴 뿐이었다······

이곳에서는 이제 할 일이 없군. 신부는 작별인사를 건넸다. 하지만 나가면서 문에 다다르자 갑자기 뒤를 돌아보며 오페라에 등장하는 신부 같은 엄숙한 동작으로 탄성을 내뱉었다.

"나는 영적인 아버지로서 요구합니다. 내가 아직 당신의 영적인 아버지라고 믿고 있느니만큼, 하느님의 이름으로 당신에게 요구합니다······ 만일 오늘밤······ 당신이 모든 사실을 알고 있다는 것을 모르고 그가 오늘밤 돌아온다면······ 또 몰래 들어온 그 사람······ 그 파렴치한 사람을······ 당신이······ 덮치게 된다면······ 나도 엄청난 무게의 도전인 줄은 압니다. 하지만 살인은 하느님의 눈에는 절대 용서받지 못합니다. 세상의 용서는 구할 수 있을지 몰라도요······ 당신은 그 남자가 이곳에 오는 것을 막도록 하십시오······ 하지만 피는 절대 안됩니다! 낀따나르 씨, 모두를 위해 십자가에 못 박히신 그리스도가 흘린 피의 이름으로 피는 절대 안됩니다!"

사실이야! 낀따나르는 혼자 남게 되자 생각에 잠겼다. 사실이야! 그런데 나는 멍청하게도 어리석게도 그걸 몰랐을까? 그 작자가 오늘밤 돌아올 게 분명해······ 그런데 나는 그녀가 놀라서 죽는 걸 막기 위해 또다시 내버려두려고 했어······ 또다시!······ 그리고 그건 생각도 못했어!······

문이 열리고 판사 부인이 들어왔다.

그녀가 창백한 얼굴로 들어왔다. 하얀 가운을 입고 있었으며, 걸으면서 아무 소리도 내지 않았다. 그녀의 두 눈이 그 어느 때보다 커 보였고 소름이 돋을 정도로 눈길이 강력했다. 낀따나르는 적어도 그런 느낌을 받고서 한걸음 뒤로 물러났다. 유령이라도 본 듯 두려웠다. 아나의 배신보다도, 아나가 많이 놀라 충격받으면 목숨이 위태로워져 많이 위험해질 수도 있다는 생각이 먼저 들었다. 낀따나르에게는 아내 같지가 않았다. 무대 위에서 노래 부르며 죽어가는 라 뜨라비아따 같았다. 불쌍한 늙은이는 미신과도 같은 동정심이 느껴졌다. 유령처럼 조용히 걸어와 느닷없이 자기 앞에 나타난 수증기 같은 여자를 그 순간만큼은 딸의 목숨을 걱정하는 부성애로 사랑했다. 그리고 그와 동시에 그녀가 다른 세상의 물건이라도 되는 듯 두려웠다…… 말 한마디로 병든 불쌍한 여자를 죽인다는 게 얼마나 쉬운 일인가! 어쩌면 그녀는 자기 죄를 책임질 필요도 없는데! 오! 아니야. 칼이나 총알로, 날카로운 말로 그녀를 죽이지는 않을 거야……

"누가 왔었어요?" 아나가 차분하게 물었다.

"총대리신부." 낀따나르가 대답했다. 아내도 질문의 내용을 잘 알고 있다고 생각했다.

아나가 당황했다.

"무슨 일로 오신 거예요, 이 시간에?" 두려움을 애써 감추며 물었다.

"무슨 일로? 정치적인 일…… 주교와 주지사의 일…… 급하게 돌아가는 선거 문제로…… 결국 정치적인 일로……"

판사 부인은 더 묻지 않았다. 아나는 남편 곁으로 다가오지 않고 바로 물러갔고, 낀따나르 역시 매일 밤 헤어질 때면 이마에 해주던 입맞춤도 하지 않았다.

낀따나르는 혼자 남게 되자 깊은 한숨을 내쉬었다. 그 일은 잘 끝났다. 들키지 않았다. 아나는 아무런 의심을 하지 않았다. 그의 양심에 떳떳했다. 곧 있을 일을 위해서도 잘했다는 증거였다.

그는 사냥 나가서 햄으로 점심식사 한 날이면 저녁식사 대신 차를 청했다. 그는 하인들에게 잠자리에 들어도 좋다고 명했다. 11시 반 그는 깜깜한 어둠속에서도 전혀 부딪히지 않고 까치발로 공원으로 내려갔다. 그는 엽총으로 무장하고 실내화를 신고 있었다. 산탄보다 더 작은 탄환을 장전해두었다.

오, 그래! 신부가 자기도 모르게 좋은 아이디어를 주었다. 피를 뿌리지 말라고? 오, 그날밤 알바로가 돌아온다면…… 그를 죽여야 해! 그러면 세상이 불길에 휩싸일 거야. 아나는 놀라 정신을 잃고 쓰러지고, 그는 붙잡혀가고…… 무슨 일이든 벌어질 거야…… 그래도 알바로가 돌아온다면 죽일 생각이야. 낀따나르는 조금 전 아나 앞에서 자신의 분노를 참으며 떳떳한 마음을 느꼈을 때처럼, 이제 알바로가 돌아온다면 자신의 명예를 훔친 도둑놈을 죽이겠다는 결심에 스스로 만족했다.

밤은 어둡고, 몹시 추웠다. 낀따나르는 망토를 가지러 방으로 돌아갈 수밖에 없었다. 일부러 소리를 냈다. 그러지 않으면 그사이 알바로가 도착해 발코니로 올라갈 수도 있었다…… 그렇다고 그렇게 맨몸으로 그곳에 있을 수도 없었다. 얼어죽을 지경이었다. 가능한 한 최대한 서둘러 망토를 찾으러 갔다. 그러고는 충분히 몸을 감싼 후 정자의 초소로 돌아왔다. 하늘이 캄캄해 잘 보이지는 않았지만 그곳에서는 담벼락 옆면이 보였다. 그리고 또한 알바로가 들어올 수 있게 문이 열릴 경우 아나 방 쪽의 발코니도 보였다.

12시, 1시, 2시를…… 알렸다. 3시를 알리는 소리는 듣지 못했다. 그럴 리 없다고 스스로 부인했지만 깜박 잠든 게 분명했다…… 그리고 4시에는 더이상 추위와 졸음을 견딜 수 없었다. 그는 자신이나 주위를 의식하지 못하는 몽롱한 상태에서 사방에 부딪히며 방으로 올라가 더듬거리며 침대를 찾아 기계적으로 옷을 벗고 이불을 덮었다. 그러고는 열에 올라 불길에 휩싸인 혼령들과 고통스러운 악마들이 우글거리는 혼수상태 속에서 잠들었다.

그날 오후에는 돈 알바로도, 론살도, 베도야 대위도, 풀고시오 대령도 평소처럼 커피 타임에 카지노에 모습을 드러내지 않았다.

전직시장인 포하가 알 듯 말 듯한 분위기를 풍기며 소리 질러 그 사실이 알려졌다.

"여러분, 내가 뭔가 꺼림칙한 게 있다고 할 때면……"

"뭐가 꺼림칙한데요?" 중남미에서 온 프루또스 레돈도가 물었다.

평소처럼 그들은 그 시간에 뜨레시요를 하는 붉은 방 옆의 홀에 모여 있었다.

그곳에 있던 사람들이 모두 둘러싸자 포하가 말을 이었다.

"론살도 대위도 대령도 오지 않았다는 거 눈치챘을 겁니다. 뭔가 연기가 솔솔 납니다. 아궁이에 불을 땐 게 확실하다면……"

"무슨 불을 땠다는 겁니까?" 뭔가를 알고 있는 오르가스 부친이 물었다.

호아낀이 말했다. 그는 많은 것을 알고 있다는 분위기를 풍겼다.

"아무것도 아닙니다, 여러분. 아무것도 없다고 말씀드립니다."

"양해를 구하자면, 나는 엄청난 소식을 알고 있습니다. 확실한 정보통을 통해 알고 있습니다…… 긴따나르가 이 시간쯤 돈 알바로에게 결투입회인들을 보냈을 것입니다."

"입회인들? 뭐 하려고?" 레돈도가 물었다.

"아이고! 그렇게 모른 척하실 건 없지요. 왜 그런지 잘 아시면서. 사실, 이건 스캔들입니다."

호아낀 오르가스가 돈 알바로를 변론했다.

그러나 포하는 돈 알바로를 공격하는 게 아니라, 그런 불륜을 그토록 오랫동안 허용한 긴따나르를 공격했다.

"하지만 그가 허용했는지 어떻게 압니까? 그는 아무것도 몰랐습니다. 그리고 지금에 와서 결투를 신청한 것은 뭔가를 알아내서 그런 것일 겁니다……"

"아니면 참다가 지쳐서 그랬는지도……"

"아니면 그런 결투가 없을 수도 있습니다."

오후 내내 그곳에서는 같은 얘기만 반복되었다. 날이 어두워지자 론살이 도착했다. 처음에는 아무도 감히 묻지 못했다. 신중하게 굴다가 제풀에 지친 포하가 론살의 어깨를 슬쩍 치며 물었다.

"당신이 입회인이었소?"

"무슨 입회인?" 론살이 기분이 나쁜 듯 얼굴을 찡그리면서도 모호한 분위기를 풍기며 말했다. 무분별한 말에 대해 얼음 장벽을 세우는 듯 매우 신중한 사람처럼 처신했다.

"돈 알바로와 긴따나르가 목숨을 건 결투의 입회인을……"

"누가 그런 얘기를 했소?…… 대체 무슨 말을…… 내 말은…… 나도 모르겠소…… 아니에요…… 당신은 바보 같고 근거 없는 말을 하고 있군요. 그렇게 심각한 일을 커피 마시러 와서 할 수 있는 얘기라고 생각하시오?"

"여러분 봤지요? 내가 그랬잖소." 포하는 모욕당한 것은 신경도 쓰지 않고, 의기양양하게 소리 질렀다.

론살은 부인하고는 조용히 침묵을 지켰다. 하지만 그가 무척 애를 쓰고 있다는 것을 알 수 있었다.

그는 수없이 시계를 들여다보았고, 호아낀 오르가스를 따로 불러서 물었다. 하지만 다른 사람들에게 들릴 정도였다.

"기마투우사 돈 뻬드로에게 아직 검이 있는지 알고 있소?"

그러고는 나머지 얘기는 나지막하게 소곤거렸다.

호아낀은 아무것도 알지 못했다. 론살이 언짢은 표정을 지으며 카지노를 나가면서 말했다.

"안녕히 계십시오, 여러분."

"여러분 봤지요? 내가 그랬잖아요. 결투가 있다니까."

그들은 계속 그곳에 머무르기로 했다. 웨이터들이 가스등을 켰고, 오후 모임이 밤 모임으로 이어졌다. 몇몇 사람들은 저녁 먹으러 나갔다가 다시 돌아왔다. 8시 카지노에서는 아예 결투 이외 다른 얘기는 없었다. 당구 치던 사람들은 무슨 소식이라도 주워들을까 싶어 큐대를 내려놓고 '거짓말의 방'으로 몰려들었다. 심지어 아는 척하지 않고 폭풍우가 지나가길 기다리는 위층 '범죄의 방' 사람들도 무슨 일이 있었는지 알아보려고 아래층으로 심부름꾼을 보냈다.

베뚜스따에서 결투는 엄청난 사건이었다. 가끔 몇몇 도련님들이 에스뽈론과 공공장소에서 따귀를 올리기는 했지만 그 이상은 아니었다. 모욕당해도 절대 그다음으로 이어지지는 않았다. 베뚜스따에는 무기보관실이 하나도 없었다. 오래전에 퇴역한 소령이 사브르 수업으로 생계를 해결하려 한 적이 있었다. 후작 자제와 오르가스 부자, 론살, 그리고 몇몇이 매우 열심히 사브르 수업을 시작했지만 곧 지쳤고, 소령은 사방에 손 내밀며 살아야 했다.

베뚜스따에서는 결투까지 이어진 결투신청은 단 두번밖에 없었던 걸로 기억되었다. 한번은 아주 오래전 돈 알바로가 아주 젊었을 때였다. 그때 프리힐리스가 상대방의 입회인으로 그런 난감한 상황에 참석했던 유일한 베뚜스따 사람이었다.

프리힐리스는 그곳에서 있었던 일을 절대 발설하지 않았다. 하지만 알바로나 그의 상대가 결투 다음에 단 하루도 침대 신세를 지지 않았다는 것은 분명했다.

또다른 결투는 돈문제로 인한 재무담당자와 출납원 사이에 있었다. 네 손가락이 들어갔냐 내 손가락이 들어갔냐 하는 문제였다. 한 사람이 다치자 결투는 바로 끝이 났다. 재무담당자가 상대방 목을 베려고 사브르 칼을 옆으로 휘둘러 출납원의 목에 가볍게 긁힌 자국이 생겼다. 그후 베뚜스따의 연감에는 더이상 결투까지 이어진 신청건은 기록되지 않았다.

새로운 소식이 전해질 때까지 시간을 보내기 위해 '중세의 유물인 그 야만적인 관습'의 합법성에 대해 그날밤 열띤 토론이 벌어졌다.

직업은 서기였지만 약간 현학적인 오르가스 부친은 결투가 중세 신명재판神明裁判의 잔재라고 확신했다.

돈 프루또스는 그럴 수도 있지만 성스러운 신명재판이라고 할지라도 자기는 결투하지 않을 거라고 했다. 모욕당하면 판사를 찾아갈 것이고, 방법이 없다면 사방에 떠들고 다닐 거라고 했다.

"나의 어머니의 아들은 검객의 손에 죽는 것과 일하지 않고 먹을 것을 버는 짓은 절대 안합니다."

"그럼에도 불구하고 상황이라는 게 있습니다…… 명예…… 사회…… 여러분도 잘 아시다시피, 피가로[1]는 결투를 비난했습니다. 하지만 막상 닥치면 자기도 결투할 수 있을 거라고 했습니다." 오르가스 부친이 말했다.

"그런데 나는 못된 이발사가 아닙니다." 돈 프루또스가 소리 질렀다. "나에게는 잃을 게 많습니다."

피가로가 누구인지 돈 프루또스에게 설명해줘야 했다. 하지만 계속 열띤 토론을 벌이며 소리 지르느라 땀을 흘리고 있던 프루또스는 그가 누군지 알고 난 다음에도 어찌 됐든 자기에게 결투를 신청하는 사람은 영혼을 박살내놓을 거라고 소리 질렀다……

"글쎄 나는 사법권을 찾아갈 겁니다…… 싸움이란 범법행위이고…… 법이 단호해서……" 전직시장이 말했다.

"글쎄, 나는." 오르가스 부친이 일어나 떨리는 목소리로 진지하게 말했다. "나는 그런 짓은 절대 하지 않을 겁니다. 나에게 결투신청하는 작자가 오른손잡이라면 다음과 같은 상황에서 결투를 받아들이라고 강요할 것입니다. (모두 주목) 두발짝 떨어진 거리에 (그는 매우 진지한 표정으로 몸을 꼿꼿하게 세운 돈 프루또스 앞에서 두발짝 크게 떨어진 곳으로 가서 선다.) 장전한 권총과 장전되지 않은 권총을 놓습니다. (오르가스는 아버지가 말하는 상황을 상상하며 안색이 창백해진다.) 하나, 둘, 셋, (그가 세번 박수를 친다.) 빵! 하느님에게 선택받은 사람에게! 싼뻬드로의 축복을 받은 사람이여! 나는 그렇게 싸울 겁니다. 문제는 오른손잡이가 아니라 용기가 있느냐 하는 것입니다."

"브라보! 브라보! 바로 그겁니다!" 그런 이야기를 처음 듣기라

---

1 보마르셰의 희곡을 바탕으로 한 오페라 「세비야의 이발사」 「피가로의 결혼」 등의 주인공.

도 한 듯 모여 있던 사람들 대부분이 소리 질렀다.

포하, 돈 프루또스, 오르가스와 다른 신사들은 결투 얘기가 나올 때마다 늘 그날과 똑같은 얘기를 나눴다.

회원들은 별다른 소득도 없이 새로운 소식을 기다렸다. 론살도, 풀고시오도, 베도야도 밤새도록 그곳에 모습을 드러내지 않았다. 사람들 얘기로는 이 사람들과 프리힐리스가 입회인이라고 했다.

사실이었다. 프리힐리스가 그 서글픈 일에 관여한 모든 사람들에게 철저하게 비밀을 지켜달라고 신신당부했지만, 어떻게 된 일인지 그 소식은 베뚜스따 전체로 금세 퍼졌다. 물론 그것이 론살 때문이라는 의혹은 있었다. 뻬뜨라와 론살이 경솔하게 처신했던 것이다. 뻬뜨라는 복수 때문에, 고약한 성격 때문에 떠들고 다녔다. 그녀는 친한 친구에게 전 안주인의 일을 얘기했다. 왜 그 집을 나왔냐고? 이렇고 저래서. 낀따나르의 신임이 두터웠던 나팔총 론살은 허영심 때문에 비밀을 털어놓고 싶은 유혹을 뿌리치지 못했다. 결국 베뚜스타 전체가 그 얘기만 하게 되었다.

주지사는 집에서는 그 일에 관해서라면 자기에게 이야기하지 말라고 했다. 기관 관계자의 의무가 기사의 의무와 확실하게 상반된다며, 자기는 상인의 귀와 두더지의 눈을 가져야 하고 그렇게 할 거라고 얘기했……

그날이 지났고, 그다음 날도 지났지만 아무것도 알려지지 않았다.

"결투는 아무것도 아니었나?" 포하가 카지노에서 물었다.

그리고 그때 후작 자제를 통해 모든 사실을 알고 있던 호아낀 오르가스가 터트렸다.

"아니, 장난이 아니었습니다. 일이 심각하게 돌아갔습니다. 목숨이 오간 결투였습니다."

하지만 입회인들이 제대로 처신하지 못했다. 풀고시오 대령이 양쪽 끝을 감아 내려뜨린 하얀 양털 장식을 머리에 썼음에도 불구하고 입회인들은 서툴렀다. 대령은 손가락 끝에도 명예 코드를 담아야 한다고 했지만 무기를 구하지 못했다. 처음에는 사브르 칼이 거론되었다. 하지만 베뚜스따에는 그런 사브르 칼이 없거나, 아니면 사브르 칼을 가진 사람들이 내주려고 하지 않았다. 그래서 권총을 사용해야 했다…… 그렇지만 그런 목적에 맞는 권총도 구하지 못했다.

"내 생각에는, 그리고 빠꼬도 마찬가지인데, 그건 믿어지지 않는 일입니다. 프리힐리스는 돈 알바로를 설득하여, 그가 베뚜스따를 떠난다는 조건으로 그 일을 없던 걸로 하고 싶어했습니다." 호아낀이 덧붙였다.

"수치스러운 일이지!" 포하가 소리 질렀다.

"글쎄, 그것이 첫번째 해결방법이었습니다. 보아하니(최소한 이런 얘기가 있었습니다), 낀따나르가 자기 치욕을 알게 된 바로 그날밤 프리힐리스가 돈 알바로를 찾아가 한시 바삐 그곳을 떠나라고 당부했습니다. 돈 알바로는 그것을 있는 그대로 빠꼬에게 말했고요."

"그래서? 어떻게 되었습니까?"

"아무 일도 없었지요. 돈 알바로는 당연히 거절했지요. 낀따나르와 베뚜스따 전체가 자기가 무서워 도망쳤다고 생각할 거라고 말했지요. 하지만 돈 알바로에게 어느정도 영향력이 있는 프리힐리스가 그에게서 다음날 바로 마드리드행 기차를 타겠다는 약속을 받아냈습니다. 낀따나르의 손에 알바로의 목숨이 달려 있었던 것 같습니다. 그가 총 한방으로 알바로를 죽일 수 있었는데 죽이지 않았던 것입니다. 그리고 프리힐리스는 그 이야기와 능욕당한 남편의 권리를 호소하며 알바로에게 도망치라고 강요했습니다. '그건 비겁한 게 아닐세.' 프리힐리스가 알바로에게 한 말입니다. '그건 자기 자신에게 정의를 실현하는 것일세. 자네는 배신한 것만으로도 죽어 마땅하네. 그리고 나는 자네에게 추방이라는 벌을 내리는 거고.'

"그 말을 프리힐리스가 한 겁니까?"

"그렇다니까요."

"프리힐리스가!"

"알바로가 그를 많이 존경해 신뢰가 높은 편입니다."

"좋아요. 그리고 뭐가 더 있었습니까?"

"아무것도. 알바로는 약속했습니다. 하지만 다음날, 그러니까 어제 아침, 우리의 돈 후안이 도망치기 위해 이미 짐을 싸고 있었는데, 프리힐리스와 론살이 결투신청을 전하며 들이닥친 것입니다. 아주 일찍 낀따나르가 프리힐리스를 불러 나팔총과 함께 알바로에게 결투신청을 하라고 보냈던 것 같습니다. 알바로가 도망칠 생각이라는 것을 낀따나르가 알고서 세상 끝까지라도 쫓아가 신문이나 길거리에서 그를 겁쟁이라고 부르겠다고 협박했기 때문에 그의 말을 따를 수밖에 없었습니다…… 낀따나르가 매우 격노했습니다."

"이거 연극이 따로 없군!"

"그래서 프리힐리스는 알바로에게서 도망치겠다는 약속을 되돌리고 그에게 입회인을 찾아보라고 했습니다."

"그럼 알바로는?"

"뻔하지요. 그는 여행을 그만두고 입회인들을 찾았습니다. 내가 입회인으로 와주길 바랐지만(거짓말)…… 나중에…… 내가 두 사람과 매우 두터운 친분이 있어서…… 결국에는 다른 사람들을 찾왔습니다…… 그런데 입회할 사람들이 없었습니다…… 그런 일에 늘 적극적인 풀고시오와 군인이었던 베도야만……"

호아낀은 전반적으로 잘 알고 있었다. 알바로가 자기를 만나러 숙소를 찾아온 후작 자제에게 그 사실을 모두 얘기했던 것이다.

그런데 알바로가 한가지 말하지 않은 게 있었는데, 그것은 바로 자기가 겁에 질려 있었다는 점이다. 힘이 딸려 아나에게 망신당하기 전에 관계를 끝내고 싶었던 만큼이나 손에 칼이나 총을 들고 낀 따나르와 맞서는 게 두려웠던 것이다.

알바로는 프리힐리스의 첫번째 제안을 얼른 받아들였다.

당연하지! 도망쳐야 해! 그날 아침 자기 목숨을 살려주고, 자기가 명예를 훔친 남자의 죽음을 자기가 무슨 권리로 원한단 말인가! 도망칠 생각이었다. 다음날 확실하게 기차를 탈 거였다.

알바로의 용기가 어떤지 잘 알고 있던 프리힐리스는 그가 그럴 거라는 걸 이미 알고 있었다.

프리힐리스가 예전에 이상한 결투의 증인이었다는 것도 카지노 회원들이 알게 되었다. 한 여자의 잘못으로 돈 알바로가 한 외지인으로부터 특이한 결투에 도전받은 적이 있었다. 입회인들은 프리힐리스를 제외하면 모두 수비대원들이었다. 프리힐리스가 그 결투를 목격한 유일한 베뚜스따 사람이었다. 결투는 날이 질 무렵인 오후에 몬띠꼬 숲에서 사브르로 치러졌다. 알바로와 상대방은 셔츠 차림이었다.(프리힐리스는 바로 전날인 듯 기억했다.) 둘 다 셔츠 차림으로 손에 사브르를 들고…… 창백한 안색으로 추위와 두려움에 부들부들 떨었다. 찌뿌듯한 하늘은 금방이라도 비 몇톤을 쏟아부을 기세였다. 두 검객이 구름을 바라보았다. 프리힐리스는 그들이 뭘 원하는지 이해했다. 결투가 시작되었고, 처음으로 칼날이 부덮치는 순간 천둥이 울려퍼지며 주먹만 한 빗방울들이 떨어지기 시작했다. 알바로와 그의 상대는 바람에 흔들리는 나뭇가지처럼 부들부들 떨었다…… 소낙비가 너무 세차게 내려 입회인들은 결투를 연기해야 했고…… 훗날 재개되지 않았다. 그들은 자연과 맞서 싸울 생각은 하지 않았다. 알바로는 무사했고, 프리힐리스는 그 황당한 상황과 베뚜스따 돈 후안의 비겁함에 대해 비밀을 지켜주겠다고 암묵적으로 약속했다.

기억에 남은 그날밤, 모든 것을 기억하면서 프리힐리스는 알바로를 헌신짝처럼 대하면서 도망가라고 겁쳤다. 하지만(호아낀 오르가스가 제대로 말했다) 다음날 그는 돈 알바로에게 한 말을 번복해야 했다. 알바로는 이제 도망가면 안되었다. 낀따나르가 결투하겠다고 고집을 피웠던 것이다. 아라곤 출신이라 절대 물러서지 않을 사람이었다.

"누가 그의 마음을 바꿔놨는지 모르겠군. 어젯밤에는 결심이 선 듯 했는데. 적어도 평화적인 해결책을 바라며 자네가 사라지는 걸로 만족했네. 그런데 오늘 그를 만나러 가보니 론살과 함께 있었네. 론살이 내 친구의 침대 옆에 와 있었네."

론살이 인사를 건넸다.

알바로의 안색이 새하얘졌다. 그는 커다란 트렁크에 흰옷을 집어넣다가 그만두었다.

"그러니까……"

"당신도 입회인들을 찾아봐야 합니다."

프리힐리스는 낀따나르가 자기랑 의논도 없이 론살을 부른 게 못마땅했다. 낀따나르는 뻬르네누에세스 의원의 힘을 믿었고, 그가 돈 알바로를 별로 좋아하지 않는다고 알고 있었다. 전직 판사가 보기에는 론살이 훌륭한 입회인였다. 그런데 프리힐리스에 따르면 그건 착오였다.

그런데 더 안 좋은 것은 낀따나르를 설득할 방법이 없다는 것이었다.

"이 일은 하루도 더 늦출 수 없네! 이미 나의 치욕이 널리 알려졌고, 명예회복을 해야 해. 그것도 얼른, 끔찍하게."

"하지만 자네는 열이 있어. 몸이 안 좋아……"

"상관없어. 차라리 그게 나아. 자네들이 그 작자에게 결투신청하러 가지 않는다면 내가 일어나서, 직접 다른 입회인들을 찾아보겠어."

방법이 없었다.

알바로는 마지못해 최대한 두려움을 감추며 입회인 두명을 찾았다.

결투는 사브르로 하기로 합의하였다. 하지만 적당한 사브르를 찾을 수 없었다. 게다가 세부사항에서 난관에 봉착했다. 그리고 그렇게 하루가 지나갔다.

다음날 아침 그들은 권총으로 결투하기로 결정했다.

낀따나르는 그때 계획을 세워두었다. 그는 권총으로 결투하는 것을 내심 기뻐했다.

그러나 결투용 권총 역시 구하지 못했다.

그리고 또 하루가 지나갔다.

낀따나르는 하루 종일 열이 펄펄 끓으면서 침대에서 70시간을 보낸 후 일어났다. 그는 계속 불안과 고통에 시달렸지만 자기를 정성껏 돌보는 아나 앞에서는 늘 시치미를 뗐다.

침대에서 오랜 시간을 보내는 동안, 낀따나르는 열이 오르며 몸이 약해지자 우울해지면서 철학적이고 종교적인 생각을 많이 하게 되었다. 자기 삶에 대한 애착이 아니라, 후회에 대한 두려움 때문에 마음이 약해지는 게 느껴졌다. 그는 알바로가 많이 위험하다고는 생각하지 않았다. 권총으로 결투한다는 것을 알았을 때, 상대방을 죽이지 않겠다고 결심했다. 그 작자를 절름발이로 만들어놓을 생각이었다. 다리에 총을 쏠 거야. 알바로는 스무발짝 떨어진 곳에서도 맞추지 못할 거야. 맞춘다면 완전히 우연이지.

알바로가 선거로 아주 급한 일이 생겨서 잠시 여행을 다녀오겠다는 편지로 작별인사를 하겠다고 프리힐리스에게 한 약속을 지켜서 아나는 아무것도 의심하지 못했다. 아나는 최소한 남편과 애인의 목숨이 달린 일이라는 것도 의심하지 못한 채, 낀따나르는 평소 사냥 나가는 시간에 맞춰 프리힐리스와 함께 공원문을 통해 집을 나섰다.

뜨라스라세르까 거리에서 론살이 그들을 기다리고 있었다. 아침이 제법 쌀쌀했으며, 풀 위에 맺힌 서리가 살짝 내린 눈처럼 보였다.

싼띠아네스 도로에서 마차 한대가 그들을 기다리고 있었다. 마차 안에는 아나의 주치의인 베니떼스가 있었다. 낀따나르는 그를 본 순간 안색이 창백해졌지만 그것만으로도 바로 그의 감정상태를 알 수 있었다.

그들은 가는 동안 내내 거의 아무 말 없이 비베로의 토담에 도착했다. 그들은 마차에서 내려 후작의 별장을 우회해 떡갈나무숲으로 들어섰다. 몇달 전 낀따나르가 총대리신부와 함께 아내를 찾아다녔던 숲이었다. 그 당시에는 이해하지 못했던 수많은 것들이 지금은 설명이 되었다! 상관없었다. 페르민 신부가 한밤중에 찾아와 그의 마음에 심어놓았던 분노도 이제는 다 꺼진 재밖에는 남지 않았다. 이제 그는 알바로를 혐오하지 않았으며, 그 작자가 죽지 않는다고 해도 삶이 불가능할 것 같지 않았다. 철학과 종교가 낀따나르의 마음에서 승리를 거뒀다. 그는 살인하지 않기로 결심했다.

그들은 숲에서 가장 높은 곳에 도착했다. 고원이 펼쳐져 있어, 서른발짝 정도 내딛을 정도로 충분히 넓은 공터가 있었다. 결투의 최종 조건은 스무발짝을 간 후 각자 다섯발짝씩 앞으로 더 갈 수 있고, 손바닥을 치면 바로 총을 겨누는 것이었다. 풀고시오 대령은 많이 봤다고 큰소리쳤지만 단 한번도 권총으로 겨누는 결투에 참석한 적이 없다는 것은 확실했다. 그리고 론살과 베도야는 살면서 그런 일에 몇번은 참여했었다. 프리힐리스는 좌절된 알바로의 결투에만 참석했었다. 이 조건은 베도야가 빌려준 프랑스 소설을 대령이 읽고 따라 한 것이었다. 거기서 유일하게 독창적인 것은 풀고시오가 선언한 내용이었다. 군인의 명예는 모의결투를 허락하지 않는다는 것과 두 초보자들 — 권총결투에서는 알바로도 초보자였다 — 간에 적당한 거리에서 조준하지 않은 상태에서 명령에 따라 쏘는 결투이고 암브로시오 총으로 하는 것과 같은 방식으로 한다는 것이었다.

베도야는 낀따나르가 훌륭한 사수라고 생각했지만 감히 동료의 말에 반대하지는 않았다. 상대방 역시 아무 말도 하지 않았다.

낀따나르와 그의 일행이 결투 장소인 고원에 도착해보니 텅 빈 곳이었다. 15분 후 헐벗은 나무들 사이에서 돈 알바로와 그의 입회인들, 그리고 로부스띠아노 소모사가 모습을 드러냈다. 알바로는 탁한 창백함이 더해져 아름다웠고, 앞을 여민 검정옷이 우아하고 매우 깔끔했다.

낀따나르는 적을 보자 눈물이 터져나왔다. 그 순간 예수가 십자가에서 그랬던 것처럼 용서한다! 용서해!……라고 기꺼이 외치고 싶었다. 두렵지는 않았다. 하지만 슬픔에 겨워 쓰러질 것 같았다. 운명의 아이러니가 얼마나 쓰디쓴가! 저 잘생긴 남자가 10년만 일찍 아나와 사랑에 빠졌더라면 아나를 행복하게 해줬을 텐데! 자기가 저놈을 쏴야 하다니! 그리고 그는…… 그는 이 시간에 대법원이나 알무니아 데 돈 고디노에 편히 있었을 것이다!…… 죽고 죽이는 그 모든 것은 이치에 맞지 않았다…… 하지만 어쩔 수 없었다. 이미 사람들이 그를 불렀고, 이미 사람들이 그의 손에 총을 쥐어준게 그 증거였다……

프리힐리스는 침착하고 위엄이 깃든 모습을 보여줬지만 우연이두려웠다. 우연이라도 알바로가 방아쇠를 잡아당길 용기를 낼까봐, 우연이라도 빅또르가 다칠까봐 두려웠던 것이다. 프리힐리스는 낀따나르를 결투 위치에 남겨두며 친구의 손을 꼭 붙잡았다.

그러고는 증인들과 의사들은 꽤 거리를 두고 멀찌감치 떨어졌다. 모두 '빗나간 총탄'이 두려웠던 것이다.

돈 알바로는 자기도 모르게 하느님을 생각했다. 그 생각이 그의 공포를 더욱 가중시켰다. 많이 아프거나 노총각의 침대에서 외로움을 느낄 때만 그런 믿음이 든다는 생각이 들었다……

프리힐리스는 그 남자의 용기가 놀라웠다.

알바로 자신도 자기가 어쩌다가 그곳까지 오게 되었는지 설명이 되지 않았다.

알바로는 이런 생각을 하면서 낀따나르를 보지 않은 채, 아무것도 보지 않은 채, 방아쇠를 잡아당길 힘도 없이 낀따나르를 조준하려 노력하고 있는데 세번 빠르게 박수치는 소리와 함께 곧바로 굉음을 들었다. 낀따나르의 총알이 멋쟁이의 꽉 끼는 바지를 태웠다.

알바로는 갑자기 심장에서 이상한 힘이 느껴졌다. 심장은 튼튼했고, 그 안에서 피가 세차게 끓어올랐다. 생존본능이 강하게 일어났다. 자기 자신을 지켜야 한다. 상대방이 다시 총을 발사한다면 자기를 죽일 것이다. 그는 낀따나르다! 훌륭한 사냥꾼이다!

알바로가 다섯걸음 더 앞으로 나가 총을 겨눴다. 그 순간 그는 그 누구 못지않게 용감했다. 심장이 두근거리며 충동이 일었다! 맥박은 안정적이었고, 낀따나르의 머리가 총구에 기대고 있는 것 같았다. 그가 차가운 방아쇠를 부드럽게 잡아당겼고…… 총알이 도망쳐나가는 기분이었다. 아니었다. 총을 발사한 건 그가 아니었다. 두근거리는 심장소리였다!

서리가 덮인 풀밭 위로 낀따나르가 쓰러지며 얼굴이 흙범벅이 되었다.

꽉 차 있던 방광에 알바로의 총알이 박힌 것이다.

이 사실은 존경받는 판사의 축 처진 몸을 서둘러 옮긴 비베로의 신관에서 의사들이 잠시 후 알아낸 사실이었다. 낀따나르는 몇달 전 아이처럼 달콤한 꿈을 꾸며 잠들었던 바로 그 침대에 누웠다.

침대 주변에는 의사 두명과 넋을 잃은 채 두 눈에 얼음장 같은 눈물이 맺힌 프리힐리스, 후회 가득한 풀고시오 대령이 있었다. 베도야는 알바로를 동행했다. 알바로는 몇시간 후, 프리힐리스가 처음 생각했던 것보다 사흘 늦게 마드리드행 기차에 올라탔다.

후작 별장의 관리인 뻬뻬는 슬퍼하며 얼이 빠져 입을 헤벌리고 서 있었다. 그는 죽어가고 있는 사람의 바로 옆방에서 명령을 기다리고 있었다. 프리힐리스가 혼자 있는 줄 알고 하늘을 향해 주먹을 불끈 쥐며 나오다가 뻬뻬를 보았다.

"어떻습니까? 어르신? 낀따나르 어르신은 어떠세요?"

프리힐리스는 뻬뻬를 모르는 사람처럼 바라보았다. 그러고는 자기 자신과 얘기하듯 말했다.

"방광이 꽉 차서…… 복막염으로…… 모르겠네…… 의사들이 그러더라고."

"뭐라고요? 어르신?"

"몰라…… 확실히 죽는대!"

그러고서 프리힐리스는 어둠에 잠긴 거실로 들어가 혼자 울었다.

잠시 후 뻬뻬는 풀고시오 대령이 나오고, 그 뒤를 따라 소모사 의사가 나오는 장면을 지켜보았다.

"그럼 베뚜스따로 옮길까요?" 군인이 말했다.

"불가능합니다! 어림도 없어요! 뭐하려고요? 틀림없이 오늘 오후에 운명하실 겁니다."

소모사는 환자들의 죽음을 점치는 것을 자주 오판했는데, 실제보다 더 빨리 죽을 거라고 진단했다.

그리고 이번에는 돈 알바로의 총알이 더 많은 시간을 줄 거라고 오판했다.

낀따나르는 오전 11시에 눈을 감았다.

그해 베뚜스따의 5월은 이름값을 톡톡히 했다. 이상한 일이었다!

3월과 4월에는 꼬르핀 산을 늘 에워싸고 있는 구름들이 성질을 있는 대로 부리며 모두 쏟아냈다. 노아의 방주에 등장하는 까마귀처럼 베뚜스따 사람들이 모두 거리로 쏟아져나왔고, 까마귀가 돌아오지 않는다 해도 모두 설명이 되었다. 사람들은 물에 잠긴 채 두 달을 보낸 후 푸른 하늘을 보고 공기를 마시며, 햇살처럼 생긴 도토리로 뒤덮인 초록빛 초원을 산보하면서 무척 즐거워했다!

베뚜스따 전체가 산보를 나왔다.

하지만 프리힐리스는 단 한발짝도 아나를 거리로 끌어내지 못했다.

"하지만 아나, 이것은 자살행위입니다. 베니떼스가 뭐라고 했는지 당신도 잘 알지 않습니까. 절대적으로 운동해야 한다고 했어요. 밖에 나가서 공기도 쐬고, 햇빛도 쬐지 않으면 예민한 신경이 절대 회복되지 않는다고 했어요…… 자, 아나, 제발 부탁이니 좀 이성적으로 굴어요. 자기 자신에게 자비를 베풀어요. 당신이 원한다면 새벽 일찍 나갑시다. 그 시간에는 빠세오 그란데가 굉장히 아름다울 겁니다! 아니면 해질녘에 국도 쪽으로 나가 시원한 공기를 마시든가…… 제발, 아나. 그러다가 당신 또 아파요."

"아니오. 안 나가요." 아나가 장님처럼 고개를 흔들며 말했다. "제발, 프리힐리스, 나를 괴롭히지 말아요. 그런 고집으로 나를 괴롭히지 말라고요. 이제 차차 나갈게요…… 언제인지는 모르겠지만. 지금은 거리로 나간다는 생각만 해도 끔찍해요. 오, 싫어요! 제발! 싫어요! 제발 저를 좀 내버려두세요."

그러고서 그녀는 양손을 모으며 흥분했고, 프리힐리스는 입을 다물어야 했다.

아나는 8일 동안 생사를 오갔고, 위험에서 벗어나지 못한 채 한 달 내내 침대에 누워 있었다. 그후 두달 동안 이상한 형태의 신경 발작을 일으키고서 서서히 회복되었다. 그녀가 봐도, 병이 매번 새로운 모습을 띠는 것 같았다.

프리힐리스는 낀따나르가 빨로마레스 늪지에서 다쳤다고, 엽총을 맞았다고…… 판사 부인에게 말했다. 하지만 아나는 깜짝 놀라 진실을 감지하며 곧바로 자기를 빨로마레스 늪지로 데려가달라고 했다.

"안됩니다. 다음날까지는 기차가 없어요⋯⋯"

"그렇다면 마차, 마차를 불러요⋯⋯ 저를 속이고 있어요. 만약 그 말이 사실이라면 당신은 빅또르 옆에 있어야 해요⋯⋯"

프리힐리스는 최대한 그럴듯하게 자기가 왜 그곳에 있는지 설명했다.

선의의 거짓말은 소용없었다. 아나는 혼자서라도 빅또르를 찾아 달려가려고 했다⋯⋯ 그녀에게 진실을, 남편의 죽음을 알릴 수밖에 없었다. 아나는 죽은 남편을 보고 싶었지만 움직일 수가 없었다. 정신을 잃고 쓰러져 침대에서 깨어났던 것이다. 프리힐리스는 사냥 나갔다가 불행한 일을 당했다는 이야기로 이틀 정도는 아나를 속일 수 있을 거라고 믿었다. 하지만 아나는 사람들이 들려주는 이야기가 아니라, 사실을 믿었다. 알바로의 부재와 빅또르의 죽음이 그녀에게 모든 것을 설명해주었다.

그러고는 그 비극이 일어난 지 사흘 후인 어느날 오후 프리힐리스가 없을 때 알바로가 자신의 부재와 침묵을 설명하며 마드리드에서부터 보낸 편지 한통을 안셀모가 안주인에게 전해주었다.

해질 무렵, 프리힐리스가 아나의 방에 들어와, 아나를 두번, 세번 불러보았지만 소용이 없었다⋯⋯ 그는 깜짝 놀라서 불을 달라고 명했고, 죽은 사람처럼 반듯이 누워 있는 아나를 보았다. 그리고 침대의 이불 위에서 향수를 뿌린 알바로의 편지를 보았다.

그러고는 잠시 후 베니떼스가 진정제로 판사 부인의 목숨을 되살리며, 신경계의 합병증과 같은 다른 위험들을 물리칠 수 있는 새로운 약을 처방하는 동안 프리힐리스는 아나의 화장방에서 늘 마음속으로 비겁한 살인자라고 부르던 작자의 편지를 읽었다. 프리힐리스는 그 역겨운 편지를 읽은 후 농부의 험한 손으로 종이를 구기며 쉰 목소리로 말했다.

"멍청한 놈! 파렴치한 놈! 돼지 같은 놈! 멍청한 놈!"

매춘부 냄새가 나는 편지에서 돈 알바로는 자신의 범행과 낀따나르의 죽음, 그리고 '눈먼 열정'에 대해 때에 맞지 않게 낭만적인 말투로 변명했다. "나는 도망쳤습니다. 왜냐면 ……"

"왜냐면 네놈은 경찰이 무섭고, 내가 무서웠기 때문이지! 비겁한 놈!" 프리힐리스가 혼잣말을 했다.

그는 도망쳐야 했다. 회한이 그녀로부터 그를 멀리 데려갔기 때문이었다…… 하지만 사랑이 그에게 돌아오라고 명하고 있었다. 돌아갈 수 있을까? 그녀는 그가 돌아와야 한다고 생각할까? 아니면 두 사람은 다른 곳, 예를 들면, 마드리드에서 다시 합쳐야 할까? 진정으로 타인을 사랑할 수 없는 이기주의자가 쓴 그 편지에서는 모든 게 위선이고, 차갑고 어리석었다. 그는 운명과 자기가 저지른 짓들로 인해 자기가 그런 상황에 처했다는 사실도 제대로 파악하지 못하는 어리석은 위인이었다.

아나는 그 편지를 끝까지 읽지 못했다. 진창 같은 행들 사이에서 자기가 의심하던 내용이 분명하게 드러나자 마치 죽은 것처럼 베개 위에 쓰러졌다. 자기가 사랑한다고 믿었고, 자신의 감각이 실제 그런 방식으로 사랑했던 은총 받은 육신 안에 그처럼 치졸하고 비열한 영혼이 자리잡고 있으리라고는 생각하지 못했던 것이다. 이걸 아는 데 많은 시간이 걸리지 않았다.

베니떼스가 결사적으로 맞서주었던 길고도 심각한 병마에 시달리며 헛소리를 쏟아내는 가운데 고열로 인한 환각과 자책이 뒤섞여 아나의 뇌를 괴롭혔다.

또다시 죽음의 공포가 다가왔고, 또다시 광기의 문턱에서 공황에 빠졌다. 이성을 잃을 수도, 아니 이미 잃었다는 사실을 알면서 끔찍한 두려움이 찾아왔다. 이런 두려움보다 훨씬 심한 공포로 인해 다시 한번 쉬면서 의사의 지시에 따랐다. 의사는 항상 냉정하고 성실하고 신중하고 지적이었다.

아나는 얼마 동안 자기가 저지른 불륜과 낀따나르를 전혀 생각하지 않았다. 이것은 회복을 알리는 신호였다. 약해진 몸이 다시 생명에 대한 애착을 느끼게 되면, 어둡고 무서운 죽음의 물결과 싸우느라 지친 조난자처럼 그 생명을 꽉 움켜쥐는 법이었다.

식사를 하면서 다시 힘이 생기자, 그 죄악의 유령이 다시 살아났다. 오! 그녀가 저지른 죄가 얼마나 자명한가! 그녀는 벌을 받고 있었다. 그것은 불을 보듯 확실했다. 하지만 가끔 그녀는 자기가 저지른 짓, 이중범죄, 특히 남편의 죽음을 곰곰이 생각하고 또 생각하다보면, 양심에 박혀 있는 듯 딱딱한 뭔가가 느껴졌다. 손에 잡히는 악이었고, 자명하고 구체적인 근거가 있는 절망감이었다. 육신 앞을 덮은 안개처럼 지옥보다 더 무시무시한 막연한 두려움이자 광기에 대한 두려움이고, 이성을 잃을지도 모른다는 걱정이었다. 그렇게 되자 아나는 자기가 저지른 짓을 또렷하게 분간하지 못했다. 아나 안에서 누군가 토론을 벌이며 궤변을 만들어냈다. 거기에는 어떤 응답도 없었고, 고통스런 회한을 치유하기보다 모든 것을 의심케 하여 정의, 범죄, 믿음, 하느님, 논리, 영혼, 심지어 자신의 존재마저 의심하게 했다. 없어. 아무것도 없어. 뇌의 번뇌가 말했다. 고통의 장난밖에는 없어. 너를 무한대로 고통받게 하려는 자기모순의 충돌만이 있어. 이런 마음의 고문에 한계를 정할 이유는 없어. 마음의 고문은 모든 것, 심지어 나 자신마저 의심하게 해. 하지만 네 안의 느낌에 이를 수 있는 유일한 고통은 의심하지 마. 그것이 어떤지, 뭔지도 몰라. 하지만 고통은 받고 있어. 그러니까 너는 그 냥 고통을 받아.

환자의 내면에서 이는 말다툼은 그녀로서는 명백한 진실들이었다. 거기서 나오는 얘기 모두 그녀의 경험에서 비롯된 것이었기 때문이다. 자신의 내면을 관찰했기 때문에 이런 생각을 하게 된 것이다. 그녀는 자신의 고통 이외에 다른 것은 믿지 않게 되었다.

그리고 이런 고통스러운 혼란에서 벗어나 인생과 논리, 세상의 질서와 굳건함으로 돌아간다는 것은 위안과도 같았다. 맑은 공기를 마시고, 발아래로 흙을 느끼고, 빛으로 돌아가는 것과 같았다. 설사 그것이 파렴치한 불륜, 그리고 죄악에서는 벗어나지 못한 치졸한 비겁자의 총알에 맞아 쓰러져 묻힌 배신당한 남편의 기억으로 되돌아가는 것이라도 그랬다.

그런데 피할 수도 없고 또 혐오감 속에서 느끼는 이런 위안, 이런 이기적 만족은 새로이 회한을 불러일으켰다.

논리체계가 그런대로 작동되고 있고 또한 도덕률을 믿으며 본인의 이성이 존중하는 원칙에 따라 자기를 죄인, 그것도 분명하게 죄인이라고 인식하고 있음에도 불구하고, 혼돈스럽지만 내면에 안녕의 감각이 있는 것을 느끼며 깜짝 놀랐다. 끔찍했다. 하지만 이는 흔들리지 않는 땅 위에 두 발로 서려는 안간힘이었을 뿐이다. 시시각각 변덕을 부리는 머릿속 모순을 피하려는 것이고, 뇌에 최악의 것을 전달하는 내면의 지진 같은 것을 피하려는 것이었다.

아나는 자책감에 대한 언급은 빼고 이 모든 느낌을 최대한 베니떼스에게 설명했다.

하지만 그는 아나가 무슨 말을 하고 무슨 말을 감추는지 이해했다. 그러면서 지금 아나에게 가장 중요한 일은 죽음의 위험에서 벗어나는 것이라고 선언했다.

"당신은 자살을 원합니까?"

"오, 아니에요! 그건 아니에요!"

"그렇다면 자살을 원치 않는다면, 육체를 돌봐야 합니다. 그리고 육체의 건강은 부인이 하고 있는 것과 모두 정반대를 요구합니다. 부인은 남편을 기억하고 사랑하면서…… 그리고 하지 말았어야 할 것을 증오하면서…… 자기 자신을 괴롭히는 게 의무라고 믿고 계십니다. 그런 복잡한 생각을 견뎌낼 수 있는 힘이 부인에게 있다면 모든 게 잘될 겁니다. 그런데 부인에게는 그럴 힘이 없습니다. 망각, 평온, 내면의 침묵, 세상과의 대화, 우리가 살아갈 수 있도록 도와주러 온 지금 막 시작된 봄과의 대화…… 부인께 약속드립니다. 부인이 위험에서 벗어나 안전하고 정상적인 날이 오면, 부인이 원하실 경우 바로 알려드리겠습니다. 아나 부인, 이제 부인은 자기 자신에게 고통을 줘도 될 정도로 충분히 건강합니다라고."

그리고 프리힐리스도 같은 의미로 말했다.

아나는 이제 아무와도 얘기하지 않았다. 안셀모는 제대로 말할 줄 몰랐고, 세르반다는 움직이는 동상처럼 들락거리기만 했다…… 그리고 다른 베뚜스따 사람들은 낀따나르의 죽음 이후 오소레스 저택을 찾아오지 않았다.

아무도 발을 들여놓지 않았다. 베뚜스따 귀족들은 호들갑을 떨며 끔찍해했다. 고매한 베뚜스따 사람들은 비탄에 잠긴 위선적인 얼굴로 은밀한 기쁨을 서로 감췄다. 그들에게는 소설 같은 엄청난 스캔들이었고 슬픈 도시의 영원한 지루함을 깨는 무엇이었다. 하지만 그 일을 드러내놓고 좋아하는 사람은 거의 없었다. 스캔들이라니! 발각된 불륜! 결투! 남편이 방광에 총을 맞고 죽은 전직 판사라니! 베뚜스따에서는 한번도 총싸움이 없었다. 혁명이 터졌던 날에도 총탄이 오가지 않았다. 양도할 수 없는 인간의 권리를 확보하는 싸움에서도 목숨을 거둬가지 않았고, 소총 탄창도 필요하지 않았다. 판사 부인의 잘못과 알바로의 총알이 조용하고 절제되고 신중해야 할 불륜의 평화 전통을 깼다. 엔시마다와 꼴로니아 지역의 수많은 숙녀들이 남편을 속였거나, 속이고 있거나, 속이기 일보 직전이라는 것은 이미 다 아는 사실이었다. 하지만 총알은 오가지 않았다! 그때까지 존경이라는 이름으로 감추고 있던 질투가 이제 노란 피부를 드러내며 바깥으로 나왔다. 판사 부인의 미모와 정조라는 명성에 대해 그동안 비시따 올리아스 데 꾸에르보, 옵둘리아 판디뇨, '유동성 채무 남작'의 부인뿐 아니라, 주지사 부인, 빠예스 부인, 까라스삐께 부인, 리안사레스 부인, 즉 그란 꼰스딴띠노, 후작 부인의 하녀들, 모든 귀족, 모든 중산층, 심지어 시골마을의 아낙들까지도 은밀히 질투하고 있었음이 분명해졌다. 후작 부인 역시 그럴 거라고 누가 생각이나 했겠는가! 그랬다. 후작 부인은 아주 개방적이었고 자신의 젊은 시절이나 다른 이의 최근 일에 대해서도 아주 관대했던 사람 아닌가?

베뚜스따의 여자들은 한결같이 아나 오소레스를 나쁘게 말했다. 많은 남자들도 여자들처럼 혼신의 힘을 다해 아나를 질투하고 껍질을 벗겼다. 성직자회의에서 주임신부와 꾸스또디오 보좌신부는 스캔들, 위선, 타락, 바빌로니아나 다름없는 탈선을 얘기했고, 카지노에서는 론살, 포하, 오르가스 부자가 사방 벽에 갇힌 불쌍한 미망인의 죽은 명예 위에 양손으로 흙을 퍼담아 집어던졌다.

옵둘리아 판디뇨는 베뚜스따에서 그 비극을 알고 나서 몇시간 후 자기가 가지고 있는 모자 중에서 가장 큰 것과 가장 꽉 끼는 옷, 가장 바스락거리는 치마를 입고 저주의 공기를 들이마시고, 스캔들의 냄새를 맡고, 모든 사람들이 한번씩 핥아보는 사탕처럼 입에서 입으로 전해지는 그 불륜의 뒷맛을 음미하기 위해 거리로 나왔다. 그녀는 딱 달라붙는 사탕의 달콤함 같은 기쁨을 애써 감췄다.

당신들도 봤죠? 우리 모두 똑같다니까요. 옵둘리아의 의기양양한 시선이 말했다.

그리고 그녀의 입술이 말했다.

"불쌍한 아나! 어쩔 수 없이 망했네! 대체 무슨 얼굴을 하고 사람들 앞에 나타날까? 얼마나 로맨틱했는데! 이런 일까지…… 그녀와 관련된 거면 이렇게…… 세상 전체가 알 정도로 요란하다니까."

"성 금요일의 행렬 기억납니까?" 남작이 물었다.

"그럼요. 비교해봐요. 누가 그럴 줄 알았겠어요!"

"내 말이." 후작 부인이 탄성을 내뱉었다. "그때 이미 그 뻔뻔한 행동이 좀 냄새가 났어. 맨발을 드러내놓고 그렇게 돌아다닌다는 게…… 안 좋은 징조야."

"그래요. 안 좋은 징조예요." 남작 부인이 따라 말했다. 'Et cum spiritu tuo'[2]라고 말하는 것 같았다.

"엄청난 스캔들이라니까!" 후작 부인이 잠깐 말을 멈췄다가 화를 내며 덧붙였다.

"스캔들!" 다른 사람들이 합창하듯 따라 했다.

"경솔하고 어리석은 짓이지!"

"그거예요! 바로 그거!"

---

2 라틴어 미사 중에 사제가 'Dominus vobiscum'(주님께서 여러분과 함께)를 선창하면 신자들은 'Et cum spiritu tuo'(또한 사제와 함께)로 응답한다.

"불쌍한 낀따나르!"

"그래, 불쌍하지. 하느님이 그를 용서하셨을 거야. 하지만 그는 그런 일을 당해도 싸."

"당해도 싸지."

"얼마나 가까웠던 우정이었는데……"

"스캔들이 따로 없다니까."

"그건……"

"구역질 나!"

시골 천지에 사생아를 둔 베가야나 후작의 말이었다.

옵둘리아는 자기 명성이 승리를 거둔 듯 대화에 참여했다. 그녀는 그런 식으로 스캔들을 일으킨 적은 단 한번도 없었다. 베뚜스따 전체는 옵둘리아가 어떤 여자인지 잘 알고 있었다…… 그래도 그녀는 그런 스캔들을 일으킨 적은 없었다.

그랬다. 최악의 스캔들이었다. 죽음의 결투 또한 일을 복잡하게 만들었다. 알바로는 도망쳐 마드리드에서 살고 있었다…… 벌써 빨로마레스 장관 부인과 다시 사랑을 시작했다는 말이 들려왔다…… 베뚜스따는 아나와 그녀의 어리석음으로 인해…… 가장 중요한 인물 두명을 잃어버렸다.

그래서 베뚜스따는 아나와의 모든 관계를 끊는 걸로 그녀를 벌했다. 아무도 그녀를 만나러 가지 않았다. 후작 자제조차 알바로가 남긴 유산을 챙기러 갈까 하는 생각을 잠시 하였지만 결국 찾아가지 않았다.

그런 단절, 그런 방역선에 대해 이런 공식이 성립되었다.

"그녀를 고립시켜야 해! 이딸리아 무희의 딸과는 절대 상종 못한다!"

이 말이 명예롭게 부활하게 된 데는 바르까사 남작 부인의 공이 컸다.

리빠밀란 수석사제가 집 밖으로 나갈 수만 있었더라면, 그 '위대한 세상'의 잔인한 합의는 이뤄지지 않았을 것이다. 하지만 불쌍한 리빠밀란은 다시 일어나지 못하고 침대 신세를 지게 되었다. 그는 늘 그곳에서 만족스러워하며 2년을 더 살았다.

리빠밀란은 비예가스의 시들을 낭송하고 노래로 부르며 이 땅에서의 순례를 마감했다.

판사 부인은 자기 자신에게 약속한 대로 굳이 사람들에게 저택 문을 닫을 필요가 없었다. 아무도 그녀를 찾아오지 않았던 것이다. 그녀가 많이 아프다는 사실은 알려졌다. 그래서 그나마 자비심이 있는 사람들은 하인들과 베니떼스에게 환자의 안부를 묻는 걸로 만족했다. 사람들은 그녀를 '불행한 여자'라고 불렀다.

아나는 그 고독이 좋았다. 베뚜스따가 먼저 선수 치지 않았더라도 그녀 스스로 그렇게 했을 것이다. 하지만 이제 회복해서, 자기를 에워싸고 있는 세상과 앞으로의 시간을 다시 생각하게 되자, 어디에서나 얼음처럼 차가운 공기가 느껴지고 모두들 자기를 안 좋게 보는 것이 씁쓸하게 느껴졌다. 모두가 자기를 버렸다! 그래도 당연했다. 하지만 어찌 됐든 그녀가 늘 경멸했던 베뚜스따 사람들은 그녀에게 아부하고 칭찬했을 때조차도 한결같이 나쁜 사람들이었다!

낀따나르의 미망인은 최선을 다해 베니떼스의 충고를 따르기로 결심했다. 가능한 한 죄책감과 고독, 슬프고 단조롭고 시커먼 미래를 생각하지 않기로 했다.

그녀는 되살아난 육체의 건강이 허락되자 수를 놓기 시작했다.

강철과 같은 의지로 뜨개질과 편물에 취미를 붙여보려고 노력했다.

이제 어떤 책이든 책이라면 무조건 싫었다. 모든 추론이 자신의 불행을 생각하게 했던 것이다. 그러니 생각을 하지 말아야 했다. 그리고 가끔은 성공했다. 그런 때는 자기 영혼에서 최고인 부분이 잠들어 있다는 생각을 하기도 했다. 하지만 다른 여자들 못지 않은 여자가 될 정도로는 깨어 있었다.

아나는 안셀모가 중정에서 쭈그리고 앉아 고양이를 쓰다듬으며 보내는 끝날 것 같지 않은 오후 시간을 받아들일 정도는 되었다. 잘 있다고 생각하며 시간이 흐르도록 내버려두고 입 다물고 살아가는 것, 이것이야말로 그 무엇, 어쩌면 최고로 좋은 것이었다. 그렇게 죽음에 이르면 되었다…… 아나는 두려움이 없었다. 그녀는 죽음을 두려워하지 않았다. 그녀가 원하는 것은 뇌가 망가져서 미친 상상 속에서 죽지 않는 것이었다……

이럴 때 베니떼스가 슬프고 말없이 평온한 상태에 잠겨 있는 그녀를 갑자기 찾아오면 아나는 죽어가는 여자의 미소를 띠고 그에게 물었다.

"선생님, 만족하세요?"

그러면 의사가 또다른 차갑고 슬픈 미소로 답했다.

"좋아요, 아나 부인, 아주 좋아요…… 부인이 말을 잘 들어 기뻐요."

하지만 베니떼스는 프리힐리스와 단둘이 남게 되면 이렇게 말했다.

"아나 상태가 좋지 않아 보여요."

"가끔씩 아주 평온해 보이는데요."

"그래요. 그래서…… 마음에 걸려요. 억지로라도 기분전환을 시켜야 해요."

그리고 프리힐리스가 아나의 기분전환을 위해 발 벗고 나섰다.

프리힐리스는 5월이 되자 아나에게 밖으로 산책 나가자고 졸랐다. 구름도 없고 따뜻하고 습기가 없고 웃음을 주는, 베뚜스따에서는 자주 즐길 수 없는 날씨였다.

하지만 아나가 양손을 깍지 낀 채 제발 자기를 가만히 내버려둬달라고, 저택에서 조용히 있게 해달라고 사정했기 때문에 프리힐리스는 아무것도 이루지 못했다. 그래서 그는 불쌍한 아나를 집 안에서 즐겁게 해주기로 마음먹었다.

아나가 나무와 꽃에 취미를 붙일 수만 있다면!

시험해본다고 해서 잃을 것은 아무것도 없었다. 그래서 그는 시험해보았다.

아나는 프리힐리스에게 맞춰주려고, 미소를 띠고 눈을 마주치며 열심히 들었다. 그리고 실습할 때면 공원에 내려갔다. 프리힐리스는 내심 상당히 흡족하기도 했다. 어느날 오후 그는 자기가 거둔 위대한 승리의 이야기를 들려주었다. 베뚜스따 지역에 '유칼립투스 글로불루스'를 적용시켜 심은 이야기였다.

아나가 아픈 동안, 안셀모와 세르반다를 믿지 못한 프리힐리스는 아무에게도 허락을 구하지 않고 오소레스 저택으로 옮겨왔다. 그는 1860년부터 살고 있던 하숙집의 침대를 저택 1층으로 옮겼다. 아나의 화장방과 침실이 프리힐리스의 방 바로 위에 있었다. 그는 판사 부인을 감시하고 조금만 위험해도 바로 달려갈 수 있도록 별다른 시설 없이 아무도 귀찮게 하지 않고, 그곳에 정착했다.

그는 점심과 저녁은 하숙집에서 먹었지만 잠은 저택에 와서 잤다. 이 사실은 아나가 이미 회복기로 접어들어 외롭게 살던 어느날 아나가 불평할 때까지 알리지 않았다. 그녀가 밤이면 가끔 무섭다고 솔직하게 얘기했다. 그러자 사람 좋은 프리힐리스가 얼굴을 토마토처럼 붉히며, 자기 마음대로 한달 반 넘게 판사 부인 아래층에서 자고 있다고 수줍게 털어놓았다. 하인들에게도 마님에게 아무말도 하지 말라고 명했던 것이다.

이 사실을 알게 된 이후로 아나는 서글픈 밤이라도 덜 외롭다는 생각이 들었다. 비밀이 없어지자 프리힐리스는 아나가 들을 수 있도록 일부러 아래층에서 세게 기침했다. 마치 이렇게 얘기하는 것 같았다. 두려워하지 말아요. 내가 여기 있어요.

하지만 나쁜 것은 모두가 아는 법이라, 베뚜스따 역시 이 사실을 알게 되었다. 프리힐리스가 지체 높은 오소레스 저택, 판사 부인의 집에 하숙생처럼 살러 들어갔다고 수군거렸다.

몇몇은 이렇게 말했다.

"자선행위일 거야. 불쌍한 여자가 먹고살 방법이 없으니, 프리힐리스의 도움으로 근근이 살아갈 거야."

그리고 '위대한 세상'은 아나에게 남은 재산을 손가락을 접어가며 계산했다. 그녀에게 아무것도 남지 않았을 게 분명했다.

"그녀에게는 임대소득이 없어."

"남편의 임대소득. 낀따나르가 저기 아라곤에 남겨둔 땅의 임대소득은 그녀의 것이 아니야."[3]

"미망인연금은 요구하지 않았을 거야."

"몰염치한 짓이지!"

"그렇겠지! 미망인연금을 요구하는 것은! 그녀가 존경받는 판사

---

3 당시 스페인 법에서는 결혼 전의 남편 재산은 아내가 상속하지 못하고 가문에 귀속되었다.

의 죽음을 불러왔는데!"

"부끄러운 짓이지."

"부끄럽지."

"그리고 이제는 오소레스 저택에서 사는 것도 아니지."

"당연하지. 사람들 얘기처럼 남편이 그 저택을 그녀에게 선물했다고 해도 말이야. 그가 아나의 고모들에게서 그 집을 샀기 때문이지. 자기가 번 돈으로 산 게 아니라 알무니아의 땅을 팔아서 산 거니까."

"어찌 됐든, 그녀는 그 집에서 살면 안돼."

"뭘 먹고 사는지 아무도 모르잖아."

"그걸로 살겠지. 자기 집에서 프리힐리스를 하숙하면서 말이야. 그가 후하게 돈을 낼 테니."

"그건 그래. 그는 정신 나간 사람이니까. 이것저것 신경 쓰지는 않지만…… 사람이야 좋지."

"좋지…… 상대적으로." 후작이 말했다. 그는 슬슬 성가시게 굴기 시작하는 통풍 때문에 엄격한 도덕관과 석탄처럼 시커먼 성질을 내뿜고 있었다.

그러고는 옛날에 엄청난 효과를 일으켰던 현재분사형을 떠올리며 다음과 같이 요약했다.

"어찌 됐든, 가장 친했던 친구의 부정한 아내와 한 지붕 아래서 산다는 것은…… 구역질이 나!"

감히 아무도 그 사실을 부정하지 못했다.

베가야나 후작 부부의 모임에서 거론되었던 그 걱정거리가 판사 부인을 괴롭혔다. 과수원에 나갈 정도로 건강해지자 아나는 오래전부터 자기를 괴롭혀오던 것을 프리힐리스에게 얘기했다.

"저는…… 이 집을 떠났으면 좋겠어요…… 이 집은…… 엄밀히 말하자면…… 제 집이…… 아니에요. 이건 빅또르의 상속자들의 집이에요. 그러니까 그의 누이인 도냐 빠끼따와 그 자식들의……"

프리힐리스가 펄쩍 뛰었다. 이게 무슨 뜻이지? 그 문제는 이미 그가 해결했다. 그가 사라고사에 편지를 보냈고, 도냐 빠끼따는 알무니아에 남아 있는 재산에 만족했다. 그녀는 그걸로 충분했다. 저택은 법적으로나 도덕적으로나 아나의 소유였다.

아나는 그의 강력한 의지를 거스를 힘이 없어 일단 양보했다.

프리힐리스가 판사 부인의 미망인연금을 신청하기 위해 서류들에 서명하라며 내밀자 아나가 펄쩍 뛰며 거절했다.

"그건 아니에요. 그건 아니에요, 프리힐리스. 차라리 굶어 죽을래요!"

그녀가 보조금을 신청하지 않는다면 서글프고 성가신 가난과 굶주림이 실제로 미망인을 위협할 수도 있었다.

아나는 군인의 딸로서 자기에게 해당되는 고아연금을 신청하는 게 차라리 낫겠다고 말했다.

"그건 이미 먼 나라 이야기입니다…… 그 액수는 이제 아무 가치도 없을 겁니다…… 그리고 그걸 신청할 수 있을는지도 모르겠고요."

프리힐리스는 아나의 서명을 위조했다. 그때 얼굴을 붉히지 않았던 건 아니다. 몇달 후 그는 첫 미망인연금을 그녀에게 내밀었다.

그럴 정도로 궁핍했다. 다른 방법으로는 살아가기 힘들 정도였다. 판사 부인은 울며불며 수백번 거절한 후 미망인연금이라는 서글픈 돈을 받았고, 그뒤로는 그녀가 직접 서류에 서명했다.

베니떼스와 프리힐리스는 여기서 슬픈 증상을 보았다. 프리힐리스는 생각했다. 그녀의 의지가 사라진 거야. 옛날 같았으면 아나는 차라리 구걸을 원했을 거야…… 그런데 지금은 그냥 굴복해…… 싸우지 않기 위해.

프리힐리스의 볼에 눈물이 흘렀다.

내가 부자라면, 하지만 이렇게 가난하니……

그가 덧붙였다. 물론 그 쥐꼬리만 한 돈을 받는 게 부끄러울 건 없어…… 그런데 그녀에게는 부끄러운 일이야…… 그게 아닌 데…… 그 돈은 그녀의 돈인데.

아나는 그렇게 살아갔다.

아나가 위급 상황에서 벗어나자 베니떼스도 찾아오는 일이 줄었다.

세르반다와 안셀모는 충성심이 깊었다. 어쩌면 안주인에게 정이 들었을 수도 있었다. 하지만 그들은 그 정을 보여줄 만한 위인이 되지 못했다. 그들은 복종하며 그림자처럼 시중을 들었다. 그들보다는 고양이가 아나에게 더 친구가 되어주었다.

프리힐리스는 변함없는 친구이자 슬픔을 함께하는 동료였다.

그는 거의 말이 없었다.

하지만 그녀에게는 '프리힐리스가 여기 있다'라는 생각만으로도 위로가 되었다.

아름다웠던 아나 오소레스의 육체에 차츰 건강이 돌아왔다.

그러고서 그녀는 삶에 대한 새로운 집착이 생기면서 약간의 양심의 가책과 함께 활동하고 싶은 마음이 들었다. 이제는 프리힐리스의 곁에서 식물인간처럼 사는 것에 만족하지 못하는 날이 찾아왔다. 그녀는 프리힐리스가 과수원에서 씨 뿌리고 경작하는 모습을 보고, 유칼립투스 나무를 칭찬하는 소리를 들으며, 식물인간처럼 살아가고 있었다.

　그녀는 집 밖으로 나가지 않겠다고 자신에게 약속했다. 그런데
그 집이 너무나도 비좁은 감옥처럼 여겨지기 시작했다.

　어느날 아침 아나는 그해에 신자로서의 의무를 하지 못했다는
생각을 하면서 잠에서 깨어났다. 이제는 우울한 저택 밖으로 나가
미사를 보러 갈 수도 있을 것 같았다. 그랬다. 이제 앞으로는 미사
를 보러 갈 생각이었다. 아침 일찍 짙은 미사포를 쓰고 얼굴을 잘
가리고 가까이 있는 빅또리아 소성당에 갈 생각이었다.

　그리고 고해성사도 할 생각이었다.

　아나 오소레스는 믿음이 있는 것도 아니고, 그렇다고 믿음을 저
버린 것도 아니었다. 이제는 그녀를 미치게 했던 '위대한 것들'
을 더이상 생각하지 않는 데 익숙해졌으며, 그 상태로 다시 신앙
생활을 하기로 했다. 이제는 수치심과 다름없는 그 '거짓된 신비
주의'에 절대 굴복하지 않겠다고 자기 자신에게 맹세했다. 하느님
의 현시…… 성녀 떼레사…… 그 모든 것은 이제 다시 돌아오지 않
아…… 이제 더이상 지옥에 대한 공포로 떨지 않아. 물론 자기가
지은 죄 때문에 타락했다고 믿었다. 하지만 옛날 자기에게 초자연
적이고 성스러운 확신을 줬던 이상적인 사랑의 폭발도 위로가 되
지는 않았다.

　지금은 아무것도 없었다. 고통과 생각에서 도망칠 뿐이었다. 하
지만 다른 사람들처럼 기도하고 미사 보는 기계적인 신앙도 괜찮
아 보였다. 자신의 마비된 영혼과 신앙이 양립할 수 있을 것 같았
다. 더군다나, 자신은 의식하지 못했지만, '세속적 신앙'(그녀는 속
으로 그렇게 불렀다)은 절대 집 밖으로 나가지 않겠다는 약속을 어
길 수 있는 핑곗거리가 되었다.

10월이 되어 나른하고 따뜻한 남쪽 바람이 불던 어느날 오후, 아나가 오소레스 저택을 나섰다. 그녀는 올이 촘촘하고 온통 시커먼 미사포로 얼굴을 가리고 한가하고 조용한 성당으로 들어섰다. 성무일도는 이미 끝난 후였다.

몇몇 참사회원들과 보좌신부들이 양쪽 측면과 재단 뒤 기둥들 사이의 경당에 있는 자기네 고해실에 들어가 있었다.

그곳에 와본 지 얼마나 되었나!

고향에 돌아온 사람처럼 아나의 두 눈에 눈물이 고였다. 돔 천장, 기둥, 스테인드글라스, 홀, 경당…… 대성당이 말해주는 모든 것이 얼마나 슬픈지! 이 모든 것들이 아나의 기억에 말을 거는 듯했다.

그 어떤 냄새와도 비슷하지 않은 대성당 특유의 냄새, 신선하면서도 은근히 쾌감을 주는 냄새가 아나의 영혼 깊은 곳까지 파고들어왔다. 그녀에게는 귀를 통하지 않고도 마음까지 스며드는 소리 없는 음악과도 같았다.

아아! 믿음이 다시 생긴다면! 예수님의 발아래에 엎드린 막달레나처럼 울 수만 있다면!

그리고 그토록 오랜 시간이 흐른 후 처음으로 그녀의 머릿속에서 늘 초자연적이라고 느꼈던 폭발이 느껴졌다. 배 속에서 목구멍까지 다정한 느낌이 타고 올라오는 게 느껴졌다. 그러면서 달콤하게 목을 죄는 두려움이 들었다…… 두 눈에서 눈물이 쏟아졌고, 아나는 더이상 생각하지 않고 어두운 경당으로 들어갔다. 총대리신부가 그녀에게 하늘과 영혼들의 사랑에 대해 수도 없이 얘기하던 곳이었다.

무엇이 그녀를 이곳까지 이끌었을까? 알 수 없었다. 그녀는 아무에게나 고해성사를 할 생각이었다. 그녀의 영혼의 형제의 고해실이 두발짝 떨어져 있다는 것도 몰랐다. 그는 그녀의 잘못으로 세상으로부터 비난을 받았다. 그리고 그녀를 눈멀게 했던 더러운 열정의 궤변에 속아 그녀도 그를 비난했다. 그녀는 그의 애정을 파렴치한 알바로의 사랑과 같은 육욕으로 생각했지만, 어쩌면 그 사랑은 자신의 더러움 때문에 이해하지 못한 순수한 감정이었을 수도 있었다.

그 우정을 되찾는다는 건 꿈일까? 경당 안으로 그녀를 밀어넣은 충동이 저 높은 곳의 목소리일까? 아니면 그 빌어먹을 히스테리가 일으킨 변덕일까? 가끔은 그 히스테리가 그녀의 가장 은밀한 욕망이고, 은밀한 생각이고, 그녀 자신이었다. 아나는 진심으로 하느님에게 빌었다. 그 순간 아나는 분명하게 하느님을 보았다고 믿었다. 하느님에게 그 목소리가 그의 목소리이길, 총대리신부는 파렴치한 알바로가 묘사한 음탕한 구애자가 아니라, 오랜 세월 믿었던 영혼의 형제이길 빌었다. 아나는 믿음에 흥분한 상태였을 때처럼 열렬하게 기도했다. 하느님의 믿음과 사랑으로, 삶에 대한 믿음과 사랑으로 돌아갈 수 있다고, 지옥보다 더 끔찍하고 정신이 몽롱한 구천에서도 나올 수 있다고 믿었다. 그녀는 꿈속의 고통 속에서 그토록 보았던 성스러운 고해실의 탁자를 붙잡으면 구원을 얻을 수 있다고 믿었다.

대성당의 홀을 비추는 희미한 불빛과 경당 등불의 노랗고 신비스러운 섬광이 제단 위의 빈혈에 걸린 듯한 예수 얼굴과 뒤섞였다. 예수는 늘 슬프고 창백한 모습이고, 그 생명력은 확고하고 영원한 생각을 반영하는 유리 눈에 응축되어 있었다…… 경당 안에는 네다섯개의 시커먼 동상이 있었다. 고해실에서는 한여름 허공을 방황하는 모깃소리처럼 한 여성 신도가 나지막하게 얘기하는 소리가 들려왔다.

총대리신부는 자기 자리에 있었다.

판사 부인이 경당에 들어서는 순간, 미사포를 뒤집어썼어도 그는 그녀를 알아보았다. 그는 참회자의 얘기를 건성으로 들으며 입구의 쇠창살을 바라보고 있었다. 그런데 그때 그 낯익은 사랑하는 얼굴의 옆모습이 갑자기 꿈속에서처럼 나타났던 것이다. 몸매와 자태, 제단 앞에 무릎 꿇은 모습, 자기만이 기억하고 알아볼 수 있는 모습들이 머릿속에서 폭발하듯 소리 질렀다.

아나!

격자창 앞의 여신도는 계속 자기 죄를 주절주절 읊어댔다. 총대리신부는 그녀의 얘기는 듣지 않고 속에서 자기 열정이 미친 듯이 외치며 으르렁대는 소리를 들었다.

여신도가 입을 다물자 신부는 현실로 돌아왔다. 그러고는 축복을 내리는 기계처럼 여신도의 잘못을 사해주었다. 그리고 그 손으로 다른 여신도에게 비어 있는 격자창으로 가까이 오라는 신호를 보냈다.

아나도 가까이 가기로 마음먹었다. 그녀는 비스듬하게 기울어진 격자창 앞에서 미사포를 들어올리고는, 그 구멍들 사이로 하느님의 용서와 영혼의 형제의 용서를 구하고 싶었다. 그리고 용서가 불가능하다면 용서 없이 참회만 들어달라고 청하고 싶었다. 잃어버렸거나 잠들었거나 깨어진 믿음을 청하기로, 지옥에 대한 두려움 때문이라도 믿음을 청하기로 마음먹었다…… 그녀는 예전에 수도 없이 울었던 그곳에서 울고 싶었다. 괴로워서 울기도 했고, 눈물을 머금으며 기뻐서 미소를 짓기도 했었다. 그녀는 하느님이 보낸 특사라고 믿었던 옛날의 신부를 만나고 싶었다. 믿음을 원했다. 자비를 원했다…… 그리고 자기가 지은 죄에 대한 벌을 받고 싶었다. 영혼의 어둠과 혼수상태보다 더 혹독한 벌이 필요하다면……

고해실은 뼈가 삐걱거리듯 가끔 삐걱거렸다.

총대리신부는 또 죄를 사해주고 손으로 다른 여신도를 불렀다…… 경당은 점차 인적이 뜸했다. 죄의 사함을 받고 기도 중이던 검은 옷차림의 네댓명의 신자들이 차례로 밖으로 나갔다. 마침내 판사 부인과 총대리신부 단둘이 남게 되었다. 그녀는 제단으로 올라가는 계단에 있었고, 그는 고해실 안에 있었다.

이미 늦은 시간이었다. 대성당은 비었다. 그 안에서는 이미 밤이 시작되었다.

아나는 숨도 쉬지 않고 격자창으로 자기를 부르는 신호를 받으면 바로 달려갈 작정을 하고 기다렸다……

하지만 고해실은 조용했다. 손은 나타나지 않았고, 이제는 나무도 삐걱거리지 않았다.

창백한 입술을 살짝 벌리고 또렷한 유리눈으로 내려다보고 있는 예수상이 두려움에 압도당한 것처럼 보였다. 곧 들이닥칠 비극적인 장면을 기다리는 듯했다.

그 침묵 앞에서 아나는 묘한 두려움을 느꼈다……

몇초가 흐르고, 길게 몇분이 흘러도 손은 그녀를 부르지 않았다……

무릎을 꿇고 있던 판사 부인은 부들부들 떨며 용기를 내서 일어났다. 그녀가 큰 발작을 일으킬 때 생기는 용기였다…… 그리고 고해실을 향해 한걸음 내딛었다.

그런데 그때 어두컴컴한 고해실이 세차게 삐거덕거리면서, 한가운데로 시커멓고 키 큰 모습이 밖으로 나왔다. 아나는 등불에 비치는 창백한 얼굴, 불처럼 또렷하고 아프게 찌르는 두 눈, 제단에 걸린 예수의 눈처럼 망연자실해하는 두 눈을 보았다……

총대리신부가 한쪽 팔을 뻗으며 마치 죽이려는 듯 판사 부인을 향해 발을 내딛었다. 그녀는 두려워 떨며 뒤로 물러나다 제단에 부딪혔다. 아나는 비명을 지르며 도와달라고 청하고 싶었지만 입이 떨어지지 않았다. 그녀는 입을 벌린 채, 놀라서 두 눈을 크게 뜨고, 적을 향해 양손을 뻗은 채 마룻바닥 위에 주저앉았다. 공포는 그가 자기를 죽이려는 거라고 말하고 있었다.

총대리신부는 걸음을 멈추고, 양손을 모아 배 위에 포갰다. 그는 말을 할 수도 없고, 하고 싶어하지도 않았다. 그는 온몸을 떨고 있었다. 그는 다시 아나를 향해 양팔을 뻗었다…… 그는 다시 앞으로 발걸음을 내딛었다…… 손톱으로 그녀의 목을 후벼파고는 뒤돌아섰다. 금세라도 쓰러질 듯한 모습이었다. 그러고는 부들부들 떨리는 힘없는 다리로 경당을 나섰다. 그는 성가대석 뒤편에 이르자 간신히 힘을 냈다. 아무것도 보이지 않았지만 기둥들에 부딪히지 않으려고 노력하며, 쓰러지지도 비틀거리지도 않고 간신히 제의방에 이르렀다.

두려움에 무릎을 꿇은 아나는 하얀 대리석과 검은 대리석이 깔린 바닥 위에 털썩 주저앉았다. 그녀는 정신을 잃고 쓰러졌다.

대성당은 텅 비었다. 기둥과 돔 천장의 그림자들이 하나로 합해지면서 성당은 어둠에 잠겼다.

키 크고 비쩍 말라 여성스러운 복사 셀레도니오가 쇠창살을 닫으면서 경당들을 점검하며 오고 있었다. 그는 짧고 지저분한 복사복을 입고 있었다. 열쇠꾸러미의 열쇠들이 서로 부딪히며 소리가 났다.

그는 총대리신부의 경당에 이르러 요란한 소리를 내며 문을 닫았다.

그는 문을 닫은 후 안에서 뭔가 소리가 들린 것 같아 덜컥 겁이 났다. 그는 얼굴을 쇠창살에 붙이고 어둠속에서 자세히 살피며 경당 안쪽을 들여다보았다. 등불 아래로 여느 때보다 커다란 그림자가 보인 것 같았다.

그 순간 그는 신경을 곤두세우고 약한 탄식 비슷한 한숨 소리를 들었다.

그는 문을 열고 들어가 정신을 잃고 쓰러진 판사 부인을 알아보았다.

비루한 욕망이 셀레도니오를 흔들었다. 음탕함에서 비롯된 변태스럽고 타락한 욕망이었다. 야릇한 쾌락을 느끼기 위한 것인지, 아니면 그것을 느낄 수 있는지 증명해보려는 것인지 모르겠으나 그는 역겨운 얼굴을 판사 부인의 얼굴 위로 숙여 입을 맞췄다.

아나는 섬망의 안개 속에서 구토와 통증을 벗어나 정신이 들었다. 끈적거리고 차가운 두꺼비의 배가 입술에 와닿은 느낌이었다.

위선의 사회에 맞서 진정한 가치를 찾아

끌라린(Clarín)이 필명인 레오뽈도 알라스(Leopoldo García-Alas y Ureña, 1852~1901)는 대표작 『레헨따』(*La Regenta*, 1884~85)로 스페인 19세기를 대표하는 최고의 소설가 베니또 뻬레스 갈도스(Benito Pérez Galdós, 1843~1920)와 어깨를 나란히 하는 작가의 반열에 올랐다. 『레헨따』는 근래에 들어서 『돈 끼호떼』(*Don Quijote*) 이후 스페인 최고의 문학작품, 스페인 최초의 자연주의 소설이라는 극찬을 받지만 출판 당시에는 저속한 귀족계급과 탐욕에 찌든 종교계급에 대한 적나라한 비판으로 성직자들에게 강한 비난을 받으며 수많은 논쟁과 논란의 중심에 있었다. 그밖에 작품의 방대한 분량과 사건의 복잡한 전개로 20세기 초까지 큰 주목을 받지 못하다가 이후

재평가되어 최근에는 다양한 각도에서 활발한 연구가 이뤄지고 있다. 프랑스 자연주의 소설가인 에밀 졸라(Emile Zola)와 귀스타브 플로베르(Gustave Flaubert), 스페인 자연주의 경향의 다른 작가들과도 비교·연구되고, 페미니즘적인 성격에 대한 연구와 함께 이 작품에 영향을 미친 호세 소리야(José Zorilla)의 『돈 후안』(Don Juan, 1844)과도 비교·연구되며, 주인공들의 심리분석도 다양한 각도에서 이뤄지고 있다.

스페인 고유의 자연주의 소설

『레헨따』는 왕정복고시대의 스페인이라는 시대적 배경과 스페인의 북부 도시 오비에도(Oviedo)를 모델로 하는 베뚜스따라는 가상의 지방도시를 공간적 배경으로 150여 명의 인물이 등장하는 방대한 작품이다. 문학비평가·단편소설 작가·신문기자로도 왕성하게 활동했던 끌라린은 이 작품에서 1868년의 9월 혁명과 스페인 제1공화국(1873년 2월~1874년 12월)의 몰락 이후 보수와 진보 진영의 대립이 첨예했던 왕정복고시대를 시간적 배경으로 당시 스페인 사회의 혼란과 타락상을 신랄하게 비판하며 해부한다. 시대적·공간적 배경이 비교적 구체적으로 드러나지만 그 속에 속한 인물들은 그러한 배경에 얽매이지 않고 현대까지 이어져내려와 심리적 공감대를 형성할 수 있을 정도로 복합적이면서도 섬세하게 묘사되어 있다. 그렇기 때문에 19세기 말의 스페인 지방도시를 배경으로 하는 지엽적인 작품이라기보다는, 살아 있는 캐릭터를 지닌 등장인물들 덕분에 시간이 흘러도 새로운 해석과 색채를 가미할 수 있는 명작으로 거듭나고 있다. 스페인 자연주의는 프랑스 자연주의에 영향을 받기는 했지만 1880년대 후반 끌라린과 갈도스, 빠르도 바산 등을 중심으로 스페인 고유의 '세르반떼스식 서사 전통에 근거한' 자연주의로 발전되었다. 다시 말해, 프랑스 자연주의의 결정론에 입각한 과학적 방법론 중심으로 인간의 현상을 객관적으로 서술하기보다는 인간의 복잡한 내면의식을 좀더 섬세하게 묘사하는데 치중하였다 할 수 있다.

『레헨따』는 불륜의 늪에 빠진 한 여인의 삶을 통해 그 여인이 속해 있으면서도 결코 속할 수 없었던 베뚜스따라는 사회를 더 깊고 넓게 해부한 작품이다. 베뚜스따라는 가상의 작은 도시는 외견상 종교의 그림자가 짙게 드리워져 전통이 강하고 역사가 깊어 고풍스럽지만, 실상은 '겉으로 보이는 체면'에 가려져 본질적인 인간성은 외면되고 왜곡되는 사회로 묘사되며 스페인 사회 전체의 축소판이라고도 볼 수 있다.

『레헨따』의 외적인 시간 배경은 19세기 후반, 즉 1870년대 이후를 배경으로 전개되지만, 내적인 시간 배경은 1부의 열다섯장이 사흘 동안 전개되고, 2부의 열다섯장이 3년 동안 전개되면서 등장인물들, 특히 주인공 아나와 페르민 신부의 심리묘사에 초점이 맞춰져 있다. 작품 전체 서른장 중 단 세장(6, 7, 20장)에서만 주인공들의 심리상태가 언급되지 않았을 뿐이다. 그리고 작품의 본격적인 시작이라 할 수 있는 3장부터 아나의 현재 모습을 설명하는 아나의 유년 시절에 대한 기억이 시작된다. 아나가 새로 바뀐 고해신부인 페르민 신부에게 총고해성사를 하게 되면서, 자기 삶 전체를 되돌아보며 어린 시절을 회상하게 되는 것이다. 그리고 독자는 성인이 되어 현재 만족하지 못한 삶을 살아가는 불행한 여인의 모습을 만나기 이전에, 그런 삶을 살아갈 수밖에 없는, 그런 삶에 이르도록 자신을 방치할 수밖에 없었던 아나의 어린 시절을 먼저 접하면서 그런 그녀와 동질감을 느끼게 된다.

『레헨따』의 시작과 결말을 장식하며 작품 내에서 큰 비중을 차지하는 대성당은 베뚜스따 전체를 지배하고 있는 종교적인 권위의 상징으로 등장한다. 하지만 베뚜스따 사람들이 진정으로 숭배하는 종교는 돈과 육체이며, 대성당은 믿음과는 상관없이 속세에 찌들고 권력만을 탐하는 성직자들의 싸움터이자 관광객들을 위한 관광지에 불과하다. 작품 시작 부분에서 페르민 신부가 내려다보는 베뚜스따의 전경(全景)은 명문대가의 대저택들과 산업화로 태어난 부르주아 계층과 프롤레타리아 계층이 한데 뒤엉켜 조화를 이루지 못하는 모습을 보여준다. 금세라도 허물어질 듯한 낡은 수녀원 바로 옆에 세워진 화약공장은 정신적인 숭고한 가치와 물질주의가 뒤섞인 사회 갈등을 암시한다. 그런 도시 전체가 한눈에 내려다보이는, 베뚜스따에서 가장 높은 대성당 종탑은 도시 전체를 위압적인 모습으로 장악하고 있는 종교의 권력을 상징하면서 베뚜스따 종교계를 장악하고 있는 페르민 신부의 권력을 의미하기도 한다.

하지만 베뚜스따 종교계를 대표하는 페르민 신부는 그러한 사회적 갈등을 봉합하기보다는 오히려 그 갈등을 조장해 자신의 주머니만 두둑하게 불리고자 하는 타락한 인물로 그려진다. 페르민 신부는 베뚜스따의 모든 사람들을, 특히 귀족계층을 자기 손안에 넣고 주교까지 쥐락펴락하는 야망이 있는 성직자로 묘사된다. 그는 영웅적인 도시 베뚜스따나 지배적인 귀족계층처럼 겉으로는 화려하고 위엄이 있지만, 사실은 탐욕스럽고 피해의식이 가득한 인물에 불과하다. 등장인물들 중에서 일견 가장 종교적이고 기품 있고 학식이 높은 인물이지만 다른 사람들은 물론, 자기 자신에게도 위선되고 진실하지 못한 그릇된 모습으로 일관하여 돈 알바로 보다 아나를 불행의 나락으로 더 강하게 밀어뜨린 장본인이기도 하다.

왜곡된 시선에 사로잡힌 베뚜스따 사회

『레헨따』의 여주인공 아나 오소레스는 자신이 속한 세계와 쉽게 타협하지 못하는 복잡한 내면세계를 지닌 인물로 등장한다. 몰락한 귀족 집안에서 태어나 불우한 유년시절을 보내며 외롭게 성장한 아나는 종교적인 사랑과 세속적인 사랑, 이상적인 사랑과 관능적인 사랑, 영혼과 육체 사이에서 팽팽하게 줄다리기를 하며 끊임없이 갈등한다. 만족스럽지 못한 결혼생활을 하며 계속 갈등과 번민 속에서 살아가던 아나는 종교에 매달리며 삶의 진정한 의미를 찾고자 노력하지만 내적 가치보다는 외면적 가치를 중요시하는 베뚜스따 사회가 요구하는 위선을 따르지 못해, 끝내는 모두에게서 외면당하며 씁쓸한 결말을 맞이하게 된다.

작품에 등장하는 "엄마도 없고, 자식도 없고"(1권 94면)라는 구절은 아나의 삶 전체에 드리운 가장 큰 그림자로, 그녀의 과거와 현재, 미래까지 설명한다. 그녀의 현재를 관통하는 허전함과 공허함, 외로움은 어린 시절 어머니의 부재에서 비롯된 것이라 할 수 있다. 그리고 그러한 아나의 어린 시절은 탐욕과 이기심으로 물든 어른들의 잘못되고 삐뚤어진 시선으로 얼룩져 있다. 아나가 헤르만과 함께 배를 타고 아버지를 찾아나선 모험은 주변 사람들의 삐딱한 시선과 수군거림으로 이어지며, 평민 출신의 이딸리아 여자인 어머니와 프리메이슨에 공화당, 무신론자라는 소문이 돌던 자유분방한 아버지의 자식이라는 편견은 그녀의 모든 행동을 평가하는 잣대가 된다. 그렇게 아나는 자유를 꿈꿀 때마다 죄책감에 시달리면서 명랑하고 밝았던 어린 아나의 모습에서 빈집과 같은 공허하고 주눅 든 여인의 모습으로 바뀌어간다. 그러면서 아나는 종교에서 위안을 찾게 된다. 하지만 아나의 신앙심은 여느 사람들의 신앙심보다 좀더 맹목적이고 신비주의적이라 할 수 있다. 아나는 종교를 그 자체로 받아들인 게 아니라, 현실의 도피처로, 어린 시절 엄격한 유모에게서 벗어날 수 있는 피난처로 인식했기 때문에, 자신이 처한 현실이 힘들수록, 갈등의 골이 깊을수록 더욱 극단적인 신비주의에 빠져들어 영혼의 위로에 매달리게 된다.

아나의 몰락을 지켜보는 상류층 계급은 왕정복고 이후 혼란스러운 스페인 사회를 걱정하기보다는, 타인의 불행을 묵도하고 부추기는 비도덕적이고 퇴폐한 모습으로 그려진다. 마치 베뚜스따의 상류층 전체가 공모해 종교와 사랑, 영혼과 육체 사이에서 갈등하는 아나를 불륜으로 몰아가는 것처럼 보인다. 아나의 결혼을 통해 묘사된 '결혼시장'은 몰락한 귀족 가문과 신분 상승을 꾀하는 신흥 부자들의 왜곡된 결합을 아이러니하게 보여준다. '사랑과 책임'이라는 결혼의 정신적 가치보다는 서로의 경제적·사회적 지위에 맞춰 상품을 고르듯 이뤄지는 결혼은 가정의 파탄과 함께 '불륜'이라는 크나큰 병폐를 낳게 한다. 그러나 체면과 외면을 중요시하는 베뚜스따 사회가 아나를 비난하는 것은 그녀가 저지른 불륜이 아니라 그 불륜을 잘 숨기지 못하고 스캔들을 일으켜 상류층의 위신을 깎은 것이다. 베뚜스따 사회의 많은 귀부인들이 불륜을 저지르고 있지만 그녀들과 아나의 차이는 들키지 않았다는 데 있다. 사실, 베뚜스따 전체는 미모와 정조가 뛰어난 아나의 명성을 남몰래 시기하며, 그녀 또한 자기네와 다름없이 타락하여 불륜의 덫에 빠지기를 은근히 바라고 있었다. 아나가 자기네와 같지 않고 다르다는 것이 싫었던 것이다. 그러면서도 베뚜스따 사람들은 자기네 위선을 따르지 못한 아나에게 '사회적 단절'이라는 큰 벌을 내리게 된다.

『레헨따』에서 끌라린은 세속적이고 통속적인 베뚜스따 사회 전체가 자기네와 다른 아나에게 던지는 야유와 비난을 통해 스페인이 안고 있는 저속함과 통속성에 대한 반감을 드러낸다. 개인의 다름을 인정하지 않고 삐뚤어진 시선으로 바라보는 사회의 위선과 어리석음은 자기네와 같은 이념과 사상, 관습에 동화되지 않는 사람들을 인정하지 않으며, 작가는 이러한 스페인 사회의 폐단을 고발하고자 한 것이다. 아나는 자기를 에워싸고 있는 저속함과 무기력에 동화되지 않기 위해 싸우며 그런 세계에서 질식해 죽을 것 같은 심정으로 외롭게 고군분투한다. 아나가 종교와 페르민 신부의 위로로 위안을 얻으려고 하면 할수록 고통과 병은 더욱 깊어진다.

정신적인 지주라고 믿었던 페르민 신부에 대한 배신감과 베뚜스따라는 무료함에서 도망치다가 결국 아나는 돈 알바로의 유혹에 빠지게 된다. 돈 알바로에 대한 사랑보다는 질식할 것 같은 베뚜스따의 삶에 굴복하고 싶지 않은 반항심이 더욱 강하게 작용한 것이다. 그것이 베뚜스따의 어리석음과 저속함에 대한 복수라고 생각한 것이다. 그래서 아나는 "무료함이나 인간의 어리석음이라는 크나큰 잘못으로 끝나버릴 줄 알았던"(2권 30면) 어느날, 말을 타고 늠름한 모습으로 광장에 들어서는 돈 알바로의 모습을 보고 삶의 활력을 얻는 것과 같은 기분을 느끼게 된다. 그것은 자신의 권리가 생생하게 복권되는 기분이었고, 인습적인 무기력에 저항하여 거리에 감도는 죽음의 침묵에 대항하는 즐거운 반항이었다. 결국 아나는 돈 알바로의 구애를 진정한 사랑으로 착각하고 불륜에 빠지게 된다. 아나를 불륜과 추락으로 내몬 장본인은 위선적인 베뚜스따 사회와 이기적인 페르민 신부이지만 그녀에게 가장 많은 돌을 던지고 냉정하게 저버린 사람들 역시 그들이다.

끌라린의 문체와 번역

작가 끌라린은 등장인물들의 내면묘사와 심리변화를 더욱 다양하고 섬세하면서도 객관적으로 독자들에게 전하고자 스페인 소설에서는 처음으로 자유간접화법과 자유직접화법을 본격적으로 사용했다. 인용부호를 사용해 인물의 말을 그대로 옮기는 직접화법(그가 말했다. "나는 마리아를 사랑해.")과 인용부호 없이 접속사를 사용해 인물의 말을 간접적으로 전달하는 간접화법(그는 마리아를 사랑한다고 말했다.)과 달리, 자유직접화법(나는 마리아를 사랑해.)과 자유간접화법(그는 마리아를 사랑했다.)은 19세기 중엽 플로베르 이후 근대적인 서사기법으로 발전하였다. 인물의 말과 생각을 서술자의 관점에서 서술하며 서술자와 인물이 동일인물과 같은 효과를 주는 자유간접화법과 인물의 내적 독백과 같은 효과를 주는 자유직접화법은 20세기에 들어서는 흔히 사용되는 문학기법이지만 스페인에서는 19세기 말에 들어서야 비로소 그 기법이 본격화되었다.

끌라린은 이러한 자유간접화법을 '잠정적 문체' 또는 '의식에 매몰된 언어'라고 설명하며, 인물의 사고의 의식과 직접적인 경험을 더욱 섬세하게 전달해 인물의 내적 갈등과 고민에 좀더 동참할 수 있는 기회를 주었다.

19세기 사실주의 소설 대부분은 '말하기'와 '듣기' 중심의 전지적 작가 시점에 치중되었다. 그러나 19세기 말 끌라린은 사실주의에 입각해 현실을 있는 그대로 재현하기보다는 그 현실이 안고 있는 문제점을 비판적인 시각으로 재현하고자 하면서 인물의 내면 묘사를 강화했다. 전지적 서술자의 시점에 의한 객관적 사실주의는 현실성이 없으므로 점차 주관적 사실주의가 이야기의 사실성과 신빙성을 보장한다고 생각한 것이다. 이러한 자유화법은 서술자가 등장인물의 마음속으로 스며들어가 등장인물로 하여금 더욱 깊이 있는 성찰을 할 수 있도록 유도하지만, 그 생각을 표현하는 문체는 서술자의 문체이기 때문에 더욱 객관성을 지닌다. '전지전능한 시점에서 보고하는 서술'에서 '인물의 시점에서 묘사하는 서술'로 변화한 것이다. 다시 말해, 인물의 생각을 서술자의 문체로 표현하기 때문에 서술자는 일어난 사건만을 객관적으로 묘사하는 것이 아니라, 등장인물의 시각도 표현 가능하게 해준다.

사람들은 그가 일개 신부에게 졌다고 수군거릴 것이다. 피를 봐야 할 일이었다! 그랬다. 하지만 그것은 다른 얘기였다. 그가 도전하는 결투에 사제복을 입고 올 신부를 상상해보니…… 소름이 돋았다. 바로 다름 아닌 아나 앞에서 신부가 이겼을 때의 강한 근육을 떠올려보았다. 신부가 순해서 뺨을 맞아도 되갚지 않을 거라는 헛된 희망으로 사제복 앞에서 가져보려던 용기도 페르민 신부의 주먹을 떠올리는 순간 사라졌다. 출구가 보이지 않았다. 포하와 주임신부, 교회의 그 폭군에 맞선 적들을 모두 도와 결판내는 수밖에는 방법이 없었다.

(2권 201면, 강조는 인용자)

위의 인용문은 아나의 마음을 유혹하기 위해 고군분투하지만 아나의 고해신부인 돈 페르민 때문에 목적을 쉽게 달성하지 못하는 돈 알바로의 분노 가득한 심리를 묘사하고 있다. 여기서 밑줄친 자유간접화법은 전적으로 문맥에 의존하며, 이야기의 흐름을 단절하지 않는 범위에서 자유간접화법과 서술문이 혼재해 나타난다. 이렇게 서술자의 목소리와 인물의 목소리가 혼합되어 등장인물의 내적 심리를 보여주는 자유화법은 서술자의 관점만이 드러나는 간접화법으로는 불가능한, 다른 인물들의 생생한 목소리를 그대로 전달하는 직접효과를 누리고, 다른 한편으로는 서술하는 서술자와 서술되는 인물이 분리되는 직접화법과 달리 서술자와 인물이 주관성의 틀 안에서 벗어나지 않으면서 모호성을 불러일으키는 효과도 얻게 된다.

그러나 이러한 모호성이 담긴 자유화법은 타 언어로 번역할 때 많은 어려움이 따르게 된다. 직접화법과 간접화법에서 사용되는 인용부호나 접속사 없이 전개되는 자유간접화법은 텍스트 내부에서 서술문과 단순히 형태적으로 구분해내기가 쉽지 않다. 인물의 목소리가 서술자의 목소리보다 두드러진 경우에는 맥락을 통해서 서술문과 쉽게 구분할 수 있지만 서술자의 목소리가 인물의 목소리보다 두드러진 경우에는 서술문과 쉽게 구분이 되지 않기 때문에, 자유간접화법의 발화주체를 파악하고 다음성적 모호성을 해석하는 역할은 전적으로 독자에게 있다. 그리고 발화부호 없이 구어체적 문체를 있는 그대로 옮겨 직접화법의 담화시제인 현재시제로 전개되는 자유직접화법 또한 다성성의 연출에 사용되지만 자유간접화법과는 약간 다르게 전개된다. 자유직접화법이 서술자와 인물의 목소리가 완전히 합쳐져 인물의 목소리에 무게가 실린다면, 자유간접화법에서는 서술자와 등장인물의 목소리가 섞이는 가운데 여전히 서술자의 목소리에 무게가 실린다 할 수 있다.

스페인어에서는 이러한 자유간접화법을 3인칭으로 자연스럽게 표현할 수 있지만 우리말로 옮기게 되면 3인칭으로 번역하는 어려움이 있어 1인칭으로 번역할 경우 서술자와 인물의 목소리가 합쳐져 다음성적 모호성이 사라지기도 한다. 인물과 서술자의 혼합된 목소리를 되살리는 언어적인 특성을 재현하는 것은 물론, 그 다음성적인 모호성을 통해 작가가 의도하고자 한 문체적인 효과까지 재현해야 하기에 실제로 역자로서도 많은 고심을 해야 했다. 150여명의 인물들이 등장하는 방대한 분량과 시대배경에 따르는 종교용어 등도 난제였지만 자유화법의 문체적 효과를 잘 살려낸다는 게 무엇보다 힘들었음을 밝힌다.

『레헨따』는 타락한 종교를 상징하는 페르민 신부와 비겁한 연인 돈 알바로 사이에서 진정한 신념과 사랑을 꿈꾸다 좌절한 아나를 통해 스페인 귀족사회와 성직자사회의 저속하고 타락한 모습을 적나라하게 폭로한 작품이라 할 수 있다. 그리고 이들의 활동무대이자 19세기 말 스페인의 혼란스러운 사회·정치적 상황을 상징하는 베뚜스따라는 가상의 도시 또한 주인공 못지않게 비중있는 역할을 수행하고 있다. 본질적인 인간관계를 외면하고 왜곡하는 사회 분위기 속에서 자신의 진술한 감정을 드러내서는 안되는 주인공 아나는 끝내 베뚜스따라는 사회가 요구하는 위선을 따르지 못해 결국 홀로 외롭게 침몰하고 만다. 그런 아나를 바라보는 베뚜스따의 시선은 결말 부분에서 그녀가 쓰러진 대성당의 대리석 바닥보다 훨씬 차갑고 냉정하다. 작가는 이러한 결말을 통해 경직화되고 정체된 스페인 사회에 씁쓸한 냉소를 보낸 것이라 할 수 있다.

권미선(경희대 스페인어과 교수)

작가연보

1852년   필명이 끌라린(Clarín)인 레오뽈도 알라스(Leopoldo García-Alas y
Ureña)는 4월 25일 아버지 헤나로 가르시아 알라스(Genaro García
Alas)가 주지사로 있던 스페인 사모라에서 3남으로 태어남. 이후
레온과 과달라하라에서 어린 시절을 보내지만 아버지의 고향인
오비에도와 아스뚜리아스 지방의 전설과 민담, 이야기 등을 많이
전해들으며 자신의 고향인 사모라보다는 오비에도에 더 많은 동
질감을 느끼고, 그 느낌이 그의 작품들에 고스란히 반영됨.

1863년   오비에도에 완전히 정착해 그곳에서 중등교육 과정과 대학 과정
을 수학함. 뛰어난 문학적 재능과 독서에 대한 취향을 드러내며

스페인 문학을 대표하는 세르반떼스(Cervantes)와 프라이 루이스 데 레온(Fray Luis de León)의 작품에 심취함.

1868년   3월부터 1869년 초까지 『후안 루이스』(*Juan Luis*)라는 신문을 발행했으며, 이는 1871년 재발행되기도 함.

9월 18일 '9월 혁명' 또는 '명예혁명'이라 불리는 자유주의 혁명이 발발함. 1866년부터 발생한 재정위기에 사회적, 정치적 요인이 더해져 이사벨 2세의 퇴위와 망명까지 초래됨. 스페인은 9월 혁명을 기점으로 입헌군주제를 종식시키고 민주정치 체제를 도입하고자 했지만 이에 따른 많은 사회·정치·경제적 혼란을 겪게 됨.

1869년   오비에도 대학에서 법학을 공부하기 시작함.

1871년   박사과정에 들어가기 위해 마드리드로 유학을 오게 되는데 그곳에서 문학을 공부하며 크라우제(Karl Krause) 사상을 접하게 됨. 독일 철학에서 유래되었지만 스페인 특유의 사회문화를 바탕으로 토착화된 스페인 크라우제 사상은 '9월 혁명'을 정점으로 스페인 국가 경영철학으로까지 급부상하여 스페인 사회변혁을 다층적으로 주도함. 크라우제 사상의 대표 철학자이자 교육자인 히네르 데 로스 리오스(Giner de los Ríos)와 스페인 제1공화국을 대표했던 니꼴라스 살메론(Nicolás Salmerón), 에밀리오 까스뗄라르(Emilio Castelar) 등의 인물들에 매료되었고, 스페인 철학과 역사를 대표하는 석학 메넨데스 뻴라요(Menéndez Pelayo)와의 우정도 이때 시작됨.

1874년   12월 마누엘 빠비아(Manuel Pavía)의 쿠데타로 에밀리오 까스뗄라르의 실각과 함께 스페인 제1공화국이 막을 내리고, 그후 이사벨 2세의 아들인 알폰소 12세가 왕으로 등극하여 왕정복고시대가 시작됨.

1875년	3월 안또니오 싼체스 뻬레스(Antonio Sánchez Pérez)가 '악보와 함께하는 노래연습'이라는 의미의 『엘 솔페오』(El Solfeo)라는 이름의 신문을 창간하며, 이때 주간이 필자들에게 악기의 이름을 필명으로 사용할 것을 권유해 레오뽈도 알라스는 1875년 10월 2일 처음으로 '끌라린'이라는 필명을 사용하게 되고, 그 이후 그의 모든 글과 작품 들은 '끌라린'이라는 필명으로 서명하게 됨. 그후 끌라린은 문학계에 발을 내딛으며 왕정복고시대에 대한 날카로운 비판의 글들을 쏟아냄.
1881년	스페인 자연주의 사조를 대표하는 끌라린은 베니또 뻬레스 갈도스(Benito Pérez Galdós)의 『무산자』(La desheredada)에 대한 평론을 발표함. 이 평론은 '자연주의에 대한 스페인의 선언'이라는 평가를 받기도 함.
1882년	『라 디아나』(La Diana)에 「자연주의에 대하여」(Del Naturalismo)라는 글을 실어 프랑스 자연주의와 차별화된 스페인 자연주의에 대한 정의를 내림. 소설가의 개입을 최소화하면서 최대한 현실을 반영하는 실험적 관찰의 개념에서는 에밀 졸라(Emile Zola)와 의견을 같이하지만 인간의 현상을 객관적으로 서술하기보다는 인간의 복잡한 내면의식을 좀더 섬세하게 묘사하는 데 치중함. 사라고사 대학의 정치경제학 교수로 임용됨. 같은 해 오노프레 가르시아 아르구에예스와 결혼함.
1883년	오비에도 대학의 로마법 교수가 되는데 차후 자연법 교수로 자리를 옮기게 됨. 이후 그는 오비에도에 완전히 정착하고 마드리드로는 가끔 여행함.
1884~85년	『레헨따』(La Regenta) 1권과 2권 출간. 끌라린의 대표작인 『레헨따』는 1868년 9월 혁명 이후 왕정복고시대 스페인의 현실을 신랄

하게 고발한 작품으로 지배계급인 귀족의 부패와 교회의 타락에 대한 강력한 비판이기도 함. 끌라린은 사회발전이 그 사회를 이루고 있는 인간의 도덕성 회복과 밀접하게 연관되어 있다고 생각하고 이를 작품에 반영함.

1889년	장편소설 『뻴라요의 포옹』(*El abrazo de Pelayo*) 출간.
1890년	장편소설 『그들의 유일한 아들』(*Su único hijo*) 출간.
1890~91년	장편소설 『내리막길』(*Cuesta abajo*) 출간. 4편의 장편소설 이외 다수의 수필과 단편소설들이 있음.
1892년	단편소설 「안녕, 꼬르데라!」 발표.
1901년	6월 13일 스페인 오비에도에서 49세의 나이에 지병으로 사망함.

고전의 새로운 기준, 창비세계문학

　오늘날 우리는 인간의 존엄과 개성이 매몰되어가는 시대를 살고 있다. 물질만능과 승자독식을 강요하는 자본주의가 전지구적으로 확산되면서 현대사회는 더 황폐해지고 삶의 질은 크게 훼손되었다. 경제성장만이 최고의 선으로 인정되고 상업주의에 물든 문화소비가 삶을 지배할수록 문학은 점점 더 변방으로 밀려나고 있다. 삶의 본질을 성찰하는 문학의 자리가 위축되는 세계에서는 가진 자와 못 가진 자 할 것 없이 모두가 불행할 수밖에 없다.

　이 시대야말로 인간답게 산다는 것의 의미가 무엇인지 근본적인 화두를 다시 던지고 사유의 모험을 떠나야 할 때다. 우리는 그 여정에 반드시 필요한 벗과 스승이 다름 아닌 세계문학의 고전이라는 점을 강조한다. 고전에는 다양한 전통과 문화를 쌓아올린 공동체의 경험이 녹아들어 있고, 세계와 존재에 대한 탁월한 개인들의 치열한 탐색이 기록되어 있으며, 새로운 세상을 꿈꾸는 아름다운 도전과 눈물이 아로새겨 있기 때문이다. 이 무궁무진한 상상력의 보고이자 살아 있는 문화유산을 되새길 때만 개인의 일상에서 참다운 인간적 가치를 실현하고 근대적 삶의 의미와 한계를 성찰하는 지혜를 얻을 수 있을 것이다.

'창비세계문학'은 이러한 문제의식에서 출발한다. 세계문학의 참의미를 되새겨 '지금 여기'의 관점으로 우리의 정전을 재구성해야 할 필요성이 그 어느 때보다 절실하다. '정전'이란 본디 고정된 목록으로 존재하는 것이 아니라 그때그때 주어진 처소에서 새롭게 재구성됨으로써 생명을 이어가는 것이다. 우리는 먼저 전세계 문학들의 다양성과 차이를 존중하면서 국가와 민족, 언어의 경계를 넘어 보편적 가치에 기여할 수 있는 가능성에 주목하고자 한다. 근대를 깊이 성찰한 서양문학뿐 아니라 아시아와 라틴아메리카, 중동과 아프리카 등 비서구권 문학의 성취를 발굴하고 재평가하는 것 역시 세계문학의 지형도를 다시 그리려는 창비의 필수적인 작업이 될 것이다.

여러 전집들이 나와 있는 세계문학 시장에서 '창비세계문학'은 세계문학 독서의 새로운 기준이 되고자 한다. 참신하고 폭넓으면서도 엄정한 기획, 원작의 의도와 문체를 살려내는 적확하고 충실한 번역, 그리고 완성도 높은 책의 품질이 그 기초이다. 독서시장을 왜곡하는 값싼 유행과 상업주의에 맞서 문학정신을 굳건히 세우며, 안팎의 조언과 비판에 귀 기울이고 독자들과 꾸준히 소통하면서 진정 이 시대가 요구하는 세계문학이 무엇인지 되묻고 갱신해 나갈 것이다.

1966년 계간 『창작과비평』을 창간한 이래 한국문학을 풍성하게 하고 민족문학과 세계문학 담론을 주도해온 창비가 오직 좋은 책으로 독자와 함께해왔듯, '창비세계문학' 역시 그러한 항심을 지켜 나갈 것이다. '창비세계문학'이 다른 시공간에서 우리와 닮은 삶을 만나게 해주고, 가보지 못한 길을 걷게 하며, 그 길 끝에서 새로운 길을 열어주기를 소망한다. 또한 무한경쟁에 내몰린 젊은이와 청소년 들에게 삶의 소중함과 기쁨을 일깨워주기를 바란다. 목록을 쌓아갈수록 '창비세계문학'이 독자들의 사랑으로 무르익고 그 감동이 세대를 넘나들며 이어진다면 더없는 보람이겠다.

2012년 가을
창비세계문학 기획위원회
김현균 서은혜 석영중 이욱연 임홍배 정혜용 한기욱

창비세계문학 57

레헨따 2

초판 1쇄 발행 / 2017년 5월 22일

지은이 / 레오뽈도 알라스 '끌라린'
옮긴이 / 권미선
펴낸이 / 강일우
책임편집 / 허원·부수영
펴낸곳 / (주)창비
등록 / 1986년 8월 5일 제85호
주소 / 10881 경기도 파주시 회동길 184
전화 / 031-955-3333
팩시밀리 / 영업 031-955-3399 편집 031-955-3400
홈페이지 / www.changbi.com
전자우편 / lit@changbi.com

한국어판 ⓒ (주)창비 2017
ISBN 978-89-364-6457-8 03870